三家評注李長吉歌詩

〔唐〕李賀 著

〔清〕王琦 等 評注

蔣凡 校點

上海古籍出版社

圖書在版編目(CIP)數據

三家評注李長吉歌詩 / (唐) 李賀著;(清) 王琦等評注;蔣凡校點. —上海:上海古籍出版社,2022.3(2025.6 重印)
(中國古典文學叢書)
ISBN 978-7-5732-0148-5

Ⅰ. ①三… Ⅱ. ①李… ②王… ③蔣… Ⅲ. ①李賀(790~816)—唐詩—文學欣賞 Ⅳ. ①I207.22

中國版本圖書館 CIP 數據核字(2021)第 247129 號

中國古典文學叢書
三家評注李長吉歌詩
[唐]李 賀 著
[清]王 琦 等 評注
蔣 凡 校點
上海古籍出版社出版發行
(上海市閔行區號景路 159 弄 1-5 號 A 座 5F 郵政編碼 201101)
(1) 網址:www.guji.com.cn
(2) E-mail:guji1@guji.com.cn
(3) 易文網網址:www.ewen.co
江蘇省金壇市古籍印刷廠印刷
開本 850×1168 1/32 印張 20.625 插頁 6 字數 441,000
2022 年 3 月第 2 版 2025 年 6 月第 4 次印刷
印數:3,101—4,150
ISBN 978-7-5732-0148-5
I·3597 平裝定價:78.00 元
如有質量問題,請與承印公司聯繫

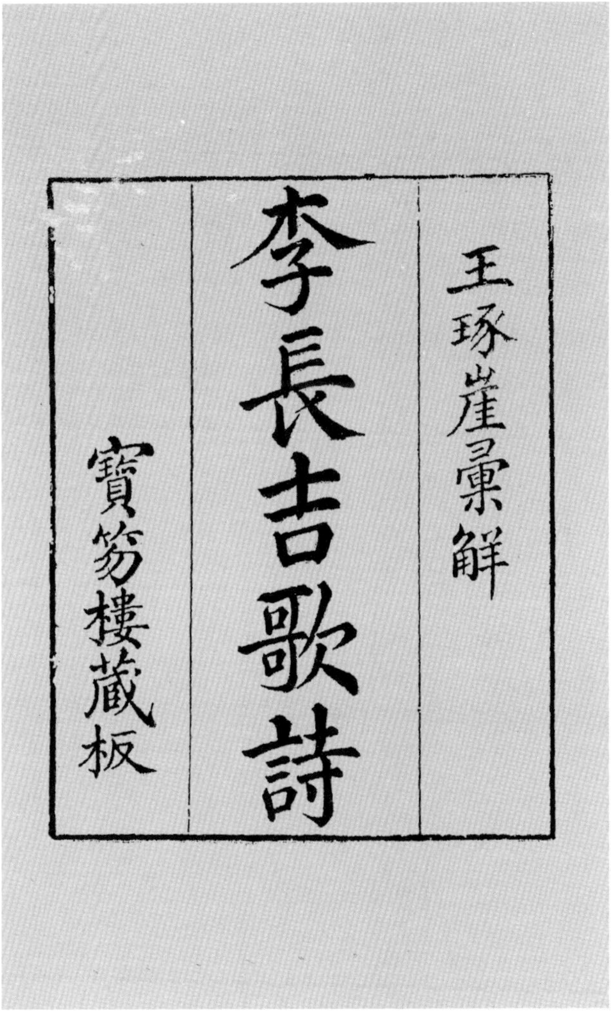

王琢崖彙解

李長吉歌詩

寶笏樓藏板

王琦彙解《李長吉歌詩》扉頁

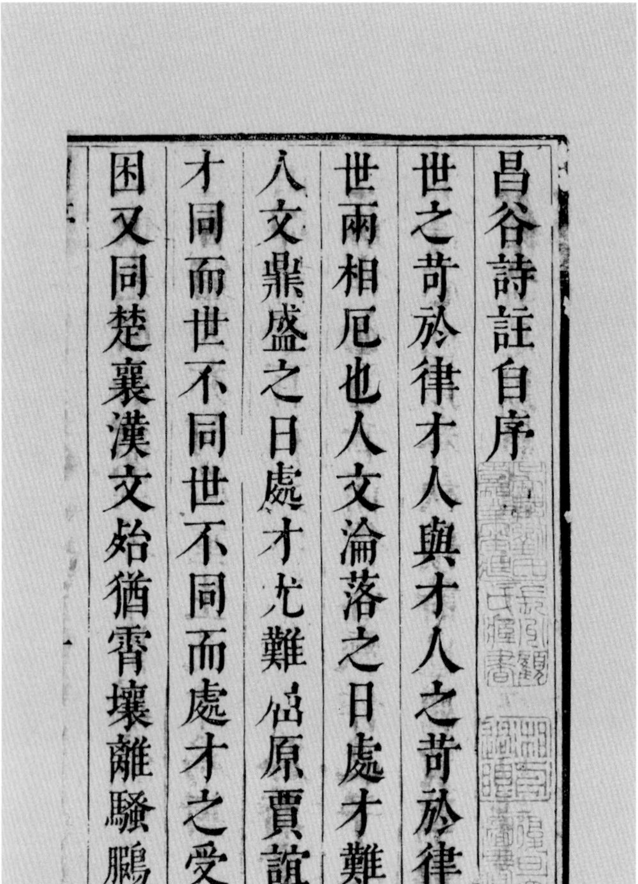
昌谷詩註自序

世之苛於律才人與才人之苛於律
世兩相厄也人文淪落之日處才難
人文鼎盛之日處才尤難屈原賈誼
才同而世不同世不同而處才之受
困又同楚襄漢文始猶霄壤離騷鵩

姚文燮《昌谷詩注》自序

出版説明

李賀（七九〇—八一六），是唐代的著名詩人，字長吉，河南福昌（今河南宜陽）人，家居昌谷（在宜陽境内）。他的世系屬唐宗室遠支。父親李晉肅官職低微而早死，李賀因避父諱（「晉」和「進」同音），未得應考進士，衹任過奉禮郎那樣的小官，一生不得志，終年僅二十七歲。

他早歲工詩，受知于韓愈、皇甫湜，兩人對其詩歌創作産生過一定的影響。尤善樂府與古體詩。其中不乏批判時政與反映現實的作品。如老夫採玉歌、黄家洞、秦宫詩、猛虎行、感諷的第一首等，具有一定的進步傾向。在詩歌藝術創作上，李賀的作品善于熔鑄詞采，馳騁想象，運用神話傳説，創造出詼奇詭譎、色彩鮮麗的動人藝術形象，具有强烈的藝術感染力。他在創作上所取得的獨特成就，爲我國古典詩歌開拓了新的境界，對當時與後世都産生了較大的影響。

但是，由于李賀的生活面比較狹小，加之年少失意，性情孤僻鬱抑，對廣闊的社會現實缺乏深切的感受，而當時的社會又異常混亂、黑暗，因而使他的詩歌中常帶有陰鬱低沉的消極色調。同時，在遣詞用字方面又常有刻意雕琢、堆砌故實的弊病，因而使有些作品顯得晦澀難解。杜牧批評他的詩説：「理雖不及，辭或過之。」是頗中肯綮的。

李賀的詩歌雖然數量不多，却比較難讀。爲此，自宋迄清，李賀詩注本就有十餘種之多。清人王琦彙解的李長吉歌詩，是這些注本中比較詳明的一種，對以前的各家之説，頗能博觀慎擇，折衷是非。本書同時又收入兩種李賀詩注本：一種是姚文燮注昌谷集，以爲李賀與杜甫，貌異心同，李賀詩歌實在是貞元、元和時代的詩史，鈎稽兩唐書，以史證詩，雖不無穿鑿附會，但也有值得參考的地方。另一種是方扶南手批的李長吉詩集。這部注本除清人陳本禮協律鈎玄引用了幾十條之外，没有見過刻本，也未見藏書家著録。評箋雖嫌簡略，也有一些獨到的見解，可供讀李賀詩者參考。

一九五八年，中華書局上海編輯所選用上述三家評注加以斷句出版，名爲三家評注李長吉歌詩。一九九八年，上海古籍出版社以此書紙型重印。此次據王琦乾隆二十五年（一七六〇）寶笏樓藏版的精校家刻本及復旦大學圖書館善本書庫藏姚文燮康熙五年丙午（一六六六）福建建陽書院重刻本重排，并加專名綫及新式標點，以供讀者研究參考。需要特别説明的是，此前該書出版時，因不録姚文燮本詩歌正文，同時爲使姚文燮注與王琦本的詩歌相對應，故調整了姚本的詩歌順序。此次出版，則一依底本順序，照録了姚文燮本詩題及與眉批對應的詩句。

上海古籍出版社
二〇二一年九月

前言

李賀（七九〇—八一六），字長吉，河南府福昌縣昌谷（今河南宜陽縣三鄉）人。父晉肅，官陝縣令，出於皇室疏親遠支，大鄭王亮的後裔。李唐皇室自稱祖籍隴西成紀。以此，李賀也自稱宗孫、皇孫或成紀人。在世族高門貴族影響遠未消除的唐代，如此自稱，可借以自抬身份，便於躋升上流社交圈。賀父早死，家境清寒，李賀是家中長子，肩負復興家庭的生活重擔，爲此而四處奔波，歷盡坎坷，因而能够了解下層民生疾苦。他曾寄望於科舉進士試，但因父名「晉肅」，「晉」與「進」諧音，與賀争名者讒毁之，宣稱賀應避父名諱不得考進士。當時韓愈作諱辯，爲賀應進士試辯護駁謬。但終因譽者少而毁者衆，李賀科舉仕途路斷。不得已，只能改由父蔭入仕，千辛萬苦，方求得一個隸屬太常寺的奉禮郎這樣從九品的小官。在朝廷祭典時，隨班跪拜唱讚，如僕侍妾婦，聽人吆喝驅遣。這讓滿懷激情的青年詩人，美好理想迅速破滅。賀在京師近三年的奉禮郎任上，對生活失望，因此憤而挂冠，歸隱昌谷老家養痾讀書。但爲了生活，不久又拖着帶病之身，南下北上，日曬雨淋，衝風冒雪，四外求職，却仍一無所成。返家時病體轉沉，天不祐之，夭折於老母萱堂之前，年僅二十七歲。一代詩星隕落，白髮人哭黑髮人，現實殘酷，天不祐之，又將奈何？但是，生活不幸詩家幸，這話合乎韓愈所説的「不平則鳴」（見送孟東野序）之理，正是鮮活的生活辯證法。

李賀是中唐傑出詩人，在我國文學史上，占有重要的一席之位。詩到盛唐，李（白）杜（甫）雙峰并峙，似乎後繼爲難。但中唐詩人却在難以踰越的高峰之前，絶不止步，而是各顯神通，硬是又踩出了一條新的光明大道，迎來了我國詩歌發展的又一春。中唐詩歌，百花齊放，其繁榮不亞於盛唐。如元（稹）白（居易）詩派的新樂府諷諭詩，緣事而發，爲民請命，淺白如話；其長篇歌行如白長恨歌、琵琶行，元連昌宫詞，風靡天下，人稱「元和體」，明麗酣暢，膾炙人口而傳之久遠。而詩風迥異的韓（愈）孟（郊）詩派，雄峭奇崛，議論風生，其散文化的叙事傾向，開後來宋詩新路。而如劉（禹錫）柳（宗元），他們在傳統的基礎上，各顯身手，富有鮮明的藝術個性。柳詩高潔深邃，劉詩雄快爽朗，各見境界。他們在盛唐王（維）孟（浩然）、高（適）岑（參）、二王（昌齡、之涣）面前，也不少讓。詩到貞元、元和間，踵武盛唐，另闢蹊徑，開創了又一次詩歌大發展的新輝煌。其間，年輕的天才詩人李賀，開拓之功不可没。根據社會交游、創作道路及藝術特點，李賀應是韓孟詩派的中堅骨幹，其貢獻及影響不遜於孟郊，但因其青年夭折，不可能獲詩壇領袖的名號，這也可以理解。

中唐時代，經歷安史之亂後，李唐之盛，已一去不復返了，留下的是孱弱與腐敗。在李賀具體生活的德、順、憲三朝，藩鎮叛亂，宦官擅權，已成社會痼疾。有識之士思有改革以救治國家，但立刻遭到頑固保守勢力的聯合鎮壓，很快胎死腹中。如順宗朝王叔文集團所發動的永貞革新，不到半年，即慘遭迫害，滿懷救國理想的革新政治家，相繼貶死，王叔文死於流途，柳宗元、劉禹錫等「八司馬」貶竄邊遠惡州蠻荒之地，詔稱「永不叙用」。這一慘酷現實，予青年詩人李賀以極大的刺激，在他心中播下了關心現實的種子。當然，詩是心聲，用以抒情，而非直白的政治宣言；但抒寫心聲又是爲什麽呢？還不就是因現實生活刺激撥動了詩人心弦嗎？没有生活，又哪來的詩呢？李賀詩歌是抒情（情）、叙事（事）、議論（理）三者合一，通過創造性的藝術想象，巧妙地編織出一幅幅完美的詩畫圖景。賀詩抒情性强，通過强烈心聲的震顫，表達了詩人對於生活善惡美醜的態度，從而展現了時代的生活。作爲成功的詩人，李賀拒絶直白的教條和口號，而是通過詩的藝術形象，來訴説自己對於現實生活的熱情和關懷。李賀和元白同處一個時代，但他們之間少有詩的交流往來，或許與其不同的創作態度和迥異詩風有關。元白諷諭，提倡直白淺露，老嫗能解；李賀則精工鍛煉，語不驚人誓不休，可謂道路不同，不相與謀。賀屬韓孟詩派，其所交游，也多是韓門的師友弟子，如皇甫湜、李漢、張徹、沈亞之、陳商等。只要細讀賀詩，自能見其蹤跡端倪。康駢劇談録説元稹明經擢第，拜訪李賀而願結交，賀攬刺譏之曰：「明經擢第，何事來看李賀？」元稹恚憤，以此讒毁之，令賀不得舉進士。康氏認爲這是因爲李賀「輕薄」的個人恩怨所致。此乃小説家言，不足採信，學者早明其非。如朱自清李賀年譜曰：「按元稹明經擢第，賀纔四歲，事之不實，無庸詳辯。」另外，李賀在京日短，不足三年，而元和中後期，元、白又多次被貶離京，少有見面機會，又何來的藝術交流和感情互動呢？因事涉創作道路和藝術態度，故稍作交待，以正視聽。

人或稱賀是「鬼才」，詩盡道「牛鬼蛇神」而荒誕不經，悲觀頹喪而「無補世用」（見范晞文對牀夜語卷四）；或謂賀詩「多屬意花草蜂蝶之間」（趙璘因話録卷三），無關民生疾苦，欠缺現實内容。其批判嚴厲，但却貌似實非，寃乎枉哉，詩人不受也。爲此，宋末二劉（克莊、辰翁）爲賀辯白而獨具心解體會。劉克莊稱「長吉歌行，新意險語，自有蒼生以來所無。樊川一序，極騷人墨客之筆力，盡古今文章之變態，非長吉不足以當之。」（見後村詩話新集卷六，中華書局一九八三年版，第二四三頁）劉辰翁評李長吉詩曰：「舊看長吉詩，固喜其才，亦厭其澀。落筆細讀，方知作者用心。料他人觀不到此也，是千年長吉猶無知己也。……賀之所長，正在理外。……若眼前語、衆人意，則不待長吉能之，此長吉所以自成一家歟！」（見劉辰翁集卷六，江西人民出版社，一九八七年版，第二一〇—二一一頁）賀詩意新語奇，應在語言文字之外，見其理外之旨、味外之味。二劉的啓發，有味哉！總之，善讀賀詩，要透過光怪詭譎的表象，見其充沛的情感和現實内容，而非僅是詩人怨懟牢騷的一己之歌吟。清姚文燮注昌谷集凡例曰：「世稱少陵爲詩史……昌谷，余亦謂之詩史也，然不敢以史自見也。不惟不自注，更艱深其詞，并其題又加隱晦。」杜甫「詩史」之稱，世所公認；而賀生於多事之秋，動輒得咎，以此而故意隱晦其旨，内容實有部分關乎「史」者。賀詩雖切劘時政，但非直白傾瀉，而是通過藝術來表態度、明心跡、叙時事。趙璘指斥賀詩「多屬意花草蜂蝶之間」，並没把詩人置於其所存活的歷史生態環境中去思考，只見表面奇詞麗句，而不見其藝術精髓本質之所在。這應引以爲誡。賀詩具内在的現實衝動，有其積極的生活内容，這是無庸置疑的，主要表現在以下幾方面，略加舉例以明：

一、抨擊社會黑暗，同情人民苦難，見其悲天憫人的人文關懷精神。如感諷五首其一，形象描繪了横征暴斂的官吏對勞動人民的無窮壓榨。「獰色虬紫鬚」的催租縣官剛飽餐而去，「簿吏復登堂」。「父母官」如此貪婪而無恥，百姓又將如何存活呢？這租賦催逼的痛苦，詩人也親身經歷，感同身受。其送韋仁實兄弟入關詩曰：「我在山上舍，一畝蒿磽田。夜雨叫租吏，春聲暗交關。」父親去世後，賀家同樣不免租賦之苦。一邊春稻，一邊聽催租官吏的叫駡，同樣受侮辱受壓迫，這是實在的現實生活。因有民間底層苦難的生活經歷，詩人關心民瘼，出自内心的一片真情。又如老夫採玉歌曰：「老夫飢寒龍爲愁，藍溪水氣無清白。夜雨岡頭食蓁子，杜鵑口血老夫淚。」幾乎是字字泣血，發自肺腑。

二、揭露統治者的驕奢淫靡生活，批判上層貴族腐敗之風的流行病。如貴主征行樂、牡丹種曲等。借古諷今也是詩人常用的藝術手段，如秦宫詩，秦宫不過是後漢外戚梁冀的嬖奴，雖無德無才，但因得寵於主子，放縱無度，卑視朝廷。「斫桂燒金待曉筵，白鹿清酥夜半煮」，「開門爛用水衡錢，卷起黄河向身瀉」，簡直把國庫財富當作私人的零花錢了。奴才如此，主子又當如何？不言而明。而牡丹種曲更寫出了唐一代的誇豪鬥富之風。當時白居易買花有「一叢深色花，十户中人賦」的直白議論。但賀詩則更加委婉含蓄地描繪道「走馬馱金劚春草」，千金萬銀買來的美麗牡丹花，「一夜綠房迎白曉」，僅供貴族一天之清賞，隨即棄如敝履而不復顧。這在藝術上，與白詩有所不同，可謂不著一字而意在言外，頗耐咀嚼回味。

三、主張國家統一，維護朝廷權威，諷刺宦官擅權，要求削平叛藩。如秦王飲酒曰：「秦王騎虎遊八極，劍光照空天自碧。羲和敲日玻璃聲，劫灰飛盡古今平。」境界雄偉，所向無敵，獨創性的思維和描繪，聲、色俱壯，表達了「劫灰飛盡古今平」的美好理想。此「秦王」非指秦始皇，詩中未用秦始皇事，如王琦注指出，唐德宗即位前曾封雍王，雍州，秦地，故借秦王以稱。詩歌頌了雍王李适，以天下兵馬元帥身份，率師討伐史朝義，安史之亂宣告平息。又如雁門太守行曰：「黑雲壓城城欲摧，甲光向日金鱗開。……報君黄金臺上意，提携玉龍爲君死。」把保家衛國的邊塞將士的愛國激情，描繪得虎虎有生氣，形象極爲鮮活感人。上之回正面歌頌平叛戰争的勝利；公無渡河、猛虎行等揭露跋扈叛鎮割據一方、荼毒人民的罪惡，同時也批評當朝姑息養奸的綏靖政治；吕將軍歌寫元和四年，憲宗以宦官吐突承璀爲招討處置使，討伐河北成德軍叛鎮王承宗，宦官統率幾十萬兵馬，因腐敗無能，一觸即潰，大敗而歸。「榼榼銀龜摇白馬，傅粉女郎火旗下。恒山鐵騎請金槍，遥聞箙中花箭香」，寫盡了統帥的怯弱和無能。而對能征慣戰的愛國將軍則棄爲守陵之吏。「西郊寒蓬葉如刺，皇天新栽養神驥。廐中高桁排蹇蹄，飽食青芻飲白水。」以馬爲喻，寫盡報國無門的悲痛。國難當頭，朝廷却寵任宦官奸佞，付以兵權，平叛戰爭又豈能不半途夭折？

四、譏諷最高統治者迷信方士神仙以求長生不老的虛妄，矛頭直指當朝憲宗皇帝的愚昧誤國，具有强烈的現實批判意識。如官街鼓：「磓碎千年日長白，孝武秦皇聽不得。」苦晝短：「神君何在？太一安有？……劉徹茂陵多滯骨，嬴政梓棺費鮑魚。」用秦皇、漢武迷信神仙以求長生的故事，以古鑑今，諷刺當今皇帝追求神仙長生不老的愚蠢，天地宇宙，有生必有死，自然規律不以人的意志而轉移。中唐時代的憲宗，曾號稱「中興」之主，是個想有所作爲的皇帝；但他同時迷信方士，寵任宦官，任由大好形勢毀於一旦。憲宗後因長期服食方士長生丹藥，脾氣暴躁，被扶他上臺的宦官集團弒殺。這是詩人死後之事，但却是歷史的真實諷刺。詩人並没點名直指，但人們認真讀詩，一看自能明白，這才是藝術的表達。

五、抒寫詩人志在報國的理想抱負，批判朝廷壓抑賢才的黑暗與腐敗，傾訴了內心那備受壓抑的一腔悲憤。國家前途，關鍵在於舉賢授能的清明政治。但現實生活相反，李白有「珠玉買歌笑，糟糠養賢才」之句（古風），已成社會痼疾。李賀所稱荆棘餵神驥，芻豆養蹇蹄（見吕將軍歌），與李白同一意思。面對社會的黑暗與不公，詩人訴天天不應，入地地無門。只能慟哭悲歌，痛飲醇酒，徒喚奈何。致酒行：「我有迷魂招不得，雄鷄一聲天下白。」堅持美好理想和高潔品格，不爲蹭蹬落拓的生活遭遇而悲喪。詩人一生，我行我素，翹首等待「雄鷄一聲天下白」的光明世界的誕生。南園十三首其五：「男兒何不帶吳鈎，收取關山五十州。請君暫上凌煙閣，若個書生萬户侯？」其六：「尋章摘句老雕蟲，曉月當簾挂玉弓。不見年年遼海上，文章何處哭秋風！」仁和里雜叙皇甫湜：「欲雕小説干天官，宗孫不調爲誰憐？」送沈亞之歌：「春卿拾才白日下，擲置黄金解龍馬。携笈歸江重入門，勞勞誰是憐君者？」知友如此狼狽，自我境况又是怎樣呢？贈陳商曰：「長安有男兒，二十心已朽。楞伽堆案前，楚辭繫肘後。……風雪直齋壇，墨組貫銅綬。臣妾氣態間，唯欲承箕帚。天眼何時開？古劍庸一吼。」形象寫照，令人悲痛欲絶。朝廷腐朽，抑棄賢才，詩人無奈地自我解嘲，其内心的壓抑和憤怒可知。現實説明，國家棄賢，寵任奸佞，不思變革，豈有前途？

六、内心要求變革現實，暗中表達了對於永貞革新的懷念和對失敗的痛惜。二十世紀七八十年代，因工作關係，常到蘇州錢府拜謁仲聯先生。我有所請益，先生則知無不言。當時我準備撰寫韓（愈）柳（宗元）研究講稿，以便教學。對永貞革新問題多有疑惑，因此大膽請教錢先生。先生博學精深，思維敏捷，熱情回答，給以啓益。賀詩並無直接提到王叔文集團中人及永貞革新字樣，但却以委婉寓諷藝術來旁敲側擊，表其關切之心。錢先生曾提到詩人知友王參元，令我猛然醒悟，王氏其人，正是柳宗元集中賀進士王參元失火書中的主角，是李賀、柳宗元的共同朋友。此中消息，機關頗深。先生之言，啓人至深。半個世紀過去，先生當日音容，仍宛然在目。但已天人兩隔，思之愴然。好在先生蘇州大學的高足吴企明教授，沿其研究之路繼續加以深入探索，繼錢仲聯李賀年譜會箋（中國社會科學出版社一九八四年版），著李賀年譜新編（中華書局二〇一六年版），其前言曰：「錢譜最引人注目的地方，是揭櫫長吉反映永貞時事的秘奥，發前人所未發，極有學術價值。」所論極是。錢譜於「貞元二十一年」條下曰：「賀以同情王叔文諸人政治革新之立場，傷其遭遇，作金銅仙人辭漢歌、還自會稽歌，皆托寓古事，反映永貞朝變。」如金銅仙人辭漢歌曰：「空將漢月出宫門，憶君清淚如鉛水。衰蘭送客咸陽道，天若有情天亦老。」在此，詩人並非發思古之幽情，而是借古諷今，來紀念失敗犧牲的革新英雄，連老天都爲之泣血。詩人用形象來表達自己的一腔悲憤和同情，但又無可奈何。其實，李賀死後不久，杜牧即稱：「賀能探尋前事，所以深嘆恨古今未嘗經道者，如金銅仙人辭漢歌、補梁庾肩吾宫體謡，求取情狀，離絶遠去筆墨畦徑間。」杜牧已隱然知賀心意，只是礙於當時宫闈事秘，不便説破而已。在探索詩人與永貞革新關係的問題上，錢、吴師生同心，言之成理，持之有故。其説可以徵信，已逐漸爲學界所接受。

七、譜寫青春讚歌，抒發對於美好男女情愛的熱烈追求和顧惜。詩人卒時年僅二十七歲，正值青春盛期。其青春生理和心理極大影響了詩人對於男女歡愛的審美創造。他年將弱冠而結婚，夫妻伉儷情深。如美人梳頭歌，學者謂描繪細膩入微，「是李賀在燕爾新婚之後，以他妻子的梳頭，作爲模特兒而着意描寫的」（周閬風詩人李賀，商務印書館國學小叢書）。吴企明李長吉歌詩編年箋注（中華書局二〇一六年版）同意周説，並補充説：「詩人傾注進自己的愛心，將妻子温文爾雅的内美與秀髮纖手的外美融爲一體，精心塑造這一藝術形象，與他筆下的其他嬌艷妖冶的歌妓形象，迥然有別。」所論甚是。賀詩曰：「西施曉夢綃帳寒，香鬟墮髻半沉檀。……一編香絲雲撒地，玉釵落處無聲膩。……背人不語向何處？下堦自折櫻桃花。」宋劉辰翁評曰：「如畫，如畫。有情無語，更是可憐。無語之語更濃。」（見四庫本箋注評點李長吉歌詩劉辰翁評）情真意摯，不著一字，而盡得風流。一個新婚少女的嬌羞之態，呼之欲出而令人愛憐。又如出城曰：「卿卿忍相問，鏡中雙淚姿。」這是詩人從京師落第歸家時，年輕妻子給他的心靈慰藉。但不幸的是，妻子先他而逝。這當是詩人入京求職時事，他寫始爲奉禮憶昌谷山居曰：「犬書曾去洛，鶴病悔遊秦。」妻死後，作後園鑿井歌有「情若何，荀奉倩」句，以世説新語所記魏晉情種荀粲故事入詩，少年夫妻，生離死別，情何以堪！詩人的青春美麗轉眼即逝，惜乎悲哉！

當然，李賀年輕，思想多變，其歌詩内容並非盡皆積極。就其喜好男女歡愛的藝術描繪而言，妻死後，他曾多次應友之邀，時預狎妓冶游酒宴，多有所作。如花遊曲、河陽歌、馮小憐、蝴蝶舞、夜來樂、惱公、許公子鄭姬歌諸篇，在齊梁宫體詩基礎上，繼續拓展，藝術有所因革，境界也有所提升。孟子謂「食色性也」，詩人在所不免。加以唐代士人思想較爲開放，不以冶游狎妓爲恥。這是時代觀念所致。但是我們知道，狎妓飲宴、男歡女愛，需要有權、錢作基礎。「許、史世家外親貴，宫錦千端買沉醉。……先將芍藥獻粧臺，後解黄金大如斗。」（許公子鄭姬歌）李賀家境清寒，生活不易，又何來黄金如斗、宫錦千端以作狎妓宴遊之費呢？詩人預會，大多因其詩才高名而應邀入座。以此，其仿齊梁宫體艷詩之作，多屬「樂而不淫」之類。如花遊曲序曰：「寒食諸王妓遊，賀入座，因採梁簡文詩調賦花遊曲，與妓彈唱。」詩曰：「春柳南陌態，冷花寒露姿。今朝醉城外，拂鏡濃掃眉。煙濕愁車重，紅油覆畫衣。舞裙香不暖，酒色上來遲。」又蝴蝶舞曰：「楊花撲帳春雲熱，龜甲屏風醉眼纈。東家蝴蝶西家飛，白騎少年今日歸。」詩風嬌艷，語意婉約，青春心理宛然可見。詩中並無猥褻之言，此所謂心有所羡而不涉風流也。而如惱公，則是一首用功甚勤的長篇艷詩，對於年輕女性之美，極力鋪陳，想象誇張，情思纏綿，心理刻畫細膩入微，可謂思深意曲而令人遐想。這類詩歌，描繪年輕女性姿容服飾之美，幽怨可憐之態，對於傳統儒家禮教拘束，也產生了一定的衝擊力量，而並非全然是負面消極的縱欲。後來，晚唐李商隱、温庭筠、韓偓「艷詩」，多受其影響而加以發揚光大，如李商隱的無題詩之類，就是成功的藝術典範，可資後世借鑑。同時，考慮到封建社會對於廣大婦女的禮法禁錮，李賀努力宣揚嘆賞女性靚麗之美，一定程度上表現了對於婦女的相對尊重，也具有一定的歷史意義。

八、賀遊仙夢幻之詩作，探索了無限時間與有限生命的矛盾，表達了詩人對於生死問題的焦慮與關切，見其深邃的哲理思考。人是宇宙之自然個體，生命有限，即使是傳説中的神仙，又何曾長生不老呢？如前所述，李賀對秦皇漢武，甚至是當朝的憲宗皇帝那迷信神仙企求長生不死的愚昧，再三加以揭露和批判，這表現了他對生死哲理有所思考和認識，有一定的現實意義和積極的一面。但詩人畢竟年輕，思想難以一以貫之。他熱愛生命，但在現實生活的重壓之下，加以多才多病之身的自然資質，似乎一睁眼就能看見死亡的陰影步步逼人而來。朱自清李賀年譜曰：「賀惟畏死，不同於衆，時復道及死，不能去懷，然而又厭苦人世，故復當作天上想。」賀詩梁臺古意曰：「朝朝暮暮愁海翻，長繩繫日樂當年。」富家公子想用長繩繫住飛升的白日，停住流逝的時間來永享富貴，哪一個又能辦得到呢？美好願景無法取代嚴酷的現實，人類永遠無法擺脱無限時間的「煎壽」。這讓詩人苦惱，他自稱「楞伽堆案前，楚辭繫肘後」，想借佛家涅槃、楚辭遊仙，來擺脱人生無常的苦惱。但其精神追求的幻覺又被無情的現實擊得粉碎，生存尚不易，又怎能擺脱死神的威脅呢？因此，詩人一下子從光明的神仙天上，迅速跌落到人間地獄的無限黑暗之中。世變無涯而人生有限，這讓詩人悲從中來。如感諷五首其三曰：「南山何其悲？鬼雨灑空草。長安夜半秋，風前幾人老！低迷黄昏徑，裊裊青櫟道。月午樹立影，一山惟白曉。漆炬迎新人，幽壙螢擾擾。」境界幽冷，意緒悲愴，漆炬新墳，鬼火閃爍，驚心動魄。這與李白及時飲酒行樂的豪爽悲壯不同，賀詩低徊詠嘆之調，偏於消沉悲凉。李詩之「仙」，與賀詩之「鬼」，正見其境遇經歷及人生認識之異同，所謂詩如其人也。友人陳允吉指出：「李賀探索生死問題的秘密，思想上經歷了一個痛苦而曲折的過程，最後却是通向虚無幻滅，這一可悲的結果……他嘆息美麗絢爛的神仙境界難以到達，這就把注意力轉移到棘草叢生的墓場；他無法肯定生命可以得到長存，就轉而歌頌死亡的永恒，歌頌操縱命運的神秘力量。他在許多詩中，描寫精靈鬼怪，描寫墳墓，描寫陰風野火，把人們日常生活中一般都認爲醜惡的東西，作爲藝術美來加以表現。」（李賀與楞伽經，見陳允吉唐音佛教辨思録，復旦大學出版社二〇一八年版，第一七八頁）所論精當。如其「秋墳鬼唱鮑家詩，恨血千年土中碧」（秋來），「石脉水流泉滴沙，鬼燈如漆點松花」（南山田中行）等，不必一一例舉。因此，讀賀遊仙詩，既能看到「遥望齊州九點煙，一泓海水杯中瀉」（夢天）那壯闊無涯之美境，同時也時能聽到一絲絲幽冷低徊的人生嘆息，二者同在夢幻中。

至於賀詩藝術，杜牧之序已作形象論述：「雲煙綿聯，不足爲其態也；水之迢迢，不足爲其情也；春之盎盎，不足爲其和也；秋之明潔，不足爲其格也；風檣陣馬，不足爲其勇也；瓦棺篆鼎，不足爲其古也；時花美女，不足爲其色也；荒國陊殿，梗莽丘壠，不足爲其怨恨悲愁也；鯨吸鰲擲，牛鬼蛇神，不足爲其虚荒誕幻也。」經典之論，啓人至多。杜牧認爲，李賀的藝術探索與創造，著眼於「古今未嘗經道者」，「離絶遠去筆墨畦徑間」，與韓愈「陳言務去」的創新精神一脉相承，是一種言人之所未言的開拓和創新，故能自成大家而屹立於藝林之巔。年輕的天才詩人，高自風標，不作則罷，一出手則要求是最精彩的，嘔心瀝血，驚世駭俗，令人意想不到。詩人的藝術貢獻在此。當然，創新發明者也並非樣樣成功，偶有敗筆，白璧微瑕，在所難免。賢如李杜，人稱「詩仙」、「詩聖」，也難以十全十美。讀賀詩當自有眼光。

賀雖年輕，但天縱之才，所學廣博，詩騷之後，繼之以漢魏六朝樂府民歌，齊梁宮體，都能細加揣摩汲取；史書筆記、道釋之經、儒家之典，幾乎是無所不窺，作爲養料，以壯大其歌詩的新肌體，其藝術來源既深且廣。杜牧稱賀爲「騷之苗裔」，屬舉例性質而僅見一端。漢魏詩歌，南北朝樂府民歌，他是駕輕就熟，深受影響。就是本朝詩家，如李（白）杜（甫）韓（愈）諸家，詩人也能及時學習汲取并加以繼承發展。張戒歲寒堂詩話稱「賀詩乃李白樂府中出，瑰奇譎怪則似之」。李白學騷，賀也學騷，有同好焉，皆具積極浪漫之幻想。但如深入一層研究，賀詩并不在具體字句及音節形製上仿騷，而是在意境情緒上的奇崛憤激方面，發揚屈原的積極浪漫精神。賀學李白，亦同是一理。人稱唐詩三李（白、賀、商隱），并駕齊名，賀當之無愧。又如賀之學杜，如前引感諷五首其一，即是一例，其諷刺鞭撻之力，有似杜之三吏、三别。又如老夫採玉歌曰：「夜雨岡頭食蓁子，杜鵑口血老夫淚。藍溪之水厭生人，身死千年恨溪水。」朝廷爲宫中女性佩飾之玉，逼民藍溪採玉以貢，連溪水也厭煩新死的採玉伕役，一個「厭」字，正説明死於斯者難以數計。詩中并未直斥朝廷，却又聲聲血淚，震撼人心。其關心民生疾苦的現實「詩史」精神，與杜如出一轍，正是杜詩的發揚光大。至於賀之學韓，也是有跡可尋。杜牧序稱「韓吏部亦頗道其歌詩」，是可信的。韓愈爲賀參加科舉作諱辯即是例證。賀詩有高軒過曰：「東京才子，文章巨公。……我今垂翅附冥鴻，他日不羞蛇作龍。」可證尚未發達時的「東京才子」韓愈，已是年輕詩人心中的偶像。賀之學韓，如春歸昌谷、昌谷詩等，見以文爲詩之法，其句式、章法、格調、風神，與韓詩相類。故清吴闓生指出「此詩學韓」（見吴闓生李長吉詩評注案語），信然。又如韓有聽潁師彈琴，賀亦作聽潁師彈琴歌，當是一時之作，其師承變化之跡，宛然可尋。但二詩相較，賀之構思創調，鍛字煉句，藝術工巧又能自出機杼，别具新貌而見詩人自家精神，其善學活用，變化如神，又可堪後世借鑑。故清金湝生曰：「李長吉不屑作一常語，奇處直欲突過昌黎。」（栗香隨筆三筆卷二）納蘭性德説李賀的「破錦囊中，石破天驚，卒與少陵同壽千百年」（書昌谷集後，見通志堂集卷四），道出了李賀轉益多師而呈化工之妙，自具精神面貌而垂於不朽。如「女媧煉石補天處，石破天驚逗秋雨」（李憑箜篌引），「提出西方白帝驚，嗷嗷鬼母秋郊哭」（春坊正字劍子歌），「黑雲壓城城欲摧，甲光向日金鱗開」（雁門太守行），「遥望齊州九點煙，一泓海水杯中瀉」（夢天），「天河夜轉漂迴星，銀浦流雲學水聲」（天上謡），「羲和敲日玻璃聲，劫灰飛盡古今平」（秦王飲酒），「衰蘭送客咸陽道，天若有情天亦老」（金銅仙人辭漢歌），「我有迷魂招不得，雄鷄一聲天下白」（致酒行）等，開拓創新，獨闢蹊徑，個性鮮明如畫，激情噴湧如濤，其造境、煉意、修辭、鍛句、錘字，無一不是嘔心瀝血而作未經人道語。讀昌谷詩，能作如是觀，可謂長吉知己。李賀歌詩，無愧唐詩大家稱號，其鮮明個性，足以撼動千古而垂之不朽。

上述介紹，挂一漏萬，望大方之家及廣大讀者不吝賜教。

蔣凡於二〇一九年五一節

凡例

一、李賀詩集，古往今來，多有注家。在古賢衆多評注本中，當以清人王琦彙解李長吉歌詩最爲詳明。王氏詳採諸家之長而不掩人之善，棄人紕謬而又有所依據；力求客觀公正，在總結前人成就基礎上，提升自家評注的研究質量，很有參考價值。清初姚文燮評注昌谷詩集。姚氏熟稔新、舊二唐書，重在以詩證史，以史證詩。經過比對參詳，姚氏自具心解，認爲長吉之詩，雖然貌異於杜，但其著眼所在，實與杜甫「詩史」精神相通。其於詩、史，多方鈎考，用力甚勤，雖難免牽强比附之譏，但其破解之處，却可稱詩人知己，啓人至深而可資借鑑。至於方世舉（扶南）批李長吉詩集，批注雖較簡略，但其獨到之處，可見賀詩精氣風神，可供讀者參考神悟而浮想聯翩。以上三家評注，雖有詳略之異，但却各有其價值，故三者合一刊之，以饗讀者。

二、一九五八年，中華書局上海編輯所出版了三家評注李長吉歌詩，一九九八年又由上海古籍出版社再版重印，其開拓之功不可没。但昔日爲應需求，只予簡單圈點，或偶有粗疏之處。

爲便於讀者閱讀，上海古籍出版社决定重新校點出版，仍收録於中國古典文學叢書中。

三、三位作者生平著述簡介如下：王琦，字琢崖。錢塘（今浙江杭州）人。乾隆時代著名學者。他花數十年功夫，第一次把李白詩、文合注，成李太白文集三十六卷。又撰成李長吉歌詩彙解五卷。又據趙殿成注王右丞集箋注例略，王琦曾助趙氏一臂之力，「龍藏貝書之故實，一花五葉之源流，皆其所尋章摘句以襄助者也」，幫助完成王維集中的佛學典故之箋釋。以上三書注釋，早已譽滿學林，流傳至今。

姚文燮，字經三，號羹湖。桐城（今屬安徽）人。清順治己亥（一六五九）進士。官建寧同知。

方世舉，字扶南，號息庵，自稱息翁。桐城人。乾隆初曾舉博學鴻詞，不就。博學工詩，是當時著名文人學者。著有春及堂集、韓昌黎詩注，又曾手批李長吉詩集。

四、此次出版，王琦注用其乾隆二十五年（一七六〇）寶笏樓藏版的精校家刻本。姚文燮評注本用復旦大學圖書館善本書庫藏康熙五年丙午（一六六六）福建建陽書院重刻本。復旦大學藏本後有王欣夫跋，云「此書朱筆批識，氣息極舊，當出清初人手」。毋校之助，功不可没，在此謹致衷心之謝忱。書附姚氏之師陳二如序曰：「姚子之重是刻也，簿書之暇，更取原本較定，爲易其附會之過甚者二三十條，遂無一之不合。」可見姚氏修訂本，用功甚勤。建陽重刻之時，又新增陳二如、錢飲光、黄秋涵諸人評語，更爲修訂本增色，内容更爲豐富充實。而方世舉（扶南）手批李長吉詩集，則據今人徐聲越（震堮）鈔本。據徐氏寫於一九五八年的方扶南批昌谷集後記曰：「這一個批本是寫在清初刻姚佺昌谷集句解定本上的，朱墨筆小行楷極精，斷出名手。書上除歸安沈鳳詔一印以外，没有別的收藏印記。……王欣夫先生鑑定這是一個過録本，甚確。」

五、方氏評本，據陳本禮協律鈎玄略例曰：「余家藏又有義門何氏、扶南方氏手評。」則原手評本，曾見藏於陳氏，但今不見公私諸家目録著録，則原寫本或亡佚。今人徐聲越據清初姚佺昌谷集句解定本上的過録本鈔録，并於一九五八年交由中華書局上海編輯所刊行。現徐先生故去，其據以鈔録的過録本也杳無踪影，實在遺憾。如今，只能以上海古籍出版社於一九九八年重印的一九五八年本爲底本，并參據徐聲越先生一九五九年三月二十八日來信附勘誤表，重加校點出版，以饗讀者。方批本的出版，救活了一個有用之本，徐聲越先生功不可没，在此謹致敬意。

六、各家評注，原本或爲句下夾注，或爲天頭眉批。爲方便讀者使用，兹將王琦彙解移置篇末，依次列注；姚文燮評注列於詩文之後（惱公一首隨文注則仍保留句下夾注），蔣楚珍、陳二如、周玉鳧、黄秋涵、錢飲光、吴炎牧、蔣潛伯等諸家評批列於姚注之後，前加【眉批】以示區別。

七、爲避繁冗，底本中的避諱字或刻誤、俗字，逕自改從本字。底本中的錯訛需要特別説明的，以帶圈注碼標示，於篇後以「蔣按」形式作簡要交代。不免遺漏，請讀者諒察。

八、古人稱引先賢古書，或照録，或節録，或意録，並無嚴格的規定。是否運用引號，視具體情況而定，以不引起讀者誤讀誤解爲準。

九、天上星座或星名，一般不標專名綫。但牛郎、織女星，因涉及傳統神話故事的特殊人物，故牛、女之星，特加專名綫予以區別對待。

目録

李長吉歌詩卷一

李長吉歌詩卷二

李長吉歌詩卷三

李長吉歌詩卷四

李長吉歌詩外集

姚文燮注昌谷集

昌谷集卷二

昌谷集卷三

昌谷集卷四

方扶南批注李長吉詩集

卷二

卷四

〔清〕王琦　彙解

李長吉歌詩

序

李長吉詩編，稽唐、宋兩史藝文志及鄭氏通志略，皆曰李賀集。後人不欲指斥其名，而依其所居之地以名之，改題曰「昌谷」。今稱李長吉歌詩，從吴西泉本及杜樊川序也。按：昌谷在洛陽，地志多失載。詩中原注謂昌谷與女几山嶺坂相承，山即蘭香神女上昇處；其谷東有隋之福昌宮焉。按：其地皆在今河南宜陽縣中。宜陽于唐、宋時爲福昌縣，故王氏困學紀聞謂昌谷在河南福昌縣三鄉東。張文潛有春遊昌谷訪長吉故居詩及福昌懷古一章，專指長吉宅而言，皆灼然可據。注者數家俱略而不考。或且因詩中有隴西長吉之辭，遂妄擬以爲地在隴西，謬解紛如，反爲疣贅。又樊川序中反覆稱美，喻其佳處凡九則。後之解者，祇拾其「鯨呿鼇擲、牛鬼蛇神、虚荒誕幻」之一則以爲端緒，煩辭巧説，差爽尤多。余集所見諸家箋注，删去浮蔓而録其確切者，間以鄙意辨析其間。有竟不可解者，多因字畫訛舛，難可意揣，寧缺無鑿，期于不失原詩本來面目。勿令後之觀者，因箋釋之不明，而反墮冥冥雲霧中也。長吉下筆務爲勁拔，不屑作經人道過語，然其源實出自楚騷，步趨于漢、魏古樂府。朱子論詩，謂長吉較怪得些子，不如太白自在。夫太白之詩，世以爲飄逸；長吉之詩，世以爲奇險。是以宋人有「仙才」、「鬼才」之目。而朱子顧謂其與太白相去不過些子間，蓋會意于比興風雅之微，而不賞其雕章刻句之跡，所謂得其精而遺其麄者耶！人能體朱子之説，以探求長吉詩中之微意，而以解楚辭、漢魏古樂府之解以解之，其于六義之旨庶幾有合。所謂「鯨呿鰲擲、牛鬼蛇神」者，又何足以駭夫觀聽哉！

乾隆二十五年冬至後七日，西泠王琦琢崖氏記于平安里居之寶笏樓。

評注諸家姓氏爵里考

劉辰翁，字孟會，號須溪，廬陵人。少登陸象山之門。景定壬戌，以太學生廷試對策忤賈似道，抑置丙第。後以薦除太學博士，不起。有李長吉詩評。

吴正子，字西泉，時代爵里未詳。有長吉詩箋注。

徐渭，字文長，山陰人。明嘉靖中以諸生入總督胡宗憲幕府。有昌谷詩注。

董懋策，爵里未詳。有昌谷詩注，合徐注刊之。

曾益，字謙甫，山陰人。有昌谷詩注。〔一〕

余光，字希之，莆田人。明崇禎丁丑進士，官上虞知縣。有昌谷詩注。〔二〕

姚佺，字仙期，一云山期，號辱菴，又號石耳山人，秀水人。明末時，客居吴下，與復社諸名士會中。有昌谷詩箋。○外有邱象升字曙戒、邱象隨字季貞、陳愫字素子、陳開先字梅章、楊妍字士佳、吴甫字杜陵六人之辯注，孫枝蔚字豹人，陝西三原人，康熙中與博學鴻詞舉、張恂字稺恭、蔣文運字元扈、胡廷佐字揆衷、張星字東井、謝起秀字賓夫、朱潮遠字卓月七人之評合刊之，總號昌谷集句解定本。

姚文燮，字經三，號羹湖，桐城人。順治己亥進士，官建寧同知。有昌谷詩注，多以史事釋之，所謂借古人以成一家言者；至其當處不可易也。書之上方附蔣楚珍金壇人，翰林，蔣虎臣先生之父、陳二如名式，號問齋，桐城人、錢飲光初名秉鐙，字幼光，後更名澄之，字飲光，桐城人、周玉鳧蘇州人、黄秋涵、吴炎牧、蔣潛伯諸君評語。

〔一〕李維楨、王思任皆爲作序，蓋其同時人也。

〔二〕予于明文選本，見李君世熊一序，言李賀死九百六十年，希之以神筆靈風，鼓二氣而呵活之，美其注釋之甄明乃爾。求之多年，終未克覯。嘗買得徐、董合解刻本，有墨筆鈔其注于上下空白間者，然每首不過數句，亦有全首不注。疑是摘録之本，非全注也。其書後爲友人借閱，遂失去不返。

李長吉歌詩首卷

李長吉歌詩叙

杜　牧

太和五年十月中，半夜時，舍外有疾呼傳緘書者，牧曰：「必有異，亟取火來。」及發之，果集賢學士沈公子明書一通，曰：「我亡友李賀，元和中，義愛甚厚，日夕相與起居飲食。賀且死，嘗授我平生所著歌詩，離爲四編，凡二百三十三首。〔一〕數年來東西南北，良爲已失去；今夕醉解，不復得寐，即閲理篋帙，忽得賀詩前所授我者。思理往事，凡與賀話言嬉遊，一處所，一物候，一日、一夕、一觴、一飯，顯顯然無有忘棄者，不覺出涕。賀復無家室子弟，得以給養卹問。嘗恨想其人，詠味其言止矣。子厚于我，與我爲賀集序，盡道其所來由，亦少解我意。」牧其夕不果以書道不可，明日就公謝，且曰：「世謂賀才絶出前。」讓。居數日，牧深惟公曰：「公于詩爲深妙奇博，且復盡知賀之得失短長。今實叙賀不讓，必不能當公意，如何？」復就謝，極道所不敢叙賀。公曰:「子固若是,是當慢我。」牧因不敢復辭,勉爲賀叙,終甚慙。賀,唐皇諸孫,字長吉。元和中,韓吏部亦頗道其歌詩。雲煙綿聯,不足爲其態也;水之迢迢,不足爲其情也;春之盎盎,不足爲其和也;秋之明潔,不足爲其格也;風檣陣馬,不足爲其勇也;瓦棺篆鼎,不足爲其古也;時花美女,不足爲其色也;荒國陊殿,梗莽丘壠,不足爲其怨恨悲愁也;鯨吸鰲擲,牛鬼蛇神,不足爲其虚荒誕幻也。蓋騷之苗裔,理雖不及,辭或過之。騷有感怨刺懟,言及君臣理亂,時有以激發人意。乃賀所爲,得無有是?賀能探尋前事,所以深嘆恨古今未嘗經道者,如金銅仙人辭漢歌、補梁庾肩吾宫體謡。求取情狀,離絶遠去筆墨畦徑間,亦殊不能知之。賀生二十七年死矣!世皆曰:使賀且未死,少加以理,奴僕命騷可也。〔二〕賀死後凡十有五年,京兆杜牧爲其叙。〔三〕

〔一〕今本昌谷集只四卷,疑即沈氏所得離爲四編之本也。其詩實出自長吉手授,非他人掇拾編次者,無真贗雜陳之患可知矣。劉後村作昌谷集題跋曰:樂府惟李賀最工,張籍、王建輩皆出其下。然全集不過一小册。世傳賀中表有妒賀才名者,投其集溷中,故傳于世者絶少。予竊意不然。天地間尤物且不多得,况佳句乎?使賀集不遭厄,必不能一一如今所傳本之精善，疑賀手自詮擇者耳。鍾伯敬作李長吉詩辨曰：杜牧，李長吉執友也，叙長吉詩曰：「賀且死，嘗授我平生所著歌詩，凡二百三十三首。」今二百三十三首具在，則長吉詩無逸者矣；其逸者，非逸也，皆賀所不欲存者也。而李藩者，乃從賀外兄搜其逸者，且恨其以夙怨，悉投堰中，不亦紛紛多事乎！少陵云：「文章千古事，得失寸心知。」况如賀等者，皆于心的有所據，而于世一無所與者乎？夫以于心有所據，而于世無所與之人，死而授其友之知我者以詩，詩止于二百三十三首，則此外皆其所不欲存者必矣。乃不足以定長吉詩，而必欲别傳其所不欲存者，甚矣，無識者之禍人詩也！然則投賀詩與恨其投者，其爲庸人無識則同，要其得投堰中，則長吉之幸。而二百三十三首傳于世，而無一字之亡者，皆長吉文章之神之所爲也；若長吉者，已所不欲存，雖舉世之所欲傳，而必毅然自去之者也。二文議論皆確。後村似未見杜序，而神解暗合；伯敬則全本之杜序，然以杜爲長吉執友，誤矣。又賀將卒時，以平生所著歌詩授沈子明。今讀其文，似以歌詩授之杜者，則亦未嘗細檢杜序，殆所謂得其精而忘其粗者歟！但今世所傳諸本，有二百十九篇者，有二百四十二篇者，與序中所載之數不合，恐亦不能不爲後人淆亂矣。

〔二〕北夢瑣言：予嘗覽李賀歌篇，慕其逸才奇險，雖然嘗疑其無理，未敢言于時輩。後于奇章集中見杜紫微牧有言，長吉若使「稍加以理，即奴僕命騷可也」。是知通論若符，不相遠也。

〔三〕劉須谿曰：舊看長吉詩，固喜其才，亦厭其澀；落筆細讀，方知作者用心。料他人觀不到此，是千年長吉猶無知己也。以杜牧之鄭重爲序，直取二三歌詩而止，始知牧亦未嘗讀也，即讀亦未知也。微一二歌詩，將無道長吉者矣！謂其理不及騷，未也，亦未必知騷也；騷之荒忽則過之矣，更欲僕騷，亦非也。千年長吉，予甫知之耳！詩之難讀如此，而作者嘗嘔心，何也？又曰：樊川反覆稱道，形容非不極至，獨惜理不及騷，不知賀所長正在理外。如惠施「堅白」，特以不近人情，而聽者惑焉，是爲辯。若眼前語、衆人意，則不待長吉能之，此長吉所以自成一家歟！琦按：須谿二說，蓋欲翻杜序中語耳。杜于全集中特提出二詩，是證其能探尋前事，爲古今未嘗經道者，上下文意顯然，未嘗衹取二詩而盡棄其餘也。須谿以爲直取一二歌詩而止，而嗤其未嘗讀長吉詩；予乃嗤須谿未能細讀牧之序。至于理不及騷，自是長吉短處，乃謂賀所長正在理外，是何等語耶？觀其評賞，屢云妙處不必可解。試問作詩至不可解，妙在何處？觀古今才人嘆賞長吉諸詩，嘆賞其可解者乎，抑嘆賞其不可解者乎？嘆賞其在理外者乎，抑嘆賞其不在理外者乎？予謂須谿評語，疑誤後人正復不少，而自附于長吉之知己，謬矣！宋潛溪嘗訾劉氏評詩，如「醉翁寱語，終不能了了」，可謂知言。世之耳食者，喜其奇僻過人，出自前人之筆，不惟不敢異同，又從而附述之，是不可以不辨也。

李長吉小傳

李商隱

京兆杜牧爲李長吉集叙，狀長吉之奇甚盡，世傳之。長吉姊嫁王氏者，語長吉之事尤備：長吉細瘦，通眉，長指爪，能苦吟疾書。最先爲昌黎韓愈所知。所與游者，王參元、楊敬之、權璩、崔植輩爲密。每旦日，出與諸公游，未嘗得題然後爲詩，如他人思量牽合以及程限爲意。恒從小奚奴，騎距驢，背一古破錦囊，遇有所得，即書投囊中。及暮歸，太夫人使婢受囊出之，見所書多，輒曰：「是兒要當嘔出心乃已爾！」上燈與食。長吉從婢取書，研墨疊紙足成之，投他囊中。非大醉及吊喪日率如此，過亦不復省。王、楊輩時復來探取寫去。長吉往往獨騎往還京、雒，所至或時有著，隨棄之，故沈子明家所餘四卷而已。長吉將死時，忽晝見一緋衣人，駕赤虬，持一板書若太古篆或霹靂石文者，云：「當召長吉。」長吉了不能讀，欻下榻叩頭，言阿㜷長吉學語時呼太夫人云。老且病，賀不願去。緋衣人笑曰：「帝成白玉樓，立召君爲記。天上差樂不苦也！」長吉獨泣，邊人盡見之。少之，長吉氣絶。常所居窗中，焞焞有煙氣，聞行車嘒管之聲。太夫人急止人哭。待之，如炊五斗黍許時，長吉竟死。王氏姊非能造作謂長吉者，實所見如此。嗚呼！天蒼蒼而高也，上果有帝耶？帝果有苑圃宫室觀閣之玩耶？苟信然，則天之高邈，帝之尊嚴，亦宜有人物文采愈此世者，何獨眷于長吉而使其不壽耶？噫！又豈世所謂才而奇者，不獨地上少，即天上亦不多耶？長吉生時二十七年，位不過奉禮太常，時人亦多排擯毁斥之。又豈才而奇者，帝獨重之，而人反不重耶？又豈人見會勝帝耶？

書李賀小傳後

陸龜蒙

玉溪生傳李賀云：長吉常時旦日出遊，從小奚奴，騎距驢，背一古破錦囊，遇有所得，即書投囊中。暮歸，足成其文。余爲兒時，在溧陽聞白頭書佐言：孟東野，貞元中，以前秀才，家貧，受溧陽尉。溧陽昔爲平陵，縣南五里有投金瀨，瀨南八里許道東有故平陵，城周千餘步，基阯陂陁，裁高三四尺。而草木勢甚盛，率多大櫟，合數十抱，藂條蒙翳，如塢如洞。地窪下積水沮洳，深處可活魚鱉輩。大抵幽邃岑寂，氣候古澹可喜，除里民樵罩外無入者。東野得之忘歸，或比日，或間日，乘驢領小吏經驀投金渚一往。至得蔭大櫟隱巖蓧，坐于積水之旁，吟到日西還，爾後衮衮去，曹務多弛廢。今秃躁下急，①不佳東野之爲，立白王府，②請以假尉代東野，分其俸以給之。東野竟以窮去。吾聞淫畋漁者，謂之暴天物。天物既不可暴，又可抉擿刻削露其情狀乎？使自萌卵至于槁死，不能隱伏，天能不致罰耶？長吉夭，東野窮，玉溪生官不挂朝籍而死，正坐是哉！正坐是哉！

①蔣按：「令禿躁」，明成化本甫里先生文集作「令季操」，是。
②蔣按：「王」，明成化本甫里先生文集作「上」，是。

冬日有懷李賀長吉

戴叔倫

歲晚齋居寂，情人動我思。每因一樽酒，重和百篇詩。月冷猿啼慘，天高雁去遲。夜郎流落久，何日是歸期？

讀李賀歌集

僧齊己

赤水無精華，荆山亦枯槁。玄珠與虹玉，璨璨李賀抱。清晨醉起臨春臺，吴綾蜀錦胸襟開。狂多兩手掀蓬萊，珊瑚掇盡空土堆。

福昌懷古

張耒

少年詞筆動時人，末俗文章久失真。獨愛詩篇超物象，衹因山水與精神。清溪水拱荒凉宅，幽谷花開寂寞春。天上玉樓終恍惚，人間遺事已成塵。李賀宅。

讀李長吉詩

李綱

長吉工樂府，字字皆雕鎪。騎驢適理外，五藏應爲愁。得句乃足成，還有理致不？嘔心古錦囊，絶筆白玉樓。遺編尚如此，嘆息空搔頭。

長歌哀李長吉

郝經

元和比出屠龍客，三斷韋編兩毛白。黄塵草樹徒紛披，幾人探得神仙格？青衣小兒下玉京，滿天星斗兩手摘。胸中旁魄銀河湧，驅出鱣鯨噴霜雪。逸氣似與秋天杳，辭鋒忽劃青雲裂。剸空一劍斷晴霓，齊梁妖孽皆泣血。上帝俄驚久不來，恐向塵寰覆迷轍。赤虬嘶入造化窟，千丈虹光遶明月。人間不復見奇才，白玉樓頭耿光潔。自此雄文價益高，翠華灼爍紫霓掣。我生不幸不同時，安得縱横驚清絶。思君岳岳矯首立，扣破元闢天地絶。忽驚鳳鳥入寥廓，恍惚渾疑見顔色。車聲嘈管縹緲間，亂霞顛倒無蹤跡。六龍驤翼夾秋日，神鼎俄空鉉華碧。丹霄盤礴冠元精，縱有新詩招不得。煙凄凄兮鎖瑶臺，望王孫兮去未迴。瑛瑛玉樹生瑶堦，有瑶花兮花不開。仰天三嘆天無語，萬里長風酒一杯。

觀明發畫李賀高軒過圖

僧道潛

唐年茂宗枝，時平多俊良。長吉尤震曜，春林擢孤芳。退之于孔門，屹屹真棟梁。筆力障百川，風瀾息其狂。破衣繫麻鞵，右顧生輝光。一朝與湜輩，命駕驚煌煌。賀初爲兒童，隨父事迎將。須臾命賦詩，英氣加激昂。長安衆詞客，聲問争推揚。風流垂異代，尚想古錦囊。君今亦宗英，韻勝斯人方。少年肯事事，苦學志獨强。風騷擬屈宋，妙處相頡頏。丹青出戲弄，配古猶擅場。形容示往事，彷彿如在旁。一徑入幽遠，古垣繚林莊。平橋跨緑水，薄叢含蔥蒼。晴窗爲披拂，佳興杳難忘。

李賀晚歸圖

徐俯

近代推名畫，諸君作薦書。皇都開藝學，博士是新除。高柳長安道，亂雲昌谷居。丹青聊置此，僕馬晚歸歟！

李賀醉吟圖

劉　因

赤虬翩翩渺無聞，望之不見矧可親。浮世浮名等濁溷，眼中擾擾投詩人。心肝未了人間春，龐眉尚作哦詩顰。太平瑞物不易得，昌黎仙人掌中珍。北風蕭蕭吹野麟，千年淚雨埋青雲。乾坤清氣老不死，丹鳳再來須見君。

事紀　十二則

李賀字長吉，宗室鄭王之後。父名晉肅，以是不應進士；韓愈爲之作諱辯，賀竟不就試。〔一〕手筆敏疾，尤長于歌篇。其文思體勢，如崇巖峭壁，萬仞崛起。當時文士從而效之，無能髣髴者。其樂府數十篇，至于雲韶樂工，無不諷誦。補太常寺協律郎。卒時年二十四。舊唐書。

〔一〕韓昌黎諱辯云：「愈與李賀善，勸賀舉進士。賀舉進士有名，與賀争名者毁之，曰：『賀父名晉肅，賀不舉進士爲是，勸之舉者爲非。』」

李賀字長吉，系出鄭王後。七歲能辭章，韓愈、皇甫湜始聞未信，過其家，使賀賦詩，援筆輒就如素構，自目曰高軒過。二人大驚，自是有名。爲人纖瘦，通眉，長指爪，能疾書。每旦日出，騎弱馬，從小奚奴，背古錦囊，遇所得，書投囊中。未始先立題然後爲詩，如他人牽合程課者。及暮歸，足成之。非大醉、弔喪日率如此，過亦不甚省。母使婢探囊中，見所書多，即怒曰：「是兒要嘔出心乃已耳！」以父名晉肅，不肯舉進士；愈爲作諱辨，然卒亦不就舉。辭尚奇詭，所得皆警邁，絶去翰墨畦徑，當時無能效者。樂府數十篇，雲韶諸工皆合之弦管。爲協律郎。卒，年二十七。與遊者權璩、楊敬之、王恭元。每撰著，時爲所取去。賀亦早世，故其詩歌世傳者鮮焉。新唐書。

李賀字長吉，唐諸王孫也。父瑨肅，邊上從事。賀年七歲，以長短之歌名動京師。時韓愈與皇甫湜見賀所業，奇之，而未知其人，因謂曰：「若是古人，吾曹不知者；若是今人，豈有不知之理？」會有以瑨肅行止言者，二公因連騎造門請其子，總角荷衣而出。二公不之信，因面試一篇。賀承命，欣然操觚染翰，旁若無人，仍目曰高軒過。二公大驚，遂以所乘馬命聯鑣而還所居，親爲束髮。年未弱冠，丁内艱。他日舉進士，或謗賀不避家諱，韓公特著諱辯一篇，不幸未壯室而終。太平廣記。

隴西李賀，字長吉，唐鄭王之孫。稚而能文，尤善樂府，詞句意新語麗。當時工于詞者，莫敢與賀齒，由是名聞天下。以父名瑨肅，子故不得舉進士。卒于太常官，年二十四。其母夫人鄭氏念其子深，及賀卒，夫人哀不自解。一夕，夢賀來，如平生時，白夫人曰：「某幸得爲夫人子，而夫人念某且深，故從小奉親命，能詩書爲文章。所以然者，非止求一位而自飾也，且欲大門族，上報夫人恩。豈期一日死，不得奉晨夕之養，得非天哉！然某雖死，非死也，乃上帝命。」夫人訊其事，賀曰：「上帝神仙之居也，近者遷都于月圃，構新宮，名曰白瑤。以某榮于辭，故召某與文士數輩共爲新宮記；帝又作凝虚殿，使某輩纂樂章。今爲神仙中人，甚樂，願夫人無以爲念。」既而告去。夫人寤，甚異其夢，自是哀少解。太平廣記。

元和中，進士李賀善爲歌篇，韓文公深所知重，于縉紳之間，每加延譽，由此聲華籍甚。時元相國稹年少，以明經擢第，亦工篇什，常願結交賀。一日，執贄造門，賀攬刺不答，遽令僕者謂曰：「明經擢第，何事來看李賀？」相國無復致情，慚憤而退。其後自左拾遺制策登科目，當要路，及爲禮部郎中，因議賀祖禰諱晉，不合應進士舉。賀亦以輕薄爲時輩所排，遂成轗軻。文公惜其才，爲著諱辯録明之，然竟不成事。劇談録。

李藩侍郎嘗綴李賀歌詩，爲之集序，未成，知賀有表兄與賀爲筆硯之舊，召之見，托以搜訪所遺。其人敬謝，且請曰：「某盡得其所爲，亦見其多點竄者。請得所葺者視之，當爲改正。」李公喜，并付之。彌年絶跡。李公怒，復召詰之，其人曰：「某與賀中外，自小同處，恨其傲忽，嘗思報之。所得兼舊有者，一時投于溷中矣！」李公大怒，叱出之，嗟恨良久。故賀篇什流傳者少。幽閑鼓吹。

有人謁李賀，見其久而不言，吐地者三，俄而文成三篇，文筆噤喉。雲仙雜記。

張司業籍善歌行，李賀能爲新樂府，當時言歌篇者，宗此二人。因話録。

進士李爲作淚賦及輕、薄、暗、小四賦；李賀作樂府，多屬意花草蜂蝶之間，二子竟不遠大。文字之作，可以定相命之憂劣矣。因話録。

李益長于歌詩，德宗貞元末與宗人李賀齊名。册府元龜。

李賀樂府數十首，流播管弦；李益與賀齊名。每一篇出，樂人輒以重賂購之，樂府稱爲「二李」。談薈。

唐昭宗光化三年十二月，左補闕韋莊奏：「詞人才子時有遺賢，不霑一命于聖明，没作千年之恨骨。據臣所知，則有李賀、皇甫松、李群玉、陸龜蒙、趙光遠、温庭筠、劉德仁、陸逵、傅錫、平曾、賈島、劉稚珪、羅鄴、方干，俱無顯遇，皆有奇才。麗句清詞，遍在詞人之口；銜冤抱恨，竟爲冥路之塵。伏望追賜進士及第，各贈補闕拾遺。」敕獎莊，而令中書門下詳酌處分。容齋三筆。

詩評　三十二則

宋景文諸公在館，嘗評唐人詩，云：「太白仙才，長吉鬼才。」文獻通考。

人言「太白仙才，長吉鬼才」，不然。太白天仙之詞，長吉鬼仙之詞耳。滄浪詩話。

「太白仙才，長吉鬼才」，然仙詩、鬼詩皆不堪多見，多見則仙亦使人不敬，鬼亦使人不驚。嚴滄浪評李太白詩。

張碧，貞元中人，自序其詩云：「碧嘗讀李長吉集，謂春折紅翠，闢開蟄户，其奇峭者不可攻也。及覽李太白辭，天與俱高，青且無際，鯤觸巨海，瀾濤怒翻。則觀長吉之篇，若陟嵩之巔，視諸阜者耶！」唐詩紀事。

李賀較怪得些子，不如太白自在。又曰：賀詩巧。朱子語類。

李賀有太白之語，而無太白之才。太白以意爲主，而失于少文；賀以詞爲主，而失于少理。歲寒堂詩話。

張爲作詩人主客圖序，以孟雲卿爲高古奥逸主；上入室韋應物，入室李賀、杜牧、李餘、劉猛、李涉、胡幽正；升堂李觀、賈馳、李宣古、曹鄴、劉駕、孟遲；及門陳潤、韋楚老。○「飛香走紅滿天春」，上雲樂句。「酒酣喝月使倒行」，秦王飲酒句。「蹋天磨刀割紫雲」，紫石硯句。右張爲取作主客圖。唐詩紀事。

元和歌詩之盛，張、王樂府尚矣。韓愈、李賀文體不同，皆有氣骨。退之等作，前賢稱之詳矣。若長吉者，天縱奇才，驚邁時輩，所得離絶凡近，遠去筆墨畦徑。嗚呼！使假之以年，少加以理，其格律豈止是哉！唐詩品彙。

大曆以後，吾所深取者，李長吉、柳子厚、劉言史、權德輿、李涉、李益耳。○玉川之怪，長吉之瑰詭，天地間自欠此體不得。滄浪詩話。

李長吉、玉川子詩，皆出于離騷，未可以立談判也。漁隱叢話。

或問陸放翁曰：「李賀樂府極古今之工，具眼或未許之，何也？」放翁曰：「賀詞如百家錦衲，五色眩曜，光奪眼目，使人不敢熟視。求其補于用，無有也。」予謂賀詩妙在興，其次在韻逸。若但舉其五色眩曜，是以兒童才藻目之，豈直無補已乎？趙宧光彈雅。

大曆以後，解樂府遺法者，惟李賀一人。設色穠妙，而詞旨多寓篇外，刻于撰語，渾于用意。中唐樂府，人稱張、王，視此當有奴、郎之隔耳。○譚友夏云：「詩家變化，盛唐已極。後又欲別出頭地，自不得無東野、長吉一派。」毛馳黄詩辯坻。

李長吉語奇而入怪。周紫芝古今諸家樂府序。

臞翁詩評：「李長吉如武帝食露盤，無補多慾。」詩人玉屑。

篇章以平夷恬淡爲上，怪險蹶趨爲下。如李長吉錦囊句，非不奇也，而牛鬼蛇神太甚，所謂施諸廊廟則駭矣。珊瑚鉤詩話。〔一〕

〔一〕李嵩岑曰：「此語未盡然。雁門悲壯，銅仙哀怨，黄家洞、貴主征行，足垂勸誡，亦平淮夷雅之一也。」

昔人謂詩能窮人，或謂非止窮人，有時而殺人。蓋雕琢肝腸，已乖衛生之術；嘲弄萬象，亦豈造物之所樂哉？唐李賀、本朝邢居實之不壽，殆以此也。周益公平園續稿。

李長吉詩，字字句句欲傳世，顧過于劌鉥，無天真自然之趣。通篇讀之，有山節藻棁，無梁棟，知非大厦也。○李賀詩有奇句，盧仝詩有怪句，好處自別。麓堂詩話。

鍾伯敬稱「長吉刻削處不留元氣，自非壽相」，此評極妙。譚友夏謂「從漢魏以上來」，謬以千里。詩辯坻。

長吉好以險字作勢。然如「漢武秦王聽不得，直是荆軻一片心」，原自渾老。通雅。

李賀雁門太守行首句云：「黑雲壓城城欲摧，甲光向日金鱗開。」摭言謂賀以詩卷謁韓退之，韓暑卧方倦，欲使閽人辭之。開其詩卷，首乃雁門太守行，讀而奇之，乃束帶出見。宋王介甫云：「此兒誤矣！方黑雲壓城時，豈有向日之甲光也？」或問：此詩韓、王二公去取不同，誰是？予曰：「宋老頭巾不知詩。凡兵圍城，必有怪雲變氣。昔人賦鴻門，有『東龍白日西龍雨』之句，解此意矣。予在滇，值安鳳之變，居圍城中，見日暈兩重，黑雲如蛟在其側，始信賀之詩善狀物也。」楊升菴外集。

李賀金銅仙人歌「魏官牽車指千里」，牽與轄相近，車軸相關而行也。世多不識此字，溷作牽牛之「牽」。詩林猶能存此字形，而本集中反多謬矣。彈雅。

李長吉有羅浮山人詩，云「欲剪湘中一尺天，吴娥莫道吴刀澀」，正用老杜題王宰畫山水圖歌「焉得并州快剪刀，剪取吴淞半江水」之句。長吉非蹈襲人後者，疑亦偶同，不失爲好語也。容齋續筆。

王右丞詩「楊花惹暮春」，李長吉詩「古竹老稍惹碧雲」，温庭筠「暖香惹夢鴛鴦錦」，孫光憲「六宮眉黛惹春愁」，用「惹」字凡四，皆絶妙。楊升菴外集。

唐人詩曰「足知造化力，不給使君須」，吾有取焉。薛敬軒讀書録。

李長吉詩云「楊花撲帳春雲熱」，才力絶人遠甚。如「柳塘春水漫，花塢夕陽遲」，雖爲歐陽文忠所稱，然不迨長吉之語。許彦周詩話。

王直方詩話云：「李賀高軒過詩中有『筆補造化天無功』之句，予每爲之擊節，此詩人之所以多窮也。」漁隱叢話。

李長吉詩，作不經人道語。然「繡幕圍春風」，古樂府中全句也。餘冬序録。

復齋漫録云：「長吉有『桃花亂落如紅雨』之句，以此名世。予觀劉禹錫云『花枝滿空迷處所，摇動繁英墜紅雨』，劉、李出一時，决非相爲剽竊。」漁隱叢話。

世目李長吉爲鬼才。夫陶通明博極群書，恥一事之不知，曰：「與爲頑仙，寧爲才鬼。」然則鬼才豈易言哉！長吉名由韓昌黎起，司空表聖評昌黎詩：「驅駕氣勢，若掀雷挾電，撑决天地之垠。」而長吉務去陳言，頗似之，譬之草木臭味也。由其極思苦吟，别無他嗜，阿㜷所謂「嘔心乃已」！是以隻字片語，必新必奇，若古人所未經道，而實皆有據案，有原委，古意鬱浡其間。其庀蓄富，其裁鑒當，其結撰密，其鍛鍊工，其丰神超，其骨力健，典實不浮，整蔚有序。雖詰屈幽奥，意緒可尋，要以自成長吉一家言而已。杜樊川序謂騷之苗裔，令未死，且加以理，可奴僕命騷。未爲不知長吉，亦未爲深知長吉。詩有别才，不必盡出于理。請就騷論，朱子以屈原行過中庸，辭旨流于跌宕怪神，怨懟激發，不可爲訓；林應辰則以詞哀痛而意宏放，興寄高遠，如崑崙閬風、西海陞皇之類，類莊氏寓言；劉舍人指其詭異譎怪，狷狹荒淫，四事異乎經典，而自有同乎風、雅者。騷詣絶窮微，極命庶物，力奪天巧，渾成無跡。長吉則鋒穎太露，蹊徑易見，調高而不能下，氣峻而不能平，是于騷特長擬議，未臻變化，安得奴僕騷也？傳稱其細瘦，通眉，長指爪，貌與人殊。而諸樂府亦若九歌東皇太乙，以至國殤、禮魂諸體，信乎其爲鬼才矣！或言元微之以詩謁長吉，曰：「明經擢第，何事來看？」微之怒，以父諱事阻其進。元、韓同時，是長吉前輩，語或失真。然以彼其才，目睫中寧置微之屬者？海内稱詩以元、白爲宗，鄙俚枯淡，稚弱猥雜，曾委巷歌謡之不如。間好爲長吉鬼語，而不察長吉胸有萬卷書，筆無半點塵，奈何率爾信腕信口，無所取裁，妄自攀附！猶侲子假鬼面效鬼聲，相戲相恐也，終身論墮鬼趣，才何有焉！李維楨昌谷詩解序。

有明霞秀月之賞，則必有崩雲湧雪之驚；有練川楮陸之平，則必有雁蕩、龍門之怪；有典謨訓誥之正，則必有竹墳、石鼓之奇；有魯論、孟子之顯，則必有墨兵、蒙寇之幻。窮則必至于變，通則適反其常，此不易之理也。唐以律取士，猶今日之時文也。人守其韻，世工其體，幾于一管之吹矣。李賀以僻性高才，拗腸盱眼，跳梁其間。其最稱筆硯知者，鏡深繹隱之韓愈；而所極臧隸視者，明經中第之元稹也。賀既吐空一世，世亦以賀爲蛇魅牛妖，不欲盡掩其才，而借父名以錮之。蓋不待溷中之投，而賀之傲忽毒人，將姓氏不容人間世矣。賀既孤憤不遇，而所爲嘔心之語，日益高渺，寓今托古，比物徵事，大約言悠悠之輩，何至相嚇乃爾！人命至促，好景盡虛，故以其哀激之思，變爲晦澀之調。喜用「鬼」字、「泣」字、「死」字、「血」字，如此之類，幽冷谿刻，法當夭乏。顧其冥心千古，涉目萬書，噀空繡閣，擲地絶塵，時而蛩吟，時而鸜鵒語，時而作霜鶴唳，時而花肉媚眉，時而冰車鐵馬，時而寶鼎熇雲，時而碧燐劃電，阿閃片時，不容方物。其可解者，抱獨知之契；其不可解者，甘遯世之悶，即杜牧之踵接最密，猶以爲殊不能知也。王思任昌谷詩解序。

李賀所賦銅人、銅臺、銅駞、梁臺，慟興亡，嘆桑海，如與今人語今事，握手結胸，愴淚漣洏也。賀亦尋常今之人耳，千年心眼，何爲使賀獨有鬼名哉？夫唐人以賀赴帝名，共慕之爲仙。今千年，學士乃畏之爲鬼。以爲仙，則賀死而生；以爲鬼，則賀生而死矣。然則賀之死不在二十七年之後，乃在二十七年之前也；賀之死又不在借諱錮身、投溷掩名之日，而在千年來疑賀、摘賀、贊愛賀、自以爲知賀之人也。劉會孟曰：「千年長吉，予甫知之耳！賀所長乃在理外，如惠施『堅白』，特以不近人情，而聽者惑焉，是爲辨耳。」夫鬼亦人靈而已，既以外理，又不近人，有物如是者，奚但鬼而已哉？雖然，長吉不諱死，亦自知其必復生。唐人已慕之爲仙矣。賀自言則曰：「幾迴天上葬神仙？」又曰：「彭祖、巫咸幾回死？」是謂仙亦必死也。後人既畏之爲鬼矣，賀自言則曰「秋墳鬼唱鮑家詩」，是謂鬼定不死也。故生死非賀所欣戚也。意賀所最不耐者，此千年來擠賀於鬱瞀沈屯中，非死非生，若魘不興者，終不能竪眉吐舌，噀血雪腸于天日之前，是賀所大苦也乎！李世熊昌谷詩解序。

李長吉，才人也，其詩詣當與楊子雲之文詣同。所命止一緒，而百靈奔赴，直欲窮人以所不能言，并欲窮人以所不能解。當時嘔出心肝，已令同儔辟易；乃不知己者，動斥之以鬼，長吉掉不受也。長吉詩總成其爲才人耳。儻得永年而老其才，以暢其識與學之所極，當必有大過人者，不僅以才人終矣。方拱乾昌谷集注序。

嘗讀韓愈三上宰相書，爲之感憤流連，士何不幸而生元和之時哉！李賀阨於讒，不得舉進士，愈作諱辯，可謂愛賀矣。然讒者百而愛者一，是愛不勝讒也。古今仇才者，首上官子蘭，而成屈子以千古未有之離騷，則愛者且千萬人，讒何傷？賀才學騷者也，而處時不同。德宗猜忌，用人不信宰相。憲宗英主也，裴度爲相。當賀七歲，愈與皇甫湜深器之。及愈爲御史，在貞元十九年，而賀年二十有三矣。數上封事，何難一薦之度？而考之史，卒無聞焉。或曰：中原時當用兵，無事儒生。而叔文之黨，方錮天下賢士大夫，不使登進。即愈之身，一貶陽山，再貶潮州，躬之不恤，何暇爲賀？逮後爲彰義行軍司馬，用其文而已，而賀適以是年死，豈不悲哉！或又曰：賀之阨于讒，宜也。屈子悼宗國之亡，其憂大，故其辭蹙；賀當平世，何至哀憤楚激，嘔心作詭譎之辭，以致忌者投詩溷厠，斯已過矣！曰：非也。賀，王孫也。所憂宗國也，和親之非也，求仙之妄也，藩鎮之專權也，閹宦之典兵也，朋黨之釁成而戎寇之禍結也。以區區奉禮之孤忠，上不能達之天子，下不能告之群臣，惟崎嶇驢背，托諸幽荒險澀諸詠，庶幾後之知我者。而世不察，以爲神鬼悠謬不可知。其言既無人爲之深繹，而其心益無以自明，不亦重可悲乎！宋琬昌谷集注序。

人文淪落之日，處才難；人文世之苛於律才人，與才人之苛于律世，兩相厄也。人文鼎盛之日，處才尤難。屈原、賈誼，才同而世不同，世不同而處才之受困又同。楚襄、漢文殆猶霄壤，離騷、鵩賦後先同悲。然則才不問時代，而所遇皆窮，天亦何必重生此才爲詩人困耶？詩三百篇，大抵不得志於時者之所作也。詩亡而後春秋作，孔子之不得志也，以春秋續詩也。屈、賈輩以騷續詩，是以詩續詩也，是又以詩續春秋也。其辭異，其旨同也。唐取士以詩，是不欲詩亡也，是將欲續王風，非欲續騷也。而唐之才人，歷數百年爲特盛，終唐之世，才最傑者稱兩王孫焉。嗟乎！唐之祖宗，創制立法，以網羅奇俊，冀無一失。其雲礽秀出，宜爲舉世所推，坐致通顯，乃邀其福于祖宗者，即厄其遇于子孫，吾何能不爲李白、李賀惜！唐才人皆詩，而白與賀獨騷。白，近乎騷者也；賀則幽深詭譎，較騷爲尤甚。後之論定者，以仙予白，以鬼予賀，吾又何能不爲賀惜！白與賀俱不遇，而一時英賢蔚起，泥者出其中，愛者出其中，卒至廢棄寢滅。而以賀視白，則白之處天寶也，不較愈于賀之處元和哉！白于至尊之前，尚能睥睨驕横，微指隱擊，一時宫禁欽仰，亦足傾倒一世；其擠之也，不過一閹人婦子耳！乃賀以年少，一出即攖塵網，姓字不容人間，其擠之也，則皆當世人豪焉。賀之孤憤，恨不即焚筆硯，何心更事雕績以自喜乎？且元和之朝，外則藩鎮悖逆，戎寇交訌；内則八關十六子之徒，肆志流毒，爲禍不測。上則有英武之君，而又惑于神仙。有志之士，即身膺朱紫，亦且鬱鬱憂憤，矧乎懷才兀處者乎？賀不敢言，又不能無言。于是寓今托古，比物徵事，無一不爲世道人心慮。其孤忠沉鬱之志，又恨不伸紙疾書，纚纚數萬言，如翻江倒海，一一指陳於萬乘之側而不止者，無如其勢有所不能也。故賀之爲詩，其命辭、命意、命題，皆深刺當世之弊，切中當世之隱。倘不深自弢晦，則必至焚身。斯愈推愈遠，愈入愈曲，愈微愈減，藏哀憤孤激之思于片章短什，言之者無罪，聞之者不審所從來。不已弄一世之奸雄才俊如聾瞶喑啞，且令後世之非者、是者、惡者、好者，不得其所爲是非好惡之真心，又安得其所爲是非好惡之敢心哉！

姚文燮昌谷詩注序。

昌谷生二十七歲，然無年譜可考。第揆之杜牧之序，則太和五年稱賀死後十有五年矣，自太和五年溯之，是賀卒于元和之十二年丁酉；又自元和十二年溯之，是賀生于建中之二年辛酉。〔二〕歷德宗、順宗、憲宗三朝。詩多感諷誹怨，當世忌之者多，故不敢自繫以年。且苦早卒，又爲中表所銜，以其詩投溷厠中。即沈公子明所集四編，亦皆散亂無次。如高軒過一詩，乃賀七歲時爲韓員外、皇甫侍御過其家使賦者也，而編之三卷中，可知其卷帙之不足憑矣。○詩至六朝以迄徐、庾，騷雅、漢魏，浸失殆盡。正始之音，没于淫哇，識者傷之。唐詩自開元、天寶而後，愈趨卑弱。元、白才名相埒，其詩爲天下傳諷，當時號爲「元和體」，人競習之，類多淺卒靡蕪，而七言近體尤甚。至問老嫗之可否于竈下，博才子之聲譽于禁中。賀心許之乎？當元稹謁賀，賀呵之曰：「明經中第，何用謁爲？」豈真薄其爲明經耶？薄其競趨時名，以此中第也。故力挽頹風，不惟不知有開、寶，并不知有六朝，而直使屈、宋、曹、劉再生于狂瀾之際。斯集惟古體爲多，其絶無七言近體者，深以爾時之七言近體爲不可救藥，而姑置之不議論也。夫以起衰八代之昌黎與皇甫諸公，儼然先輩，乃獨降心于隴西一孺子，則知昌谷起衰之功不在昌黎下已！○抱朴子曰：「懷莫逸之量者，不矜風俗以立異。」至若立異而使人斥爲神鬼也，昌谷過矣。雖然，岣嶁、石鼓，音義井然，世間安得有奇？即有奇，亦安得有不可解者？余謂昌谷無奇處，原無不可解處。第世人患耳食而胸無定識，遂狗聲逐影，究如夢中説夢，終屬恍惚。晦菴先賢，大儒也，其注詩猶有議焉者，謂其拘于「鄭聲淫」一語，而静女、子衿皆指爲淫焉。毋惑乎世之注昌谷者，拘于「牛鬼蛇神」一語，直欲繪一獰狰幻怪之狀以爲昌谷也，廬山真面目終不可見矣。姚文燮注昌谷集凡例三則。

〔一〕琦按：長吉之生，當在貞元七年辛未，數至元和十二年丁酉，恰二十七年也。若云生于建中二年辛酉，多却十年矣。

李長吉歌詩卷一

李憑箜篌引〔一〕

吴絲蜀桐張高秋，空山凝雲頹不流。江娥啼竹素女愁，李憑中國彈箜篌。〔二〕崑山玉碎鳳凰叫，芙蓉泣露香蘭笑。〔三〕十二門前融冷光，二十三絲動紫皇。〔四〕女媧煉石補天處，石破天驚逗秋雨。〔五〕夢入神山教神嫗，老魚跳波瘦蛟舞。〔六〕吴質不眠倚桂樹，露脚斜飛濕寒兔。〔七〕

〔一〕楊巨源有聽李憑彈箜篌詩曰：「聽奏繁弦玉殿清，風傳曲度禁林明。君王聽樂梨園暖，翻到雲門第幾聲？」又曰：「花咽嬌鶯玉嗽泉，名高半在御筵前。漢王欲助人間樂，從遺新聲墜九天。」李憑，蓋梨園弟子，工彈箜篌者也。舊唐書：箜篌，漢武帝使樂人侯調所作，以祠太乙。或云侯輝所作。其聲坎坎應節，謂之「坎侯」，聲訛爲「箜篌」。或謂師延靡靡之樂，非也。舊説依琴制。今按其形，似瑟而小，七弦，用撥彈之如琵琶。通典：竪箜篌，胡樂也，漢靈帝好之。體曲而長，二十有三弦，竪抱於懷中，用兩手齊奏，俗謂之擘箜篌。按：箜篌之器不一，有大箜篌、小箜篌、竪箜篌、卧箜篌、鳳首箜篌數種。觀詩中「二十三絲」一語，知憑所彈者，乃竪箜篌也。

〔二〕絲桐詠其器，高秋詠其時，空山雲凝詠其景，江娥啼竹素女愁，詠其聲能感人情志。絲之精好者出自吴地，故曰吴絲；蜀中桐木宜爲樂器，故曰蜀桐。歲華紀麗：九月曰高秋，亦曰暮秋。博物志：舜之二妃曰湘夫人，舜崩，二妃以涕揮竹，竹盡斑。史記：太帝使素女鼓五十弦瑟，悲，帝禁不止，乃破其瑟爲二十五弦。○「江娥」，一作「湘娥」。

〔三〕玉碎，狀其聲之清脆；鳳叫，狀其聲之和緩；蓉泣，狀其聲之慘澹；蘭笑，狀其聲之治麗。韓詩外傳：玉出於崑山。楚辭章句：芙蓉，蓮花也。劉勰新論：秋葉泫露如泣，春葩含日似笑。文獻通考：燕樂有大箜篌、小箜篌。音逐手起，曲隨弦成，蓋若鶴鳴之嘹唳，玉聲之清越者也。與此詩辭意略同。○「崑山」，一作「荆山」；「香蘭」，一作「蘭香」。

〔四〕上句言其聲能變易氣候，即鄒衍吹律而温氣至之意；下句言其聲能感動天神，即圜丘奏樂而天神皆降之意。三輔黄圖：長安城，面三門，四面十二門，皆通達九逵，以相經緯。沈約郊居賦：降紫皇於天闕。太平御覽秘要經曰：太清九宫，皆有僚屬，其最高者，稱太皇、紫皇、玉皇。○「絲」，一作「弦」；「皇」，一作「篁」，非。

〔五〕淮南子：女媧鍊五色石以補蒼天。吴正子注：言箜篌之聲，忽如石破而秋雨逗下，猶白樂天琵琶行「銀瓶乍破水漿迸」之意。琦玩詩意：當是初彈之時，凝雲滿空；繼之而秋雨驟作；洎乎曲終聲歇，則露氣已下，朗月在天。皆一時實景也。而自詩人言之，則以爲凝雲滿空者，乃箜篌之聲遏之而不流；秋雨驟至者，乃箜篌之聲感之而旋應。似景似情，似虚似實。讀者徒賞其琢句之奇，解者又味其用意之巧，顯然明白之辭，而反以爲在可解不可解之間，誤矣！

〔六〕言其聲之精妙，雖幽若神鬼，頑若異類，亦能見賞。搜神記：永嘉中，有神見兗州，自稱樊道基，有嫗號成夫人。夫人好音樂，能彈箜篌，聞人弦歌，輒便起舞。所謂神嫗，疑用此事。列子：瓠巴鼓琴，而鳥舞魚躍。所謂「老魚跳波瘦蛟舞」，暗用此事。〇「神山」，一作「坤山」。

〔七〕言賞音者聽而忘倦，至於露零月冷，夜景深沉，尚倚樹而不眠。其聲之動人駭聽爲何如哉！吴質，三國時人。考魏志魏略中所載事跡，與音樂不相涉。劉義慶箜篌賦云：名啓端于雅引，器荷重于吴君。豈即用吴質事，而載籍失傳，今無可考證歟？寒兔謂秋月。

殘絲曲〔一〕

垂楊葉老鶯哺兒，殘絲欲斷黄蜂歸。緑鬢年少金釵客，縹粉壺中沉琥珀。〔二〕花

臺欲暮春辭去，落花起作迴風舞。榆莢相催不知數，沈郎青錢夾城路。〔三〕

〔一〕吴正子注此篇，言晚春之景。

〔二〕緑鬢年少指男子，金釵客指女子。縹粉，青白色。琥珀，酒也。李太白詩：魯酒若琥珀。又云：蘭陵美色鬱金香，玉碗盛來琥珀光。○「年少」，一作「少年」。

〔三〕榆樹甚高大，未生葉時，枝間先生莢，形似錢而小，色白成串，謂之榆莢，俗謂之榆錢。自後葉生，莢亦尋落。春秋元命包云：三月榆莢落。晉書：吴興沈充鑄小錢，謂之沈郎錢。

還自會稽歌 并序

庾肩吾於梁時，嘗作宫體謡引以應和皇子。及國勢淪敗，肩吾先潛難會稽，後始還家。僕意其必有遺文，今無得焉，故作還自會稽歌以補其悲。〔一〕

野粉椒壁黄，濕螢滿梁殿。〔二〕臺城應教人，秋衾夢銅輦。〔三〕吴霜點歸鬢，身與塘蒲晚。〔四〕脈脈辭金魚，羈臣守迍賤。〔五〕

〔一〕南史：庾肩吾，字慎之。八歲能賦詩。初爲晉安王國常侍，王每徙鎮，肩吾常隨府。王爲皇太子，兼東宮通事舍人。後爲安西湘東王中録事、①諮議參軍、太子率更令、中庶子。及簡文即位，以肩吾爲度支尚書。時上流藩鎮，並據州拒侯景。景矯詔遣肩吾使江州，喻當陽公大心，肩吾因逃入東。賊宋子仙破會稽，購得肩吾，謂曰：「吾聞汝能作詩，今可即作，當貸汝命。」肩吾操筆便成，辭采甚美，子仙乃釋以爲建昌令。仍間道奔江陵，歷江州刺史，領義陽太守。隋書：梁簡文之在東宮，亦好篇什，清詞巧製，止乎衽席之間；雕琢蔓藻，思極閨闈之内。後生好事，遞相倣習，朝野紛紛，號爲「宮體」。大唐新語：梁簡文之爲太子，好作艶詩，境内化之，浸以成俗，謂之「宮體」。肩吾所作宮體謡引，今不傳。

〔二〕二句見臺城破後，宮殿荒蕪之狀。顔師古漢書注：椒房，殿名，皇后所居也。以椒和泥塗壁，取其温而芳也。螢本腐草所化，多生下濕之地，故曰濕螢。○「螢」，一作「蛩」。

〔三〕容齋續筆：晉、宋間謂朝廷禁省爲臺，故稱禁城爲臺城，官軍爲臺軍，使者爲臺使，卿士爲臺官，法令爲臺格。今人於他處指言建康爲臺城，則非也。景定建康志：臺城一曰苑城，本吴後苑城。晉成帝咸和中，新宮成，名建康宮，即所謂臺城也。在上元縣東北五里。魏、晉以來，人臣於文字間有屬和於天子，曰應詔；於太子，曰應令；於諸王，曰應教。詩序言應和皇子，故云應教。文苑英華載庾肩吾詩，有和晉安王薄晚逐涼北樓回應教詩、詠朝牀應教詩、奉和泛舟漢水往萬山應教詩數篇。陸機詩：撫劍遵銅輦。李善注：銅輦，太子車飾。

〔四〕塘蒲，塘中蒲草也。晚，衰老也。○「塘蒲」，姚本作「蒲塘」，非。

〔五〕承上而言，髮白身老，不堪再仕，當永辭榮禄，守貧賤以終身也。吴正子注：金魚，袋也。炙轂子云：魚袋，古之算袋。魏文帝易以龜，唐改以魚。長吉詠梁事而用金魚，恐是用别事。

①蔣按：「中」字衍。

出城寄權璩楊敬之〔一〕

草暖雲昏萬里春，宫花拂面送行人。自言漢劍當飛去，何事還車載病身？〔二〕

〔一〕唐書：權璩字大圭，元和初擢進士，歷監察御史，有美稱。宰相李宗閔薦爲中書舍人，貶閬州刺史。楊敬之字茂孝，元和初擢進士第，累遷屯田户部郎中。坐李宗閔黨，貶連州刺史。文宗向儒術，以敬之爲國子祭酒，未幾兼太常少卿，轉大理卿檢校工部尚書兼祭酒卒。敬之常爲華山賦示韓愈，愈稱之，士林一時傳布，李德裕尤咨賞。唐書賀本傳言與賀遊者，權璩、楊敬之、王恭元，每譔著，時爲所取去。其交情之密可知矣。此詩乃不得志而去，出城後感寄之作。

〔二〕異苑：晉惠帝太康五年，武庫火，燒漢高祖斬白蛇劍、孔子履、王莽頭等三物。中書監張茂先懼難作，列兵陳衞，咸見此劍穿屋飛去，莫知所向。

示弟

別弟三年後，還家一日餘。醁醽今夕酒，緗帙去時書。〔一〕病骨猶能在，人間底事無？〔二〕何須問牛馬，抛擲任梟盧！〔三〕

〔一〕左思吴都賦：飛輕軒而酌緑醽。李周翰注：醁醽，酒名。李善注：湘州記曰，湘州臨水縣有酃湖，取水爲酒，名曰酃酒。盛弘之荆州記曰：渌水出豫章郡康樂縣，其間烏程鄉有井，官取水爲酒，酒極甘美，與湘東酃湖酒年常獻之，世稱醽醁酒。昭明太子文選序：飛文染翰，則卷盈乎緗帙。吕向注：緗，淺黄色也；帙，書衣也。古人書卷之外有帙裹之，如今裹袱之類。

〔二〕上句言病後幸存，下句言人事多故。底事，猶言何事也。○「猶」，一作「獨」。

〔三〕此譏有司不能分别真材，而隨意去取之意。李翱五木經：王采四，盧、白、雉、犢；甿采六，開、塞、塔、秃、撅、梟。皆玄曰盧，皆白曰白。雉二玄三曰雉，牛三白二曰犢，雉一牛一白三曰開，雉如開，厥餘皆玄曰塞，雉白各二玄一曰塔，牛玄各二白一曰秃，白三玄二曰撅，白二玄三曰梟。演繁露：五子之形，兩頭尖鋭，中間平廣，狀似今之杏仁。凡子悉爲兩面，其一面塗黑，黑之上畫牛犢以爲之章；一面塗白，白之上畫雉。凡投子者，五皆現黑，則其名盧。盧者，黑也，言五子皆黑也。五黑皆現，則五犢隨現從可知矣。此在樗蒲爲最貴之采。挼木而擲，往往叱喝，使致其極，故亦名呼盧也。其次，五子四黑而一白，則是四犢一雉。其采名雉，用以比盧降一等矣。自此而降，白黑相雜，每每不同，故或名爲梟。即鄧艾言云：六博得梟者，勝也。

竹

入水文光動，抽空緑影春。露華生筍徑，〔一〕苔色拂霜根。織可承香汗，裁堪釣錦鱗。〔二〕三梁曾入用，一節奉王孫。〔三〕

〔一〕「生」，一作「垂」。

〔二〕織以爲席，可承香汗；裁以爲竿，可釣錦鱗。○「裁堪」，一作「竿應」。

〔三〕二事未詳。曾益以三梁爲梁柱，引顧凱之竹譜「篙與由衙，厥體俱洪。南越之君，梁柱是供」爲證。吴正子以漢、唐冠制，有三梁、兩梁之制，恐指此。按太平御覽：周書曰，成王將加元服，周公使人來零陵取文竹爲冠。徐廣輿服志雜注曰：天子雜服，介幘五梁進賢冠；太子諸王三梁進賢冠。吴説或是。

同沈駙馬賦得御溝水

入苑白泱泱，宫人正靨黄。〔一〕遶隄龍骨冷，拂岸鴨頭香。〔二〕别館驚殘夢，停杯泛小觴。〔三〕幸因流浪處，暫得見何郎。〔四〕

〔一〕言早起入苑，正當宫人梳粧之時。下文言及殘夢，可見劉須溪訾其似不相涉，非也。詩小雅：瞻彼洛矣，惟水泱泱。毛傳云：泱泱，深廣貌。酉陽雜俎：近代粧，近靨如射月，曰黄星靨。靨，鈿之名，蓋自吴孫和鄧夫人也。事物紀原：婦人粧喜作粉靨如月形，如錢樣，或以朱若臙脂點。

〔二〕龍骨，似指溝邊砌石。鴨頭緑，唐時染色之名，見顔師古急就篇注。李太白詩：遥看漢水鴨頭緑。

〔三〕其聲響激，能驚醒别館之曉夢；其流澌疾，可浮泛遊客之小觴。齊諧記：周公成洛邑，因流水泛觴。

〔四〕李善文選注：典略曰，何晏字平叔，南陽人也，尚金鄉公主。有奇才，頗有材能，美容貌。茲取之以喻沈也。

始爲奉禮憶昌谷山居〔一〕

掃斷馬蹄痕，衙回自閉門。〔二〕長鎗江米熟，小樹棗花春。〔三〕向壁懸如意，當簾閱角巾。〔四〕犬書曾去洛，鶴病悔遊秦。〔五〕土甑封茶葉，山杯鎖竹根。不知船上月，誰棹滿溪雲！〔六〕

〔一〕唐書百官志：太常寺有奉禮郎二人，從九品上。困學紀聞：張文潛有春遊昌谷訪長吉故居云：「惆悵錦囊生，遺居在何處？」在河南福昌縣三鄉東。河南志：昌谷水在河南府宜陽縣西九十里，舊名昌河，又名刀轘川。源出陝州，流經永寧、宜陽縣界入洛。疑昌谷山居，當在此間。

〔二〕官閑職冷，無車馬之賓相過，亦無役從，故閉門之事，自以身親之。

〔三〕上句見穀食之外，無別味可餐；下句見棗樹之外，無花木可玩。廣韻：鎗，鼎類。韻會：鐺，釜屬。增韻：有耳足。通俗文：鬴有足曰鐺。緯略曰：三足溫酒器也。集韻通作鎗，是「鎗」字即「鐺」字也，音與「錚」同。江米謂江鄉所産之米。棗木質堅而心赤，四月生葉，尖而光澤，五月開小花，白色微青，芳馥作幽蘭香。

〔四〕二句皆寫羈旅無聊之況。如意，古人用以指畫向往，或防不測。鍊鐵爲之，長二尺有奇。角巾，巾之四方者，其角嶄然。晉、唐人以爲私居之冠。羊祜謂「既定邊事，當角巾東路歸故里」，王導謂「元規若來，吾便角巾還第」者是也。

〔五〕家在東洛，雖書信不廢，而遊宦西秦，不能無悔。藝文類聚：述異記曰，陸機少時頗好獵。在吴，豪客獻快犬，名曰「黄耳」。機後仕洛，常將自隨。此犬黠慧，能解人語。機羈旅京師，久無家問，因戲語犬曰：「汝能賫書馳取消息否？」犬摇尾作聲應之。機試爲書，盛以竹筒，繫之犬頸。犬出驛路走向吴，飢則入草噬肉取飽。每經大水，輒依渡者，弭耳掉尾向之。其人憐愛，因呼上船，裁近岸，犬即騰上逸去。到家，銜筒作聲示之。機家開筒取書看畢，犬又向人作聲，如有所求。其家作答書内筒，復繫犬頸。犬既得答，仍馳還洛。計人行程五旬，犬往還纔半月。古詩：飛來雙白鶴，乃從西北方。十十五五，羅列成行。妻卒被病，不能相隨。五里一反顧，六里一徘徊。吾欲銜汝去，口噤不能開；吾欲負汝去，毛羽自摧頹。詩用此事，當因其婦卧病故與？

〔六〕上四聯皆言奉禮官舍景況，此二聯乃憶昌谷山居也。「封」字、「鎖」字，見主人不在之意。土甂，磁瓶類，燒土爲之。太平寰宇記：段氏蜀記云，巴州以竹根爲酒注子，爲時珍貴。酒譜：老杜詩「醉倒終同卧竹根」，蓋以竹根爲飲器也。庾信詩：野爐燒樹葉，山杯捧竹根。○「棹」，一作「掉」。

七夕〔一〕

別浦今朝暗，羅帷午夜愁。〔二〕鵲辭穿綫月，花入曝衣樓。〔三〕天上分金鏡，人間望玉鈎。錢塘蘇小小，更值一年秋。〔四〕

〔一〕荆楚歲時記：七月七日爲牽牛、織女聚會之夜。兼明書：古書以七月七日之夕，謂之七夕。

〔二〕別浦，天河也。以其爲牛、女二星隔絶之地，故謂之別浦。俗傳七月七日天河隱，故曰暗。午夜謂半夜，如日午之謂。愁者，長吉自謂。時當七夕，牽牛、織女亦得聚會；已乃中宵獨處，能無愁嘆？細玩末二句，「愁」字之意自見。從雙星着解者，非是。○「別浦」，曾本、姚本作「別渚」。

〔三〕白帖：淮南子，烏鵲填河以成橋而渡織女。荆楚歲時記：七夕，人家婦女結綵縷、穿七孔針，陳瓜果於庭中，以乞巧。初學記：崔寔四人月令曰：「七月七日曝經書及衣裳。」太平御覽宋卜子陽園苑疏曰：太液池西有武帝曝衣閣。常至七月七日，宮女出后衣，登樓曝之。

〔四〕分金鏡，謂七夕之月，狀如半鏡也。亦暗影牛、女暫時會合，仍復别離，如鏡之分破不能常圓意。玉鈎事未詳。稽七夕故事，有鄭采娘者，夢織女遺一金針；有蔡州丁氏者，見流星墜筵上而得金梭；有真如尼者，見五色雲墜地化爲囊，中有寶玉五事。玉鈎事殆亦類此而今失傳耳。舊注以金鏡、玉鈎俱解爲月，如是則犯合掌病矣；况七夕之月，初不似玉鈎形乎？蘇小小，錢塘妓女，詳見後注。此詩是長吉當七夕之期，有所懷而作者。蘇小小，借以喻所懷之人耳。○「更」，曾本、二姚本俱作「又」。

過華清宫〔一〕

春月夜啼鴉，宫簾隔御花。雲生朱絡暗，石斷紫錢斜。〔二〕玉椀盛殘露，銀燈點舊紗。〔三〕蜀王無近信，泉上有芹芽。〔四〕

〔一〕元和郡縣志：華清宫在京兆府昭應縣驪山上。開元十一年，初置温泉宫；天寶六年，改爲華清宫。一統志：華清宫在陝西西安府驪山下，唐太宗建。以温湯所在，初名温泉宫；玄宗改曰華清。治湯爲池，環山列宫，帝每歲臨幸。内有飛霜、九龍、長生、明珠等殿。

〔二〕紫錢，苔蘚之紫色者，其形似錢。

〔三〕點，小黑也。○「舊」，曾本作「絳」。

〔四〕泉上芹芽，即詩人黍離稷穗之意。當明皇遠幸蜀土之日，泉上已有芹生；況今日久不復巡幸，其風景之荒凉宜矣。一結深有不盡之致。曾益注：玄宗寵楊太真，任安禄山，以致禍亂，蒙塵走蜀，故曰蜀王，寓譏刺意。琦謂以本朝帝主而稱之曰蜀王，終是長吉欠理處。

送沈亞之歌 并序

文人沈亞之，元和七年，以書不中第，返歸於吴江。吾悲其行，無錢酒以勞，又感沈之勤請，乃歌一解以送之。〔一〕

吴興才人怨春風，桃花滿陌千里紅。紫絲竹斷驄馬小，家住錢塘東復東。〔二〕白藤交穿織書笈，短策齊裁如梵夾。雄光寶礦獻春卿，煙底驀波乘一葉。〔三〕春卿拾才白日下，擲置黄金解龍馬。携笈歸江重入門，勞勞誰是憐君者？〔四〕吾聞壯夫重心骨，古人三走無摧捽。請君待旦事長鞭，他日還轅及秋律。〔五〕

〔一〕文獻通考：沈亞之，字下賢，長安人。元和十年進士，累遷殿中侍御史内供奉，終郢州掾。亞之以文辭得名，嘗遊韓愈門。李賀、杜牧、李商隱俱有擬下賢詩，亦當時名輩所稱許云。

通典：唐貢士之法，有秀才，有明經，有進士，有明法，有書，有筭。唐書選舉志：凡書學，先口試，通，乃墨試説文、字林二十條，通十八爲第。樂府詩集：凡諸調歌辭，並以一章爲一解。古今樂録曰：傖歌以一句爲一解，中國以一章爲一解。王僧虔啓云：古曰章，今曰解。解有多少，詩君子陽陽兩解，南山有臺五解之類也。○「送」，吴本、姚仙期本俱作「勞」。

〔二〕吴興郡即湖州。唐詩紀事以沈亞之爲吴興人，文獻通考以爲長安人。觀此詩，則通考誤也。古樂府：青驄白馬紫絲韁。「斷」字疑訛。

〔三〕書笈，書箱也。大業雜記：新翻經本從外國來，用貝多樹葉，形似枇杷葉而厚大，横作行書。約徑多少，綴其一邊如牒然。今呼爲梵夾。胡三省通鑑注：梵夾者，貝葉經也，以板夾之，謂之梵夾。寶礦，金、銀、璞石也。言沈之書于短策者，裁截齊整，狀若梵夾。猶之金銀寶礦，其光雄雄，不可掩遏，獻之春卿，宜無不收之理。白帖：禮部亦曰春卿。蓦，越也。言其乘一葉扁舟，越波濤而至也。湘川記：繞川行舟遠，望若一樹葉。

〔四〕言禮部選取人材，當白日之下而去取不當。以沈之書而不能中第，猶之見黄金而棄擲之，遇龍馬而解放之，其失人亦甚矣！周禮：馬八尺以上爲龍。○「江」，姚仙期本作「家」。

〔五〕三走，暗用管仲三仕三見逐之事。待旦，俟明也。事長鞭，謂着鞭策馬歸去。還轅，謂復至京師。月令：孟秋之月，律中夷則；仲秋之月，律中南吕；季秋之月，律中無射。以秋月爲秋律本此。通典：大抵選舉人以秋初就路，春末方歸。故岑參送杜佑下第詩云「還須及秋賦」是也。此詩紀將歸之景，則云「滿陌桃花」；望良友之來，則云「還轅秋律」，居然可知。舊解紛紜，未爲允當。○「壯夫」，姚經三本作「丈夫」。

詠懷二首

長卿懷茂陵，緑草垂石井。彈琴看文君，春風吹鬢影。梁王與武帝，棄之如斷梗。惟留一簡書，金泥泰山頂。〔一〕

〔一〕此篇蓋借司馬長卿以自況也。「長卿懷茂陵，緑草垂石井」，見閑居幽静之意。「彈琴看文君，春風吹鬢影」，見室家相得之好。「梁王與武帝，棄之如斷梗。惟留一簡書，金泥泰山頂」，謂己在時，上之人皆棄而不用；至身没之後，見其遺書，而反思之以施用於世也。史記：司馬相如字長卿，事孝景帝，爲武騎常侍。梁孝王來朝，從游説之士鄒陽、枚乘、吴莊忌夫子之徒；相如見而説之，因病免，客游梁，梁孝王令與諸生同舍。孝王卒，相如歸。素與臨邛令王吉相善，于是往，舍都亭。臨邛中富人卓王孫、程鄭乃相謂曰：「令有貴客，爲具召之。」酒酣，臨邛令前奏琴，相如爲鼓一再行。是時，卓王孫有女文君，心悦而好之，夜亡奔相如。相如與卓氏婚，饒于財。其進仕宦，未嘗肯與公卿國家之事，稱病閑居，不慕官爵。既病免，家居茂陵。天子曰：「司馬相如病甚，可往從悉取其書；若不然，後失之矣！」使所忠往，而相如已死。其妻對曰：「長卿未死時，爲一卷書，曰：『有使來求書，奏之。』」其書言封禪事，天子異之。相如既卒五歲，天子始祭后土。八年，而遂先禮中岳，封于泰山，至梁父，禪肅然。漢書：武帝元封元年，登封泰山。孟康曰：王者功成治定，告成功于天。封，崇也，助天之高也。刻石紀號，有金策石函、金泥玉檢之封。按：金泥以水銀和金爲泥，以封玉牒者。

其二

日夕著書罷，驚霜落素絲。鏡中聊自笑，詎是南山期？頭上無幅巾，苦蘗已染衣。不見清溪魚，飲水得相宜！〔一〕

〔一〕長吉每旦騎驢出遊，遇有所得，即書投錦囊中，及暮歸，足成之。所謂日夕著書，是其事也。其母見所書多，輒曰：「是兒要當嘔出心乃已爾！」其苦吟若是，故方年少而已見白髮。自笑用心過勞，非養生以致壽考之道，當知自悔。科頭野服，隨意自適，如清溪之魚，飲水從容，乃得相宜，何爲役役而槁死于文字之間乎？詩小雅：如南山之壽，不騫不崩。宋書：漢末，王公名士多委正服，以幅巾爲雅。所謂幅巾者，不著冠幘，以一幅之巾裹其頭，蓋取其便適而已。苦蘗，黄蘗木皮也。其味甚苦，故曰苦蘗。可以染黄色，田野人家多用之。○「著書」，二姚本作「看書」。「相宜」，吴本作「自宜」。

追和柳惲〔一〕

汀洲白蘋草，柳惲乘馬歸。江頭樝樹香，岸上蝴蝶飛。酒杯箬葉露，玉軫蜀桐虚。朱樓通水陌，沙暖一雙魚。〔二〕

〔一〕按梁書：柳惲字文暢，河東解人也。立行貞素，以貴公子早有令名。少工篇什，仕至吴興太守。嘗作江南曲云：「汀洲採白蘋，日落江南春。洞庭有歸客，瀟湘逢故人。故人何不返？春華復應晚。不道新相知，只言行路遠。」吴正子以長吉追和者必是此篇，故首有「汀洲白蘋」之句。今細校之，二詩意不相類，恐追和者另是一篇。

〔二〕白居易白蘋洲五亭記：湖州城東南二百步抵霅溪，溪連汀洲，洲一名白蘋。梁吴興太守柳惲於此賦詩云「汀洲採白蘋」，因以爲名也。爾雅翼：蘋葉正四方，中拆如十字。根生水底，葉敷水上。五月有花，白色，故謂之白蘋。説文：樝果似棃而酢。太平寰宇記：箬溪在湖州長興縣南五十步，一名顧渚口，一名趙瀆，注于太湖。顧野王輿地志云：夾溪悉生箭箬，南岸曰上箬，北岸曰下箬，二箬皆村名。村人取下箬水釀酒，醇美勝于雲陽，俗稱箬下酒。韋昭吴録云：烏程箬下酒有名。山謙之吴興記云：上箬、下箬村並出美酒。張協七命云：酒則荆南、烏程。則此酒也。劉妙容宛轉歌：「金徽玉軫爲誰鏘？」軫者，琴柱所以繫弦，麗者以玉爲之。古稱益州白桐宜爲琴瑟，所謂蜀桐也。◯「樝樹」，一作「櫨樹」，「箬葉」，一作「若葉」。

春坊正字劍子歌〔一〕

先輩匣中三尺水，曾入吴潭斬龍子。〔二〕隙月斜明刮露寒，練帶平鋪吹不起。〔三〕蛟胎皮老蒺藜刺，鸊鵜淬花白鷴尾。〔四〕直是荆軻一片心，莫教照見春坊字。〔五〕挼絲團金懸麗轂，神光欲截藍田玉。〔六〕提出西方白帝驚，嗷嗷鬼母秋郊哭。〔七〕

〔一〕唐書百官志：東宫官，左春坊司經局有正字二人，從九品上。

〔二〕演繁露：唐世舉人呼已第者爲先輩。「吴潭斬龍子」，暗用周處斬蛟事。◯「吴潭」，一作「吴江」。

〔三〕隙月，隙中月光，其狹而長者有似劍形，故以喻之。禮記：士練帶。正義曰：士用熟帛練爲帶。詩人用「練帶」字，皆謂帶之白者。

〔四〕以鮫魚皮爲劍室，其珠文歷落，若蒺藜之刺；以鸊鵜膏淬劍刃，則光采艷發如白鷳之尾。郭璞山海經注：鮫魚皮有珠文而堅，尾長三四尺，末有毒螫人，皮可飾刀劍。今臨海郡有之。其本草：鸊鷉，水鳥也。大如鳩鴨，脚近尾，不能陸行，常在水中。人至則沉，或擊之便起。其膏塗刀劍不鏽。鸊鷉音「匹梯」，即鸊鵜也。淬音「翠」，染也。又本草：白鷳似山鷄而色白，有黑文如漣漪，尾長三尺，體備冠距，紅頰、赤嘴、丹爪。○「蛟胎皮老」，一作「蛟螭老皮」。「鵜」，一作「鷉」。

〔五〕言此劍奇妙，壯士見之，必知寶惜如心肝。若春坊正字，乃典校四庫書籍之職，無所藉用，未免爲此劍有不遇知己之感，故曰「莫教照見春坊字」。或云，疑是時春坊之臣有邪僻不正者，長吉惡之，而借此發揮以泄其不平之氣。亦是一說。○「直是」，一作「真是」。「莫教」，一作「分明」。

〔六〕挼音「那」，以兩手相切摩也。挼絲以爲劍之絛繩，團金以爲絛之采飾，懸而下垂麗㲉然。麗㲉字未詳所本，考字書并無「㲉」字。李郢詩「釵垂簏簌抱香懷」，則「簏簌」即「麗㲉」也。賀詩用「懸」，郢詩用「垂」，其狀蓋可想見。楊升菴曰：麗㲉，下垂之貌，又作「麗㲉」，其意一也。此雖以意度之，其説近是。曾益謂以金飾首，而以絲罩其上如網然。此從字體着意，而以今之劍柄所飾者解之，然于「懸」字無當。張協七命：水截蛟鴻，陸灑奔馳。列子：西戎獻錕鋙之劍，其劍長尺有咫，鍊鋼赤刃，用之切玉如泥焉。水經注：麗戎之山，一名藍田。其陰多金，其陽多玉。通典：京兆郡有藍田縣，出美玉，玉之美者曰球，次曰藍。蓋以縣出玉故名之。

〔七〕漢書：高祖夜徑澤中，有大蛇當徑，乃前拔劍斬蛇，蛇分爲兩。後人來至蛇所，有一老嫗夜哭。人問嫗：「何哭？」嫗曰：「人殺吾子。」人曰：「嫗子何爲見殺？」嫗曰：「吾子，白帝子也，化爲蛇當道，今者赤帝子斬之。」人以嫗爲不誠，欲苦之，嫗忽不見。班彪王命論：始起沛澤，則神母夜號，以彰赤帝之符。此詩用鬼母，正從「神母」字化出。〇「鬼母」，文苑作「鬼姥」。

貴公子夜闌曲〔一〕

裊裊沉水煙，烏啼夜闌景。曲沼芙蓉波，腰圍白玉冷。〔二〕

〔一〕夜闌，夜盡也。

〔二〕南州異物志：沉水香出日南，欲取當先斫壞樹着地，積久外自朽爛，其心至堅者，置水則沉，名曰沉香。白玉，謂腰帶上所飾之玉。「泠」字寫夜盡曉寒之狀。

雁門太守行〔一〕

黑雲壓城城欲摧，甲光向月金鱗開。〔二〕角聲滿天秋色裏，塞上燕脂凝夜紫。〔三〕半捲紅旗臨易水，霜重鼓寒聲不起。〔四〕報君黄金臺上意，提攜玉龍爲君死。〔五〕

〔一〕按樂府詩集，雁門太守行乃相和歌瑟調三十八曲之一。古詞備述洛陽令王涣德政之美，而不及雁門太守，事所未詳也。若梁簡文帝之作，始言邊城征戰之思。長吉所擬，蓋祖其意。

〔二〕晉書：凡堅城之上有黑雲如屋，名曰軍精。幽閑鼓吹：李賀以歌詩謁韓吏部，吏部時爲國子博士分司，送客歸極困。門人呈卷，解帶旋讀之，首篇雁門太守行，曰「黑雲壓城城欲摧，甲光向日金鱗開」，却援帶命邀之。○「向月」，曾本、二姚本作「向日」。

〔三〕角，畫角也，軍中吹之以爲昏明之節者。宋書：角，書記所不載。或云出羌、胡，以驚中國之馬；或云出吴、越。「塞上燕脂凝夜紫」，舊注引古今注「秦築長城，土色皆紫，故曰紫塞」爲解。琦按：當作暮色解乃是，猶王勃所謂「煙光凝而暮山紫」也。又隋書長孫晟傳曰：臣夜登城樓，望見磧北有赤氣，長百餘里，皆如雨足，下垂被地。謹驗兵書，此名灑血，其下之國，必且破亡。欲滅匈奴，正在今日。引此爲解似更確。○「塞上」，吴本作「塞土」。

〔四〕史記正義：易水出易州易縣，東流過幽州歸義縣，東與滹沱河合。漢書李陵傳：吾士氣少衰，而鼓不起者何也？「不起」字雖本于此，然彼謂擊鼓進士，而士氣不起；此謂天冷霜濃，而鼓聲低抑。同此數字，意則大異。○「鼓寒聲不起」，一作「鼓聲寒不起」。

〔五〕上谷郡圖經：黄金臺在易水東南十八里，燕昭王置千金于臺上，以延天下之士。玉龍，劍也。唐王初詩亦有「劍光横雪玉龍寒」之詞，知唐人多以玉龍稱劍也。○此篇蓋詠中夜出兵，乘間擣敵之事。「黑雲壓城城欲摧」，甚言寒雲濃密，至雲開處逗露月光與甲光相射，有似金鱗。此言初出兵之時，語氣甚雄壯。「角聲滿天」，寫軍中之所聞；「塞上臙脂」，寫軍中之所見。「半捲紅旗」，見輕兵夜進之捷；「霜重鼓咽」，寫冒寒將戰之景。末復設爲誓死之詞，以答君上恩禮之隆，所以明封疆臣子之志也。舊解以「黑雲壓城」爲孤城將破之兆；「鼓聲不起」爲士氣衰敗之徵。吴正子謂其頗似敗後之作，皆非也。至王安石譏其言不相副，方黑雲之盛如此，安得有向日之甲光？尤非是。秋天風景倏陰倏晴，瞬息而變。方見愁雲凝密，有似霖雨欲來；俄而裂開數尺，日光透漏矣。此象何歲無之，何處無之？而漫不之覺。吹瘢索垢，以譏議前人，必因衆人皆以爲佳，而顧反訾之以爲矯異耳。即此一節，安石生平之拗可概見矣。○「玉龍」，文苑英華作「玉環」，一作「玉拏」。

大堤曲〔一〕

妾家住横塘，紅紗滿桂香。青雲教綰頭上髻，明月與作耳邊璫。〔二〕蓮風起，江畔春，大堤上，留北人。郎食鯉魚尾，妾食猩猩唇。〔三〕莫指襄陽道，綠浦歸帆少。今日菖蒲花，明朝楓樹老。〔四〕

〔一〕按：大堤曲起于簡文帝，所謂雍州十曲之一。或云宋隨王誕襄陽曲曰：「朝發襄陽來，暮至大堤宿。大堤諸女兒，花艷驚郎目。」大堤曲蓋出于此。一統志：大堤在襄陽府城外。

〔二〕横塘與大堤相近，其地當在襄陽，非金陵沿淮所築之横塘也。舊注引吴都賦「横塘查下，邑屋隆夸」，非是。紅紗，謂紅紗窻，或謂是紅紗衣。釋名：穿耳施珠曰璫。傅玄詩「耳繫明月璫」，謂以明月之珠爲耳璫也。〇「青雲教綰」，一作「青絲學綰」。

〔三〕鯉尾、猩唇，皆珍美之味，以見飲食之豐備。吕氏春秋：肉之美者，猩猩之唇。〇「妾食猩猩唇」，文苑英華作「與客猩猩唇」。

〔四〕「莫指襄陽道」而興遠去之思。蓋一去不能即來，不見綠浦之中，歸帆之少可驗耶？況日月如馳，盛年難駐，朝暮之間而紅顔已更矣！深言當及時行樂之意。菖蒲花不易開，開則人以爲祥，故烏夜啼古曲云「菖蒲花，可憐聞名不曾識」是也。楓樹之老者，礧砢多節，以喻老醜之狀。〇「绿浦」，一作「緣浦」。「菖蒲花」，一作「菖蒲短」。

蜀國弦〔一〕

楓香晚花静，錦水南山影。〔二〕驚石墜猿哀，竹雲愁半嶺。〔三〕凉月生秋浦，玉沙粼粼光。〔四〕誰家紅淚客？不忍過瞿塘。〔五〕

〔一〕樂府古題要解：蜀道難，備言銅梁、玉壘之險。又有蜀國弦，與此頗同。

〔二〕郭璞爾雅注：楓樹似白楊，葉圓而岐，有脂而香，今之楓香是也。太平寰宇記：濯錦江即蜀江。江水至此濯錦，錦彩鮮潤于他水，故曰濯錦江。

〔三〕驚石，謂石之危險駭人者。墜猿，謂猿挂于樹枝若將墜者。蜀地多猿。水經注：每至晴初霜旦，林寒澗肅，常有高猿長嘯，屬引凄異，空谷傳響，哀轉久絶。故漁者歌曰：「巴東三峽巫峽長，猿鳴三聲淚沾裳。」「竹雲愁半嶺」，謂半嶺之間，野竹叢生，煙雲相繞，其高可知，行者艱之而生愁也。唐太宗詩：「雲凝愁半嶺，霞碎纈高天。」〇「墜」，曾本作「墮」。「竹雲」，一作「行雲」。

〔四〕顔師古漢書注：浦，水涯也。詩國風揚之水：「白石粼粼。」毛傳云：粼粼，清徹也。説文：粼，水生石間粼粼也。言月出秋浦之上，照見水中白沙，粼粼有光。

〔五〕拾遺記：薛靈芸聞别父母，歔欷累日，淚下霑衣。至升車就路之時，以玉唾壺承淚，壺則紅色；既發常山，及至京師，壺中淚凝如血。方輿勝覽：瞿塘峽在夔州東一里，舊名西陵峽，乃三峽之門。兩崖對峙，中貫一江，望之如門。此二句似言眷戀鄉土，不忍離去之意。○「客」一作「妾」。

蘇小小墓〔一〕

幽蘭露，如啼眼。無物結同心，煙花不堪剪。草如茵，松如蓋。風爲裳，水爲珮。油壁車，夕相待。冷翠燭，勞光彩。西陵下，風吹雨。〔二〕

〔一〕樂府廣題：蘇小小，錢塘名倡也，蓋南齊時人。古樂府蘇小小歌：「我乘油壁車，郎乘青驄馬。何處結同心？西陵松柏下。」西陵在錢塘江之西。方輿勝覽：蘇小小墓在嘉興縣西南六十步，乃晉之歌妓。今有片石在通判廳，題曰蘇小小墓。李紳真娘墓詩序曰：嘉興縣前有吴妓人蘇小小墓，風雨之夕，或聞其上有歌吹之音。○一作「蘇小小歌」，非。

〔二〕蕭子顯詩：河邊細草緑如茵。胡三省通鑑注：油壁車者，加青油衣于車壁也。翠燭，鬼火也，有光而無焰，故曰冷翠燭。○「夕」，一作「久」。「風吹雨」，一作「風雨吹」，一作「風雨改」。

夢天

老兔寒蟾泣天色，雲樓半開壁斜白。玉輪軋露濕團光，鸞珮相逢桂香陌。〔一〕黄塵清水三山下，更變千年如走馬。〔二〕遥望齊州九點煙，一泓海水杯中瀉。〔三〕

〔一〕軋，音壓，輾也。四句似專指月宮之景而言。

〔二〕蓬萊、方丈、瀛洲三神山，俱在海中。今視其下，有時變爲黄塵，有時變爲清水。千年之間，時復更换，而自天上視之，則猶走馬之速也。神仙傳：麻姑云：「接侍以來，見東海三爲桑田。向到蓬萊，水又淺於往日會時略半耳，豈將復爲陵陸乎？」王遠曰：「聖人皆言，海中行復揚塵也。」如走馬，即白駒過隙之意。

〔三〕九州遼闊，四海廣大，而自天上視之，不過點煙杯水，夢中之遊真豪矣！爾雅：距齊州以南。邢昺注：齊，中也。中州，猶言中國也。

唐兒歌〔一〕

頭玉磽磽眉刷翠，杜郎生得真男子。〔二〕骨重神寒天廟器，一雙瞳人剪秋水。〔三〕竹馬梢梢摇緑尾，銀鸞睒光踏半臂。〔四〕東家嬌娘求對值，濃笑書空作「唐」字。〔五〕眼大心雄知所以，莫忘作歌人姓李。〔六〕

〔一〕杜豳公之子。○吴正子曰：諸本皆作唐歌兒，韋莊所編又玄集作杜家唐兒歌爲是。唐歌兒，恐是倒書一字。舊唐書：杜黄裳，字遵素，京兆杜陵人。拜平章事，封邠國公。男載爲太子太僕，長慶中遷太僕少卿，兼御史中丞，充入吐蕃使。弟勝登進士第，大中朝位給事中。所謂唐兒者，不知何人。其後杜悰亦封邠國公，然在懿宗時，去長吉之没久矣。「邠」字即「豳」字。唐玄宗以字形類「幽」，改作「邠」。

〔二〕頭玉磽磽，謂頭骨隆起也。眉刷翠，謂眉色如翠也。○「真」，姚經三本作「奇」。

〔三〕骨重，言其不輕而穩也。神寒，言其不躁而静也。天廟器，猶云瑚璉可以供宗廟而薦鬼神之器也。李鄴侯外傳：賀知章嘗曰：「此稺子目如秋水。」

〔四〕睒，音「閃」，暫視也。錦繡萬花谷：隋大業中，内官多服半除，即今長袖也。唐高祖改其袖，謂之半臂。出事始此，言半臂之上，以銀泥畫鸞鳥，光彩睒人之目也。

〔五〕對值，猶匹偶也。世説：殷中軍被廢在信安，終日恒書空作字。○「書」，吴本作「畫」。

〔六〕眼大，謂世禄之家眼界大耳，猶云巨眼之意。若作實形解，便與上文瞳神犯複。

緑章封事〔一〕

青霓扣額呼宫神，鴻龍玉狗開天門。〔二〕石榴花發滿溪津，溪女洗花染白雲。〔三〕緑章封事諮元父，六街馬蹄浩無主。虚空風氣不清冷，短衣小冠作塵土。〔四〕金家香衖千輪鳴，揚雄秋室無俗聲。願携漢戟招書鬼，休令恨骨填蒿里。〔五〕

〔一〕爲吴道士夜醮作。○隋書：道經有消災度厄之法，依陰陽五行數術推人年命，書之如章表之儀，并具贄幣，燒香陳讀云「奏上天曹，請爲除厄」，謂之上章。夜中，于星辰之下陳設酒脯餅餌幣物，歷祀天皇太一，祀五星列宿，爲書如上章之儀以奏之，名之爲醮。演繁露：今世上自人主，下至臣庶，用道家科儀奏事于天帝者，皆青藤紙朱字，名爲青詞。緑章，即青詞，謂以緑紙爲表章也。漢書：上令吏民得奏封事。蓋封其書函之口，不欲令其事泄露也。

〔二〕青霓，謂道士所服之衣，猶楚辭所謂「青雲衣兮白霓裳」之類。吴正子云：「霓」，恐當作

「猊」。非也。扣額即扣頭。鴻龍玉狗，守天門之獸。言道士着青霓之服，叩頭而呼宫神，宫神既達，天門始開矣。

〔三〕二句未詳。吴正子以白雲爲紈素，謂取榴花染之而以爲服。予謂當是建醮之地，有此花木，溪女採之，浄洗而以供神。杜甫朝獻太清宫賦有「祝融擲火以焚香，溪女捧盤而盥漱」句，溪女恐是童女，司壇中獻花酌水之事者。染白雲，即是映白雲之意。

〔四〕元父，謂元氣之父，即天帝也。葛洪枕中書：東王公號曰元陽父。胡三省通鑑注：長安城中左右六街。言緑章封事所以諮達元父者，爲六街之中，馬蹄相逐而行，浩然甚衆，無有主名。因風氣炎蒸，不堪暑熱，人多暍死，短衣小冠化爲塵土者，不知其幾矣。四句述封事中奏請之故。

〔五〕四句乃長吉自言其意，欲道士附奏之説。富貴之家，生前奉養，志意滿足，可以無恨；惟窮約之士如揚雄者，陋室蕭條，賫志以没，不能不抱恨于地下。願携漢戟以招之，無令恨骨長埋蒿里，蓋爲士之不遇者悲乎！特借雄一人以槩其餘矣。漢書：金日磾，夷狄亡國，羈虜漢廷，而以篤敬寤主，忠信自著，勒功上將，傳國後嗣，世名忠孝，七世内侍，何其盛也！夫不舉他人，特舉金氏，蓋以比當世蕃將之受寵者耳。唐自安史亂後，蕃將多有立功者，時君寵之，賜爵晉封，賞賚頻及，連騎出入，眩赫一時。長吉見之，不能無感。衖即「巷」字。香衖，謂其居處之美；千輪鳴，謂其賓從之衆。凡招魂者，必以其生平所親之物，呼其名而招之，使其神識得有所憑依而歸來。揚雄在漢朝爲執戟之郎，故携漢戟以招之。蒿里，謂葬地。古蒿里曲：蒿里誰家地，聚斂魂魄無賢愚。

河南府試十二月樂詞　并閏月

正月

上樓迎春新春歸，暗黄著柳宫漏遲。〔一〕薄薄淡靄弄野姿，寒緑幽風生短絲。〔二〕錦牀曉卧玉肌冷，露臉未開對朝暝。官街柳帶不堪折，早晚菖蒲勝綰結。〔三〕

〔一〕漏遲，謂日漸長也。○首句一作「正月上樓迎春歸」。

〔二〕淡靄，輕雲也。短絲，謂草之初苗，短細如絲者。○「幽風」，樂府詩集作「幽泥」。

〔三〕言春氣之透甚速。

二月

飲酒採桑津，宜男草生蘭笑人，蒲如交劍風如薰。〔一〕勞勞胡鷰怨酣春，薇帳逗煙

生綠塵。〔二〕金翹峨髻愁暮雲，沓颯起舞真珠裙。〔三〕津頭送別唱流水，酒客背寒南山死。〔四〕

〔一〕杜預左傳注：平陽北、屈縣西南，有採桑津。齊民要術：鹿葱，風土記曰宜男草也。高六七尺，花如蓮，懷妊婦人帶佩必生男。爾雅翼：萱草，又名宜男草。家語：南風之薰兮。左思魏都賦：蕙風如薰。○首句樂府詩集作「二月飲酒採桑津」。

〔二〕本草：陶弘景曰「斑黑而聲大者是胡燕」。酣春，謂春氣舒暢。怨者，燕語呢喃，絮絮不休，如怨訴也。薇帳猶蕙帳。○「胡鷰」，一作「鶯鷰」。「生綠塵」，一作「香霧昏」。

〔三〕曹植洛神賦：雲髻峨峨。北史：武成爲胡后造真珠裙袴。○「金翹」，吴本作「金翅」。「峨髻」，一作「蛾髻」。

〔四〕流水，曲名。

三月

東方風來滿眼春，花城柳暗愁殺人。〔一〕複宫深殿竹風起，新翠舞衿净如水。〔二〕光風轉蕙百餘里，暖霧驅雲撲天地。〔三〕軍裝宫妓掃蛾淺，摇摇錦旗夾城暖。曲水飄

香去不歸，梨花落盡成秋苑。〔四〕

〔一〕「柳暗」，一作「柳禁」。「愁殺人」，一作「愁幾人」。

〔二〕新翠舞衿，即翠色舞衫也。須谿以爲竹者，非是。○「深殿」，會本、姚經三本作「深凝」。

〔三〕楚辭：光風轉蕙，泛崇蘭些。王逸注：光風，謂雨已日出而風，草木有光也。轉，搖也。

〔四〕言鑾輿臨幸曲水，從行宮妓改作軍裝，錦旗搖颺于夾城之中，一去未歸，有無限喧闐；而宮苑之中，梨花落盡，寂寞人踪，雖當春盛之時，却似深秋之景。杜牧之阿房宮賦云：「歌臺暖響，春光融融；舞殿冷袖，風雨凄凄。一日之内，一宮之間，而氣候不齊。」亦是此意。揚雄甘泉賦：振殷轔而軍裝。顔師古注：軍裝，爲軍戎之飾裝也。雍録：開元二十年，築夾城通芙蓉園，自大明宫夾東羅城複道，由通化門、安興門，次經春明門、廷喜門，又可以達曲江芙蓉園，而外人不知也。曲水，即曲江。太平寰宇記：曲江池，漢武帝所鑿，名爲宜春苑。其水曲折，有似廣陵之江，故名之。胡三省通鑑注：長安朱雀街東第五街，皇城之東第三街，昇道坊龍華尼寺南有流水屈曲，謂之曲江。此地在秦爲宜春苑。隑州在漢爲樂遊園。梨樹二三月開花，色白而六出，繁盛如雪。

四月

曉涼暮涼樹如蓋，千山濃緑生雲外。依微香雨青氛氳，膩葉蟠花照曲門。金塘閒水摇碧漪，老景沉重無驚飛，墮紅殘萼暗參差。〔一〕

〔一〕香雨，雨自花間而墜者，故有香。膩葉，葉之肥大者。蟠花，花之叢結者。金塘，石塘也。以石爲塘，喻其堅固，若以金爲之。劉楨詩：菡萏溢金塘。李善注：金塘，猶金堤也。廣韻：漪，水文也。老景，謂景色入夏，無繁華之態。驚飛，謂花之飛舞。暗參差，謂花已落盡，惟有青枝緑葉互作參差而已。詩家以花盛謂之明，葉茂謂之暗。○「青氛氳」，曾本、姚經三本作「青氤氲」，一作「過清氛」。「沉重」，一作「沉帖」。

五月

雕玉押簾額，輕縠籠虚門。〔一〕井汲鉛華水，扇織鴛鴦紋。〔二〕回雪舞涼殿，甘露洗空緑。羅袖從徊翔，香汗沾寶粟。〔三〕

〔一〕以雕玉爲飾，作門簾之鎮押。漢武故事：以白珠爲簾，玳瑁押之。古詩「海牛押簾風不起」，蓋其類也。輕縠，薄紗也。以輕縠爲簾，帷籠于虚門之中。此狀初熱之景。○「簾額」，吴本作「簾上」。

〔二〕本草：凡井以黑鉛爲底，能清水散結，人飲之無疾。又井水以平旦第一汲爲井華水。

〔三〕張衡舞賦：裾若飛燕，袖如回雪。吴正子注：空緑，猶碧落也。「香汗沾寶粟」，微汗沾漬如粟粒也。梁簡文帝詩：「香汗浸紅紗。」○「羅袖從徊翔」，一作「羅綬從風翔」。

六月

裁生羅，伐湘竹，帔拂疏霜簟秋玉。〔一〕炎炎紅鏡東方開，暈如車輪上徘徊，啾啾赤帝騎龍來。〔二〕

〔一〕裁生羅以爲帔，其潔白似拂疏霜。伐湘竹以爲簟，其光滑似憑秋玉。下句承上句而究言之。方言：裙，陳、魏之間謂之帔，音「披」。筍譜：舜死，二妃淚下，染竹成斑。妃死爲湘水神，故曰湘妃竹。○一本少「帔」字。

〔二〕山海經：南方祝融，獸身人面，乘兩龍。枕中書：祝融氏爲赤帝。

七月

星依雲渚冷，露滴盤中圓。〔一〕好花生木末，衰蕙愁空園。〔二〕夜天如玉砌，池葉極青錢。〔三〕僅厭舞衫薄，稍知花簟寒。〔四〕曉風何拂拂，北斗光闌干。〔五〕

〔一〕吴正子注：雲渚，天河也。

〔二〕傅玄怨歌行：芙蓉生木末。○「空園」，一作「故園」。

〔三〕雲氣碎薄，月光映之，狀如玉砌。此景秋夜多有之。杜子美詩：點溪荷葉疊青錢。

〔四〕晉子夜四時歌：反覆花簟上，屏帳了不施。顔師古急就篇注：織竹爲席，謂之簟。太平寰宇記：段氏蜀記云：渝州出花竹簟，爲時所重。

〔五〕古善哉行：月没參横，北斗闌干。闌干，横斜貌。

八月

孀妾怨長夜，獨客夢歸家。傍簷蟲緝絲，向壁燈垂花。簾外月光吐，簾内樹影斜。悠悠飛露姿，點綴池中荷。〔一〕

〔一〕蟲緝絲，謂莎鷄，其鳴聲如紡絲；或曰謂蜘蛛。○「孀妾」，一作「宫妾」。「緝絲」，一作「織絲」。「簾内」，一作「簾中」。

九月

離宫散螢天似水，竹黄池冷芙蓉死。〔一〕月綴金鋪光脉脉，凉苑虚庭空澹白。〔二〕露花飛飛風草草，翠錦斕斑滿層道。〔三〕鷄人罷唱曉瓏璁，鴉啼金井下疏桐。〔四〕

〔一〕三輔黄圖：離宫，天子出遊之宫也。八月時，螢火尚有飛者；至九月，則散藏殆盡。○「散螢」，一作「散雲」。

〔二〕長門賦：擠玉户以撼金鋪。李善注：金鋪，以金爲鋪首也。吕延濟注：金鋪，扉上有金花，花中作鈕鐶以貫鎖。韻會：鋪，説文云，著門鋪首也。增韻云，所以銜環者，作龜蛇之形，以銅爲之，故曰金鋪。

〔三〕翠錦斕斑，草木經秋，葉老，紅黄間雜于青緑之中，斕斑如翠錦也。層道，路側高下不齊，望之如有層級者。○「露花」，一作「霜花」。

〔四〕周禮：鷄人，大祭祀夜呼旦，以嘂百官。漢官儀：宫中不畜鷄，衛士候于朱雀門外，專傳鷄唱。李太白詩：梧桐落金井，一葉飛銀牀。後周明帝詩：霜潭清晚菊，寒井落疏桐。

十月

玉壺銀箭稍難傾，缸花夜笑凝幽明。〔一〕碎霜斜舞上羅幕，燭籠兩行照飛閣。〔二〕珠帷怨卧不成眠，金鳳刺衣著體寒，長眉對月闘彎環。〔三〕

〔一〕漏刻之法，以銅壺貯水置箭，壺内刻以爲節，令水漏而刻見，以驗晝夜昏明之候。玉壺銀箭，言其飾之華美。江總雜曲「虬水銀箭莫相催」。稍難傾，言漏水漸有凍而不流之意。缸花，燈花也。笑，花開似笑也。凝幽明者，半明半滅之貌。

〔二〕張籍詩「玉階羅幕微有霜，燭籠左右列成行」，與此聯句意相似。張衡東京賦「飛閣神行」。薛綜注：閣道相通不在于地，故曰飛。陸機詩「飛閣跨通波」。李周翰注：飛閣，高閣也。○「籠」，曾本、二姚本作「龍」。

〔三〕因怨故不能成寐，至于夜深寒重，猶對月而長望。金鳳，以金綫刺鳳形于衣。王建宮詞云：「羅衫葉葉繡重重，金鳳銀鵝各一叢。」蓋其時俗所尚花樣。刺，音「戚」。古今注：魏宮人好畫長眉。○「怨卧」，姚仙期本作「夜卧」，一作「穩卧」。

十一月

宫城團圍凜嚴光，白天碎碎墮瓊芳。〔一〕撾鐘高飲千日酒，戰却凝寒作君壽。〔二〕

御溝泉合如環素，火井温泉在何處？〔三〕

〔一〕瓊芳，雪花也。

〔二〕博物志：劉元石于中山酒家酤酒，酒家與千日酒，忘言其節度。歸至家當醉，而家人不知，以爲死也，權葬之。酒家計于日滿，乃憶元石前來沽酒，醉向醒耳，往視之。云：「元石亡來三年，已葬。」于是開棺，醉始醒。俗云：元石飲酒，一醉千日。北堂書鈔志怪云：齊人田無已釀千日酒，過飲一斗，醉卧千日方醒。

〔三〕謝惠連雪賦：火井滅，温泉冰。華陽國志：臨邛縣有火井，夜時光映上照。民欲其火光，以家火投之，頃許如雷聲，火焰出，通耀數十里。以竹筒盛其光藏之，可拽行終日不滅。邛都縣有温泉穴，冬夏熱，其温可瀹鷄、豚，下流治疾病。在何處，思之而不可得也。○「泉合」，一作「冰合」。「温泉」，一作「温湯」。

十二月

日脚淡光紅灑灑，薄霜不銷桂枝下。依稀和氣排冬嚴，已就長日辭長夜。〔一〕

〔一〕陳後主詩：日脚沉雲外。謝脁詩：霜下桂枝銷。○「排」，一作「解」。

閏月

帝重光，年重時。〔一〕七十二候迴環推，天官玉琯灰剩飛。〔二〕今歲何長來歲遲，〔三〕王母移桃獻天子，羲氏、和氏迂龍轡。〔四〕

〔一〕以帝有重光之帝，引起年有重時之年。書經：昔君文王、武王宣重光。蔡忱注：武猶文，謂之重光；猶舜如堯，謂之重華也。

〔二〕禮記正義：凡二十四氣，每三分之，七十二氣。氣間五日有餘，故一年有七十二候也。天官，謂司天文之官。後漢書：「候氣之法，爲室三重，户閉，塗釁必周，密布緹縵。室中以木爲案，每律各一，内庳外高，從其方位，加律其上，以葭莩灰抑其内端，按曆而候之。氣至者灰去。其爲氣所動者其灰散，人及風所動者其灰聚。殿中候，用玉律十二。惟二至乃候靈臺，用竹律六十。候日如其曆。」玉琯，即玉管，以玉爲律管也。學齋佔畢：唐人作詩雖巧麗，然有不曉義理、淺陋可笑者。如李賀十二月詞，其閏月云「天官葭琯灰剩飛」，是以閏通爲十三月也。不知葭灰之飛，每月只是一次。而閏無中氣，雖置閏之年，亦只是十二个月節候，無十三个月節候之理。今官曆自可見，琯灰豈有剩飛之理？琦按：剩飛，正是不飛之意。閏月無中氣，故其月葭灰剩而不飛。此駁似過。

〔三〕月閏故歲長，今歲長故來歲遲。

〔四〕漢武外傳：七月七日王母降，侍女以玉盤盛仙桃七顆，大如鴨子，形圓青色，以呈王母。母以四顆與帝，三顆自食。桃味甘美，口有盈味。孔安國書傳：重黎之後，羲氏、和氏世掌天地四時之官。廣雅：日御謂之羲和。初學記：淮南子云，爰止羲和，爰息六螭。注曰：日乘車駕以六龍，羲和御之。此詩本意用日御之羲和，而以羲氏、和氏稱之，合二事爲一事用。二句承上而推言之，歲以閏月而長，天子之壽，亦得餐神藥而致延年之益；白日之景，亦因日御遲而延晷刻之修。皆以申慶祝之意。○元人孟昉曰：讀李長吉十二月樂詞，其意新而不蹈襲，句麗而不惰淫，長短不一，音節亦異。朱卓月曰：諸詩大半閨情多于宮景。婦人静貞，鍾情最深。三百篇夏日冬夜，有不自婦人口中出者乎？以此閱詩，可以怨矣。余光曰：二月送別，不言折柳，八月不賦明月，九月不詠登高，皆避俗法。

天上謡

天河夜轉漂迴星，銀浦流雲學水聲。〔一〕玉宮桂樹花未落，仙妾採香垂珮纓。〔二〕秦妃卷簾北窻曉，窻前植桐青鳳小。〔三〕王子吹笙鵝管長，呼龍耕煙種瑶草。〔四〕粉霞紅綬藕絲裙，青洲步拾蘭苕春。〔五〕東指羲和能走馬，海塵新生石山下。〔六〕

〔一〕天河與星皆隨天運轉，處其下者觀之，覺星之迴似天河漂之而迴者。然「漂」音「飄」，浮也，動也，流也。銀浦，即天河也。既云天河，又云銀浦，對舉不嫌重複，選詩中先有此體。曾益注以天河爲總名，銀浦爲天河中之別派，非也。銀浦之中，雲氣流行有似乎水。但水之流有聲，而雲無聲，故曰學水聲。○「漂」，文苑英華作「杓」。

〔二〕月中有瓊樓玉宇，有桂樹，有素娥。此二句似指月中而言。禮記：男女未冠笄者，總角衿纓，皆佩容臭。鄭玄注：容臭，香物也，以纓佩之。○「仙妾採香」，文苑作「仙姿綵女」。

〔三〕秦妃，似指秦繆公之女弄玉。禽經：青鳳謂之鶡。述異記：塗修國獻青鳳。○文苑本「卷簾北窗曉」作「卷羅八方曉」，「植桐」作「食桐」。

〔四〕列仙傳：王子喬者，周靈王太子晉也。好吹笙，作鳳凰鳴。鵝管，謂笙上之管，以玉爲之，其狀如鵝管。瑶草，仙家所植玉芝之類。十洲記：方丈洲在東海中心，群仙不欲昇天者皆往來此洲。仙家數十萬，耕田種芝草，課計頃畝，如種稻狀。正是其事。〇「吹笙」，文苑作「吹簫」。

〔五〕粉霞、藕絲，皆當時彩色名，元稹詩「藕絲衫子柳花帬」是也。十洲記：長洲一名青丘，在南海辰巳之地。地方五千里，去岸二十五萬里。上饒山川，及多大樹，樹乃有二千圍者。一洲之上專是林木，故一名青丘。又有仙草靈藥，甘液玉英，靡所不有，天真仙女遊于此地。所謂青洲，疑即青丘是耶？郭璞詩：翡翠戲蘭苕。李善注：蘭苕，蘭秀也。張銑注：苕，枝鮮明也。〇「青洲」，姚仙期本作「青州」，非。

〔六〕能走馬，言日行之疾，速如走馬。海塵新生石山下，即王方平所謂「海中行復揚塵」意。〇「海塵新生石山下」，文苑作「海雲初生石城下」。

浩歌〔一〕

南風吹山作平地，帝遣天吴移海水。王母桃花千遍紅，彭祖、巫咸幾回死。〔二〕青毛驄馬參差錢，嬌春楊柳含細煙。箏人勸我金屈卮，神血未凝身問誰？〔三〕不須浪飲丁都護，世上英雄本無主。買絲繡作平原君，有酒唯澆趙州土。〔四〕漏催水咽玉蟾蜍，

衞娘髮薄不勝梳。看見秋眉換新緑，二十男兒那刺促！〔五〕

〔一〕楚辭：臨風怳兮浩歌。浩歌，大歌也。

〔二〕山海經：朝陽之谷，神曰天吴，是爲水伯。其爲獸也，八首人面，八足八尾，背青黄。漢武内傳：王母仙桃三千年一開花，三千年一生實。列仙傳：彭祖，殷大夫也。姓錢名鏗，帝顓頊之孫，陸終氏之子，歷夏至殷末，八百餘歲。常食桂芝，善導引行氣，後昇仙而去。王逸楚辭注：巫咸，古神巫也。郭璞巫咸山賦：巫咸者，實以鴻術爲帝堯醫，生爲上公，死爲貴神。四句言山川更變，自開闢至今，不知幾千萬歲。人生其間，倏過一世，不能長久。

〔三〕驄馬，馬之青白色者，其文作淺深斑駁。郭璞爾雅注謂之連錢驄。金屈卮，酒器也。據東京夢華録云：御筵酒盞，皆屈卮如菜碗樣，而有把手。此宋時之式，唐時式樣當亦如此。「神血未凝身問誰」，謂精神血脉不能凝聚長生于世上，此身果誰屬乎？猶莊子身非汝有之意。四句見及時行樂，亦無多時。〇文苑英華本「驄馬」作「駿馬」，「細煙」作「緗煙」，「神血未凝身問誰」作「神血未寧身是誰」。

〔四〕丁都護，舊注指劉宋時之都護丁旿，又謂歌樂府中丁都護之曲而侑觴。琦按：唐時邊州設都護府，掌撫慰諸蕃，輯寧外寇，覘候奸譎，征討攜貳。大都護從二品，副大都護從三品，上都護正三品，副都護從四品。丁都護當是丁姓而曾爲都護府之官屬，或是武官而加銜都護者，與長吉同會，縱飲慷慨，有不遇知己之嘆。故以其官稱之，告之以不須浪飲，世上英雄本來難遇其主。古之平原君虚己下士，深可敬慕；今日既無其人，惟當買絲繡其形而奉之，取酒澆其墓而吊之已矣！深嘆舉世無有能得士者。元和郡縣志：平原君墓在洺州肥鄉縣東南七里，不在趙州。而此云趙州土，以平原君爲趙之公子，故云。○「浪飲」，文苑作「亂舞」。

〔五〕刻漏之制，以銅爲器，貯滿清水，上爲銅龍口中吐之，下作蟾蜍張口承水流入壺中，以驗時刻。「漏催水咽玉蟾蜍」，見光陰易過。「衛娘髮薄不勝梳」，見冶容易衰。漏水，必是飲酒筵側所設儀器，衛娘亦是奉觴之妓。皆據一時所見者而言。末一句自言其志，不能受役于人也。潘岳閣道謡：和嶠刺促不得休。魏書：李軌、徐紘刺促以求先。刺促，謂受役于人。徐文長以不開懷解之，非也。○文苑本「髮薄」作「鬢薄」，「看見」作「羞見」，「新緑」作「深緑」，「二十」作「世上」。

秋來

桐風驚心壯士苦，衰燈絡緯啼寒素。〔一〕誰看青簡一編書，不遣花蟲粉空蠹。〔二〕思牽今夜腸應直，雨冷香魂吊書客。秋墳鬼唱鮑家詩，恨血千年土中碧。〔三〕

〔一〕秋風至則桐葉落，壯士聞而心驚悲，年歲之不我與也。衰燈，燈不明者。絡緯，莎鷄也，其聲如紡績，故曰啼寒素。或曰：絡緯故是蟋蟀，鳴則天寒而衣事起，故又名趣織。詩疏「趣織鳴，嬾婦驚」是也。啼寒素，猶趣織云。○「壯士」，文苑英華作「志士」。

〔二〕後漢書：吴恢欲殺青簡以寫經書。吕延濟曰：青簡，竹簡也。古無紙，用以書。漢書：出一編書。顔師古曰：編，謂聯次之也。聯簡牘以爲書，故云一編。遺，驅逐也。花蟲，蠹蟲也。竹簡久不動，則蠹蟲生其中。

〔三〕苦心作書，思以傳後，奈無人觀賞，徒飽蠹魚之腹。如此即今嘔心鏤骨，章鍛句鍊，亦有何益？思念至此，腸之曲者亦幾牽而直矣。不知幽風冷雨之中，乃有香魂憖吊作書之客。若秋墳之鬼，有唱鮑家詩者，我知其恨血入土，必不泯滅，歷千年之久，而化爲碧玉者矣。鬼唱鮑家詩，或古有其事，唐、宋以後失傳。○「香魂」，文苑作「鄉魂」。

帝子歌

洞庭帝子一千里，涼風雁啼天在水。〔一〕九節菖蒲石上死，湘神彈琴迎帝子。〔二〕山頭老桂吹古香，雌龍怨吟寒水光。沙浦走魚白石郎，閑取真珠擲龍堂。〔三〕

〔一〕山海經：洞庭之山，帝之二女居之，是常遊于江，淵澧、沅之風，交瀟、湘之浦，是在九江之間，出入必以飄風暴雨。帝，天帝也。以其爲天帝之女，故曰帝子，與楚辭所稱堯女爲帝子者不同。一千里，言其所治之地甚廣。凉風雁啼，深秋之候，天在水，天光下映水中，風平浪静，佳景可想。○「帝子」，一作「明月」。

〔二〕古詩：石上生菖蒲，一寸八九節。仙人勸我餐，令我好顏色。湘神，湘水之神，九歌所謂湘君、湘夫人也。湘神彈琴，即楚辭使湘靈鼓瑟之意。蓋帝子貴神也，下人不敢瀆請，轉祈湘神彈琴以迎，以冀望其神之來格。

〔三〕以下言帝子不肯來格。桂老，故其香稱爲古香。帝子爲女神，故龍言雌龍。二句寫帝子不來，景象寂寥之意。古樂府：「白石郎，臨江居，前導河伯後從魚。」白石郎亦水神也。尊貴之神不來，紛紛奔走者，惟小水之神而已。「閑取真珠擲龍堂」，猶楚詞「捐余玦兮江中，遺余佩兮澧浦」之意。明己之珍寶不敢愛惜，以求神之昭鑒，庶幾其陟降于庭也。楚辭：魚鱗屋兮龍堂。王逸注：言河伯所居，以魚鱗蓋屋，堂木畫蛟龍之文，形容異制甚鮮好也。此篇旨趣，全放楚辭九歌，會其意者，絕無怪處可覓。

秦王飲酒

秦王騎虎遊八極，劍光照空天自碧。〔一〕羲和敲日玻璨聲，劫灰飛盡古今平。〔二〕

龍頭瀉酒邀酒星，金槽琵琶夜棖棖，洞庭雨脚來吹笙。〔三〕酒酣喝月使倒行，銀雲櫛櫛瑶殿明，宫門掌事報一更。〔四〕花樓玉鳳聲嬌獰，海綃紅文香淺清，黄鵝跌舞千年觥。〔五〕仙人燭樹蠟煙輕，清琴醉眼淚泓泓。〔六〕

〔一〕二句言其以威武治天下之意。古之稱帝王者，謂其時乘六龍以御天；此則變言騎虎遊八極，各有取義。一以文德爲美，一以武功見長。「劍光照空天自碧」，見天亦不違其意，而況于人乎？

〔二〕二句言日月順行，天下安平之意。法苑珠林依起世經云：日天宫殿，縱廣正等五十一由旬，上下亦爾。以二種物成其宫殿，正方如宅，遥看似圓。何等爲二？所謂金及玻瓈，一面兩分皆是天，金成清浄光明；一面一分是天，玻瓈成浄潔光明。羲和爲日之御，敲日者，策之而使之行也。三輔黄圖：武帝初穿昆明池，得黑土。帝問東方朔，東方朔曰：「西域胡人知。」乃問胡人。胡人曰：「劫燒之餘灰也。」釋氏謂經年歲久遠，人壽極短，乃至朝生夕死，然後有大水、大火、大風之災，一切除去，更立生人，謂之一劫。劫灰飛盡，謂災難不作，乃古今太平之時。○「古今平」，文苑作「今太平」。

〔三〕禮記：夏后氏以龍勺。鄭玄注：龍，龍頭也。孔穎達正義：勺爲龍頭。梁簡文帝詩：湘東醽醁酒，廣州龍頭鐺。北堂書鈔西征記云：太極殿前有銅龍，長二丈，銅尊容四十斛。正旦大會群臣，龍從腹内受酒，口吐之于尊内。孔融論酒禁書：天垂酒星之耀，地列酒泉之郡。金槽，以金飾琵琶之槽也。棖棖，琵琶聲。古詩：棖影聽金槽。吳正子注：雨脚，未詳，恐爲優人之屬。曾益注：笙，一名參差，而斜吹之如雨脚然。徐文長注：雨脚以吹笙而來。董懋策云：雨脚，即用巫山事。數説未知孰是？而姚經三以爲狀其聲之幽忽，似爲近之。

〔四〕史記集解：應劭曰不醉不醒曰酣。一曰酣，洽也。「喝月使倒行」，不欲其速落，猶傅玄詩「安得長繩繫白日」之意。銀雲，白雲也。月光映之燦爛如銀，下映宫殿，皎如白晝。櫛櫛，相比次貌。舊唐書：宫門郎掌内外宫門鎖鑰之事。報一更，見卜夜未久之意。呂種玉言鯖引賀詩「宫中掌事報六更」，以證唐時宫漏有六更，不止五更之制。則似言徹夜宴飲之久，語句更覺聯貫。然考諸本無有作「六更」者，不知呂氏何所據？

〔五〕吳正子注：玉鳳，疑簫聲也，簫聲似鳳。「獰」當作「儜」。獰，惡也；儜，弱也，困也。劉禹錫傳：鼓吹裴回，其聲傖儜。琦按：上文已言琵琶吹笙，不應雜叙數語後，又復言簫。蓋「花樓玉鳳」一句，謂歌聲之婉轉；「海綃紅文」一句，謂舞態之婆娑。此時歌舞雜進，與上文之絲竹並陳，截然分界，兩不相蒙，詩體段落如是。海綃，海中鮫人所織之綃。述異記：南海出鮫綃紗，泉室潛織，一名龍紗，其價百餘金。以爲服，入水不濡。此句似言舞衣，或舞者所執之巾。黄鵝跌舞，恐是舞名，或是舞者形勢，俱未可定。吳正子注：「黄鵝」，恐當作「娥」，蓋是姬人勸酒也。千年觥，謂獻壽酒而祝稱千秋也。○「黄鵝」，文苑作「黄娥」。

〔六〕海録碎事：仙人燭樹似梧桐，其皮枯剥如筒桂，以爲燭，可燃數十刻。琦按：王宫夜宴，窮極奢侈，未必肯用草木之皮以代燭。或者燭上畫仙人之形，或燭臺作仙人之像，或是當時有此佳名之燭，俱未可定。其曰樹者，猶枝也。記燭之數曰幾枝，古今通有此稱。「清琴」，文苑英華作「青春」，一作「青琴」。琦謂作「青琴」者是也。上林賦：青琴、宓妃之徒。伏儼曰：青琴，古神女也，以喻妃嬪。蓋歌舞方喧，銀燭之下，見妃嬪之眼色泓泓，已作醉態。夫侍宴之妃嬪醉，而秦王之醉不言而自見矣。若照本文作「清琴」解，謂樂盡悲來，聞琴淚落，如孟嘗君聞雍門之琴而泫然涕泣者，不惟于全首詩意不稱，而句語晦滯，亦全不成文理。○題作秦王飲酒，而詩中無一語用秦國故事。舊注以爲爲始皇而作，非也。姚經三以爲爲德宗而作。德宗性剛暴，好宴遊，常幸魚藻池，使宫人張水嬉，綵服雕靡，絲竹間發，飲酒爲樂，故以秦王追誚之。琦按：德宗未爲太子，嘗封雍王矣。雍州，正秦地也，故借秦王以爲稱。其説近是，而以爲追誚則非也。德宗爲雍王時，嘗以天下兵馬元帥平史朝義，又以關内元帥出鎮咸陽，以禦吐蕃。所謂「騎虎遊八極，劍光照空天自碧」者此也。自朱泚、李懷光平後，天下略得安息，所謂「劫灰飛盡古今平」者是也。禍亂既平，國家閑暇，暫與宫妃宴樂飲酒，亦事之常。長吉極意抒寫，聊以紀一時之事，未必有意譏誚。其説之不當過于侈張，乃是長吉不能少加以理使然。若句模字擬，深文曲解，以爲誹議之詞，不惟失詩人之意，而附會穿鑿，章法段落俱無脉絡貫注于中，不免以文害辭，以辭害意矣。

洛姝真珠〔一〕

真珠小娘下青廓，洛苑香風飛綽綽。〔二〕寒鬢斜釵玉燕光，高樓唱月敲懸瑲。〔三〕蘭風桂露灑幽翠，紅弦裊雲咽深思。〔四〕花袍白馬不歸來，濃蛾疊柳香脣醉。〔五〕金鵝屏風蜀山夢，鸞裾鳳帶行煙重。八驄籠晃臉差移，日絲繁散曛羅洞。〔六〕市南曲陌無秋涼，楚腰衞鬢四時芳。玉喉窱窱排空光，牽雲曳雪留陸郎。〔七〕

〔一〕洛姝，謂洛陽之美人，真珠其名也。

〔二〕青廓，猶言青天，謂青而寥廓之處，喻言其人若仙姬神女自天而降者。爾雅：綽綽，緩也。〇「青廓」，吴本作「清廓」，曾本作「青郭」。

〔三〕述異記：漢武帝元鼎元年，起招靈閣，有神女留一玉釵與帝，帝以賜趙婕妤。至昭帝元鳳中，宫人見此釵光瑩甚異，共謀欲碎之。明視釵匣，惟見白燕直升天去。故宫人作玉釵，因名玉燕釵。唱月者，對月而唱也。懸瑲，玉珮，敲之以爲歌聲之節。

〔四〕當風清露冷之際，撫箏而彈，以寄其幽怨之深思。傅玄伯益篇：「蘭風發芳氣。」張祐箏詩：「夜風生碧柱，春水咽紅弦。」則紅弦乃箏之弦也，以紅爲色，彼時風尚若此。裊雲，謂其聲高低抑揚，相續不絕之意。

〔五〕古歌行：「綠衣白馬不歸來，雙成倚檻春心醉。」與此詩句意相似。蓋念所歡之人不來，故黛眉嚬蹙，如柳葉之疊而不舒；香脣緘默，如沉醉之静而不言也。○「濃蛾」，吴本、姚仙期本作「濃娥」。

〔六〕望之久而所歡終不來，于是倚屏風而卧，冀如巫山神女尋襄王于睡夢之中。乃嬌魂殢重，未得出遊，忽焉天曉，紅日已照紗窻矣。金鵝屏風，謂屏風之上繡作金鵝之形。李廓長安少年行云：「玉雁排方帶，金鵝立仗衣。」和凝宫詞：「窻間初學繡金鵝。」觀二詩可以證。蜀山即巫山也。行煙，即行雲行雨之謂。重，謂不能出門以覔所望之人。「八驄」，當作「八窻」。鮑照詩：「四户八綺窻。」晃，日光也。八窻之上，已見日光，而曉夢初覺，睡臉才移，但見日色透窻羅之細洞而入，舒散如絲。寫閨人夜中不寐，曉來慵起之意。吴本「金鵝」作「金娥」，疑是屏風上所畫美人。姚經三注謂八驄即隙駒之謂。皆非是。○「鸞裾」，姚經三本作「鸞裙」。

〔七〕市南曲陌，皆妓女所居之地。無秋涼，言無蕭條冷静之景。韓非子：「楚靈王好細腰，而國中多餓人。」太平御覽：史記曰，衛皇后字子夫，與武帝侍衣得幸，頭解見其髮鬒，悦之，因立爲后。今本史記無「鬒」字。鮑照詩：「鬒奪衛女迅。」吴正子注：窱窱，歌聲宛轉之妙。排空光，猶響遏行雲之意。牽雲曳雪，謂攬其衣裳而留之也。樂府明下童曲：「陸郎乘班騅。」市南曲陌之家，冶容艷態，歌聲徹天，能使陸郎留戀，何其歡好，以反襯真珠之寂寥不樂。

李夫人

紫皇宮殿重重開，夫人飛入瓊瑶臺。綠香繡帳何時歇？青雲無光宮水咽。〔一〕翩聯桂花墜秋月，孤鸞驚啼商絲發。〔二〕紅壁闌珊懸佩璫，歌臺小妓遥相望。玉蟾滴水鷄人唱，露華蘭葉參差光。〔三〕

〔一〕夫人仙去之後，帳中香氣尚未歇息，而雲亦爲之無光，水亦爲之悲咽。景物如此，人可知矣！

〔二〕桂花墜秋月，喻言夫人之薨在秋月也。孤鸞驚啼，喻言帝之悲痛。商絲發，謂撫弦而寫意，其聲合乎商也。商聲爲秋聲，爲金行之音，五音之中惟商聲最悲。○「翩聯」，姚仙期本作「翩翩」。文苑英華「驚啼」作「曉啼」，「商絲」作「商弦」。

〔三〕上二句言日中之景况，下二句言夜中之景况。總見夫人薨逝，宫中所聞所見，無一不動凄凉之態。楚辭招魂：「紅壁沙板，玄玉之梁。」①佩璫，所佩之玉璫也。此句即潘岳悼亡詩「遺挂猶在壁」之意。「歌臺小妓遥相望」，借用銅雀臺事，詳見後三卷注。玉蟾滴水，刻漏之水。鷄人，報曉之吏，俱見前注。沈約詩：蘭葉參差桃半紅。○按：此詩必是當時有寵幸宫嬪亡没，帝思念而悲之。長吉將賦其事，而借漢武帝之李夫人以爲題也。觀詩中並不用漢書李夫人傳中一事，可見與秦王飲酒一章指意相同。因話録謂李賀能爲新樂府，豈不信夫！〇「紅壁」，文苑作「空壁」，一作「紅璧」。「小妓」，一作「小柏」。

①蔣按：「之梁」，一作「梁岊」。

走馬引〔一〕

我有辭鄉劍，玉鋒堪截雲。襄陽走馬客，意氣自生春。朝嫌劍花净，暮嫌劍光冷。能持劍向人，不解持照身。〔二〕

〔一〕古今注：走馬引，樗里牧恭所作也。爲父報怨，殺人而亡，藏于山谷之下。有天馬夜降，圍其室而鳴。夜覺，聞其聲，以爲吏追，乃奔而亡去。明旦視之，馬跡也，乃惕然大悟曰：「豈吾所居之處將危乎？」遂荷衣糧而去，入于沂澤，援琴鼓之，爲天馬之聲，號曰走馬引。

〔二〕玉鋒，言劍鋒之色，白净如玉也。截雲，即莊子説劍篇「上決浮雲」之意。寶劍者，君子衛身之器，不得已而後用之。乃豪俠之子，專以報怨殺人爲事。當其閑置而無所用，朝暮嫌恨，不得一試其技，使劍鋒冷净，深爲可惜。殊不知持劍而向人，正所以照顧己身，而不使髮膚身體之受傷也。若但能持劍向人而殺之，不解持之以照顧自身，誤矣！語意深切，特爲襄陽走馬客痛下一鍼。○「截雲」，吴本作「裁雲」。「襄陽」，一作「長安」。「客」，一作「使」。「不解持照身」，一作「解持照身影」。

湘妃

筠竹千年老不死，長伴秦娥蓋湘水。〔一〕蠻娘吟弄滿寒空，九山静緑淚花紅。〔二〕離鸞别鳳煙梧中，巫雲蜀雨遥相通。〔三〕幽愁秋氣上青楓，凉夜波間吟古龍。〔四〕

〔一〕博物志：堯之二女，舜之二妃曰湘夫人。舜崩，二妃啼，以淚揮竹，竹盡斑。言自二妃揮淚之後，始有此種斑竹，迄今數千年之久，其種相傳不絶，長伴二妃之靈，蓋映湘水之地。説文：筠，竹皮也。方言：秦、晉之間，美貌謂之娥。此以筠竹稱斑竹，秦娥稱二妃，殊不可解，或字之訛也。一本注秦娥，下云一作「神娥」。又見廣西通志載此詩，「筠竹」作「斑竹」，「秦娥」作「英娥」，下文「蠻娘」作「蠻風」，似覺順遂，但不知本于何書，未敢從也。

〔二〕山海經：南方蒼梧之丘，蒼梧之淵，其中有九疑山。舜之所葬，在長沙零陵界中。郭璞注：山今在零陵營道縣南，其山九峰皆相似，故曰「九疑」，古者總名其地爲蒼梧也。此言舜葬之地，惟有蠻女謳吟，聲遍山谷；九峰静緑中，有紅花點綴，若爲淚血所染者然，敘出兩地睽隔意。

〔三〕舜葬蒼梧，二妃死湘水，故言離鸞別鳳。煙，雲也；煙梧，謂蒼梧之雲氣也。神靈各在一方，雖相去不遠，僅可因雲雨之往來，遥相通達而已，終不能常常會合。雲雨而曰巫雲蜀雨者，借巫山神女之説，所謂朝爲行雲，暮爲行雨者，以見神道變化之不測，讀者勿以辭害意。

〔四〕妃思舜而不得常見，故當秋氣至而草木變衰，涼夜永而蛟龍吟嘯，所見所聞，皆足以增隱憂而動深思。此詩措辭用意，咸本楚騷。○「青楓」，姚仙期本作「清峰」，誤。

南園十三首

花枝草蔓眼中開，小白長紅越女腮。可憐日暮嫣香落，嫁與春風不用媒。〔一〕

〔一〕眼中方見花開，瞬息日暮，旋見其落，以見容華易謝之意。梁昭明太子十二月啓：蓮花泛水艷，如越女之腮。

其二

宮北田塍曉氣酣，黄桑飲露窣宮簾。長腰健婦偷攀折，將餧吴王八繭蠶。〔一〕

〔一〕宫北，謂福昌宫之北，詳見後三卷注。塍，田畔界也。醋，爽也。黄桑，桑葉初生，淡黄色，久則青矣。窣，蘇骨切，音與「速」同，謂桑葉觸簾作窣窣聲。唐玄宗路逢寒食詩「灞岸垂楊窣地新」，亦是此意。左思吴都賦「鄉貢八蠶之綿」，李善注：劉欣交州記曰一歲八蠶繭，出日南。齊民要術：俞益期箋曰日南蠶八熟，績軟而薄。永嘉記曰：永嘉有八輩蠶：蚖珍蠶三月績，柘蠶四月初績，蚖蠶四月末績，愛珍蠶五月績，愛蠶六月末績，寒珍七月末績，四出蠶九月初績，寒蠶十月績。野客叢書按廣記：日南一歲八蠶，以其地暖故耳。而海物異名記乃謂八蠶共作一繭，與前説異。

其三

竹裏繰絲挑網車，青蟬獨噪日光斜。桃膠迎夏香琥珀，自課越傭能種瓜。〔一〕

〔一〕藝文類聚：蠑，青蟬也。通志略：蟬五月以前鳴者，似蠅而差大，青色，或有紅者，夜在草上，日在木上，聲小而清亮，此則正謂之蜩。桃膠，桃樹之脂，夏月流溢莖節間，凝結成塊，微似琥珀。越傭，越人而爲傭者。〇「光斜」，姚經三本作「將斜」。「香」，曾本作「新」。「越傭」，曾本、二姚本俱作「越儂」。

其四

三十未有二十餘，白日長飢小甲蔬。橋頭長老相哀念，因遺戎韜一卷書。〔一〕

〔一〕庾信哀江南賦：侍戎韜于武帳。戎韜，即太公六韜書也。橋頭長老哀其以少年而受飢困，故以兵書遺之，勸其以從軍奮跡。此首疑詠一時實事，與張子房遊下邳圯上，遇老人授太公兵法，正絶相類。連下三首讀之，皆是左文事右武功，其意可見。蓋當元和年中，頻歲征討，一時文士受藩鎮辟召，効力行間，致身通顯者，往往有之，宜長吉之心馳而神王也。讀者不會其故，祇以用史、漢故事視之，意味索然，有如嚼蠟。○「未有」，一作「未滿」。「因遺」，吴本作「因遣」。

其五

男兒何不帶吴鈎？收取關山五十州。請君暫上凌煙閣，若個書生萬户侯！〔一〕

〔一〕鮑照詩：錦帶佩吴鈎。李周翰注：吴鈎，鈎類，頭少曲。夢溪筆談：吴鈎，刀名也，刃彎，今南蠻用之，謂之「葛黨刀」。通鑑：元和七年，李絳曰：今法令所不能制者，河南、北五十餘州。長吉所謂關山五十州者，正指當時藩鎮所據之五十餘州也。大唐新語：貞觀十七年，太宗圖畫太原倡義及秦府功臣趙公長孫無忌、河間王孝恭、蔡公杜如晦、鄭公魏徵、梁公房玄齡、申公高士廉、鄂公尉遲敬德、鄖公張亮、陳公侯君集、盧公程知節、永興公虞世南、渝公劉政會、莒公唐儉、英公李勣、胡公秦叔寶等二十四人于凌煙閣，太宗親爲之贊，褚遂良題閣，閻立本畫。觀凌煙閣上之像，未有以書生而封侯者，不得不棄筆墨而帶吴鈎矣。

○「吴鈎」，一作「横刀」。

其六

尋章摘句老雕蟲，曉月當簾挂玉弓。不見年年遼海上，文章何處哭秋風？〔一〕

〔一〕裴松之三國志注：吴書曰，不效書生尋章摘句而已。法言：或問：「吾子少而好賦？」曰：「然，童子雕蟲篆刻，壯夫不爲也。」玉弓，謂下弦後殘月之狀有似弓形。遼海，遼東也。遼東之地，延袤千有餘里，其南皆臨渤海，故曰遼海。水經注：秦始皇二十四年，起自臨洮，東暨遼海，西並陰山，築長城。夫書生之輩，尋章摘句，無間朝暮。當曉月入簾之候，猶用力不歇，可謂勤矣。無奈邊場之上，不尚文詞，即有才如宋玉，能賦悲秋，亦何處用之？念及此，能無動投筆之思，而馳逐于鞍馬之間耶？哭秋風，即悲秋之謂。

其七

長卿牢落悲空舍，曼倩詼諧取自容。見買若耶溪水劍，明朝歸去事猿公。〔一〕

〔一〕陸機文賦：心牢落而無偶。李善注：牢落，猶遼落也。吕向注：牢落，心失次貌。漢書：司馬相如字長卿，家徒四壁立。顔師古曰：但有四壁，更無資産。夏侯湛東方朔畫贊：大夫諱朔，字曼倩，平原厭次人也。以爲傲世不可以垂訓也，故正諫以明節；明節不可以久安也，故詼諧以取容。太平寰宇記：若耶溪，在越州會稽縣東南二十八里。越絶書云：薛燭對越王曰：若耶之溪涸而出銅也，古歐冶子鑄劍之所。吴越春秋：越有處女，出于南林，越王聘之。處女北行見于王，道逢一翁，自稱袁公，問處女：「聞子善劍，願一見之。」女曰：「妾不敢有所隱，唯公試之。」于是袁公即杖箖箊竹，竹枝上頡橋，末墮地。女即接末，袁公則飛上樹爲白猿。言能文之士如司馬長卿、東方曼倩，猶不能得志于時，况其次者乎？學書何益，不如去而學劍也。○「猿公」，一作「猑翁」。

其八

春水初生乳燕飛，黃蜂小尾撲花歸。窗含遠色通書幌，魚擁香鈎近石磯。〔一〕

〔一〕幌，「黃」上聲，帷幔也。香鈎猶香餌。石磯，近水石崖。姚經三本作「釣磯」。

其九

泉沙耎卧鴛鴦暖，曲岸迴篙舴艋遲。瀉酒木蘭椒葉蓋，病容扶起種菱絲。〔一〕

〔一〕廣韻：舴艋，小船也，音「窄猛」。爾雅翼：木蘭葉似長生冬，夏榮，常以冬華。其實如小柿，甘美，一名林蘭，一名杜蘭，皮似桂而香。「瀉酒木蘭椒葉蓋」，謂取木蘭、香椒二樹之葉蓋酒上，以取香氣。菱之初生，根在水底，葉則叢生浮于水面。其莖甚長，蕩漾水中如綫；久則莖斷，而葉下自生根矣。所謂菱絲者，蓋謂其莖也。○「木蘭」，吴本正文作「木欄」，注云：當作「木蘭」。今諸本皆作「木蘭」矣。

其十

邊讓今朝憶蔡邕，無心裁曲卧春風。舍南有竹堪書字，老去溪頭作釣翁。〔一〕

〔一〕後漢書：邊讓少辨博，能屬文，議郎蔡邕深敬之，以爲讓宜處高位，乃薦於何進。長吉蓋以邊讓自喻，而私憶當有如蔡邕之人敬而薦之者。奈未有其人，雖嘔心苦思作樂府諸曲，亦有何人賞識？是以無心裁作，而卧于春風之中。舍南有竹，斫取作簡，儘堪書寫以耗壯心；即至年老，垂釣溪邊以消永日。蓋有不遇知己，詩文俱可不作之想。此必在未逢昌黎諸公以前所作。吴正子謂是感憶韓公、皇甫之相知，假邊、蔡以爲喻。在首二句則是矣，于末二句全不貫絡。〇吴本云：「邊讓」，諸本作「邊壤」，非。「書」，姚經三本作「題」。

其十一

長巒谷口倚嵇家，白晝千峰老翠華。自履藤鞋收石蜜，手牽苔絮長蒓花。〔一〕

〔一〕郭璞爾雅注：山形長狹者，荆州謂之巒。嵇家，疑是南園外之鄰。末二句即指其山間所事之業也。長吉見其居處在衆山圍繞之中，已得勝地，而其所課之事，皆有清謐之趣，不覺有慕于中，而見之吟諷。舊注皆以長吉自言其情，恐不然也。老翠華，蓋山色蒼老之意。本草：陶弘景曰，石蜜即崖蜜也，在高山巖石間作之，色青，味小酸，其蜂黑色似虻。陳藏器曰：崖蜜出南方崖嶺間，房懸崖上或土窟中，人不可到，但以長竿刺令蜜出，以物承取，多者至三四石，味醶色緑。苔絮，水中青苔初生如亂髮，積久日厚，狀如胎絮。水草爲其罥網，多抑而不生，故牽去之令蒓花得長。韻會：蒓，水葵也，今文通作「蓴」。本草：蓴葉似鳧葵，浮在水上，採莖堪噉，花黄白色，子紫色。三月至八月，莖細如釵股，黄赤色，短長隨水深淺，名爲絲蓴，味甜體軟。九月十月漸粗硬，十一月萌在泥中，粗短，名塊蓴，味苦體澀。○「千峰」，姚經三本作「千年」。

其十二

松溪黑水新龍卵，桂洞生硝舊馬牙。誰遣虞卿裁道帔，輕綃一疋染朝霞。〔一〕

〔一〕史記稱：虞卿，游説之士也。躡蹻擔簦，説趙孝成王，爲趙上卿。後以魏齊之故，不重萬户卿相之印，與魏齊間行去趙，困于梁。著書八篇以譏刺國家得失，世傳之曰虞氏春秋。與長吉生平無一相似，無庸取以自比，且與全首文意亦了不相干，何以忽入此古人姓名？意者昌谷中人有潛光隱曜、道服而幽居者，與長吉往來交好，其人虞姓，故以虞卿比之。如稱賈至爲賈生，孟浩然爲孟夫子，唐人詩中類多有之。松溪桂洞即其所居之地。龍亦卵生，凡水深而色沉黑者，必有龍潛焉。松溪之中或者傳有龍居之，故云。又山澗中所産蜥蜴，土人往往稱之曰龍。龍卵或是蜥蜴之卵，亦未可知。本草：朴硝生于鹽鹵之地，狀似末鹽，煎煉入盆，凝結在下，粗朴者爲朴消，在上有芒者爲芒消，有牙者爲馬牙消。志曰：英消者，其狀如白石英，作四五稜，瑩徹可愛，亦出于朴消。其煎煉自别有法，亦呼爲馬牙消。雲笈七籤：馬牙硝是陰極之精，形若凝石，生于蜀川。其功亦能制伏陽精，消化火石之氣。夫馬牙硝乃煎煉而成，非生成者也。此云生硝舊馬牙者，豈桂洞之硝特異他處，不假人力而具馬牙之狀；抑言此硝可以烹製而成馬牙之質與？道帔，道服。顔師古漢書注：輕綃，今之輕紗也。隋書南蠻傳：林邑王衣朝霞布，真臘國王着朝霞古貝。唐書：嶺南道武曲郡貢朝霞布。朝霞，謂其色紅黄如朝霞者。〇「誰遺」，一作「誰爲」，一作「誰遣」。「裁道帔」，姚經三本作「藏道帔」。「一匹」，曾本、二姚本俱作「一幅」。

其十三

小樹開朝徑，長茸濕夜煙。柳花驚雪浦，麥雨漲溪田。古刹疏鐘度，遥嵐破月懸。沙頭敲石火，燒竹照漁船。〔一〕

〔一〕韻會：茸，草生貌。刹，僧寺也。嵐，山氣也。破月，月之不圓者。

李長吉歌詩卷二

金銅仙人辭漢歌 并序

魏明帝青龍元年八月，詔宫官牽車西取漢孝武捧露盤仙人，欲立置前殿。宫官既拆盤，仙人臨載，乃潸然淚下。唐諸王孫李長吉遂作金銅仙人辭漢歌。〔一〕

茂陵劉郎秋風客，夜聞馬嘶曉無跡。畫欄桂樹懸秋香，三十六宫土花碧。〔二〕魏官牽車指千里，東關酸風射眸子。空將漢月出宫門，憶君清淚如鉛水。〔三〕衰蘭送客咸陽道，天若有情天亦老。攜盤獨出月荒凉，渭城已遠波聲小。〔四〕

〔一〕野客叢書：緗素雜記載魏略曰：明帝景初元年，徙長安諸鐘簴、駱駝、銅人承露盤，盤拆，銅人重不可致，留于灞壘。漢晉春秋曰：帝徙盤，盤拆，聲聞數十里，金狄或泣，因留灞壘。而唐李賀金銅仙人辭漢歌序云：「魏明帝青龍九年八月，詔宫官牽車而西取漢武捧露盤仙人，欲立置殿前。既拆盤，仙人臨載，乃潸然淚下。」黄朝英謂明帝紀，青龍五年三月改爲景初元年，是歲徙長安銅人，重不可致；而賀以爲青龍九年八月。夫明帝以青龍五年三月改爲景初元年，至三年而崩，則無青龍九年明矣。此皆朝英所云也。僕謂賀所引青龍固失，然據今本李賀集云「青龍元年」，非九年也。朝英誤認元年爲九年耳。三輔黄圖：神明臺，武帝造，上有承露盤，有銅仙人舒掌捧銅盤玉杯，以承雲表之露，以露和玉屑服之，以求仙道。〇曾本、二姚本「牽車」之下少一「西」字，「捧露」之下少一「盤」字，「前殿」作「殿前」，「臨載」作「臨行」，下又少一「乃」字，「遂作」作「爲作」。

〔二〕元和郡縣志：漢茂陵在京兆府興平縣東北十七里，漢武帝陵也，在槐里之茂鄉，因以爲名。秋風客，謂其在世無幾，雖享年久遠，不過同爲秋風中之過客。吴正子謂漢武嘗作秋風辭，故云爾者，非也。然以古之帝主而渺稱之曰劉郎，又曰秋風客，亦是長吉欠理處。「夜聞馬嘶曉無跡」，謂其魂魄之靈，或于晦夜巡遊，仗馬嘶鳴，宛然如在，至曉則隱匿不見矣，何能令人畏服如生時耶？張衡西京賦「離宫別館三十六所」。章懷太子注：三輔黄圖曰，上林有建章、承光等十一宫，平樂、繭館二十五，凡三十六所。土花，苔也。武帝既没，國事又殊。西京宫室，日就荒蕪，桂樹徒芳，苔錢滿地，凄凉之狀不堪在目。

〔三〕繆襲屠柳城篇：但聞悲風正酸。説文：眸，目童子也。漢之土宇已屬魏氏，而月猶謂之漢月，蓋地上之物，魏可攘奪而有之；天之日月，則不能攘奪而有也。銅人在漢時，朝夕見此月體，今則天位潛移，因革之間，萬象爲之一變，而月體始終不變，仍似漢時，故曰漢月。將，猶與也。人行不分遠近，舉頭輒見明月，若與人相隨者然。銅人既將移徙許都，向時漢宮所見之物，一別之後，不復再見。出宮門而得再見者，惟此月矣！

〔四〕本是銅人離却漢宮花木而去，却以衰蘭送客爲詞，蓋反言之。又銅人本無知覺，因遷徙而潸然淚下，是無情者變爲有情，况本有情者乎？長吉以「天若有情天亦老」反襯出之，則有情之物見銅仙下淚，其情更何如耶？至于既出宮門，所攜而俱往者，惟盤而已；所隨行而見者，惟月而已。因情緒之荒凉，而月色亦覺爲之荒凉。及乎離渭城漸遠，則渭水波聲亦漸不聞。一路情景，更不堪言矣！秦時建都之處謂之咸陽。雍録：古語山南曰陽，水北曰陽。陽，日也。日出天東，矖景斜射，凡山之南面，水之北厓，皆先受照，故山以南爲陽，水以北爲陽。秦之所都，若槩舉其凡，則在九嵕諸山之南，渭水之北，名爲咸陽，其不爽矣。漢改咸陽爲渭城縣。此詩上言咸陽，下言渭城，似乎犯複而不拘者。咸陽道指長安之道路而言；渭城者指長安之地而言，似複而實非複也。○司馬温公詩話：李長吉歌「天若有情天亦老」，奇絶無對。石曼卿對「月如無恨月常圓」，人以爲勍敵。琦細玩二語，終有自然勉强之别，未可同例而稱矣。

古悠悠行

白景歸西山，碧華上迢迢。今古何處盡？千歲隨風飄。海沙變成石，魚沫吹秦橋。空光遠流浪，銅柱從年消。〔一〕

〔一〕白景，日也。碧華，夜雲之碧色者。晝夜循環無有窮盡，以千歲之久，而達人觀之，一如風飄之疾速。海沙之細，經歷多年，長大成石。秦王造橋之處，又見群魚吹沫其間。桑田滄海，洵有之矣。漢武所立銅柱，原以爲長生之計，今年遠代更，銅柱亦銷滅不存。夫以武帝之雄才大略，欲求長生于世間，尚不可得，况他人乎？此詩蓋以諷也。初學記：三齊記曰，青城山，秦始皇登此山築城，造石橋，入海三十里。漢書：武帝作栢梁銅柱承露仙人掌之屬，蓋在建章宫中，高二十丈，大七圍，其下爲銅柱，柱上有銅仙人舒掌捧銅盤，盤中置玉杯，以承雲表之露，取露和玉屑服之，以求長生。至曹魏時，爲明帝所毁。舊注引神異經：崑崙之山有銅柱焉，其高入天，所謂天柱也；圍三千里，周圍如削。蓋言日月消磨，天柱亦不能久也。然神異經所謂天柱，乃神異之跡，並不言其有從年消之事。當以漢武帝之銅柱爲是。○「海沙」，曾本、姚經三本作「海波」。吴正子曰：「銅柱」，一作「銅桂」，恐非。「從年消」，姚經三本作「隨年消」。

黄頭郎〔一〕

黄頭郎，撈攏去不歸。南浦芙蓉影，愁紅獨自垂。〔二〕水弄湘娥珮，竹啼山露月。玉瑟調青門，石雲濕黄葛。〔三〕沙上蘼蕪花，秋風已先發。好持掃羅薦，香出鴛鴦熱。〔四〕

〔一〕漢書：鄧通以濯船爲黄頭郎。顏師古注：土勝水，其色黄，故刺船之郎皆著黄帽，因號曰黄頭郎也。

〔二〕曾益注：撈攏，捉船貌。南浦，送别之地。楚辭「送美人兮南浦」是也。

〔三〕聽水聲之玲瓏，玩竹風之幽静，手撫絲桐，目瞻雲樹，皆佳境也。乃懷人不見者處之，反成愁境。青門，疑是曲名。雲氣觸石而出，故曰石雲。雲本潤氣，故草木沾之而濕也。○「玉瑟」，吴本作「玉琴」。

〔四〕本草别録云：芎藭，葉名蘼蕪。蘇頌曰：四五月生葉，似水芹、胡荽輩，作叢而莖細，其葉倍香。七八月開碎白花，如蛇牀子花。羅薦，以羅爲薦席，蓋今簟褥也。鴛鴦，爇香之爐爲鴛鴦形者。夫蘼蕪花發，已及秋期，知郎不久當歸，于是拂拭羅薦，而焚香薰護，以待其來矣。

○「好持」，一作「好待」。「鴛鴦」，一作「鴛籠」，一作「薰籠」。

馬詩二十三首

龍脊貼連錢，銀蹄白踏煙。無人織錦韂，誰爲鑄金鞭？〔一〕

〔一〕馬脊上有文點如連錢，其四蹄白色，如踏煙而行。煙即雲也。韂，音與「串」同，馬之鞍韂即障泥也。沈炯詩：「長安美少年，驄馬鐵連錢。陳王裝腦勒，晉后鑄金鞭。」此首言良馬而未爲人所識者也。○「錦韂」，姚經三本作「錦韉」。

其二

臘月草根甜，天街雪似鹽。未知口硬軟，先擬蒺藜銜。〔一〕

〔一〕草至臘月，苗葉枯槁，惟有根在，亦覺味甜可餐，又爲雪所覆没。儻于雪中掏摸而食，適遇蒺藜，反受刺傷之害。然爲飢困所迫，不自顧其口之硬軟，而先擬一銜嚼蒺藜之想。此首蓋爲困餓而不能擇食者悲歟？奇情苦思，須溪所謂賦馬多矣，此獨取不經人道者。知言哉！世說：謝太傅寒雪日内集，與兒女講論文義。俄而雪驟，公欣然曰：「白雪紛紛何所似？」兄子胡兒曰：「撒鹽空中差可擬。」郭璞爾雅注：蒺藜，布地蔓生，細葉，子有三角刺人。〇「未知」，姚經三本作「不知」。

其三

忽憶周天子，驅車上玉山。鳴騶辭鳳苑，赤驥最承恩。〔一〕

〔一〕山海經：玉山是西王母所居也。郭璞注：此山多玉石，因以名云。穆天子傳謂之群玉之山。孔稚圭北山移文：鳴騶入谷。韻會：騶，車馬馳也。禮記：車驅而騶。荀子：「騶中韶、濩。」則所謂鳴騶者，乃車馬馳走之聲歟？穆天子傳：天子之駿赤驥、盜驪、白義、踰輪、山子、渠黄、驊騮、騄耳。天子北征東還，乃循黑水至于群玉之山，阿平無險，四徹中繩，先王之所謂策府，寡草木而無鳥獸。天子于是取玉三乘，玉器服物，于是載玉萬隻，天子四日休群玉之山。夫八駿之德力，本自齊等，而赤驥乃最承恩，蓋以居八馬之首也。人之才德相等，其中一人承恩尤渥，亦必有故矣。以馬喻人，在當時必有所指，非漫然而賦者。〇「鳳苑」，姚經三本作「漢苑」。

其四

此馬非凡馬，房星本是星。向前敲瘦骨，猶自帶銅聲。〔一〕

〔一〕瑞應圖：馬爲房星之精。杜子美詩：「胡馬大宛名，鋒稜瘦骨成。」知馬之駿者，多瘦而不甚肥。銅聲，謂馬骨堅勁有如銅鐵，故其聲亦帶銅聲也。○吴本云：下「星」字當作「精」。

其五

大漠沙如雪，燕山月似鈎。何當金絡腦，快走踏清秋。〔一〕

〔一〕班固燕然山銘：經鹵磧，絶大漠。李周翰注：大漠，沙漠也。梁元帝玄覽賦：看白沙而似雪。梁簡文帝烏棲曲：浮雲似帳月如鈎。鮑照詩：驄馬金絡頭。

其六

飢卧骨查牙，麤毛刺破花。鬣焦朱色落，髮斷鋸長麻。〔一〕

〔一〕查牙，骨露貌。花，即杜詩「五花散作雲滿身」之花。蓋馬之毛色錯雜，鬬作花文也。山海經：犬戎國有文馬，縞身朱鬣。「朱鬣」二字本此。顏延年赭白馬賦：垂稍植髮。李善注：髮，額上毛也。蓋馬之長毛，在領上者謂之鬣，在額上者謂之髮。微有不同，不可誚其重複。鬣焦者，因朱色之退，而見其爲焦。髮斷者，因長麻爲絡頭，粗惡不堪，髮遭其磨落，若鋸而斷之者。詠馬至此，蓋其困頓摧挫，極不堪言者矣。

其七

西母酒將闌，東王飯已乾。君王若燕去，誰爲拽車轅？〔一〕

〔一〕太平廣記：金母者，西王母也。木公者，東王公也。此二元尊，乃陰陽之父母，天地之本源，化生萬靈，育養群品。木公爲男仙之主，金母爲女仙之宗。長生飛化之士，昇天之初，先覲金母，後謁木公，然後昇三清朝太上矣。燕即「宴」字也，古通用。昔周穆王得八駿之馬，馳驅萬里，遂賓于西王母，觴于瑶池之上。今既無此馬，君王即欲赴燕而去，誰爲拽車而往乎？此詩蓋爲時君求慕神仙，而爲方士所欺，微言以諷之，見其徒思無益。

其八

赤兔無人用，當須吕布騎。吾聞果下馬，羈策任蠻兒。〔一〕

〔一〕後漢書：吕布常御良馬，號曰「赤兔」，能馳城飛塹。三國志：濊出果下馬，漢桓時獻之。裴松之注：果下馬高三尺，乘之可于果樹下行，故謂之果下馬。桂海虞衡志：果下馬，土産小駟也，以出德慶之瀧水者爲最，高不踰三尺，駿者有兩脊骨，故又號「雙脊馬」，健而善行。此言奇儁之馬，非猛健之人不能駕馭；若其下乘，則蠻兒亦能驅使。以見逸材之士，必不受凡庸之籠絡，亦有然者。

其九

飂叔去匆匆，如今不豢龍。夜來霜壓棧，駿骨折西風。〔一〕

〔一〕左傳：昔有飂叔安，有裔子曰董父，實甚好龍，能求其嗜欲以飲食之，龍多歸之。乃擾畜龍以服事帝舜，帝賜之姓曰董，氏曰豢龍。杜預注：飂，古國也；叔安，其君名。豢，養也。韻會：棧，棚也。古者四靈以爲畜，故龍亦可豢養。今既無其人，豢龍之術，久已失傳；乃養馬之法，亦廢而不講，徒使駿逸之才，受風霜之困于槽櫪之間。斯馬也，何不幸而遇斯時也！○「飂」音「溜」，曾本、二姚本俱作「飉」，非。

其十

催榜渡烏江，神騅泣向風。君王今解劍，何處逐英雄？〔一〕

〔一〕榜，音「謗」，楚詞章句：榜，船櫂也。史記項羽本紀：項王駿馬名騅，常騎之。項王直夜潰圍，南出馳走，至東城，烏江亭長檥船待，謂項王曰：「江東雖小，地方千里，衆數十萬人，亦足王也。願大王急渡。」項王曰：「天之亡我，我何渡爲？且我與江東子弟八千人渡江而西，今無一人還。縱江東父老憐我王我，我何面目見之？」乃謂亭長曰：「吾知公長者。吾騎此馬五歲，所當無敵，當一日行千里。不忍殺之，以賜公。」乃自刎而死。詩意言當日亭長既得項王之馬，催榜渡江而去。馬思故主，臨風垂泣，理所必有。末二句代馬作悲酸之語，無限深情。英雄失主，托足無門，聞此清吟，應當淚下。解劍，謂解去其劍而自刎也，仍屬項王説。或者以爲即櫜弓戢矢，天下不復用兵意，屬漢王説者，非是。○「烏江」，一作「江東」。「君王」，一作「吾王」。

其十一

内馬賜宫人，銀韉刺麒麟。午時鹽坂上，蹭蹬溘風塵。〔一〕

〔一〕以賜宫人者，則裝飾如此；以負重致遠者，則蹭蹬如此。即孟嘗君所謂後宫蹈綺縠，而士不得短褐；僕妾餘粱肉，而士不厭糟糠者也。韉，馬鞍具也。戰國策：驥之齒至矣，服鹽車而上太行，蹄申膝折，尾湛胕潰，漉汁灑地，白汗交流，外坂遷延，負棘而不能上。山西通志：鹽坂在平陽府平陸縣東北七十里中條山，伯樂逢騏驥困鹽車即此處。今名青石槽。鹽坂當是虞阪也。蹭蹬，困頓也。溘，依也。○「麒麟」，吴本作「騏驎」。

其十二

批竹初攢耳，桃花未上身。他時須攬陣，牽去借將軍。〔一〕

〔一〕齊民要術：馬耳欲得小而促，狀如斬竹筒。杜詩所謂「竹批雙耳駿」者是也。桃花，謂馬毛色之美者。爾雅：黄白雜毛駓。郭璞注：今之桃花馬。此言駒之未成者，骨相雖美，毛色未齊，已知其他日有攙陣之雄健。「借」字煞有深意。蓋不忍没其材而不見之于一試，又不欲其去已而竟屬他人，以見憐惜之真至。

其十三

寶玦誰家子？長聞俠骨香。堆金買駿骨，將送楚襄王。〔一〕

〔一〕寶玦，玉玦也，其狀如環而缺。張華遊俠曲：「死聞俠骨香。」駿骨，謂馬之骨相奇駿者。舊注引戰國策涓人以五百金買千里馬骨事，恐未當。詩言珮玦者，未知誰氏之子，素聞其豪俠之名，必有知人知物之鑒，乃堆金市駿而送之楚襄王。夫襄王者，未聞有好馬之癖，雖有駿骨，安所用之？以此相送，毋乃暗于所投乎？吴正子疑楚襄王爲誤者，非也。不送之于楚襄，而送之于愛馬之君如秦穆、楚莊之流，則馬得所遇矣，非此詩本旨。

其十四

香襆赭羅新，盤龍蹙鐙鱗。迴看南陌上，誰道不逢春？〔一〕

〔一〕襆即「幞」字，音與「伏」同，用以覆鞍韉上。人將騎則去之，又謂之「帕」。杜甫詩：「銀鞍却覆香羅帕。」赭羅，羅之赤色者。

其十五

不從桓公獵，何能伏虎威？一朝溝隴出，看取拂雲飛。〔一〕

〔一〕管子：桓公乘馬，虎望見之而伏。桓公問管仲，曰：「今者寡人乘馬，虎望見寡人而不敢行，其故何也？」管仲對曰：「意者君乘駮馬而洀洹迎日而馳乎？」公曰：「然。」管仲曰：「此駮象也。駮食虎豹，故虎疑焉。」溝隴，謂溪澗山岡之地。拂雲飛，言其馳驟之疾如雲之飛騰。杜工部所謂「走過掣電傾城知」，李供奉所謂「神行電邁躡恍惚」，亦是此喻。詩意謂豪傑之士，伏處草野，不得君上之委任，雖智勇絶人，雄略蓋世，人孰能知？一旦出畎畝之中，得尺寸之柄，樹功立業，自致于青雲之上，然後爲人所仰瞻耳！

其十六

唐劍斬隋公，卷毛屬太宗。莫嫌金甲重，且去捉飃風。〔一〕

〔一〕長安志：太宗所乘六駿石像在昭陵後。卷毛騧，平劉黑闥時所乘，有石真容自拔箭處。贊曰：「月精按轡，天駟橫行。弧矢載戢，氛埃廓清。」有中九箭處。玩詩意，卷毛騧必隋之公侯所乘者，其人既爲唐所殺，其馬遂爲太宗所得。雖事逸無考，而詩語甚明。舊解過于幽曲，未是。莫嫌，謂旁觀者而言，莫嫌此馬金甲在體而艱于行走，且見其去逐飃風而輕捷如故也。説文：飃風，回風也，蓋風之回旋至疾速者。捉飃風，即追風之意。○「飃風」，吴本作「飈風」。

其十七

白鐵剉青禾，碪間落細莎。世人憐小頸，金埒畏長牙。〔一〕

〔一〕白鐵，剉草之刀。碪，剉草之石。飼馬不以青草，而以青禾，又剉之極細如莎草然，見飼法之不同。爾雅：小領盜驪。邢昺注：領，頸也。盜驪，駿馬名也。駿馬小頸，名曰盜驪云。世説：王武子移第北邙山下。于時人多地貴，濟好馬射，買地作埒，編錢匝地竟埒，時人號曰「金埒」。韻會：埒，説文，庳垣也。徐曰：晉王濟馬埒，謂于外作短垣繞之也，音與「劣」同。齊民要術：相馬之法，上齒欲鈎，鈎則壽；下齒欲鋸，鋸則怒。牙欲去齒一寸則四百里，牙劍峰則千里。琦按：長牙者，蓋謂馬之鋸牙善嚙者也。逸群之馬，多不伏羈絡，生人近之，往往踶嚙。然乘之衝鋒突陣，多有奇功。若王孫公子分馳角壯于金埒之間，只取觀美而已。小頸細馬，競加憐愛；其長牙善嚙者，雖有權奇倜儻之才，亦畏而不取。彼豪傑之士，以材大而不爲人所用，小材者悉心委使而得厚資焉，亦何以異于此馬歟？○「碪聞」，曾本、姚經三本作「碪聞」。

其十八

伯樂向前看，旋毛在腹間。祇今掊白草，何日驀青山？〔一〕

〔一〕郭璞爾雅注：伯樂相馬法，旋毛在腹下如乳者，千里馬也。顔師古漢書注：白草似莠而細，無芒，其乾熟時正白色，牛馬所嗜也。掊，減也。驀，越也。馬之旋毛生于腹間，人未之見，以常馬視之；伯樂視之，乃知其爲千里馬。然芻秣不足，則馬之筋力亦不充。今乃克減其草料，每食不飽，得知何日養成氣力，可以驅騁山岡，而展其驥足乎？後二句當作伯樂口中嘆息之語方得。

其十九

蕭寺馱經馬，元從竺國來。空知有善相，不解走章臺。〔一〕

〔一〕釋氏要覽：今多稱僧居爲蕭寺者，是用梁武造寺以姓爲題也。魏書釋老志：後漢孝明帝夜夢金人，頂有白光，飛行殿庭。乃訪群臣，傅毅始以佛對。帝遣郎中蔡愔、博士弟子秦景等使于天竺，寫浮屠遺範，得佛經四十二章及釋迦立像。愔之還也，以白馬負經而至，漢因立白馬寺于洛城雍門西。漢書：張敞無威儀，時罷朝會，過走馬章臺街，使御吏驅，自以便面拊馬。孟康注：章臺街在長安中。此詩似爲番僧之才俊者而作。○「元」，姚經三本作「原」。

其二十

重圍如燕尾，寶劍似魚腸。欲求千里脚，先采眼中光。〔一〕

〔一〕首卷貴公子夜闌曲云：「腰圍白玉冷」，蓋指腰帶而言。此云重圍，似亦謂雙層腰帶。如燕尾，謂帶之餘者雙垂而下如燕尾也。曾注：燕尾猶言雙翼分兩股而圍之，似言將士被困狀。恐未是。吴越春秋：吴王得越所獻寶劍三枚，一曰魚腸。高誘淮南子注：魚腸，文理屈辟若魚腸者，良劍也。一句先言壯夫束帶挂劍，將有遠行之狀，以起下文求千里脚之意。鄘炎詩：舒吾陵霄翼，奮此千里足。李善文選注：相馬經曰，目成人者行千里。注云：成人者，視瞳子中人頭足皆見。齊民要術：馬目欲大而光，目中五采盡具，五百里，壽九十年，良。多赤血氣也駑，多青肝氣也走，多黄腸氣也材智，多白骨氣也材，多黑腎氣也駑。

其二十一

暫繫騰黄馬，仙人上綵樓。須鞭玉勒吏，何事謫高州？〔一〕

〔一〕宋書：騰黄，神馬也，其色黄，王者德御四方則出。庾信華林園馬射賦：控玉勒而摇星，跨金鞍而動月。玉勒吏，謂控玉勒之人，即馭馬吏也。高州，唐時又謂之高凉郡，屬嶺南道，在西京南六千二百六十二里。地有瘴癘，謫宦者多居之。此詩必是當時有正直之臣見忤時宰，而謫逐于高州者，長吉痛之，借馬以爲喻也。夫騰黄之馬，不易得之馬也。今暫繫而不用，因仙人在綵樓之上，無所事于乘騎之故。乃玉勒之吏不思豢畜于平時，以備馳驅之用，而反棄之遠方瘴癘之地，紕繆至矣。僅以一鞭罪斷結，猶是輕典。

其二十二

汗血到王家，隨鑾撼玉珂。少君騎海上，人見是青騾。〔一〕

〔一〕漢書：大宛國多善馬，馬汗血，言其先天馬子也。「鑾」與「鑾」字義同，謂王者所乘之車。初學記：服虔通俗文曰，凡勒飾曰珂。張華詩：「文軒樹羽蓋，乘馬鳴玉珂。」玉珂者，以玉飾馬勒之上，振動則有聲，故有「撼玉珂」、「鳴玉珂」之語。太平御覽神仙別傳曰：李少君死後百餘日，人有見少君在河東蒲坂，乘青騾。帝聞之，發其棺，無所有。此詩蓋爲有奇軼之材而隱居爲黄冠者言也。汗血之馬到王者之家，隨鑾車之後，體飾華美，豈非榮遇？若隨少君于海上，人不過以凡畜視之，孰知爲千里之駿，而刮目以觀者哉？

其二十三

武帝愛神仙，燒金得紫煙。廄中皆肉馬，不解上青天。〔一〕

〔一〕漢武帝好神仙之事，使方士鍊丹砂爲黄金，不就。又好西域汗血馬，使貳師將軍伐大宛，取其善馬數十匹，中馬以下牝牡三千餘匹。長吉謂其燒鍊則黄金化爲紫煙，終不成就；所獲之馬又皆凡馬，不可乘之以上青天，所求皆是無益之事。此首似爲憲宗好神仙信方士之説而作。○馬詩二十三首，俱是借題抒意，或美或譏，或悲或惜，大抵于當時所聞見之中，各有所比。言馬也，而意初不在馬矣。又每首之中，皆有不經人道語。人皆以賀詩爲怪，獨朱子以賀詩爲巧。讀此數章，知朱子論詩，真有卓見。

申胡子觱篥歌　并序

申胡子，朔客之蒼頭也。朔客李氏，亦世家子，得祀江夏王廟。當年踐履失序，遂奉官北部。自稱學長調短調，久未知名。今年四月，吾與對舍于長安崇義里，遂將衣質酒，命予合飲。氣熱杯闌，因謂吾曰：「李長吉，爾徒能長調，不能作五字歌詩，直强迴筆端，與陶、謝詩勢相遠幾里！」吾對後，請撰申胡子觱篥歌，以五字斷句。歌成，左右人合譟相唱。朔客大喜，擎觴起立，命花娘出幕，徘徊拜客。吾問所宜，稱善平弄，於是以弊辭配聲，與予爲壽。〔一〕

顏熱感君酒，含嚼蘆中聲。花娘篸綏妥，休睡芙蓉屏。〔二〕誰截太平管？列點排空星。直貫開花風，天上驅雲行。〔三〕今夕歲華落，令人惜平生。心事如波濤，中坐時時驚。〔四〕朔客騎白馬，劍弝懸蘭纓。俊健如生猱，肯拾蓬中螢！〔五〕

〔一〕杜氏通典：篳篥本名悲栗，出于胡中，其聲悲。文獻通考：觱篥一名悲栗，一名笳管，羌、胡、龜兹之樂也。以竹爲管，以蘆爲首，狀類胡笳而九竅。所法者角音而甚悲栗，胡人吹之，以驚中國馬焉。後世樂家者流，以其旋宫轉器以應律管，因譜其音爲衆器之首，至今鼓吹教坊用之以爲頭管。然其大者九竅，以觱栗名之；小者六竅，以風管名之。六竅者猶不失乎中聲，而九竅者其先蓋與太平管同矣。江夏王名道宗，唐之疏屬也。太宗時以戰功累封江夏郡王，唐書有傳。北部，謂北匈奴所居之地，其名始見于漢時，匈奴既分爲兩，遂稱近南之部落曰南部，近北之部落曰北部。朔客，蓋爲北方邊地之將者，故曰奉官北部，又謂之朔客云。長調謂七字句，短調謂五字句。漢書高祖本紀：酒闌。文穎曰：闌，言希也。謂飲酒者半罷半在謂之闌。○吴本「李氏」下多一「本」字，「北部」作「北郡」。

〔二〕顔熱，因酒酣而面熱也。含嚼，脣含齒嚼而吹之，惟蘆管爲然，移加簫、笛不得。簪，與「簮」同。綏，下垂之貌。妥，平妥也。謂其簪下垂而安妥之貌。「休睡芙蓉屏」，謂感觱栗聲而聽之，遂頓忘倦卧也。

〔三〕文獻通考：太平管形如跛膝而九竅，是黄鐘一均，所異者頭如觱栗耳。唐天寶中史盛所作。

按：觱栗與太平管自是二器。玩詩句知申胡子所吹者，實是太平管，而雅其名以冒稱觱栗耳。言誰爲此製者，截竹爲管，而鑽列空竅于其上如星點。然其器若無甚奇異，乃吹之作聲，其勁能貫乎風而音流四遠，其高能入乎雲而響徹青冥如此。此真蘆管之聲，移贈簫、笛，便覺太猛烈矣。古稱聲之妙者曰「響遏行雲」，此借其説而反之，曰「天上驅行雲」，更善點化。

〔四〕在坐間聞觱篥之聲，不覺有感于中，而惜光陰之虚逝。江淹詩：中坐溢朱組。吕延濟注：中坐，謂坐中也。○「平生」，曾本、二姚本作「年生」。

〔五〕弝當作「杷」，劍之柄也。蘭纓，劍柄上所懸之纓。猱，獮猴也，其性躁擾喜動，不肯安歇。晉書：車胤家貧，不常得油，夏月則練囊盛數十螢火以照書。梁簡文帝螢詩：「逢君拾光采，不恡此身傾。」言朔客騎馬佩劍，俊健如猱，乃武夫俠客之流，宜其于書格格不相合；乃肯學古人拾螢火以照書，可謂好學之人矣。夫朔客本武人，而自稱能詩，蓋有志自拔于儕輩之中，而長吉因以古之好學者擬之。此以麻姑指爪而搔中其背大癢時也，宜其大喜，擎杯離席，且命愛妾出拜，以盡興而極歡也與！○「肯拾」，曾本、姚經三本作「首拾」。

老夫採玉歌

採玉採玉須水碧，琢作步摇徒好色。老夫飢寒龍爲愁，藍溪水氣無清白。〔一〕夜雨岡頭食蓁子，杜鵑口血老夫淚。藍溪之水厭生人，身死千年恨溪水。〔二〕斜山柏風雨如嘯，泉脚挂繩青裊裊。村寒白屋念嬌嬰，古臺石磴懸腸草。〔三〕

〔一〕山海經：耿山多水碧。郭璞注：亦水玉類。琦謂水玉是今之水精，水碧是今之碧玉。釋名：步摇，上有垂珠，步則摇也。瑯嬛記：人謂步摇爲女髻，非也。蓋以銀絲宛轉屈曲作花枝，插髻後，隨步輒摇，以增媌婧，故曰步摇。太平寰宇記：藍田山在藍田縣西三十里，一名玉山，一名覆車山，灞水之源出此。三秦記：有川方三十里，其水北流，出玉。今藍田猶出碧玉，世謂之「藍田碧」。詩言玉産藍溪水中，因採玉而致藍溪亦不能安静。不特役夫受飢寒之累，即水中之龍亦愁其騷擾，至于溪水爲其翻攪，有渾濁而無清白矣。

〔二〕岡頭夜雨，則寒可知；所食者惟榛子，則飢可知。吴正子云：「蓁」當作「榛」。按：詩經正義「榛」字或作「蓁」，蓋一木也，則「榛」、「蓁」故通用矣。爾雅翼：榛枝莖如木蓼，葉如牛李色，高丈餘，子如小栗，其核中悉如李，生則胡桃味，膏燭又美，亦可食噉，漁陽、遼、代、上黨皆饒。鄭注禮曰：榛似栗而小，關中、鄜坊甚多。然則其字從「秦」，蓋此意也。華陽風俗録：杜鵑大如鵲而羽烏，聲哀而吻有血，春至則鳴。爾雅翼：子巂出蜀中。今所在有之。其大如鳩，以春分先鳴，至夏尤甚，日夜號深林中，口爲流血，至章陸子熟乃止，農家候之。亦曰杜宇，亦曰杜鵑，亦曰周燕，亦曰買鶬，名異而實同也。「杜鵑口血老夫淚」者，乃倒裝句法，謂老夫之淚如杜鵑口中之血耳。厭生人者，因採玉而溺死者甚衆，故溪水亦若厭之。「身死千年恨溪水」，謂身死之後，雖千祀之久，其怨魄猶抱恨不釋。夫不恨官吏，而恨溪水，微詞也。

〔三〕挂繩，謂結繩于身，懸挂而下以入溪採玉也。漢書：致白屋之意。顏師古曰：白屋，謂白蓋之屋，以茅覆之，賤人所居。王肅家語注：白屋，草屋也。釋名：人始生曰嬰兒，胸前曰嬰，抱之胸前，乳養之也。石磴，石山之上可以登陟之道。述異記：懸腸草，一名思子蔓，南中呼爲離别草。夫己之生死正未可必，乃睹懸腸之草又動思子之情，觸物興懷，俱成苦境，深可哀矣。○按韋應物采玉行云：「官府徵白丁，言采藍溪玉。絶嶺夜無人，深榛雨中宿。獨婦餉糧還，哀哀舍南哭。」與此詩正相發明。

傷心行

咽咽學楚吟，病骨傷幽素。秋姿白髮生，木葉啼風雨。燈青蘭膏歇，落照飛蛾舞。古壁生凝塵，羈魂夢中語。〔一〕

〔一〕學楚吟，學楚詞哀怨之吟。「木葉啼風雨」，謂木葉與風雨相攪，其聲一如啼嘯。「燈青蘭膏歇」，燈久膏將盡，則其焰低暗作青色。「落照飛娥舞」，燈花謝落，因飛蛾舞觸所致。羈魂，羈客之魂。通首皆言羈旅無聊之況。楚辭：蘭膏明燭，華容錯些。王逸注：蘭膏，以蘭香煉膏也。「飛娥」，曾本、姚經三本作「飛蛾」，是也。古今注：飛蛾善拂火，一名火花，一名慕光。

湖中曲

長眉越沙採蘭若，桂葉水荭春漠漠。橫船醉眠白晝閑，渡口梅風歌扇薄。〔一〕燕釵玉股照青渠，越王嬌郎小字書。蜀紙封巾報雲鬢，晚漏壺中水淋盡。〔二〕

〔一〕長眉，已見前注。蘭若，謂幽蘭杜若，皆香草。顏延年詩：芬馥歇蘭若。水荭，一作「水葒」，「葒」、「荭」二字通用。爾雅翼：龍紅草也，一名馬蓼，葉大而赤白色，生水澤中，高丈餘，今人猶謂之水紅草，而爾雅又謂之蘢古。漠漠，言其彌漫多生之貌。太平御覽：五月有落梅風。嶺南録：梅雨後，風曰梅風。然上文既有「春」字，此句又及夏景，必有一誤。庾信詩：緑珠歌扇薄，飛燕舞衫長。吳正子曰：婦人以扇自障而歌，曰歌扇。詩言長眉之女，行越沙渚而採芳草。乃芳草不見，惟見桂葉水荭漠漠其間，于是醉眠橫船之内，消此閑晝，微摇歌扇于渡口梅風之中。此句正描出上文「閑」字之意。〇「横船」，曾本、二姚本俱作「横倚」。

〔二〕燕釵，釵上作燕子形；玉股，釵脚以玉爲之者。「青渠」當作「清渠」，謂水渠之清淺者。張華詩：蘭蕙緣清渠，繁華蔭緑渚。沈約麗人賦：沾粧委露，理髮清渠。上文言臨風摇扇，此句言照水整粧，皆極狀「閑」字之意。越王嬌郎，喻王孫貴公子一流。水經注：南越王遣太子名始，降服安陽王，稱臣事之。安陽王有女名眉珠，見始端正，與始交通。所謂越王嬌郎者，疑用此事。廣博物志：陸倕有謝安成王賜西蜀牋紙一萬幅。國史補：紙則有蜀之麻面屑末滑石金花長麻魚子十色箋。知蜀中箋紙自古見稱。沈約詩：「雲鬢垂寶花。」詩言湖中女子正在閑處無聊之時，忽有貴介公子以小字書之于巾，而以蜀紙封之，以報佳人，約其晚漏盡時，與相期會。〇「玉股」，一作「玉服」。「嬌郎」，一作「嬌娘」。「壺中」，一作「銅壺」。

黄家洞〔一〕

雀步蹙沙聲促促，四尺角弓青石鏃。黑幡三點銅鼓鳴，高作猿啼摇箭箙。〔二〕綵巾纏踍幅半斜，溪頭簇隊映葛花。〔三〕山潭晚霧吟白鼉，竹蛇飛蠹射金沙。〔四〕閑驅竹馬緩歸家，官軍自殺容州槎。〔五〕

〔一〕通鑑：元和十一年十一月壬戌朔，容管奏黄洞蠻爲寇。乙丑，邕管奏擊黄洞蠻，却之，復賓、巒等州。十二月己未，容管奏黄洞蠻屠巖州。胡三省曰：黄洞蠻即西原蠻，其屬黄氏者謂之黄洞蠻。唐書：西原蠻居廣、容之南，邕、桂之西。有甯氏者，相承爲豪。又有黄氏居黄橙洞，其隸也，其地西接南詔。貞元十年，黄洞首領黄少卿者，攻邕管，圍經略使。孫公器請發嶺南兵窮討之。德宗不許，命中人招諭。不從。俄陷欽、横、潯、貴四州。少卿子昌沔趫勇，前後陷十三州，氣益振。乃以唐州刺史陽旻爲容管招討經略使，引師掩賊，一日六七戰，皆破之，侵地悉復。元和初，邕州擒其别帥黄承慶。明年，少卿等歸欵，拜歸順州刺史，弟少高爲有州刺史，未幾復叛。又有黄少度、黄昌瓘二部，陷賓、巒二州據之。十一年，攻欽、横二州。邕管經略使韋悦破走之，取賓、巒二州。是歲復屠巖州。桂管經略使裴行立輕其軍弱，首請發兵盡誅叛者，徼幸有功，憲宗許之。行立兵出擊，彌更二歲，妄奏斬獲二萬，罔天子爲解。自是邕、容兩道，殺傷疾疫，死者十八以上，調費闕亡，繇行立、陽旻二人，當時莫不咎之。又韓昌黎有元和十五年上黄家賊事宜狀：臣去年貶嶺外刺史，其州雖與黄家賊不相鄰接，然見往來過客并諳知嶺外事人所説，其賊並是夷獠，亦無城郭可居，依山旁險，自稱洞主，衣服言語都不似人。尋常亦各營生，急則屯聚相保。比緣邕管經略使多不得人，德既不能綏懷，威又不能臨制，侵欺虜縛，以致怨恨。蠻夷之性，易動難安，遂至攻劫州縣，侵暴平人。或復私仇，或貪小利，或聚或散，終亦不能爲事云云。讀此見黄家賊之横，有與長吉詩相發明者，故摘録焉。

〔二〕雀步，狀蠻人之行，猶雀之躍，蹙行沙上，促促有聲。後漢書：邑婁國弓長四尺，力如弩矢，用楛長一尺八寸，青石爲鏃。引此以狀蠻人弓矢之異。黑幡三點，狀蠻人旗幟之異。銅鼓鳴，狀蠻人聚衆之異。隋書：諸蠻並鑄銅爲大鼓。初成，懸于庭中，置酒以招同類。來者有豪富子女，則以金銀爲大釵，執以叩鼓，叩竟，乃留遺主人，名爲銅鼓釵。俗好相殺，多構讎怨，欲相攻則鳴此鼓，到者如雲。有鼓者號爲「都老」，群情推服。杜氏通典：銅鼓，鑄銅爲之，虚其一面，覆而擊其上。南夷、扶南、天竺類皆如此，嶺南豪家亦有之，大者廣丈餘。上南志：都蠻呼銅鼓曰「諸葛鼓」，相傳以爲寶器。鼓有剥蝕又聲響者爲上，上者易牛千頭，次者七八百頭，遞有等差。藏至二三面者，即得雄視一方，僭稱王號。每出劫，擊鼓高山，諸蠻頃刻雲集。集則椎牛數十頭饗蠻，乃出劫。劫數勝，益以鼓爲靈。高作猿啼，狀蠻人叫呼聲如猿嘯。摇箭箙，狀其動躍不静之態。鄭玄周禮注：箙，盛矢器也，以獸皮爲之。

〔三〕吴正子曰：跧，脛也，合作「骹」，讀如「敲」聲。言蠻人以綵色之布斜纏其脛，在于溪頭，簇立成隊，與葛花相映。葛草蔓延而生，引長一二丈，其葉有三尖，如楓葉而長，面青背淡。七八月開花成穗，纍纍相承，紅紫色。其皮治之作絲，以爲絺綌。○「隊」，曾本、二姚本作「墜」。

〔四〕二句狀洞中景物之異，險不可入。本草：鼍，今江湖極多，形似守宫鯪鯉輩，長一二丈，背尾俱有鱗甲，夜則鳴吼，舟人畏之。晉書：孫亮初，公安有白鼍鳴。本草：竹根蛇，肘後方謂之青蝰蛇，最毒，喜緣竹木，與竹同色。「飛蠹」疑亦毒蟲名，或是「飛蠱」之誤。

〔五〕蠻人恣掠而去，閑驅竹馬，緩緩歸家，自來自往，若在無人之境。官軍不能追討，只自殺容州槎而已。竹馬，恐是蠻中馬名，如所稱果下馬之類；或是蠻中運載之器，若古所稱木牛流馬之類。曾注謂視酋如并州小兒之騎竹馬者，非也。容州，漢合浦縣地，隋爲合浦郡之德流縣。唐武德四年，分置銅州，貞觀元年改容州，因州西容山而名，屬嶺南道。槎，斜斫木也。言官軍不敢殺賊，但可自斬伐容州之樹木，甚言其無用。吴正子注：謂官軍出戰，不能得真蠻，徒自殺容管之民。槎，或蠻稱民之辭。

屏風曲

蝶棲石竹銀交關，水凝緑鴨琉璃錢。團迴六曲抱膏蘭，將鬟鏡上擲金蟬。沉香火暖茱萸煙，酒觥綰帶新承懽。月風吹露屏外寒，城上烏啼楚女眠。〔一〕

〔一〕屏風上畫蝴蝶棲石竹之形，而以銀作交關。交關者，蓋屏風兩扇相連屬處，即今之鉸鏈也。又作鴨緑水波之文，或以琉璃作錢文加其上，蓋言屏風上之雕飾。六曲，十二扇也，以十二扇疊作六曲，唐詩「山屏六曲郎歸夜」是也。抱膏蘭，謂圍燈燭于其中。金蟬，首飾之類。酒觥縮帶，謂兩杯相並，以帶繫其足而聯絡之。今婚禮合卺用之，謂之合卺杯，即古之所謂連理杯也。觀此，知唐時已有此制。○文苑英華本「緑鴨」作「鴨緑」，「團迴」作「周迴」，「膏蘭」作「銀蘭」，「將鬢」作「解鬢」，「沉香火」作「沉香水」，「酒觥」作「酒餘」。

南山田中行

秋野明，秋風白，塘水漻漻蟲嘖嘖。〔一〕雲根苔蘚山上石，冷紅泣露嬌啼色。〔二〕荒畦九月稻叉牙，蟄螢低飛隴徑斜。〔三〕石脉水流泉滴沙，鬼燈如漆點松花。〔四〕

〔一〕漻漻，謂水清深；嘖嘖，謂聲輕細。○「秋風」，姚經三本作「秋色」。

〔二〕錦繡萬花谷：唐人多使雲根爲石，以雲觸石而生也。姚仙期訾其既云雲根，又云山上石爲重覆。琦按：「雲根」字本起自張協詩：「雲根臨八極，雨足灑四溟。」六臣俱無注釋。然玩其文義，蓋謂雲起濃郁處，原不作石字使。冷紅，謂花也，以其開于秋露之中，故曰冷紅。

〔三〕荒畦，謂荒野中之田。蟄螢，螢遇冷氣，光不甚明。

〔四〕鬼燈低闇不明，狀如漆燈點綴松花之上。述異記：闔閭夫人墓中，周圍八里，漆燈照爛如日月焉。○「點」，曾本、二姚本作「照」。

貴主征行樂〔一〕

奚騎黄銅連鎖甲，羅旗香幹金畫葉。〔二〕中軍留醉河陽城，嬌嘶紫燕踏花行。〔三〕春營騎將如紅玉，走馬捎鞭上空綠。〔四〕女垣素月角咿咿，牙帳未開分錦衣。〔五〕

〔一〕姚經三注：元和朝，王承宗反，詔以吐突承璀爲神策河中、河陽等道行營兵馬諸軍招討處置使討之。承璀驕縱侈靡，威令不振。此詩蓋譏其征行爲樂耳。貴主即中貴作主帥。曾氏以爲女主統兵而行者，非是。琦按：後漢書竇憲傳：今貴主尚見枉奪，謂沁水公主也。沈佺期侍宴安樂公主新宅詩：皇家貴主好神仙。是皆以公主爲貴主也。疑在當時有公主出行，宴飲于河陽城中，長吉見之而作是詩。其所從之將卒，皆護從之兵，而非戰鬭之兵，故其旌旗甲馬，皆言其華靡艷麗而已。雖史傳無考，而因文度事，略爲近是。以爲吐突承璀而作者，非也。

〔二〕鄭玄周禮注：古者從坐，男女没入縣官爲奴，其少才智以爲奚。今之侍史官婢或曰奚，宦女也。十六國春秋：獪胡鎧如連鎖，射不可入。周益公二老堂詩話：今謂甲之精細者爲鎖子甲，言其相銜之密也。「羅旗香幹金畫葉」，謂以羅爲旗，以香木爲幹，而金畫之。極言富麗之態。○「騎」，一作「妓」。

〔三〕元和郡縣志：河南府有河陽縣，西南至府八十里。自乾元以後，常置重兵，貞元後加置節度，爲都城之巨防。一統志：河陽城在河南懷慶府孟縣西南三十里。春秋「天王狩于河陽」即此。劉劭趙郡賦：其良馬則飛兔、奚斯、常驪、紫燕。

〔四〕西京雜記：趙后體輕腰弱，善行步進退；女弟昭儀弱骨豐肌，尤工笑語。二人並色如紅玉，爲當時第一。今以稱騎將，蓋言其僅取貌美者充之耳。上空緑，謂其馳馬輕捷，如上騰空際。

〔五〕女垣即女墻，城上小墻也。角，軍中吹之以司昏曉者。太平御覽：宋樂志曰，角長五尺，形如竹筒，本細末稍大，未詳所起。今軍中用之，或以竹木，或以皮爲之，無定制。按：古軍法有吹角，此器俗名拔邏迴，蓋胡虜警軍之音，所以書傳無之。牙帳，主將所居之帳，建牙旗于帳前，故謂之牙帳。分錦衣者，以錦衣頒賜于下也。天色未明，主帳未開，而犒賚之令已下，以見號令不時，而賜予橫濫之意。

酒罷張大徹索贈詩時張初效潞幕〔一〕

長鬣張郎三十八，天遣裁詩花作骨。〔二〕往還誰是龍頭人？公主遣秉魚鬚笏。〔三〕

水行青草上白衫，匣中章奏密如蠶。〔四〕金門石閣知卿有，豸角鷄香早晚含。〔五〕隴西長吉摧頹客，酒闌感覺中區窄。葛衣斷碎趙城秋，吟詩一夜東方白。〔六〕

〔一〕按：張徹，韓昌黎門人，又其從子壻也。中元和四年進士，累官至范陽府監察御史，長慶中遷殿中侍御史。以軍亂被執，罵衆而死。昌黎作墓誌銘，詳載其事。潞州，上黨郡也，屬河東道。

〔二〕北史：許惇美鬚，下垂至帶，省中號「長鬣公」。三十八，紀徹之年也。董懋策曰：「花作骨」，猶錦心繡腸之謂。◯「八」或作「一」。

〔三〕魏略：華歆與北海邴原、管寧俱遊學，三人相善，時人號三人爲一龍：歆爲龍頭，原爲龍腹，寧爲龍尾。「往還誰是龍頭人」，言往還之人，無有能出其上者。「公主遣秉魚鬚笏」，似言以外戚薦引入仕。禮記：笏，大夫以魚鬚文竹。正義云：文，飾也。庚氏云：以鮫魚鬚飾竹以成文。盧云：以魚鬚及文竹爲笏。陸氏音義：崔云，用文竹及魚斑也。隱義云：以魚須飾文竹之邊，須音「斑」。

〔四〕唐時無官人白衣，八品、九品官青衣。青草上白衫，正謂其初入仕途，脱白着青。舊注以水行謂往潞中程次，青草上白衫爲春天之候，似非是。◯「水行」，一作「太行」。

〔五〕言不久即當登侍從之班，晉御史之秩。三輔黄圖：金馬門，宦者署。武帝得大宛馬，以銅鑄象立于署門，因以爲名。東方朔、主父偃、嚴安、徐樂，皆待詔金馬門，即此。石渠閣，蕭何造。其下礱石爲渠以導水，若今御溝，因爲閣名。藏入關所得秦之圖籍，至于成帝，又于此藏秘書焉。初學記：漢官儀曰，獬豸獸性觸不直，故執憲者以其角形爲冠。杜氏通典：法冠一名獬豸冠，一角爲獬豸之形，御史臺監察以上服之。尚書郎口含鷄舌香，以其奏事對答，欲使氣息芬芳。吴正子注：香可含，而以豸角連言，似是語疵。然古書多有此類。如大夫不得造車馬，車可造，馬不可造，不可以辭泥也。

〔六〕中區窄謂心事不舒。趙城，縣名，在河東道，屬平陽郡。賀與徹相會飲酒，蓋在其地。

羅浮山人與葛篇〔一〕

依依宜織江雨空，雨中六月蘭臺風。〔二〕博羅老仙時出洞，千歲石牀啼鬼工。〔三〕蛇毒濃凝洞堂濕，江魚不食銜沙立。〔四〕欲剪湘中一尺天，吴娥莫道吴刀澀。〔五〕

〔一〕藝文類聚：羅浮山記曰，羅浮者，蓋總稱焉。羅，羅山也；浮，浮山也。二山合體謂之羅浮。在增城、博羅二縣之境。〇「山人」，曾本、二姚本作「山父」。

〔二〕二句略言時景。織，狀密雨空濛之意。宋玉風賦：楚襄王遊于蘭臺之宫，有風颯然而至，王乃披襟而當之，曰：「快哉此風，寡人所與庶人共者耶！」

〔三〕博羅即羅浮之異名，山中有朱明、黄龍、蝴蝶、夜樂諸洞。老仙即謂山人。石牀即洞中之石牀，名山洞府中多有之。鬼工，謂工作之巧者。以其精細之極，似非人工所能，故謂之鬼工。言此葛者，乃鬼工所爲，今山人持之出洞，鬼工知其將以與人，故惜之而啼也。

〔四〕蛇因濕悶薰蒸而毒氣不散，江魚因水熱沸鬱而静伏不食。極言暑溽之象，以起下文命人剪葛製衣之意。○「蛇毒濃凝」，一作「毒蛇濃吁」。

〔五〕「湘中一尺天」，喻葛之瑩白，如湘水清深，中含天光，與之一色，猶老杜所謂「焉得并州快剪刀，剪取吴淞半江水」也。吴本、姚經三本以「湘中」作「箱中」，以篋中解之，非也。或作「相中」，尤非。吴刀，謂吴地所出之剪刀。鮑照詩「吴刀楚製爲佩褘」，李白詩「吴刀剪綵縫舞衣」，皆作此解。以刀爲刀劍解者，亦非。澀謂刀鈍。

仁和里雜叙皇甫湜〔一〕

大人乞馬癯乃寒，宗人貸宅荒厥垣。横庭鼠徑空土澀，出籬大棗垂珠殘。〔二〕安定美人截黄綬，脱落纓裾暝朝酒。還家白筆未上頭，使我清聲落人後。〔三〕枉辱稱知犯君眼，排引纔陞强絙斷。洛風送馬入長關，闔扇未開逢猰犬。〔四〕那知堅都相草草，客枕幽單看春老。歸來骨薄面無膏，疫氣衝頭鬢莖少。〔五〕欲雕小説干天官，宗孫不調爲誰憐！明朝下元復西道，崆峒叙别長如天。〔六〕

〔一〕湜新尉陸渾。○按唐書柳玭傳：仁和里在東都。皇甫湜傳：湜字持正，睦州新安人。擢進士第，爲陸渾尉，仕至工部郎中。褊急使酒，數忤同省，求分司東都，留守裴度辟爲判官。陸渾，縣名，隸河南府，爲畿縣。有尉二人，正九品下。

〔二〕大人是其尊行，宗人是其九族。向大人乞馬，則得其瘦且寒者；向宗人借宅，則又得其垣之荒者。庭土穢塞，僅爲鼪鼯所遊之徑；籬落敗闕，果木又見凋殘。四句長吉自叙困阨冷況。魏志：扶餘國出美珠，珠大者如酸棗。○「乃寒」，姚經三本作「且寒」。「垂珠」，吴本作「垂朱」，一作「垂紅」。

〔三〕後漢皇甫規、皇甫嵩，皆安定朝那人。今湜雖占籍睦州，而族望本自安定，故謂安定美人。顔師古漢書注：丞尉職卑，皆黄綬。今湜爲尉，故借用黄綬事。其實唐時五品以上有綬，六品以下皆去綬。即五品以上所服之綬，有緑、紫、青、黑四色，亦無黄色者也。脱落纓裾，謂其不以朝服爲重。暝，夜也。暝朝酒，謂其朝夜飲酒爲樂。魏略：帝嘗大會殿中，御史簪白筆側階而坐。上問左右：「此爲何官？何主？」辛毗曰：「此爲御史。」舊時簪筆以奏不法，今者直備官但眊筆耳。唐書車服志：七品以上以白筆代簪，八品、九品去白筆。今湜之官職始及九品，所謂「白筆未上頭」也。

〔四〕枉辱稱知己，而得邀君之眄顧。方欲薦引陞朝，而君又去。如强繩引物，忽然中斷，更有何益？排引，引薦也。絙，當是「絚」字之訛。説文作「緪」，云：大索也，古恒切，音與「庚」同。吕氏春秋：乃修闔扇。高誘注：闔扇，門扇也。「猰犬」當是「瘈犬」之誤，讀若「記」，謂犬之狂者。左傳「國人逐瘈狗」是也。此用其字。宋玉九辨：「豈不鬱陶而思君兮？君之門以九重。猛犬狺狺而迎吠兮，關梁閉而不通。」此用其義。吴正子曰：長吉爲皇甫諸公推挽，又爲他人沮毁，故有逢犬之語。小傳云「中人亦多排擯毁斥」，可見矣。

〔五〕吴正子注：「堅都」一作「豎都」，皆未詳。曾益注以孟堅兩都賦解之，恐無此用事法。下三句皆自言病起之狀。○「疫氣」，一作「瘡氣」。

〔六〕莊子：飾小説以干縣令。白帖：吏部爲天官，選授之事，吏部主之。長吉以天潢之裔，淹久不調，故欲上書天官，乞其見憐之事。下元，十月望日也。太平寰宇記：禹跡之内，山名崆峒者有三：一在臨洮，一在安定，一在汝州。時湜方仕陸渾，陸渾與汝州相近，殆指汝州之崆峒耶？

宫娃歌〔一〕

蠟光高懸照紗空，花房夜擣紅守宫。〔二〕象口吹香毾㲪暖，七星挂城聞漏板。〔三〕

寒八罘罳殿影昏，彩鸞簾額著霜痕。〔四〕啼蛄吊月鈎闌下，屈膝銅鋪鎖阿甄。〔五〕夢入家門上沙渚，天河落處長洲路。願君光明如太陽，放妾騎魚撇波去。〔六〕

〔一〕娃，美女也。此篇蓋爲宫女怨曠之詞。

〔二〕博物志：蜥蜴或名蝘蜓，以器養之，食以丹砂，體盡赤。所食滿七斤，治擣萬杵，點女人肢體，終身不滅；惟房室事則滅，故又號守宫。傳云：東方朔語漢武帝，試之有驗。

〔三〕香譜：香獸以塗金爲狻猊、麒麟、鳧鴨之狀，空中以燃香，使煙自口出，以爲玩好，復有雕木埏土爲之者。此云「象口吹香」，蓋爲象形而香噴于口者也。毾㲪音「榻登」。埤蒼：毛席也。北堂書鈔：氍毹細者謂之毾㲪。韻會：氍毹，織毛褥也，一曰毾㲪。通雅：中天竺有毾㲪，今曰氆氇。秦、蜀之邊多有之，似罽，五色方錦，從外徼來，廣中洋泊亦有至者。七星，北斗也，夜久則北斗横斜，似挂于城上。漏板，以銅爲之，隨更鼓而擊，以爲每更深淺之節。

〔四〕罘罳音「浮思」。説文：罘罳，屏也。漢書：未央宫東闕罘罳災。顔師古注：罘罳謂連闕曲閣也，以覆重刻垣墉之處。古今注：罘罳，屏之遺象也。臣來朝君，行至門内屏外，復應思惟。罘罳，復思也。漢西京罘罳合板爲之，亦築土爲之，每門闕殿舍前皆有焉，于今郡國廳前亦樹之。酉陽雜俎：士林間多呼殿榱桷護雀網爲罘罳，其淺誤也如此。禮記曰：疏屏，天子之廟飾。鄭注云：屏謂之樹，今罘罳也。刻之爲雲氣蟲獸，如今之闕。張揖廣雅曰：罘罳謂之屏。劉熙釋名曰：罘罳在門外。罘，復也；罳，思也。臣將入請事，于此復重思也。蘇鶚演義謂罘罳織絲爲之，象羅網交文之狀，蓋宫殿簷户之間。胡三省通鑑注：唐宫殿中，罘罳以絲爲之，狀如網，以捍燕雀，非如漢宫闕之罘罳也。合諸説觀之，漢之罘罳，屏闕之異名；唐之罘罳，網户之别號。此詩所謂罘罳者，是指捍護鳥雀之網户。但網户亦有二種：其一鏤木爲之，其中疏通可以透明，或爲方空，或爲連瑣，今之格亮之類；其一結綫爲之，如今之魚網之類。彩鸞簾額，謂以繒帛爲簾帷之額，而繡畫彩鸞于上。

〔五〕蛄，螻蛄也，一名螻蟈，穴于土中，短翅四足。本草衍義云：此蟲立夏後至夜則鳴，聲如蚯蚓，月令「螻蟈鳴」者是矣。吊月，向月而鳴也。鉤欄，即欄杆，以其隨屋之勢高下灣曲相鉤帶，故謂之鉤欄。十六國春秋：石虎作金銀鈕屈膝屏風。梁簡文帝詩：織成屏風金屈膝。李賀詩「屈膝銅鋪鎖阿甄」，「屈膝」當是「屈戌」。研北雜志：金鋪爲門飾，屈膝蓋鉸鏈。上二乘者爲鉅，下三衡者爲鋮云。琦按：屈膝是門與柱相交處之拳釘，其形折曲若人膝之屈者然，故曰屈膝。銅鋪是門上之獸面環鈕，所以受鎖者。阿甄，魏文帝之甄夫人。初入宫有寵，後以郭后、李陰貴人並得幸，遂失意幽閉。六朝時稱婦人多以阿字冠其姓上，如南史齊高帝稱周盤龍愛妾杜氏曰阿杜是也。○「銅鋪」，一作「金鋪」。

〔六〕思歸家而不得，惟有夢魂一往。所願君之明如太陽，無不遍照，知宮人之幽怨而放出之，如騎魚撇波而去，幸矣。「騎魚」字甚怪，或傳寫之訛亦未可定。若依文而釋之，不曰乘舟，而曰騎魚，蓋欲歸之至，舟行稍緩，不似魚游之速耳。夫宮娃未易得放，河魚豈可騎乘？以必不然之事，而設爲癡絶之想，摹擬怨情，語意雙極。元和郡縣志：蘇州長洲縣，萬歲通天元年析吴縣置，取長洲苑爲名，苑在縣西南七十里。王褒四子講德論：「故膺騰撇波而濟水，不如乘舟之逸也。」李善注：説文曰，撆，擊也。「撆」字今多作「撇」，匹滅切，音「篇」，入聲。

堂堂〔一〕

堂堂復堂堂，紅脱梅灰香。十年粉蠹生畫梁，飢蟲不食摧碎黄。〔二〕蕙花已老桃葉長，禁院懸簾隔御光。〔三〕華清源中礜石湯，徘徊白鳳隨君王。〔四〕

〔一〕唐書：隋樂府有堂堂曲。樂府詩集樂苑曰：堂堂，角調曲。又曰：堂堂，本陳後主所作，唐爲法曲，故白居易詩云「法曲法曲歌堂堂」是也。

〔二〕堂堂者，指堂室而言也，重言之以起其嘆息之意。「紅脱梅灰香」，謂其彩色脱落，香塵銷歇。飢蟲，謂梁木中蛀蟲。碎黄，謂所蛀木屑。○「紅脱梅灰香」，一作「紅熟海梅香」。「摧」，一作「堆」。

〔三〕花木雖好，無人玩賞，懸簾不改，而御光隔絶。見君王久不行幸至此。

〔四〕驪山在陝西西安府，山下有温泉，秦、漢、隋、唐之君，皆嘗遊幸。唐太宗置温泉宫于其地，玄宗改名華清宫。王褒温泉銘：挺此温谷，驪邱之陰。白礜上徹，丹砂下沉。漁隱叢話：湯泉多作硫黄氣，浴之則襲人肌膚，惟驪山是礜石泉。琦按：礜石性熱，置水甕中則水不冰。故驪山之温泉，古人以爲下有礜石所致。白鳳事未詳。曹唐遊仙詩「不知今夜遊何處？侍從皆騎白鳳凰」，疑是取神仙從衛，以喻當時侍從之臣。○此詩當是有離宫久不行幸，漸見弊壞，長吉見之而作。結處見華清之地，尚有君王巡幸、侍從絡繹之盛，以反形此地之寂寞。

勉愛行二首送小季之廬山〔一〕

洛郊無俎豆，弊廐慚老馬。〔二〕小雁過鑪峰，影落楚水下。〔三〕長船倚雲泊，石鏡秋涼夜。豈解有鄉情？弄月聊嗚啞。〔四〕

〔一〕吴正子注：勉愛乃勉旃自愛之意。小季，謂其弟也。唐書地理志：江州潯陽縣有廬山。

〔二〕相送于洛陽郊野之地，無俎豆以餞行，即所乘之馬亦非强壯。甚言貧窘之意。○「慚」，曾本、姚仙期本作「斬」。曾氏注：弊廐有老馬，斬之以祖別。余光注：斬，訓絶，即「無」字也。二説皆未妥，從「慚」字爲是。

〔三〕小雁喻季弟。毛萇詩傳：大曰鴻，小曰雁。鑪峰即香爐峰，在廬山之東南。楚水，楚地之水，即鄱陽九江諸水。一統志：香爐峰在九江府城西南五十里，峰形圓聳，氣靄氤氳若煙，故名。

〔四〕此預言别後情景。長船倚雲而泊，四顧悽其，又當石鏡秋凉之夜，益增寂寞。即不解有鄉情者，對月不能不興嗚咽之悲，而况有鄉情者哉！江西通志：石鏡峰在南康府城西二十五里，金輪峰側有一圓石，懸崖明净，照人見影，隱見無時。謝靈運詩「攀崖照石鏡」即此。

其二〔一〕

别柳當馬頭，官槐如兔目。〔二〕欲將千里别，持此易斗粟。〔三〕南雲北雲空脉斷，靈臺經絡懸春綫。青軒樹轉月滿牀，下國飢兒夢中見。〔四〕維爾之昆二十餘，年來持鏡頗有鬚。辭家三載今如此，索米王門一事無。〔五〕荒溝古水光如刀，庭南拱柳生蠐螬。〔六〕江干幼客真可念，郊原晚吹悲號號。〔七〕

〔一〕一本自「南雲」之下作一首。

〔二〕別柳，送行餞別處之柳也。馬頭，謂水陸要道車馬往來輻湊之處。官槐，官道中所植槐樹。國史補：貞元中，度支欲斫取兩京槐樹造車。舊唐書吴湊傳：官街樹缺，所司植榆以補之。湊曰：榆非九衢之玩，亟命易之以槐。是可證官槐之稱。藝文類聚：莊子曰，槐之生也，入季春五日而兔目，十日而鼠耳。

〔三〕易斗粟，謂以升斗之需，而奔走千里之遠，若持此身相易者然，即左傳「糊口四方」之意。此蓋指其弟而言也。舊本皆作「持我」，似與下文「索米」犯複。一本注云：「我」一作「此」，今從之。

〔四〕兄弟之别，如雲之在南北，兩處隔斷。乃中心悲戀，又如綫之相牽，而不能去于懷。及至夜深睡夢中，又見其弟所往之處，復遇飢饉，則益不堪爲懷矣。白樂天謂「渴人多夢飲，飢人多夢湌。」今以糊口而往，反夢見飢兒，夢境顛倒，因想而成，往往如是。莊子：不可納于靈臺。郭象注：靈臺，心也。虞炎詩：「青軒明月時。」樹轉，謂樹影轉移也。下國，是其弟所到之地，對京師而言，故曰下國。飢兒，飢民也。或謂指其弟言，則稱謂之間既非倫類，又與末聯「江干幼客」犯複，非是。

〔五〕古陌上桑詞：鬑鬑頗有鬚。漢書東方朔傳：無令但索長安米。王門，王侯之門。一事無，謂一事無所成。○「持鏡」，姚經三本作「對鏡」。

〔六〕二句承上起下，見家庭冷落之狀。古水，謂積久之水。光如刀，言其明静不動。拱柳，謂拱抱之柳。曾氏作小柳解，蓋以爲拱把之拱。夫拱把之柳焉能生螬蠐乎？螬蠐狀如蠶而大，生樹根及糞土中，今謂之地蠶。又有蝤蠐，亦如蠶而大，生樹木中，蠹木作孔，今謂之蛀蟲。二物不同，然古人亦多混稱。玩此詩所稱螬蠐，蓋指其生樹木中者。

〔七〕因其弟以幼年作客江干，極爲可念，側聽郊原晚風旋起，其聲號號，似助人之悲切。

致酒行〔一〕

零落棲遲一杯酒，主人奉觴客長壽。主父西遊困不歸，家人折斷門前柳。〔二〕吾聞馬周昔作新豐客，天荒地老無人識。空將牋上兩行書，直犯龍顔請恩澤。〔三〕我有迷魂招不得，雄鷄一聲天下白。少年心事當拏雲，誰念幽寒坐嗚呃！〔四〕

〔一〕文苑英華録此詩，題下有「至日長安里中作」七字，本集無之。

〔二〕漢書：主父偃西入關，見衛將軍。衛將軍數言上，上不省。資用乏，留久，諸侯賓客多厭之。長吉引以自喻。「家人折斷門前柳」，謂攀樹而望征人之歸，至于折斷而猶未得歸，以見遲久之意。○「棲遲」，文苑作「悽惶」。

〔三〕舊唐書：馬周西遊長安，宿于新豐，逆旅主人唯供諸商販而不顧待。周遂命酒一斗八升，悠然獨酌，主人深異之。至京師，舍于中郎將常何家。貞觀五年，太宗令百僚上書言得失，何以武吏不涉經學，周乃爲陳便宜二十餘事，令奏之，皆合旨。太宗怪其能，問何，對曰：「此非臣所能，家客馬周具草也。」太宗即日召之，未至間，遣使催促者數四。及謁見，與語，甚悦，令直門下省。六年，授監察御史。毛稚黄曰：主父、馬周作兩層叙，本俱引證，更作賓主詳略。誰謂長吉不深于長篇之法耶？○「龍顔」，曾本、姚經三本作「龍鱗」，文苑作「龍髯」，誤。

〔四〕拏雲，喻言高遠。

長歌續短歌〔一〕

長歌破衣襟，短歌斷白髮。秦王不可見，旦夕成内熱。〔二〕渴飲壺中酒，饑拔隴頭粟。淒凉四月闌，千里一時緑。〔三〕夜峰何離離，明月落石底。徘徊沿石尋，照出高峰外。不得與之遊，歌成鬢先改。〔四〕

〔一〕古樂府有長歌行、短歌行，皆言人命不久，當及時自勉。或謂長歌、短歌者，以人生壽命長短之分；或謂歌聲有長短之別。未知孰是？傅玄艷歌行曰：「咄來長歌續短歌」，則以歌之長聲、短聲言也。長吉命題，蓋出于此。

〔二〕時天子居秦地，故以秦王爲喻。姚經三曰：「秦王指憲宗，言騁雄武，好神仙，大率相類。」是亦一説也。成内熱，即所謂不得于君則熱中之意。莊子：我其内熱與？

〔三〕闌，猶盡也。○「凄凉」，曾本、姚經三本作「凄凄」。

〔四〕上已言秦王不可見，此復借明月而喻言之。落石底，謂其光明未嘗不照臨下土，及俯仰求索其光，忽又在高峰之外。月爲山峰所隔，則不得常近其光；君爲左右所蔽，則不得親沐其澤。引喻微婉，深得楚騷遺意。離離，即羅列之狀。

公莫舞歌 并序

公莫舞歌者，詠項伯翼蔽劉沛公也。會中壯士，灼灼于人，故無復書；且南、北樂府率有歌引。賀陋諸家，今重作公莫舞歌云。〔一〕

方花古礎排九楹，刺豹淋血盛銀罌。〔二〕華筵鼓吹無桐竹，長刀直立割鳴筝。〔三〕

横楣粗錦生紅緯，日炙錦嫣王未醉。〔四〕腰下三看寶玦光，項莊掉箾攔前起。材官小臣公莫舞，座上真人赤龍子。芒碭雲瑞抱天迴，咸陽王氣清如水。〔五〕鐵樞鐵楗重束

闕，大旗五丈撞雙鐶。漢王今日須秦印，絶臏刳腸臣不論。〔六〕

〔一〕沈約宋書：公莫舞，今之中舞也。相傳項莊劍舞，項伯以袖隔之，使不得傷漢高祖，且語莊云「公莫」。古人相呼曰公，云莫害漢王也。今之用巾，蓋像項伯衣袖之遺式。

〔二〕礎，柱下石。方花，琢方石爲花。楹，柱也。一室而排列九楹，言其室之大。刺豹淋血，見其宴飲豪華，不比尋常芻豢之味。○「古礎」，一作「石礎」。

〔三〕桐竹，謂琴、瑟、簫管之類。軍中飲宴，但有鼓吹，並無絲竹于長刀直立之中。即有彈鳴筝者，其聲全不成音，總見軍中一片殺伐之氣。○「華筵」，一作「軍筵」。「鳴筝」，曾本、二姚本俱作「鵾筝」。

〔四〕楣，門戶上横梁也，以錦飾之。生紅緯，言錦色鮮明。日炙錦嫣，言爲時已久。

〔五〕史記：項王留沛公與飲，范增數目項王，舉所佩玉玦以示之者三，項王默然不應。范增起，出召項莊，謂曰：「君王爲人不忍。若入前爲壽，壽畢，請以劍舞，因擊沛公于座，殺之。不者，若屬且皆爲所虜。」莊入前爲壽，壽畢，曰：「軍中無以爲樂，請以劍舞。」項王曰：「諾。」項莊拔劍起舞，項伯亦拔劍起舞，常以身蔽翼沛公，莊不得擊。箾，音「宵」，又音「朔」，作樂時舞者所執竿也，又以竿擊人亦曰箾，皆與劍無涉。此蓋「削」字之訛，「削」音「笑」，刀劍之室。釋文：「刀室曰削」，是也，今作「鞘」。「材官小臣」以下數句，蓋是作歌之意。明漢王爲天所祐，必非范增輩所能害。劉須谿以爲作項伯口語。夫未醉之楚王，與舉玦之亞父，獨不畏其聞之，而敢明目張膽以言耶？漢書：材官騶發。薛瓚曰：材官，騎射之官也。顔師古曰：材官，有材力者。赤龍子，即赤帝子之變稱。史記：秦始皇帝常曰「東南有天子氣」，因東游以厭之。高祖即自疑，亡匿隱于芒碭山澤巖石之間。吕后與人俱求，常得之。高祖怪，問，吕后曰：「季所居上常有雲氣，故從往常得季。」裴駰注：徐廣曰，芒，今臨淮縣也。碭縣在梁。應劭曰：二縣之界，有山澤之固，故隱于其間也。二句言漢氏將興，秦運已終之兆。

〔六〕潛夫論：懼門之不堅，而作爲鐵樞。樞，門户開闔之機也。楗，限門之木，即户牡兩端入牝孔，所以止門者。鐵樞鐵楗，言秦關之堅固。雙鐶，門扉上雙鐶。先是懷王與諸將約，先入定關中者王之。夫以秦關堅固，未易攻取。乃漢兵既到，子嬰出降，五丈大旗撞其雙鐶而入。更定約束，秦人大喜，惟恐沛公不爲秦王。即皇帝印璽已入沛公掌握之中，而爲所用其臣如樊噲之流，投身爲之，雖絶臏刳腸亦所不論。天命有歸，人心攸附，彼項莊者安得而殺之哉？「須」字當作「用」字解。或謂須漢高祖佩秦璽而爲天子者，非也。又曾本、二姚本作「頒」，謂漢王當王關中，頒秦印以分諸侯王者，亦非也。臏，膝骨也。絶臏刳腸，即樊噲對項王所云「臣死且不避」之意。

昌谷北園新筍四首

籜落長竿削玉開，君看母筍是龍材。更容一夜抽千尺，别却池園數寸泥。〔一〕

〔一〕籜，筍皮也。母筍，大筍也。○「泥」，一作「埃」。

其二

斫取青光寫楚辭，膩香春粉黑離離。無情有恨何人見？露壓煙啼千萬枝。〔一〕

〔一〕刮去竹上青皮，而寫楚辭于其上。所謂楚辭者，乃長吉所自作之辭，莫錯認屈、宋所作楚辭解。膩香春粉，詠新竹之美。黑離離，言所寫字跡之形。無情有恨，即謂所寫之楚辭，其句或出于無心，或出于有意，雖俱題竹上，無人肯尋覓觀之；千枝萬幹，惟有露壓煙啼而已。慨世上無人能知之也。南園詩有「舍南有竹堪書字」之句，是長吉好于竹上書寫，與此詩可互相引證。

其三

家泉石眼兩三莖，曉看陰根紫陌生。今年水曲春沙上，笛管新篁拔玉青。〔一〕

〔一〕竹之根或時露生土上。陰根者，指其行鞭土内者而言，見其上有筍生出，則知其根所及之遠近。紫陌，謂郊野間大路。王粲賦：「倚紫陌而並征。」夫在家泉石鋅之中，初見兩三莖筍出，曉看紫陌復有出者，其廣生如是，則水曲春沙之地，其所生者不又美乎？上二句指已見者而言，下二句指將來者而言。笛管，言新篁之材。玉青，言新篁之色。拔，挺生貌。

其四

古竹老梢惹碧雲，茂陵歸卧嘆清貧。風吹千畝迎雨嘯，鳥重一枝入酒樽。〔一〕

〔一〕史記相如傳：相如既病免，家居茂陵。貨殖傳：渭川千畝竹，其人與千户侯等。次句以相如自比，謂其貧病無聊，家無長物。末二句見惟有此君可以快心娱目。

惱　公〔一〕

宋玉愁空斷，嬌嬈粉自紅。〔二〕歌聲春草露，門掩杏花叢。〔三〕注口櫻桃小，添眉桂葉濃。曉奩粧秀靨，夜帳減香筒。〔四〕鈿鏡飛孤鵲，江圖畫水葓。〔五〕陂陀梳碧鳳，腰裊帶金蟲。〔六〕杜若含清露，河蒲聚紫茸。〔七〕月分蛾黛破，花合靨朱融。〔八〕髮重疑盤霧，腰輕乍倚風。密書題荳蔻，隱語笑芙蓉。〔九〕莫鎖茱萸匣，休開翡翠籠。〔一〇〕弄珠驚漢燕，燒蜜引胡蜂。〔一一〕醉纈抛紅網，單羅挂緑蒙。〔一二〕數錢教姹女，買藥問巴賨。〔一三〕匀臉安斜雁，移燈想夢熊。〔一四〕腸攢非束竹，胘急是張弓。〔一五〕晚樹迷新蝶，殘蜺憶斷虹。〔一六〕古時填渤澥，今日鑿崆峒。〔一七〕繡沓褰長幔，羅裙結短封。〔一八〕心摇如舞鶴，骨出似飛龍。〔一九〕井檻淋清漆，門鋪綴白銅。〔二〇〕隈花開兔徑，向壁印狐蹤。〔二一〕玳瑁釘簾薄，琉璃疊扇烘。〔二二〕象牀緣素柏，瑶席卷香葱。〔二三〕細管吟朝幌，芳醪落夜楓。〔二四〕宜男生楚巷，梔子發金墉。〔二五〕龜甲開屏澀，鵝毛滲墨濃。〔二六〕黄庭留衛瓘，緑樹養韓馮。〔二七〕雞唱星懸柳，鴉啼露滴桐。〔二八〕黄娥初出座，寵妹始相從。〔二九〕蠟淚垂蘭燼，秋蕪掃綺櫳。〔三〇〕吹笙翻舊引，沽酒待新豐。〔三一〕短佩愁填粟，長弦怨削崧。〔三二〕曲池眠乳鴨，小閣睡娃僮。褥縫篸雙綫，鈎縚辮五騘。〔三三〕蜀煙飛重錦，峽雨濺輕容。〔三四〕拂鏡羞温嶠，熏衣避賈充。〔三五〕魚生玉藕下，人在石蓮中。〔三六〕含水灣蛾翠，登樓潠馬鬉。〔三七〕使君居曲陌，園令住臨邛。〔三八〕桂火流蘇暖，金爐細炷通。〔三九〕春遲王子態，鶯囀謝娘慵。〔四〇〕玉漏三星曙，銅街五馬逢。〔四一〕犀株防膽怯，銀液鎮心忪。〔四二〕跳脱看年命，琵琶道吉凶。〔四三〕王時應七夕，夫位在三宫。〔四四〕無力塗雲母，多方帶藥翁。〔四五〕符因青鳥送，囊用絳紗縫。〔四六〕漢苑尋官柳，河橋閡禁鐘。〔四七〕月明中婦覺，應笑畫堂空。〔四八〕

〔一〕姚經三注：惱公，即樂府惱懷也。曾氏引李白詩云：「一面紅粧惱殺人」，猶惱人意。琦按：今謂可愛曰可憎，即「惱公」之意。蓋狹邪遊戲之作。

〔二〕宋玉喻男，嬌嬈喻女。二句言其始之相慕，而未能即合之意。宋玉九辯：余委約而多愁。後漢宋子侯有董嬌嬈詩。杜子美詩：佳人屢出董嬌嬈。

〔三〕歌聲之美，纍纍如草上露珠之圓，而聞其出自杏花叢中，于是識其住處。

〔四〕奩，鏡匣也。靨音「葉」，婦人面頰上之飾。始自孫吳鄧夫人以琥珀屑傅頰傷，及差，而有赤點如朱，視之更益其妍。宫人欲要寵者，以丹脂點頰效之。爾後相沿至唐益盛，或朱、或黄、或黑，其色不一，隨逐時好所尚。大抵面有痕痣，多借此掩之；其無痕痣者，亦倣作此粧以爲妖艷。香筒，帳中燒香器，至曉火燼故香減。

〔五〕説文：鈿，金華也。此言鏡背以金華飾之，作單飛鵲形。太平御覽：神異經曰，昔有夫妻將别，破鏡，人各執半以爲信。其妻與人通，鏡化爲鵲，飛至夫前，夫乃知之。後人因鑄鏡爲鵲安背上，自此始也。曾益注：江圖，屏障屬，畫水荇之草于上。

〔六〕陂陀，高低不平之貌。碧鳳，鳳髻也。腰裊，宛轉摇動之貌。金蟲，以金作蝴蝶、蜻蜓等物形而綴之釵上者。又宋祁益部記：利州山中有金蟲，其體如蜂，緑色，光若泥金，俚人取作婦女釵鐶之飾。吴均古意：寶粟鈿金蟲。

〔七〕以香草比其柔艷也。本草：陶弘景曰，杜若，今處處有之。葉似薑而有文理，根似高良薑而細，味辛香，又絶似旋葍根，殆欲相亂，葉小異耳。楚辭云：「山中人兮芳杜若」是也。河蒲，蒲草生水際，似莞而褊，有脊而柔，至老收之，可以爲席，又可作扇及包裹之類，或謂之香蒲者是也。本草：蘇頌曰，香蒲處處有之。春初生嫩葉，出水時紅白色，茸茸然；至夏抽根于叢葉中，花抱梗端，如武士棒杵，故俚俗謂之蒲槌，亦曰蒲蕚。其蒲黄即花中蘂屑，細若金粉，當欲開時便取之，市廛以蜜搜作果食貨賣。謝靈運詩「新蒲含紫茸」，正謂此草。

〔八〕如新月兩分于額上，是其蛾眉之描黛；如好花點綴于腮側，是其笑靨之施朱。「破」字作分開之意。靨，頰輔也，俗云笑窩，腮斗是也。與上文秀靨有别。

〔九〕桂海虞衡志：紅荳蔻花叢生，葉瘦如碧蘆。春末發，初開花，先抽一幹，有大籜包之。籜解花見，一穗數十蘂，淡紅鮮妍如桃杏花色。蘂重則下垂如蒲萄，又如火齊瓔珞及剪綵鸞枝之狀。此花無實，不與草荳蔻同種，每蘂心有兩瓣相並，詞人托興如比目、連理云。古讀曲歌云：「霧露隱芙蓉，見蓮詎分明。」又曰：「湖燥芙蓉萎，蓮汝藕欲死。」又云：「芙蓉腹裏萎，憐汝從心起。」又云：「芙蓉萬層生，蓮子信重沓。」又云：「行膝點芙蓉，深憐非骨念。」蓋以芙蓉者，蓮也，暗合「憐」字之意。題荳蔻者，密喻有同心之訂；笑芙蓉者，隱語相憐愛之意。

○「密書」，曾本、二姚本作「寄書」。

〔一〇〕茱萸，古時錦名。十六國春秋：錦有大茱萸、小茱萸。吴均詩：玉檢茱萸匣。又云：茱萸錦衣玉作匣。知茱萸匣者，以茱萸錦糊匣也。翡翠籠者，以翡翠羽毛點飾箱籠爲觀美。

〔一一〕酉陽雜俎：世説，蓐泥爲窠，聲多稍小者，謂之漢燕。爾雅翼：越燕小而多聲，頷下紫，巢于門楣上，謂之紫燕，亦謂之漢燕。蜜者，小蜂採花蘂釀之而成，故燒之，蜂聞其氣，則競集不去，然其蜂即名蜜蜂，與胡蜂異。胡蜂不能作蜜。長吉徒以「胡」、「漢」字偶相對而借用之。

〔一二〕韻會：纈，繫也，謂繫繒染爲文也。廣韻：結也。韻增：文繒也。胡三省通鑑注：纈，撮綵以綫結之，而後染色。既染則解其結，凡結處皆原色，餘則入染色矣，其色斑斕謂之纈。庾信詩：花鬟醉眼纈，龍子細文紅。唐書地理志：成都府蜀州土貢單絲羅。琦按：醉纈即醉眼纈，單羅即單絲羅。皆當時采色繒帛之名。紅網、緑蒙，亦當時婦女衣佩之飾。吴正子以爲庾信以醉眼爲纈眼，醉眼空花如紅網。羅輕薄，色如緑草蒙蒙。徐文長以爲屏風。姚經三以上句爲簾，下句爲幕，皆非是。

〔一三〕姹，丑雅切，「嗏」上聲。説文：少女也。廣韻：美女也。後漢書：恒帝之初，京師童謡曰：河間姹女工數錢。顔師古漢書注：巴俞之人，所謂賨人也。十六國春秋：廩君後種類繁盛，秦并天下以爲黔中郡，薄賦斂之，口歲出錢四十，巴人呼賦爲賨，因謂之賨民焉。姹女，謂小婢。巴賨，謂巴人之爲僮僕者。

〔一四〕匀臉，匀粉傅面也。斜雁，吴正子以爲靨花之類，曾益以爲首飾，未知孰是？詩小雅：「吉夢維何？維熊維羆，維虺維蛇」，「維熊維羆，男子之祥；維虺維蛇，女子之祥」。用此只作吉夢解，以求賢偶之意。以下五聯遂極言之。作求子解者，非是。

〔一五〕攢，聚也。胘音「賢」。韻會：胘，胃之厚肉，今俗言肚胘。束竹即喻其攢聚，張弓即喻其緊急，非束竹正言其似束竹，而反言以明之也。○胘，吴氏云：一作「絃」者，非。今曾本、二姚本俱作「弦」。

〔一六〕蝶向晚則欲棲樹，故曰迷。虹蜺，天地間不正之氣，雨晴則見。鮮盛者爲雄，暗者爲雌，雌曰蜺，雄曰虹。

〔一七〕子虚賦：浮渤澥。顔師古曰：渤澥，海别枝也。澥音「蟹」。司馬貞曰：案齊都賦，海旁曰渤，斷水曰澥也。填渤澥、鑿崆峒，似言欲去其阻隔之意。

〔一八〕古楊叛兒辭：「繡沓織成帶，嚴帳信可憐。」據此則繡沓是指帳帶而言。吴正子疑爲帷帳上覆，非也。

〔一九〕「如舞鶴」，言其盤旋不定之狀。「似飛龍」，言其消瘦之狀。古讀曲歌：自從别郎後，卧宿頭不舉。飛龍落藥店，骨出則爲汝。

〔二〇〕以下八聯，賦其室中之美麗。

〔二一〕隈，當作「偎」，作「倚」字釋。

〔二二〕藝文類聚：漢武故事曰，上起神屋，扇屏悉以白琉璃作之，光明洞徹。以白珠爲簾，玳瑁壓之。洞冥記：編翠羽麟毫爲簾，青琉璃爲扇。梁簡文帝詩：金鋪玉鎖琉璃扇，花鈿寶鏡織成衣。

〔二三〕藝文類聚：漢武故事曰，以象牙爲牀。緣素柏，謂以素柏緣其邊際。楚辭：「瑶席兮玉鎮。」香葱，即水葱也，生水中，如葱而中空，可以爲席，杜氏通典「東牟郡貢水葱席六領」是也。姚仙期注：自井檻以下，總言其門内之華麗。曾益注：由井而門，而徑，而壁，而簾扇，而牀席，以漸次言也。

〔二四〕幌，帷幔也。上句言朝吟，下句言夜飲。落夜楓，未詳。

〔二五〕二句言所植花卉之美。宜男兆子，梔子同心，故特舉二花言之。庾信詩：「不如山梔子，猶解結同心。」徐悱妻摘同心梔子贈謝娘詩：「兩葉雖爲贈，交情永未因。同心何處恨？梔子最關人。」李善文選注：陸機洛陽記曰，金墉城在宫之西北角，魏故宫人皆在中。杜氏通典：金墉城在洛陽故城西北角，魏明帝所築也。「生楚巷」、「發金墉」，言其來自遠方之意。

〔二六〕初學記：郭子横洞冥記曰，上起神明臺，上有雜玉爲龜甲屏風。蓋言其文似龜甲上紋路也。鵝毛，帛也。吴均詩：筆染鵝毛素。○「滲」，吴本作「滖」。

〔二七〕晉書：衛瓘與尚書郎索靖俱善草書，時人號爲一臺二妙。漢末張芝善草書，論者謂瓘得伯英筋，靖得伯英肉。其寫黄庭經于書傳無考，大抵借言善書者耳。太平廣記：韓朋鳥者，乃鳧鷖之類。此鳥好雙飛泛溪浦。水禽中鸂鶒。鴛鴦、鵁鶄，嶺北皆有之，惟韓朋鳥未之見。按：干寶搜神記云：大夫韓朋，其妻美，宋康王奪之。朋怨，王囚之，朋遂自殺。妻乃陰腐其衣，王與之登臺，自投臺下，左右提衣，衣不勝手，遺書于帶曰：「願以尸還韓氏而合葬。」王怒，令埋之，二塚相望。經宿見梓木生二塚之上，根交于下，枝連于上，有鳥如鴛鴦，恒棲其樹，朝暮悲鳴。南人謂此禽即韓朋夫婦之精魂，故以韓朋名之。「韓朋」或作「韓馮」，或作「韓憑」，傳者不一，止一人也。

〔二八〕寫夜深之候。

〔二九〕黄娥，謂其長者；寵妹，謂其次者。

〔三〇〕蘭爐，謂燭之餘燼狀似蘭心也。秋蕪，採秋草作帚以掃塵者。綺櫳，即綺窗。張協七命：蘭宫秘宇，雕堂綺櫳。韻會：櫳，説文，房室之疏也。徐曰：窗也。小曰窗，闊遠曰櫳。

〔三一〕翻舊引，翻舊引爲新曲也。梁元帝詩：試酌新豐酒，遥勸陽臺人。陸放翁入蜀記：長安新豐出名酒，見王摩詰詩，至今居民市肆頗盛。

〔三二〕古玉佩之上多滿琢爲粟文，今其式猶然。愁心之多，猶玉佩粟文之多，所謂「短佩愁填粟」也。崧山，高山也，豈能削之使卑？而怨情之見于弦聲者，亦不能削之使平，所謂「長弦怨削崧」也。○「削崧」，吴本作「削菘」。

〔三三〕吴正子曰：篸，針綴物也。鉤，帶鉤。縚與「絛」同，編絲繩。鉤縚，謂繫帶鉤之縚也。徐文長云：「五驄」當是「五總」。召南詩云：羔羊之皮，素絲五紽；羔羊之縫，素絲五總。韻會：詩傳曰，古者素絲以英裘。紽，數也；總，亦數也。疏釋之曰：謂紽絲之飾有五，非謂紽總爲數。紽，縫也；總，亦縫也。嚴氏詩緝曰：有素絲爲組紃，五處紽縫而飾之也。○「驄」，諸本皆作「驄」，而引毛詩作「五總」，解亦同。惟姚經三本竟作「總」字。

〔三四〕蜀煙峽雨，即爲雨爲雲之意。重錦輕容，指其衣裳衾帳而言。左傳：重錦三十兩。杜預注：重錦，錦之熟細者。九域志：越州土貢輕容紗五匹。齊東野語：紗之至輕者，有所謂輕容，出唐類苑，云：輕容，無花薄紗也。

〔三五〕世說：温公喪婦，從姑劉氏家值亂離散，惟有一女甚有姿慧。姑以屬公覓婚，公密有自婚意，答曰：「佳壻難得，但如嶠比云何？」姑曰：「喪亂之餘，乞粗存活，便足慰吾餘年，何敢希汝比？」却後少日，公報姑曰：「已覓得婚處，門第粗可，壻身名宦盡不減嶠。」因下玉鏡臺一枚。既婚，交禮，女以手披紗扇笑曰：「我固疑是老奴！」韓壽美姿容，賈充辟以爲掾。充每聚會，賈女于青瑣中見壽，悦之，恒懷存想，發于吟詠。後婢往壽家具述如此，并言女光麗，壽遂請婢潛修音問。自是充覺女盛自拂拭，説暢有異于常。後會諸吏，聞壽有奇香，是外國所貢，一著人則歷月不歇。充計武帝惟賜己及陳騫，餘家無此香，疑壽與女通。取女左右婢考問，即以狀對。充秘之，以女妻壽。

〔三六〕玉藕，藕之嫩白似玉者。子夜歌：「玉藕金芙蓉，無稱我蓮子。」人謂蓮子中之青心，傳所謂蒠者是也。蓮實經秋，房枯子黑，其堅如石者，謂之石蓮子。二句亦隱語體，取其同音之義，謂歡娱生于求偶之念，而其人實爲可憐中人也。

〔三七〕舊注或以含水爲淚，或以馬鬟爲髮，俱恐未是，姑闕其疑可也。〇「蛾」，吴本作「娥」。

〔三八〕使君，用陌上桑古詞「使君調羅敷」事，然「居曲陌」則無有事實，殆亦湊迫語耶？司馬相如爲孝文園令，未達時在臨邛，以琴心感卓王孫女。

〔三九〕吴均詩：香薪桂火炊雕胡。徐陵詩：流蘇錦帳挂香囊。左思吴都賦：搆流蘇。胡三省通鑑注：毛晃曰，流蘇，盤綫繪繡之毬，五采錯爲之，同心而下垂者是也。蘇猶鬚也，又散貌，以其蘂下垂，故曰蘇。今人謂條頭鬚爲蘇。〇「桂火」，一作「桂帳」。

〔四〇〕詩云：春日遲遲。毛傳云：遲遲，舒緩也。鶯囀，比其聲音婉麗。曾益曰：王子，謂凝之；謝娘，謂道韞。琦意：王子謂東晉時王氏子弟，謝娘指謝安所携之妓，要爲近之。

〔四一〕玉漏謂宮禁中刻漏以玉爲飾者，此則借作更鼓之稱。三星，用詩「三星在天，今夕何夕？見此良人」事。胡三省通鑑注：水經注，洛陽城中太尉、司徒兩坊間，謂之銅駝街，魏明帝置銅駝于閶闔門南街即此。沈約麗人賦：狹邪才女，銅街麗人。陌上桑古詞：使君從南來，五馬立踟蹰。使君遣吏往，問是誰家姝？

〔四二〕游宦紀聞：犀中最大者曰墮羅犀，一株有重七八斤者。本草：犀角治心煩，止驚，鎮肝，安五臟。水銀主治安神鎮心。銀液，即水銀也。

〔四三〕繁欽定情篇：繞腕雙跳脱。唐詩紀事：文宗問宰臣：「古詩云『輕衫襯跳脱』，跳脱是何物？」宰臣未對，上云：「即今之腕釧也。」真誥言安妃有斲粟金跳脱，是臂飾。舊解「跳脱看年命」，謂以重物酬談命者。琦謂：此必唐時有看跳脱而知年命吉凶法，如古時相手板之類。雖書傳未載，以對句觀之，此解似優。琵琶亦唐時卜法，女巫彈琵琶以迎神，自云有神憑之，爲言休咎。異苑：南平國蠻兵在姑熟，有鬼附之，聲呦呦細長，或在簷宇之際，或在庭樹上。每占吉凶，輒先索琵琶，隨彈而言，事事有驗。朝野僉載：江南洪州士人何婆，善琵琶卜，士女塡門，遺餉滿道。崇仁坊阿來婆能琵琶卜，朱紫塡門。張鷟曾往觀之，見一將軍紫袍玉帶甚偉，下一匹細綾請一局卜。來婆鳴弦燒香，合眼而唱：東告東方朔，西告西方朔，南告南方朔，北告北方朔，上告上方朔，下告下方朔。將軍頂禮。既告請甚多，必望細看以決疑惑，遂即隨意支配云云。所謂琵琶卜者，大約可見。

〔四四〕此承上年命吉凶而言也。王時，即良時之意。應七夕，謂男女會遇之期，與七夕牛、女會合之期相應。「夫位在三宮」，言其夫必是貴人。王逸楚辭章句：天有三宮，謂紫宮、太微、文昌也。又星命家以地支十二宮分配十二事，所謂「夫位在三宮」，其夫應在寅宮歟？

〔四五〕按本草：雲母生土石間，有五色，作片成層可析，明滑光白者爲上。其片有絶大而瑩潔者，古時取以爲屏風，或以爲燈扇之飾。方士家製錬以爲服食之藥。及粉滓面䵟，惡瘡、火瘡之類，則用雲母粉塗之。此言閨閣麗冶事，而以塗雲母入詞，似另有解。

〔四六〕搜神記：吴猛書符擲屋上，有青鳥銜去。續齊諧記：汝南桓景隨費長房遊學，長房謂曰：「九月九日，汝家中當有災，宜令家人各作絳囊，盛茱萸以繫臂，登高飲菊花酒，此禍可除。」此承上文，因其多病，而送符假術以禳之。

〔四七〕將與别去，入漢苑而尋春色，又聞河橋之外禁鐘已止，不能復留。「閡」與「礙」同，止也，阻也，限也。徐文長注：閡，歇也。

〔四八〕言與美人會遇之時，極其歡樂。迴憶在家之中，婦獨眠而覺，應笑畫堂空寂矣。他人于此多用「怨」字，而長吉反用一「笑」字，其意婉而深矣。○吴炎牧曰：見色聞聲，遂切思慕；心懷彼美，彷彿儀容。揣摩情態，始因媒而通芳訊，繼訂約而想佳期。當赴招時，由門而徑，由壁而簾屏以及牀席，對酒盟心，題詩鳴愛，方承歡于永夜，又惜别于終宵。美人之出座相送，携手叮嚀，再圖良會，驚喜悲恐，曲盡綢繆。篇中起結不爽絲黍，讀者但見其色之濃麗，而忽其法之婉密。琦按：董氏注以爲紀夢之作，蓋緣結語而附會之。姚仙期本中諸注悉從其説，殊失賀意。吴氏所云，可云超乎諸説之上者也。然細讀本文，有重複處，又有難解處。當是取一時謔浪笑傲之詞，歡娱遊戲之事，相雜而言。讀者略其文通其意可也；若句句釋之，字字訓之，難乎其説矣。

感諷五首

合浦無明珠，龍洲無木奴。足知造化力，不給使君須。〔一〕越婦未織作，吴蠶始蠕蠕。〔二〕縣官騎馬來，獰色虬紫鬚。懷中一方板，板上數行書：「不因使君怒，焉得詣爾廬？」〔三〕越婦拜縣官：「桑牙今尚小。會待春日晏，絲車方擲掉。」越婦通言語，小姑具黄粱。縣官踏飧去，簿吏復登堂。〔四〕

〔一〕後漢書：孟嘗遷合浦太守，郡不産穀實，而海出珠寶。與交阯比境，常通商販貿糴糧食。先時，宰守並多貪穢，詭人採求，不知紀極，珠遂漸徙于交阯郡界。于是行旅不至，人物無資，貧者死餓于道。嘗到官，革易前弊，求民利病。曾未歲餘，去珠復還，百姓皆反其業，商賈流通，稱爲神明。襄陽記：李衡每欲治家，妻輒不聽。後密遣客十人于武陵龍陽洲上作宅，種甘橘千株。臨死，敕兒曰：「汝母惡吾治家，故窮如是。吾州里有千頭木奴，不責汝衣食，歲上一匹絹亦可足用耳。」衡亡後二十餘日，兒以白母。母曰：「此當是種甘橘也。汝家失十户客來七八年，必汝父遣爲宅。汝父恒稱太史公言：江陵千樹橘，當封君家。吾答曰：人患無德義，不患不富，若貴而能貧方好耳，用此何爲？」吴末，衡甘橘成，歲得絹數千匹，家道殷足。晉咸康中，其宅上枯樹猶在。○「龍洲無」，曾本、姚仙期本作「龍陽有」。「造化」，姚經三本作「造物」。

〔二〕蠕蠕，微動貌，謂蠶尚小。

〔三〕陳開先注：板，即紙也。如今之牌票，古所謂符檄是也。

〔四〕本草：蘇恭曰，黄粱出蜀、漢、商、浙間。穗大毛長，穀米俱粗于白粱，而收子少，不耐水旱。食之香美，勝于諸粱。宗奭曰：黄粱、白粱，西洛農家多種，爲飯尤佳。踏飧，飽食之意。○此章諷催科之不時也。蠶事方起，而縣官已親自催租，何其火迫乃爾！獰色虬鬢，畫出武健之狀，彼却又能推卸以爲使君符牒致然，似乎不得已而來者。果爾，言語既畢，即當策馬而去，乃必飽飧，不顧兩婦子之拮据，爲民父母者，固如是乎？縣官方去，簿吏又復登堂。民力幾何，能疊供此輩之口腹耶？夫于女丁猶不恤乃爾，男丁在家者，其誅求又可想矣！

其二

奇俊無少年，日車何躃躃。我待紆雙綬，遺我星星髮。〔一〕都門賈生墓，青蠅久斷絶。寒食摇揚天，憤景長肅殺。〔二〕皇漢十二帝，惟帝稱睿哲。一夕信竪兒，文明永淪歇。〔三〕

〔一〕吴正子注：「奇俊無少年」，謂奇俊之人，不能常少年也。日車，謂日之行于天，如車之行于地。李尤詩：「年晚歲暮日已斜，安得壯士翻日車？」躃躃，去而不止之意。紆，綰也。謝靈運詩：「星星白髮垂。」李周翰注：星星，白髮貌。

〔二〕青蠅，指讒譖之人。荆楚歲時記：去冬節一百五日，即有疾風甚雨，謂之寒食。張説清明日詔宴寧王山池詩：「摇揚花雜下，嬌囀鶯亂飛。」觀此「摇揚」字義可見。舊注或以摇揚爲白楊，非也。詩意謂過賈生墓下，嘆昔時譖言之人亦歸烏有，怨恨之氣可以消平。乃當寒食摇揚之時，不散肅殺憤景之意何哉？蓋妒能嫉賢雖衹在一時，而千載之下，猶令人恨恨而不能釋。○「摇揚」，姚經三本作「垂楊」。

〔三〕西漢起高帝，歷惠帝、文帝、景帝、武帝、昭帝、宣帝、元帝、成帝、哀帝、平帝而止，凡十一帝。而云十二帝者，中間蓋連高后所立之少帝言也。書舜典：「濬哲文明。」吴氏、曾氏以豎兒指絳灌、東陽之屬，且疑其稱擬非是。琦按：風俗通，賈誼與鄧通俱侍中同位。誼惡通爲人，數廷譏之，由是疏遠，遷爲長沙太傅。是長吉所稱豎兒，蓋指鄧通而言之。一夕，猶言一朝。「文明永淪歇」者，謂棄賈誼不用，不能成文明之治也。○「一夕信豎兒」，一作「反信豎兒言」。

其三

南山何其悲？鬼雨灑空草。長安夜半秋，風前幾人老！低迷黄昏徑，裊裊青櫟道。月午樹立影，一山惟白曉。漆炬迎新人，幽壙螢擾擾。〔一〕

〔一〕謝靈運詩：白楊信裊裊。李善注：裊裊，風摇木貌。本草：櫟葉似栗葉，所在有之，木堅而不堪充材。月午，謂月至中天當午位上，則樹影不斜，其直如立。白曉，謂月色皓然，如天將曉之狀。漆炬，鬼燈也。新人，新鬼也。幽壙，墓塚也。螢擾擾，謂鬼火聚散，如螢光之擾擾。○「風前幾人老」，曾本、姚經三本作「風剪春姿老」。「立影」，姚仙期本作「無影」。

其四

星盡四方高，萬物知天曙。己生須己養，荷擔出門去。君平久不反，康伯遁國路。曉思何譊譊，闤闠千人語。〔一〕

〔一〕漢書：嚴君平卜筮于成都市，以爲卜筮者賤業而可以惠衆，人有邪惡是非之問，則依蓍龜爲言利害。與人子言依于孝，與人弟言依于順，與人臣言依于忠，各因勢道之以善，從吾言者已過半矣。裁日閲數人，得百錢足自養，則閉肆下簾而授老子。後漢書：韓康字伯休，京兆霸陵人，家世著姓。常採藥名山，賣于長安市，口不二價，三十餘年。時有女子從康買藥，康守價不移，女子怒曰：「公是韓伯休耶？乃不二價乎？」康嘆曰：「我本欲避名，今小女子皆知有我，何用藥爲？」乃遯入霸陵山中，博士公車連徵不至。桓帝備玄纁之禮，以安車聘之。

使者奉詔造康，康不得已，乃許諾，辭安車自乘柴車，冒晨先使者發，因道逃遯。長吉正用此事，而曰康伯，蓋誤稱也。韻會：譊譊，語也。古今注：闤，市垣也；闠，市門也。詩意貧人以治生爲務，不能不荷擔入市。乃古之賢而隱于市者，若嚴君平、韓伯休，今既不可復作，闤闠之中，諠囂雜沓，殊難復問。甚言市井濁氣之不可耐也。

其五

石根秋水明，石畔秋草瘦。侵衣野竹香，蟄蟄垂葉厚。〔一〕岑中月歸來，蟾光挂空秀。〔二〕桂露對仙娥，星星下雲逗。〔三〕凄凉梔子落，山璺泣清漏。〔三〕下有張仲蔚，披書案將朽。〔四〕

〔一〕蟄蟄，多貌。

〔二〕釋名：山小而高曰岑。○「空秀」，一作「雲秀」。「桂露」，一作「秋露」。

〔三〕璺音「問」。廣雅：璺，裂也。「山璺泣清漏」者，山石裂處，清泉流出，狀如漏水點滴。

〔四〕趙岐三輔决録注：張仲蔚，扶風人也，隱居不仕。明天官，博學，好作詩賦。所居蓬蒿没人。庾信詩：不廢披書案。

三月過行宫

渠水紅繁擁御牆，風嬌小葉學娥粧。垂簾幾度青春老，堪鎖千年白日長。〔一〕

〔一〕渠水，行宫外御溝之水。吴正子注：紅繁，荷也。小葉，柳也。琦按：以紅繁爲荷，出自臆擬。三月時荷錢始貼水，于「擁御牆」三字亦不甚妥切。竊謂紅是水葒，繁是蘩蒿，二月多生水旁。爾雅釋草云：紅，蘢古，其大者蘬。郭璞注：俗呼紅草爲蘢鼓，語轉耳。本草：陶弘景曰，葒生下濕地，似馬蓼而甚長大。詩稱「隰有游龍」，郭璞云：即蘢古也。蘇頌曰：葒，即水葒也，似蓼而葉大，赤白色，高丈餘。埤雅：爾雅曰，蘩，皤蒿，白蒿也。葉粗于青蒿，從初生至枯，白于衆蒿，頗似細艾者。所在有之，今人謂之蓬蒿，可以爲菹。夏小正傳：繁，游胡。游胡，旁勃也。爾雅疏及埤雅皆以爲即蘩蒿。後漢書載邊讓章華賦：「振弱支而紆繞兮，若緑繁之垂幹。」據諸書，葒紅、蘩繁通用。蓋古人書「芙蓉」作「夫容」，亦有不加草頭者，即此可以類推。曾本、二姚本俱以「繁」字作「蘩」字，是也。小葉即是葒蘩。二草之葉，初生尚小，爲春風摇動，嬌緑可愛，比之女子畫眉之色。古之畫眉以黑，至隋唐則尚緑。韓非子曰「粉白黛黑」，韓昌黎文則曰「粉白黛緑」，于此可證。

李長吉歌詩卷三

追和何謝銅雀妓〔一〕

佳人一壺酒，秋容滿千里。〔二〕石馬卧新煙，憂來何所似？〔三〕歌聲且潛弄，陵樹風自起。〔四〕長裾壓高臺，淚眼看花机。〔五〕

〔一〕樂府詩集：銅雀臺，一曰銅雀妓。鄴都故事曰：魏武帝遺命諸子曰：「吾死之後，葬于鄴之西岡上。妾與妓人皆著銅雀臺。臺上施六尺牀，下繐帳，朝晡，上酒脯粻糒之屬。每月朔十五，輒向帳前作伎，汝等時登臺望吾西陵墓田。」按：銅雀臺在鄴城，建安十五年築。其臺最高上有屋一百二十間，連接榱棟，侵徹雲漢。鑄大銅雀置于樓巔，舒翼奮尾，勢若飛動，因名爲銅雀臺。樂府解題曰：後人悲其意而爲之詠也。何遜、謝朓皆有銅雀妓詩。何詩曰：「秋風木葉落，蕭瑟管弦清。望陵歌對酒，向帳舞空城。寂寂簷宇曠，飄飄帷幔輕。曲終相顧起，日暮松柏聲。」謝詩曰：「繐帷飄井幹，樽酒若平生。鬱鬱西陵樹，詎聞歌吹聲？芳襟染淚跡，嬋娟空復情。玉座猶寂寞，况乃妾身輕！」長吉美其詩，故追和之。

〔二〕酒，即朝晡所上酒脯粻糒之酒。臺上佳人因上酒而瞻望西陵之墓田，但見秋容極目，言外見操之音容笑貌已化爲烏有也。

〔三〕古墓荒墳，石獸傾倒者，多如所謂「苑邊高塚卧麒麟」是也。若曹氏正當盛時，塋中石馬寧有倒卧之理？蓋謂其蹲立草中，寂然不動，有似卧然，不可作倒卧解。新煙，新草也，自遠望之，漠漠如煙也。古稱「憂心如酲」、「憂心如惔」、「憂心如熏」，又有「如結如擣」各種譬喻。今曰「憂來何所似」，則其不堪之狀，又覺非言語所能形容矣！

〔四〕臺上伎人歌聲潛唱，而陵中寂然不聞。所聞者，風吹墳樹之聲而已。謝詩所謂「鬱鬱西陵樹，詎聞歌吹聲」，同是一意。

〔五〕「長裾壓高臺」，謂伎妾衆多，滿列臺中。机，即几也。周易：涣奔其机。家語：俯察机筵。「机」、「几」二字，古書通用。花机謂臺上供靈之案。曾謙甫注：淚眼看几，非哭老瞞，正自傷薄命耳。

送秦光禄北征

北虜膠堪折，秋沙亂曉鼙。〔一〕髯胡頻犯塞，驕氣似橫霓。〔二〕灞水樓船渡，營門細柳開。〔三〕將軍馳白馬，豪彥騁雄材。〔四〕箭射欃槍落，旗懸日月低。〔五〕榆稀山易見，甲重馬頻嘶。〔六〕天遠星光没，沙平草葉齊。風吹雲路火，雪污玉關泥。〔七〕屢斷呼韓頸，曾燃董卓臍。〔八〕太常猶舊寵，光禄是新隮。〔九〕寶玦麒麟起，銀壺狒狖啼。〔一〇〕桃花連馬發，綵絮撲鞍來。〔一一〕呵臂懸金斗，當唇注玉罍。〔一二〕清蘇和碎蟻，紫膩卷浮杯。〔一三〕虎鞹先蒙馬，魚腸且斷犀。〔一四〕趁趕西旅狗，蹙額北方奚。〔一五〕守帳然香暮，看鷹永夜棲。〔一六〕黄龍就别鏡，青塚念陽臺。〔一七〕周處長橋役，侯調短弄哀。〔一八〕錢唐階鳳羽，正室劈鸞釵。〔一九〕内子攀琪樹，羌兒奏落梅。〔二〇〕今朝擎劍去，何日刺蛟回？〔二一〕

〔一〕漢書：欲立威者，始于折膠。蘇林曰：秋氣至，膠可折，弓弩可用，匈奴常以爲候而出軍。顔師古急就篇注：鼙，騎鼓也，其形似鞀而庳薄。

〔二〕後漢紀：匈奴頻犯塞。史記：匈奴日已驕，歲入邊，殺掠人民畜産甚多。以上言北征之由。

〔三〕元和郡縣志：灞水在雍州萬年縣東二十里。杜氏通典：樓船，船上建樓三重，列女牆戰格，樹幡幟，開弩窻矛穴，置拋車壘石鐵汁，狀如城壘。史記：文帝後六年，匈奴大入邊。乃以河内守亞夫爲將軍，軍細柳以備胡。服虔曰：細柳在長安西北。如淳曰：長安細柳倉在渭北，近石徼。張揖曰：在昆明池南，今有柳市是也。

〔四〕魏志：龐德常乘白馬，羽軍謂之「白馬將軍」，皆憚之。

〔五〕爾雅：彗星爲欃槍。箭發而妖星可落，言弓矢所及之遠；旗懸而日月若低，言幟旆之高而鮮明。以上言軍容之壯。

〔六〕漢書：蒙恬爲秦侵胡，辟數千里，以河爲境，累石爲城，樹榆爲塞。如淳曰：塞上樹榆也。

〔七〕雲路火，謂烽火，其高上冲雲霄。太平寰宇記：玉門關在沙州壽昌縣西南一百十八里。以上預言征途之景。

〔八〕漢書：姑夕王與烏禪幕及左地貴人共立稽侯㹪爲呼韓邪單于，稱臣入朝于漢，立二十八年而死。後漢書：吕布持矛刺董卓，趣兵斬之，乃尸卓于市。天時始熱，卓素充肥，脂流于地。守尸吏然火置卓臍中，光明達曙，如是積日。按：燃董卓臍是實事，斷呼邪頸非實事，乃借説，此以實對虚之法。二句言光禄平昔之威望。

〔九〕唐書百官志：太常寺卿正三品，少卿正四品；光禄寺卿從三品，少卿從四品。今以太常而移光禄，是左遷也，恐光禄是散階中之號，所謂光禄大夫之名耳。○「隮」，一作「階」。

〔一〇〕寶玦上刻爲麒麟像，銀壺外畫作狒狖之形。狒音「廢」，狖音「又」，二獸名。狒類人，而被髮長脣反踵；狖似猿，而昂鼻長尾。

〔一一〕首聯言折膠秋沙，此聯言桃花綵絮，春秋互見者。蓋首聯追叙髯胡犯塞之時，此聯正點光禄北征之時。不曰柳絮，而曰綵絮，避上「細柳」字重見。

〔一二〕世説：周侯曰：「今年殺諸賊奴，當取金印如斗大，懸肘後。」玉罍，玉杯也。

〔一三〕釋名：泛齊浮蟻在上泛泛然也。曾益注：漢禽白波賊飲酒者，謂之「卷白波」。清酥、紫膩，皆酒。琦按：清蘇恐即「清酥」。長吉又有「白鹿清蘇夜半煮」之句，可以互證。酥，酪屬，以牛羊乳爲之，和酒飲之，極佳。碎蟻，酒初開時，面有浮花，狀若蟻然。紫膩，恐是肴饌之名。卷者，謂以是下酒，而易于乾，若卷而去之之意也。潘岳閑居賦：浮杯樂飲，絲竹駢羅。李善注：説苑曰，公乘不仁，舉大白浮君。廣雅曰：浮，罰也。吕向注：浮杯，流杯也。夫軍行而出餞，不應有罰爵，且又非流水泛觴之時，合是順流而飲之義。

〔一四〕左傳：胥臣蒙馬以虎皮。改用「鞹」字以協音調，然虎皮而已。鞹安用蒙馬？此是才人疏處。魚腸，劍名，已見二卷注。李尤寶劍銘：陸斷犀象，水截鯨鯢。二句是預試戰時器技之精利。

〔一五〕左思吴都賦：趁趩狋猻。李善注：相隨馳逐衆多貌。廣韻：趁趩，走貌。書經：西旅底貢厥獒。孔安國傳：西戎之長，致貢其獒。犬高四尺曰獒，以大爲異。舊唐書：奚國蓋匈奴别種，所居亦鮮卑故地，即東胡之界也。在京師東北四千餘里，東接契丹，西至突厥，南拒白狼河，北至霫國，自營州西北饒樂水以至其國。蹙額者，奚人之狀。

〔一六〕香，謂記時刻之香，故曰「守帳然香暮」。養鷹者夜不令得睡，睡則生膘，而怠于搏擊，故睡輒警之，所謂「看鷹永夜棲」也。

〔一七〕水經注：白狼水又北徑黃龍城東。十三州志曰：遼東屬國都尉，治昌黎道，有黃龍亭者也。太平寰宇記：青塚在振武軍金河縣西北，漢王昭君葬于此。其上草色常青，故曰青塚。一統志：王昭君墓在古豐州西六十里，地多白草，此塚獨青，故名。宋玉高唐賦：先王嘗游高唐，怠而晝寢，夢見一婦人曰：「妾在巫山之陽，高邱之阻。旦爲朝雲，暮爲行雨，朝朝暮暮，陽臺之下。」

〔一八〕初學記：祖台之志怪曰：義興郡溪渚長橋下，有蒼蛟吞噉人。周處執劍橋側，俟久之，遇其出，于是懸自橋上投下蛟背，而刺蛟數創，流血出溪，自郡渚至太湖勾浦乃死。琦按：此處忽用周孝侯事，甚覺不倫。以對句觀之，意者餞飲時，伶人所扮者乃周處刺蛟，所彈者乃箜篌短調，即景而言之耶？風俗通：謹按漢書，孝武皇帝賽南越，禱祀太乙后土，始用樂人侯調依琴作坎侯之樂，言其坎坎應節奏也，侯以姓冠章耳。短弄，謂箜篌所彈之曲其調短者。

〔一九〕舊注釋上句曰與子偕行，下句曰與婦贈別，蓋以鳳羽爲鳳毛也。而上三字殊不可解，恐有錯謬。

〔二〇〕鄭康成禮記注：內子，卿之嫡妻也。盧思道詩：庭前琪樹已堪攀，塞外征人殊未還。樂府雜録：笛，羌樂也。古有落梅花曲。李白詩：「笛奏梅花曲。」二句叙家人送別之事，攀琪樹即攀柳贈行之意。上文已用正室，此句復用內子，不應重複至此，亦恐有誤。

〔二一〕吳正子引淮南子：荆有佽非，得寶劍于干隊。還反渡江，至于中流陽侯之波，兩蛟夾繞其船。佽非謂枻船者曰：「嘗有如此而得活者乎？」對曰：「未嘗見也。」于是佽非瞑目，勃然攘臂拔劍曰：「武士可以仁義之理說也，不可刼而奪也。此江中之腐肉朽骨，棄劍而已，予有奚愛焉？」赴江刺蛟，遂斷其頭，船中人盡活，風波畢除。荆爵爲執珪。此以喻斬馘敵人。周處亦刺蛟，吴氏不引周事，而引佽非事以釋此句，恐與「長橋」句犯複耳。然此篇自「黄龍就别鏡」以下，意多重複，又難通解。或係章句舛錯，兼之字誤魚豕，俱未可定，姑缺其疑可也。

酬答二首

金魚公子夾衫長，密裝腰鞓割玉方。行處春風隨馬尾，柳花偏打内家香。〔一〕

〔一〕通典：三品以上紫衣金魚袋，五品以上緋衣銀魚袋。金魚公子，謂公子而佩金魚袋者，蓋貴胄也。鞓音「汀」，皮帶也。曾本、二姚本作「鞕」，同一字耳。割玉方，謂裁玉作方樣，而密裝于皮帶之上也。内家，宫人。劉無雙傳云「有中使押領内家三十人往園陵」是也。内家香，謂宫中所製之香。徐文長注：公子佩内家之香，而柳花偏打之，即螻蟻也解尋好處之意。

其二

雍州二月梅池春，御水鵁鶄暖白蘋。試問酒旗歌板地，今朝誰是拗花人？〔一〕

〔一〕唐時雍州即西京地，又爲京兆府。郭璞爾雅注：鵁鶄似鳧，脚高毛冠，江東人家養之，以厭火災。輟耕録：南方謂折花曰拗花。○「梅」，一作「海」。

畫角東城〔一〕

河轉曙蕭蕭，鴉飛睥睨高。〔二〕帆長摽越甸，壁冷挂吴刀。〔三〕淡菜生寒日，鮞魚潠白濤。〔四〕水花霑抹額，旗鼓夜迎潮。〔五〕

〔一〕曾益注：全首與畫角無涉，「角」字誤，當是「畫甬東城」，猶畫江潭苑之意也。左傳集解：甬東，越地，會稽句章縣東海中洲也。史記集解：賈逵曰，甬東，越東鄙甬江東也。韋昭曰：句章，東海口外洲也。元和郡縣志：明州鄮縣翁洲入海二百里，即春秋所謂甬東地也。越滅吴，請吴王居甬東，其洲周環五百里，有良田湖水，多麋鹿。琦按：今浙江之定海縣是其處。

〔二〕河漢運轉，天曉之候。睥睨音「譬詣」。釋名：城上垣曰睥睨，言于其孔中睥睨非常也。亦曰陴。陴，裨也，言裨助城之高也；亦曰女牆，言其卑小，比之于城，若女子之于丈夫也。

〔三〕海舟之帆較江湖中之帆更爲長大。摽，高舉貌。杜預左傳注：郭外曰郊，郊外曰甸。越甸，謂越地郊外之地。壁，軍營。韻會：軍壘臨危謂之壁。冷者，軍令嚴肅，不聞諠擾意。吴刀即軍士所佩者。挂者，懸而不用。

〔四〕淡菜，海中介蟲，蚌蛤類。胡三省通鑑注：淡菜狀如蝑而小，黑殼，唇有鬚如茸。本草：淡菜生東、南海中，似珠母，一頭小，中銜少毛。説文：鮞，魚子也。又吕氏春秋：魚之美者，東海之鮞。其形狀無考。潠，音與「巽」同，噴水也。濤，大波也。濤頭湧起作白色，故曰白濤。鮞魚能潠白濤，則非魚子也。

〔五〕水花，乃水波相激而起若雨點者。抹額，軍士紮巾。中華古今注：昔禹王集諸侯于塗山之夕，忽大風雷震，雲中甲馬及卒士千餘人，中有服金甲及鐵甲，不服甲者以紅綃抹其首額。禹王問之，對曰：此抹額蓋武士之首服，皆佩刀以爲衛從，乃是海神來朝也。秦始皇巡狩至海濱，亦有海神來朝，皆戴抹額，緋衫，大口袴，以爲軍容禮。至今不易其制。迎潮者舟行海中，遇潮至，則操舟者正其舟首，觸濤而進，雖顛蕩于層波疊浪之中，終不覆没；不迎潮則舟爲軟浪所拍，多遭沉溺。此詩言曙，言鵶飛，言寒日，皆是曉景。末聯乃説夜中事，蓋是倒裝句法。見軍士抹額之上爲水花霑濕，而知其旗鼓夜迎潮也。迎潮而用旗鼓，是水軍習戰事。○姚經三嘗曾注改「角」字作「甬」字爲謬。夫全首無一字言及畫角，不應脱略如許。若越甸，若淡菜，若鯿魚，若迎潮，則惟東越近海之地可以言之。曾氏之説是居八九矣。

謝秀才有妾縞練改從於人秀才引留之不得後生感憶座人製詩嘲誚賀復繼四首

誰知泥憶雲？望斷梨花春。〔一〕荷絲製機練，竹葉剪花裙。〔二〕月明啼阿姐，燈暗會良人。〔三〕也識君夫壻，金魚挂在身。〔四〕

〔一〕泥在地，雲在天，言不相及之意。梨花落盡，已過一春，思而不見，眼幾望斷矣。

〔二〕服飾如此，可謂美矣，而心志不樂，復生感憶。此即國風副笄六珈之義。合下文四句觀之，其意始出。練，熟素繒也。徐陵詩：竹葉裁衣帶，梅花奠酒盤。

〔三〕阿姐，似指秀才之正室而言。悲啼月下，不敢顯言，憶謝而以阿姊當之，托詞也。燈暗會良人，謂其心雖感憶，無由相晤，或者燈下可訂佳期一會耳。

〔四〕嘲其擇人而嫁，已得所從，何必又憶故夫？金魚，見前四首注。金魚在身，言其官職之不卑。

其二

銅鏡立青鸞，燕脂拂紫綿。腮花弄暗粉，眼尾淚侵寒。〔一〕碧玉破不復，瑤琴重撥弦。〔二〕今日非昔日，何人敢正看！〔三〕

〔一〕對鏡曉妝，施朱傅粉，而眼角却有淚痕，知其爲憶故夫。「銅鏡立青鸞」者，鏡臺爲青鸞跱立之象，而以鏡倚其上也。

〔二〕吴正子注：「破不復」，或云合作「破瓜後」，衆本作「破不復」，非也。碧玉，宋汝南王之妾，王寵幸之，作歌曰：「碧玉初破瓜，相爲情顛倒。」「不復」與「瓜後」字相近而訛耳。琦謂：此二句皆是喻意，謂其既改從于人，如彼碧玉破而不可復完，如彼瑤琴重爲他人鼓撥，以諭其此時感憶無益之意。若訂作「碧玉破瓜後」，不但對句直致無味，亦與前四句不相聯屬。江淹詩：瑤琴豈能開？李周翰注：瑤琴，玉琴也。春渚紀聞：秦、漢之間，所製琴品多飾以犀玉金彩，故有瑶琴緑綺之號。

〔三〕今日爲貴人之姬，非昔日秀才妾可比，何人敢正看？當此揚揚得意之日，而忽生感憶，又何爲乎？此與上首同一結法，但上首借其夫作襯，此首借旁觀者作襯。

其三

洞房思不禁，蜂子作花心。〔一〕灰暖殘香炷，髮冷青蟲簪。〔二〕夜遥燈焰短，睡熟小屏深。〔三〕好作鴛鴦夢，南城罷擣碪。〔四〕

〔一〕言其感憶之情不能自禁，猶蜂子之營營不静。

〔二〕梁昭明太子詩：「袖輕見跳脱，珠概雜青蟲。」琦按：廣中有緑金蟬，大者如班猫，其背作青緑泥金色，喜匿朱槿花中，一一相交。傳云帶之令夫婦相愛，婦女多以爲釵簪之飾。段公路北户録所謂金龜子，竺法真羅浮山疏所謂金花蟲，陳藏器本草所謂吉丁蟲，宋祁益部方物略所謂利州金蟲，皆此物也。舊注謂以青玉爲簪而雕鏤蟲式者，恐未是。

〔三〕夜遥燈暗，方得睡熟，以見感憶之切，不能即寐之況。

〔四〕思而不見，惟夢中得以相會。當此夜分人静，擣碪之聲寂然不作，庶幾得一佳期之夢，以少慰其輾轉反側之思耳。董懋策注：罷者，冀其罷也。即「打起黄鶯兒，莫教枝上啼」之意。其説亦通。韻會：碪，擣繒石也。

其四

尋常輕宋玉，今日嫁文鴦。〔一〕戟幹横龍簴，刀環倚桂窻。邀人裁半袖，端坐據胡牀。〔二〕淚濕紅輪重，棲烏上井梁。〔三〕

〔一〕宋玉，喻謝秀才；文鴦，喻其後夫。魏氏春秋：文欽中子淑，小名鴦，年尚幼，勇力絶人。晉書：文欽子鴦，年十八，勇冠三軍。十六國春秋：石勒攻幽州，幽州刺史王浚遣鮮卑段文鴦率騎救之。是文鴦有二：一爲將家子，一爲蕃人。縞之後夫，非蕃將亦武夫也。

〔二〕四句皆寫武人粗鄙傲慢之狀，宜縞練之不樂而復思謝生也。禮記：夏后之龍簨虡。鄭康成注：簨虡，所以懸鐘磬也。横曰簨，飾之以鱗屬；植曰虡，飾之以臝屬、羽屬。孔穎達正義：簨虡之上，以龍飾之。簴即「虡」字，音「渠」，上聲。釋名：刀本曰環，形似環也。梁元帝詩：「桂窻斜月輝。」半袖亦謂之半臂。釋名曰：半袖，其袂半襦而施袖也。胡三省通鑑注：胡牀，隋改曰交牀，今之交椅是也。舊注以裁半袖爲裁剪半袖之衣。夫以佩金魚貴人端坐胡牀，命姬妾剪裁半袖，亦屬常事，未見驕傲態。琦謂：「裁」字古與「纔」字通用，作「僅」字解，僅服半袖而見人，自據胡牀而端坐，是言其平素接人妄自尊大之意。待客如此，閨房之内自可知矣。

〔三〕曾益注：紅輪，即吹輪，婦女所執，如暖扇之類。引沈約詩「畫扇迎初暑，紅輪映早寒」以證。又徐文長以紅輪爲車輪。董懋策以紅輪爲半袖。琦按：皆非是。庾信詩：「步摇釵朵動，紅輪披角斜。」李頎詩：「織成花映紅綸巾。」二詩「輪」、「綸」字體雖殊，詳義則一。疑是婦女所佩巾披之類，故爲淚所沾濕也。井，藻井也。梁，屋梁也。薛綜西京賦注：藻井當棟中，交木方爲之，如井幹也。夢溪筆談：屋上覆橑，古人謂之綺井，亦曰藻井。井梁之地，非棲烏所止，而有烏集其上，喻言其身不當爲武夫之配，而今爲其配也。疑當時有此喻，而長吉引以爲比。今俚俗歌詞有「誰知逐魂鳥，空占畫眉籠」之句，以喻拙夫而配巧婦者，亦是此意。○「棲烏」，一作「投烏」。

昌谷讀書示巴童

蟲響燈光薄，宵寒藥氣濃。君憐垂翅客，辛苦尚相從。〔一〕

〔一〕後漢書馮異傳：「始雖垂翅回谿，終能奮翼黽池。」蓋以鬬鳥爲喻，敗則垂翅而遁，勝則奮翼而鳴。此詩是下第後所作。

巴童答

巨鼻宜山褐，龐眉入苦吟。非君唱樂府，誰識怨秋深。〔一〕

〔一〕巨鼻，謂巴童。龐眉，長吉自謂。後高軒過中，亦有「龐眉書客感秋蓬」之句。「龐」字一作「厖」，古通用。王褒四子講德論：厖眉耆耇之老。李善注：厖，雜也，謂眉有黑白雜色。張衡思玄賦：「尉厖眉而郎潛。」用顏駟厖眉皓髮，老于郎署事。按長吉年未過三十，安得遽有龐眉如顏駟？或者其眉黑白龐雜，生而已然，今人亦間有之。又「龐」字一訓厚，一訓大。李義山作長吉小傳，謂長吉通眉，蓋其眉濃密，中間相連，不甚開豁。自謂龐眉者，或取厚大之義，亦未可定。

代崔家送客〔一〕

行蓋柳煙下，馬蹄白翩翩。恐送行處盡，何忍重揚鞭！〔二〕

〔一〕「家」，曾本作「是」。

〔二〕「恐送行處盡」，曾本作「恐隨行處盡」，二姚本作「恐隨送處盡」。「重」，一作「復」。

出　城

雪下桂花稀，啼烏被彈歸。〔一〕關水乘驢影，秦風帽帶垂。〔二〕入鄉試萬里，無印自堪悲。〔三〕卿卿忍相問，鏡中雙淚姿。〔四〕

〔一〕二句皆喻言不第。

〔二〕歸路蕭條之況。

〔三〕自昌谷至長安，路途不遠，「萬里」字恐誤。一作「誠萬重」，一作「誠可重」，言還鄉本人之所樂，今以無官而歸，自堪悲耳。

〔四〕預擬閨人憐己，黠頟忍苦以相勞問，不覺雙淚垂下，鏡中自顧，方始知之。世説：王安豐婦常卿安豐，安豐曰：「婦人卿壻，于禮爲不敬。後勿復爾。」婦曰：「親卿愛卿，是以卿卿；我不卿卿，誰當卿卿！」遂恒聽之。○「姿」，一作「垂」，重第二韻，非。

莫種樹

園中莫種樹，種樹四時愁。獨睡南牀月，今秋似去秋。〔一〕

〔一〕「南牀」，二姚本作「南牕」。

將發

東牀卷席罷，護落將行去。秋白遥遥空，日滿門前路。〔一〕

〔一〕卷席，束裝而行也。魏書：「已護落而少成，又臃腫而無立。」濩落、護落同義。○「遥遥」，一作「逍遥」，非。

追賦畫江潭苑四首〔一〕

吴苑曉蒼蒼，宫衣水濺黄。〔二〕小鬟紅粉薄，騎馬珮珠長。路指臺城迥，羅薰袴褶香。〔三〕行雲霑翠輦，今日似襄王。

〔一〕吳正子注：按金陵六朝事跡，江潭苑乃梁苑也。梁大同九年置，在上元縣東南二十里。景定建康志：古江潭苑，其地在新林路西，去城二十里，梁大同初立。按輿地志，武帝從新亭鑿渠通新林浦，又爲池，開大道，立殿宇，亦名王遊苑，未成而侯景亂。蔡宗旦金陵賦云：「訪江潭之大苑，惟蕭溝之名存。」注：今有溝名蕭家溝，即此也。四詩皆詠宮人早起遊獵之景。蓋因觀畫而賦其事如此。

〔二〕苑在金陵，乃古之吳地，故曰吳苑。蒼蒼，曉色。水濺黄，采色之名，今之鵝黄色。

〔三〕六朝事跡：建康實録，晉成帝咸和七年，新宮成，名建康宮。注：即今之所謂臺城也，在縣東北五里，周回八里。又按輿地志云：同泰寺南與臺城隔路，今法寶寺及圓寂寺，即古同泰寺基，故法寶亦名臺城院。以此考之，法寶、圓寂之南，蓋古臺城地也，今基址尚在。袴音「庫」，褶音「習」。韻會：袴褶，騎服也。隋書：袴褶，近代服以從戎。今纂嚴則文武百官咸服之。中華古今注：袴，蓋古之裳也。周武王以布爲之，名曰褶。敬王以繒爲之，名曰袴，但不縫口而已。琦按：恐即今馬上所着戰裙之類。

其二

寶袜菊衣單，蕉花密露寒。〔一〕水光蘭澤葉，重帶剪刀錢。〔二〕角暖盤弓易，靴長上馬難。〔三〕淚痕霑寢帳，匀粉照金鞍。〔四〕

〔一〕楊升菴曰：袜，女人脇衣也。隋煬帝詩：「錦袖淮南舞，寶袜楚宫腰。」盧照鄰詩「倡家寶袜蛟龍被」是也。古今注謂之腰彩。菊衣，衣之黄色如菊花者。姚注以周禮之「鞠衣」證之。夫鞠衣乃皇后六服之一，親蠶則衣之，非宫人遊獵所宜衣。「蕉花」句，徐文長以爲申言袜色之黄。琦按：寶袜者，宫人近身之服，人所不見，然其色之紅艷有似蕉花。其上以菊衣罩之，菊衣既單，則不能掩却寶袜之色，而密露其紅艷之影。「寒」字即從「單」字生出，是以下句申上句法。

〔二〕宋玉神女賦：「沐蘭澤，含若芳。」李善注：沐，洗也，以蘭浸油澤以塗頭也。枚乘七發：「蒙清塵，被蘭澤。」張銑注：覽其髮如被沐蘭澤也。蘭澤，以蘭漬膏者也。觀此則知水光者，是美其髮光如水之光，緣以蘭葉漬膏塗之，致有此美。重帶，帶之下垂者。古者謂錢爲刀。漢書食貨志：貨寶于金，利于刀。如淳曰：名錢爲刀者，以其利于民也。則刀與錢一也。于帶上剪刀錢之文以爲飾，猶竹葉剪花冪之類。○「重帶」，吴本作「帶重」。

〔三〕盤，曲也。弓不用則弛其弦，將上弦則必盤曲其弓體。天寒角勁，盤之爲難；天暖角軟，盤之則易也。女子着靴跨馬，俱非素習。今以遊獵，改裝而兼用之，故覺其難。二句摹寫宫人雖作軍裝，而嬌弱之態宛然如在。

〔四〕夜眠怨淚，不覺沾漬寢帳。殆曉起而勺粉傅面，從駕出遊，冶容艷色，照耀于金鞍之上。見者方以爲從行之樂，而豈知其中心之隱憂哉？

其三

剪翅小鷹斜，絛根玉鏇花。〔一〕鞦垂粧鈿粟，箭箙釘文牙。〔二〕鸓鸓啼深竹，鵁鶄老濕沙。〔三〕宫官燒蠟火，飛燼污鉛華。〔四〕

〔一〕姚經三注：刷羽斜擊，其翅如剪。此説是也。曾注謂剪翅以調習，則似平時畜養之法，非獵時用以搏擊之禽，且于「斜」字無當。絛，繫鷹之索。鏇，轉軸也。繩之根以玉作鏇，而琢花其上也。○「鏇」，曾本作「簇」。

〔二〕鞦，馬轡也。曾本、二姚本作「鍬」，誤。金華曰鈿，鈿粟者，鈿文粒粒然，如粟之文也。箭箙，盛箭之箙。釘文牙，釘象牙于箙上以爲飾。

〔三〕 䰽音「廢」。韻會：狒，説文本作「㵒」。周成王時，州靡國獻㵒㵒，人身，反踵自笑，笑即上唇掩其目，食人，北方謂之土螻。爾雅：䰽如人，被髪迅走，一名梟羊，俗謂山都。今交州山中有之。或作「狒」，亦作「萬」。文選吴都賦：萬萬笑而被格。又作「䰽」。校獵賦：蹈飛豹，絹嘄羊。師古曰：嘄陽，䰽䰽也。人面，黑身，有毛。集韻又作「䰽䰽」。琦按：吴本、姚經三本作「䰽䰽」，曾本、姚仙期本作「䰽䰽」，同一字耳。今之所謂人熊野人是也。本草：䴔鶄，水鳥也。出南方池澤，似鴨，緑毛，人家養之，馴擾不去，可厭火災。二句見苑中多有奇禽異獸。

〔四〕 天時尚暗，故宮官燒蠟以照其行，而飛燼污觸粉面也。洛神賦：鉛華弗御。李善注：鉛華，粉也。博物志曰：燒鉛成胡粉。

其四

十騎簇芙蓉，宮衣小隊紅。〔一〕練香熏宋鵲，尋箭踏盧龍。〔二〕旗濕金鈴重，霜乾玉鐙空。今朝畫眉早，不待景陽鐘。〔三〕

〔一〕十騎爲一小隊，皆着紅衣，相簇聚如芙蓉然。

〔二〕博物志：宋有俊犬曰鵲。埤雅義訓曰：良犬韓有盧，宋有鵲。盧，黑色；鵲，黑白色。曾益注：練香使通鼻以知嗅。董懋策注：獵犬須藥燻乃捷。練對尋即煉藥也，非衣香也。姚經三注：宫娃雲集，獵犬亦惹衣香。琦謂姚説是也。太平寰宇記：盧龍山在昇州上元縣西北二十里，周迴五里，西臨大江。景定建康志：盧龍山在城西北二十五里，周迴一十二里，高三十六丈，東有水下注平陸，西臨大江。今張陳湖北崗隴北接靖安皆此山地。晉元帝初渡江，見此山嶺緜延，遠接石頭，真江上之關塞，以比北地盧龍山，因以爲名。按，今江寧城西北二十里之獅子山，即其山也。

〔三〕南齊書：上數游幸苑囿，載宫人從後車。宫内深隱，不聞端門鼓漏聲。置鐘于景陽樓上，宫人聞鐘聲，早起粧飾。

潞州張大宅病酒遇江使寄上十四兄〔一〕

秋至昭關後，當知趙國寒。〔二〕繫書隨短羽，寫恨破長箋。〔三〕病客眠清曉，疏桐墜綠鮮。城鴉啼粉堞，軍吹壓蘆煙。〔四〕岸幘褰紗幌，枯塘卧折蓮。〔五〕木窻銀跡畫，石磴水痕錢。〔六〕旅酒侵愁肺，離歌繞懦弦。〔七〕詩封兩條淚，露折一枝蘭。莎老沙鷄

泣，〔八〕松乾瓦獸殘。〔九〕覺騎燕地馬，夢載楚溪船。〔一〇〕椒桂傾長席，鱸魴斫玳筵。豈能忘舊路？江島滯佳年。〔一一〕

〔一〕二卷内有酒罷張大徹索贈詩時張初效潞幕。此云潞州張大宅，即張徹之宅也。

〔二〕昭關，十四兄所住之地。趙國，長吉所寓之地。江南通志：昭關在和州含山縣小峴西，伍子胥自楚奔吴過昭關即此。潞州，春秋時潞子國。戰國時爲上黨地，初屬韓，其後馮亭以上黨降趙，又爲趙地，故曰趙國。

〔三〕短羽，舊注用蘇武雁足繫書事。琦謂短羽當作羽檄解。凡警急檄書，則以鳥羽插其上。所謂江使，蓋奉檄而行者。破，猶「裁」字之義。

〔四〕軍吹，軍中所吹如胡笳之類。

〔五〕覆髻之巾曰幘。岸幘者，謂戴幘而露額也。世説：謝奕在桓温座席，岸幘嘯詠，無異常日。幌音「黄」，上聲，帷幔也。〇「紗」，曾本、二姚本作「沙」。

〔六〕銀畫，吴正子以銀沫彩畫爲解。蓋謂木窻之上，原有塗銀彩畫，但年深色涴，僅存其跡而已。其説本是。徐文長以爲篇中無侈語，似述窮居，疑指蝸跡者，似太鑿。石磴，山上登陟之道。今與木窻作對，似指庭院之石凳。水痕錢，謂石上水漬之痕漸成苔蘚，有似錢狀。〇「銀跡畫」，二姚本作「銀畫跡」。

〔七〕陸機詩：急弦無懦響。

〔八〕沙鷄即莎鷄。陸璣草木疏：莎鷄如蝗而斑色，毛翅數重，其翅正赤，或謂之天鷄。六月中飛而振羽，索索作聲，幽州謂之「蒲錯」。本草：莎鷄居莎草間，蟋蟀之類。泣者，謂鳴聲凄切。

〔九〕松，瓦松也，生屋瓦上，高尺許，遠望如松苗。瓦獸，屋土鴟尾、狻猊之類。年深殘毁，爲瓦松所蔽，故不見。今松既乾死，而瓦獸殘敗之狀始見。二句皆言秋日蕭條之景。

〔一〇〕燕地馬，謂燕地所産之馬。燕、趙地相鄰接，故云。和州乃戰國時楚地，十四兄在其處，時時懷想，故遂夢至其處。

〔一一〕姚經三注：兄處椒桂鱸魴，雖江南風景可樂，豈得竟忘舊路而久滯江島耶？楚辭：「奠桂酒兮椒漿。」王逸注：桂酒，切桂置酒中也。椒漿，以椒置酒中也。曹植瓜賦：瓜布象牙之席，香薰玳瑁之筵。

難忘曲〔一〕

夾道開洞門，弱楊低畫戟。〔二〕簾影竹華起，簫聲吹日色。〔三〕蜂語繞粧鏡，畫蛾學春碧。〔四〕亂繫丁香梢，滿欄花向夕。〔五〕

〔一〕樂府詩集：相逢行，一曰相逢狹路間行，亦曰長安有狹邪行。李賀有難忘曲，亦出于此。蓋相逢行古辭云：「君家誠易知，易知復難忘。」長吉本此辭而命名也。

〔二〕漢書董賢傳：重殿洞門。顏師古注：洞門，謂門門相當也。弱楊，楊之弱者，即垂柳也。畫戟，戟之彩畫有文飾者。唐時，三品以上官皆列戟于門，以爲儀飾。二句言門外之壯麗。○「弱」，姚仙期本作「强」。

〔三〕竹華，謂簾竹之華紋。起者，因風蕩摇而其紋見也。二句言室中之沉静。○「竹華」，一作「竹葉」，非。

〔四〕蜂語，蜂聲也。蜂飛則有聲，聞花香處則群萃焉。美人曉粧之地，花氣馥郁，故蜂聲繞之。春碧，草也。江淹別賦：「春草碧色。」言所畫之蛾眉，如春草之色也。邱象升注，以春碧爲遠山之色。亦通。○「畫蛾」，吴本、曾本作「拂蛾」。

〔五〕杜子美詩：丁香體柔弱，亂結枝猶墊。

賈公閭貴壻曲〔一〕

朝衣不須長，分花對袍縫。〔二〕嚶嚶白馬來，滿腦黄金重。〔三〕今朝香氣苦，珊瑚澀難枕。〔四〕且要弄風人，暖蒲沙上飲。〔五〕燕語踏簾鈎，日虹屏中碧。〔六〕潘令在河陽，無

人死芳色。〔七〕

〔一〕按晉書：賈充，字公閭，官至太尉。前妻李氏生二女：一名荃，爲齊王攸妃；一名裕，未詳所嫁。後妻郭氏生二女：一名時，爲晉惠帝后；一名午，爲韓壽所竊而後嫁者。壽官至散騎常侍、河南尹。此云賈公閭貴壻，殆謂韓壽。

〔二〕言衣服之時式。

〔三〕古詩「黄金絡馬頭」，不過以黄金爲絡頭之飾而已。今滿腦之上皆黄金而嫌其重，其裝飾之繁多可知。

〔四〕香氣本甜而云苦，珊瑚枕本滑而云澀，以見富貴驕奢之態。二句言其不安家居，而騎馬出遊之故。

〔五〕弄風，即行雲行雨之意。二句似指其挾妓宴飲。或謂弄風人指賈女言者，恐未是。

〔六〕後漢書：凡日旁氣色白而純者，名爲虹。日虹者，謂日光透入室中，晃成白氣，有如虹狀，映射屏中，遂成碧色。二句言其出遊至晚，室中寂寥之景。

〔七〕晉書：潘岳爲河陽令，美姿儀，辭藻絶麗。少時常挾彈出洛陽道，婦人遇之者，皆連手縈繞，投之以果，遂滿車而歸。詩意謂如潘岳之才貌，宜爲貴族所擇而以爲壻者也。乃遠在河陽，無人爲其芳色而心死，蓋深薄乎目中所見之狂且也。此詩當是貴臣之壻挾妓出遊，長吉遇之，惡其輕薄而作此詩。其借賈公閭之名以立題者，或以其婦翁之姓相同，或以其壻結縭之先，有類午、壽所爲者，故因之而有所諷耶？○「芳色」，一作「花色」。

夜飲朝眠曲

觴酣出座東方高，〔一〕腰横半解星勞勞。〔二〕柳花鴉啼公主醉，薄露壓花蕙蘭氣。〔三〕玉轉濕絲牽曉水，〔四〕熱粉生香琅玕紫。〔五〕夜飲朝眠斷無事，楚羅之幃卧皇子。〔六〕

〔一〕出座，酒罷也。東方漸明，天曉之候。
〔二〕腰横，腰帶也。半解，酒後衣冠不整之貌。
〔三〕柳花，一作「柳苑」，其義似長。「蕙蘭」，吴本作「蕙園」。
〔四〕玉轉，謂井上轆轤。濕絲，謂汲水繩。
〔五〕姚仙期注：面熱則粉香，酒上面，色如紅玉。
〔六〕詩意是公主之家，宴請皇子，而爲長夜之飲者作。

王濬墓下作〔一〕

人間無阿童，猶唱水中龍。〔二〕白草侵煙死，秋藜遶地紅。〔三〕古書平黑石，神劍斷青銅。〔四〕耕勢魚鱗起，墳科馬鬛封。〔五〕菊花垂濕露，棘徑卧乾蓬。松柏愁香澀，南原幾夜風！

〔一〕太平寰宇記：虢州恒農縣有王濬冢。濬仕晉，平吴有功，卒葬于此。晉書王濬傳：濬卒，葬柏谷山大營塋域，葬垣周四十五里，面别開一門，松柏茂盛。

〔二〕晉書：時吴有童謡曰：「阿童復阿童，御刀浮渡江。不畏岸上虎，但畏水中龍。」羊祜聞之，曰：「此必水軍有功，當思應其名者耳。」會益州刺史王濬，徵爲大司農。祜知其可任，濬又小字阿童，因表留濬監益州諸軍事，加龍驤將軍，密令修舟檝爲順流之計。

〔三〕白草，經霜衰草，其色變白。藜即灰藋之紅心者。史記正義：藜似藋而表赤。○「秋藜」，吴本作「秋梨」，誤。

〔四〕黑石，墓上碑版，歲久而字畫漸平。銅劍，殉葬之物，年深而銹蝕斷壞。上句是得之目擊，下句是得之臆度。因見墓上之碑字漸滅，而知其墓中之古劍且斷也。古劍銅鐵皆爲之。西京雜記：魏襄王家有銅劍二枚。郭璞山海經注：汲郡冢中得銅劍一枚，長三尺五寸。是其證。

〔五〕班固西都賦：溝塍刻鏤，原隰龍鱗。呂延濟注：刻鏤龍鱗，皆地之畦疆相交錯成文章。檀弓：孔子之喪，子夏曰：「昔者夫子言之曰：吾見封之若堂者矣，見若坊者矣，見若覆夏屋者矣，見若斧者矣。從若斧者焉，馬鬣封之謂也。」○「墳科」，一作「墳斜」。

客遊

悲滿千里心，日暖南山石。不謁承明廬，老作平原客。〔一〕四時別家廟，三年去鄉國。旅歌屢彈鋏，歸問時裂帛。〔二〕

〔一〕漢書嚴助傳：君厭承明之廬，勞侍從之事。張晏曰：承明廬在石渠閣外，直宿所止曰廬。史記：平原君趙勝者，趙之諸公子也。喜賓客，賓客蓋至者數千人。長吉時遊趙地，故曰平原客。「老」字當作「久」字解，下文「三年」字可見。不然長吉年未及壯，安得遽稱老乎？

〔二〕戰國策：齊人馮驩，貧乏不能自存，使人屬孟嘗君，願寄食門下。居有頃，倚柱彈其鋏，歌曰：「長鋏歸來乎，食無魚！」孟嘗君曰：「食之。」居有頃，復彈其鋏，歌曰：「長鋏歸來乎，出無車。」孟嘗君曰：「爲之駕。」後有頃，復彈其鋏，歌曰：「長鋏歸來乎，無以爲家。」孟嘗君使人給其食用。鋏，劍把也。古烏夜啼曲：裂帛作還書。江淹恨賦：裂帛繫書。

崇義里滯雨〔一〕

落漠誰家子？來感長安秋。壯年抱羈恨，夢泣生白頭。瘦馬秣敗草，雨沫飄寒溝。南宫古簾暗，濕景傳籤籌。〔二〕家山遠千里，雲脚天東頭。〔三〕憂眠枕劍匣，客帳夢封侯。〔四〕

〔一〕按長安志：朱雀街東第二街有九坊，崇義坊其一也。

〔二〕按雍録：尚書省在朱雀門北正街之東，自占一坊，六部附隸其旁。又曰：禮部既附尚書省矣，省前一坊，别有禮部。南院者，即貢院也。長安志曰：四方貢舉所會。其説是也。有試其中而賦詩曰：「才到第三條燭盡，南宫風月畫難成。」則以試所爲南宫也。或謂尚書省六部皆在省之南，故禮部郎爲南宫舍人。然唐人通呼尚書省爲南宫。白居易詩「我爲憲部入南宫」，是除刑部時詩也；盧綸詩「南宫樹色曉森森」，是訓金部王郎中詩也；李嘉祐詩「多雨南宫夜，仙郎寓直時」，是和都官員外詩也。數詩可證。第尚書省在朱雀街東第一街之西，崇義坊在第二街之東，何緣詠及？疑所謂「南宮古簾暗」，是隱喻有司之不明；「濕景傳籤籌」，是隱喻有司之去取不能無誤。蓋籤籌者，報時辰之籌，雨中無日景可驗，所報之籌，安得無差誤耶？

〔三〕長吉家于河南之福昌縣，在長安東，相去八百餘里，曰千里者，約其大數也。舊注以爲指隴西成紀者，非。隴西在長安之西，與「天東」句不合。

〔四〕思于書者夢于夜，因試文不合，有投筆從戎之意，故見于夢者若此。

馮小憐〔一〕

灣頭見小憐，請上琵琶弦。破得東風恨，今朝值幾錢？〔二〕裙垂竹葉帶，鬢濕杏花煙。〔三〕玉冷紅絲重，齊宮駕妾鞭。〔四〕

〔一〕隋書：齊後主有寵姬馮小憐，慧而有色，能彈琵琶，尤工歌舞。後主惑之，拜爲淑妃。

〔二〕「東風」，吴本作「春風」。

〔三〕梁簡文帝詩：帷褰竹葉帶。徐陵詩：竹葉裁衣帶。女紅餘志：桓豁女字女幼，製緑錦衣帶，作竹葉樣，遠視之無二。

〔四〕吴氏謂紅絲即琵琶弦，以朱絲爲之。邱氏謂紅絲是衣。琦謂恐是指馬鞭而言也。蓋是以玉飾鞭，而以紅絲爲其繫。夫以玉飾鞭而嫌其冷，以紅絲爲繫而嫌其重，寫其嬌弱之狀。玩詩意，似是女伶將入宮供奉，擁琵琶騎馬而行，長吉見之，而借小憐以喻者。○「駕妾鞭」，吴本、曾本作「妾駕鞭」。

贈陳商〔一〕

長安有男兒，二十心已朽。楞伽堆案前，楚辭繫肘後。人生有窮拙，日暮聊飲酒。祇今道已塞，何必須白首？〔二〕凄凄陳述聖，披褐鉏俎豆。學爲堯、舜文，時人責衰偶。〔三〕柴門車轍凍，日下榆影瘦。黄昏訪我來，苦節青陽皺。〔四〕太華五千仞，劈地抽森秀。旁苦無寸尋，一上戛牛斗。〔五〕公卿縱不憐，寧能鎖吾口？〔六〕李生師太華，大坐看白晝。〔七〕逢霜作樸樕，得氣爲春柳。〔八〕禮節乃相去，顦顇如芻狗。〔九〕風雪直齋壇，墨組貫銅綬。臣妾氣態間，唯欲承箕帚。〔一〇〕天眼何時開？古劍庸一吼。〔一一〕

〔一〕吴正子注：陳商字述聖，陳宣帝五世孫，散騎常侍彝之子也。登進士第，仕至秘書監，封許昌縣男。有集十七卷，見藝文志。按登科記，商中元和九年進士。

〔二〕以上自述年少而不遇于時。文獻通考：楞伽經四卷，宋天竺僧求那跋陀羅譯。楞伽，山名。佛爲大慧演道于此山。元魏僧達磨以付僧慧可曰：「吾觀中國所有經教，惟楞伽可以印心。」謂此經也。道已塞，謂道不行。

〔三〕邱象升注：俎豆何可鉏？蓋即耕治禮樂之謂。琦謂：恐是帶經而鉏，休息輒讀誦之意。謂其耕鉏之間，又習俎豆之事。韓昌黎有答陳商書曰：「辱惠書，語高而旨深，三四讀尚不能通達。」所謂「學爲堯、舜文，時人責衰偶」者，于此可證。衰偶，衰弱排偶之意。

〔四〕柴門二句，自言居處冷落之況。日下，日落時也。爾雅：春爲青陽。郭璞注：氣青而温陽也。皺者，鬱而不舒之意。言固守其節，而春氣亦若爲之不暢。

〔五〕山海經：太華之山，削成而四方，其高五千仞，其廣十里。蓋太華之峰，拔地峭立，有如削成之狀，不似他山坡陀易涉。所謂「旁苦無寸尋」者，言其無寸尋平坦之處。戛，轢也，謂其高上犯牛斗之宿也。四句喻言陳商人品之高。〇「旁苦」，徐本、曾本、二姚本俱作「旁古」。

〔六〕「不憐」，曾本、二姚本作「不言」。

〔七〕李生，長吉自謂。吴注疑當爲陳生者，非是。「師太華」者，以陳商爲師法，亦欲立品如太華之高，不肯奔走于富貴之門，長坐而過白日，了無一事。

〔八〕又言己才淺薄，遇艱難之時，則如逢霜之樸樕；遇盛明之朝，亦不過爲得氣之春柳，無甚奇特。毛萇詩傳：樸樕，小木也。孔穎達正義：釋木云，樸樕，心。某氏曰：樸樕，槲樕也，有心能濕，江淮間以作柱。孫炎曰：樸樕，一名心，是樸樕爲木名也。言小木者，以林有此木，故言小木也。鄭樵爾雅注：樸樕，其樹易大，花葉似栗。

〔九〕莊子：夫芻狗之未陳也，盛以篋衍，巾以文繡，尸祝齋戒以將之。及其已陳也，行者踐其首脊，蘇者取而爨之而已。陸德明注：芻狗，結芻爲狗，巫祝用之。言己雖師法陳商，而才能淺薄，與人相接，禮節之間，較之于商相去甚遠，爲人所賤，如已祭之芻狗，不堪極矣。

〔一〇〕長吉爲奉禮郎，祭祀之事，是其所職。故當風雪之時，直事齋壇。雖佩戴印綬，儼然王臣，而仰臣妾之氣態，只欲親承掃除之細務，其禮節乃如是乎！漢書百官公卿表：秩比六百石以上，皆銅印黑綬。唐之奉禮郎從九品官也，掌祭祀君臣之板位，陳設祭器，贊導拜跪之節，無印綬可佩。而云墨組銅綬者，蓋借古之儀制而言耶？抑與祭之官得有此章服耶？銅固印矣，綬即組也。今以墨組而貫銅綬，理不可解，恐有舛誤。書費誓：臣妾逋逃。孔安國傳云：役人賤者，男曰臣，女曰妾。又其下文曰：誘臣妾。傳云：誘偷奴婢。鄭玄周禮注：臣妾，男女貧賤之稱。是臣妾者，即今奴婢之謂。詩意似指宦豎輩。唐自中葉之後，宦官得勢，想當祭祀，亦有宦官監視者，指揮禮臣，故作氣態。長吉憤焉，故欲親箕帚之事，而自雜于賤役之中，以避其驕焰。所以申明上文「顛頟如芻狗」之實。

〔一一〕言己之不遇，由天意不肯睠顧耳。若天眼苟開而見顧，得時遇主，騰踏而上，如古劍之鳴吼而去，何至如今日之顛頟乎？太平御覽：世説曰，王子喬墓在京陵，戰國時人有盜發之者，睹無所見，惟有一劍停在空中。欲取之，劍作龍鳴虎吼，遂不敢取，俄而徑飛上天。

釣魚詩

秋水釣紅渠，仙人待素書。菱絲縈獨繭，菰米蟄雙魚。〔一〕斜竹垂清沼，長綸貫碧虛。餌懸春蜥蜴，鈎墜小蟾蜍。〔二〕詹子情無限，龍陽恨有餘。爲看煙浦上，楚女淚沾裾。〔三〕

〔一〕列仙傳：陵陽子明者，銍鄉人也。好釣魚，于旋溪釣得白龍，子明懼，解鈎拜而放之。後得白魚，腹中有書，教子明服食之法。子明遂上黄山採五石脂，沸水而服之。所謂「仙人待素書」，疑用此事。列子：詹何以獨繭絲爲綸，芒針爲鈎，荆條爲竿，剖粒爲餌，引盈車之魚于百仞之淵、汩流之中，綸不絶，鈎不伸，竿不撓。爾雅翼：其獨成繭者，謂之獨繭；自二以上，謂之同功繭。本草：蘇頌曰：菰生水中，葉如蒲葦。其苗有莖梗者，謂之菰蔣草，至秋結實，乃雕苽米也。古人以爲美饌，今饑歲人猶採以當糧。蟄者，伏其下而不出，猶蟲之蟄于土中。◯「菰米」，吳本作「蒲米」，而注云：蒲米，菰米也。

〔二〕綸，釣緡也。細者謂之釣絲，稍肥者謂之綸。碧虛，水也。蜥蜴，似蛇而有四足，長五六寸，有水、陸二種，生陸地者，色黄褐；生水中者，背上色黑如漆，腹下紅如丹砂，人謂之水蜥蜴，亦謂之泉龍。蟾蜍似蝦蟆而大，第蝦蟆多在陂澤中，蟾蜍多居陸地。鈎魚于水，而得陸地之蟾蜍，此句似因趁韻之誤。然陶弘景别録謂蝦蟆一名蟾蜍，疑古人亦多混呼之。〇「清」，曾本、二姚本作「青」。「綸」，曾本、姚仙期本作「輪」，誤。

〔三〕詹子，即列子所稱之詹何。戰國策：魏王與龍陽君共船而釣魚，龍陽君得十餘魚而涕下。王曰：「何謂也？」對曰：「臣之始得魚也，臣甚喜。後得又益大，直欲棄臣前之所得矣。今以臣之凶惡，而得爲王拂枕席，爵至人君，走人于庭，避人于途。四海之内，美人亦甚多矣，聞臣之得幸于王也，欲褰裳而趨王。臣亦猶曩臣前所得之魚也，臣亦將棄矣！臣安能無涕出乎？」〇此詩似爲釣而不得魚者言。首四句是一意：初聯「仙人待素書」，觀「待」之一字，則魚之未獲可知也；三、四承上而言，釣絲爲菱根所縈，雙魚又伏于叢草之間而不出，求其獲也，不亦難乎？中四句是一意：言釣魚之具，若竿、若絲、若餌、若鈎，無一不具，乃所獲者只蜥蜴、蟾蜍之類，而魚則竟一無所得，語尤明晰。末四句是一意：詹子之釣也，以小鈎粒餌而獲盈車之魚，其心則有無限之樂；龍陽之釣也，因前魚之欲棄而涕下，其心則動有餘之恨。若釣而不得者，何能無艱難不遇之感耶？迴瞻煙浦之上，適有淚下沾裾之楚女，非傷遇人之不淑，即悲生世之無聊，其情其恨，諒亦與余有同感矣！全詩舊解皆不甚切，或指蜥蜴爲芳餌，或解蟾蜍爲如初月之利鈎，尤爲未確。

奉和二兄罷使遣馬歸延州〔一〕

空留三尺劍，不用一丸泥。〔二〕馬向沙場去，人歸故國來。笛愁翻隴水，酒喜瀝春灰。〔三〕錦帶休驚雁，羅衣向鬬鷄。〔四〕還吴已渺渺，入郢莫淒淒。〔五〕自是桃李樹，何患不成蹊？〔六〕

〔一〕唐時延州屬關内道，在京師東北六百三十一里。○「和」，二姚本作「賀」。

〔二〕二句言罷使後閑廢不用。後漢書：隗囂將王元説囂曰：「請以一丸泥爲大王東封函谷關。」

〔三〕隴水，隴頭流水曲，即隴頭吟也。文獻通考：鼓角横吹十五曲，有隴頭吟，亦曰隴頭水。酒初熟時，下石灰水少許，易于澄清，所謂灰酒。

〔四〕錦帶、羅衣，皆燕游之服，猶言緩帶輕裘之意。驚雁，用更嬴事。戰國策：更嬴謂魏王曰：「臣爲王引弓虚發而下鳥。」有間，雁從東方來，更嬴以弓虚發而下之。王曰：「然則射可至此乎？」更嬴曰：「此孽也，其飛徐而鳴悲。飛徐者，故瘡痛也；鳴悲者，久失群也。故痛未息，驚心未去，聞弦音烈而高飛，故瘡隕也。」庾肩吾詩：「驚雁避虚弓。」二句言既已罷使閑居，可以不必再習射事，且尚鬬鷄游戲之務，以寄其雄心。○「向」，吴本作「尚」。

〔五〕晉書：顧榮徵爲散騎侍郎，以世亂不應，遂還吴。入郢事未詳。

〔六〕漢書：桃李不言，下自成蹊。顔師古注：蹊，謂徑道也。言桃李以其花實之故，非有呼召，而人争歸趨，來往不絶，其下自然成徑。此用其意，謂既有其材，人將争用之矣，不必以一時之罷使爲戚。○「何患」，吴本、曾本作「何畏」。

答贈

本是張公子，曾名萼緑華。〔一〕沈香爇小像，楊柳伴啼鴉。〔二〕露重金泥冷，杯闌玉樹斜。〔三〕琴堂沽酒客，新買後園花。〔四〕

〔一〕玩全首詩意，是貴公子家新買寵妓宴客而作也。張公子喻貴公子，萼緑華喻寵妓。漢書：成帝時童謡曰：「燕燕尾涎涎，張公子，時相見。」其後帝爲微行出遊，常與富平侯張放俱。張公子謂富平侯也。真誥：萼緑華者，自云是南山人，不知是何山也。女子年可二十上下，青衣，顔色絶整。以升平三年十一月十日夜降羊權家，自此往來，一月之中，輒四五過來耳。云：本姓楊。贈權詩一篇，并致火浣布手巾一條，金玉條脱各一枚。神女語權：「君慎勿泄我，泄我則彼此獲罪。」訪問此人，云是九疑山中得道女羅郁也。宿命時，曾爲師母毒殺乳婦元州，以先罪未滅，故令謫降于臭濁，以償其過。今在湘東山，此女已九百歲矣。此妓想曾爲女冠，故以蕚緑華比之。

〔二〕以小像對啼鴉，則「像」字當是「象」字之訛。長吉宫娃歌内亦有「象口吹香」之句。蓋肖象形作薰爐，今時尚有此式。吴正子注云：小像，香器也。其説甚是而欠明，餘注皆誤。古樂府：「暫出白門前，楊柳可藏烏。歡作沉水香，儂作博山爐。」長吉演作對句，以喻相依而不能離之意。

〔三〕露重，夜深之候。金泥，是泥金衣。杯闌，酒闌也。「玉樹斜」者，醉而身體倚斜貌。以玉樹爲比者，即杜子美所謂「宗之瀟灑美少年，舉觴白眼望青天，皎如玉樹臨風前」也。

〔四〕「琴堂沽酒客」，謂司馬相如。相如善琴，其舊宅基址有琴臺故跡。琴堂即琴臺也。相如又嘗賣酒于臨邛，故以「琴堂沽酒客」稱之，而取之以喻貴公子。「後園花」以比寵妓。

題趙生壁

大婦然竹根，中婦舂玉屑。〔一〕冬暖拾松枝，日煙生蒙滅。〔二〕木蘚青桐老，石泉水聲發。〔三〕曝背卧東亭，桃花滿肌骨。〔四〕

〔一〕然竹根以供炊，舂米作粉以爲餌。玉屑，謂米粉細白有如玉屑。

〔二〕蒙滅，不明之狀。日光山氣相映，未即解散，若有若無，冬日最多此景。○「生」，吴本作「坐」，誤。

〔三〕生所居之處有古木流水之趣。木皮上生苔蘚，惟老木有之。○「石泉」，吴本作「石井」。

〔四〕古稱色如桃花，言其面色美好也。此言桃花滿肌骨，則遍體之色皆美好矣，所以言其頤養之善。○趙生蓋隱居自樂者也。所謂大婦、中婦，實指其家人而言。與樂府所稱「大婦織羅綺，中婦織流黄；小婦無所作，携琴上高堂」云云，迥然不同。舊注引以作證，而或且美其能截作兩句，爲詩家剥换法，皆非是。

感春

日暖自蕭條，花悲北郭騷。〔一〕榆穿萊子眼，柳斷舞兒腰。〔二〕上幕迎神燕，飛絲送百勞。〔三〕胡琴今日恨，急語向檀槽。〔四〕

〔一〕吕氏春秋：齊有北郭騷者，結罘網，捆蒲葦，織屨履，以養其母。庾信詩：「學異南宫敬，貧同北郭騷。」長吉有母而家貧，故以北郭騷自比。

〔二〕吳正子注：「萊子」當作「來子」。宋廢帝景和元年，鑄二銖錢，文曰「景和」。形式轉細，無輪郭不磨鑿者，謂之來子，尤輕薄者謂之荇葉。今謂榆莢似之。又宋書作「耒子」。如此則「耒」字誤作「來」，又轉誤作「萊」也。琦按：舊本昌谷集有作「菜」字者，亦誤。杜子美詩：隔户楊柳弱嫋嫋，恰似十五女兒腰。

〔三〕上幕，張幕也。月令：仲春之月，玄鳥至。至之日，以太牢祀于高禖。蓋古人以燕至爲祈嗣之候，上幕迎神燕，蓋是其事。謂之神燕，美其稱也。庾肩吾詩：金箔圖神燕。張華禽經注：鵙，伯勞也，狀類鶷鷎而大。左傳謂之「伯趙」。方言曰：孤鷄鳴則草衰。易通卦驗：伯勞性好單飛，其飛猣，其聲嗅嗅，夏至應陰而鳴，冬至而止。曹植惡鳥論：侍臣曰：「世人同惡伯勞之鳴，敢問何謂也？」王曰：「昔尹吉甫用後妻之説，殺孝子伯奇。吉甫後悟，追傷伯奇。出遊于田，見鳥鳴于桑，其聲噭然。吉甫心動，曰：『伯勞乎？』鳥乃撫翼，其音尤切。吉甫顧謂曰：『伯勞乎？是吾子，棲吾輿；非吾子，飛勿居。』鳥尋聲而棲于蓋，吉甫遂射殺後妻以謝之。」故俗惡伯勞之鳴，言所鳴之家必有凶也。此好事者附名爲之説，而今普傳惡之，斯實否也。伯勞以五月而鳴，應陰氣而動，陰爲賊害，蓋賊害之鳥也。其聲鵙鵙然，故俗憎之。若其爲人災害，愚人之所信，通人之所略也。燕來主吉祥，故迎之；伯勞鳴主有凶兆，故送之。想長吉居處風俗有此言，故云。送者，遣去之義。飛絲事未詳。

〔四〕昔人謂琵琶即是胡琴。考岑參白雪歌云：「中軍置酒飲歸客，胡琴琵琶與羌笛。」則胡琴、琵琶乃二物也。又琵琶，據傅玄賦：漢遣烏孫公主嫁昆彌，念其行道思慕，故使工人裁箏筑爲馬上之樂，欲從方俗語，故曰琵琶。杜摯云：「長城之役，弦鼗而鼓之。」是琵琶本不起胡中，謂之胡琴，當不其然。考唐時有五弦琵琶一器，如琵琶而小，北國所出。舊以木撥彈，樂工裴神符初以手彈，太宗悦甚。後人習爲搊琵琶。唐人所謂胡琴，應是五弦琵琶耳。檀槽，謂以紫檀木爲琵琶槽。張祜詩「金屑檀槽玉腕明」，王建詩「黄金捍撥紫檀槽」，王仁裕詩「紅裝齊抱紫檀槽」是也。

仙人

彈琴石壁上，翻翻一仙人。手持白鸞尾，夜掃南山雲。鹿飲寒澗下，魚歸清海濱。當時漢武帝，書報桃花春。〔一〕

〔一〕仙人居山澤間，養静守閑，悠然自得，如鹿之飲于寒澗，魚之歸于清海。藏身遠害，與世事漠不相與，乃其宜也。奈何生當漢武帝之時，聞其志慕神仙，招致方術，遂不能守其恒志，而上書以報桃花之春。悟道修真之士，應不如是。姚經三謂元和朝，方士輩競趨輦下，帝召田伏元入禁中。詩爲此輩而作，良不誣也。鸞色五采而多紫，爲瑞應之鳥。其色多青者爲青鸞，多白者爲白鸞，皆仙禽也。以鸞尾爲帚，故可以掃雲。作麈尾解者，非是。澗曰寒澗，海曰清海，爲熱鬧場中渾濁世界作一對證。桃花春者，謂王母仙桃，三千年一開花，三千年一結實，届當其時，以爲求之而可得也。○「翻翻」，曾本作「翩翩」。

河陽歌〔一〕

染羅衣，秋藍難着色。〔二〕不是無心人，爲作臺卬客。〔三〕花燒中潬城，顔郎身已老。惜許兩少年，抽心似春草。〔四〕今日見銀牌，今夜鳴玉讌。牛頭高一尺，隔坐應相見。〔五〕月從東方來，酒從東方轉。觥船飫口紅，蜜炬千枝爛。〔六〕

〔一〕唐時河南府東北有河陽縣，相去八十里。行水金鑑：今懷慶府孟縣西有河陽廢縣。

〔二〕羅衣染色，初非難事，乃有時而難着色。以喻兩美相遇，初無難合，而有時不能相合。蓋詩之興而比者也。

〔三〕言其人來爲河陽客者，不是無心而來，蓋有所爲而來也。吴正子曰：臺卬，疑爲臨卬，用司馬相如爲臨卬令客事。

〔四〕花燒，謂花盛開其色如燒也。潬音「但」，水中沙渚也。廣韻：河陽縣南有中潬城。泊宅篇：河陽三城，其中城曰中潬。黄河兩派，貫于三城之間。秋水泛溢時，南北二城皆有濡足之患，惟中潬屹然如故。相傳此潬隨水高下，若所謂地肺浮玉者。一統志：河陽三城在河南懷慶府孟縣西南，舊有三城。按北齊書：神武使潘樂鎮北城，即舊北中府城，今下孟州是；高永樂守南城，今孟津是；中潬城，今夾灘是。舊傳宋嘉祐八年秋，爲大水憑襄，中潬城遂廢，今河中之郭家灘是其故處。漢武故事：顏駟不知何許人，漢文帝時爲郎。至武帝輦過郎署，見駟厖眉皓髮，上問曰：「叟何時爲郎？何其老也？」對曰：「臣文帝時爲郎，文帝好文而臣好武；至景帝好美而臣貌醜；陛下即位，好少而臣已老。是以三世不遇，老于郎署。」上感其言，擢拜會稽都尉。蕭子顯詩：「皆笑顏郎老，盡訝董公超。」詩言花方盛開，而客年已老。乃見兩少年女子而惜許之，心生憐愛，有若春草之心勃發而起。〇「中潬」，一作「中誕」，誤。「惜許」，曾本、二姚本作「昔許」。

〔五〕自「今夜鳴玉讌」以下，至末聯，皆預擬席中之事。曾謙甫注：唐官妓佩銀牌，刻名其上。國語：王孫圉聘于晉，定公享之，趙簡子鳴玉以相。鳴玉讌，謂鳴玉佩而佐讌也。牛頭，酒巵。陸德明莊子音義：犧尊，王肅云刻爲牛頭。〇「鳴玉」，一作「烏玉」，非。

〔六〕觥船，酒觥之大者，故以船名之。太平廣記：裴弘泰次第揭座上小爵，以至觥船，凡飲皆竭。見乾𦠆子。又杜牧詩：「觥船一棹百分空。」飫者，厭飽之意。着此似不稱，當是「沃」字之訛。蜜炬，即蠟炬也。蜂采花蘂，醞釀成蜜，其房如脾，謂之蜜脾。蜜脾之底爲蠟，可以爲燭。然蠟與蜜，古人亦渾稱之。如賈公彥周禮疏言，燎燭之狀，以布纏之，以蜜塗其上。西京雜記：南越王獻高帝蜜燭三百枚。是皆以蠟爲蜜也。〇姚經三注：此賀再過河陽，見向來所狎官妓而作云云。蓋以「惜許」作「昔許」，而遂創爲此解。夫「惜」、「昔」二字，固難別其孰真孰舛，然以三十未及之年，而遽以老顏郎自比，恐擬非其倫也。當是有客于河陽之人，年甲已過，風情不減，見少年官妓而愛戀者，長吉嘲調而作此詩歟？

花遊曲 并序

寒食諸王妓遊，賀入座，因採梁簡文詩調賦花遊曲，與妓彈唱。〔一〕

春柳南陌態，冷花寒露恣。今朝醉城外，拂鏡濃掃眉。煙濕愁車重，紅油覆畫衣。〔二〕舞裙香不暖，酒色上來遲。〔三〕

〔一〕曾本、姚仙期本「寒食」下多一「日」字。

〔二〕煙，謂雨之極細，摇颺空中似煙者。楊士佳注：紅油，幕也。畫衣，妓女之衣，以紅油幕覆之，防雨濕也。

〔三〕第三句已説「醉」字，末句復云「酒色上來遲」，蓋以天氣尚寒，醉色不易即現于面，故遲遲而後上也。

春晝

朱城報春更漏轉，光風催蘭吹小殿。草細堪梳，柳長如綫。卷衣秦帝，掃粉趙燕。〔一〕日含畫幕，蜂上羅薦。平陽花塢，河陽花縣。〔二〕越婦搘機，吴蠶作繭。菱汀繫帶，荷塘倚扇。〔三〕江南有情，塞北無限。〔四〕

〔一〕朱城，紫禁也。更漏轉，言夜漏盡而天曉也。光風，見一卷注。樂府古題要解有秦王卷衣曲，言咸陽春景及宫闕之美，秦王卷衣以贈所歡也。掃粉，謂勻粉也，與上首畫眉爲掃眉之義相同。趙燕，趙飛燕也。趙后外傳：飛燕姊弟事陽阿主家爲舍直，專事膏沐澡粉，其費無所愛。

〔二〕曾謙甫注：漢平陽公主治花塢，號平陽塢。然未詳出何書。白帖：潘岳爲河陽令，種桃李花，人號曰河陽一縣花。

〔三〕搘，拄也。織機欲得平實而不摇動，故欲織者必先搘其機也。菱絲初出，浮漾似帶；荷葉已長，圓大似扇。按：蠶入夏而繭始成，荷入夏而葉始大。以二事寫入春晝似欠切。

〔四〕此篇言同一春晝，而其中人地各有不同。「朱城報春」六句，是宮禁中之春晝；「日含畫幕」四句，是富貴家之春晝；「越婦搘機」四句，是田野間之春晝；至于江南，則爲有情之春晝；塞北則爲寂寥之春晝。景以人而異，時以地而殊，萬有不齊之致，正未易盡其形容。「無限」字稍晦，似爲歇後語，吴本作「無恨」，更費解，而韻亦不叶，尤非。

安樂宮〔一〕

深井桐烏起，尚復牽清水。未盥邵陵瓜，瓶中弄長翠。〔二〕新成安樂宮，宮如鳳凰翅。歌迴蠟板鳴，左悺提壺使。〔三〕緑蘩悲水曲，茱萸别秋子。〔四〕

〔一〕太平寰宇記：安樂宮在武昌縣西北，水路二百四十里。吴黄武二年，築宮于此。赤烏十三年，取武昌材瓦繕修建業，遂停廢。王僧虔技録：相和歌瑟調二十八曲中，有新城安樂宮行。樂府古題要解：新城安樂宮，備言雕飾刻鏤之美。長吉此詩，則爲憑吊慨嘆之作。姚經三曰：此借梁、陳舊宮名，以吊安樂公主。按：安樂公主，中宗愛女。恃寵驕横，所營第宅及安樂佛廬，皆憲寫宮省而工緻過之。又嘗奪臨川長公主宅以爲第，旁撤民廬，怨聲囂然。第成，禁藏空殫。姚説或是。

〔二〕宫中之井已爲民間所汲，見宫室敗壞。桐即井邊所植桐樹，樹上所棲之烏飛起，乃天曉之候。邵陵瓜，即召平瓜也。史記：召平者，故秦東陵侯。秦破，爲布衣。貧，種瓜于長安城東，瓜美，故世俗謂之東陵瓜，從召平以爲名也。然不曰召平瓜，不曰東陵瓜，而曰邵陵瓜，蓋字訛也。未盥，未及盥也。汲此水者將以盥洗瓜果，乃未盥之時，而見其瓶内之清泚，言其井源之甘潔。弄者，摇動之意。長翠，清水色。○「深井」，一作「漆井」。「尚復」，一作「尚服」。「清水」，曾本、二姚本皆作「情水」。「邵陵瓜」，吴本作「邵陵王」，而以「瓜」字爲非，甚誤。

〔三〕言今日之安樂宫雖已毁敗，迴思此宫新成之時，形勢高昂，有若鳳凰布翅之狀。室中歌聲宛轉，拍板徐鳴，雖以天子親信之宦者，亦來給提壺使令之役。蓋極言盛時景象。徐文長注：蠟板，以蠟研光拍板也。後漢書宦者列傳：左悺，河南平陰人。桓帝初爲小黄門史，以誅梁冀功遷中常侍，封上蔡侯。此借其名以爲宦侍之稱。○「新成」，曾本、二姚本俱作「新城」。「左悺」，一作「大綰」，誤。

〔四〕虆，白蒿也，似青蒿而葉粗，上有白毛，從初生至枯，白于衆蒿。潘尼詩：「緑虆被廣隰。」傅亮登凌囂館賦：「悴緑虆于清渚。」蓋謂之白蒿者，以較之青蒿爲少白耳。其本色終是淡緑，故文人又稱之爲緑虆也。吴本以「虆」字作「繁」字，蓋古字通用，辨見二卷中。悲，言草木憔悴之狀。本草：蘇頌曰，茱萸，木高丈餘，皮青緑色，葉似椿而闊厚，紫色。三月開紅紫細花，七八月結實似椒子，嫩時微黄，熟則深紫。别者，謂其子墮落。詩意當日歌吹盈耳，中使傳觴之地；今則徒見野卉閑葩，摇落于荒池敗苑之中而已。感嘆之意，皆自古詩麥秀、黍離二首化出。

蝴蝶舞〔一〕

楊花撲帳春雲熱，龜甲屏風醉眼纈。東家蝴蝶西家飛，白騎少年今日歸。〔二〕

〔一〕二姚本作「蝴蝶飛」。

〔二〕「龜甲屏風醉眼纈」，解見二卷惱公注中。白騎，白馬也。典略曰：黑山黄巾諸帥，謂騎白馬者爲張白騎。

梁公子

風采出蕭家，本是菖蒲花。〔一〕南塘蓮子熟，洗馬走江沙。〔二〕御牋銀沫冷，長簟鳳窠斜。〔三〕種柳營中暗，題書賜館娃。〔四〕

〔一〕二句言其家世之美。梁書：太祖獻皇后張氏，嘗于室内忽見庭前菖蒲生花，光采照灼，非世間所有。后驚視問侍者曰：「見否？」對曰：「不見。」后曰：「常聞見者當富貴。」因取吞之，是月産高祖。按：所稱梁公子必蕭姓，以其爲蕭梁後裔，故謂之梁公子耳。

〔二〕二句言其意興之豪。古西洲曲：採蓮南塘秋，蓮花過人頭。低頭弄蓮子，蓮子清如水。○「沙」，曾本、二姚本俱作「涯」。

〔三〕二句言其服用之精。御牋，牋之佳好可以供御者。銀沫，灑銀屑于上，堆起如水上浮沫者。潘岳詩：「長簟竟牀空。」是「長簟」乃牀上所施之簟。唐時有獨窠綾、兩窠綾。所謂窠者，即團花也。鳳窠，織作團花爲鳳凰形者耳。

〔四〕二句言其行樂之韻。晉書：陶侃鎮武昌，嘗課諸營種柳。蓋公子所往之地是江夏武昌之所，故用種柳營事。太平寰宇記：越絶書云，吴人于硯石山置館娃宫。劉逵注：吴都賦引揚雄方言云，吴有館娃宫。按：吴人呼美女爲娃，故三都賦云：「幸乎館娃之宫中，張女樂而宴群臣。」今吴縣有館娃鄉。按：種柳營、館娃鄉不在一處。且止用「館娃」二字，本意謂館娃中美人耶？然終是歇後語氣。愚意「館娃」疑是營妓之别稱，與吴郡之館娃宫了無干涉。想公子爲人，必自誇工書，而又好狹邪之遊者，故以此贈之。

牡丹種曲

蓮枝未長秦蘅老，走馬馱金斸春草。〔一〕水灌香泥却月盆，一夜緑房迎白曉。〔二〕

美人醉語園中煙，晚花已散蝶又闌。〔三〕梁、王老去羅衣在，拂袖風吹蜀國弦。〔四〕歸霞帔拖蜀帳昏，嫣紅落粉罷承恩。〔五〕檀郎、謝女眠何處？樓臺月明燕夜語。〔六〕

〔一〕宋玉風賦：獵蕙草，離秦蘅。李善注：秦，香草也。蘅，杜蘅也。范子計然曰：秦蘅出于隴西天水，芳香也。按：秦蘅至牡丹開時已老，不知是何花，決非杜蘅。杜蘅雖是芳草，然其花殊不足觀，難與蓮枝、牡丹爲伍。走馬馱金，吴正子以爲馬負鍬鍤之屬以斸掘者，非也。夫鍬鍤而安事馬馱乎？姚仙期謂唐時牡丹甚貴，不惜多金以買之。按：白居易詩：「共道牡丹時，相隨買花去。一叢深色花，十户中人賦。」柳渾亦有詩云：「近來無奈牡丹何，數十千錢買一窠。」國史補：京師貴游，尚牡丹三十餘年矣。每春暮，車馬若狂，以不耽玩爲恥。執金吾鋪官圍外寺觀，種以求利，一本有直數萬者。觀此三則，則姚氏之説是也。春草，即指牡丹，謂亦是春草之類。走馬馱金而往者，只掘此春草而歸，以見一時好尚之奢。

〔二〕古有却月城、却月障，蓋其形似月之半缺者也。花盆似之，故謂之却月盆。緑房，花之蕊也。花未開時，其苞房皆緑色。迎白曉，謂迎天曉而花放也。

〔三〕宴飲已久，侍酒美人漸作醉語。園中晚煙徐起，花瓣披離，蝶又盡歇，賞花者將去之候。散，落也。闌，希也，盡也。

〔四〕二句舊注皆無解，惟姚仙期注謂花謝而種仍在。愚意梁、王當是二妓之姓，羅衣亦是妓女之名，皆善于歌吹者。梁、王雖然衰老，羅衣今在席中，拂袖臨風而吹蜀國弦之曲，以娱賓客，有將去而尚流連意。蜀國弦，樂府曲名，詳見一卷注中。

〔五〕吴正子注：帔拖，帳額也。則歸霞作帳額上雲霞解。又歸霞或是晚霞，而帔拖爲霞影離披拖曳解，與下文「昏」字更襯得起。「帔」字亦有「披」音，即作「披」字解者。或「帔」字原是「披」字之訛也。蜀帳，遮花之幕，以蜀中所出布帛爲之，故曰蜀帳。嫣紅落粉，花色衰敗之喻。罷承恩，謂宴罷也。

〔六〕檀郎、謝女，即賞花之人。宴罷而去，醉眠何處？花畔之樓臺頓然冷静，明月依然，惟聞燕語而已。吴正子注：檀奴，潘安小字，後人因目曰檀郎。謝女，舊注以爲謝道韞，蓋以才子才女並稱耳。然唐詩中有稱妓女爲謝女者，大抵因謝安石畜妓而起，始稱謝妓，繼則改稱謝女，以爲新異耳。○「樓臺」，曾本、二姚本作「樓庭」。

後園鑿井歌〔一〕

井上轆轤牀上轉，水聲繁，弦聲淺。〔二〕情若何？荀奉倩。〔三〕城頭日，長向城頭住。一日作千年，不須流下去。〔四〕

〔一〕晉書：拂舞歌詩淮南王篇云：「淮南王，自言尊。百尺高樓與天連，後園鑿井銀作牀，金瓶素綆汲寒漿。汲寒漿，飲少年，少年窈窕何能賢？揚聲悲歌音絶天，我欲渡河河無梁。願作雙黄鵠，還故鄉。還故鄉，入故里，徘徊故鄉，苦身不已。繁舞奇歌無不泰，徘徊桑梓遊天外。」長吉此詩略祖其義，而名與調及辭意皆變焉。蓋爲夫婦之相愛好者，思得長相依也。

〔二〕廣韻：轆轤，圓轉木也。今井上圓木轉繩，懸汲器以取水者是。牀，井欄也。弦，即汲水之繩。水聲與弦聲相和而成音，以比男女相配而成好合。

〔三〕裴松之三國志注：荀粲字奉倩。常以婦人者才智不足論，自宜以色爲主。驃騎將軍曹洪女有美色，粲于是聘焉。容服帷帳甚麗，專房歡宴。歷年後，婦病亡。傅嘏往唁粲，粲不病而神傷。嘏問曰：「婦人才色並茂爲難。子之娶也，遺才而好色，此自易遇。今何哀之甚？」粲曰：「佳人難再得，顧逝者不能有傾城之色，然未可謂之易遇。」痛悼不能已，歲餘亦亡。

〔四〕欲夫婦長得相守而不老也。

開愁歌〔一〕

秋風吹地百草乾，華容碧影生晚寒。我當二十不得意，一心愁謝如枯蘭。衣如飛鶉馬如狗，臨岐擊劍生銅吼。旗亭下馬解秋衣，請貰宜陽一壺酒。〔二〕壺中喚天雲

不開，白晝萬里閒凄迷。主人勸我養心骨，莫受俗物相填豗。〔三〕

〔一〕花下作。○「花下」，舊本作「筆下」，誤。

〔二〕荀子：子夏貧，衣若懸鶉。後漢書：車如鷄棲馬如狗。史記集解：西京賦曰，旗亭五重。薛綜注：旗亭，市樓也。立旗于上，故取名焉。漢書高帝紀：嘗從王媪、武負貰酒。顏師古注：貰，賒也。舊唐書：河南府福昌縣，本隋宜陽縣。義寧二年置宜陽郡，領宜陽、黽池、永寧三縣。武德元年，改宜陽郡爲熊州，改宜陽縣爲福昌縣。

〔三〕醉後叫天，天亦不知；浮雲蔽塞，白晝凄迷。當此不堪爲懷之際，賴有主人相勸，養此心骨，待時而行，莫爲俗物填塞其中，先自失其本體也。壺中，即醉中之意。吴正子注：玉篇、廣韻無「豗」字，止有「豗」字，同「灰」音。唐音統籤云：豗即「豗」字，音「灰」，相擊也。填豗，寫俗物填塞心胸之意也。琦按：字書既無此字，則爲訛寫無疑。曾本、姚經三本俱作「嗔欺」。愚意或是「嗔詼」二字，謂受俗人之嗔怪詼笑。未知合否？○「壺中唤天雲不開」，曾本、姚經三本作「酒中唤雲天不開」。

秦宫詩 并序

漢秦宫，將軍梁冀之嬖奴也。秦宫得寵内舍，故以驕名大譟于人。予撫舊

而作長辭，辭以馮子都之事相爲對望。又云昔有之詩。〔一〕

越羅衫袂迎春風，玉刻麒麟腰帶紅。樓頭曲宴仙人語，帳底吹笙香霧濃。〔二〕人間酒暖春茫茫，花枝入簾白日長。飛窗複道傳籌飲，十夜銅盤膩燭黄。〔三〕禿襟小袖調鸚鵡，紫繡麻鞵踏哮虎。斫桂燒金待曉筵，白鹿清酥夜半煮。〔四〕桐英永巷騎新馬，内屋深屏生色畫。開門爛用水衡錢，卷起黄河向身瀉。〔五〕皇天厄運猶曾裂，秦宫一生花底活。鸞篦奪得不還人，醉睡氍毹滿堂月。〔六〕

〔一〕後漢書：梁冀愛監奴秦宫，官至太倉令，得出入冀妻孫壽所。壽見宫輒屏御者，托以言事，因與私焉。宫内外兼寵，威權大振，刺史二千石皆謁辭之。漢書：霍光愛幸監奴馮子都，常與計事。及顯寡居，與子都亂。長吉以古樂府羽林郎一首言馮子都事，而秦宫事古未有詠者，故作此詩與之作對。而又有云者，昔已有人作此題者矣。○曾本、姚仙期本「漢」字下多一「人」字，唐文粹本「漢」字在「宫」字下。

〔二〕三國志：景初元年，帝遊後園，召才人以上曲宴極樂。胡三省曰：曲宴，禁中之宴，猶言私宴也。又曰：内宴于宫中謂之曲宴。仙人語，謂人之望見者，疑以爲仙也。香霧濃，謂香氣濃郁似霧。○「衫袂」，一作「夾衫」。「香霧」，一作「煙霧」。

〔三〕史記：上從複道望見諸將。裴駰注：如淳曰，複音「復」，上下有道故謂之複道。○「人間」，一作「人開」。吴正子注：「傳籌」，一作「傳頭」者，非。杜詩：「杯行不計籌。」「十夜銅盤」，一作「半夜朦朧」，一作「午夜朦朧」，姚經三本作「卜夜銅盤」。愚意晝飲不足，繼之以夜；夜宴未終，又預治曉筵。沉湎之狀，一串説下。則「半夜」、「午夜」皆是。作「十夜」者，非也。

〔四〕調，調習而使之知人意也。䩖音「遐」，履也。廣韻：䩖，履跟後帖也。「調鸚鵡」，言宮多精細事；「踏哮虎」，言宮能服强暴。深論之，以鸚鵡喻孫壽，宮能得其歡心；以哮虎喻梁冀，宮能柔其粗猛。斫桂，言其以桂爲薪；燒金，言其以金爲釜。述異記：鹿千五百年化爲白，是不易得之物。而以充口腹之味，則餘之山珍海錯重疊羅列者，舉一而具見矣。○「麻䩖」，吴正子云：見唐文粹兩本作「霞」，一本作「䩖」。言踏虎，則麻䩖必履舄屬，作「霞」恐或訛。然琦所見文粹本又有作「遐」者，更訛。「哮虎」一作「唬虎」，一作「吼虎」。「清酥」，吴本作「青蘇」。「夜半」，一作「夜來」。

〔五〕吴正子注：桐英，桐花也，永巷所植。詩經正義：王肅曰，今後宮稱永巷，是宮内道名也。三輔黄圖：永，長也。永巷，宮中之長巷。陳仁錫曰：宮中長廡相通曰永巷。生色畫，謂畫之鮮明，色像如生者。漢書：以水衡錢爲平陵徙民起第宅。應劭曰：水衡，天子私藏也。「卷起黄河向身瀉」，言其用之無節，若卷黄河之水而瀉之，以見無所愛惜之意。向身，是爲己一身而用。此句本是足上句「爛用」二字之意。吴正子注以爲，言其權勢足以翻河倒海，而遂己之貪欲。另作一意者，非也。正子又謂：秦宮止得幸于冀家，非得幸于大內。今「永巷騎新馬」，「爛用水衡錢」等説，如鄧通、董偃之流，若議其非是者。琦按：冀以貴戚可以出入禁中，宮亦隨之出入禁中。人主之私錢，冀得擅自盗用，宮即盗之以爲己用。專權據位，目無天子如梁冀，其寵奴亦敢妄作妄爲，勢所必至，不可以尋常正論疑之也。○「新馬」，一作「主馬」。「深屏」，一作「珍屏」。

〔六〕晉書：惠帝元康二年二月，天西北大裂。案劉向説：天裂，陽不足；地動，陰有餘。篦，所以去髮垢，以竹爲之，侈者易以犀象、瑇瑁之類。鸞篦，必以鸞形象之也。廣韻：聲類曰，氍毹，毛席。通俗文曰：織毛褥謂之氍毹。説文：氍毹、毾㲪，皆氈緂之屬。上四句言宮之得寵于冀，此四句言宮之得寵于壽。鸞篦戲奪，醉睡氍毹，寫小人恃寵驕肆，竟忘主父爲何物，誰寔階之厲歟？

古鄴城童子謡效王粲刺曹操〔一〕

鄴城中，暮塵起。探黑丸，斫文吏。〔二〕棘爲鞭，虎爲馬。團團走，鄴城下。切玉劍，射日弓。獻何人，奉相公。〔三〕扶轂來，關右兒。香掃塗，相公歸。〔四〕

〔一〕一本少「刺」字。

〔二〕漢書尹賞傳：長安中奸滑浸多，閭里少年，群輩殺吏。受賕報仇，相與探丸爲彈，得赤丸者斫武吏，得黑者斫文吏，白者主治喪。城中薄暮塵起，剽劫行者，死傷横道，枹鼓不絶。

〔三〕切玉劍，見一卷注。射日弓，用羿射日事，見後四卷注。

〔四〕知有相公，不知有天子。

楊生青花紫石硯歌〔一〕

端州石工巧如神，踏天磨刀割紫雲。〔二〕傭刓抱水含滿唇，暗灑萇弘冷血痕。〔三〕紗帷晝暖墨花春，輕漚漂沫松麝薰。〔四〕乾膩薄重立脚匀，數寸光秋無日昏。〔五〕圓毫促點聲静新，孔硯寬頑何足云！〔六〕

〔一〕李肇國史補：端溪紫石硯，天下無貴賤通用之。端溪硯譜：李賀有端州青花石硯歌。蓋自唐以來，便以青眼爲上，黄、赤爲下。○吴注云：京本無「紫」字，曾本、二姚本少「青花」二字。

〔二〕端溪硯譜：端州治高要縣，自唐爲高要郡。郡東三十三里有山曰斧柯，在大江之南。蓋靈羊峽之對山也，峻峙壁立，下際潮水。自江之湄登山，行三四里，即爲硯巖也。先至者曰下巖，下巖之中有泉出焉，雖大旱未嘗涸；下巖之上曰中巖；中巖之上曰上巖；自上巖轉山之背曰龍巖。龍巖，蓋唐取硯之所。後下巖得石勝龍巖，龍巖不復取。龍巖石色深紫眼少。又舊硯譜：端石，水中石，其色青；山半石，其色紫；山極頂者，尤潤，如猪肝色者佳。據二譜言之，則唐時端硯取自山頂之龍巖，其下巖水中之石尚未取用。所謂「踏天磨刀割紫雲」，是登最高山頂而取其紫色之石，一如登天而割紫雲。吴正子謂踏天言水中之天。端巖之下，四時水浸，硯工取石皆于水中鑿取，故曰踏天。説非不巧，然是宋時取硯之法，似非確證。

〔三〕傭，齊也。刓，刻也。齊其所刻之池，而注水滿中。「暗灑萇弘冷血痕」，謂硯中有碧色眼也。其眼或散布有似花葩之象，故曰青花。否則其時尚無諸眼之名，故謂之青花未可知。硯譜：端石有眼者最貴，謂之鸜鵒眼。永叔以端溪爲後出，不然也。李賀有端州青花石硯詩云「暗灑萇弘冷血痕」，則謂鸜鵒眼，知端石爲硯久矣。莊子：萇弘死于蜀，藏其血，三年而化爲碧。

〔四〕漚，沫，皆水中細泡。輕漚漂沫，謂蘸少水以磨墨也。古墨以松煙爲之，中和以麝。薰，香也。

〔五〕言以墨磨其上，則乾處、膩處、薄處、重處，其墨脚皆勻静。數寸中光色皎潔如秋陽之鏡，白無纖毫昏翳，言其發墨也。○「光秋」，姚經三本作「秋光」。

〔六〕「圓毫促點聲静新」，美石質細緻，以筆試之，其聲細静，不傷毫穎。大凡硯石之發墨者，多損筆。上文已言其發墨，此句又言其不損筆，硯石之美可知矣。初學記：伍緝之從征記曰，孔子牀前有石硯一枚，作甚古朴，蓋孔子平生時物。因楊生一硯，而以孔硯爲不足云，太無忌憚。杜牧之惜其不能少加以理也，然唐之詩人往往如此。姚經三注：以孔硯爲孔方平之歙硯，蓋爲長吉護短耳。殊不知歙硯後五代李後主時方見珍于世，前此安有所謂孔方平之歙硯哉？○「寬頑」，姚仙期本作「寬碩」。

房中思

新桂如蛾眉，秋風吹小緑。〔一〕行輪出門去，玉鑾聲斷續。〔二〕月軒下風露，曉庭自幽澀。誰能事貞素？卧聽莎鷄泣。

〔一〕新生桂葉，其嫩緑之色，如閨人所畫蛾眉之色。梅妃詩所謂「桂葉雙眉久不描」也。其葉尚小，故曰小緑。

〔二〕張衡思玄賦：鳴玉鑾之嚶嚶。章懷太子注：鑾，鈴也，在鑣。

石城曉〔一〕

月落大堤上，女垣棲烏起。〔二〕細露濕團紅，寒香解夜醉。〔三〕女、牛渡天河，柳煙滿城曲。〔四〕上客留斷纓，殘蛾鬬雙緑。〔五〕春帳依微蟬翼羅，横茵突金隱體花。〔六〕帳前輕絮鵝毛起，欲説春心無所似。〔七〕

〔一〕統志：石城在湖廣安陸州城西北，古有女子名莫愁者居此。樂府所謂「莫愁在何處？莫愁石城西」者是也。長吉此詩，專爲娼女曉起將别之况，故題曰石城曉，與樂府所傳石城樂一章不同。

〔二〕月落烏飛，天曉之景。

〔三〕團紅，花也。有露潤之，其香甚寒，嗅之可以解夜來之醉。

〔四〕織女、牽牛，夜來相會，至曉亦分别渡河，復歸本位。天暗未曉，柳色不甚分明；既曉，則見其濃緑如煙，滿于城曲之中矣。〇吴正子注：「女牛」，京本作「石子」。

〔五〕斷纓，舊注引説苑「楚莊王飲酒，命群臣盡絶冠纓」事，與此似無涉。按：内則「衿纓綦履」之文，解者以纓爲香囊。此蓋謂上客斷其香囊，留以贈别也。女子宿粧未理，其蛾眉猶是昨日所畫，故曰「殘蛾」。鬭者，蹙其兩眉，有似乎鬭，蓋不忍離別之況。

〔六〕白帖：蟬翼，羅名，謂羅之輕薄狀似蟬翼者。魏文帝詩：「絹綃白如雪，輕花比蟬翼。」吴邁遠詩：「羅衣飄蟬翼。」横茵，卧褥也。突金，金色鮮異有如突起。隱體花，謂暗花也。

〔七〕輕絮，柳絮也。庾信楊柳歌：「獨憶飛絮鵝毛下。」上客已去，卧具依然。此後春心蕩佚，不知又將誰屬。欲舉一物以擬，一時無有似之者，因觀飛絮而覺其相似。陳二如曰：無所似，言捨此則無所似，甚見其相似也。○「鵝毛」，吴本作「鶴毛」。

苦晝短

飛光飛光，勸爾一杯酒。〔一〕吾不識青天高，黄地厚，惟見月寒日暖，來煎人壽。食熊則肥，食蛙則瘦。〔二〕神君何在，太一安有？〔三〕天東有若木，下置銜燭龍。吾將斬龍足，嚼龍肉，使之朝不得迴，夜不得伏。自然老者不死，少者不哭。〔四〕何爲服黄金，吞白玉？〔五〕誰是任公子，雲中騎白驢？〔六〕劉徹茂陵多滯骨，嬴政梓棺費鮑魚。〔七〕

〔一〕沈約詩：飛光忽我遒。張銑注：飛光，日月光也。晉書：孝武帝末年，長星見于華林園。

舉酒祝之曰：長星勸汝一杯酒。

〔二〕熊掌及背中白脂，皆爲珍味，富貴者食之；蛙黽，粗味，貧賤者食之。埤雅：熊似豕，堅中，山居冬蟄。當心有白脂如玉，味甚美，俗呼熊白。冬蟄不食，飢則自舐其掌，故其美在掌。

〔三〕史記封禪書：是時上求神君，舍之上林中蹏氏館。神君者，長陵女子，以子死。見神于先後宛若。宛若祠之其室，民多往祠。平原君往祠，其後以尊顯。及今上即位，則厚禮置祠之内中，聞其言，不見其人云。又云：天子病鼎湖甚，巫、醫無所不致，不效。游水發根言上郡有巫，病而鬼神下之。上召置祠之甘泉。及病，使人問神君。神君言曰：「天子無憂病。病少愈，强與我會甘泉。」于是病愈，遂起，幸甘泉，病良已。大赦，置酒壽宫神君。壽宫神君最貴者太一，其佐曰大禁、司命之屬，皆從之。弗可得見，聞其言，言與人音等。時去時來，來則風肅然。居室帷中，時晝言，然常以夜。天子祓，然後入。因巫爲主人，關飲食。所以言，行下。又置壽宫、北宫，張羽旗，設供具，以禮神君。神君所言，上使人受書其言，命之曰「書法」。①其所語，世俗之所知也，無絶殊者，而天子心獨喜。其事秘，世莫知也。

〔四〕山海經：西北海外，大荒之中，有洞野之山。上有赤樹，青葉赤華，名曰若木。郭璞注：生崑崙西附西極，其花光赤下照地。楚辭：日安不到，燭龍何照？王逸注：天之西北有幽冥無日之國，有龍銜燭而留照之。是若木不在天東，而銜燭龍亦不在若木之下。又其銜燭而照者，乃是西北幽暗日月不照之地，與中國日月所照之處，若風馬牛之不相及。玩長吉詩意，以日有出没，遂成日月歲時；若日長在天不落，則無日月歲時，而人自然可以不死。「天東」當是「天西」之訛。「銜燭龍」當是指駕日車之六龍。淮南子：爰止羲和，爰息六螭，是謂懸車。注云：日乘車駕以六龍，羲和御之。日至此而薄虞泉，羲和至此而迴六螭。殆本此立説，而不覺其訛歟？○姚仙期本缺「使之」二字。

〔五〕抱朴子：經曰，服金者壽如金，服玉者壽如玉。又其書中有餌黄金方，及服玉諸法。○「服」，曾本、二姚本俱作「餌」。

〔六〕據文義，任公子是古仙人騎驢上昇者，然其事無考。舊注引投竿東海之任公子解，上句引以紙爲白驢之張果解，下句牽扯無當。○「誰是」，曾本、姚經三本作「誰似」。「白驢」，吴本作「碧驢」。

〔七〕劉徹，漢武帝姓名。死葬茂陵。嬴政，秦始皇姓名。史記：始皇崩于沙邱平臺。丞相斯謂上崩在外，恐諸公子及天下有變，乃秘之，不發喪。棺載轀凉車中，故幸宦者參乘，所至上食。百官奏事如故，宦者輒從轀凉車中可其奏事。遂從井陘抵九原。會暑，上轀車臭，乃詔從官令車載鮑魚一石，以亂其臭。行從直道至咸陽，發喪。禮記：天子之棺四重，水兕革棺被之，其厚三寸，杝棺一，梓棺二。此詩大旨雖以「苦晝短」爲名，其意則言仙道渺茫，求之無益而已。

①蔣按：據史記封禪書，「書」應作「畫」字。

章和二年中〔一〕

雲蕭索，田風拂拂，麥芒如篲黍如粟。〔二〕關中父老百領襦，關東吏人乏詬租。〔三〕健犢春耕土膏黑，菖蒲叢叢沿水脉。〔四〕殷勤爲我下田租，百錢携償絲桐客。〔五〕遊春漫光塢花白，野林散香神降席。〔六〕拜神得壽獻天子，七星貫斷姮娥死。〔七〕

〔一〕吴正子注：按晉書樂志，此題乃古鞞舞曲第二章。魏改章和二年中爲太和有聖帝，晉改爲天命。章和，漢章帝年號也。詩大意言時和歲豐，吏戢民安無事，賽神以祝君壽也。

〔二〕韻會：蕭索，縈紆貌。漢志：蕭索輪囷是謂慶雲。篲，掃帚也。麥芒如篲，謂其穗之大而多，有如篲也。黍是稷之粘者，粟是粱之細者。黍大而粟細。黍如粟，似言顆粒之多亦如粟耳。〇「田風」，一本無「田」字。

〔三〕説文：襦，短衣也。父老有百領之襦，足以見無凍餒之患；吏人無催租詬詈之聲，足以見民間之殷實。

〔四〕説文：犢，牛子也。國語：土膏其動。韋昭曰：膏，土潤也。土有肥則色黑。菖蒲沿水而生，見雨暘時若，不虞夫旱，亦不虞乎水也。

〔五〕殷勤，見其急于還租之意。還租之外，尚有贏餘，以百錢酬彈唱之客，以爲娱樂。○「租」，一作「鉏」。

〔六〕漫光，謂春光遍漫也。塢，山阿也。散香，焚香以請神，其氣散布也。神降席，神來而止于所供之席也。

〔七〕時和年豐，百姓安樂，皆天子聖德所致。故願獻無疆之壽于天子，使得長享天位，而我民蒙其利樂，亦得長享無疆之澤。七星在天，屈曲相次，若有繩貫之者，而終古不移動。七星之貫無斷理，姮娥之壽亦無死期。以此爲祝，則其壽尚何終盡哉？毛馳黄曰：李太白「蒼梧山崩湘水竭」，張文昌「菖蒲花開月長滿」，李長吉「七星貫斷姮娥死」，俱是決絶語，遺詞絶工。○「姮娥」，姚仙期本作「嫦娥」。

春歸昌谷

束髮方讀書，謀身苦不早。終軍未乘傳，顔子鬢先老。〔一〕天網信崇大，矯士常慅慅。〔二〕逸目駢甘華，羈心如荼蓼。〔三〕旱雲二三月，岑岫相顛倒。誰揭頳玉盤，東方發紅照。〔四〕春熱張鶴蓋，兔目官槐小。〔五〕思焦面如病，嘗膽腸似絞。〔六〕京國心爛漫，夜夢歸家少。〔七〕發軔東門外，天地皆浩浩。〔八〕青樹驪山頭，花風滿秦道。宮臺光錯落，裝畫遍峰嶠。細緑及團紅，當路雜啼笑。〔九〕香氣下高廣，鞍馬正華耀。獨乘鷄棲車，自覺少風調。〔一〇〕心曲語形影，祗身焉足樂！豈能脱負擔？刻鵠曾無兆。〔一一〕幽幽太華側，老柏如建纛。龍皮相排戛，翠羽更蕩掉。驅趨委憔悴，眺覽强笑貌。花蔓閡行輈，縠煙暝深徼。〔一二〕少健無所就，入門媿家老。〔一三〕聽講依大樹，觀書臨曲沼。知非出柙虎，甘作藏霧豹。〔一四〕韓鳥處繒繳，湘鯈在籠罩。〔一五〕狹行無廓路，壯士徒輕躁。〔一六〕

〔一〕漢書終軍傳：軍年十八，至長安上書言事。武帝異其文，拜軍爲謁者、給事中，使行郡國，建節東出關，所見便宜以聞。又高帝紀：田横乘傳詣洛陽。顔師古注：傳者，若今之驛。古者以車謂之傳車，其後又單置馬謂之驛騎。家語：顔回，魯人，字子淵，年二十九而髮白，三十一而死。

〔二〕曹植與楊修書：「吾王于是設天網以該之，頓八紘以掩之。」蓋言其收羅賢傑，如以網網取之也。極言其大，謂之天網。矯士，謂士之强直者。爾雅：慅慅，勞也。詩意謂朝廷搜取賢才，其網非不高且大，而若己矯矯强直之士，終日勞勞，竟不能爲所收用。○「慅慅」，曾本、二姚本作「騷騷」。

〔三〕逸目，縱目也。騈，聯也。言放眼而觀，雖甘美華彩之物，並陳于前，無如羈旅之中，心事不堪。荼，苦菜也。蓼，木蓼也。荼味苦，蓼味辛，故取以喻心之苦辛。

〔四〕時值天旱，故以其雲爲旱雲。呂氏春秋：「旱雲煙火。」「岑岫相顛倒」者，言旱雲之狀似之。頳玉，紅玉也。李太白詩：「顔如頳玉盤。」此則指言曉日之狀似之。

〔五〕劉楨魯都賦：「蓋如飛鶴，馬如游龍。」劉孝標廣絶交論：「鶴蓋成陰。」官槐兔目，已見二卷勉愛行注。

〔六〕史記：越王句踐反國，乃苦身焦思，置膽于坐，坐卧即仰膽，飲食亦嘗膽也。曰：「汝忘會稽之恥耶？」長吉奚事嘗膽？大抵言愁腸絞結，有似嘗膽之況。故作倒裝句法者，一以爲上句之對，一以爲韻脚之押耳。

〔七〕在京國之中應酬大不易，心事紛擾，無暇念及家事，即夜夢歸家之時亦少，槩可知矣。以上言在京之無益，而動歸與之念也。

〔八〕以留京爲苦，故出東門外，乃覺天地間如此浩浩廣大，何爲留滯此方？楚辭：朝發軔于蒼梧。王逸注：軔，搘輪木也。馮衍顯志賦：發軔新豐兮裴回鎬京。章懷太子注：軔，止車木也，將行故發之。

〔九〕一統志：驪山在陝西臨潼縣東南二里，因驪戎所居故名。山之麓温泉所出，唐玄宗更名昭應山。上有驪山老母廟。山左肩曰東繡嶺，右肩曰西繡嶺。秦道，謂秦地往來之大道。宫臺，謂驪山上下宮殿臺榭，如華清宮、集靈臺、按歌臺、舞馬臺之屬，光彩錯落，遍于峰嶠之間，有如裝畫。細緑，樹草之葉；團紅，則其花也。啼，謂花葉之帶露如啼；笑，謂花葉之含日似笑也。「官臺」二句，承上驪山而言；「細緑」二句，承上花風而言。

〔一〇〕香氣，遊人之香氣，即指鞍馬華耀者而言。高廣，謂郊野之中，地高且廣可以盤桓宴坐者。爾雅「廣平曰原，高平曰陸」是也。後漢書：諺曰：「車如鷄棲馬如狗，疾惡如風朱伯厚。」北齊書：崔儦學識有才思，風調甚高。北史：崔昂有風調才識。○「香氣」，曾本、二姚本俱作「香風」。

〔一一〕心曲，謂心中委曲處。詩秦風：「亂我心曲。」衹身，謂此身也。「豈能脱負擔」，謂未能脱往來奔走之勞。左傳：「弛于負擔。」刻鵠，用馬援誡兄子書中事，書云：「龍伯高敦厚固慎，口無擇言，謙約節儉，廉公有威。吾愛之重之，願汝曹效之。效伯高不得，猶爲謹敕之士，所謂刻鵠不成，尚類鶩者也。」長吉蓋用其事，謂學爲謹飭之士，却亦不見有佳處。兆，吉也。○吴正子本作「刻鶴」，引李抱真刻鶴服羽衣習乘之，非是。

〔一二〕初學記：郭緣生述征記及華山記云：山下自華岳廟列柏南行十一里。纛，軍中大旗也。柏木枝幹，亭亭直上，以建纛擬之，形狀絶肖。皮老而皴文紐裂，故比之以龍皮；葉細而緑色鮮好，故比之以翠羽。驅馳趨走，委實憔悴。眺覽之中，忽遇好景，心目爲之開爽，遂乃强作笑貌。閡，與「礙」同，隔閡也。輈，車前曲木上鈎衡者，亦謂之轅。縠，紗也。縠煙，煙之輕薄有似乎縠者也。徼，境也，又小路也。花蔓或與車轅縈拂，如相阻閡；遠煙起于深徼，如天色將暝之狀。皆眺覽中所見之景。以上十二韻俱述歸途之景，以下五韻述歸家之事。○「笑貌」，吴本作「容貌」。

〔一三〕家老，謂一家之尊長。淮南子：家老異飯而食，殊器而享。

〔一四〕説文：柙，檻也，以藏虎兕。列女傳：南山有玄豹，霧雨七日而不下食者何也？欲以澤其毛而成文章也，故藏而遠害。

〔一五〕此二句喻世間名士，入于世網而不能自適者。韓鳥，吴正子以爲即韓馮鳥，解見前惱公注中。琦謂當是韓地所産之鳥耳。繒繳，乃「矰繳」之訛。鄭玄周禮注：結繳于矢謂之矰。賈公彦疏：繳則繩也。謂結繩于矢以弋射鳥獸。史記集解：韋昭曰，繳，弋射也，其矢曰矰。韻會：白鰷，魚名。陸佃云：形狹而長若條，性浮似鱠而白，或作「儵」。莊子：儵魚出遊。琦按：以鰷作「儵」，蓋省筆耳，古文多有之。湘儵，謂湘水中之儵也。籠，捕魚器也。罩亦謂之籗，編細竹爲之，用以掩取魚者。韓鳥湘鰷，當是實有所指。其人一在古韓地境内，一在楚地湘水之濱，爲人所羈縻籠縶，欲去而不能者。故以矰繳籠罩爲言，而嗟其失所也。

〔一六〕行，步也。廓，大也。言人之狹步而行，以無廓大之路故耳。雖有壯士，心生輕躁，亦屬無益。我之歸昌谷以言旋者此耳。○「廓路」，吴本、曾本俱作「廓落」。

昌谷詩〔一〕

昌谷五月稻，細青滿平水。遥巒相壓疊，頽緑愁墮地。〔二〕光潔無秋思，凉曠吹浮媚。〔三〕竹香滿凄寂，粉節塗生翠。〔四〕草髮垂恨鬢，光露泣幽淚。〔五〕層圍爛洞曲，芳徑老紅醉。〔六〕攢蟲鎪古柳，蟬于鳴高邃。〔七〕大帶委黄葛，紫蒲交狹涘。〔八〕石錢差復藉，厚葉皆蟠膩。〔九〕汰沙好平白，立馬印青字。〔一〇〕晚鱗自遨遊，瘦鵠暝單峙。〔一一〕嘹嘹濕姑聲，咽源驚濺起。〔一二〕紆緩玉真路，神娥蕙花裏。〔一三〕苔絮縈澗礫，山實垂頳紫。〔一四〕小柏儼重扇，肥松突丹髓。〔一五〕鳴流走響韻，壠秋拖光穟。〔一六〕鶯唱閔女歌，瀑懸楚練帔。〔一七〕風露滿笑眼，駢巖雜舒墜。〔一八〕亂篠迸石嶺，細頸喧鳥毖。〔一九〕日脚掃昏翳，新雲啓華閟。〔二〇〕謐謐厭夏光，商風道清氣。〔二一〕高眠復玉容，燒桂祀天几。霧衣夜披拂，眠壇夢真粹。〔二二〕待駕棲鸞老，故宫椒壁圮。鴻瓏數鈴響，羈臣發涼思。〔二三〕陰藤束朱鍵，龍帳着魈魅。〔二四〕碧錦帖花檉，香衾事殘貴。〔二五〕歌塵蠧木在，舞綵長雲似。〔二六〕珍壤割繡段，里俗祖風義。〔二七〕鄰凶不相杵，疫病無邪祀。〔二八〕鮐皮識仁惠，丱角知靦恥。〔二九〕縣省司刑官，户乏詬租吏。〔三〇〕竹藪添墮簡，石磯引鉤餌。〔三一〕溪灣轉水帶，芭蕉傾蜀紙。〔三二〕岑光晃縠襟，孤景拂繁事。〔三三〕泉樽陶宰酒，月眉謝郎妓。〔三四〕丁丁幽鐘遠，矯矯單飛至。〔三五〕霞巘殷嵯峨，危溜聲争次。〔三六〕淡蛾流平碧，薄月眇陰悴。〔三七〕涼光入澗岸，廓盡山中意。〔三八〕漁童下宵網，霜禽竦煙翅。〔三九〕潭鏡滑蛟涎，浮珠噞魚戲。〔四〇〕風桐瑶匣瑟，螢星錦城使。〔四一〕柳綴長縹帶，篁掉短笛吹。〔四二〕石根緣緑蘚，蘆筍抽丹漬。〔四三〕漂旋弄天影，古檜拏雲臂。〔四四〕愁月薇帳紅，罥雲香蔓刺。〔四五〕芒麥平百井，閒乘列千肆。〔四六〕刺促成紀人，好學鴟夷子。〔四七〕

〔一〕五月二十七日作。○吴本、姚經三本無此注。

〔二〕遠山重叠，狀如傾頽，故愁其墮地。

〔三〕所見景物皆光潤潔净，不似秋時之象。風氣涼曠，百物遇其吹動皆浮媚可觀。浮媚，猶嫵媚也。

〔四〕竹節邊微有白粉。生翠，謂其翠色鮮明。

〔五〕細草稠生，如鬢髮之垂零；露沾其上，如淚珠之將滴。董懋策曰：「竹香」四句遥對。

〔六〕層層圍轉，爛然入目：或開豁如山洞，或宛轉成曲路，乃芳徑之老紅醉也。老紅，花之紅而將萎者。醉，倚斜傾側之態。

〔七〕攢，簇聚也。鎪音「蒐」，雕刻也。謂古柳中蠹蟲群聚，而鎪蝕其木也。高邃，謂樹木高而深遠之處。

〔八〕古詩有黄葛篇。葛之莖葉皆青，以其皮漚練作絺綌，始成黄色。謂之黄葛者，以蔓草中有白葛、紫葛、赤葛諸名，故以此别之耳。「大帶委黄葛」，謂葛莖蔓垂而下，若大帶之垂于地者然。「委」字用曲禮「主佩倚則臣佩垂，主佩垂則臣佩委」之義。蓋微俯則佩倚于身，小俯則佩垂，大俯則佩委于地也。紫蒲，水中蒲草，嫩時之葉紅白色，已詳見二卷注中。涘音「士」，亦音「以」，水涯也。○「大帶」，吴本作「天帶」，誤。

〔九〕石錢，石上苔蘚圓生如錢者。差，参差不齊也。藉，重疊相次如枕藉也。厚葉，草葉之厚大者。蟠，盤結也。膩，肥大也。○「厚葉」，吴本作「重葉」。

〔一〇〕韻會：汰，或作「汏」。説文：汏，淅瀾也。徐曰：水激過也，音與「代」同。沙土爲水漫流而過，則平鋪潔白，有似淘汰也。「立馬印青字」，似謂馬立草間，離合斷續相配，彷彿印成字形。青謂草色也。吴正子謂馬身上所印之字。按唐六典有諸監馬印。凡諸監馬駒，以小「官」字印印左膊，以年辰印印右髀，以監名依左右廂印印尾側。若形容端正，擬送尚乘者，則不須印。監名至二三歲起，脊量强弱，漸以「飛」字印右膊。細馬、次馬，俱以龍形印印項左。送尚乘者，于尾側依左右閑印以三花。其餘雜馬，上乘者以「風」字印印左膊，以「飛」字印印右髀。經印之後，簡入别所者，各以新入處監名印印左頰。官馬賜人者，以「賜」字印。

配諸軍及充傳送驛者，以「出」字印，並印于右頰。此是官馬之印。若民間私牧，其印各有記別。長吉所見之馬，適有印「青」字者，遂以入詠未可知。然語義俱稚拙，不應出自才人筆底。董懋策謂此狀立馬之跡，與杜工部「六印帶宮字」不同，蓋亦不從吴解。然走馬之跡，可以辨其成字與否，馬尚立而不動，安能知其跡之如字乎？

〔一一〕晚鱗，將暮而浮游之魚也。鶬即鶴也，古書或有通用者。「暝單峙」，天色將暝，鳥漸歸飛，惟有瘦鶴獨峙立而不動也。○「峙」，吴本作「跱」，義同。

〔一二〕姑，螻蛄也。穴土而居，下濕糞壤之中尤多，故曰濕姑。天晚則鳴。咽源，泉源流緩，觸石驚濺而起，其聲細澀，如人聲之幽咽者，以狀螻蛄之聲似之也。

〔一三〕玉真路，元注近武后巡幸路。琦按：文義當是往蘭香神女廟中之路，故謂之玉真路。玉真猶云玉女也。若指武后，恐未是。不云「自注」，而云「元注」，其非長吉自注可知矣。神娥，謂神女也。其祠廟之處必有蘭蕙羅生，故曰「神娥蕙花裹」。此是遥指其處。至「高眠」二聯，方是實言其處。

〔一四〕苔絮，水中緑苔，長弱似絮者。澗礫，澗中小石。山實，山中果實。

〔一五〕栢木中有側栢一種，其葉扁而側生，團欒成片，微風動揺，儼似扇形。重者，重疊相比也。突，流出意。松樹流出之脂皆黄白色，而謂之丹髓者，喻其爲道家服食之用，有如丹髓。龍虎經云：「丹髓流爲汞。」謂丹砂之液也。

〔一六〕嗚流，溪聲也。董懋策以光穟爲稻。按五月細青之稻，安得遽有穟生？蓋緣「秋」字之訛，「秋」當作「楸」。楸樹與梓相似，惟以木理爲別，理白者爲梓，理赤者爲楸。其樹高大，莖幹直聳可愛，其上結角狀如箸，長尺餘，下垂若綫，謂之楸綫。詩意謂隴上楸木，其綫下拖，光潔若稻之穟也。

〔一七〕鶯聲圓美，以憂閔女子歌聲相比，殊不類。錢飲光疑其當作「閩」字者，是也。蓋閩人語似鳥音，謂鶯之綿蠻巧唱，與閩女之歌甚似；且「閩」字與下句「楚」字正相對也。楚練，楚地所出白繒。「帔」有二音二義，作「轡」音讀者，遮肩背之衣也；作「披」音讀者，亦披字解也。今謂瀑流懸挂似楚練之帔，當作「披」字解；而上下叶韻，又當作「轡」音讀。黄山谷謂晉魏人作詩多借韻，長吉殆亦借韻耶？

〔一八〕「笑眼」，恐是「笑恨」之訛。笑恨與下句「舒墜」亦相對。風露及物，受其益者則喜，受其損者則恨也。山洞曰巖。駢巖，山洞之相並而列者，或舒張開豁，或傾墜頹敗也。姚經三本以「笑眼」作「眼笑」，蓋亦以「笑眼」難通故耳。

〔一九〕説文：篠，小竹也。吴正子注：細頸，謂鳥也。毖，泉始出貌。詩邶風：「毖彼泉水。」山鳥之中，有泉水流出，鳥群飛往飲，故喧鬧其中也。

〔二〇〕空中昏翳浮氣，在日下者，消滅已盡。其新起之雲，爲日光所映，華采璀錯可玩。閟，深也，雲氣深厚不淺薄也。

〔二一〕謐謐，清静貌。夏光，夏日之色，炎熱可畏，故厭之。歲華紀麗：秋風曰商風。時方夏五，而用秋時風名，殆以西風爲商風耳。

〔二二〕元注：谷與女山嶺阪相承，山即蘭香神女上天處也，遺几在焉。女山即女几山也。元和郡縣志：女几山在河南府福昌縣西南三十四里。高眠，謂静卧齋戒，將以進見于神也。復，白也，白己之心事也。玉容，即指神女而言。陸雲詩：仰瞻玉容。張銑注：玉容，謂容如玉也。燒桂，焚香也。天几，謂神女所遺之几，敬而稱之，故曰天几。霧衣，神女所服之衣也。神女之靈，或夜中來降，故眠于壇上，真心粹念，思得夢見。四句詠廟中之事，細玩有似今祈夢以卜休吉之象。○「復」，吴本作「服」。

〔二三〕元注：福昌宫在谷東。唐書地理志：河南府福昌縣有故隋福昌宫，顯慶二年復置。一統志：福昌宫在河南府宜陽縣西坊郭保，隋煬帝建。以下五聯皆指福昌宫而言。棲鸞，當是福昌宫中器物，如漢時建章宫之銅鳳凰，魏銅雀臺上之銅雀類。當時置此，原以待天子巡幸之駕。今巡幸久曠，棲鸞如昔，想其歷年故已長矣。藝文類聚：漢官儀曰，皇后稱椒房，以椒塗室，取温暖、除惡氣也。鈴，謂宫殿簷角上所懸之鈴。鴻瓏，其聲也。羈臣，羈旅之臣。凉思，凄凉之思。

〔二四〕鍵，門關也。王宫之鍵，故以朱塗之。無人啓閉，有藤延其上，若束其鍵者然。藤生室内，不見天日，故曰陰藤。龍帳，御帳有畫龍于上者也。魈，山魈也，生深山中，如人而一足，俗謂之獨脚仙，亦魍魎之類。說文：魅，老精物也。賈公彦周禮疏：魅，人面獸身而四足，好惑人，山林異氣所生，爲人害。室内久無人跡，乃爲異物所占。

〔二五〕桯，一名赤楊，一名觀音柳，今謂之西河柳。小幹弱枝，葉色嫩緑，狀如新柏，鮮翠可愛。「碧錦帖花桯」，謂花木無人翦伐，枝幹横斜，與窻壁所漫之碧錦相帖。姚仙期解上句以爲旛，劉須谿解下句謂異代而人事之，是皆以此數句猶説神女廟中事，而不知其爲説福昌宫中事也。疑當時福昌宫中，或有所供昏淫之祀，及貴嬪靈位設于其中，故有「龍帳着魍魅」及「香衾事殘貴」之語耳。

〔二六〕劉向别録：漢興以來，善雅歌者，魯人虞公，發聲清哀，遠動梁塵。李義府詩：鏤月成歌扇，裁雲作舞衣。詩意謂清歌久歇，故塵滿藼梁之上而不動；艷舞無人，僅存綵服，有似長雲而已。

〔二七〕珍壤，謂地土珍貴，人競購買，有如割錦繡段也。風義，淳風高義。以下四聯言昌谷風俗之美。

〔二八〕禮記：鄰有喪，春不相。鄭康成注：相，謂送杵聲。鹽鐵論：古者鄰有喪，春不相杵，巷不歌謡。

〔二九〕釋名：九十曰鮐背，背有鮐文也。郭璞爾雅注：鮐背，背皮如鮐魚。邢昺疏：舍人曰，老人氣衰，皮膚消瘦，背若鮐魚。詩齊風：總角丱兮。毛萇傳云：總角，聚兩髦也。丱，幼穉也。

朱子云：丱，兩角貌。韻會：丱，束髮貌；角，頭髻也。琦按：丱角，童子之稱。髮始長，總而結之以爲兩角，故曰總角。丱則狀其總角之貌，如「丱」字之形。此蓋因字形而釋其義如此。靦，面慙也。○「鮐皮」，曾本、二姚本作「鮐文」。

〔三〇〕見昌谷之民，不好争訟，不少王稅。

〔三一〕古者以竹爲簡，用以寫書。昌谷之竹多而成藪，可以製之爲簡，以添修古簡之墮敗者。○「鈎」，一作「紉」。

〔三二〕芭蕉葉大光滑，可以書字。觀其欹傾之狀，無異蜀紙。

〔三三〕山光明晃，與紗縠衣襟相映。孤日之景將落，可以掃除一切繁事，猶「日入群動息」之意。

〔三四〕泉樽，即有酒如泉之意。晉陶潛好酒，嘗爲彭澤令，故曰陶宰酒。梁武帝詩：「容色玉耀眉如月。」謂眉之灣環，狀如初月也。謝安携妓東山，故詩人有謝妓之目；而稱安爲謝郎欠妥。

〔三五〕矯矯，高舉貌。單飛，孤飛之鳥。

〔三六〕霞巘，山石赤黑如雲霞之色。殷，當作于閑切，與「黯」音同，赤黑色也。嵯峨，高峻貌。危溜，泉之自高而直下，不平流，遇有激石，則聲起；石有層次，致水聲亦有層次如争鳴也。

〔三七〕淡蛾，月也。平碧，夜色清明也。薄，侵也。眇陰，微雲也。月至二十七日，夜半後方出于卯地，其狀亦如蛾眉，流行于碧天之上，而爲微雲所侵，見者心意悴然爲之不快。

〔三八〕廓，開爽之意。

〔三九〕霜禽，鳥之白色者，鷗、鷺之屬。

〔四〇〕潭水深處，多有蛟龍居之。蛟龍不可見，有時見涎沫浮出，知其下有蛟龍潛矣。昌谷中或有龍潭在焉，故云。一卷中之南園詩，有「松溪黑水新龍卵」句，可以互證。韻會：噞，魚口動貌。增韻：魚口上見貌，讀作「嚴」聲。魚每日未出及日入後，群于水面出口吸水，久則噴出之，累累如珠。

〔四一〕風吹桐木，作聲悲涼，如鼓瑶匣中之瑟。螢飛往來，有似天星之流行。錦城使，用使星向益州事。華陽國志：李郃爲郡候吏，和帝遣使者二人微行至蜀，宿郃候舍，郃爲出酒夜飲露坐。郃問曰：「君來時，寧知二使何日發耶？」二人怪問之，郃指星言曰：「有二使星入益部。」錦城即益州也。成都志云：以山川明麗，錯如錦繡，故曰錦城。

〔四二〕綴，連也。柳條下垂，有似青色之長帶連綴其上。掉，摇也。竹聲與短笛聲殊不似，此特言其形質相類耳。作聲音解者，大誤。

〔四三〕丹漬，水之渾濁作紅色者。

〔四四〕漂，浮也。「旋」當作「漩」，回泉也。檜樹，松身而柏葉，性耐寒，其材大而多壽。「挐雲臂」者，其幹亭亭直上，無旁枝相附，莖葉皆叢于頂間，有似臂形，而極言其高爲挐雲也。

〔四五〕薇帳，薔薇交延，叢遮若帳也。韻會：罥，挂也，讀作「狷」音。香蔓，蔓生而有刺之花也。

〔四六〕芒麥，麥之有芒者。平百井，言其廣而盛也。禮記：唯社丘乘共粢盛。鄭康成注：丘，十六井也，四丘六十四井，曰甸，或謂之乘。乘者，以其車賦出長轂一乘。正義曰：丘乘者，都鄙井田也。九夫爲井，四井爲邑，四邑爲丘，四丘爲乘。肆，市鬻之舍也；又官府造作之處，亦謂之肆。詩意謂其閑空不耕之地有一乘之廣，其中則列爲千肆，言其屋室之多也。按：古者地方一里爲井，井中之田九百畝，百井則爲地百里，爲田九萬畝矣。乘得六十四井之地，約計其田亦五萬七千六百畝。昌谷中未必有此，姑侈言之耳。

〔四七〕刺促，詳見一卷注。成紀人，長吉自謂，李氏系出隴西成紀，故云。「好學鴟夷子」，言欲隱居此地，不復出而仕宦也。史記：范蠡浮海出齊，變姓名，自謂鴟夷子皮，耕于海畔苦身戮力。○吳正子注：本傳言長吉旦出乘馬，奚奴背古錦囊自隨，遇有所作，投入囊中。其未成者，夜歸足成之。今觀此篇可驗。蓋其觸景遇物，隨所得句，比次成章，姸蚩雜陳，斕斑滿目，所謂天吳紫鳳，顛倒在短褐者也。○「成紀人」，曾本、二姚本作「成幾人」，不成文句。

銅駝悲〔一〕

落魄三月罷，尋花去東家。〔二〕誰作送春曲？洛岸悲銅駝。橋南多馬客，北山饒古人。〔三〕客飲杯中酒，駝悲千萬春。生世莫徒勞，風吹盤上燭。〔四〕厭見桃株笑，銅駝夜來哭。〔五〕

〔一〕陸機洛陽記：銅駝街有漢鑄銅駝二枚，在宫之南四會道。頭高九尺，頭似羊，頸似馬，有肉鞍，夾路相對。俗語云：「金馬門外聚群賢，銅駝陌上集少年。」言人物之盛也。

〔二〕漢書：酈食其家貧，落魄無衣食業。鄭氏曰：魄，音「薄」。應劭曰：落魄，志行衰惡貌。顏師古曰：落魄，失業無次也。

〔三〕橋南，行樂之地。馬客，騎馬尋春之客也。北山，殯葬之處。古人，已死人也。

〔四〕古怨詩行：百年未幾時，奄若風吹燭。

〔五〕史通：今俗文士謂鳥鳴爲啼，花發爲笑。

自昌谷到洛後門

九月大野白，蒼岑竦秋門。〔一〕寒凉十月末，雪霰濛曉昏。〔二〕澹色結晝天，心事填空雲。〔三〕道上千里風，野竹蛇涎痕。〔四〕石澗凍波聲，鷄叫清寒晨。强行到東舍，解馬投舊鄰。〔五〕東家名廖者，鄉曲傳姓辛。杖頭非飲酒，吾請造其人。〔六〕始欲南去楚，又將西適秦。襄王與武帝，各自留青春。〔七〕聞道蘭臺上，宋玉無歸魂。緗縹兩行字，蟄蟲蠹秋芸。爲探秦臺意，豈命余負薪？〔八〕

〔一〕大野，曠野也。白者，草木零落，遥望地上，均作白色也。張協七命：「據蒼岑而孤生。」蒼岑，山之蒼然多樹木者。竦峙兩旁，有似門闕。因在秋時，故曰秋門。舊注以洛陽之宜秋、延秋二門爲釋，蓋以爲即洛後門耳，不知首五聯皆言未到洛時事也。

〔二〕一本「十」字作「交」字，蓋以昌谷至洛，程路只一百五十里，安有九月起行，至十月末方到之理？不知此聯是言在昌谷時事。九月中，在家無事，秋高氣爽如此。十月末，有事往洛，乃雪霰雜下，昏曉濛昧，如此豈非悶事。韻會：霰，説文：稷雪也。徐按詩「如彼雨雪，先集維霰」，郭璞謂雨雪雜下也。雪初作未成花，圓如稷米，直撒而下。陸佃云：閩俗謂之米雪，今名濇雪，亦曰濕雪，又曰粒雪。

〔三〕慘澹之色，結而不解，雖晝亦然，則不但曉昏時矣。而我之心事，亦如空中陰雲，填塞而不能解。

〔四〕千里風，大風也。野竹霑雨而凍，其痕有似蛇涎。

〔五〕道路之中，雪霰風冷若此，然不得不勉强而行。東舍是長吉在洛之舊居。

〔六〕左傳：畢萬筮仕于晉，遇屯之比，辛廖占之，曰：吉。杜預注：辛廖，晉大夫。世説：阮宣子常步行，以百錢挂杖頭，至酒店，便獨酣暢。此借用其事，而謂杖頭之錢非以飲酒，用以酬卜筮者耳。

〔七〕楚地有襄王，秦地有漢武帝，皆古來好文之主。留青春，猶云其名今日尚存，其人至今如在也。襄王喻當時藩鎮，武帝喻時君，意中不決，故造筮者卜之。

〔八〕上四句言去楚之意，下二句言適秦之意。風賦：「楚襄王遊于蘭臺之宮，宋玉、景差侍。」文選序：「詞人才子，則名溢于縹囊；飛文染翰，則卷盈于緗帙。」縹囊，謂以青白色之帛爲書囊；緗帙，謂以淺黄色之帛爲書衣。僅舉上二字以爲囊帙之稱，詩人往往有此。爾雅翼：仲冬之月芸始生。芸，香草也，謂之芸蒿，似邪蒿而香美可食，其莖幹婀娜可愛，世人種之中庭。故成公綏賦云「莖類秋竹，葉象春檉」是也。沈括曰：芸類豌豆，作小叢生，其葉極芳香。秋後，葉間微白如粉污，南人採置席下，能去蚤虱，今謂之七里香。古者，秘閣藏書置芸以辟蠹，故號爲芸閣。韻會：芸，説文，草也，似苜蓿。淮南説：芸草可以死復生。徐案：芸草著于衣書辟蠹，漢種之于蘭臺石室藏書之府。蟄蟲，謂藏匿書卷中之蟲。芸本辟蠹，今秋芸亦爲所蠹蝕，則書卷之不堪可知矣。詩意謂蘭臺之上，已無宋玉之流，所存書册，大抵半壞蠹魚，其地並無好文之顯者。楚地之行，可以絶想。今將西適秦地，必將有所遇合，豈令余窮困無聊，而至于負薪自給乎！

七月一日曉入太行山〔一〕

一夕繞山秋，香露溘蒙菉。〔二〕新橋倚雲阪，候蟲嘶露樸。〔三〕洛南今已遠，越衾誰

爲熟？〔四〕石氣何凄凄，老莎如短鏃。〔五〕

〔一〕元和郡縣志：太行山在懷州河内縣北二十五里。圖書編：太行山在懷慶府城北。其山西自濟源，東北接河内、修武、輝縣、林縣，至磁州界，綿亘數十里。峰谷巖洞，景物萬狀。雖各因地立名，然實皆太行，爲中州巨鎮。山西志：太行山跨山西、河南、直隸三省，形大而原遠，延袤千餘里不絶。地界中外，省畫東西，聳爲恒岳，融爲霍鎮，秀如中條，奇如五臺，險如三關。靈境名跡，隨地異稱，皆其支脉云。

〔二〕六月爲夏，七月爲秋，晦朔之間，僅隔一夕，而繞山已作秋色，謂時景之不同也。露本無香，草木得其潤澤而香氣發越，故曰香露。湋，依也。蒙，兔絲也。菉，王芻也。見爾雅釋草篇。

〔三〕説文：坡者曰陂，一曰澤障，一曰山脅也。雲阪，山深有雲氣生處之阪。候蟲，候時而鳴之蟲。鮑照詩：寒光蕭條候蟲急。樸，木之叢生者。阪際生雲，樸間凝露，皆是曉景。○「嘶」字，曾本、二姚本俱作「新」。上句甫下二「新」字，對句復用之，恐誤。

〔四〕洛南即昌谷山居。越衾，越布之衾。誰爲熟，志在早起而行，不能熟寐也。○「洛南」，姚仙期本作「洛陽」。「越衾」，姚經三本作「越禽」，謂越地來禽果，非是。

〔五〕爾雅翼：莎，莖葉都似三稜，根若附子，周匝多毛，大者如棗，近道者如杏人許，謂之香附子，一名雀頭香，合和香用之。

秋涼詩寄正字十二兄

閉門感秋風，幽姿任契闊。〔一〕大野生素空，天地曠肅殺。〔二〕露光泣殘蕙，蟲響連夜發。〔三〕房寒寸輝薄，迎風絳紗折。〔四〕披書古芸馥，恨唱華容歇。百日不相知，花光變涼節。〔五〕弟兄誰念慮，牋翰既通達。〔六〕青袍度白馬，草簡奏東闕。〔七〕夢中相聚笑，覺見半牀月。長思劇循環，亂憂抵覃葛。〔八〕

〔一〕幽姿，幽雅之姿，謂十二兄也。俗以久不相見爲契闊，與毛萇詩傳勤苦之訓不同。

〔二〕素空，秋氣清明貌。

〔三〕露沾蕙上，有如人淚。蟲聲夜以繼日，達旦不止。○「露光」，曾本、二姚本俱作「光露」。

〔四〕寸輝，燈也。薄者，不明貌。絳紗，謂帳帷類。後漢書：馬融常坐高堂，施絳紗帳，前授生徒，後列女樂。折者，因風而轉折也。

〔五〕花光，指春景。涼節，指秋時。

〔六〕牋翰，書信也。

〔七〕見十二兄爲正字之榮。正字官從九品，其服青色。度作騎乘解。草，謂造爲草稿也。簡，手版也。古者以竹爲牒，謂之簡。後世易之以紙，不可名以簡矣。而手板之類猶謂之簡，御史彈章謂之白簡，蓋沿古爲名耳。史記：蕭丞相營作未央宫，立東闕、北闕。○「白馬」，一作「瘦馬」。

〔八〕傅玄怨歌行：情思如循環，憂來不能遏。鮑照詩：憂來無行伍，歷亂如覃葛。詩周南：葛之覃兮，施于中谷。毛傳云：覃，延也，謂葛之蔓延也。

李長吉歌詩卷四

艾如張〔一〕

錦襜褕，繡襠襦。〔二〕强飲啄，哺爾雛。〔三〕隴東卧穟滿風雨，莫信籠媒隴西去。〔四〕齊人織網如素空，張在野田平碧中。〔五〕網絲漠漠無形影，誤爾觸之傷首紅。艾葉緑花誰剪刻？中藏禍機不可測。〔六〕

〔一〕按宋書：漢鼓吹鐃歌十八曲中有艾如張曲，其詞曰「艾而張羅，夷于吾行，成之四時和。山出黄雀亦有羅，雀以高飛奈雀何？」云云。野客叢書：艾如張，「艾」與「刈」同如訓。而古詞之意，謂芟除草木而張羅也。至温子昇所作則曰：「誰在閑門側？羅家諸少年。張機蓬艾側，結網槿籬邊。若能飛自勉，豈爲繒所纏？黄雀尚爲戒，朱絲猶可延。」是以艾爲蓬艾也。長吉「艾葉緑花」之句，亦沿其説，非古題本意。

〔二〕襜褕，蔽膝也。襠，袴也。襦，短衣也。皆人身所服。借喻鳥之羽毛。錦繡，喻羽毛之有綵色。○「襜」音近「詹」。「襦」音「如」。

〔三〕唐文粹作「强强啄食哺爾雛」，樂府詩集作「强强飲啄哺爾雛」。

〔四〕隴與「壠」同，田埒之高者。卧穟，五穀之穟，經風雨而偃仆者，以見儘有啄食之處。籠媒，取雛鳥畜之，長乃馴狎籠而置之壙野，得其鳴聲，以招集同類而掩取之。西京雜記：茂陵文固陽善馴野雉爲媒，用以射雉，是其事也。○「籠媒」，曾本、姚經三本作「良媒」，一作「龍媒」，非。

〔五〕「野田」，一作「野春」。

〔六〕以艾葉緑花剪刻之，而置于網之上下四旁。鳥以爲叢，薄而就之，則入死地。故曰「中藏禍機不可測」。徐文長曰：「緑花」當作「緣花」。蓋以「艾」字與古題異解，若以「緑」字作「緣」字，則「艾」字仍當同「刈」。刈去草葉以置網，而以花緣飾網上以紿鳥，另作一解。

上雲樂〔一〕

飛香走紅滿天春，花龍盤盤上紫雲。〔二〕三千宫女列金屋，五十弦瑟海上聞。〔三〕天江碎碎銀沙路，嬴女機中斷煙素。縫舞衣，八月一日君前舞。〔四〕

〔一〕古今樂録：上雲樂七曲，梁武帝製：一曰鳳臺曲，二曰桐栢曲，三曰方丈曲，四曰方諸曲，五曰玉龜曲，六曰金丹曲，七曰金陵曲。其詞皆言神仙之事。

〔二〕言宫禁之中香煙瑞彩，溢洋散布，有若五色斑龍盤旋而上，接于紫雲之中。二句一直聯下，不可作兩意説。春者，如春氣之融和，無不周遍。下文有八月一日之詞，不可實作「春」字解。

〔三〕漢武故事：武帝數歲，長公主抱置膝上，問曰：「兒欲得婦否？」指左右長御百餘人，皆曰：「不用。」指其女：「阿嬌好否？」笑對曰：「若得阿嬌，當作金屋貯之。」漢書：泰帝使素女鼓五十弦瑟，悲，帝禁不止。「海上聞」，謂遠至海上，猶得聞之，則近地無不聞也。〇「宫女」，一作「綵女」。

〔四〕曾謙甫注：天江，天河也。吴正子注：「天江」，一作「天河」。嬴女，謂織婦。借天河織女以比之。然謂之嬴女，殊不可曉。「八月一日」，吴正子引韋應物詩「世間綵翠亦作囊，八月一日仙人方」爲注。徐文長引金鏡節爲注，皆似不的。當是八月一日，宫庭將有慶會歌舞之事，宫人預爲習樂，其聲飄揚，遠聞于外。又見斷素裁縫，以製舞人之服而備用。長吉職隸太常，故得與聞其事而賦之如此。苟欲援古事以証，其失之也遠矣。〇「嬴女機中斷煙素，縫舞衣」，曾本、二姚本皆同吴本，作「嬴女機中煙素素，斷煙素，縫衣縷」，似非。

摩多樓子〔一〕

玉塞去金人，二萬四千里。〔二〕風吹沙作雲，一時渡遼水。〔三〕天白水如練，甲絲雙串斷。〔四〕行行莫苦辛，城月猶殘半。曉氣朔煙上，趢趗胡馬蹄。〔五〕行人臨水別，隴水長東西。〔六〕

〔一〕摩多樓子，樂府曲名，莫詳所自。大抵言從軍征戍之事。樂府收入雜曲歌辭中。吴正子曰：今諸本皆誤作「棲子」。

〔二〕謝莊舞馬賦：「乘玉塞而歸寶。」玉塞，玉門關也。太平寰宇記：玉門關在沙州壽昌縣西南一百十八里。霍去病開玉門關，通西道七十餘國。漢書地理志云：龍勒縣有玉門關，都尉治。西域傳云：東則接漢，扼以玉門、陽關。漢書：漢使驃騎將軍去病將萬騎出隴西，過焉耆山千餘里，得休屠王祭天金人。按：金人，當作休屠右地解，然「人」字終恐是書寫之訛。

〔三〕塞外多沙，風吹之成陳而起，遠望濛昧若雲氣。漢書地理志：大遼水出遼東塞外，南至安市入海，行千二百五十里。高誘淮南子注：遼水出碣石山，自塞北東流，直遼東之西南入海。○「風吹」，姚經三本作「風捲」。

〔四〕紉甲用雙綫貫之，今又斷矣，見行役勞苦之久。

〔五〕曾益注：天將曙，故朔煙隨曉氣而上。吳正子注：趢起音「鹿鏇」。東京賦：狹三王之趢起。薛綜注：趢起，局小貌。

〔六〕行人臨水而別，而水亦東西分流，不能同歸一處，以見觸景傷心之意。凡山脊之上有泉流出，東出者則歸于東，西出者則歸于西，勢必然也，不僅隴山之分水嶺爲然。且隴山地在中土，不在邊塞，此詩所謂隴水者，指所見岡隴之水而言，不謂隴頭之水也。又玉門關與休屠右地，相去未必有二萬四千里。而遼水遠在東北，與西域了不相干，乃長吉連類舉之若在一方者，蓋興會所至，初不計其道路之遠近而後修詞，學者玩其大意可也。○「隴水」，吳本作「隔隴」。

猛虎行

長戈莫舂，强弩莫抨。〔一〕乳孫哺子，教得生獰。〔二〕舉頭爲城，掉尾爲旌。〔三〕東海黄公，愁見夜行。〔四〕道逢騶虞，牛哀不平。〔五〕何用尺刀？壁上雷鳴。〔六〕泰山之下，婦人哭聲。〔七〕官家有程，吏不敢聽。〔八〕

〔一〕史記：魯敗翟于鹹，獲長狄僑如，富父終甥舂其喉，以戈殺之。服虔曰：舂，猶衝也。抨音「繃」。廣韻：抨，彈也。陳素子曰：莫者，乃莫能之詞。雖有長戈强弩，而莫能舂抨，其惡甚矣。○「强弩」，吴本作「長弩」。「抨」，一作「烹」，非。

〔二〕獰，惡也。

〔三〕論衡：「鮌爲諸侯，欲得三公，而堯不聽。怒甚，猛獸欲以爲亂。比獸之角可以爲城，舉尾以爲旌。」長吉此等句法，世所詫爲「牛鬼蛇神、鯨呿鰲擲」者也，而不知其蓋有所本，非出于杜撰。

〔四〕西京雜記：東海人黄公，少時爲術，能制蛇御虎。佩赤金刀，以絳繒束髮，立興雲霧，坐成山河。及衰老，氣力羸憊，飲酒過度，不能復行其術。秦末有白虎見于東海，黄公以赤刀往厭之，術既不行，遂爲虎所殺。

〔五〕毛萇詩傳：騶虞，義獸也。白虎黑文，不食生物，有至性之德則應之。淮南子：「昔公牛哀轉病也，七日化爲虎。其兄掩户而入，覘之，則虎搏而殺之。」言騶虞仁獸，不食生物，牛哀見之而心爲之不平，以其具虎之形，冒虎之名，而無虎食人之暴也。甚言其虎之殘虐，非仁德所能感化。

〔六〕刀之靈異者，風雨之夕往往能作嘯聲，所謂雷鳴亦其類也。人方畏虎，無能與角，雖有尺刀，但懸之壁間而無所用。刀作雷鳴，似憤人不能見用之意。然人終不肯用也，雖雷鳴又何用乎？○「尺刀」，曾本、二姚本作「刀尺」。

〔七〕檀弓：孔子過泰山側，有婦人哭于墓者而哀。夫子式而聽之，使子路問之曰：「子之哭也，一似重有憂者。」而曰：「然。昔者吾舅死于虎，吾夫又死焉，今吾子又死焉。」夫子曰：「何爲不去也？」曰：「無苛政。」夫子曰：「小子識之，苛政猛于虎也。」長吉用此，不過言虎之傷人纍纍，與苛政絶不相干。而舊注多云爲譏猛政而作者，非是。

〔八〕劉須溪注云：吏畏嚴刑，犯險穿虎而行，是謂不敢聽婦人之哭聲也。邱季貞注云：官家雖有程命捕虎，而吏不敢聽者，懼又傷于虎，是謂不敢聽官司之期限也。二説皆可，而邱注似優。

日出行

白日下崑崙，發光如舒絲。〔一〕徒照葵藿心，不照遊子悲。〔二〕折折黄河曲，日從中央轉。暘谷耳曾聞，若木眼不見。〔三〕奈爾鑠石，胡爲銷人？〔四〕羿彎弓屬矢，那不中足？令久不得奔，詎教晨光夕昏！〔五〕

〔一〕史記：崑崙，其高二千五百餘里，日月所相隱蔽爲光明也。

〔二〕曹植求通親親表：若葵藿之傾葉，太陽雖不爲之迴光，終向之者，誠也。

〔三〕河圖：河出崑崙，千里一曲，九曲入海。爾雅：河出崑崙墟，色白，所渠并千七百。一川色黄，百里一小曲，千里一曲一直。錢飲光曰：河流最急，猶九曲以逝。豈如日從中央取道甚直，更急于河，言去之速也。淮南子：暘谷榑桑在東方。高誘注：暘谷，日之所出也。楚辭：折若木以拂日。王逸注：若木在崑崙西極，其華照下地。

〔四〕楚辭招魂：十日代出，流金鑠石。王逸注：鑠，銷也。言東方有扶桑之木，十日並在其上，以次更行，其勢酷烈，金石堅剛皆爲銷釋也。○「奈爾」，二姚本作「奈何」。

〔五〕楚辭章句：淮南言，堯時十日並出，草木焦枯。堯令羿仰射十日，中其九日，日中九烏皆死，墮其羽翼。詩意謂羿已射中九日，此一日何不射中其足，令不得奔馳，可以長在天上。即古人長繩繫白日之意，與前苦晝短一篇意旨相類。○文苑英華作「羿能彎弓屬矢，那不中足？令烏不得翔，火不得奔，詎教晨光夕昏」。

苦篁調嘯引〔一〕

請説軒轅在時事，伶倫採竹二十四。伶倫採之自崑邱，軒轅詔遣中分作十二。伶倫以之正音律，軒轅以之調元氣。當時黄帝上天時，二十三管咸相隨。唯留一管

人間吹，無德不能得此管，此管沉埋虞舜祠。〔二〕

〔一〕吴正子注：樂府有調笑引。「笑」一作「嘯」。

〔二〕風俗通：黄帝使伶倫自大夏之西、崑崙之陰，取竹于嶰谷，生其竅厚均者，斷兩節而吹之，以爲黄鍾之管，制十二篇以聽鳳之鳴。其雄鳴爲六，雌鳴亦爲六。天地之風正，而十二律之，五聲于是乎生，八音于是乎出。史記五帝本紀：黄帝者，少典之子，姓公孫，名曰軒轅。封禪書：上曰：「吾聞黄帝不死，今有冢何也？」或對曰：「黄帝已仙上天，群臣葬其衣冠。」風俗通：昔章帝時，零陵文學奚景，于泠道舜祠下得笙，白玉管。知古以玉爲管，後乃易之以竹耳。◎此章以見于史傳實有之事，而雜以虚無荒誕之詞，似近乎戲，而實有至理在焉。唯留一管者，謂黄鍾一管，爲萬事之根本，其製可考而知也。無德不能得此管，謂非有聖賢之德，不能得此管之制度音律。其實此管尚在人間，人自不能知之耳，非竟無可考也。想當時新聲競作，上下之人，皆習聞之而溺好焉，任古律之日淪于亡，而不能正。長吉身爲協律郎，有掌和律吕之職，目擊其弊，思欲正之而作此詩歟？元遺山曰：七言長詩，于中獨一句九言，韋郎有此例，長吉亦有此例。蓋謂「軒轅詔遣中分作十二」之句是也。◎「崑邱」，曾本、二姚本作「崑崙」。

拂舞歌辭〔一〕

吴娥聲絶天，空雲閒徘徊。門外滿車馬，亦須生緑苔。〔二〕樽有烏程酒，勸君千萬壽。全勝漢武錦樓上，曉望晴寒飲花露。〔三〕東方日不破，天光無老時。〔四〕丹成作蛇乘白霧，千年重化玉井土。從蛇作土二千載，吴堤緑草年年在。背有八卦稱神仙，邪鱗頑甲滑腥涎。〔五〕

〔一〕晉書：拂舞出自江左，舊云吴舞。檢其歌，非吴辭也。琦按：拂舞者，持拂而舞，兼歌其辭也。古辭五篇：一曰白鳩篇，二曰濟濟篇，三曰獨禄篇，四曰碣石篇，五曰淮南王篇。長吉不言篇名，而但曰拂舞歌辭，鄭詩言謂撮其大意而爲之是也。

〔二〕淮南王古辭：「少年窈窕何能賢？揚聲悲歌音絶天。」絶天，言聲之高亮上及于天也。史記天官書：「絶漢抵營室。」索隱曰：「絶，過也。」此「絶」字亦當作此解。空雲徘徊，用秦青撫節安歌，響遏行雲事。「門外」句，見賓客來往之盛。「亦須」句，就車馬喧闐之時，逆嘆此地不久即生緑苔，所謂勝地不常，倏忽之間已成陳跡矣。

〔三〕李善文選注：盛弘之荆州記曰：渌水出豫章康樂縣，其間有烏程鄉，有酒，官取水爲酒，酒極甘美。吴地理志曰：吴興烏程縣若下酒有名。太平寰宇記：湖州烏程縣，按郡國志云，古有烏氏、程氏居此，能醞酒，故以名縣。方輿勝覽：烏程美酒，吴興新緑。秦時程林、烏巾二家，以釀美酒因得其名。三輔黄圖：武帝承雲表之露，和玉屑服之以求仙道。曾益注：全勝，言飲酒勝飲露也。○文苑英華「漢武」作「漢舞」，「晴寒」作「晴空」。

〔四〕日出東方，使常在其所而不西墮，則天光無晝無夜，常得如此，安得有老時耶？然此乃必無之理，日不能常在天而不落，人又安能長在世間而不死耶？破者，謂日將墮時，先没其下體，漸漸虧蔽，猶物之圓者忽破也。老時，謂日暮時。

〔五〕碣石篇古辭曰：「神龜雖壽，猶有竟時。騰蛇乘霧，終爲土灰。」此詩後六句全用其語。背有八卦，邪鱗頑甲，指龜而言也，而上下不露一「龜」字，何乃晦澀至此？其間似有訛缺。郭茂倩樂府詩集本作「千年重化玉井龜，從蛇作龜二千載」，一本作「千年重化玉井龜。玉井龜，二千載」云云。按：上文「時」字只一韻，今以「龜」字聯上作二韻，似屬可從。○此詩首言聲色之娱，轉眼成空，幸有酒在尊，正可樂飲。想漢武帝有志神仙，飲雲表之露以求長生，終竟不得。我今日飲酒自樂，豈不遠勝之乎？觀之于天，不能常晝而不夜，而人可知矣。即物中之多壽者，皆稱龜蛇，浸假而化爲蛇，能乘雲霧而遊，殆至千歲之後，終亦必死而化爲土灰；又浸假而化爲神龜，雖能行氣導引，歷久不死，見稱于神仙之流，然而鱗則邪鱗，甲則頑甲，腥涎滑濁，終是異類，亦焉足貴耶！大旨總言長生不可求，即求得長生，亦無可羨可貴之處，不如及時行樂爲是之意。○「二千載」，一作「一千載」，文苑作「三千載」。「緑草」，文苑作「春緑」，姚仙期本作「陸草」。「背有」，文苑作「背文」。

夜坐吟〔一〕

踏踏馬蹄誰見過？眼看北斗直天河。〔二〕西風羅幕生翠波，鉛華笑妾顰青娥。〔三〕爲君起唱長相思，簾外嚴霜皆倒飛。〔四〕明星爛爛東方陲，紅霞稍出東南涯，〔五〕陸郎去矣乘斑騅。〔六〕

〔一〕樂府有夜坐吟，始于鮑照。

〔二〕夜深之候。

〔三〕陸機詩：「蘭室接羅幕。」張銑注：「羅幕，羅帳也。」風吹羅帳，閃閃而動，有若水波之狀，見室中寂静之意。鉛華，粉也，婦人傅粉靚粧，本爲悦己者容；今所歡不來，深夜顰青蛾而坐，無人見憐，鉛華亦應見笑矣。○「青娥」，姚經三本作「青蛾」。

〔四〕長相思，樂府曲名。嚴霜倒飛，見歌聲之妙。○「起唱」，曾本、二姚本俱作「起舞」。

〔五〕明星爛爛，將曉之候；紅霞稍出，則天大明矣。詩鄭風：「子興視夜，明星有爛。」古鷄鳴歌：東方欲明星爛爛。

〔六〕此句是迴念前此去時之況，因其不來而追思之，遂有無限深情。夜坐者，夜坐而俟其來也。爲君起唱長相思，君者，即指其人。通篇總是思而不見之意。徐文長以來遲去早爲解，反覺末句無甚雋永。樂府明下童曲：「陳、孔驕白赭，陸郎乘斑騅」，陳、孔，謂陳宣、孔範，陸謂陸瑜，皆陳後主狎客。説文：騅，馬蒼黑雜毛也。

箜篌引〔一〕

公乎公乎，提壺將焉如？屈平沉湘不足慕，徐衍入海誠爲愚。〔二〕公乎公乎，牀有菅席盤有魚。北里有賢兄，東鄰有小姑。隴畝油油黍與葫，瓦甀濁醪蟻浮浮。黍可食，醪可飲，公乎公乎其奈居！〔三〕被髮奔流竟何如？賢兄小姑哭嗚嗚！

〔一〕古今注：箜篌引，朝鮮津卒霍里子高妻麗玉所作也。子高晨起刺船而濯，有一白首狂夫披髮提壺，亂流而渡，其妻隨呼止之，不及，遂墮河水死。于是援箜篌而鼓之，作公無渡河之歌，聲甚悽愴，曲終亦投河而死。霍里子高還，以其聲語妻麗玉，麗玉傷之，乃引箜篌而寫其聲，聞者莫不墮淚飲泣。麗玉以其聲傳鄰女麗容，名曰箜篌引焉。古辭曰：公無渡河，公終渡河。公墮河死，當奈公何！

〔二〕如，往也。新序：屈原者名平，疾闇王亂俗，汶汶嘿嘿，以是爲非，以清爲濁，不忍見于世，遂自投湘水汨羅之中而死。王褒九懷：屈子兮沉湘。漢書：徐衍負石入海。服虔曰：周之末世人也。

〔三〕山海經：白菅爲席。郭璞注：菅，茅屬也，音「間」。葫，廣韻、類篇以爲雕胡，玉篇以爲大蒜，然與上隴畝油油不甚合。按箕子歌曰：「麥秀漸漸兮禾黍油油。」索隱曰：油油者，禾黍之苗光悦貌。一本有作「禾」字者近是，然嫌其出韻。禮記：「君尊瓦甒。」鄭康成注：壺大一石，瓦甒五斗。玉篇：甒，盛五升小甖也。蟻，已見二卷注。又郝天挺曰：南中竹篘篘酒，常帶米殼，故謂之浮蟻。「浮」字亦出韻，當叶作「夫」音讀。〇「菅席」，姚仙期本作「管席」。「葫」，一作「菰」。「其奈居」，曾本、二姚本作「其奈君」，一作「可奈君」。

巫山高〔一〕

碧叢叢，高插天，大江翻瀾神曳煙。〔二〕楚魂尋夢風颸然，曉風飛雨生苔錢。瑶姬一去一千年，丁香筇竹啼老猿。〔三〕古祠近月蟾桂寒，椒花墜紅濕雲間。〔四〕

〔一〕宋書：漢鼓吹鐃歌十八曲，有巫山高曲。四川省志：巫山在夔州巫山縣東三十里，形如「巫」字。

〔二〕陸放翁入蜀記：過巫山凝真觀，謁妙用真人祠。真人，即世所謂巫山神女也。祠正對巫山，峰巒上入霄漢，山脚直插江中。議者謂太華、衡、廬皆無此奇。然十二峰不可悉見，所見八九峰，惟神女峰最爲纖麗奇峭，宜爲仙真所托。祝史云：每八月十五夜月明時，有絲竹之音往來峰頂，山猿皆鳴，達旦方漸止。煙，雲也。曳煙，即行雲之意。〇首句一作「巫山叢碧高插天」。文苑英華本「高插天」作「齊插天」。「大江」，作「巴江」。

〔三〕昔日楚王之魂尋夢于此，而空山之中渺無踪跡。蓋瑶姬之去已久，今之所見，惟有竹木蒙籠，猿狖哀啼而已。説文：飅，凉風也。襄陽耆舊傳：「赤帝女曰瑶姬，未行而卒，葬于巫山之陽，故曰巫山之女。楚懷王遊于高唐，晝寢，夢見與神遇，自稱是巫山之女，遂爲置觀于巫山之陽。」丁香樹生交、廣南番，非蜀地所産，恐是今之紫丁香耳。葉小而有岐，花紫色，狀如藥中之母丁香，故亦得冒其名，而其實不香也。今園圃中多植之，唐人詩中亦多入詠。劉淵林蜀都賦注：「邛竹出興古盤江，似南竹，中實而高節，可以作杖。」史記正義：邛都邛山出此竹，因名邛竹。高節實中，可爲杖。按史記、漢書言邛竹事皆作「邛」，後人加「竹」作「筇」。筇竹、邛竹一也。〇「飅」，一作「颸」。

〔四〕近月蟾桂寒，言其高峻。椒花墜紅，即無人花自落之意。圖經本草：蜀椒，今歸峽及蜀川、陝、洛間人家，多作園圃種之。木高四五尺，似茱萸而小，有針刺，葉堅而滑，可煮飲食。四月結子，無花，但生于枝葉間，顆如小豆而圓，皮紫赤色。據此，則椒無花也。所謂「椒花墜紅」，即是指其紅實耳。長吉生長中原，身未入蜀，蜀地之椒，目所未睹，出于想像之間，故云耳。

平城下〔一〕

飢寒平城下，夜夜守明月。別劍無玉花，海風斷鬢髮。〔二〕塞長連白空，遥見漢旗紅。青帳吹短笛，煙霧濕畫龍。〔三〕日晚在城上，依稀望城下。風吹枯蓬起，城中嘶瘦馬。〔四〕借問築城吏：「去關幾千里？」惟愁裹屍歸，不惜倒戈死！〔五〕

〔一〕按元和郡縣志：河東道之雲州，即秦雁門郡地，在漢雁門郡之平城縣也。史記曰：漢七年，韓王信亡走匈奴，上自將逐，遂至平城，爲匈奴所圍是也。漢末大亂，匈奴侵邊，其地遂空。曹操鳩集荒散，又立平城縣，屬新興郡，晉改屬雁門郡。晉亂，劉琨表封猗盧爲代王，都平城。後魏道武帝于此建都，孝文帝改爲司州，又改恒州。周武平齊，改置恒安鎮，隋因之。唐爲雲州及雲中縣之地。新唐書地理志謂雲州有雲中、樓煩二守捉城，有陰山道、青坡道，皆出兵路。是即古時之平城縣也。唐時亦有平城縣，隸河東道之儀州，與太原上黨相鄰，不在邊境。此所云平城，乃古之平城，非唐時之平城也。

〔二〕別劍，謂別家時所携之劍。玉花，謂劍光明潔有同玉色，久而不用，則鏽澀而其光晦也。海風，謂嚴厲之風自瀚海而至者。

〔三〕白空，塞外空曠之色，與天相連接之狀。畫龍，即旗幟上所畫者也。詩意遥望塞外，亦有屯戍之兵，彼則旗帳鮮明，士卒嬉戲而吹短笛，與我之苦飢忍寒者大不相同。古詩云：「從軍有苦樂，但問所從誰？」正是此意。自兩漢以後，長城以外之人稱長城以内地，總曰漢地，相沿不改。此云漢旗，槩言漢地之旗，與漢高祖平城被圍杳無干涉。

〔四〕不但人苦飢，即馬亦苦飢而嘶也。

〔五〕死于飢寒與死于戰鬭等死耳。然死于戰鬭者，英魂毅魄，猶足以稱國殤而爲鬼雄，較之飢餓而死者，不大勝乎？故今所愁者，惟飢寒死而裹屍以歸，若倒戈而死，固不自惜矣！後漢書馬援傳：「男兒要當死于邊野，以馬革裹屍還葬耳。何能卧牀上，在兒女子手中耶？」倒戈者，謂戰死而戈倒于地，與武城篇中前徒倒戈之解不同。○此章以守邊之將，不恤其士卒之飢寒，其下苦之，代作此辭以刺。然通首竟不作一怨尤之語，洵爲高妙。舊注以平城及漢旗紅之語，作漢高祖被困平城之解者，非是。

江南弄〔一〕

江中綠霧起涼波，天上疊巘紅嵯峨。〔二〕水風浦雲生老竹，渚暝蒲帆如一幅。〔三〕鱸魚千頭酒百斛，酒中倒卧南山綠。〔四〕吴歈越吟未終曲，江上團團貼寒玉。〔五〕

〔一〕樂府詩集：樂府解題曰：江南古辭，蓋美芳晨麗景，嬉遊得時。若梁簡文「桂檝晚應旋」，唯歌遊戲也。按：梁武帝作江南弄以代西曲，有采蓮、采菱，蓋出于此。

〔二〕天色將晚，水中先見霧氣。天上雲氣爲落日反照，皆作紅霞，其嵯峨層起者，如疊巘之狀。

〔三〕風雲與竹相雜，似從竹中生出。洲渚漸暝，遠望蒲帆不甚分明，髣髴見一幅而已。廣韻：風土記曰，大水有小口别通曰浦。國史補：舟船之盛，盡于江西，編蒲爲帆，大者爲數十幅。○「如」，姚仙期本作「猶」。

〔四〕世説：「庾冰爲起大舍，市奴婢，使門内有百斛酒終其身。」酒中，飲酒方半也。倒卧者，酒酣倒地而卧也。南山綠者，悠然見南山之色也。徐文長以爲山影入杯斝者，意似巧，而反覺味短。

〔五〕左思吴都賦：荆艷楚舞，吴歈越吟。劉淵林注：歈，吴歌也。寒玉，喻月初出。○「吴歈」，一作「吳鯱」。「貼」，一作「疊」。俱非。

榮華樂〔一〕

鳶肩公子二十餘，齒編貝，脣激朱。〔二〕氣如虹霓，飲如建瓴，走馬夜歸叫嚴更。〔三〕徑穿複道遊椒房，龙裘金玦雜花光。玉堂調笑金樓子，臺下戲學邯鄲倡。〔四〕口吟舌話稱女郎，錦袪繡面漢帝旁。得明珠十斛，白璧一雙，新詔垂金曳紫光。〔五〕煌煌馬如飛，人如水，九卿六官皆望履。將迴日月先反掌，欲作江河惟畫地。〔六〕峩峩虎冠上切雲，竦劍晨趨凌紫氛。繡段千尋貽皂隸，黃金百鎰貺家臣。〔七〕十二門前張大宅，晴春煙起連天碧。金鋪綴日雜紅光，銅龍齧環似争力。〔八〕瑶姬凝醉臥芳席，海素籠窻空下隔。〔九〕丹穴取鳳充行庖，貜貜如拳那足食。〔一〇〕金蟾呀呀蘭燭香，軍裝武妓聲琅璫。〔一一〕誰知花雨夜來過？但見池臺春草長。〔一二〕嘈嘈弦吹匝天開，洪崖簫聲遶天來。天長一矢貫雙虎，雲弝絶騁聒旱雷。〔一三〕亂袖交竿管兒舞，吳音緑鳥學言語。〔一四〕能教刻石平紫金，解送刻毛寄新兔。〔一五〕三皇后，七貴人，五十校尉二將軍。〔一六〕當時飛去逐彩雲，化作今日京華春。〔一七〕

〔一〕此篇專詠梁冀事，以爲貴戚之戒。○一本作東洛梁家謡。

〔二〕後漢書梁冀傳：冀爲人鳶肩豺目，洞精矘眄。章懷太子注：鳶，鴟也。鳶肩，上竦也。漢書東方朔傳：目若懸珠，齒若編貝。李善文選注：貝，海螺，其色白。莊子：脣如激丹，齒如齊貝。司馬彪云：激，明也。

〔三〕劉劭趙郡賦：煦氣成虹霓。漢書：譬猶居高屋之上，建瓴水也。如淳注：瓴，盛水瓶也。居高屋之上而翻瓴水，言其向下之勢易也。「建」音「蹇」。蘇林曰：「瓴」讀曰「鈴」。傳言冀性嗜酒，又言少爲貴戚，遊逸自恣。

〔四〕史記：乃作複道。韋昭曰：閣道也。三輔黄圖：椒房殿在未央宫，以椒和泥塗壁，取其温而芬芳也。後世稱皇后宫曰椒房，本此。或云：兼取椒實蕃衍之義。梁冀姊爲順帝皇后，故得出入椒房也。左傳：衣之尨服，佩以金玦。杜預注：尨，雜色也。玦，如環而缺不連。冀傳稱其改易輿服之制，作埤幘狹冠，折上巾，擁身扇，孤尾單衣。此云尨裘金，蓋喻言冀之衣佩皆不正也。古詩：「調笑酒家胡。」王金珠歡聞歌：「艷艷金樓女，心如玉池蓮。」古相逢行：「黄金爲君門，白玉爲君堂。堂上置尊酒，作使邯鄲倡。」二句甚言冀在宫中無禮之狀，然史傳未嘗載其事，疑另有所據。○「尨裘」，曾本作「龍裘」。「戲學」恐當作「戲狎」爲是。

〔五〕冀傳稱：冀口吟舌話，裁能書計。章懷太子注：「謂語吃不能明了。」稱女郎者，謂其才能本無可稱，惟女郎稱之耳。蓋謂其姊也。錦袪繡面，猶言爲鬼爲蜮之狀。曾益注以爲能媚君，而姚仙期非之，謂以冀之凶暴，必不肯進媚于君。而不知冀之跋扈，在順帝既崩之後，若其前未必不巧言令色以邀恩寵也。垂金曳紫，垂金印曳紫綬也。

〔六〕後漢書馬皇后紀：前過濯龍門上，見外家問起居者，車如流水，馬如游龍。西京雜記：畫地成江河，撮土爲山岳。冀本傳：專擅威柄，凶恣日積。機事大小，莫不咨决之。宫衛近侍，並所親樹，禁省起居，纖悉必知。百官遷召，皆先到冀門牋檄謝恩，然後敢詣尚書。

〔七〕上二句言其畜養勇士，勢逼君上；下二句言其廣收賄賂，遍及家人。廣雅：峩峩，高也。虎冠，疑是「危冠」之訛，「虎」與「危」字略相類。楚辭：冠切雲之崔嵬。王逸注：戴崔巍之冠，其高切青雲也。左思吴都賦：危冠而出，竦劍而趨。李周翰注：竦劍，謂帶劍竦立而趨也。冀本傳：客到門不得通，皆請謝門者，門者累千金。此云皂隸家臣，乃推廣而言之也。

〔八〕後漢書：洛陽城十二門，其正南一門曰平城門，其餘上西門、雍門、廣陽門、津門、小宛門、開陽門、耗門、中東門、上東門、穀門、夏門，凡十二門。張，開也。左思蜀都賦：金鋪交映。劉淵林注：金鋪，門鋪首以金爲之。冀本傳：冀乃大起第舍，而妻孫壽亦對街爲宅，殫極土木，互相誇競。堂寢皆有陰陽奥室，連房洞户，柱壁雕鏤，加以銅漆。窻牖皆有綺疏青瑣，圖以雲氣仙靈。臺閣周通，更相臨望。飛梁石磴，陵跨水道。金玉珠璣，異方珍怪，充積藏室。

〔九〕瑶姬，喻姬妾之類。海素，海中鮫人所織之素，即鮫綃也。以鮫綃籠窻，其明亮如空也。

〔一〇〕甚言飲食之奇異。山海經：丹穴之山有鳥焉，其狀如鶏，五采而文，名曰鳳凰。首文曰德，翼文曰義，背文曰禮，膺文曰仁，腹文曰信。是鳥也，飲食自然，自歌自舞，見則天下安寧。益部方物略記：貜出邛、蜀間，與猿猱無異。但性不躁動，肌質豐腴，蜀人炮蒸以爲美味。

〔一一〕金蟾，鑄金肖蟾形爲燭臺薰爐之類。呀呀，蟾張口貌。軍裝武妓，侍立之妓，皆令武扮作軍士裝束。琅璫，甲胄聲。

〔一二〕宴飲諠譁，繼之以夜，天色晴雨，亦不知覺。冀本傳：冀、壽共乘輦車，張羽蓋，飾以金銀，游觀第内，多從倡妓，鳴鐘吹管，酣謳竟路，或連日繼夜，以騁娱恣。

〔一三〕匝，遍也。西京賦：洪崖立而指揮。薛綜注：洪崖，三皇時伎人。弝音「霸」，弓弝中手執處也。旱雷，謂弓弦震烈之聲。冀本傳曰：冀能挽滿。後漢紀：冀與壽及諸子，相隨游獵諸苑中，縱酒作倡樂。

〔一四〕楚辭：衽若交竿，撫案下些。王逸注：言舞者便旋，衣衽掉摇，迴轉相鈎，狀若交竹竿。呂向注：言舞人回轉，衣衿相交如竿也。吴音，吴地之歌聲。緑鳥，鸜鵒也。謂歌者作吴地之歌聲，其音嬌好，有似鸜鵒學人言語。上句言舞，下句言歌，正相對也。舊注有直作鸜鵒解，謂異方珍怪充積冀室者，非是。

〔一五〕刻石平紫金，謂刻石作穴，積金其中而與地相平，見冀之聚斂無厭。舊注謂刻石立碑而以金平之者，非是。紫金，金之美者，謂之紫磨金。冀本傳：起兔苑于河南城西，經亘數十里，發屬縣卒徒繕修樓觀，數年乃成。移檄所在調發生兔，刻其毛以爲識。人有犯者，罪至刑死。

嘗有西域賈胡，不知禁忌，誤殺一兔，轉相告言，坐死者十餘人。按：下句是冀之實事，上句亦必冀之實事，而范史不載，今失傳者耳。

〔一六〕冀本傳：冀一門前後七封侯，三皇后，六貴人，二大將軍。夫人女食邑稱君者七人，尚公主三人，其餘卿將尹校五十七人。○吴本、曾本、姚仙期本俱作「三皇皇后」，誤。

〔一七〕承上言冀一門之盛如此，誠莫與之京矣。一旦身死家破，化爲烏有，若彩雲散滅，曾不可以久存。今日京華之貴戚，則亦有然者也。彼前車之覆，獨非後車之鑒乎？此二句乃文賦所云「立片言而居要，乃一篇之警策」者也。其戒之也深矣！

相勸酒

羲和騁六轡，晝夕不曾閑。彈烏崦嵫竹，抶馬蟠桃鞭。〔一〕蓐收既斷翠柳，青帝又造紅蘭。〔二〕堯、舜至今萬萬歲，數子將爲傾蓋間。〔三〕青錢白璧買無端，丈夫快意方爲歡。〔四〕臛蠵臛熊何足云？會須鍾飲北海，箕踞南山。〔五〕歌淫淫，管愔愔，横波好送雕題金。〔六〕人生得意且如此，何用强知元化心。〔七〕相勸酒，終無輟。伏願陛下鴻名終不歇，子孫綿如石上葛。〔八〕來長安，車駢駢，中有梁冀舊宅，石崇故園。〔九〕

〔一〕廣雅：日御曰羲和。初學記：淮南子：「爰止羲和，爰息六螭，是爲懸車。」注曰：日乘車，駕以六龍，羲和御之。春秋元命苞：陽成于三，故日中有三足烏。山海經：西南三百六十里曰崦嵫之山。郭璞注：日没所入山也。楚辭章句：崦嵫，日所入山也。下有蒙水，其中有虞淵。楚辭：暾將出兮東方，照吾檻兮扶桑，撫余馬兮安驅。王逸注：言日既陞天運轉，而西將過太陰，徐撫其馬，安驅而行。是言日輪之運，有馬牽之而行也。淮南子「日入虞淵，爰息其馬」，亦是此義。楊升菴曰：古者羲和爲日御。莊子因「御」字遂有日車之説，楚辭、淮南因「車」字遂有馬之説。河圖括地象：桃都山有大桃樹，盤屈三千里，上有金鷄，日照則鳴。彈，擊也。抶音「叱」，亦擊也。彈之、抶之，欲其流行不住。〇「晝夕」，文苑英華作「晝夜」。「崦嵫竹」，一作「崦嵫石」。

〔二〕月令：孟秋之月，「其神蓐收」；仲秋之月，「其神蓐收」；季秋之月，「其神蓐收」。蓋其神專司秋令者也。青帝，東方之神，司春令者。江淹别賦：「見紅蘭之受露。」蓋春蘭之花，其色帶微紅者是也。李周翰文選注謂蘭至秋而色紅，非也。二句言春秋代謝。〇「又造」，文苑作「更造」。

〔三〕自堯、舜至唐元和中，未滿三千歲，云萬萬歲，趁筆之誤也。徐文長注：數子指羲和、蓐收、青帝。傾蓋間，言其爲時不久。家語：孔子之郯，遭程子于途，傾蓋而語。王肅注：傾蓋，駐車也。史記：白頭如新，傾蓋如故。索隱曰：志林云，傾蓋者，道行相遇，軿車對語，兩蓋相切小歃之義。

〔四〕光陰迅疾，縱有青錢白璧，亦不能買其留而不去，可不及時行樂耶？

〔五〕楚辭：露鷄臛蠵，厲而不爽。王逸注：有菜曰羹，無菜曰臛。蠵，大龜也。劉勰新論：炮羔煎鴻，臛蠵臑熊，衆口之所嗛。袁孝政注：臑是蹯，即熊掌也，煮熟以蜜淹之可食。「臛熊」字未見所本，恐是「臑熊」之訛。曹植與吴質書：「願舉泰山以爲肉，傾東海以爲酒。」此云「鍾飲北海」，蓋本其意。「箕踞南山」，言其坐處之寛廣。臛音「熇」，蠵音「奚」，臑音「而」。〇「云」，文苑作「言」。

〔六〕淫淫，歌聲洋溢貌。愔愔，管聲安和貌。周捨樂府：「歌管愔愔，鏗鼓鏘鏘。」傅毅舞賦：「目流睇而横波。」雕題金，謂南蠻中所出之金也。禮記：南方曰蠻，雕題、交趾。鄭玄注：雕題，謂刻其肌，以丹青涅之。孔穎達正義：雕，謂刻也。題，謂額也。謂以丹青雕刻其額。「横波好送雕題金」，吴正子以目送金杯，宴飲以樂爲解。姚仙期以纏頭費爲解。姚經三以異域航海貢金爲解。三説之中，言纏頭費者近是。

〔七〕元化，造化也。蓋謂不必逆料未來之事。

〔八〕惟願者天子聖明，國祚久遠，天下得享太平無事之福，使我輩快意歡飲終無止矣。封禪書：前聖之所以永保鴻名，而常爲稱首。吕向注：鴻，大也。詩國風：緜緜葛藟，在河之滸。毛傳云：綿綿，長而不絶之貌。

〔九〕騈騈，聯綴並行之貌。梁冀宅、石崇園，皆在河南，長吉蓋舉其路中所見者言之耳。權貴如梁冀，豪富如石崇，不久之間，身死家滅，徒留園宅故跡于荒煙茂草之中。富貴之不足恃如此，以見人生當行樂之意。一統志：金谷園在河南府城西十三里，地有金水，自太白原南流經此谷，晉石崇因川阜造園館。崇自作詩序有清凉臺，即崇妾緑珠墜樓處。○「來長安，車騈騈」，文苑英華作「東洛、長安車輧輧」，曾本、姚仙期本少一「騈」字。

瑶華樂〔一〕

穆天子，走龍媒。八轡冬瓏逐天迴，五精掃地凝雲開。〔二〕高門左右日月環，四方錯鏤稜層殷。舞霞垂尾長盤跚，江澄海净神母顔。〔三〕施紅點翠照虞泉，曳雲拖玉下崑山。〔四〕列旆如松，張蓋如輪。金風殿秋，清明發春。八鑾十乘，矗如雲屯。〔五〕瓊鍾瑶席甘露文，玄霜絳雪何足云？〔六〕薰梅染柳將贈君，鉛華之水洗君骨，與君相對作真質。〔七〕

〔一〕楚辭：折疏麻兮瑶華。王逸注：瑶華，玉華也。拾遺記：「周穆王即位三十二年，巡行天下，馭黄金碧玉之車，旁氣乘風，越朝陽之岳，自明及晦，窮寓縣之表。有書史十人記其所行之地，又副以瑶華之輪十乘，隨王之後，以載其書也。三十六年，王東巡大騎之谷，詣春宵宫。西王母乘翠鳳之輦而至，前導以文虎文豹，後列雕麟紫麏，曳丹玉之履，敷碧蒲之席，黄莞之薦，供玉帳高會，薦清澄琬琰之膏以爲酒，進洞淵紅萉、嵰山甜雪、昆流素蓮、陰岐黑棗、萬歲冰桃、千年雪藕。」此篇專詠穆王事，而題曰瑶華樂，殆採記中瑶華輪事以立名耶？曾謙甫曰：當爲瑶池樂。其説應是。

〔二〕列子：周穆王肆意遠遊，命駕八駿之乘。右服驊騮而左緑耳，右驂赤驥而左白㶿。主車則造父爲御，离冏爲右。次車之乘，右服渠黄而左踰輪，左驂盗驪而右山子。柏夭主車，參百爲御，奔戎爲右。馳驅千里，至于巨蒐氏之國，遂宿于崑崙之阿，赤水之陽。别日升崑崙之邱，以觀黄帝之宫而封之，以詔後世。遂賓于西王母，觴于瑶池之上。西王母爲王謡，王和之，其辭哀焉。乃觀日之所入，一日行萬里。王乃嘆曰：「予一人不盈于德，而諧于樂，後世其追數吾過乎？」漢武帝天馬歌：「天馬徠，龍之媒。」應劭曰：「天馬者，乃神龍之類。今天馬已來，此龍必至之効也。」轡，馬韁也。一馬兩轡，故詩經正義謂四馬則八轡。長吉則以八馬爲八轡。冬瓏，轡聲。逐天迴，與天之行相逐而迴轉，言其速也。漢書：「五星者，五行之精也。」張衡東京賦：「五精帥而來摧。」薛綜注：五精，五方星也。姚仙期注：五精掃地，即風伯清塵，雨師灑道意。◎「冬瓏」，吴本作「冬曨」，姚經三本作「玲瓏」。

〔三〕此言穆王至王母所居之處也。門之左右日月環之，其四方皆有雕文錯鏤，稜層突起作殷紅色。殷音「煙」，赤黑色也。又有采霞旋繞，或如蛟龍之垂尾，或如龜黿之盤跚。盤跚即「蹣跚」，跛行貌。神母即王母也。江澄海浄，喻其清浄不動聲色之意。

〔四〕穆王升崑崙之邱，及觀日之所入，與賓于西母，原是三事。詩意似謂偕王母以往觀虞淵、上崑崙也，故用「施紅點翠」、「曳雲拖玉」等字。紅翠，謂婦人粧飾。雲，雲衣也。玉，玉佩也。李嶠詩：「羅冪玉佩當軒出，點翠施紅競春日。」楚辭：「囚靈元于虞淵。」王逸注：虞淵，日所入也。淮南子：「日入于虞淵之汜，曙于蒙谷之浦。」虞泉即虞淵也。唐人以避高祖諱，故以「泉」字易「淵」字。

〔五〕韻會：「旆，説文：繼旐之旗也。沛然而垂，旆以全帛爲之，續旐末爲燕尾者，旆也。」釋名：「雜帛爲旆，以雜色帛綴其邊，爲翅尾也。將帥所建，象物雜也。」軍前曰啓，軍後曰殿。發即「啓」字之意。蓋謂侍從之後，以秋時金風爲殿，其前以春時清明之氣爲導，即楚辭「前望舒使先驅，後飛廉使奔屬」之意。歲華紀麗：「秋風曰金風。」楚辭九思：「陽氣發兮清明。」詩小雅：「約軧錯衡，八鸞瑲瑲。」鄭康成箋：「鸞在鑣，四馬則八鸞也。」蓋以八鸞爲馬上之八鈴。後人用之，或作「鑾」，或作「鸞」，其事一也。玉篇：「矗，齊也。」集韻：「矗，長直貌。」謝靈運山居賦：「直陌矗其東西。」陸機詩：「胡馬如雲屯。」雲屯，雲之聚也。六句皆言王母侍從之盛。○「殿秋」，一作「斂秋」。

〔六〕瓊鍾，玉杯也。楚辭：「瑶席兮玉鎮。」王逸注：瑶玉爲席也。初學記：「瑞應圖云：露色濃爲甘露。王者施德惠，則甘露降其草木。」晉中興書曰：「甘露者，仁澤也。其凝如脂，其美如飴。」江淹別賦：「露下地而騰文。」露有五色，照着草木故成文。漢武内傳：「其次藥有玄霜絳雪，子得服之，白日升天。」三句言宴饗之盛。

〔七〕薰梅染柳，亦似指仙藥而言。仙家丹法，先用黑鉛一味，煉起鉛華之木，蓋謂金丹神水也。洗骨，洗去凡質濁垢。真質，長生不老之質。

北中寒

一方黑照三方紫，黄河冰合魚龍死。三尺木皮斷文理，百石强車上河水。〔一〕霜花草上大如錢，揮刀不入迷濛天。〔二〕争瀯海水飛凌喧，山瀑無聲玉虹懸。〔三〕

〔一〕漢書：「胡貉之地，陰積之處，木皮三寸，冰厚六尺。」此云「三尺」，恐是「三寸」之誤。因凍，故木皮雖厚，亦至拆裂。河冰堅甚，雖以百石重車行其上，亦不碎陷。

〔二〕霜凝草上，有似花葩。揮刀不入，亦言其沍寒凝結之甚。

〔三〕争瀯，波濤迴旋互激之謂。凌，積冰也。北海近岸淺狹之處，至十月即凍，而天色暄和，暫或解散，其碎冰爲波濤所擁觸，作聲甚喧。山中瀑水激流而下，如挂匹練，遇寒而凍，寂然無聲，似白虹懸于澗中。

梁臺古意〔一〕

梁王臺沼空中立，天河之水夜飛入。臺前鬭玉作蛟龍，緑粉掃天愁露濕。〔二〕撞鐘飲酒行射天，金虎蹙裘噴血斑。〔三〕朝朝暮暮愁海翻，長繩繫日樂當年。〔四〕芙蓉凝紅得秋色，蘭臉别春啼脉脉。蘆洲客雁報春來，寥落野湟秋漫白。〔五〕

〔一〕「意」，吴本作「愁」。

〔二〕西京雜記：「梁孝王好營宫室苑囿之樂，作曜華之宫，築兔園。園中有百靈山，山有膚寸石、落猿巖、棲龍岫，又有雁池，池間有鶴洲鳧渚。其諸宫觀相連，延亘數十里，奇果異樹，瑰禽怪獸畢備，王日與宫人賓客弋釣其中。」詩言平地之中本無臺沼，乃積土以爲臺，若空中忽然而立者；鑿地以爲池，又若天河之水飛瀉而入者也。説文：「鬭，遇也。」今人謂木石鑲榫合縫之處謂之鬭。鬭玉，以玉相鬭合，作臺前欄楯，而鏤爲蛟龍之形也。緑粉掃天，指竹而言。水經注：「睢水又西南流，歷于竹圃，水次菉竹，蔭渚菁菁，世人言梁王竹園也。」白帖：梁孝王有修竹園。

〔三〕史記殷本紀：「帝武乙無道，爲革囊盛血，仰而射之，命曰射天。」宋世家：「宋王偃盛血以韋囊，懸而射之，命曰射天。」梁孝王未嘗有射天事，當是喻言其怙親無厭，時有犯上之意。蓋指其不得爲嗣，陰使人刺殺漢臣袁盎等十餘人也。禮記：「君之右，虎裘噴血斑，裘色鮮赤。」琦按：張衡東京賦：「周姬之末，政用多僻，始于宫鄰，卒于金虎。」李善注：「應劭漢官儀曰，不制之臣，相與比周。比周者，宫鄰金虎。言小人在位，比周相進，與君爲鄰，貪求之德堅若金，讒謗之言惡若虎。」此用「金虎」、「噴血」等字，雖指衣裘而言，意則指梁王親近小人，聽信其讒諂阿諛之辭。

〔四〕滄海無翻轉之期，白日非長繩所能繫。蓋言其朝暮行樂，不知所止也。傅玄詩：「安得長繩繫白日。」

〔五〕言秋而春，春而秋，四時代謝，倏成今古。憑其跡而吊者，但見芙蓉蘭蕙，客雁野潦而已，臺上梁王竟安在哉！駱賓王詩：「宿雁下蘆洲。」雁春至則自南往北，秋至則自北徂南，有似客然，故曰客雁。野湟，野水也。漫，廣大貌。○「野湟」，吳本作「野篁」，恐誤。

公無出門〔一〕

天迷迷，地密密。熊虺食人魂，雪霜斷人骨。〔二〕嗾犬唁唁相索索，舐掌偏宜佩蘭客。〔三〕帝遣乘軒災自滅，玉星點劍黃金軛。〔四〕我雖跨馬不得還，歷陽湖波大如山。毒虯相視振金環，狻猊貏貐吐饞涎。〔五〕鮑焦一世披草眠，顏回廿九鬢毛斑。顏回非血衰，鮑焦不違天。天畏遭銜嚙，所以致之然。〔六〕分明猶懼公不信，公看呵壁書問天。〔七〕

〔一〕徐文長注：此即小招四方上下俱不可往意，故曰公無出門。蓋有意于棄世違俗也。

〔二〕楚辭招魂：「雄虺九首，往來儵忽，吞人以益其心些。」王逸注：言有雄虺，一身九頭，往來奄忽，常喜吞人魂魄以益其心，賊害之甚也。○「雪霜斷人骨」，一作「雪風破人骨」，二姚本作「霜雪斷人骨」。

〔三〕嗾，使犬聲。左傳：公嗾夫獒焉。唁唁，乃「狺狺」之訛。楚辭九辨：「猛犬狺狺而迎吠。」韻會：狺狺，犬吠聲，音與「銀」同。離騷：「紉秋蘭以爲佩。」王逸注：佩，飾也，所以象德也，故行清潔者佩芳。詩意謂惡物害人，偏于修身清潔之士爲尤甚。○「嗾」，曾本、二姚本作「嗴」，誤。

〔四〕徐文長注：言一死則災自滅矣，是天厚之，故令其死也。下文引顏、鮑以實其說。帝，天帝。乘軒，謂精魂乘軒而上升。按真誥：赤水山中學道者朱孺子，乘五色雲車登天。潛山中學道者鄭景世、張重華，以雲軿白日升天。是仙人多乘雲車而去世也。軛，轅端橫木以駕馬領者。此句言去時服飾之精好，非世間富貴者可比。○「自滅」，吴本作「自息」。

〔五〕言我雖跨馬出門，未得還家，然尚在善地。聞他險阻之處，多有害人惡物。所謂毒虯、狻猊、猰貐，疑指當時藩鎮郡守而言。其人必暴戾恣睢，難可與居。長吉知其不可往也，而人將有往者，故作公無出門之詩以阻之。搜神記：「歷陽之郡，一夕淪入地中而爲水澤，今麻湖是也。」一統志：「麻湖在和州城西三十里，周圍七十里，爲郡之巨浸，舊名歷湖，後訛爲麻湖。」淮南子云：「歷陽之都，一夕爲湖。」夫歷陽本陸地，一旦陷而爲湖。長吉用此，當是暗喻平地有風波之意，或者是其人所往之地，故舉以爲言。説文：「虯，龍子有角者。」毒虯，謂凶惡之龍，人觸其毒氣即死。爾雅：「狻麑如虥貓，食虎豹。」郭璞注：即獅子也，出西域。穆天子傳曰：「狻猊日走五百里。」是「狻麑」、「狻猊」同一物也。又爾雅：「猰貐類貙，虎爪，食人，迅走。」述異記：「猰貐，獸中最大者，龍頭，馬尾，虎爪，善走，以人爲食。遇有道君即隱，無道君即出食人。」虯音「求」，狻麑音「酸倪」，猰貐音「揠愈」。

〔六〕風俗通：鮑焦耕田而食，穿井而飲，非妻所織不衣，餓于山中食棗。或問之：「此棗，子所種耶？」遂嘔吐立枯而死。史記：「顏回年二十九，髮盡白，早死。」「廿」讀如入聲，俗作「念」音讀者，非。

〔七〕觀鮑、顏二子，事理分明，可以深信不疑。若猶不信，再觀屈原之書壁問天，知志潔行芳之士，不容于人世如此。戒其無事出門，叮嚀反覆之意深矣！楚辭章句：天問者，屈原之所作也。屈原放逐，憂心愁悴，彷徨山澤，經歷陵陸，嗟號旻昊，仰天嘆息。見楚有先王之廟及公卿祠堂，圖畫天地山川神靈，琦瑋僪佹，及古聖賢怪物行事。周流罷倦，休息其下，仰見圖畫，因書其壁，呵而問之，以渫憤懣，舒寫愁思。

神弦曲〔一〕

西山日没東山昏，旋風吹馬馬踏雲。〔二〕畫弦素管聲淺繁，花裙綷縩步秋塵。〔三〕桂葉刷風桂墜子，青狸哭血寒狐死。〔四〕古壁彩虯金帖尾，雨工騎入秋潭水。百年老鴞成木魅，笑聲碧火巢中起。〔五〕

〔一〕樂府詩集：古今樂録曰，神弦歌十一曲：一曰阿宿，二曰道君，三曰聖郎，四曰嬌女，五曰白石郎，六曰清溪小姑，七曰湖就姑，八曰姑恩，九曰採菱童，十曰明下童，十一曰同生。左克明並云古辭。然觀阿宿、聖郎諸曲，雖爲水仙之類，不在祀典者也。琦按：神弦曲者，乃祭祀神祇，弦歌以娱神之曲也。此詩言狸哭狐死，火起鴞巢，是所祈者其誅邪討魅之神歟？

〔二〕日没雲昏，旋風忽起，乃神降時景象。旋風，風之旋轉而吹者，中必有鬼神依之。低三尺以下，鬼風也；高丈餘而上者，神風也。曠野中時有之，遇者亟避焉。馬，謂神所乘之馬。

〔三〕神既至，于是作樂以迎之，女巫起舞以娱之。班婕妤賦：「紛綷縩兮紈素聲。」顔師古注：綷縩，衣聲也，音與「翠蔡」同。縩，即「綵」字。

〔四〕刷，刮也。神將用威以驅戮妖邪，故猛風颷起，而樹葉刮落，桂子飄墜。狐狸之類哭者，死者，悉受其驅除矣。貍與狐相似而異類，今人混而稱之曰「狐狸」，非也。爾雅翼：貍者，狐之類。狐口鋭而尾大，貍口方而身文，黄黑彬彬，蓋次于豹。狐，妖獸，説者以爲先古淫婦所化，善爲媚惑人，故稱狐媚。

〔五〕又言古壁畫龍有作孽者，則驅之而放于潭水；百年老鴞有成魅者，則逐之而焚其巢穴。蓋言神威之無不慴伏。柳毅傳：毅過涇陽，見有婦人牧羊于道畔，曰：「妾，洞庭龍君女也。」毅曰：「子之牧羊何所用哉？神祇豈宰殺乎？」女曰：「非羊也，雨工也。」曰：「何爲雨工？」曰：「雷霆之類也。」數復視之，則皆矯顧怒步，飲齕甚異，而大小毛角則無别羊焉。埤雅：鴞大如斑鳩，緑色，所鳴，其民有禍證。俗云，鴞，禍鳥也。今謂之晝鳥，蓋聲之誤也。草木疏云：惡聲之鳥也，入人家，凶。賈誼所賦鵩鳥是也。説文：魅，老精物也。鮑照蕪城賦：「木魅山鬼，野鼠城狐。」碧火，火之碧色者，蓋鬼神所作之火。笑聲，火焰四出，有聲如笑也。

神　弦

女巫澆酒雲滿空，玉爐炭火香鼕鼕。〔一〕海神山鬼來座中，紙錢窸窣鳴颻風。〔二〕

相思木帖金舞鸞，攢蛾一啑重一彈。〔三〕呼星召鬼歆杯盤，山魅食時人森寒。〔四〕終南日色低平灣，神兮長在有無間。神嗔神喜師更顏，送神萬騎還青山。〔五〕

〔一〕女巫澆酒以迎神，而神將降止，遂有雲滿空中，于是焚香擊鼓以迓之。鼕鼕，鼓聲，然與上五字不合，疑有譌文。

〔二〕鼠璞：法苑珠林載紙錢始于殷長史。唐王璵傳載，漢以來喪葬皆有瘞錢，後世里俗，稍以紙寓錢，璵乃用于祠祭。封氏聞見記：紙錢，案古者享祀鬼神有圭璧幣帛，事畢，則埋之。後代既寶錢貨，遂以錢送死。漢書稱盜發孝文園瘞錢是也。率易從簡，更用紙錢。紙乃後漢蔡倫所造，其紙錢魏、晉以來始有其事，今自王公逮于士庶通行之矣。凡鬼神之物，其像似亦猶塗車芻靈之類。古埋帛，今紙錢則皆燒之，所以示不知神之所爲也。天禄識餘：唐臨冥報録云，鑱紙爲錢以供鬼神，自唐以來始有之，謂之寓錢，言其寄形象于紙也。窸窣，音「悉速」，聲小貌。杜子美詩：「枝撐聲窸窣。」

〔三〕太平廣記載：店婦以子中惡，令人召一女巫至，焚香彈琵琶召請。蓋唐時巫師之狀，大率相同如此詩所云。以相思木爲琵琶，而金畫舞鸞之狀于其上。攢蛾者，蹙其眉也。啑音「接」，多言也。一啑重一彈者，每出一言，則彈琵琶一聲以和之也。曾謙甫以金帖木鸞爲巫所執以憑神者，姚經三以爲畫板，皆非也。若依其說，下文「彈」字杳無根着。劉淵林三都賦注：

相思，大樹也。材理堅斜，斫之有文，可作器，其實如珊瑚，歷年不變。按：今相思木多出廣東，他處亦間有，其木多文理，作器皿可玩。子如大豆而赤，謂之相思子，亦謂之紅豆者是也。

〔四〕説文：歆，神食氣也。蓋鬼神陟降所饗者，肴酒之氣而已。若山妖木魅之類，其形雖不能見，而食物之形體必有虧缺。人之見者，爲之森然寒慄。山魅，山中精怪，爲神所收役以爲僕從者。下文所云萬騎中之一種，不可以爲即巫所召之邪神。

〔五〕元和郡縣志：終南山在京兆府萬年縣南五十里。日色低平灣者，日銜山而將落也。平灣，謂山峰空缺處。有無間，謂神之來格來享，或有或無，人不能知。今忽而言神嗔，忽而言神喜，僅于巫師之顔色更變知之，亦荒忽難信矣。劉須溪曰：讀此章使人神意森索，如在古祠幽黯之中，親睹巫覡賽神之狀。

神弦別曲

巫山小女隔雲別，春風松花山上發。緑蓋獨穿香徑歸，白馬花竿前孑孑。〔一〕蜀江風澹水如羅，墮蘭誰泛相經過？南山桂樹爲君死，雲衫淺污紅脂花。〔二〕

〔一〕綠蓋，神之蓋也。白馬花竿，神之前驅也。姚仙期注以爲皆指巫而言，若神靈何以知其綠蓋者？然則楚辭九歌之「孔蓋翠旌，青衣白裳」，何以言之耶？詩鄘風：「孑孑干旄，在浚之郊。」孑孑，特出貌。

〔二〕巫山之下即蜀江也。風恬浪息，水紋細如羅縠，蘭花開墮水中，風景殊美。然道路阻長，誰能泛舟經過其地，以瞻仰神靈？今神既惠然肯來，宴享而去，不特人人欣樂，即南山桂樹，受神之披拂者，亦爲之死。死者，猶言喜殺。雲衫，即楚辭所謂青雲衣之説。污，染也。謂神之衣服披拂其上，亦沾染其氣也。紅脂花，謂桂樹之花。蓋桂花有三色：白者曰銀桂，黄者曰金桂，紅者曰丹桂。其花秋開者多，亦有春開者，亦有四季開者。此詩于春風中而言桂花紅色，非妄言也。○姚仙期曰：秦俗鄙俚，其陰陽神鬼之間，不能無褻慢荒淫之雜。長吉更定其辭，以巫不可信，故言多諷刺云。琦謂不然。長吉詩脉本自楚騷，以楚騷之解解三詩，求所謂諷刺之言，竟安有哉？

綠水詞

今宵好風月，阿侯在何處？爲有傾人色，翻成足愁苦。〔一〕東湖採蓮葉，南湖拔蒲根。未持寄小姑，且持感愁魂。〔二〕

〔一〕梁武帝歌：「河中之水自東流，洛陽女兒名莫愁。十五嫁爲盧家婦，十六生兒字阿侯。」李延年歌：「北方有佳人，絶世而獨立。一顧傾人城，再顧傾人國。」美色可以娛人，今愛而不見，使我心痗，是傾人之色，適以釀成愁苦耳。曾謙甫注：足，言莫以加也。○「今宵」，姚經三本作「今夜」。

〔二〕承上「阿侯在何處」而言。或在東湖採蓮葉，或在南湖採蒲根，俱未可知。若有所採，莫寄小姑，且持以貽我，庶幾感慰我愁苦之魂。古採蓮童歌：「東湖扶菰童，西湖採菱芰。不持歌作樂，爲持解愁思。」○「拔蒲根」，姚仙期本作「採蒲根」。「愁魂」，曾本、二姚本俱作「秋魂」。

沙路曲〔一〕

柳臉半眠丞相樹，珮馬釘鈴踏沙路。〔二〕斷燼遺香裊翠煙，燭騎蹄鳴上天去。〔三〕帝家玉龍開九關，帝前動笏移南山。〔四〕獨垂重印押千官，金窠篆字紅屈盤。〔五〕沙路歸來聞好語，旱火不光天下雨。〔六〕

〔一〕國史補：凡拜相，禮絶班行，府縣載沙填路，自私第至于城東階，名曰沙堤。

〔二〕吳正子注：柳臉，一作柳陰。半眠者，樹倚斜也。三輔故事：「漢苑中，有柳狀如人形，曰人柳，一日三眠三起。」此借用其字。丞相樹者，以其在相臣所行路上之樹，故云。珮馬，馬之羈絡上有鑾鈴玉珂之飾者。釘鈴，珮聲。

〔三〕燭騎，以燭炬擁衛相臣之騎也。上天去，猶云朝天去也。○「燭騎」，吴本云一作「獨騎」。「蹄鳴」，曾本、二姚本俱作「啼烏」。

〔四〕九門既啓，入至帝前，執笏奏事，則諫行言聽，雖南山之重，亦可以移也。○「開九關」，一作「摐九關」。

〔五〕押，管押也。舊唐書：賜牟尋印，鑄用黄金，以銀爲窠，文曰：「貞元册南詔印。」通鑑唐紀：以祠部郎中袁滋爲册南詔使，賜銀窠金印，文曰：「貞元册南詔印」。觀二書所云，知所云銀窠金印者，是以金爲印，而印文空白之處，以銀爲之也。金窠則以純金爲印。紅屈盤，謂印文。

〔六〕好語，謂民間稱頌之語。「旱火不光天下雨」，喻言苛虐之政不興，而膏澤廣被于天下也。

上之回〔一〕

上之回，大旗喜。懸紅雲，撻鳳尾。〔二〕劍匣破，舞蛟龍。〔三〕蚩尤死，鼓逢逢。〔四〕天高慶雷齊墮地，地無驚煙海千里。〔五〕

〔一〕樂府古題要解：上之回，漢武帝元封初，因至雍，遂通回中道，後數幸焉。其歌稱帝「遊石闕，望諸國，月支臣，匈奴服」，皆美當時事也。

〔二〕古詞上之回指幸回中道而言。此云「上之回」，指言天子回京師也。紅雲，大旗之色。曾謙甫注：撻，往來翻擊如撻。鳳尾，析羽而置于旗之首者。

〔三〕拾遺記：顓頊有曳影之劍，騰空而舒。若四方有兵，此劍則飛起指其方，則剋伐。未用之時，常于匣中如龍虎之吟。此暗用其事，謂劍飛出匣，騰舞空中，有若蛟龍之狀。破者，謂劍破匣而出，若畫龍之破壁而飛同一解。

〔四〕史記：蚩尤作亂，不用帝命。于是黄帝乃徵師諸侯，與蚩尤戰于涿鹿之野，遂擒殺蚩尤。詩大雅：「鼉鼓逢逢。」毛傳：逢逢，和也。此謂戰時得勝而鼓也。

〔五〕吴正子注：揚雄甘泉賦云：「直嶢嶢以造天兮，厥高慶而不可乎彊度。」「天高慶」即此意。慶音「羌」，發語聲也。曾謙甫注：天高羌聲薄天，雷齊墮地，鼓聲薄天而雷應之。二解俱模棱不成句法。琦謂「慶雷」疑是「慶雲」之訛。漢書天文志：「若煙非煙，郁郁紛紛，蕭索輪囷，是謂慶雲。」慶雲見喜氣也。「齊墮地」，謂雲下垂至地也。「地無驚煙海千里」，謂海外千里之遠，無烽火之警也。爾雅：九夷、八狄、七戎、六蠻，謂之四海。孫炎注：海之言晦，晦闇于禮義也。此詩「海」字應作此解。曾注以海晏爲釋者，非是。○吴正子曰：此篇後卷有白門前一曲與此同，云：「白門前，大樓喜。懸紅雲，撻龍尾。劍匣破，鼓蛟龍。蚩尤死，鼓逢逢。天齊慶，雷墮地。無驚飛，海千里。」當以此篇爲正。

高軒過

韓員外愈、皇甫侍御湜見過，因而命作。〔一〕

華裾織翠青如蔥，金環壓轡摇玲瓏。馬蹄隱耳聲隆隆，入門下馬氣如虹。云是東京才子，文章巨公。〔二〕二十八宿羅心胸，元精耿耿貫當中。殿前作賦聲摩空，筆補造化天無功。〔三〕龐眉書客感秋蓬，誰知死草生華風？〔四〕我今垂翅附冥鴻，他日不羞蛇作龍。〔五〕

〔一〕摭言：李賀年七歲，名動京師。韓退之、皇甫湜覽其文，曰：「若是古人，吾曾不知。若是今人，豈有不知之理？」二公因詣其門。賀總角荷衣而出，二公命面賦一篇，目爲高軒過。琦按：元和三年，皇甫湜以陸渾尉應賢良方正直言極諫舉，指陳時政之失，爲宰相李吉甫所惡，久之不調。其爲侍御必在此年之後。韓爲都官員外郎在元和四年，約其時長吉已弱冠矣。恐摭言七歲之説爲誤，否則此詩前一行十五字，乃後人所增歟？

〔二〕隆隆，聲貌。漢書天文志：隆隆，如雷聲，又如鼓音。曹植七啓：慷慨則氣成虹霓。○吴本云：「隱耳」一作「隱隱」。西都賦「粲乎隱隱」，乃明盛貌。一本無「云」、「是」、「鉅」三字。

〔三〕後漢書：元精所生，王之佐臣。章懷太子注：元謂天，精謂天之精氣。「聲摩空」，謂聲價之高也。○「元精耿耿」，吴本作「九精照耀」，注云：九精，九星之精也。春秋運斗樞云：「五帝遵七政之紀，九星之法」是也。

〔四〕龐眉，長吉自謂，已見三卷注。蓬蒿至秋則將敗而死矣；今得榮華之風吹之而復生，即古人所謂吹枯噓生之意。

〔五〕喻言今雖失意，苟得攀附二公，長其聲價，自能變化飛騰于異日。揚子：「鴻飛冥冥，弋人何纂焉？」冥冥，謂空中青闇之處。

貝宮夫人〔一〕

丁丁海女弄金環，雀釵翹揭雙翅關。〔二〕六宮不語一生閑，高懸銀牓照青山。〔三〕

長眉凝緑幾千年，清凉堪老鏡中鸞。〔四〕秋肌稍覺玉衣寒，空光帖妥水如天。〔五〕

〔一〕貝宮夫人，不知是何神。吴正子、曾謙甫以爲龍女，姚經三以爲海神，俱從「貝宮海女」四字起義故云耳。考任昉述異記有貝宮夫人廟，云在太乙山下，是懷元王夫人廟即其基。未知即此神否？

〔二〕曾謙甫注：丁丁，弄環聲。釋名：雀釵，釵頭及上施雀也。翹揭，皆高起之貌。雙翅闔，謂雀之雙翅收而不開。○吴本云：「環」一作「錢」。「翹揭」，曾本、二姚本作「揭翹」。

〔三〕鄭康成周禮注：「婦人稱寢曰宮。后象王，立六宮而居之，正寢一，燕寢五。」神既稱夫人，則亦應立六宮儀制。「不語一生閑」，徐文長以爲泥塑之説者是也。神異經：東方有宮，青石爲牆，門有銀牓。張正見詩：即此神山内，銀牓映仙宮。

〔四〕「長眉凝緑幾千年」，謂神壽長久。「清凉堪老鏡中鸞」，謂神無有匹偶。孤鸞睹鏡中之影，哀鳴而死。今神以清净爲心，無有情慾，鏡中鸞影常存，安有老期？

〔五〕詩意本謂「空光帖妥水如天」，「秋肌稍覺玉衣寒」，一倒轉用之，便覺有摇曳不盡之致。吴正子注：玉衣言其衣之華好。裴松之三國志注魏書曰：甄后生，每寢寐，家中髣髴見如有人持玉衣覆其上。「帖妥」即「妥帖」之倒文，言其工緻服帖無不穩稱。韓退之元和聖德詩亦有「獸盾騰挐，圓壇帖妥」之辭，疑當時習用此倒字法耶？

蘭香神女廟〔一〕

古春年年在，閑緑摇暖雲。松香飛晚華，柳渚含日昏。沙砲落紅滿，石泉生水芹。幽篁畫新粉，蛾緑横曉門。弱蕙不勝露，山秀愁空春。〔二〕舞珮剪鸞翼，帳帶塗輕銀。蘭桂吹濃香，菱藕長莘莘。〔三〕看雨逢瑶姬，乘船值江君。〔四〕吹簫飲酒醉，結綬金絲裙。走天呵白鹿，遊水鞭錦鱗。〔五〕密髮虛鬟飛，膩頰凝花勻。團鬢分珠窠，濃眉籠小脣。〔六〕弄蝶和輕妍，風光怯腰身。〔七〕深幃金鴨冷，奩鏡幽鳳塵。〔八〕踏霧乘風歸，撼玉山上門。〔九〕

〔一〕三月中作。○太平廣記：杜蘭香者，有漁父于湘江洞庭之岸聞兒啼聲，四顧無人，惟一三歲女子在岸側，漁父憐而舉之。十餘歲，天姿奇偉，靈顏姝瑩，迨天人也。忽有青童靈人自空而下，來集其家，攜女俱去。臨昇天謂漁父曰：「我仙女杜蘭香也，有過謫人間，元期有限，今去矣。」自後時亦還家。其後于洞庭包山降張碩家，授以舉形飛化之道，碩亦得仙。長吉所稱，但云蘭香神女，不連「杜」字。又據昌谷詩下元注，謂昌谷中之女山，即蘭香神女上昇處，遺几在焉。與廣記所載不類，蓋另是一人。其廟亦當在女山上。

〔二〕古春，謂古時之春。年年在，謂至今猶然。沙砲，沙中石子。蛾緑，謂廟前之山，其色如蛾緑。東坡志林：大業拾遺記，宮人以蛾緑畫眉，亦石墨之類也。今世無復此物。琦按：隋遺録「殿脚女爭效爲長蛾眉，司宮吏日給螺子黛五斛，號爲蛾緑」。然則蛾緑故是青黛耶？

姚經三注：以上詠廟中花卉竹木石泉山水之勝。〇「生水芹」，二姚本作「水生芹」。

〔三〕舞珮帳帶，皆神像之飾。蘭桂吹濃香，謂所焚之香，濃馥如蘭桂。菱藕長莘莘，謂所供之物，清潔無腥羶。班固東都賦：俎豆莘莘。章懷太子注：莘莘，衆多也。

〔四〕瑤姬，即巫山神女。詳見巫山高注中。以其朝爲行雲，暮爲行雨，故看雨而逢焉。江君，即湘君也，以其爲湘江之神，故變稱江君。楚辭湘君云：「沛吾乘兮桂舟，令沅、湘兮無波，使江水兮安流。」「乘船」字本此。

〔五〕古仙人如衞叔卿，在山中常乘白鹿。琴高入涿水，騎赤鯉。此暗用其事。

〔六〕「珠窠」，吳本作「珠巢」。

〔七〕謂舞蝶輕姸，尚不如神女腰身之姣好。

〔八〕金鴨，香爐鑄作鴨形，以金塗其上。幽鳳，鏡上蓋袱刺繡鳳形者。二句見神女上升之後，廟中雖陳設器具，終是冷寂。

〔九〕撼，摇也。玉，門上玉飾。長門賦「擠玉户以撼金鋪」是也。一本作「撼玉山上聞」，蓋以撼玉爲珮環之聲，與下三字不相粘合，作「聞」字始克稱耳。

送韋仁實兄弟入關〔一〕

送客飲别酒，千觴無赭顔。〔二〕何物最傷心？馬首鳴金環。野色浩無主，秋明空曠間。坐來壯膽破，斷目不能看。行槐引西道，青稍長攢攢。〔三〕韋郎好兄弟，疊玉生文翰。〔四〕我在山上舍，一畝蒿磽田。夜雨叫租吏，舂聲暗交關。〔五〕誰解念勞勞？蒼突唯南山。〔六〕

〔一〕按舊唐書王播傳：長慶四年，補闕韋仁實，伏延英抗疏，論播厚賂貴要，求領鹽鐵使。是其人也。

〔二〕「赭顔」，二姚本作「赬顔」。

〔三〕行槐，道上所植官槐，排列成行。自此而西入關中，夾路不斷，故曰引西道。攢攢，簇聚貌。○「斷目」，文苑英華作「新月」。「青稍長攢攢」，一作「青松梢長攢」，俱非。又文苑本此處下有「君子送秦水，小人巢洛煙」二句。

〔四〕翰，筆也。今人皆作去聲讀，然古韻平去二音皆通。「疊玉生文翰」者，言其文筆之妙，字字皆美如玉，積累其間。

〔五〕蒿磽，謂田中多生蒿萊而薄脊者。租吏，催租吏也，其叫呼之聲，與舂聲交關相雜也。「舂」字似譌，與三聯「秋明」字有礙。○「暗交關」，文苑作「聞暗關」。

〔六〕言韋郎兄弟既去，我獨困守田園，而受催租之擾，並無知己相勞苦，朝夕所對者，唯蒼然突起之南山而已。蓋言此别之後，不堪爲懷也。○「勞勞」，文苑作「勞苦」。

洛陽城外别皇甫湜

洛陽吹别風，龍門起斷煙。〔一〕冬樹束生澀，晚紫凝華天。〔二〕單身野霜上，疲馬飛蓬間。〔三〕凭軒一雙淚，奉墮緑衣前。〔四〕

〔一〕以人之離别，而風亦爲别風；以交際斷隔，而煙亦爲斷煙。黯然神傷，不覺景因情異矣。一統志：龍門在河南府城南二十五里，兩山對峙，東曰香山，西曰龍門。石壁峭立，伊水中出，又名伊闕。

〔二〕冬樹枯落，枝幹森森如束，風繞其間，另作生澀之態。此句承上别風而言。晚煙凝映，遠天另作紫色，王子安所謂「煙光凝而暮山紫」也。此句承上斷煙而言。

〔三〕豫言别後途中苦況，以起下文淚墮之意。小傳言長吉獨騎往還京、洛，讀「單身疲馬」之句，宛然如見。

〔四〕按舊唐書：貞觀四年，詔三品以上服紫，五品以上服緋，六品七品以緑，八品九品以青。上元元年，敕文武官三品以上服紫，四品深緋，五品淺緋，六品深緑，七品淺緑，八品深青，九品淺青。皇甫君于時爲陸渾尉，乃畿縣尉官，只九品，理不應服緑。豈其時已受辟于藩府，而借用幕職之服，抑其爲侍御之時歟？

谿晚凉

白狐向月號山風，秋寒掃雲留碧空。〔一〕玉煙青濕白如幢，銀灣曉轉流天東。〔二〕溪汀眠鷺夢征鴻，輕漣不語細游溶。〔三〕層岫迴岑複疊龍，苦篁對客吟歌筒。〔四〕

〔一〕本草：狐有黄、黑、白三種，白色者尤稀。鮑照蕪城賦：「木魅山鬼，野鼠城狐。風嗥雨嘯，昏見晨趨。」狐號風當本此。「掃雲留碧空」，謂浮雲斂盡，天質獨露。

〔二〕晚煙直上，青潤不散，狀如幡幢。銀灣，銀河也。上下用「玉」字、「白」字，中夾「青」字，恐是「清」字之譌。題是谿晚凉，而詩用「曉」字，亦疑有譌。

〔三〕鷺眠鴻夢，見水中群鳥皆已安息，故波水輕漣，静而安流。不語，言水無聲。游溶，言水緩動。○「輕漣」，曾本、二姚本俱作「輕連」。

〔四〕山有穴者曰岫。層岫，層累而見者也。山小而高者曰岑。回岑，其勢轉曲回翔者也。複疊龍，複疊起伏如龍行也。苦篁，苦竹也。吟歌筒，竹受風而有聲如歌筒之吟也。

官不來題皇甫湜先輩廳

官不來，官庭秋，老桐錯幹青龍愁。〔一〕書司曹佐走如牛，疊聲問佐官來否？〔二〕官不來，門幽幽。

〔一〕桐老故幹有錯節，其勢夭矯翔舞，有若青龍之狀。

〔二〕按唐書百官志：凡縣有司功佐、司倉佐、司户佐、司兵佐、司法佐、司士佐，畿縣減司兵，上縣有司户、司法而已。所謂書司曹佐者也。吴正子注：否音「浮」。

長平箭頭歌〔一〕

漆灰骨末丹水砂，凄凄古血生銅花。白翎金簳雨中盡，直餘三脊殘狼牙。〔二〕我尋平原乘兩馬，驛東石田蒿塢下。風長日短星蕭蕭，黑旗雲濕懸空夜。〔三〕左魂右魄啼肌瘦，酪瓶倒盡將羊炙。蟲棲雁病蘆筍紅，迴風送客吹陰火。〔四〕訪古汍瀾收斷鏃，折鋒赤璺曾刲肉。南陌東城馬上兒，勸我將金換簝竹。〔五〕

〔一〕元和郡縣志：長平故城在澤州高平縣西二十一里，白起破趙四十萬衆于此。圖書編：長平驛即秦白起坑卒四十萬人處也。問居人，不能指其所，第云：旁村人鋤地，尚得銅鏃如緑玉。

〔二〕箭頭之上，其色黑處如漆灰，白處如骨末，紅處如丹砂。蓋因古時征戰，常染人血，積久變成斑點故也。今之箭首惟以鐵爲之，古時軍器皆銅、鐵兼用。鐵入土久，則多爛蝕；銅入土年深，又沾人血，能變出諸種顔色。白翎，箭羽。金簳，箭幹，以其堅好如金，故曰金簳。三脊者，箭頭作三脊形，俗謂之狼牙箭，蓋言其鋒利，如狼之牙也。

〔三〕爾雅：大野曰平，廣平曰原。後人合之以稱曠野之處。驛即長平驛也。石田，地中多石不可耕者。山阿曰塢。蒿塢，謂平地之中，蒿萊叢生，有類山塢也。風長日短，不覺天暮而星出。蕭蕭，寂寥貌。黑雲懸于空中，有似旗狀。二句言古戰場内，慘然可畏景象。

〔四〕左魂右魄，見國殤甚多，久無祭祀，聞其啼嘯之聲，知其餒餓求食，于是傾瓶中之酪以奠之，又奉羊炙爲餚以薦之。遥望四野，蟲棲雁病，蘆筍焦枯，滿目凄其，但見旋風忽起，陰火明滅。蓋感其祭祀之惠，知其將去，競來送客也。酪，乳漿也。將，奉也。蘆筍初生白色，漸長變青。此云紅者，蓋旱地所生，爲風日所爍，故變作紅色。迴風，即旋風，鬼所乘之風。陰火，鬼火也。琦按：瘦、炙、火，三字皆不同韻，亦不相通，疑有譌處。以意度之，或是「左魂右魄啼肌瘠，酪瓶倒盡將羊炙。蟲棲雁病蘆筍紅，陰火迴風吹送客」。附更于此，以俟知者。

〔五〕陸機吊魏武帝文：「涕垂睫而汍瀾。」注：汍瀾，淚疾流貌。璺音「問」，物將斷而未離之義也。刲，刺也。自今日觀之，箭鋒已折缺殘敗，而當日穿堅入肉，其傷人之毒猶可想見。換簝竹者，買竹合箭鏃以成完矢也。簝有「聊」、「勞」、「老」三音，然皆不作竹名解，恐字有譌。○「刲」，曾本、二姚本作「封」。

江樓曲

樓前流水江陵道，鯉魚風起芙蓉老。曉釵催鬢語南風，抽帆歸來一日功。〔一〕鼉吟浦口飛梅雨，竿頭酒旗換青苧。蕭騷浪白雲差池，黃粉油衫寄郎主。〔二〕新槽酒聲苦無力，南湖一頃菱花白。眼前便有千里思，小玉開屏見山色。〔三〕

〔一〕樓前流水，道通江陵。際此佳時，郎主歸期未卜。若果欲歸，仗南風吹帆之助，不過一日之功耳，奈何竟未能歸耶？唐時江陵郡，即荆州也。梁簡文帝詩：塵散鯉魚風。提要録：鯉魚風，九月風也。歲時記：九月風曰鯉魚風。石溪漫志：鯉魚風，春夏之交。觀下文用梅雨事，則漫志之説爲是。邢昺爾雅疏：今江東人呼荷華爲芙蓉。埤雅：荷，總名也。郭璞以爲芙蕖，一名芙蓉。按説文：未發爲菡萏，已發爲芙蓉。老者，謂其花開已久。「催鬢」，文苑英華作「摧鬢」，猶言掠鬢也。語南風，向南風而語。抽帆，引帆也。

〔二〕埤雅：「犺，將風則湧；鼉，欲雨則鳴。故里俗以犺識風，以鼉識雨。」本草：「鼉龍，其聲如鼓，夜鳴應更，謂之鼉鼓，又曰鼉更。俚人聽之以占雨。」藝文類聚：「說文曰，浦，水濱也。風土記曰：大水有小口別通爲浦。」初學記：「梅熟而雨曰梅雨，江東呼爲黄梅雨。」埤雅：「江、湘、二浙，四五月之間，梅欲黄落，則水潤土溽，礎壁皆汗，蒸鬱成雨，其霏如霧，謂之梅雨，沾衣服皆敗黦。故自江以南，三月雨謂之『迎梅』，五月雨謂之『送梅』，轉淮而北則否。」蕭騷，水波擾動貌。差池，猶參差。左傳：「何敢差池。」杜預注：「差池，不齊一也。」雲差池，謂雲勢迭起。三句皆言梅雨時之景。以黄粉油衫寄之，以爲其夫作禦雨之具。胡三省通鑑注：「門生家奴呼其主爲郎，今俗猶謂之郎主。」

〔三〕新酒已熟，槽牀滴注有聲，然飲之不能消愁，反苦酒之無力。舊注謂滴將盡，蓋以下五字相聯作一解，亦通，然意味殊覺短淺。一頃，百畝也。菱花紫色，不當言白，殆謂南湖水色，明淨如菱花鏡耳。飛燕外傳有七出菱花鏡一奩。爾雅翼：「昔人取菱花六觚之象以爲鏡。」元稹詩：「小玉上牀鋪夜衾。」路德延詩：「酒殢丹砂暖，茶催小玉煎。」疑唐時多以小玉爲侍女別稱。夫酒既不能消愁，南湖一望或可遣悶。無如眼前已有千里之思，侍女開屏，南湖之外，又見山色周遮，江陵杳在何處？千里之思愈不能已矣。○「千里思」，吴本作「千里愁」。

塞下曲〔一〕

胡角引北風，薊門白于水。〔二〕天含青海道，城頭月千里。〔三〕露下旗濛濛，寒金鳴夜刻。〔四〕蕃甲鏁蛇鱗，馬嘶青塚白。〔五〕秋静見旄頭，沙遠席羈愁。〔六〕帳北天應盡，河聲出塞流。〔七〕

〔一〕郭茂倩樂府詩集：晉書樂志曰，出塞、入塞曲，李延年造。唐有塞上、塞下曲，蓋出于此。

〔二〕胡角吹時，北風適至，遂若其風爲角聲所引而來。通志地理略：薊門在幽州北。琦按：薊門即薊州也。戰國時屬燕，秦爲漁陽郡，唐開元十八年改置薊州，取薊邱以爲名，文人多謂之薊門。白于水者，曠地風沙之色。

〔三〕天含者，自遠而望若與天相接。周書：吐谷渾治伏俟城，在青海西十五里。青海周圍千餘里。

〔四〕金，謂軍中警夜時所擊銅器，即古時刁斗之類。因塞下寒冷，而金聲亦帶寒氣，似謂其音不甚清亮。夜刻，每更中深淺刻數。

〔五〕蕃人之甲，鎖銜細密，狀同蛇鱗。其馬群牧處水草皆盡，青塚變爲白地。二句見敵人甲堅馬多，當留心防守，不可玩忽之意。青塚，詳三卷注。

〔六〕史記天官書：昴曰旄頭，胡星也。正義曰：昴七星爲旄頭。六星明與大星等，大水且至，其兵大起；搖動若跳躍者，胡兵大起；一星不見，皆兵之憂也。席羈愁，曾注：一片羈愁，或云所席之地羈愁。姚經三注：坐卧羈愁之席。吴正子曰：「席羈愁」，一本作「席箕愁」爲是。蓋卧沙中，以豆箕爲席也。劉須溪曰：如箕踞坐也。楊升菴曰：恐是塞上地名。焦弱侯曰：草名。琦按：數説之中，焦説是也。酉陽雜俎：席箕一名塞蘆，生北方胡地。古詩云：「千里席箕草」。王建有詠席箕簾詩云：「單于不向南牧馬，席箕遍滿天山下。」當此敵人甲馬精壯之時，仰觀天象，旄頭又復明耀，恐將來不能無窺伺之患，即觀塞草，亦應有蹂躪之愁耳。

〔七〕帳，軍中帳幕也。北望茫茫，渺無所見，疑天亦應至此而盡。乃河流之聲尚滔滔不息而去，知其外地廣大，荒莫之紀極，自古有中國即有外裔，征戍之苦，更何時已乎！河水自塞外流入，反流出塞，重復流入中國，而後歸海，故有「出塞流」之語。薊門、青海、青塚皆相去甚遠，不在一方，讀者賞其用意精奥，自當略去此等小疵。〇「河聲」，文苑英華作「黄河」。

染絲上春機

玉罌汲水桐花井，蒨絲沉水如雲影。〔一〕美人嬾態燕脂愁，春梭抛擲鳴高樓。〔二〕

綵綫結茸背複疊，白袷玉郎寄桃葉。〔三〕爲君挑鸞作腰綬，願君處處宜春酒。〔四〕

〔一〕玉罌，玉瓶也。桐花井，古時井上多植梧桐，古詞「井桐花落盡」是也。「蒨」與「茜」同，染絳草。郭璞爾雅注：茹藘，今之蒨也，可以染絳。詩意謂汲水染絲，紅白鮮明，相映如雲霞之影。

〔二〕絲既染成，于是上機而織。

〔三〕曾謙甫注：綵綫，即染成之絲。結茸，謂絲吐處茸茸然。「背複疊」，以機有正背，正則齊，而重疊接續在背。琦謂：「綵綫結茸背複疊」者，蓋另是一物，即白袷玉郎所寄者也。以綵綫結茸而成，視其背則複疊相交，按其物形當是同心結之類。詳言其狀，而隱晦其名，正長吉弄巧避熟處，不必如曾氏仍粘機織説也。袷有二音，亦有二義：作「夾」音讀者爲複衣，語林所謂「周侯著白袷，憑兩人來詣丞相」者是也；作「劫」音讀者，爲曲領。世説：支道林見王子猷兄弟，還曰：「見一群白頸鴉，但聞喚啞啞聲。」王氏子弟多服白領故也。此用王家事則音當從「劫」，解當從曲領爲是。六朝事跡：桃葉渡，圖經云在縣南一里秦淮口。桃葉者，晉王獻之愛妾名也，其妹曰桃根。獻之詩曰：「桃葉復桃葉，渡江不用楫。但渡無所苦，我自迎接汝。」嘗臨此渡歌送之。○柳亭詩話以玉郎爲王郎，謂「玉」字乃坊刻之誤。然「玉」字正佳。

〔四〕腰綬者，腰帶也。其絲紋如組綬，故謂之綬帶，與印綬之綬不同。唐人詩有云：「願得化爲紅綬帶，許教雙鳳一時銜。」蓋綴鳳鳥于帶上以爲彩飾。此詩所謂挑鸞作腰綬者，亦是此製。因玉郎有所寄，而思有以報之。故染絲上機，織成綬帶，更挑綴鸞鳥于上，以答贈遠人。「願君處處宜春酒」者，更爲祝頌之詞，謂繫此腰綬，當無處不宜也。○「春酒」，曾本、二姚本作「春雪」。

五粒小松歌 并序〔一〕

前謝秀才、杜雲卿命予作五粒小松歌。予以選書多事，不治曲辭。① 經十日，聊道八句以當命意。

蛇子蛇孫鱗蜿蜿，新香幾粒洪崖飯。〔二〕緑波浸葉滿濃光，細束龍髯鉸刀剪。〔三〕

主人壁上鋪州圖，主人堂前多俗儒。〔四〕月明白露秋淚滴，石笱溪雲肯寄書？〔五〕

〔一〕五代史：聞華山有五粒松，脂淪入地，千歲化爲藥，能去三尸。癸辛雜識：凡松葉皆雙股，故世以爲松釵。獨栝松每穗三鬣；而高麗所産，每穗有五鬣，今所謂華山松是也。李賀有五粒小松歌。酉陽雜俎云：五粒者，當言鬣。自有一種，名五鬣，皮無鱗甲而結實多，新羅所種云云。然則所謂粒者，鬣也。太平御覽：松葉有五粒者，名五粒松，服之長生。本草：蕭炳曰，五粒松一叢五葉，如釵，道家服食，絕粒，子如巴豆，新羅往往進之。蘇頌曰：「五粒」字當作「五鬣」，音傳訛也。五鬣爲一叢，或有兩鬣、七鬣者。

〔二〕詩人詠松，多以蛟龍爲比。此則以蛇比，更以蛇子蛇孫爲比，蓋爲小松寫照。鱗蜿蜿，枝幹屈曲貌。「新香幾粒洪崖飯」，姚經三以爲松子之喻。琦謂小松未必即能生子，恐是指松花之蕊如米粒者；而言「飯」者，以其爲仙家之所採食，故云。洪崖，古仙人，已見本卷注。

〔三〕葉密有光，若爲水所浸，故潤澤若此。其整齊不亂，若束龍髯而以刀剪截之。鉸音「絞」。六書故：交刃刀也，利以剪，蓋今之剪刀也。姚仙期曰：似移植盆中爲盆景者，故細束之而又剪其繁鬣。姚經三曰：滿濃光，色之深也。束龍髯，葉之齊也。二說之中，後說爲是。

〔四〕州圖，州邑地道之圖係俗筆，與此松相對則不稱。多俗儒，則又無人能賞識此松。

〔五〕秋露沾松葉之上，泫然墮下，有似滴淚。石筍，石之峻挺瘦立似筍者。松在深山，原與石筍相依而生，溪雲往來，朝夕相護。一入主人庭中，永與相别，不知能相憶而寄書否？夫松與雲石皆無情，所謂淚與書，皆假人事言之，以明小松托根不得其所耳。○吳本云：「月明白露秋淚滴」，一作「月明露泣懸秋淚」。「肯寄書」，曾本、姚經三本作「好寄書」。

①蔣按：「不治曲辭」，金刻本作「不治典實」。

塘上行〔一〕

藕花涼露濕，花缺藕根澀。飛下雌鴛鴦，塘水聲溘溘。〔二〕

〔一〕按王僧虔技録：塘上行乃相和歌清調六曲之一。吴正子注：塘上行又曰塘上辛苦行。或云甄后所作，或云魏武歌。陸機亦有此曲。注云：婦人衰老失寵，行于塘上爲此歌也。鄴中故事云：「蒲生我池中，有葉何離離。豈無蒹葭艾，與君生别離。」此歌乃魏文帝后甄氏爲郭后所譖，賜死，臨終時作也，非魏武。長吉此篇，與陸機作皆本古意。

〔二〕冷露既下，則花日就凋殘，藕根亦老而味澀。○「雌」一作「雄」，非。有作「雙」者，尤謬。

吕將軍歌

吕將軍，騎赤兔，獨携大膽出秦門，金粟堆邊哭陵樹。〔一〕北方逆氣污青天，劍龍夜叫將軍閒。將軍振袖拂劍鍔，玉闕朱城有門閣。〔二〕榼榼銀龜摇白馬，傅粉女郎火旗下。恒山鐵騎請金槍，遥聞箙中花箭香。〔三〕西郊寒蓬葉如刺，皇天新栽養神驥。

厩中高桁排蹇蹄，飽食青芻飲白水。〔四〕圓蒼低迷蓋張地，九州人事皆如此。〔五〕赤山秀鋋禦時英，綠眼將軍會天意。〔六〕

〔一〕藝文類聚曹瞞傳曰：呂布乘馬名赤兔。語曰：人中有呂布，馬中有赤兔。因將軍是呂姓，故以呂布比之。世語：姜維死時見剖，膽如斗大。秦門，謂西京城門也。大唐新語：玄宗嘗謁橋陵，至金粟山，睹岡巒有龍盤鳳翔之勢，謂左右曰：吾千秋後宜葬此地。寶應初，追述先旨，而置山陵焉。長安志：玄宗泰陵在蒲城縣東北三十里金粟山。呂將軍蓋爲泰陵護衛之官，故云。曾謙甫以將軍爲明皇時將，是時不用而留京者，非也。

〔二〕德宗、憲宗時，北方藩鎮互相盟結，旅拒王命，所謂逆氣污青天也。此正志士効命立功之日，乃棄在閑地，匣中龍劍，夜中空自鳴吼。有時振袖起舞，思一試其雄心，無奈君門九重，斷隔不聞。劍龍，以古時之劍有化爲龍者，故云劍龍。鍔音「諤」，劍之鋒刃也。玉闕朱城，天子所居之處，外有門閣重重，止隔外人。此即楚辭「君門九重」意。○「拂」，吳本作「揮」。

〔三〕笑其時所用將帥，腰佩銀印，身騎白馬，非不形似，而孱怯無能，乃一傅粉女子在旗纛之下，何足以威服敵人？是以恒山鐵騎請與比較金槍，藏匿不出，但遥聞其箙中花箭香而已。蓋傳言其善射也。曰花、曰香，亦從傅粉女郎生出，言其不見可畏之意。又曰遥聞，則又不曾親試之行陣可知。銀龜，銀印也。漢官儀曰：王公侯金印，二千石銀印，皆龜鈕。舊注或以佩龜爲解，非也。改内外官佩魚爲龜，乃武后時事。中宗神龍初，依舊易佩魚矣。詩人借用古事，初無害，若武后所變易之制度已經改正者，後人初未嘗敢用以爲典實，誠惡之也，亦醜之也。搖者，徘徊之意，當依俚語搖擺解。火旗，旗之紅者。李太白詩「火旗雲馬生光彩」，杜子美詩「火旗邀錦纜」是也。恒山，郡名，戰國時趙地。漢置恒山郡，後以文帝諱改曰常山郡。唐時改爲恒州，又改恒山郡，又改平山郡。元和四年，成德軍節度使王承宗據郡叛，帝遣宦官吐突承璀率諸道兵討之，王師屢挫。所謂恒山鐵騎者，指承宗麾下驍卒而言。請金槍者，單騎挑戰請與比試金槍高下。邱注以爲邊將請甲兵者，非也。「遥聞篋中花箭香」，即指銀龜白馬之將而言。邱注以爲邊塞之間，亦知有將軍之名者，亦非。○「火旗」，一作「大旗」。

〔四〕神驥乃德力兼備之馬，人不能識，放棄郊野，僅以蓬葉充飢；而厩中排列之馬，俱係蹇蹄，不善馳走者，反得安飽，豈不可嘆！寒蓬之葉如刺，驥不得已而食之。長吉則謂天實生此不堪適口之物，以爲驥食。新栽者，見向來尚不至此，而今乃新見之也。意中一腔憤懣不平之氣，于此二字中發露殆盡。桁音「衡」，屋中横木所以繫馬者。蹇蹄，不善行走之馬。○「新」，曾本、二姚本作「親」。「排」，吴本作「挑」。

〔五〕圓蒼，天也。「低迷蓋張地」，言其不明也。董懋策注：即詩人視天夢夢之意。「如此」，承上指神驥蹇蹄而言。

〔六〕赤山秀鋌乃禦世之英器，天意未必竟棄置于無用之地。將軍當會天意，徐以俟之可也。越絶書：當造此劍之時，赤堇之山破而出錫，若耶之溪涸而出銅。太平寰宇記：赤堇山在會稽縣南三十里。會稽記：昔歐冶子造劍于此山，云涸耶溪而採銅，破赤堇而取錫。張景陽七命：耶溪之鋌，赤山之精。說文：鋌，銅鐵璞也。據此，則若溪之銅可以言鋌，赤山之錫不可以言鋌。今曰赤山秀鋌，亦是語疵。緑眼將軍，正指呂也。蓋其緑眼故云。

休洗紅〔一〕

休洗紅，洗多紅色淺。卿卿騁少年，昨日殷橋見。封侯早歸來，莫作弦上箭。〔二〕

〔一〕古詩：「休洗紅，洗多紅色淡。不惜故縫衣，記得初按茜。人壽百年能幾何？後來新婦今爲婆。」長吉蓋擬其調，而意則殊也。

〔二〕騁，猶趁也，正當及時之意。殷橋，地名，未詳所在。弦上箭，謂其一去而不還也。○「淺」，姚仙期本作「淡」。

野　歌

鵶翎羽箭山桑弓，仰天射落銜蘆鴻。〔一〕麻衣黑肥衝北風，帶酒日晚歌田中。〔二〕

男兒屈窮心不窮，枯榮不等嗔天公。寒風又變爲春柳，條條看即煙濛濛。〔三〕

〔一〕爾雅：檿桑，山桑也。郭璞注：似桑，材中作弓及車轅。淮南子：雁銜蘆而翔，以備矰弋。古今注：雁自河北渡江南，瘦瘠能高飛，不畏矰繳。江南沃饒，每至還河北，體肥不能高飛，恐爲虞人所獲，常銜蘆數寸以防矰繳。一説代山高峻，鳥飛不越，惟有一缺門，雁往來向此缺中過，人號曰雁門。山出鷹，雁過，鷹多捉而食之。雁欲過皆相待，兩兩相隨，口中銜蘆一枝，然後過缺中。鷹見蘆，懼之不敢捉。

〔二〕唐時舉子皆着麻衣，蓋苧葛之類。黑肥，垢膩狀也。舊注以麻衣黑肥爲雁翎黑白相雜之比，或以爲指射雁人，皆誤。

〔三〕長吉自謂身雖屈抑窮困，心却不爲窮所困。凡人之遭際，枯榮不等，常謂天意偏私，其實天意未常偏私。試看寒風時候，又變爲春柳時候，枯者亦有榮時，不可信乎？條條，柳枯無葉之狀。煙濛濛，緑葉初生，望之有若濛濛煙護之狀。

將進酒〔一〕

琉璃鍾，琥珀濃，小槽酒滴真珠紅。〔二〕烹龍炮鳳玉脂泣，羅幃繡幕圍香風。〔三〕吹

龍笛，擊鼉鼓。皓齒歌，細腰舞。〔四〕況是青春日將暮，桃花亂落如紅雨。〔五〕勸君終日酩酊醉，酒不到劉伶墳上土。〔六〕

〔一〕宋書：漢鼓吹鐃歌十八曲有將進酒，曲古詞云：「將進酒，乘大白。」大略以飲酒放歌爲言。

〔二〕晉書：「汝南王亮嘗讌公卿，以琉璃鍾行酒。」珍珠紅當是酒名。

〔三〕曹植詩：「萁在釜下然，豆在釜中泣。」詩人用「泣」字作釜中煮物聲者，皆本此。古樂府：繡幕圍香風，耳節朱絲桐。○「羅幃」，吴本作「羅屏」。「綉幕」，一作「翠幕」。「香風」，一作「春風」。

〔四〕虞世南琵琶賦：鳳簫輟吹，龍笛韜吟。傅玄正都賦：吹鳳簫，擊鼉鼓。陸璣詩疏：鼉形似蜥蜴，四足，長丈餘，生卵大如鵝卵，甲如鎧，其皮堅厚，可以冒鼓。楚辭：朱唇皓齒，嫭以姱只。韓非子：楚靈王好細腰。

〔五〕暮，指時節言，謂春日無多，固將暮矣；不謂日暮也。桃花亂落，正暮春景候。

〔六〕按晉書：劉伶，字伯倫，沛國人。放情肆志，嗜酒，著酒德頌一篇。一統志：劉伶墓在光州北，旁有井，相傳死葬此。又衞輝府亦有伶墓。

美人梳頭歌

西施曉夢綃帳寒，香鬟墮髻半沉檀。〔一〕轆轤咿啞轉鳴玉，驚起芙蓉睡新足。〔二〕雙鸞開鏡秋水光，解鬟臨鏡立象牀。〔三〕一編香絲雲撒地，玉釵落處無聲膩。〔四〕纖手却盤老鵶色，翠滑寶釵簪不得。〔五〕春風爛熳惱嬌慵，十八鬟多無氣力。粧成鬖鬌欹不斜，雲裾數步踏雁沙。〔六〕背人不語向何處？下堦自折櫻桃花。〔七〕

〔一〕韻會：綃，説文：生絲繒，一曰綺屬。魯詩注：綉也。禮記注：縑也。

〔二〕韻會：轒轤，井上汲水木，一作「轆轤」，一作「槤櫨」。轉鳴玉，謂轆轤之轉，其聲如玉之鳴也。芙蓉，指美人而言。明皇喻楊妃醉狀曰：真是海棠睡未足耳。蓋唐時多有此等比擬。

〔三〕雙鸞乃鏡蓋上所綉者，開去鏡蓋，則鏡光始見，如秋月之明浄矣。吴正子注：立象牀，髮長委地，故立于牀而梳也。

〔四〕董懋策注：狀髮之濃也。蓋髮濃雖立而尚撒地，故釵墜無聲。琦按：鬟已解矣，安得尚有玉釵在上，以致落地？況此句已用玉釵，下文又用寶釵，何不憚重複至是？恐是「鎞」字之訛。鎞是櫛髮器，他選本有作「玉梳」者，蓋亦疑「釵」字之非矣。落處謂梳髮，凡梳髮原無聲，無聲是襯帖字，下着一「膩」字，方見其髮之美。

〔五〕老鴉色，言其色之黑也。古西洲曲：雙鬟鴉雛色。

〔六〕髮，「髩」上聲，好髮髻也。髩音「朵」。劉夢得詩：「髮髩梳頭宮樣裝。」踏雁沙，如雁足踏沙上，言其行步匀緩。

〔七〕本草：櫻桃樹不甚高，春中開白花，繁英如雪。

月漉漉篇

月漉漉，波煙玉。〔一〕莎青桂花繁，芙蓉别江木。〔二〕粉態裌羅寒，雁羽鋪煙濕。〔三〕誰能看石帆？乘船鏡中入。〔四〕秋白鮮紅死，水香蓮子齊。〔五〕挽菱隔歌袖，緑刺罥銀泥。〔六〕

〔一〕漉漉，月光瑩潤狀。出于波煙之中，有如玉鏡。

〔二〕芙蓉，荷花也。别江木者，江木依然，芙蓉已謝也。

〔三〕裌，夾衣無絮者也。

〔四〕水經注：石帆山東北有孤石，高二十餘丈，廣八尺，望之如帆，因以爲名。北臨大湖，水深不測。會稽志：石帆山在會稽縣東十五里。舊經引夏侯曾先地志云：射的山北有石壁，高數十丈，中央少紆，狀如張帆，下有文石如鷂，一名石帆。十道志云：山遥望如張帆臨水。謝惠連泛南湖至石帆詩：「漣漪繁波緑，參差層峰峙。」南湖即今鏡湖也。宋之問詩云：「石帆來海上，天鏡出湖中。」初學記輿地志曰：山陰南湖，縈帶郊郭，白水翠巖，互相映發，若鏡若圖。故王逸少曰：山陰道上行，如在鏡中遊。曾謙甫曰：此詩似有慕鏡湖而作。

〔五〕杜詩鮮于注：江、浙謂江米曰紅鮮。死，稻熟也，猶萬寶盡死之死。舊注有以「秋白鮮紅死」，即芙蓉别江木之説者；有以芙蓉爲水芙蓉，鮮紅死爲荷花謝者。恐皆非是。

〔六〕挽菱，挽菱科而採之也。緑刺，菱角也。罥音「畎」，挂也。杜審言詩：「緑刺罥薔薇。」閻朝隱詩：「蓮刺罥銀鈎。」銀泥謂衣裙。中華古今注：秦始皇令宫人披淺黄銀泥飛雲帔，隋煬帝宫中有雲鶴金銀泥披襖子，則天以赭黄羅上銀泥襖子以燕居。國史補：以熟綵衣給其夫氏，以銀泥衣給其女氏。仙傳拾遺：有黄羅銀泥裙，五暈羅銀泥衫子，單絲羅紅地銀泥帔子。

京城

驅馬出門意，牢落長安心。兩事向誰道？自作秋風吟。〔一〕

〔一〕始也驅馬出門之時，意氣方壯，以爲取富貴如拾芥。乃羈旅長安，牢落無味，非復前日之心矣。左思魏都賦：「臨淄牢落。」李善注：第五倫自度仕宦牢落。李延濟注：牢落，闃寂也。兩事，未詳所指何事。徐文長、姚經三俱以功名當之，恐亦未確。

官街鼓〔一〕

曉聲隆隆催轉日，暮聲隆隆催月出。〔二〕漢城黄柳映新簾，柏陵飛燕埋香骨。〔三〕礁碎千年日長白，孝武、秦皇聽不得。〔四〕從君翠髮蘆花色，獨共南山守中國。幾回天上葬神仙，漏聲相將無斷絶。〔五〕

〔一〕唐書：日暮，鼓八百聲而門閉。五更二點，鼓自内發，諸街鼓承振，坊市門皆啓，鼓三千撾，辨色而止。其制蓋始于馬周。舊制，京城内金吾昏曉傳呼，以戒行者。周上書令金吾每街隅懸鼓，夜擊以止行李，以備竊盜，時人呼曰鼕鼕鼓，公私便焉。見中華古今注、海録碎事諸書。

〔二〕「催月出」，曾本、一姚本作「呼月出」。

〔三〕吴正子注：陵寢多栽柏，故云柏陵。琦按：通鑑德宗紀：自乾陵北過附柏城而行。胡三省

注：山陵樹柏成行，以遮迾陵寢，故謂之柏城。宋白曰：唐諸陵皆栽柏環之。貞元六年十一月，敕諸陵柏城四面各三里内不得安葬。柏陵，即柏城也。飛燕以喻當時宮嬪。

〔四〕漢武、秦皇志求長生，然不能長在聽此鼓聲。○「磓碎」，吴本作「鎚發」。

〔五〕人少髮色翠黑，老則白如蘆花，由少而老，人人如是。乃有人獨欲長生，與南山並壽，守此中國而不死。豈知神仙不死之説，本是虚誕之辭，雖或可以却病延年，終有死期，豈能如漏聲之日夜相將而無斷絶乎？將，猶隨也。此詩蓋爲求長生者諷，而借官街鼓作題以發其意。

許公子鄭姬歌〔一〕

許、史世家外親貴，宮錦千端買沉醉。銅駞酒熟烘明膠，古堤大柳煙中翠。〔二〕桂開客花名鄭袖，入洛聞香鼎門口。先將芍藥獻粧臺，後解黄金大如斗。〔三〕莫愁簾中許合歡，清弦五十爲君彈。彈聲咽春弄君骨，骨興牽人馬上鞍。〔四〕兩馬八蹄踏蘭苑，情如合竹誰能見！夜光玉枕棲鳳凰，袷羅當門刺純綫。〔五〕長翻蜀紙卷明君，轉角含商破碧雲。自從小靨來東道，曲裹長眉少見人。〔六〕相如塚上生秋柏，三秦誰是言情客？蛾鬟醉眼拜諸宗，爲謁皇孫請曹植。〔七〕

〔一〕鄭園中請賀作。

〔二〕漢書：上無許、史之屬。應劭曰：許伯，宣帝皇后父。史高，宣帝外家也。顔師古曰：許氏、史氏，有外屬之恩。許公子當是戚畹，故以漢許、史比之。杜預春秋經傳集解：二丈爲一端。吴正子注：銅駞街也。楊升菴曰：張萱宫騎圖畫從騎有挈金駞駞者。蓋唐制宫人用金駞貯酒，玉龜藏香。曾謙甫注以「銅駞」爲酒器，似本其説。琦按：二説之中，吴説似優。公子以宫錦千端爲纏頭之費，作一暢飲，酒必擇其佳者，而銅駞街之熟酒可飲；地必選其勝者，而古堤大柳之處可遊。若以「銅駞」爲貯酒之器，似于「熟」字無當。曾本、二姚本以「熟」字作「熱」字，似又以「銅駞」爲温酒器矣。邱季貞注：烘明膠，酒色瑩徹而厚也。

〔三〕桂開客花，喻鄭姬之清雅，有如幽桂自遠方而至。客遊斯土，故曰客花。或「桂」字、「客花」字乃姬之小名，亦未可知。鄭袖，楚懷王寵姬，見史記楚世家及張儀傳中，以姬姓鄭，故以古鄭袖比之。入洛聞香，謂至洛陽者，皆聞其香名也。鼎門口，是鄭所居之地。後漢書：河南周公時所城洛邑也，東城門名鼎門。注云：帝王世紀曰，東南門，九鼎所從入。將，送也。將芍藥所以助其粧，解黄金所以恣其用。大如斗者，蓋侈言之。或以芍藥謂芳華之辭，或以斗大金印繫肘後作解者，皆非是。

〔四〕初學記：釋智匠古今樂録曰：「石城西有女子名莫愁，善歌謡。」許合歡，謂許其來作歡會也。蓋此時尚在鄭姬家中彈箏作樂，俟其彈畢，然後乘馬偕行，以至園中。

〔五〕蘭苑，宴會之所。上文所謂「古堤大柳煙中翠」者，即是其處。王融謝武陵王賜弓啓：「暢藝蘭苑。」蓋用其語以爲美稱也。太平御覽：明皇雜録曰，虢國夫人夜光枕，希代之寶，莫能計其直。鄭嵎津陽門詩注：虢國夜明枕，置于堂中，光燭一室，西川節度使所進。事載國史。祫羅，夾羅也。當門，謂幃幔之屬。純，絲也。二句雖言園中陳設之美，兼以喻男女好合之情。鳳凰取雙棲之意，純綫取纏綿不相離之意。

〔六〕吴正子注：「長翻」合作「番」，長幅也。錢飲光注：似以明妃圖長在手展玩。此一説也。邱季貞注：長翻蜀紙乃録曲也，卷明君書于册内。蓋以明君爲樂府相和歌，吟嘆四曲中王明君之曲。此又一説也。琦謂二句是美姬之技藝，上言其善畫，下言其善歌，第「卷」字恐有譌耳。襄陽耆舊傳：含商吐角，絶節赴曲。破碧雲，謂其響遏行雲也。小靨，頰上之飾作小樣者。張正見詩：「裁金作小靨，散麝起微黄。」孫棨北里志：平康里入北門東回三曲，即諸妓所居之聚也。妓中錚錚者，多在南曲、中曲；其循墻一曲，卑屑妓所居，頗爲二曲輕斥。蓋唐時謂妓女聚居之處爲曲。少見人，謂不易見客。

〔七〕相如已死，不可復作，不知當今誰是言情之客？此時幸有才人在座，拜懇諸客爲我代白于皇孫，請展曹植之才思，贈一詩以增聲價。宗，尊也。諸宗，蓋謂諸尊客。皇孫、曹植，皆以自謂。○「塚上」，曾本、二姚本作「墳上」。「三秦」，曾本、二姚本作「三春」。「蛾鬟」，文苑英華作「蛾眉」。

新夏歌

曉木千籠真蠟綵，落蒂枯香數分在。〔一〕陰枝拳芽卷縹茸，長風迴氣扶葱蘢。〔二〕野家麥畦上新壠，長畛徘徊桑柘重。〔三〕刺香滿地菖蒲草，雨梁燕語悲身老。〔四〕三月摇楊入河道，天濃地濃柳梳掃。〔五〕

〔一〕千籠，猶云千株，其葉濃密團欒，似以物籠罩者故云。蠟綵，言其光明鮮麗，如以蠟飾綵上爲之。上句言樹木之茂盛，下句言花時已過，開將盡也。〇吴本云：「蠟綵」，一作「絳采」。「落蒂」，吴本作「落蘂」。

〔二〕陰枝，日色不照之處，其枝晚長，故其芽尚拳曲而未舒展。縹，青白色。茸，芽上細茸毛也。長風，夏時之風。周處風土記：仲夏長風扇暑。郭璞江賦：「潛薈葱蘢。」李善注：葱蘢，青盛貌。〇「茸」，曾本、二姚本作「帶」。

〔三〕野家，郊野人家也。畦，區也。壠，田中高處，今謂之田塍。新壠亦有麥生其上，見麥苗之盛。畛音「軫」，田間之道可容大車者。徘徊，不進之貌。桑柘之葉，紛披垂倚，所謂重也。人行其下，徘徊不進也。

〔四〕刺，謂其葉尖如刺。

〔五〕摇楊，已見二卷注。天濃地濃，猶言漫天漫地之意。

題歸夢

長安風雨夜，書客夢昌谷。怡怡中堂笑，小弟裁澗菉。〔一〕家門厚重意，望我飽飢腹。勞勞一寸心，燈花照魚目。〔二〕

〔一〕爾雅：菉，王芻。郭璞注：菉，蓐也，今呼鴨脚莎。爾雅翼：毛詩「菉竹」作「緑竹」。先儒皆以緑爲王芻，竹爲萹竹。説文亦云：菉，王芻也。引詩曰：「菉竹猗猗」，則緑與菉同。本草：名藎草，俗亦呼淡竹葉，所謂終朝采緑，不盈一掬者。上林賦稱香草云：揜以緑蕙，被以江蘺。張揖亦以緑爲王芻。

〔二〕此四句乃夢後自言其情也。飽飢腹，謂得沾薄禄以慰調飢。吴正子注：魚目不瞑，言勞思不寐也。董懋策注：魚目，淚目也。琦按：古詩「燈擎昏魚目」，魚目有珠，故以喻含淚珠之目。董説是也。吴注勞思不寐之説，似與夢不洽。

經沙苑〔一〕

野水泛長瀾，宫牙開小蒨。〔二〕無人柳自春，草渚鴛鴦暖。〔三〕晴嘶卧沙馬，老去悲啼展。〔四〕今春還不歸，塞嚶折翅雁。〔五〕

〔一〕元和郡縣志：沙苑，一名沙阜，在同州馮翊縣南十二里，東西八十里，南北三十里。今以其處宜六畜，置沙苑監。太平寰宇記：沙苑監在同州馮翊、朝邑兩縣界。按唐六典，掌牧養隴右諸牧牛羊，以供其宴會祭祀及尚食所用。

〔二〕野水泛濫，宫室鞠爲茂草，以見牧地荒殘之狀。瀾，水波也。蒨，草盛貌。又草名，今謂之茜草。詩經謂之茹藘，可以染絳。曾謙甫注：牙當作「芽」。芽開小蒨，草叢生也。姚經三注：沙苑南有興德宫，爲高祖趨長安所次。言此宫之牙門競長新叢也。琦按：别本有以「宫牙」爲「官牙」者，「牙」古與「衙」通。蓋謂沙苑監之衙署。「官牙開小蒨」者，官衙傾毁，其地開治種蒔茜草也。

〔三〕「無人柳自春」，見牧户逃亡。「草渚鴛鴦暖」，見畜牧鮮少。

〔四〕僅有疲老不堪用之馬，嘶卧沙中。

〔五〕雁者，隨陽之鳥，木落南翔，冰泮北徂，若折翅則不得高飛遠逝。長吉自謂。今當春時，尚淹滯他鄉，不能歸里，猶之塞上嚶鳴折翅之雁，能不見之生感乎？説文：嚶，鳥鳴也。

出城別張又新酬李漢〔一〕

李子別上國，南山崆峒春。〔二〕不聞今夕鼓，差慰煎情人。〔三〕趙壹賦命薄，馬卿家業貧。鄉書何所報？紫蕨生石雲。〔四〕長安玉桂國，戟帶披侯門。〔五〕慘陰地自光，寶馬踏曉昏。〔六〕臘春戲草苑，玉輓鳴轀轔。緑綢緦金鈴，霞卷清池潛。〔七〕開貫瀉蚨母，買冰防夏蠅。〔八〕時宜裂大被，劍客車盤茵。〔九〕小人如死灰，心切生秋榛。〔一〇〕皇圖跨四海，百姓施長紳。光明靄不發，腰龜徒甃銀。〔一一〕吾將譟禮樂，聲調摩清新。〔一二〕欲使十千歲，帝道如飛神。〔一三〕華實自蒼老，流來長傾盆。〔一四〕没没暗齰舌，涕血不敢論。〔一五〕今將下東道，祭酒而別秦。〔一六〕六郡無勦兒，長刀誰拭塵？地理陽無正，快馬逐服轅。〔一七〕二子美年少，調道講清渾。〔一八〕譏笑斷冬夜，家庭疎篠穿。〔一九〕曙風起四方，秋月當東懸。賦詩面投擲，悲哉不遇人。此別定沾臆，越布先裁巾。〔二〇〕

〔一〕按唐書：張又新，字孔昭，工部侍郎薦之子。善文詞，元和中及進士高第。以諂附李逢吉及李訓，兩遭貶逐，喪其家聲。官至左司郎中。李漢字南紀，宗室淮陽王道明之後，爲韓愈子壻。少師愈，爲文長于古學。元和七年登進士第，官至吏部侍郎。

〔二〕上國謂京師。南山，終南山也，在京師萬年縣南五十里。崆峒山在原州平高縣西一百里，與京師相去遼遠，未必指此。恐所謂崆峒，是終南山中峰嶺巖洞之名耳。

〔三〕在京則聞昏晨街鼓之聲，出城則今夕不復聞矣。在京則動思家之情，有如煎逼；出城則到家計日可必，差足以自慰矣。

〔四〕自分命薄如趙壹，既不得顯職；家貧如司馬長卿，又不能留滯長安。鄉書來報，紫蕨已生，可以採食，明已所以有歸去之志。後漢書：趙壹體貌魁梧，身長九尺，美鬚豪眉，望之甚偉。而恃才倨傲，爲鄉黨所擯，後屢抵罪，幾至死，友人救得免。作刺世疾邪賦以舒其怨憤，曰：「且各守爾分，勿復空馳驅。哀哉復哀哉，此是命矣夫！」初，袁逢使善相者相壹云：「仕不過郡吏。」竟如其言。漢書：司馬相如，字長卿。客遊梁，得與諸侯游士居。數歲，梁孝王薨，相如歸，而家貧無以自業。陸璣詩疏：蕨，鼈也，山菜也。初生似蒜，莖紫黑色，可食如葵。

〔五〕戰國策：楚國之食貴于玉，薪貴于桂。唐書百官志：凡戟一品之門十六，二品及京兆河南太原尹、大都督、大都護之門十四，三品及上都督、中都督、上都護、上州之門十二，下都督、下都護、中州下州之門各十。衣幡壞者五歲一易之。帶，即幡也。披，披拂之意。徐文長注：以下十二句並狀長安富貴之態。

〔六〕言雖慘陰之地，亦自有光采，不論朝夕，總有人馬馳驅不絶。西京賦：夫人在陽時則舒，在陰時則慘。史記：中厩之寶馬，臣得賜之。

〔七〕四句言遊獵之事。臘，十二月也，以其月中有臘祭之事，世俗遂謂之臘月。輓，引車也。玉輓猶玉輪。玉篇：轣，車聲也。説文：轔，車聲也。又東京賦：「隱隱轔轔。」呂延濟注：隱隱、轔轔，皆車馬聲。緑網，掩取禽獸之網，縋鈴于其上，鈴動有聲，則知有物入其中而獲取之也。霞卷者，猶風卷雲卷之謂，言其獲取之多。爾雅：夷上洒下，漘。邢昺疏：李巡云，夷上平上，洒下陗下。郭璞云：涯上平坦，而下水深者爲漘。詩王風葛藟云「在河之漘」是也。

〔八〕搜神記：南方有蟲名𧌒蠋，又名青蚨，形似蟬而稍大，生子必依草葉，大如蠶子。取其子，母即飛來，不以遠近；雖潛取其子，母必知處。以母血塗錢八十一文，以子血塗錢八十一文，每市物，或先用母錢，或先用子錢，皆復飛歸，輪轉無已。故淮南子術以之還錢，名曰青蚨。太平御覽：干寶搜神記曰，南方有蟲，其形若蟬而大，其子著草葉，如蠶種，得子以歸，則母飛來就之。若殺其母以塗錢，以其子塗貫，用錢貨市，旋則自還。故淮南子術以之還錢，名曰青蚨。其文與今本搜神記少異。觀長吉此句，似當以御覽本爲正。埤雅：傳曰，以冰致蠅。蠅，逐臭者，懷蛆紫利，常喜暖而惡寒，故遇冰輒側翅遠引，所謂夏蟲不可以語冰者也。

〔九〕虞喜志林：江夏孟宗，少遊學，其母作十二幅被，以招賢士同卧。此云大被者，蓋借用其事，以見賓友之留宿者甚多。劍客，佩劍之客。車盤茵者，出則乘車，以茵褥盤曲于車而坐也，以見門客之待遇者甚厚。

〔一〇〕吴正子以此二句爲長吉自謂。非也。張、李乃其知己，安有對之而自謙稱小人之理？連下文四句觀之，知其所稱小人，是指其時與長吉相忌嫉而排擠之者。如死灰，言其無可用處。心切生秋榛者，其心切切以傷人爲事，如有荆棘生其胸中也。

〔一一〕言天子神聖，幅員廣大，人民安樂，正可以興起文明之事。乃靄蔽不能振發，尸位素餐，徒然腰佩龜鈕之銀印而已。紳，大帶也。靄，本訓雲集，雲集則天光爲之掩蔽，故于此作掩蔽解也，極言小人輩之無能。銀龜，詳見吕將軍歌注中。甃，結也。〇「施」，一作「拖」。

〔一二〕謂作爲雅、頌以歌詠休明之德。譟者，不憚多言之意。

〔一三〕飛神，猶言天神，使後世仰羡不可企及也。

〔一四〕曾謙甫注：自蒼老，華實並存。長傾盆，無旱涸之嗟。姚仙期注：自蒼老，見非採春華而忘秋實之比。長傾盆，文教潤澤豐美。姚經三注：華實並茂，膏液長流。錢飲光注：華實蒼老，苗而秀，秀而實，無害稼者，故流米傾盆也。琦按：此二句必有譌字，未可强解。若如諸説，則晦澀僻隱，幾不成語，豈止牛鬼蛇神而已哉！〇「流來」，姚經三本作「流米」。

〔一五〕言既已爲人所擠，若再開口論説，更遭忌嫉，故計惟有一去而已。漢書灌夫傳：魏其必媿，杜門齰舌。顔師古注：「齰，齧也，音仕客反。」讀有「宅」、「責」二音。徐陵與楊僕射書：「規規默默，齰舌低頭。」涕血，猶泣血也。

〔一六〕祭酒，謂祖道祭也。古者出行，必有祖道之祭，封土爲山，象以菩芻棘柏爲神主，酒脯祈告。既祭，以車轢之而去。事見毛詩正義。

〔一七〕四句似謂道路艱阻，無技勇之士以衞行李，況其地理偏僻，無正陽之氣，乃以快馬服轅而去。明己久在京師，鬱鬱不得志，故决于去如此也。漢書：從六郡良家材力之士。顔師古注：六郡謂隴西、天水、安定、北地、上郡、西河也。勦兒，勇捷之人，猶云健兒也。古幽州馬客吟：「快馬常苦瘦，勦兒常苦貧。」服，駕也。轅，車前横木上鈎衡者。

〔一八〕調，和合也。言二子志同道合，與我講論處世清濁之道。○「調道講清渾」，一作「講道調清渾」。

〔一九〕閑時相聚會，每多譏笑之詞；今夕叙離别，所贈皆要言，故譏笑之詞遂斷。首聯已用「春字，至此又用「冬夜」，下聯又用「秋月」，雜亂至此，殊不可解。「冬夜」或是「永夜」之訛。説文：篠，小竹也。

〔二〇〕曙風，曉風也。「四方」當作「西方」。臆，胸也。高適詩：「開篋淚沾臆。」太平御覽：謝承後漢書曰：常敕會稽郡獻越布。秦嘉婦與嘉書云：「今奉越布手巾一枚。」沾臆之淚，從不遇而落，不爲離别而灑。蓋因不遇而去與知己叙别，焉能不悽凉泣下？未别之先，預知定有此淚，故先裁越布爲巾，以爲拉拭之用矣。

李長吉歌詩外集〔一〕

〔一〕吴正子曰：京師本無後卷；有後卷者，鮑本也。常聞薛常州士龍言，長吉詩蜀本、會稽姚氏本，皆二百一十九篇。宣城本二百四十二篇。蜀本不知所從來。姚氏本出秘閣，而宣城本則自賀鑄、方回也。宣城多羡詩十九。蜀與姚少亡詩四。而姚本善之尤。以余校之，薛之言諒矣。今余用京、鮑二本訓注，而二本四卷終，皆二百一十九篇，與姚、蜀本同。薛謂宣城本二百四十有二首，蓋多余本二十有三耳。今鮑本後卷二十有三篇，適與宣本所多之數合，是鮑本即宣本也。第一篇内白門前者，即與第四卷上之回重文，如此則實有二百四十有二矣。然觀此卷所作，多是後人模倣之爲，詞意往往儇淺，真長吉筆者無幾。余不敢盡削，姑去其重出者一篇云。琦按：唐書藝文志曰：李賀集五卷。宋史藝文志亦曰：李賀集五卷。文獻通考曰：李長吉集四卷、外集一卷。晁氏曰：或説賀卒後，不相悦者盡取其所著投圊中，以故世傳者不多。外集予得之梁子美者，姚鉉頗選載文粹中。黄伯思跋昌谷别集後曰：右李賀逸詩凡五十二首。按唐李公藩嘗綴賀歌詩爲之序，未成。知賀有外兄與賀有筆硯舊，召見，托以搜採放失。其人諾，且請曰：「某盡記賀篇詠，然黷改處多，願得公所輯視之，當爲是正。」公喜，并付之，彌年絶跡。復召詰之，乃曰：「某與賀中表，自幼同處，恨其倨忽，常思報之。今幸得公所藏，并舊有者悉投匽中矣！」公大恚，叱出之，嗟慨良久。故賀章什流傳者少。今世有杜牧所叙賀歌詩，篇才四卷耳。此集所載，豈非李藩所藏之一二乎？政和元年三月，黄伯思長睿父從趙來叔借傳于右軍官舍。據數説論之，古本只四卷，其外卷乃逸詩也，宋時已有之。今本亦只四卷，其外卷之詩散見于四卷之中，雖無缺佚，而真贋混矣。又黄氏謂五十二首，而今吴本只二十三首，蓋其不同又如此。黄本既不可見，故一遵吴本。

南　園〔一〕

方領蕙帶折角巾，杜若已老蘭苕春。〔二〕南山削秀藍玉合，小雨歸去飛凉雲。〔三〕

熟杏暖香梨葉老，草稍竹柵鎖池痕。〔四〕鄭公鄉老開酒樽，坐泛楚奏吟招魂。〔五〕

〔一〕鮑欽正云：此篇第一卷所脱。

〔二〕後漢書：朱勃年十二，衣方領，能矩步。章懷太子注：頸下施衿領正方，學者之服也。又儒林傳：服方領，習矩步。章懷太子注：方領，直領也。楚辭：「荷衣兮蕙帶。」藝文類聚：郭林宗别傳曰，林宗常行梁、陳之間，遇雨，其巾一角霑而折。二國學士著巾，莫不折其角，云作「林宗巾」，其見儀則如此。本草：陶弘景曰，杜若今處處有之，葉似薑而有文理，根似高良薑而細，味辛香。又絶似旋葍根，殆欲相亂，葉小異爾。楚辭云「山中人兮芳杜若」是也。郭璞詩：「翡翠戲蘭苕。」李善注：蘭苕，蘭秀也。張銑注：苕，枝鮮明也。〇「蘭苕」，文苑英華作「蘭芷」。

〔三〕藍玉合，謂山如青玉圍轉也。謝朓七夕賦：金祇司矩，凉雲始浮。〇「凉」，文苑作「長」。

〔四〕「熟杏」，曾本、二姚本作「熱杏」。「草稍」，一作「草蒲」，一作「草滿」。「竹栅」，吴本作「竹色」。「池痕」，文苑作「池根」，一作「池潸」。

〔五〕後漢書：國相孔融深敬鄭玄，告高密縣，爲玄特立一鄉。曰：「昔太史公，廷尉吴公，謁者僕射鄧公，皆漢之名臣。又南山四皓有園公夏黄公，潛光隱耀，世嘉其高，皆悉稱公。然則公者，仁德之正號，不必三事大夫也。今鄭君鄉宜曰鄭公鄉。」王粲登樓賦：「鍾儀幽而楚奏兮。」此詩用楚奏事，與上「泛」字不合，一本有作「楚酒」者，然又重上句「酒」字。楚辭章句：招魂者，宋玉之所作也。宋玉哀憐屈原忠而斥棄，愁懣山澤，魂魄放佚，厥命將落，故作招魂。欲以復其精神，延其年壽，外陳四方之惡，内崇楚國之美，以諷諫懷王，冀其覺悟而還之也。○「酒尊」，文苑作「酒盎」。

假龍吟歌〔一〕

石軋銅杯，吟詠枯瘁。〔二〕蒼鷹擺血，白鳳下肺。〔三〕桂子自落，雲弄車蓋。〔四〕木死沙崩惡谿島，阿母得仙今不老。窖中跳汰截清涏，隈壖卧水埋金爪。〔五〕崖磴蒼蒼吊石髮，江君掩帳篔簹折。〔六〕蓮花去國一千年，雨後聞腥猶帶鐵。〔七〕

〔一〕唐僧皎然戛銅椀爲龍吟歌序云：故太尉房公琯，早歲嘗隱終南山峻壁之下，往往聞龍吟，聲清而静，滌人邪想。時有好事僧潛戛之，以三金寫之，惟銅聲酷似。他日，房公偶至山寺，聞林嶺間有此聲，乃曰：「龍吟復還于兹矣。」僧因出其器以告，公命戛之，驚曰：「真龍吟也。」大曆十三祀，秦僧傳至桐江，予使兒童戛金倣之，亦不減秦聲也。孔帖：房琯嘗修學終南山谷中，忽聞聲若物戛銅器之韻，蓋未之前聞也。問父老，云：此龍吟也，不久雨至矣。琯望之，冉冉雲氣游漫，果驟雨作。自爾再聞，徵驗不差。後將赤金鉢戛之，爲僞龍吟。出靈怪録。

〔二〕以石輾轢銅杯作聲，以効龍之吟。吟詠者，其聲婉而且久，有若人吟詠之態。枯瘁者，清極而反覺其枯寂況瘁也。〇「石軋」，曾本、二姚本作「石乾」。

〔三〕漢武内傳：藥有蒙山白鳳之肺，靈邱蒼鸞之血。擺，擊也。禽鳥當擺血下肺之時，其聲必淒哀婉轉，此狀其聲亦如之也。〇「蒼鷹」，一作「蒼鸞」。

〔四〕桂子自落，風起也。雲弄車蓋，雲興也。蓋真龍吟而風起雲興，其常也。乃爲假龍吟，而亦有風起雲興，甚言其聲之相似，而足以感通。曹丕詩：「西北有浮雲，亭亭如車蓋。」易通卦驗：穀雨太陽，雲出張如車蓋。宋書：魏文帝始生，有雲青色，圓如車蓋，當其上終日。曾謙甫注：「雲弄」句狀銅杯摩戛旋轉之勢。其説似矣，然以「桂子」句爲蕭索聲，殊欠切當。

〔五〕窅，徒感切，「談」上聲。説文：窅，坎中小坎也，蓋謂坎中之最深處。跳汰，當是「洮汰」之訛。淮南子要略：所以洮汰蕩滌至意。後漢書陳元傳：洮汰學者之累惑。章懷太子注：洮汰，猶洗濯也。説文：隈，水曲隩也。壖讀作「輭」，平聲，水邊地也。山中溪島向有龍居之，乃年時已久，木死沙崩，杳然不見蹤跡。疑其潛形養性，如王母之得仙不死乎？窅中清涎，已爲水波洗蕩，去而不存。或者隈壖水際，龍尚卧于其中，乃不特全體不可見，即其指爪亦埋没不見，不知龍猶在此中否？龍不在此，則真龍之吟，又安可得聞！

〔六〕尋覓真龍所在，杳不可見。崖磴之間，所見者蒼苔翠竹而已。山之高岸曰崖，崖間登陟之道曰磴。初學記：周處風土記曰，石髮，水苔也，青緑色，皆生于石。本草：馬志曰，陟釐即石髮也。色類苔而粗澀爲異。水苔性冷，浮水中；陟釐性温，生水中石上。蘇恭曰：烏韭，石苔也，又名石髮。生巖石之陰不見日處，與卷柏相類。二説不同。按陸龜蒙苔賦曰：「高有瓦松，卑有澤葵。散巖竇者石髮，補空曲者垣衣。在屋曰昔邪，在藥曰陟釐。」是其類甚多，各因地而名。此詩所指，殆是烏韭一種。江君掩帳事未詳。異物志：篔簹竹生水邊，長數丈，圍一尺五六寸。一節相去六七尺，或相去一丈，廬陵界有之。竹譜：篔簹最大，大者中甑，筍亦中食。○「蒼蒼」，一作「蒼苔」。

〔七〕蓮花，舊解或以爲太華之蓮花峰，或以爲龍劍，而引「琉璃玉匣吐蓮花」以實之。琦按：孔雀經有青蓮花龍王、白蓮花龍王之名，或是指龍而言。又按埤雅、爾雅翼諸書，皆言龍性畏鐵，故鎮服毒龍，多用鐵物沉水中。意者昔時山中人畏潭中有龍居止，時作風雨擾人，乃以鐵沈水中鎮之。今龍去已久，雨後猶聞鐵之腥氣，又安得真龍在此而聞其吟聲也哉？此篇因假龍吟而思及真龍，笑人于真龍則驅去之，好事者却又寫其聲以娱人之聽聞。真者不好，而好者不真，寄慨之意深矣！

感諷六首〔一〕

人間春蕩蕩，帳暖香揚揚。飛光染幽紅，誇嬌來洞房。〔二〕舞席泥金蛇，桐竹羅花

牀。〔三〕眼逐春暝醉，粉隨淚色黃。〔四〕王子下馬來，曲沼鳴鴛鴦。焉知腸車轉，一夕巡九方？〔五〕

〔一〕二姚本俱作「感調」。◯鮑氏云：此六首是第二卷所脱。

〔二〕飛光，日也。幽紅，謂花之幽艷而色紅者。言春日花開，美人之嬌好足以相誇，似來至洞房以結歡愛。

〔三〕舞席，舞時所踐之席，若今時氊毯類。金蛇，席上所畫螭龍。泥即畫也。桐竹，琴、箏、簫、管之屬。羅，列也。二句言房中陳設之麗。

〔四〕春暝，春夜也。醉者，眼倦開似醉狀。二句言洞房中之人，心有所思念而暗傷也。

〔五〕言王子來此洞房，婉戀親好，有如曲沼之鴛鴦，和鳴相樂。焉知其心中轉展思憶，另有所在耶？古樂府：「心思不能言，腸中車輪轉。」「九」之爲言多也，猶公羊傳所謂「叛者九國」，楚詞「腸一日而九迴」之類，皆不作實「九」字解。

其二

苦風吹朔寒，沙驚秦木折。〔一〕舞影逐空天，畫鼓餘清節。〔二〕蜀書秋信斷，黑水朝

波咽。〔三〕嬌魂從回風，死處懸鄉月。〔四〕

〔一〕朔寒，北方寒冷之氣。沙驚，沙爲勁風所激，騰起旋轉，有若驚躍意。秦木折，秦地之木爲之吹折也。曾本、二姚本作「秦水折」，則謂秦地河水曲折之處。

〔二〕未嘗無歌舞可以解憂，而異方之樂，另是一種聲容，惟畫鼓僅餘清楚節奏。單舉一畫鼓而言，則其餘非雅音可知矣。

〔三〕尚書正義：按酈元水經，黑水出張掖雞山，南流至燉煌，過三危山，南流入于南海。史記正義：括地志云，黑水源出伊州伊吾縣北百二十里，又南流二千里而絕。三危山在沙州燉煌縣東南四十里。二説皆謂禹貢所稱之黑水也，而源流不同，未知孰是？考之雜傳，若延安、平凉、榆林、肅州等處，後人名爲黑水凡十餘處，究不知古黑水確在何地。

〔四〕楚辭：「悲回風之摇蕙。」王逸注：回風，飄風。夫遠去絶國，杳無還期，一朝身死，嬌魂或可從風而回。若埋骨之地，惟有明月懸于天上，猶是故鄉所習見者。其餘風景，無一相似者矣。○此詩姚仙期以爲擬戍婦思夫之辭，姚經三以爲爲公主和親而作。觀舞影一聯，後説近是。

其三

雜雜胡馬塵，森森邊士戟。天教胡馬戰，曉雲皆血色。〔一〕婦人攜漢卒，箭箙囊巾

幗。不慚金印重，踉蹡腰鞬力。〔二〕恂恂鄉門老，昨夜試鋒鏑。走馬遣書勳，誰能分粉墨？〔三〕

〔一〕言天意如此，故殺氣之盛見于雲色。

〔二〕說文：幗，婦人首飾也。玉篇：幗，幌也，覆髮上也。則知巾幗者，乃婦人覆髮之巾。踉蹡，行不迅也。說文：鞬，所以戢弓矢。廣韻：鞬，馬上盛弓矢器。釋名：馬上曰鞬。鞬，建也，弓矢並建立其中也。方言：所以藏箭，弩謂之箙，弓謂之鞬。杜元凱左傳注：櫜以受箭，鞬以受弓。此詩上聯用箭箙，下聯用腰鞬，蓋本後兩說。

〔三〕婦人本宜老于鄉門，今乃試其身于鋒鏑之中，與男子均勞。及至走馬奏功，封侯之賞，終何能及一女子？按唐書：史思明之叛，有衛州女子侯、滑州女子唐、青州女子王，相與歃血赴行營討賊。又言藩鎮相拒，用兵年久，女子皆可爲孫、吳。是當時婦女效力行間者，誠有之矣。長吉有感而作此詩歟？姚經三謂諸本作婦人解者爲無據，而以貞元、元和之間數以宦者典兵，故長吉以婦人比之。方邊氛肅殺，乃借此以竊金印，忝不知恥，驅老弱以試鋒鏑，而妄報戰功，天子方惟言是聽，誰能辨其黑白？是亦一說。雖覺新創可喜，然愚意作婦女解者，較爲帖妥。

其四

青門放彈去，馬色連空郊。何年帝家物？玉裝鞍上摇。〔一〕去去走犬歸，來來坐烹羔。千金不了饌，狢肉稱盤臊。〔二〕試問誰家子，乃老能佩刀？〔三〕西山白蓋下，賢雋寒蕭蕭。〔四〕

〔一〕三輔黄圖：長安城東出南頭第一門曰霸城門。民見門青色，名曰青城門，或曰青門。「馬色連空郊」，言其從馬之多也。「何年帝家物，玉裝鞍上摇」，謂馬鞍上裝飾玉色，乃古時帝王所用之物也。即一物觀之，其服飾之華美大略可見。○吴本云：「青門」，一作「青郭」，一作「青鳥」。

〔二〕不了，猶不足。「千金不了饌」，猶云日費萬錢，無下箸處。「狢肉稱盤臊」，盤中羶臊之味，大抵皆狢肉之類。稱，相等也，猶他物稱是之稱。夫以千金之費，尚以爲不足饌，乃田獵所獲野味，反登之盤盂。雄豪粗率之人，大略如是。本草：貉，説文作「貈」，一作「狢」，生山野間。狀如狸，頭鋭鼻尖，班色，其毛深厚温滑，可爲裘服。與貛同穴而異處，日伏夜出，捕食蟲物。其性好睡，人或畜之，以竹扣醒，已而復寐。俚人言非好睡，乃耳聾也，故見人乃知趨走。考工記：曰貉踰汶則死，土氣使然也。王浚川言，北曰狐，南曰狢。非也。○「狢」，曾本、姚仙期本皆作「格」，曾引「嶲嶲笑而被格」，邱以爲屬厭意。皆非是。

〔三〕董懋策注：乃老即乃公，言其父以佩刀立功，得廕官也。○吴本云：「乃老」一作「乃云」。

〔四〕白蓋，白屋也。爾雅：白蓋謂之苫。邢昺疏云：孫炎曰，白蓋，茅苫也。郭璞曰：白茅苫也。今江東呼爲蓋，然則蓋即苫也。以白茅爲之，故曰白蓋。顏師古漢書注：白屋，謂白蓋之屋，以茅覆之，賤人所居。○「雋」，曾本、二姚本作「俊」。

其五

曉菊泫寒露，似悲團扇風。秋凉經漢殿，班子泣衰紅。〔一〕本無辭輦意，豈見入空宫？〔二〕腰衱珮珠斷，灰蝶生陰松。〔三〕

〔一〕劉勰新論：秋葉泫露如泣。漢書班倢伃傳：帝初即位，選入後宫。始爲少使，俄而大幸。其後趙飛燕姊弟自微賤興，倢伃失寵，稀復進見。倢伃嘗作怨歌行，其詞曰：「新裂齊紈素，鮮潔如霜雪。裁成合歡扇，團團似明月。出入君懷袖，動摇微風發。常恐秋節至，凉飇奪炎熱。棄捐篋笥中，恩情中道絶。」衰紅，謂紅顔衰老。○「泫」，一作「泣」。

〔二〕漢書班倢伃傳：成帝游于後庭，嘗欲與倢伃同輦載。倢伃辭曰：「觀古圖畫，賢聖之君，皆有名臣在側。三代末主，乃有嬖女。今欲同輦，得無近似之乎？」帝善其言而止。

〔三〕杜子美詩：「珠壓腰衱穩稱身。」蔡夢弼注：腰衱，即今之帬帶也。灰蝶，紙灰飛舞似蝶者。陰松，墓邊之松。○菊本無情，見其曉露泫于葉上，似悲秋風已至，將有摇落之憾。如班姬之詠團扇，嘗恐有棄捐篋笥之悲。夫班姬固嘗見寵于君矣，一旦因秋凉之來漢殿，自以紅顔易老，君恩難久，作詩怨泣。可見恩情絶于中道者，自古有之。但班姬以守禮持正，不肯與君同輦，故不能保其寵幸。若我則本無辭輦之意，豈謂亦入空宫而見幽閉耶？今則棄置已久，不但衣珮斷壞，旦夕之間，且見墓木之拱，何能再承恩寵耶？此詩爲失寵宫嬪而作。其用團扇辭輦等事，皆用别意點化，乃詩家實事虚用之法。讀者或以爲爲婕妤詠者，失之遠矣。

其六

蝶飛紅粉臺，柳掃吹笙道。十日懸户庭，九秋無衰草。〔一〕調歌送風轉，杯池白魚小。〔二〕水宴截香胰，菱科映青罩。〔三〕苹蒙梨花滿，春昏弄長嘯。〔四〕惟愁苦花落，不悟世衰到。撫舊惟銷魂，南山坐悲峭。〔五〕

〔一〕山海經海外東經曰：湯谷上有扶桑，十日所浴。在黑齒北，居水中。有大木，九日居下枝，一日居上枝。大荒東經又云：湯谷上有扶木，一日方至，一日方出。蓋明天地雖有十日，自使以次第迭出運照。又莊子：昔者十日並出，萬物皆照。此借用其語，蓋言室中多燃燈燭，光明相繼達旦，如有十日懸户庭之間，無有晝夜之殊也。一秋三月，凡得九十日，故曰九秋。無衰草，言其常若春時。○「衰草」，一作「素草」。

〔二〕調歌送風轉，謂歌聲隨風婉轉飄揚也。杯池，池之小者，極言其小，小僅似杯耳。池小，故池中之魚亦小。姚經三注：白魚，船也。古詩云：「波摇白醴舟。」琦按：白魚即今之白鰷，長僅數寸，形狹而扁，狀如柳葉，性好群泳水面。下句承上句而言，似謂魚聞歌聲，出而游泳。暗用「瓠巴鼓瑟，淫魚出聽」事。杜子美詩「魚吹細浪摇歌扇」，亦是此意。

〔三〕水宴，于水邊宴飲也。截，取也。香腴，謂水族中魚蟹之屬。菱科，菱之莖葉茂盛成科也。廣韻：罩，竹籠取魚具。韻會：罩，説文：捕魚器。按爾雅：籗謂之罩网，捕魚籠也。詩：「烝然罩罩。」李巡曰：編細竹以爲罩，無竹則以荆。二句言木邊宴飲，以捕魚爲戲之事。

〔四〕芊蒙，亂貌。春昏，春夜也。○「芊蒙」，一作「芊茸」。「長嘯」，一作「長笑」。

〔五〕曾謙甫注：歌舞歡愛時，知有盛不知有衰，知有樂不知有苦。自今思之，已成陳跡，故魂爲之銷。坐對南山，徒成悲嘯而已，歡愛何在耶？○「衰」，曾本作「哀」。「銷魂」，一作「傷魂」。「悲峭」，曾本、二姚本作「悲嘯」，與上韻相重，恐非。

莫愁曲〔一〕

草生龍坡下，鴉噪城堞頭。何人此城裏，城角栽石榴？〔二〕青絲繫五馬，黄金絡雙牛。〔三〕白魚駕蓮船，夜作十里遊。〔四〕歸來無人識，暗上沉香樓。羅牀倚瑶瑟，殘月傾簾鈎。〔五〕今日槿花落，明朝桐樹秋。〔六〕莫負平生意，何名何莫愁？〔七〕

〔一〕樂府古題要解：石城有女子名莫愁，善歌謡，故石城樂和中復有莫愁聲。其詞曰：莫愁在何處？莫愁石城西。艇子打兩槳，催送莫愁來。

〔二〕水經注：江陵西北有紀南城，城西南有赤坂岡，岡下有瀆水，東北流入城，又東北出城，西南注于龍陂。陂，古天井水也，廣圓二百餘步，在靈溪東江堤内。水至淵深，有龍見于其中，故曰龍陂。陂北有楚莊王釣臺。城堞，城上女牆。○「龍陂」，樂府詩集作「隴坂」。

〔三〕古羅敷行：「青絲繫馬尾，黄金絡馬頭。」五馬、雙牛，皆駕車之畜。

〔四〕姚經三以白魚即船，同前首注。然句中又用「船」字，重複不成句，恐「魚」字有訛。

〔五〕言列坐牀上，倚瑟而歌，至于殘月傾側，照于簾鈎之上，尚未就寢。漢書：上自倚瑟而歌。顔師古注：倚瑟，即今之以歌合曲也。陸機詩：佳人理瑶瑟。

〔六〕言容色易變，不能長美好。埤雅：木槿似李，五月始花。月令：木槿榮是也，華如葵，朝生夕隕。爾雅翼：梧葉春晚乃生，望秋輒槁。

〔七〕郭茂倩樂府詩集作：「若負平生意，何名作莫愁？」句調較亮，似當以此爲正。

夜來樂

紅羅複帳金流蘇，華燈九枝懸鯉魚。〔一〕麗人映月開銅鋪，春水滴酒猩猩沽。〔二〕價重一篋香十株，赤金瓜子兼雜麩。五色絲封青玉鳧，阿侯此笑千萬餘。〔三〕南軒漢轉簾影疎，桐林啞啞挾子烏。〔四〕劍崖鞭節青石珠，白騧吹湍凝霜鬚。〔五〕漏長送珮承明廬，倡樓嵯峨明月孤。〔六〕續客下馬故客去，緑蟬秀黛重拂梳。〔七〕

〔一〕古樂府：紅羅複斗帳，四角垂香囊。十六國春秋：石虎冬月施蜀錦流蘇斗帳，又用光明錦以白縑爲裏，名曰複帳。江總詩：「新人羽帳挂流蘇。」流蘇，帳上鬚帶，詳見二卷惱公注中。楚辭：「蘭膏明燭，華燈錯些。」王逸注：燈錠盡雕琢錯鏤，飾以禽獸，有英華也。沈約傷美人賦：「拂螭雲之高帳，陳九枝之華燈。」鯉魚，燈式作爲鯉魚形者。○「流蘇」，吴本作「塗蘇」。

〔二〕春水滴酒，言酒之多如春水也。猩猩，似謂沽酒之器刻畫猩猩之形于上，前送秦光禄北征詩有「銀壺狒狖啼」之句，可以互明。太平御覽：蜀志曰，封溪縣有獸曰猩猩，體似豬，面如人，音作小兒啼聲，既能語，又知人姓名。人以酒取之，猩猩覺，初暫嘗之，得其味甘而飲之，終見羈縛。

〔三〕癸辛雜識：廣西諸洞産生金，洞丁皆能淘取。其碎粒如蚯蚓泥，大者如甜瓜子，故世名瓜子金。其碎者如麩片，名麩皮金，金色深紫，比之尋常金色復加二等。封，緘也。青玉皃，刻青玉爲皃鴨形，蓋玩器也。阿侯，已見四卷緑水詞注。蓋以阿侯一笑，贈貽之物約值千萬，即上三句所稱者是也。○吴本無「價」字、「色」字、「玉」字，殊不成調。然價重一篋，猶是歇後不完語句。

〔四〕漢轉，天河轉而西流也。江淹詩：「桐林帶晨霞。」吴均詩：「惟聞啞啞城上烏。」漢轉，夜深之候。烏啼，天將曉之候。

〔五〕劍崖，似指劍鞘而言。鞭節，謂馬鞭之起節者，其上皆以青石珠飾之。騧馬，乃黄身黑喙之馬，不當言白騧。若用古樂府白鼻騧事，删去「鼻」字殊失其義。「吹湍凝霜鬚」，馬口噴沫皆凝爲冰，下垂若鬚。二句言客去時裝束之狀。

〔六〕承明廬，已見四卷注。嵳峩，高貌。

〔七〕緑蟬，鬢也。中華古今注：魏文帝宫人莫瓊樹始製爲蟬鬢，望之縹緲如蟬翼，故曰蟬鬢。秀黛，青黛也，婦人用以畫眉。「拂」字承秀黛，「梳」字承緑蟬。○「秀黛」，姚經三本作「粉黛」。

嘲雪

昨日發葱嶺，今朝下蘭渚。喜從千里來，亂笑含春語。〔一〕龍沙濕漢旗，鳳扇迎秦素。〔二〕久別遼城鶴，毛衣已應故。〔三〕

〔一〕太平御覽：西河舊事云，葱嶺在燉煌西八千里，其山高大，上悉生葱，故曰葱嶺。釋法顯佛國記：葱嶺冬夏有雪。伽藍記：葱嶺高峻，不生草木。是時八月，天氣已寒，北風驅雁，飛雪千里。釋迦方志：葱嶺高可千餘里，兩邊漸下，南北竪嶺，行數極多，百餘條矣。多有山葱，崖峽青翠，因以名焉。蘭渚，水中小洲，芳草叢生之處，美其稱謂之蘭渚。曹植詩「朝發鸞臺，夕宿蘭渚」是也。吴正子以爲山陰蘭亭下之蘭渚，姚仙期以爲蘭州之水，皆求真地名以實之，則非也。○「春語」，一作「春雨」。

〔二〕後漢書：「坦步葱雪，咫尺龍沙。」章懷太子注：龍沙，白龍堆沙漠也。

〔三〕搜神後記：丁令威本遼東人，學道于靈墟山，後化鶴歸遼，集城門華表柱。時有少年舉弓欲射之，鶴乃飛，徘徊空中而言曰：「有鳥有鳥丁令威，去家千年今始歸。城郭如故人民非，何不學仙塚纍纍！」遂高上冲天。○「應故」，曾本、二姚本作「如故」。

春懷引〔一〕

芳蹊密影成花洞，柳結濃煙花帶重。〔二〕蟾蜍碾玉挂明弓，捍撥裝金打仙鳳。〔三〕

寶枕垂雲選春夢，鈿合碧寒龍腦凍。阿侯繫錦覓周郎，憑仗東風好相送。〔四〕

〔一〕曾本、二姚本作「懷春引」。

〔二〕芳蹊，芳徑也。結，枝條交加如結也。重，花盛開枝垂下而重也。○「芳蹊」，二姚本作「芳谿」。「濃煙」一作「濃陰」。「花帶重」一作「香帶重」。

〔三〕言對月而彈琵琶也。蟾蜍，謂月；碾玉，謂其軋雲而行。挂明弓，月形未滿，有若弓狀。海録碎事：金捍撥在琵琶面上當弦，或以金塗爲飾，所以捍護其撥也。打仙鳳，未詳。按李義山詩：「撥弦驚火鳳。」火鳳者，琵琶曲名。貞觀中，裴神符所作。「打仙鳳」或即驚火鳳之意。○「挂」，曾本、二姚本作「作」。

〔四〕垂雲，謂髮垂枕畔如雲也。選春夢，曾謙甫注：先期爲好夢是也。下三句正是所期之夢境。鈿合，金花合子也。碧寒者，鈿合之色。龍腦，香名，今謂之冰片。酉陽雜俎：龍腦香樹出婆利國，婆利呼爲固不婆律，亦出波斯國。樹高八九丈，大可六七圍，葉圓而背白，無花實。其樹有肥有瘦，肥者出龍腦香，瘦者出婆律膏。香在木心中，斷其樹劈取之，膏于樹端流出，斫樹作坎而承之。圖經本草：龍腦香今惟南海番舶賈客貨之，南海山中亦有之。相傳云，其木高七八丈，大可六七圍，如積年杉木狀，旁生枝，其葉正圓而背白，結實如荳蔻，皮有錯甲，香即木中脂也，根下清液謂之婆律膏。兩説微異。三國志：周瑜長壯有姿貌，爲建威中郎將，時年二十四，吴中皆呼爲周郎。此借之以喻所懷之人也。言念所懷，思以鈿合盛龍腦香，外繫以錦，將覓而贈之。憑仗東風，送我夢魂以往也。夫思以物贈人，而不能面會手授，乃欲托之魂夢以將之，其懷思之意，一何深至乎！○「垂雲」，吴本作「誰云」。

白虎行〔一〕

火烏日暗崩騰雲，秦王虎視蒼生群。〔二〕燒書滅國無暇日，鑄劍佩玦呼將軍。〔三〕玉壇設醮思冲天，一世二世當萬年。燒丹未得不死藥，拏舟海上尋神仙。鯨魚張鬣海波沸，耕人半作征人鬼。〔四〕雄豪猛焰烈燒空，無人爲決天河水。〔五〕誰最苦兮誰最苦？報人義士深相許。漸離擊筑荆卿歌，荆卿把酒燕丹語。劍如霜兮膽如鐵，出燕城兮望秦月。天授秦封祚未終，衮龍衣點荆卿血。〔六〕朱旗卓地白虎死，漢王知是真

天子。〔七〕

〔一〕刺秦始皇也。

〔二〕史記：武王渡河，有火自上復于下，至于王屋，流爲烏，其色赤，其聲魄云。班固西都賦：周以龍興，秦以虎視。吕延濟注：虎視喻暴。上句言周之亡，下句言秦之王。

〔三〕燒詩書，滅六國，皆始皇實事。鑄劍佩玦是喻，言鑄劍謂其好凶威之器，不修文治；佩玦謂其剛暴自任，獨斷而行，無所遲疑。呼將軍，謂其所用者悉武健嚴酷好殺伐之人。○「呼」，吴本作「惟」。

〔四〕始皇遣齊人徐市，率童男女數千人，入海求仙人，數歲不得，費多恐譴，乃詐曰：「蓬萊藥可得，然常爲大鮫魚所苦，故不得至。」

〔五〕喻言暴虐之甚，無有人能制滅之者。○「猛焰烈燒空」，吴本作「氣猛如焰煙」。

〔六〕事見史記刺客傳中。左傳：晉、楚唯天所授。祚，福也。○「未終」，吴本作「未移」。

〔七〕朱旗，漢旗也。漢以赤帝子之祥，故旗幟皆尚赤。卓，特立也。白虎死，謂秦國破滅。昔人謂秦爲虎狼之國，其地在中原之西，西爲金方而色白，故以白虎爲喻。吴本作「白蛇死」，反以作「白虎」者爲非是，殊誤。吴正子曰：此篇及嘲少年，顯然非長吉之作。○「地」，姚經三本作「立」。

有所思〔一〕

去年陌上歌離曲，今日君書遠遊蜀。簾外花開二月風，臺前淚滴千行竹。〔二〕琴心與妾腸，此夜斷還續。〔三〕想君白馬懸雕弓，世間何處無春風？君心未肯鎮如石，妾顔不久如花紅。夜殘高碧横長河，河上無梁空白波。西風未起悲龍梭，年年織素攢雙蛾。〔四〕江山迢遞無休絶，淚眼看燈乍明滅。自從孤館深鎖窗，桂花幾度圓還缺！〔五〕鵶鵶向曉鳴森木，風過池塘響叢玉。白日蕭條夢不成，橋南更問仙人卜。〔六〕

〔一〕宋書：漢鼓吹鐃歌十八曲，有有所思曲，後人多擬之，以詠離思之苦。

〔二〕淚滴揮于竹上，暗用湘妃事。

〔三〕「琴心」字，見司馬相如傳。郭璞以琴中音爲解。

〔四〕因仰觀天河而嘆牽牛、織女，只隔一水之間，尚不能常相會合如此，以反起下文江山迢遞之意。高碧，謂天氣高而色碧也。長河，天河也。河上無梁，則不可徑渡，西風未起，則七夕尚遠，故執龍梭而悲思也。異苑：陶侃嘗釣于山下，得一織梭，還挂壁上。有頃雷雨，梭變成赤龍從空而去。張文恭七夕詩：鳳律驚秋氣，龍梭静夜機。

〔五〕迢遞，路遠貌。桂花，謂月中桂樹。○「深鎖窗」，一作「鎖深窗」。

〔六〕森木，聚生之木。叢玉，即風箏之類。古以玉石爲之，懸于簷下，因風相觸成聲，自諧宫徵，謂之風馬。今改以銅鐵，謂之鐵馬，同一物也。元微之詩：烏啄風箏碎珠玉。天寶遺事：岐王宫中，于竹林内懸碎玉片子，每夜聞玉片子相觸之聲，即知有風。據二事觀之，其製可想。姚仙期以叢玉爲竹，恐未是。卜者，卜其夫何日當還。○「橋南」，吴本作「城南」。

嘲少年〔一〕

青驄馬肥金鞍光，龍腦入縷羅衫香。美人狹坐飛瓊觴，貧人喚云天上郎。〔二〕别起高樓臨碧篠，絲曳紅鱗出深沼。有時半醉百花前，背把金丸落飛鳥。〔三〕自説生來未爲客，一生美妾過三百。豈知斸地種田家，官税頻催没人織。〔四〕長金積玉誇豪毅，每揖閑人多意氣。生來不讀半行書，只把黄金買身貴。少年安得長少年？海波尚變爲桑田。榮枯遞轉急如箭，天公豈肯于公偏。〔五〕莫道韶華鎮長在，髮白面皺專相待。〔六〕

〔一〕一作「刺年少」。

〔二〕青驄馬，馬毛色如蔥青者也。西京賦：促中堂之狹坐，羽觴行而無算。○「狹坐」，曾本、二姚本作「挾坐」，一作「狎坐」。

〔三〕篠，小竹也。曳，引也，牽也。西京雜記：韓嫣好彈，常以金爲丸，所失者日有十餘。長安爲之語曰：「苦飢寒，逐金丸。」兒童每聞嫣出彈，輒隨之，望丸所落，輒拾焉。

〔四〕「田」，吴本作「苗」。

〔五〕神仙傳：麻姑云，接侍以來，見東海三爲桑田。○「豈肯」，吴本作「不肯」。

〔六〕韻會：韶，美也。凡言韶華、韶光取此。法華經：衆生衰老，年過八十，髮白面皺，將死不久。

高平縣東私路〔一〕

侵侵槲葉香，木花滯寒雨。今夕山上秋，永謝無人處。〔二〕石谿遠荒澀，棠實懸辛苦。〔三〕古者定幽尋，呼君作私路。〔四〕

〔一〕元和郡縣志：河東道澤州有高平縣，南至州八十里。

〔二〕侵侵，葉稠密交加也。本草：槲有二種，一種叢生，小者名枹，見爾雅；一種高者，名大葉

櫟，樹葉俱似栗，長大粗厚，冬月凋落，三四月開花亦如栗，八九月結實，似橡子而稍短小，其
蒂亦有斗，其實僵澀味惡，荒歲人亦食之。

〔三〕路少人行，故草蔓荒澀；實無人採，故懸着不落。按陸璣詩疏：今棠梨一名杜梨，赤棠也，
與白棠同耳。但子有赤白美惡，子白色爲白棠。白棠，甘棠也，少酢，滑美。赤棠，子澀而酢
無味，俗語曰澀如杜是也。是棠實之殊，殊以甘、澀。此云辛苦者，恐「棠」字有誤。

〔四〕幽尋，言爲幽隱之人所尋也。

神仙曲

碧峰海面藏靈書，上帝揀作仙人居。〔一〕清明笑語聞空虛，鬬乘巨浪騎鯨魚。〔二〕
春羅書字邀王母，共宴紅樓最深處。〔三〕鶴羽衝風過海遲，不如却使青龍去。〔四〕猶疑
王母不相許，垂霧妖鬟更轉語。〔五〕

〔一〕「仙人」，吴本作「神仙」。

〔二〕古今注：鯨魚者，海魚也，大者長千里，小者數十丈，鼓浪成雷，噴沫成雨，水族驚畏，皆逃匿
莫敢當者。○「清明」，樂府詩集作「晴時」。

〔三〕春羅，羅名。唐書地理志：鎮州常山郡貢春羅。○「書字」，樂府詩集作「剪字」。

〔四〕二姚本少此二句。

〔五〕垂霧，謂垂髮也，猶前首垂雲之意。轉語，轉達誠意，期其必來也。○吴本「妖」作「娃」，「轉」作「傳」。

龍夜吟〔一〕

鬈髮胡兒眼睛緑，高樓夜静吹横竹。〔二〕一聲似向天上來，月下美人望鄉哭。〔三〕直排七點星藏指，暗合清風調宫徵。蜀道秋深雲滿林，湘江半夜龍驚起。〔四〕玉堂美人邊塞情，碧窗皓月愁中聽。寒碪能擣百尺練，粉淚凝珠滴紅綫。胡兒莫作隴頭吟，隔窗暗結愁人心。〔五〕

〔一〕詠吹笛也。馬融長笛賦：「近世雙笛從羌起，羌人伐竹未及已。龍吟水中不見已，伐竹吹之聲相似」云云。此于夜中吹笛，故題以龍夜吟。

〔二〕笛以竹爲之，而横執以吹，故曰横竹。

〔三〕謂其聲之幽鳴悲慘，似美人于月下望鄉而哭也。蓋比擬之辭。若作聞笛聲而生悲，與後玉堂美人數聯犯複。

〔四〕上句喻其聲之蕭森，下句喻其聲之激烈。

〔五〕樂府古題要解：隴頭吟，一曰隴頭水，樂府横吹曲。薛道衡詩：羌笛隴頭吟，胡舞龜茲曲。

崑崙使者〔一〕

崑崙使者無消息，茂陵煙樹生愁色。〔二〕金盤玉露自淋漓，元氣茫茫收不得。〔三〕

麒麟背上石文裂，虬龍鱗下紅肢折。〔四〕何處偏傷萬國心？中天夜久高明月。

〔一〕漢書張騫傳：漢使窮河源，其山多玉石，采來。天子按古圖書，名河所出山曰崑崙云。詩題蓋用其事，旨意則謂漢武帝也。

〔二〕漢書武帝紀：後元二年二月丁卯，帝崩于五柞宫，三月甲申葬茂陵。

〔三〕漢書：武帝作柏梁銅柱承露仙人掌之屬。蘇林曰：仙人以手掌擎盤承甘露。顔師古曰：三輔故事云，建章宫承露盤，高二十丈，大七圍，以銅爲之。上有仙人掌承露，和玉屑飲之。張衡西京賦所云「立修莖之仙掌，承雲表之清露。屑瓊蘂以朝餐，必性命之可度」也。求仙之道，能服天地元氣，始可長生。而武帝不能，故不得久壽。

〔四〕封氏聞見記：秦、漢以來，帝王陵前有石麒麟、石辟邪、石象、石馬之屬。蚪龍亦指柱上及碑上所琢之龍也。紅肢，即蚪龍之肢足而染以丹朱者。舊本或有作「枝」者，徐文長遂以蚪龍爲松，以紅枝折爲木之殘毁，恐未是。

漢唐姬飲酒歌〔一〕

御服沾霜露，天衢長蓁棘。〔二〕金隱秋塵姿，無人爲帶飾。〔三〕玉堂歌聲寢，芳林煙樹隔。〔四〕雲陽臺上歌，鬼哭復何益？〔五〕仗劍明秋水，兇威屢脅逼。〔六〕强梟噬母心，犇厲索人魄。〔七〕相看兩相泣，淚下如波激。寧用清酒爲？欲作黄泉客。〔八〕不説玉山頹，且無飲中色。〔九〕勉從天帝訴，天上寡沉厄。〔一〇〕無處張繐帷，如何望松柏？〔一一〕妾身晝團團，君魂夜寂寂。〔一二〕蛾眉自覺長，頸粉誰憐白？矜持昭陽意，不肯看南陌。〔一三〕

〔一〕後漢書：董卓廢少帝爲弘農王。明年，山東義兵大起討卓。卓乃置弘農王于閣上，使郎中令李儒進酖曰：「服此藥可以辟惡。」王曰：「我無疾，是欲殺我耳。」不肯飲，强之，不得已乃與妻唐姬及宫人飲宴别。酒行，王悲歌曰：「天道易兮我何艱？棄萬乘兮退守藩。逆臣見逼兮命不延，逝將去汝兮適幽玄。」因令唐姬起舞。姬抗袖而歌曰：「皇天崩兮后土頹，身爲帝兮命夭催。死生異路兮從此乖，奈我煢獨兮心中哀！」因泣下嗚咽。王謂姬曰：「卿，王者妃，勢不復爲吏民妻，自愛，從此長辭。」遂飲藥而死。唐姬，潁川人也。王薨，歸鄉里。父會稽太守瑁欲嫁之，姬誓不許。○「漢」，曾本、二姚本俱作「嘆」。

〔二〕御服沾霜露，喻言帝位已失，越在草野也。天衢，猶天堦。長蓁棘，謂國家多難，輦路之上化爲蓁棘也。史記：伍被諫淮南王語：「臣見宫中生荆棘，露沾衣也。」二語蓋自此化出。

〔三〕姬際此危難之時，如以精金之美，爲塵埃所隱蔽，黯然無光。侍御奔散，不復有人爲之帶飾。

〔四〕寢，息也。歌吹之聲不能復聞，苑囿花木不能復見。

〔五〕二句未詳，疑是當時實事。

〔六〕吴本作「鐵劍常光光，至凶威屢逼」。

〔七〕張華禽經注：梟在巢，母哺之；羽翼成，啄母目翔去也。陸璣詩疏：自關而西，謂梟爲流離，其子長大，還食其母。故張奂云「鶹鷅食母」，許慎云「梟，不孝鳥」是也。犇厲，惡鬼。索，求也。求人魂魄而食。招魂曰：「長人千仞，唯魂是索。」蓋其類也。

〔八〕一作「隔」。

〔九〕晉書：嵇叔夜之醉也，俄然若玉山之將頽。

〔一〇〕言死當勉力上訴天帝，惟天上少沉厄之苦。若在人間，不堪日受奸臣凶虐，見不如速死之愈。

〔一〕王莽之後，無靈筵之設，喪帷張于何處？又不知葬地所在，欲一遠望墓木，亦不可得。鄭玄儀禮注：凡布細而疏者謂之繐。謝脁詩：「繐帷飄井幹。」蓋以疏布爲靈座之帷帳也。魏武帝遺令：于銅雀臺上施八尺牀，張繐帳，朝晡上脯糒之屬，汝等時時登臺望吾西陵墓田。此借用其事。○「張」，曾本、姚經三本俱作「覓」。

〔二〕團團，行走不安貌。

〔三〕三輔黃圖：武帝時，後宮八區：有昭陽、飛翔、增成、合歡、蘭林、披香、鳳凰、鴛鴦等殿。「不肯看南陌」，吴正子本如此。諸本皆作「不肯郎南陌」，徐文長嘗「郎」字未穩。董懋策云：「郎」恐作「即」。曾注、二姚注皆從之，故字皆從「郎」，解皆從「即」。曾曰：即，就也。言念君寵，不肯就南陌而死。姚仙期曰：如是，則苟活何用？南陌東頭，當是父瑁欲其嫁，而不肯即之去也。姚經三曰：矜持昭陽之意，不肯苟爲南陌之遊，守節更難于死節。「矜持」二字最妙。説各不同。琦謂總不若吴本「看」字之妥。「矜持昭陽意」，即傳中所謂王者妃，勢不復爲吏民妻。「不肯看南陌」，言不肯看南陌之繁華，誓不允父嫁之意。

聽穎師彈琴歌

別浦雲歸桂花渚，蜀國弦中雙鳳語。〔一〕芙蓉葉落秋鸞離，越王夜起遊天姥。〔二〕

暗佩清臣敲水玉，渡海蛾眉牽白鹿。〔三〕誰看挾劍赴長橋，誰看浸髮題春竹？〔四〕竺僧前立當吾門，梵宮真相眉稜尊。〔五〕古琴大軫長八尺，嶧陽老樹非桐孫。〔六〕涼館聞弦驚病客，藥囊暫別龍鬚席。〔七〕請歌直請卿相歌，奉禮官卑復何益！〔八〕

〔一〕別浦，天河也。詳見一卷七夕注中。桂花渚，似謂月所行之道。蜀國弦，琴也。唐時琴材以蜀地爲貴，故謂之蜀國弦，與樂府所傳蜀國弦之曲不同。雙鳳語，狀其聲之和緩，似鳳之雌雄和鳴也。上句言雲浄月明，見天景之佳；下句言器美手高，見琴音之妙。

〔二〕太平寰宇記：天姥山在越州剡縣南八十里。傳云，登者聞天姥歌謡之響。謝靈運詩云：「暝投剡中宿，明登天姥岑。高高入雲霓，還期那可尋？」即此也。越王事未詳。芙蓉句，狀其聲之凄切。越王句，狀其聲之高卓。

〔三〕清臣，臣子之志潔行廉者。山海經：堂庭之山多水玉。郭璞注：水玉，今水晶也。「渡海蛾眉跨白鹿」，蓋謂仙女騎白鹿而遊戲海上者，其事亦未詳。「暗佩」句，狀其聲之清遠。「渡海」句，狀其聲之縹緲。

〔四〕言既聞此琴聲，凡世間一切可驚可喜之事，皆以爲不足觀也矣，即嵇康琴賦所謂「王豹輟謳，狄牙喪味」之意。「長橋」事已見三卷注。宣和書譜：張旭喜酒，叫呼狂走方落筆。一日酣醉，以髮濡墨，作大字，既醒視之，自以爲神，不可復得。○姚經三曰：別浦狀其幽忽也，雙鳳狀其和鳴也，秋鸞狀其激楚也。越王夜遊天姥，狀其飄渺凌空也。清臣鳴佩，狀其清肅也。渡海蛾眉，狀其珊珊欲仙也。如周處之斬蛟，狀其時而猛烈也。如張顛之屬草，狀其時而縱橫也。姚仙期注：以爲首句狀其幽緩，次句狀其和，三句狀其蕭騷激楚，四句狀其浩蕩，五句狀其潔而清，六句狀其神，七句狀其勇，八句狀其縱横。蓋皆以首句至此，悉爲比擬琴聲之辭。按昌黎亦有聽穎師彈琴詩云「妮妮兒女語，恩怨相爾汝。劃然變軒昂，勇士赴敵場。浮雲柳絮無根蔕，天地闊遠隨飛揚。喧啾百鳥群，忽見孤鳳凰。躋攀分寸不可上，失勢一落千尺强」云云。吴僧義海以爲此數語皆指下絲聲妙處。洪興祖亦引或人之説，以「浮雲柳絮」二語爲泛聲，謂輕非絲、重非木也。「啾喧百鳥」二語爲泛聲中之寄指聲。「躋攀分寸」語爲吟繹聲。「失勢一落」語爲强歷聲。二姚之解蓋皆本此，是亦一説。

〔五〕釋教出于天竺，故謂僧曰竺僧。梵宫真相，謂如梵天宫殿中所供養古佛羅漢相也。

〔六〕陳氏樂書：古者造琴之法，其制長三尺六寸六分，象期之日也。司馬遷曰：其長八尺一寸，正度也。由是觀之，則三尺六寸六分，中琴之度也。八尺一寸，大琴之度也。書禹貢：「嶧陽孤桐。」蔡九峰注：地志云，東海郡下邳縣西有葛嶧山，古文以爲嶧山。下邳，今淮陽軍下邳縣也。陽者，山南也。孤桐，特生之桐，其材中琴瑟。詩云：「梧桐生矣，于彼朝陽。」蓋草木之生以向日爲貴也。太平御覽：風俗通曰，梧桐生于嶧陽山巖石之上，採東南孫枝爲琴，聲甚雅。今本所傳風俗通少此一則。孫枝是後生之旁枝。嵇康琴賦：「乃斲孫枝，准量所任。至人攄思，制爲雅琴。」庾信詩：「楓子留爲式，桐孫待作琴。」蓋用其説。此詩取老本不取孫枝，以大琴故孫枝不中用也。

〔七〕病中聞穎師琴聲高妙，不覺爲之坐起，有霍然病已之意。蜀本草：石龍芻叢生，莖如綖，所在有之，俗名龍鬚草，可爲席。唐書地理志：岐州、隴州、涇州、原州、寧州、鄜州、坊州、丹州，皆貢龍鬚席。

〔八〕言欲人作詩贊美以長聲價，當請卿相爲之，始動人觀聽；若我則僅一奉禮郎耳，官職卑小，何能爲穎師增重？此亦長吉憤世之辭。作自謙者，非。○「直請」，一作「當請」。「歌」，曾本、姚仙期本作「飲」，誤。

謡俗

上林胡蝶小，試伴漢家君。飛向南城去，誤落石榴帬。脉脉花滿樹，翾翾燕遶雲。出門不識路，羞問陌頭人。〔一〕

〔一〕此詩似爲宫人出嫁，不得其配偶，惜之而作者。梁元帝詩：「芙蓉爲帶石榴帬。」翾，音與「暄」同，小飛也。鮑照詩：「翾翾燕弄風，嫋嫋柳垂道。」○「漢家君」，一作「漢家春」。

補遺

静女春曙曲

嫩蝶憐芳抱新蘂，泣露枝枝滴天淚。粉窗香咽頹曉雲，錦堆花密藏春睡。戀屏孔雀摇金尾，鶯舌分明呼婢子。冰洞寒龍半匣水，一隻商鸞逐煙起。〔一〕

〔一〕南方異物志：孔雀，交趾、雷、羅諸州甚多，生高山喬木之上。大如雁，高三四尺，不減于鶴。細頸隆背，頭裁三毛，長寸許。數十群飛，棲遊岡陵，晨則鳴聲相和，其聲曰都護。雌者尾短無金翠，雄者三年尾尚小，五年乃長二三尺。夏則脱毛，至春復生。自背至尾有圓文，五色金翠，相繞如錢。自愛其尾，山棲必先擇置尾之地。雨則尾重不能高飛，南人因往捕之。

少年樂

芳草落花如錦地，二十長遊醉鄉裏。紅纓不動白馬驕，垂柳金絲香拂水。吴娥

未笑花不開，緑鬢聳墮蘭雲起。陸郎倚醉牽羅袂，奪得寶釵金翡翠。〔一〕

〔一〕二詩見郭茂倩所編樂府詩集，而元人所選唐音遺響亦載其少年樂一首，似皆後人擬作，非長吉錦囊中所貯者。至錦繡萬花谷、海録碎事所引斷句數則，尤不類，故棄而不録。

昌谷集

〔清〕姚文燮　注

昌谷詩注自序

世之苛於律才人，與才人之苛於律世，兩相厄也。人文淪落之日，處才難；人文鼎盛之日，處才尤難。屈原、賈誼，才同而世不同，世不同而處才之受困又同。楚襄、漢文，殆猶霄壤。離騷、鵩賦，後先同悲。然則才不問時代而所遇皆窮，天亦何必重生此才爲斯人困耶？詩三百篇，大抵不得志於時者之所作也。「詩亡而後春秋作」，孔子之不得志也，以春秋續詩也。屈、賈輩以騷續詩，是以詩續詩也，是又以詩續春秋也。其辭異，其旨同也。唐取士以詩，是不欲詩亡也，是將欲續王風，非欲續騷也。而唐之才人歷數百年爲特盛，終唐之世，才最傑者稱兩王孫焉。嗟乎！唐之祖宗，創制立法以網羅奇俊，冀無一失。其雲礽秀出，宜爲舉世所推，坐致通顯。乃邀其福於祖宗者，即厄其遇於子孫，吾何能不爲李白、李賀惜！唐才人皆詩，而白與賀獨騷。白近乎騷者也；賀則幽深詭譎，較騷爲尤甚。後之論定者以仙予白，以鬼予賀，吾又何能不爲賀惜！白與賀俱不遇，而一時英賢蔚起，泥者出其中，愛者出其中，卒至廢棄寢滅。而以賀視白，則白之處天寶也，不較愈於賀之處元和哉！白於至尊之前，尚能眦睨驕横，微指隱擊。一時宮禁欽仰，亦足傾倒一世，其擠之也不過一閹人婦子耳！乃賀以年少，一出即攖塵網，姓字不容人間。其擠之也，則皆當世人豪焉。賀之孤憤，恨不即焚筆硯，何心更事雕繢以自喜乎？且元和之朝，外則藩鎮悖逆，戎寇交訌；内則八關十六子之徒，肆志流毒，爲禍不測。上則有英武之君，而又惑於神仙。有志之士，即身膺朱紫，亦且鬱鬱憂憤，矧乎懷才兀處者乎？賀不敢言，又不能無言。於是寓今托古，比物徵事，無一不爲世道人心慮。其孤忠沉鬱之志，又恨不伸紙疾書，纚纚數萬言，如翻江倒海，一一指陳於萬乘之側而不止者，無如其勢有所不能也。故賀之爲詩，其命辭、命意、命題，皆深刺當世之弊，切中當世之隱。倘不深自弢晦，則必至焚身。斯愈推愈遠，愈入愈曲，愈微愈減，藏哀憤孤激之思於片章短什。言之者無罪，聞之者不審所從來。不已弄一世之奸雄才俊如聾聵喑啞，且令後世之非者、是者、惡者、好者，不得其所爲是非好惡之真心，又安得其所爲是非好惡之敢心哉？夫匡鼎説詩而令人解頤，得其情也。不得其情而欲代爲之注，則以山經、海志、稗官、野乘之一斑以盡賀也，不亦冤哉！且石牛黑蝀，烏足以代雨也？金門仙火，烏足以代雷也？堯璧、漢鼎，玉馬、銅駝，又烏足以代雲與雪也？而謂才人之伎倆盡是乎？郭之注莊也，可以莊自莊而郭自郭也；即可以郭爲莊也；即可以郭不必爲莊，而莊不必有郭也。王逸生屈原之後，處屈原之地，師屈原之文而作九思。以之注騷，尤不敢盡爲得當。考亭爲宋大儒，而注騷也，於天問、招魂諸篇，且闕焉置之。今世之論賀者方爲賀奇，而注賀者皆淺之乎賀也。誰能於諸注中爲充宗之折其角，而不使賀不見容於當時，復不見諒於後世。則雖爲天上修文，其鬱鬱之心不猶然如奉禮郎時耶！吾謂讀古人書者，必以心心古人，而以身身古人，則古人見也。人不能身心爲賀，又安能見賀之身心耶？故必善讀史者，始可注書；善論唐史者，始可注賀。使我盡如賀意，我之幸也，賀之幸也。即我未必盡如賀意，而賀亦未必盡如我意，第孤忠哀激之情，庶幾稍近。且我見如是，而令讀者不得不信爲是，即令賀亦自爽然不得不認爲是。是耶？非耶？如相告焉，如相覿焉。我亦幾乎賀矣，安得謂非我之幸而又非賀之幸歟？我則亦不以我注賀，亦不以騷注賀，而直以賀注賀也。人自不得專左袒白而右袒賀也。則以賀詩爲唐春秋可也。杜牧之言，賀理不及騷而爲騷之苗裔也，是不必以騷抑賀也；又謂少加以理，可奴僕命騷也，是又不必以賀抑騷也。騷理何必皆賀，賀理何必皆騷也？我於是乎注賀。

龍眠姚文燮經三撰

重刻昌谷集注序

昌谷之詩，唐無此詩，而前乎唐與後乎唐亦無此詩。惟諸體畢備之少陵，間有類乎爲昌谷之詩，而亦十不得一二焉。少陵以詩學之富，注者千家，其餘唐人詩舉無可注。而既有昌谷詩則不可無注，注昌谷者又絶少。以山陰徐文長規模昌谷而不能注，何况乎他？今文長集中，五、七言古亦有學之而得其似者，余實不知從何處入，世固無有不能注而能學者。要文長自有文長之本領，姑艱澁其字句以貌取焉耳。賀爲詩不多。其作詩之初，全似以人不解者爲詩，雖一語，教人漫然索解亦不肯。人於是因其早世，遂群起而鬼之。亦既鬼之，而復有如沈子明、杜牧之、李義山輩爲傳其所作，以至於今，且千年。余謂賀非鬼，而人人樂傳其詩以有待，則必有鬼焉憑之，即鬼賀亦無不可。姚子經三酷嗜昌谷詩過於文長，而心憫昌谷詩之無注，恐不注而傳之，久必就湮。爲起賀七歲賦高軒過，以及白玉樓召記之時，凡中間所歷朝代時事不同，務殫精研思以期其必合，詩未有深切著明如賀之詩者。庚子曾刻諸吴門，播之遠近。至是司李建寧，建寧書賈以重刻請。姚子之重是刻也，簿書之暇，更取原本較定，爲易其附會之過甚者二三十條，遂無一之不合。故謂賀憑之以有待，即待姚子也。姚子之注昌谷云何？大約人之作詩，必先有作詩之題，題定而後用意，意足而後成詩。義山稱昌谷與諸公遊，未嘗得題爲詩，遇有所得，輒投之破錦囊中。及歸，研墨疊紙足成之。天下抑有無題之詩耶？要以語於賀，則又未始無當。賀之爲詩，無有不題定而覓意，却又意定而覓題。多是題所應諱，則借他題以晦之。姚子之注昌谷，率由此問逕，將有一節通而節節以通之勢矣。然則賀生二十七年，人也而鬼之；賀没且千年，鬼也而人之。假漆室之一炬，賀得復有其賀之春秋。姚子之爲功於賀，豈淺鮮哉！余究心少陵，不啻童兒以迄白首，而頃者有少陵詩意一書。夫以千家注注杜，注非不足。而余第以少陵之有注與昌谷之無注適等。固常不憚浩繁，盡取諸體而闡之以當日作詩之意。其與姚子初不相謀，而實若相謀，同於意取之旨也。今姚子昌谷注行，人之讀昌谷注者，豈無因昌谷注而並想余之爲少陵注？而余亦即舉而質之海内矣。

同里友弟陳式二如氏題

重刻昌谷集注序

姚子注昌谷集成，予既爲序之。友人携其藁刻諸吳門，吳下爲之紙貴。於是姚子官建寧，建寧人以重刻請，乃更加較訂批點，視昔尤詳，而再屬序於予。予時客雙峰，注南華七篇初成也。作而嘆曰：甚矣，注書之難，難於著書也！著書者亦欲自成一家言耳，其有言也已爲政；注書者己無心而一以作者之心爲心，其有言也，役焉而已。故曰：著書者無人，注書者無我。然自孔子繫詞以來，如郭象之注莊，王輔嗣之注易，旁通發揮，往往出於古人意言之外，亦何嘗不用我也！曰：非我也，古人之意之所在也。「書不盡言，言不盡意」，「以意逆志，是爲得之」。若惟言之是尊，毋敢略出己見，疑者闕之，未詳者置之，惟通其章句而已，是訓詁之學也。是以無我之弊，流爲訓詁。吾之於莊，不知其有我否耶？吾以莊子縱恣自喜，不欲讀者之遽得其端倪。

吾惟「緣督以爲經」而脉分縷貫，吾猶是章句之學也。則莊子亦既井井然受條理矣。彼世之注者或多玄解，夫莫玄於莊子矣，而又玄焉，是以水益水耳，何解之爲？其皆郭象爲之嚆矢乎？吾注莊又不若姚子之注昌谷。姚子謂古今人之詩，未有不本諸忠愛者也。杜少陵每吟不忘君父，千古宗之。昌谷詩好險僻，其思幻怪不經。世有癖之者，稱曰「鬼才鬼才」耳；而姚子以爲忠愛存焉，爲之引據史文，論其世而考其時。其憂時憫俗，惓惓宗國之志，一篇三致意云。夫姚子非癖昌谷也。姚子之意，蓋以見古人之稱詩雖險僻如昌谷，其大指固無以異於少陵也，蓋欲以忠愛概天下之詩教也。夫姚子方未通籍時，其命意于詩者已如此，況今委質而出仕乎？毋怪乎再從剞劂氏之請，以申其教于天下也。同時有陳子二如因而爲少陵詩注。陳子之於少陵，姚子之于昌谷，皆似有夙因焉。凡詩爲人所不經意者，二子以爲必有意也。即少陵、昌谷或未必用意，自二子言之，亦似其果有意也。二子之注不必無我，亦自信我之意即作者之意而已。予于莊子無能爲役，而二子則真少陵、昌谷之功臣也。雖然，少陵稱詩之旨，夫人而知之；若昌谷之無以異於少陵，自姚子而始知之。則姚子之功爲巨矣！

里門同學弟客隱錢澄之飲光題

序

詩之有注，自漢申公魯故始也。是時毛萇之傳未立，而齊人轅固、燕人韓嬰皆有傳，并列學官。班孟堅以爲或取春秋，采雜説，咸非其本義；與不得已，唯魯最爲近之。夫三百篇褒美刺非，其托物顯而取義平；非有幽奇詭異之旨，佶屈聱牙之詞。宜乎紬繹焉而無所不得，乃注者之離合不同如此。降而爲騷，其忠愛悱惻，則詩人之遺，而言詞漎漫，思致譎怪，不可端倪，訓詁家應難之。乃王逸作注，孤行千古；後世洪興祖輩庚續發明，卒未聞别有所裁正。以是較論，罕知其故，余嘗深思焉。蓋三百篇，詩之正也。正則有一定之指歸，稍涉遷就而即遠於性情，害於義理。離騷，詩之變也。變則思緒雜出，髣髴非一端，廣摭曲喻，臆設冥搜，而皆得以旁通無悖。此逸注之孤行有由矣。漢、魏以下，詩之似騷者，前人獨推李太白、李長吉。而漎漫譎怪，長吉爲尤。故訾長吉者，謂之不可解；好長吉者，亦不求甚解。自貞元迄今千餘載，始得吾姚子經三章釋而句箋之。噫嘻！何其有逸之心也。經三質美如玉，學副其才，年甫逾弱冠舉於鄉。不以榮名馳驟自娱，顧矻矻焉著述爲務，此其志已有大過人者。又所好不在懽愉和吉之言，而獨流連於牢落不羈之李賀，豈心傷世變，學士大夫忠愛之意衰，特取詩之近騷者揚榷盡致，以自鳴其激楚耶？觀夫參稽時會，援證國書，似謂不如是不足以成長吉，誦長吉詩者必如是觀而後可，亦未嘗斤斤以爲作者之旨必出乎是。若彼注者，①雲龍神鬼，芳草美人，銖兩絜而纖悉分也。孰謂經三之果似王逸也哉！雖然，才如經三，方當窮雅、頌之源，考升降之故，作爲樂章，被諸金石，使聲音一道不致澌滅無傳，庶攬厥正風，而變者可廢。區區此注以云寄興，亦几渺矣！他日論著成，吾爲子更序之。

滁岑陳焯默公撰

①蔣按：「注者」，一作「注騷者流」。

昌谷注叙

嘗讀韓愈三上宰相書，爲之感憤流連，士何不幸而生元和之時哉！李賀阨於讒，不得舉進士，愈作諱辯，可謂愛賀矣。然讒者百而愛者一，是愛不勝讒也。古今仇才者，首上官子蘭，而成屈子以千古未有之離騷，則愛者且千萬人，讒何傷？賀才學騷者也，而處時不同。德宗猜忌，用人不信宰相。憲宗英主也，裴度爲相。當賀七歲，愈與皇甫湜深器之。及愈爲御史，在貞元十九年，而賀年二十有三矣。數上封事，何難一薦之度？而考之史，卒無聞焉，何歟？或曰：中原時當用兵，無事儒生，而叔文之黨，方錮天下賢士大夫不使登進。即愈一身，一貶陽山，再貶潮州，躬之不恤，何暇爲賀？逮後爲彰義行軍司馬，用其文而已，而賀適以是年死，豈不悲哉！或又曰：賀之阨于讒，宜也。屈子悼宗國之亡，其憂大，故其辭蹙；賀當平世，何至哀憤楚激，嘔心作詭譎之辭，以致忌者投詩溷厠？斯已過矣！曰：非也。賀王孫也，所憂宗國也，和親之非也，求仙之妄也，藩鎮之專權也，閹宦之典兵也，朋黨之釁成而戎寇之禍結也。以區區隴西奉禮之孤忠，上不能達之天子，下不能告之群臣，惟崎嶇驢背，托諸幽荒險澀諸詠，庶幾後之知我者。而世不察，以爲神鬼悠謬不可知，其言既無人爲之深繹，而其心益無以自明，不亦重可悲乎！故余以爲屈子之讒在一時，而賀之讒在終古。何者？世不盡愛賀也。即有能傳其詩如杜牧者，可謂愛賀矣，然猶以爲理所未及，雖愛亦讒也。賀死無注賀詩者。元李孝光、張昱輩，迄明初李長史，競工其體，而不明其心。山陰徐渭、曾益雖注，多所未備。龍眠姚經三曰：「世多以詩注詩，而不知本於騷；又以騷注詩，而不知本於史。」斯注傳，可以教天下之言詩者矣，豈獨有功於賀也哉！蓋姚子爲穿札古今之學，考證務求精覈，不爲影響鑿空之論。故賀詩雖最密，如參元、璩、植，應有莫知其解者；而姚子一一傳之，如燈取影，不失累黍。嗚乎！是真能愛賀者，今而後賀其免于讒乎？即以之繼愈辨可也。

萊陽宋琬題

序

李長吉，才人也，其詩詣當與楊子雲之文詣同。所命止一緒，而百靈奔赴，直欲窮人以所不能言，并欲窮人以所不能解。當時嘔出心肝，已令同儔辟易。乃不知己者，動斥之以鬼，長吉掉不受也。長吉詩總成其爲才人耳！儻得永年而老其才，以暢其識與學之所極，當必有大過人者，不僅僅以才人終矣！予少時愛讀其詩，率以意解之，亦間以不解解之。兹帙則吾甥姚子經三綜覈諸家注，更印證當時時事，出己意以爲解，長吉洵可解矣。披卷豁然，覺長吉之才爲有本而有則，不僅僅以才人著者。姚子大有功於長吉哉！因嘆古人不求甚解一語，未可恃爲讀書法也。

雲麓方拱乾坦菴撰

序

詩之有史也，自杜少陵始也。少陵生天寶末，所爲諸什，一一皆以天寶實録係之。後人讀其詩如讀唐史。然故史不必係之以詩，而詩則皆可係之以史者，蓋文人才子感時寄興，以憤發其不得志於當世之意。然少陵之稱史也，是以史自見者也，故後人亦盡見其爲史也。若乃譏刺流弊，感諷往事，有所指陳而又不敢自明其隱，於是艱深其語，險譎其字，讀之者以爲佶屈聱牙，無足當於理，而指趣未始不存焉。其爲史也，未嘗以史自見也，人故不識其所爲史也。李長吉詩在唐人亦稱爲能輩，選家嘗以之比東野一流。夫是兒錦囊嘔心血之句，豈可千載無知己哉！史稱賀生二十七年而卒，七歲即令韓愈、皇甫湜諸先達驚嘆其才，卒以齠齡異質爲世所忌。嗟乎！賀一日不死，必有一日之著作以見志者。則自七歲至二十七，閱歷廿年間，更德宗、順宗、憲宗三朝，時事之去天寶無幾。其譏刺感諷，未必不有如子美之心者也。姚子羹湖，善讀史者也，又善説詩者也。公車之暇，取長吉詩而注之，持以示予，一日三四見。予因擊節，謂長吉非唐之史不可得；謂羹湖非長吉之知己亦不可得也。長吉生平不敢自爲史，古今人亦并不知長吉之爲史；乃一旦以史加長吉，長吉亦將自信爲史，人亦不得疑長吉之非史也。羹湖論斷長吉之史者也，其不以自爲論斷，而自以爲注者謙詞也，善於以詩爲史者也。夫長吉之詩歷千載，而曾、劉、徐、庾諸家注亦不乏，①往往失之深且隱也，不善注詩者也。羹湖方以爲迂且淺也，悉擯之不録也。夫詩近春秋，屬詞比事。注詩者遠於時地，惟知人論世而後著其是非邪正之辨焉。其以昌谷詩爲詩史者，無論其詩之得如少陵，不得如少陵，歸之於史則一而已。杜牧之序及其詩，不及其時與事；李商隱之傳及其事，不及其詩與人。今羹湖以千載以下之注，印千載以上之心，長吉未有不啞然笑者。讀此注而謂長吉詩有不可解者，其尚可與言詩乎哉？其尚可與讀史乎哉？至羹湖或借昌谷注以自成一家言，亦未可知。而其所以注詩之意，則予之序與羹湖之自序，又不侔而合也。羹湖雖不自以爲論斷，而吾必亟稱之以爲論斷焉也。羹湖又惡能不以予爲知己也耶！

青山何永紹令遠撰

①蔣按：「庾」應爲「余」之音訛，指撰昌谷詩注之余光，字希之，明末進士，官上虞知縣。

序

古今無著書人，只有注耳。書莫古於易，然易亦更相注也。河圖、洛書一百點，所注何物？此後三百八十畫，皆注之注耳，何有於繫辭！又何有於六經始言注脚哉！大慧稱妙總道人云：「郭象非注莊子，乃莊子注郭象也。」此語似有不足於象，其實象不足以當此語。若象果能使莊注我，此即千古第一注書法也。吾友姚經三以易起家，近者益臻其妙，語予曰：「易無注。注易者數千家，依文生解，皆可掃却。獨宜留華嚴經、參同契、素問、青囊數種爲易外別傳耳。」予謂此數種是真注易者，非別傳也。經三領之。因出所注昌谷集見示，語語出長吉意外，旁引曲通，直令字無虛設。忠愛之思，比諸小雅怨誹而不怒；攷據時事，即長吉居然詩史矣。其然豈其然乎！若經三可以注易矣。就使長吉無詩，經三此注亦當自成一書，孤行於時，何必不與吾若柳子厚非國語，鄭樵欲以通志廢漢書。此即丘明、孟堅之再來，自補其不足也。然則昌谷集有此注，得謂非長吉注長吉乎？吾人作文不必可解，但存之千百年後，自有人來如易相輔行乎？人岕翁稱禪家有異熟果，或異地熟，或異時熟，熟之遠者隔生。經三者爲我下注脚耳，非深於易者不足以知之。

田間錢澄之飲光撰

序

古來箋注無慮數百家，余所甚異，則韓嬰、向秀、酈道元三人。嬰之于詩也，雜采周、秦遺事各爲一傳，其體奇，其文蔚。秀注南華，直抒胸臆，莊所有者無之，莊所無者有之，神智幻出，又一南華也。至若道元之於水經，一端多連，網羅異聞，奧幽光怪，不可名狀。此三人者皆不以書注書，而以我注書，借古人以自成一家言。豈若五臣注選，考亭注離騷，昌黎諸書，句櫛字比，作學究訓詁語哉！姚子經三，余震其名既久，讀其制藝，嘆爲離群絶倫。今冬來游會稽，出所注昌谷集示余，余受而卒業。咄咄，姚子何其雄也，何其雄也！夫昌谷單行千古，當時杜牧之謂宜深以理，而滄溟諸選家悉置諸繩之外，其得失可不具論。而姚子顧獨取其詩，一一詮次而論述之。姚子豈復存昌谷見哉！姚子謂余曰：「少陵、樂天、昌谷，其詩同而人輒軒輊之。」余初疑其言，及讀是注，而乃信姚子之大有得也。昔人稱少陵爲詩史，而樂天連昌宫詞諸詩，①往往以文言道世事。若昌谷詭譎汗漫，讀之不解何語。而姚子則曰：「此昌谷之詩，即昌谷之史也。一字一句切劘時政，指玄而義隱，深得小雅怨誹不亂之意。是少陵、樂天、昌谷詩不同，而所以爲詩則一也。」嗚呼，姚子豈復存昌谷見哉！姚子詩盈數千，其高出漢、魏，直與少陵争雄，必不爲昌谷，而偏注昌谷。姚子以爲昌谷才最奇，吾即昌谷之奇以自著其奇。昌谷如是解，吾注之；即不必如是解，吾亦注之。庶幾與韓嬰、向秀、酈道元齊驅並轡。寧屑屑劉、曾諸家，齷齪較短長乎哉？嗚呼！若姚子者，誠無媿著作之林也已。

山陰姜承烈武孫撰

①蔣按：連昌宫詞爲白樂天友元稹之作。

序

從來曰長吉險怪，自經三視之甚平，年經月緯，疏剔蹇産，一一皆憂時憫俗之作，特畏禍而晦其詞旨耳，居然詩史矣。或曰：少陵詩亦史，何獨不然？嗟乎！少陵幸而長吉不幸也。少陵曷幸？幸在不知名。方獻三大禮賦時，無或援而進之者。一時名下如李白、王維輩，心折願爲執鞭，贈詩不一，而罕所酬答。至「飯顆山頭」之句，簡忽極矣，視少陵直村老。僥倖一官，誰則畜以同類？老而窮賤，淪落西川，著爲詩如蟈鳴蛙吹，吐棄有矣，指摘則免焉。故得直叙時事，隱譏顯諷，不少紆折。而長吉以王孫早慧，七歲受知先達，忌者側目環射，稍授以隙，不待玉樓召而隕身矣。心少陵之心，不得筆少陵之筆，宜乎詞旨結轖摧藏而不自達也。寥寥千載，無發其覆者。經三發之，與當日俯睨獻賦村老，不屑酬答如李白、王維輩，有功二子則一。蓋使李白、王維輩互相揚詡，聲價鵲起，則拾遺補闕亦要津也。擁重名，履華膴，啓口振翰，窺伺者衆，其能抒寫己見，直達無滯，如集中所載乎？昔之功在略而晦之，今之功在闡而白之，故曰一也。少陵多憤，憤則肆，則亢；長吉多懼，懼則匿，則詭。肆與亢與禍近，匿與詭與禍遠。乃禍卒糾結迎觸于長吉之二十年中，而少陵不一沾焉。甚矣！早慧知名，雖欲自達其筆墨不可得。而世之有意著述者，顧津津汲汲于名場，不務避之而轉競之，是何與昔人立言之旨反也？善乎，隆中之自述曰：「不求聞達于諸侯。」以之立功可也，立言可也。然則經三此注，豈止爲長吉功臣哉！

無錫黄傳祖心甫撰

凡例

四則

昌谷生二十七歲，然無年譜可考。第揆之杜牧之序，則太和五年稱賀死後十有五年矣。自太和五年溯之，是賀卒於元和之十二年丁酉。又自元和十二年溯之，是賀生於建中之二年辛酉，歷德宗、順宗、憲宗三朝。詩多感諷誹怨，當世忌之者多，故不敢自繫以年。且苦早卒，又爲中表所銜，以其詩投溷厠中。即沈公子明所集四編，亦皆散亂無次。如高軒過一詩，乃賀七歲時爲韓員外、皇甫侍御過其家使賦者也，而編之三卷中，可知其卷帙之不足憑耳。今以當日時事按之，則元和十二年以後不及焉。至前此之尚論追諷，亦未可泥也已。

世稱少陵爲詩史，然少陵身任其爲史也。唐人詩無多注，唯注少陵甚多。以少陵常自注，故注少陵者依自注以推之易易也，然且患魚魯者不乏焉。昌谷，余亦謂之詩史也，然不敢以史自見也。不惟不自注，更艱深其詞，并其題又加隱晦。後人注之，不過詮句釋字，皆以昌谷詩作説文耳，至依文生解者，百不得一。王季重之序曾謙，謂推心代口，一一詰之而一一通之。嗚呼！長吉之心與口亦甚難爲推代矣。以余所閲諸家注，卒與詩無與。而文長、揆仲，寥寥點次，邈不相及，猶不能如謙之博搜細譯也。總之，不度其時，不得其情；不入其隱，則毫釐千里。客有謂余者曰：子雲之後，復有子雲。余則奚敢當此？又謂現昌谷身而爲説法也，又何多讓焉！

詩至六朝以迄徐、庾，騷雅、漢魏浸失殆盡，正始之音没于淫哇，識者傷之。唐詩自開元、天寶而後，愈趨卑弱。元、白才名相埒，其詩爲天下傳諷，當時號爲「元和體」，人競習之。類多淺率靡薾，而七言近體尤甚。至問老嫗之可否於竈下，博才子之聲譽于禁中，賀心許之乎？當元稹謁賀，賀呵之曰：「明經中第，何用謁爲？」豈真薄其爲明經耶？薄其競趨時名以此中第也。故力挽頽風，不惟不知有開、寶，并不知有六朝，而直使屈、宋、曹、劉再生于狂瀾之際。斯集惟古體爲多，其絶無七言近體者，深以爾時之七言近體爲不可救藥，而姑置之不議論也。夫以起衰八代之昌黎與皇甫諸公，儼然先輩，乃獨降心于隴西一孺子者，則可知昌谷起衰之功，不在昌黎下已！

抱朴子曰：「懷莫逸之量者，不矜風格以立異。」至若立異而使人斥爲神鬼也，噫！昌谷過矣。雖然，岣嶁、石鼓，音義井然，世間安得有奇？即有奇亦安得有不可解者？余謂昌谷無奇處，原無不可解處。第世人患耳食而胸無定識，遂狗聲逐影，究如夢中説夢，終屬恍惚。晦菴，先賢大儒也，其注詩猶有議焉者，謂其拘于「鄭聲淫」一語，而静女、子衿皆指爲淫焉。毋惑乎世之注昌谷者，拘于「牛鬼蛇神」一語，直欲繪一獰狰幻怪之狀以爲昌谷也，廬山真面目終不可見矣！

時順治丁酉季夏文燮又題於儆園之無異堂

庚子冬，是帙已付剞劂。蔣太史虎臣與余同游會稽，謬爲推許，出一編見示，乃尊公楚珍先生所評閲昌谷集也。因謂余曰：「子注必名千古。先大夫亦酷嗜此詩，間獨出己見，每多玄解，第未能全釋行世，與子注頗相符契。余既説海内之得快書，又深喜先子之有同志，則數語品題，其以子作青雲可乎？」余捧讀之，因念古今才人亦不必盡嘆知希也。先生家學淵源，炳麟彪、固。太史公鴻文冰鑑，海内具瞻，珥筆彤墀，綸扉倚毗，乃於余爲昌歌之嗜，而重以先志見托也。雖吉光片羽，自足價重鷄林，余亦何幸而得此歟？惜未能親炙，共相論難，則此帙必更有可觀者。因書成，僅續之注末，以公玄賞。

文燮又識於鑑湖客舫

拙注向梓金閶，諸公錫之弁言，業已問世。丙午春，爲建陽縣，門人余晉、鄭國璿、楊居廣、劉幹復請重刊，仍存蔣楚珍先生舊評。適敝業師陳二如先生、吴門周公玉凫、蓼州黄子秋涵、同里錢公飲光、吴子炎牧、蔣子灊伯各加評語，悉公海内。至四方同人，素蒙鑒賞，未敢遥爲臚列也。

羹湖載識

昌谷集卷一

李憑箜篌引

吴絲蜀桐張高秋，空山凝雲頹不流。江娥啼竹素女愁，李憑中國彈箜篌。〔一〕

吴之絲，蜀之桐，中國之憑，言器與人相習。「中國」二字，鄭重感慨。天寶末，上好新聲，外國進奉諸樂大盛。今李憑猶彈中國之聲，豈非絶調？〔二〕更兼清秋月夜，情景俱佳。至聲音之妙：凝雲，言其縹緲也；湘娥，言其悲凉也；玉碎鳳鳴，言其激越也；蓉露蘭笑，言其幽芬也。帝京繁艷，際此亦覺凄清。天地神人，山川靈物，無不感動鼓舞。即海上夫人，夢求教授；月中仙侣，徙倚終宵。但佳音難覯，塵世知希。徒見賞于蒼玄，恐難爲俗人道耳！賀蓋借此自傷不遇。然終爲天上脩文，豈才人題詠有以兆之耶？○世本：庖羲作瑟五十弦，素女鼓之，哀不自勝。帝京門十二。唐志：晉州神山，舊名浮山，東南有老子祠。張衡賦云：神山崔巍。搜神記：永嘉中，①兖州有神嫗，號成夫人，能彈箜篌。列子：瓠巴鼓瑟，鳥舞魚躍。餘冬序録：吴剛，字質，謫月中砍桂。○吴箋以「神山」作「坤山」，以吴質謂曹子建客字季重者，謬。此蓋月夜聞箜篌也。董以李憑爲霓裳之樂，謬。

【眉批】

〔一〕蔣云：此倒出法。至其設詠取辭，所謂似中之似也。

〔二〕錢云：着眼在此，纔有關係。

①蔣按：「中」字原無，據搜神記補。

殘絲曲〔一〕

花臺欲暮春辭去，落花起作迴風舞。〔二〕

葉老鶯雛，絲殘蜂伴，言春光倏邁也。緑衣翠袖，玉罍紅醪，雖不必效麗娟之舞，而庭樹幾翻落矣。城隅榆筴，如沈充小錢之多。曾沉湎酣宴之人，亦知好景之易盡否？○麗娟，漢宫人，作回風舞，庭葉翻落如秋。晉沈充鑄小錢，號「沈郎錢」。鄴中記：襄、鄴間夾道種榆。

【眉批】

〔一〕陳云：通首總嘆春老。

〔二〕錢云：「落花」句傷心，花不自知其已落，猶臨風欲舞。才子佳人，老不自覺，往往如此。

還自會稽歌　并序

脉脉辭金魚，羈臣守迍賤。〔一〕

肩吾，子山之父，仕梁爲太子庶子，掌管記。父子出入禁闥，恩禮最隆。及國亡潛難，離黍興悲；回首鑾輿，羈魂徒托。白首生還，無復臣職，何暇更事筆墨？遺文罕少，理有固然。

○晉、魏稱屬和天子曰「應詔」，太子「應令」，王「應教」。銅輦，太子輦。金魚，袋也。

【眉批】

〔一〕陳云：肩吾無遺文，只在末二句内。

出城寄楊敬之權璩　璩，字大圭，德輿子。元和初進士。

失意京華，敗轅病骨；飛騰神物，應自有期。回首故人，悲不堪道。○漢高斬蛇劍，晉武庫火，劒穿棟而飛。

示弟猶

何須問牛馬，抛擲任梟盧。〔一〕

此應舉失意歸日也。鹿鹿三年，未嘗歡飲。今夕兄弟之樂，當何如之？挾策無成，空囊返里，猶是出門時篇帙。病骨幸存，骨肉懽聚，而生計復爾茫然。功名成敗，顛倒英雄。主司去取，一任其意，又何異於抛擲梟盧耶？

【眉批】

〔一〕錢云：第六句以下，一氣言人間何事不可爲？而終年奔走場屋，以聽主司任意去取耶？

竹

此借竹以喻己也。文光勁節，挺秀空群；顧影托根，差堪比擬。而竹多見用於世，不第湘簟漁竿，且爲天使所重，畀賜侯王。賀獨大材遺擯，能不對此重感耶？○史記趙世家：襄子奔晉陽，原過從後。至王澤，見三人，與竹，二節莫通，曰：「以遺趙無卹。」剖之，有朱書，曰：「余霍太山山陽侯天使也，將賜汝林胡之地。」

同沈駙馬賦得御溝水

憲宗第四女宣城公主，下嫁沈𤩽。別本無考。

入苑白泱泱。[一]

上四句詠水，下四句却説到自己身上。旅館離魂，聊借此以當曲水觴詠。自傷流浪，猶幸因流浪處得覯仙侣，差慰素心，只恐又將暌違也。「幸因」、「暫得見」五字，可想一往情深。○三輔記：關中水皆通上林。酉陽雜俎：婦人粧如月形，謂黄星靨。史記：龍骨渠。何晏尚主，拜駙馬都尉。

【眉批】

〔一〕錢云：入苑，言水自外入林館下，又言苑中流出耳。

始爲奉禮憶昌谷山居

土甑封茶葉，山杯鎖竹根。[一]

太常散職，官居陸沈，門無車馬，復少胥役，故云「自閉門」也。漢上呼米爲「長腰鎗」。「江米」，迺江南所貢玉粒。僅邀上方薄禄，以糊其口。衙舍荒蕪，别無花卉，惟一束樹尚小，亦堪寓目。如意懸之於壁，無復佳緒指揮。當簾閑玩，每動羊祜角巾歸里之思。曾作家書付黄耳，以病追悔此遊之汗漫。土甂，望家中封茶以寄，蓋因病斷酒，惟思茗椀，故云「山杯鎖竹根」矣。湖光晚楫，其樂萬倍。心焉溯之，奈何奈何！○犬書，陸機事。江淹集：竇子野以竹根爲飲器。

【眉批】

〔一〕錢云：「土甂」、「山杯」二句，皆憶昌谷景。物封與鎖，見主人不在也。

七夕

天上分金鏡，人間望玉鈎。〔一〕

上六句説淑景芳辰，離情别緒。末一句不勝悲凉。彼美當秋，心驚遲暮，佳人不偶，恐老冉冉將至矣。賀蓋借蘇以自慨也。○蘇小小，南齊名倡。

【眉批】

〔一〕錢云：「金鏡」二句，只言七夕之月。○陳云：當七夕之期，有所懷也。

過華清宮

華清宮在驪山下，貞觀十八年置，〔一〕始名温泉宮。蜀王本梁王愔也。貞觀十年徙蜀，好遊畋弋獵，帝怒，遂削封。賀當春夜過此，追誚之。上六句皆寫夜景，云時代屢更，典物雖備，器製已淹。太宗自好游幸，乃徒切責子弟，而大興離宫，遂令後世流連於此，不一而足。〔二〕近日宗室侈靡如蜀王者，所在不乏，而申飭之信，久不聞焉。且温泉别無好景，但水氣稍煖，僅長芹芽，何屢朝之鑾輿相繼耶？及觀玄宗又因此而幸蜀，後亦無有鑒前車者，深可嘆已！○沈炯祭漢武帝文：茂陵玉盌，遂出人間。

【眉批】

〔一〕黄云：以貞觀年代考據殊確。

〔二〕周云：大有關係。

送沈亞之歌 并序

亞之，字下賢。韓愈門人。

春卿拾材白日下，擲置黃金解龍馬。〔一〕

才人失意之日，正凡夫得意時也。驊騮紫陌，珠勒金鞭，以失意人當之，自顧愈傷脱落。我馬瘏矣，東歸道遠。「白藤」二句，賀嘆沈，即自嘆。與「緗帙去時書」同一情景。回想來時，懷寶涉險，上獻春官。乃秉鑑非人，目昧五色。「白日下」駡得痛快，「重入門」三字寫得悲凉。世態炎冷，當此自無憐才之人。古今英雄，愈躓愈壯，毋自頹廢，待旦俟明時也。今日之斷竹，留作他日之長鞭；今日之春風瘦馬，佇看他日之秋律高車。成敗自有時耳。○擲，置棄也。解龍馬，無復買駿也。長鞭，即祖生先鞭也。唐制，十月貢士。岑參送杜佑下第詩云：①還須及秋賦。

【眉批】

〔一〕周云：「拾」字妙，要見所收皆棄才。

①蔣按：「杜佑」，當作「杜佐」。

詠懷二首

彈琴看文君，春風吹鬢影。〔一〕

長卿欲聘茂陵之女爲妾，此何異緑草之垂石井，已明其不必有之事。惟是「彈琴看文君，春風吹鬢影」，於願已足。當此，雖梁王、武帝棄之適如斷梗，又何必别求茂陵女子？觀其身後之名，止留遺簡，其意已甘心爲文君一人死矣。賀少年早夭，亦必因色致疾，故引相如以自慰而作詠懷也。後鑿井歌而及奉倩，益可想見。○白虎通云：封禪，金泥銀繩封之以金印。

【眉批】

〔一〕錢云：「彈琴看文君」，想見其寂寞。除文君外，别無知音者。然長卿得此，亦足以棄矣。

其二

頭上無幅巾，苦蘗已染衣。不見清溪魚，飲水得相宜！〔一〕

玄鬢早霜，歲華有限。簪纓鍾鼎，亦復無心。何如披緇飲水，世外觀空，又奚用法網以自困也！○漢鮑永幅巾詣河内。鮑照詩：剉蘗染黄絲。

【眉批】

〔一〕錢云：後四句是古樂府體。

追和柳惲〔一〕

沙煖一雙魚。〔二〕

惲，南齊人，作江南曲，有「汀洲採白蘋」句。賀蓋慕江南風景，而羡惲之抽簪早歸，放懷自適，故追和之也。櫨香粉蝶，美酒瑶琴，水閣臨流，時通芳訊，以視今之紅塵鹿鹿者，何如耶？○櫨，似梨而酸。「沙煖」句，曾爲臨水羡魚意，非。

【眉批】

〔一〕周云：通首寫江南之樂。

〔二〕蔣云：末句言歸有夫婦之樂也。

春坊正字劍子歌

隙月斜明刮露寒，練帶平鋪吹不起。〔一〕

唐六典云：太子左、右春坊，各置左、右正字一人。「春坊正字」，乃劒上所記之字也。上六句摹寫劍之犀利。「正」與「政」同音，且義亦相通。「荆軻一片心」，總以未殺秦政爲恨。若令照見「正」字，千古英魂應爲憤怒。至軻之未遂厥志，非劍之不利，然亦無如時何耳！寶飾神光，等一珍重，儻遇赤帝子，則安往不利哉？〔二〕賀借此以喻國士所重在良遇也。○盧綸歌云：兩條神物秋水薄。韓非子：負長劍，斬蛟龍。左思賦：「扈帶鮫函。」鸊鵜膏塗劒不鏽。麗藂，下垂貌。○徐云：用劍斬朋邪。董云：莫作書房裁紙刀。而諸本因之，俱謬。吴云：以春坊故用燕丹、荆軻事，似亦太晦。

【眉批】

〔一〕陳云：練帶平鋪，劍影也，因隙月照之有影。

〔二〕周云：荆軻刺秦之匕首，即爲漢帝斬白帝子之先鋒。只從「正」字設想，拈合大奇。

貴公子夜闌曲

貴公子沉湎長夜之飲，閨中注香相待。久之，夜半烏啼，則香影向闌矣。曲沼，即謂曲房。芙蓉，即謂美人。波，即謂美人春心之盪漾。寒夜孤衾，白玉腰圍公子不至。豈惟美人怨，詩人亦當代爲之怨也。

雁門太守行

元和九年冬，振武軍亂。詔以張煦爲節度使，將夏州兵二千趣鎮討之。振武即雁門郡。賀當擬此以送之，言宜兼程而進，故詩皆言師旅曉征也。宿雲崩頹，旭日初上。甲光赫耀，角聲肅殺。遥望塞外，猶然夜氣未開。紅旂半捲，疾馳奪水上軍。勿謂鼓聲不揚，乃晨起霜重耳。〔一〕所以激厲將士之意。當感金臺隆遇，此宜以駿骨報君恩矣。○昔王介甫讀此詩首二句曰：「此兒誤矣！方黑雲壓城，豈有向日之甲光？」楊升菴謂宋老頭巾不知詩。凡兵圍城，必有怪雲變氣。昔人賦鴻門，有「東龍白日西龍雨」之句。予在滇，值安鳳之變，居圍城中，見日暈兩重，黑雲如蛟在其側。始信賀善狀物也。董懋策謂玉龍當作劍，而曾益因之，以爲城將陷而將士死守，欲仗劍以狥國難。余光亦曰守邊；徐渭亦謂陣氛與日不礙。諸説皆自有所見。然以曉征揆之，覺與詩情尤相近耳。諸本皆無據，故注俱多訛舛。

【眉批】

〔一〕蔣云：漢書：李陵軍敗，夜半擊鼓，鼓不鳴。

大堤曲

此懷楚游之友，而寄此以諷之也。楚姬妖麗，其居與飾俱極華麗。菡萏風薰，倍加留戀。鯉尾猩唇，極味之珍美也。段成式鯉詩云：三十六鱗充四時，數翻猶得裹相思。孫卿子曰：猩猩能言笑。淮南子曰：「歸終知來，猩猩知往。」則食此二味，愈足以喻綢繆也。故北人南遊，每多流連忘返，不覺春秋云邁，日月暗移。菖蒲生于百草之先，忽忽楓寒葉落，即謂佳人難覯，亦知芳色易凋耶！

蜀國弦

貞元十一年，裴延齡譖陸贄於帝，因貶贄爲忠州別駕。賀蓋即蜀弦之哀，想蜀道之難，爲遷客傷也。楓香，美丹心也；南山，喻孤高也。忠良被逐，琴聲倍覺淒清，而猿竹亦爲之愁也。月色沙光，可方皎潔。人各有情，聞之自爲心惻，又堪忍過此耶！○諸本僅注弦，覺少情味。

蘇小小墓〔一〕

蘭露啼痕，心傷不偶。風塵牢落，堪此折磨。迄今芳草青松，春風錦水，不足彷彿嬛妍。若當日空懸寶車，燒殘翠燭，而良會維艱。則西陵之冷雨凄風，不猶是灑遲暮之淚耶？賀蓋慷慨繫之矣。○小小有歌云：我乘油壁車，郎乘青驄馬。何處結同心？西陵松柏下。

【眉批】

〔一〕陳云：詩耑味小小墓前之冷落。賀必有所厚平康之妓而夭其年者，故托小小以傷之。

夢　天〔一〕

滓溜既盡，太虚可遊，故托夢以詭世也。蓬萊仙境，尚憂陵陸；何況塵土，不滄桑乎！末二句分明説置身霄漢，俯視天下皆小。宜其目空一世耳！○上四句月宫，中二句蓬萊。列子：四海之外猶齊州。齊州猶中國。

【眉批】

〔一〕陳云：夢入月宮，俯視塵世。

唐兒歌

東家嬌娘求對值，濃笑書空作「唐」字。〔一〕

杜豳公悰，尚憲宗岐陽公主，生子曰唐兒，即以出自天朝之意。〔二〕頭骨神明，岐疑秀發，嬉戲麗飾，自非凡兒。「儂笑」句，狀唐兒對東家含情不語，有許多自負神情，故知其眼大心雄也。然作歌之人心眼亦本如是。且加儆策，宜思早自建立，以報朝廷，莫忘身所自出。賀即唐諸王孫也。○隋内宫多服半臂。元和九年秋七月，以岐陽公主適司議郎杜悰，故篇中稱杜郎。先是，尚主皆取勳戚。時學士獨孤郁爲權德輿偦，上曰：「德輿得偦，我反不及。」始令吏部選公卿子弟。悰爲杜祐孫。别本俱謂豳公爲杜黄裳，及疑是杜琮者，謬。而作唐歌兒者，尤謬之甚矣。

【眉批】

〔一〕蔣云：此爲杜求偶也。

〔二〕錢云：如此根據，末句方有深意，不忘姓李人，即是勉其不忘本朝之思。妙，妙。

緑章封事

爲吴道士夜醮作。

金家香衖千輪鳴，楊雄秋室無俗聲。願携漢戟招書鬼，休令恨骨填蒿里。〔一〕

蒼雲團軫，七蟠如霓，故曰青霓。矞雲翔龍。矞，赤色。天上浮雲如白衣，須臾變化如蒼狗。鴻龍、玉狗，皆雲也。宫神如可呼，則天門想可開矣。榴花滿溪，仙娥閑適，那知人間死亡之戚？乃因吴道士之妄作青詞，上干造化，遂令六街馬蹄，於行醮時，隨班逐隊，茫無定準。香煙炬焰，熾炎彌天。黄冠駿奔，自作塵土。金家香衖中，儀文甚盛，致觀者雜沓，華轂迭至。而楊雄文士，静坐一室，邈若罔聞。因念古今人才，埋没荒丘，誰爲之一招魂耶？且雄僅爲漢執戟郎，明乎與居奉禮者有同恨耳！

【眉批】

〔一〕蔣云：此以貧儒上控也。

河南府試十二月樂詞

正月

錦牀曉卧玉肌冷，露臉未開對朝暝。〔一〕

樓上春歸，柳絲未發，暗黄正含芽也。開元遺事云：「宫漏有六更，君王得晏起。」故云遲也。陽暉漸暖，甲坼將舒。寒緑短絲，細草初茁。綉幔春寒，朦朧方覺。芳辰宜加珍惜，未可輕言別離。柔條難折，淑景易馳。但看菖蒲此日雖微，早晚即勝綰結矣。

【眉批】

〔一〕金云：「對朝暝」，曲盡嬌春之態。

二月

仲春冶麗，花鳥芳妍。蕩子將有遊冶之思，而美人已含愁矣。歌舞離津，兒女情重，何如酒客任達糟丘。春寒背冷，唯飲南昌千日之酒，一醉如死。〔一〕安知此輩別離之苦耶！〔二〕南昌有山泉如酒，飲之經月不醒。劉玄石飲千日酒，家以爲死，至期方生。

【眉批】

〔一〕陳云：只爲别苦耳，世間亦安得此千日酒耶？情深之言，莫便認作决絶。

〔二〕錢云：不必注詩，只數語可當長公一小尺牘。

三月

貞元末，好遊畋。此詩言花城柳暗，人各怨别；不知春宫之怨，較春閨更甚耳。複宫竹色如沐，無衣初試，互照鮮妍。鑾輿一出，香薰百里。而深宫少女，未得與游幸之樂。流水落花，心傷春去；閑庭蕭寂，情景如秋。

四月

濃陰朱實，無復嬌妍。春去不歸，芳姿難再。末句「老」字、「墮」字，「殘」、「暗」等字，不盡愁怨。○蟠花即榴花。曲門，宫中阿門。老景沉重，花樹俱結實低垂也。〔一〕

【眉批】

〔一〕周云：解「沉重」二字，匪夷所思。

五月

德宗朝，有方、圓二玉，凝冷光彩。寶藏庫有澄水帛，明薄可鑒，以水蘸之，一室冷然。臨邛有粉井，得水汰粉則光澤。王獻之詩：七寶畫團扇。謝惠連賦：度曲未終，雲飛雪起。清涼殿在洛陽南。崑崙有甘露，着草木皎然如雪。此皆寫宮中之樂，自忘炎蒸。玉趾所在，妃嬪景隨，珠釧且沾香汗矣。

六月

啾啾赤帝騎龍來。〔一〕

羅裙竹簟，晨起即畏炎熇。古詩：祝融南來鞭火龍。祝融，即赤帝也。

【眉批】

〔一〕「啾啾」二字，極炎氣初盛之狀。

七月

雲渚，天河也。河之東西，牛、女相望。立秋五日，白露降。盤，承露盤也。好花，芙蓉初生，即元獻公詞「蘭凋蕙慘，秋艷入芙蓉」意。天高氣清，白雲如玉。池葉初似青錢，至此已極。〔一〕涼颸初發，漸覺衣單簟冷。是月也，日月會於鶉尾，而斗建申矣。

【眉批】

〔一〕陳云：「極」字須如此看妙。

八月

孀娥怨，樂府曲也。〔一〕少婦思深，征夫遊倦。蟋蟀鳴堦，燈花向壁。念之深而望之至也。月光樹影，掩映珠簾，愈深寂寥之感。露冷池荷，粉紅將墜。幽心離思，俱極凄清。

【眉批】

〔一〕錢云：漢人因中秋無月而度此曲。

九月

隋煬帝于景華宫求螢火數斛，夜遊出放，光滿巖谷。天清竹落，水冷蓉凋，情致不勝蕭寂。月皎庭空，露寒風瑟。木葉丹黄，盈盈官路。更殘柝罷，梧落鴉啼。蓋徹夜不寐矣。○兩都賦：「排玉户而撼金鋪。」扉上有獸，銜環爲鋪也。

十月

君王遊宴，宫嬪含愁。夜冷更長，炬殘霜重。孤眠不寐，起立衣單。翠黛清光，當與素娥同怨耳！

十一月

御溝泉合如環素，火井温泉在何處？〔一〕

彤雲瑞雪，大地凝寒。宫庭高會，進中山千日之酒驅寒，以作君壽。溝水層冰，華筵自煖，又何必别尋温泉火井耶？正恐有不得進御之人，思憶爲莫可至矣。

【眉批】

〔一〕蔣云：末句極言畏冷思煖也。

十二月

烏足光微，故薄霜之在樹葉者亦不銷也。玉曆將迴，沍寒漸解。黄赤進退，日道南來。故晝刻增而夜刻減矣。

閏月

氣盈朔虚，一章之中凡有七閏，故云重光重時也。保章推步之法，律應葭灰，至此則積餘成閏矣。今歲日多則來歲自遲。王母、羲和，皆借以喻增算耳。○漢明帝爲太子時，樂人作歌四章贊之：一曰日重光，二曰月重輪，三曰星重曜，四曰海重潤。

天上謡

天河夜轉漂迴星，銀浦流雲學水聲。〔一〕

元和朝，上慕神仙，命方士四出採藥，冀得一遇仙侶。賀作此諷之。謂銀浦玉宫，珍禽琪樹，秦妃仙妾，瑶圃、青洲，天上之樂如是，故能睹日馭甚駛，桑田屢變，然人亦何得而見之也？如以天上之謡而欲親至其境，誤矣！〔二〕○青鳳亦名桐花鳳，劍南、彭蜀間有之。鳥大如指，五色畢具，有冠似鳳。每桐有花則至，花落則不知所之。性至馴，喜集婦人釵上。走馬，即騏步也。王充論衡：日馭與騏驥同。又日月晝夜行二萬六千里。有謂桐初植故小。非。

【眉批】

〔一〕董云：流雲似水而無聲，故曰學。

〔二〕錢云：知其命意不苟，不煩逐句解釋矣。○陳云：詩但言天上之樂，而諷意已在言外。

浩　歌

此傷年命不久待而身不遇也。山海變更，彭、咸安在？寶馬嬌春，及時行樂。他生再來，不自知爲誰矣！世上英雄，一盛一衰，直朝暮間事耳。丁都護勇何足恃？雖好士如平原，聲名滿世，至今衹存抔土。時日迅速，衛娘髮薄，誰復相憐？秋眉換緑，能得幾迴新耶？如何年已二十，猶刺促不休哉！在下者之妄求榮達，與在上者之妄求長生，均無用耳！○天吳，水神，八首、十尾、八足、人面。丁都護，宋高宗勇士，①名盰。時人云：「莫跋扈，付丁盰。」後公主因其夫徐逵之死，遣收其喪，遂相傳歌焉。玉蟾蜍，晉靈塚中物，盛水五合，王去疾取以盛畫漏。衛娘，衛夫人。詩云：鬒髮如雲。

①蔣按：「高宗」，應爲「高祖」，指劉宋高祖武皇帝劉裕。

秋來

衰梧颯颯，促織鳴空。壯士感時，能無激烈？乃世之浮華干禄者，濫致青紫。即緗帙滿架，僅能飽蠹。安知苦吟之士，文思精細，腸爲之直？凄風苦雨，感吊悲歌。因思古來才人懷才不遇，抱恨泉壤，土中碧血，千載難消。此悲秋所由來也。○鮑明遠代蒿里行云：「賫我長恨意，歸爲狐兔塵。」〔一〕萇弘死三年，血化爲碧。

【眉批】

〔一〕錢云：鮑家詩，意指明遠蒿里行，如詩到情真之處，鬼亦能唱。

帝子歌

元和十一年秋，葬莊憲皇太后。時大水，饒州奏漂失四千七百户。賀作此譏之，云憲宗採仙藥求長生，而不能使太后少延。「九節菖蒲石上死」，則知藥不效矣。帝子指后也。〔一〕后會葬之歲，復值鄱陽秋水爲災。豈是湘妃來迎，桂香水寒，雌龍懷恨，相與迭奏哀絲耶？古樂府云：「白石郎，臨江居，前導河伯後從魚。」此時當爲后指引而擲珠於龍堂之中矣。龍堂，出楚辭。

【眉批】

〔一〕黄云：不作湘君、宓妃諸解，考據時事，爲長吉幫襯，許多深心。

秦王飲酒

洞庭雨脚來吹笙，酒酣喝月使倒行。銀雲櫛櫛瑶殿明，宫門掌事報一更。花樓玉鳳聲嬌獰，海綃紅文香淺清。黄鵝跌舞千年觥，仙人燭樹蠟煙輕，清琴醉眼淚

泓泓。〔一〕

德宗性剛暴，好宴遊，常幸魚藻池，使宮人張水嬉，綵服雕靡，絲竹間發，飲酒爲樂。故以秦王追誚之。爲言秦王騎虎仗劍，雄武蓋世，雖羲和亦敲日以避其鋒。曾不使未盡之劫灰，少挫英雄之槩。是以恣飲沉湎，歌舞雜沓，不卜晝夜。嬖奴寵嬪，迷戀終宵。即仙人柱燭，亦覺蠟盡煙空。而鼓琴之餘，醉眼視之，燭淚泓泓然也。誠使雄武如秦王，盡平六國猶爲不可；而況主非其主，時非其時乎？○異聞録：羲和鞭白日。太山觀日出時，則海水自沸，故云玻瓈聲。漢武浚昆明，得黑石。①東方朔曰：「此劫燒之餘。」龍頭，酒器。天文志：酒旂三星。天寶中，使白秀貞自蜀回，得琵琶，其槽邏皆沙檀爲之，有金縷紅文蹙成雙鳳。貴妃每抱奏，音韻清絶，飄渺出雲，洞庭仙子，恍惚若來。李白詩：「仙人十五學吹笙，學得崑丘彩鳳鳴。」雨脚，狀其聲之幽忽。喝月，言酒酣後月盡日出，乃醉以爲月倒行也。白雲既曉，瑶殿已旦。元和初，于宮門置待漏院，而宮漏有六更，至此則報一更，不敢言夜深也。〔二〕唐玄宗時，建章鮫綃纏以紅綫，軸之如箸，夏天展之，一室凛然。隋帝伐遼還，使禄東贊上書曰：高麗恃遠不服，天子自將，指日凱旋。雖雁飛于天，無是之速。夫鵝，猶雁也。臣請造黄金鵝以獻。高九尺，中貫酒三斛。引此以狀其好征伐也。〔三〕仙人，燭桂。○曾云：黄鵝作舞勢，而即有謂鵝能轉旋其項似舞，更謬。又有作「娥」者，非。

【眉批】

〔一〕錢云：寫飲酒極其雄概，纔是秦王夜飲。酒盡天曉，清琴一曲，淚眼泓泓，尤見英雄本色。喝月倒行，不許曉也，故掌事只報一更。至燭樹煙輕，曉色已彰，秦王可奈何哉？鼓琴墮淚，勢所必至。此處情事逼真，爲歡無幾之意，總在言外。○蔣云：此言勢焰不終也。

〔二〕錢云：報一更亦有典故。

〔三〕黄云：黄鵝注確。

①蔣按：「石」，一作「灰」。

洛姝真珠

花袍白馬不歸來，濃蛾叠柳香唇醉。金鵝屏風蜀山夢，鸞裙鳳帶行煙重。八驄籠晃臉差移，日絲繁散曛羅洞。〔一〕

芳姿艷質，步步生香。寒鬢玉釵，高樓唱月。此亦何異蘭風桂露之幽翠，而第以供深思之哽咽乎？祇因花袍白馬，久不歸來，以致濃蛾香唇，乞作蜀山之夢。而鸞裙鳳帶，極重難行也。八驄，即隙駒之謂。蓋從朝盼想，至暮惟見。底事睡而復不睡？思婦之情，誠有如此。

因念市南曲陌，楚腰衞鬢，四時歡笑，每調歌喉而留陸郎，何己之不如也。賀蓋托言以明所遇之不偶耳。○漢陸賈在南中，倡家多留之。

【眉批】

〔一〕錢云：花袍白馬以下，寫美人獨睡之態。蜀山行煙，言其夢也。八驄籠晃，窗間日色。臉移，睡才轉也。日照羅洞，其細如絲，皆乍醒時情景。

李夫人

翩聯桂花墜秋月，孤鸞驚啼商絲發。〔一〕

德宗貞元二年十一月甲午，立淑妃王氏爲皇后，是月丁酉崩。先是淑妃久病，帝念之，册爲后，册畢即崩。史臣譏之，爲其病廢之人，不足齊體宸極，告謝宗廟。〔二〕崩後，帝追念不已。賀思往事，作此以譏，而儗之李夫人者，明乎不足爲后也。夫人飛入瓊臺，所餘緑香繡帳，雲水皆非。其所以報武帝之追思者，惟是桂花墜于秋月，商絲發自空中耳。然夫人雖死，歌臺自有小妓。玉蟾滴水，鷄人曉唱，露華蘭葉，參差相映。誰謂李夫人之後，更無如李夫人者乎？亦足明視召之在所不必矣。

【眉批】

〔一〕黄云：武帝悼夫人賦有「桂枝落而銷亡」句。

〔二〕周云：環珮來遲，不過邀貳師之寵，何至告廟册立耶？

走馬引

元和十年，盗殺武元衡，擊裴度傷首。詔中外搜捕。有恒州張晏八人，行止無狀，神策將軍王士則告王承宗遣晏等所爲，鞫服斬之。賀蓋惜客之不明大義，徒信叛逆，妄刺朝貴，卒至首懸大桁，昧昧捐軀何益耶？兩「嫌」字狀客以有事爲樂，朝净暮冷，對之不無鬱鬱。〔一〕嗚呼！牧恭爲父報仇，有天馬夜降，使之逃入沂澤，遂援琴而作此引。其劍術未嘗不與殺武相者等也，而殺武相者則不免于禍，豈非所持向者之有正不正哉！「持照身」三字，凡爲客者當自審矣。後李師道平，得其舊案，有賞殺武相人王元士等十六人，始知師道所遣也。

【眉批】

〔一〕錢云：客嫌其無用，而不嫌其誤用，此所以爲不解耳。

湘　妃

離鸞別鳳煙梧中，巫雲蜀雨遥相通。〔一〕

德宗貞元三年，幽郜國大長公主。主適蕭升，女爲太子妃，恩禮甚厚。主素不謹，有李昇出入其第。或告主淫亂，且爲厭禱。上大怒，幽之禁中，流昇于嶺南。賀追醜主之縈情寄怨于東南也，假湘妃以寫其哀思爾。言筠竹不死，蠻娘吟弄，淚花染緑，情相續也。别鳳離鸞，夢雲夢雨，至秋爲甚。此雖波間老龍，亦感動沉吟矣。

【眉批】

〔一〕錢云：舜死蒼梧之野，葬九嶷之山，與湘水相去不遠。如巫雲蜀雨，可時相通耳。

南園十三首〔一〕

可憐日暮嫣香落，嫁與東風不用媒。〔二〕

元和時，十六宅諸王既不出閤，其女嫁不以時。選尚者皆由宦官，納賂方得自達。上知其弊，至六年十二月，詔封恩王等六女爲縣主，委中書、門下、宗正、吏部，選門地人才者嫁之。賀傷其前此之芳姿艷質，不得嘉偶，至此日暮色衰，始得聽其自適，恐亦未免委曲以狥人耳。賀蓋借此以諷當世之士也。

【眉批】

〔一〕蔣云：此傷時不我留也。十三首皆屬自喻之辭。

〔二〕陳云：寓意容華易謝。

二

宮北田塍曉氣酣，黄桑飲露窣宮簾。長腰健婦偷攀折，將餧吳王八繭蠶。〔一〕

時習尚華靡，賞予無算。及内帑空虚，復肆苛斂，小人又迎欲以獻，至進羨餘絹百萬匹。賀深悲女絲之難繼也。東方既白，含露微芽，採者即至，必得吳都一歲八繭之蠶，始得供其用耳。

【眉批】

〔一〕蔣云：此傷濯龍蕪廢也。○陳云：宮北黄桑，豈長腰健婦可到？亦是寓意。

三

竹裏繰絲挑網車，青蟬獨噪日將斜。〔一〕桃膠迎夏香琥珀，自課越傭能種瓜。〔二〕

緯絡辛勤，日暮不倦，恐追呼之將至也。抱朴子云：桃膠鍊之似琥珀，服之保中不飢。瓜熟亦可當食。誰謂治生無策耶？用是策小奚灌溉，無自廢時，以視繰絲者當自警矣。夏時避日，故網車就竹陰也。

【眉批】

〔一〕陳云：首二句作興體看妙。

〔二〕蔣云：以下俱傷己不遇也。

四

三十未有二十餘。〔一〕

自傷其年壯無成，調饑莫慰，安得圯上素書，以從戎爲愉快也。

【眉批】

〔一〕錢云：起句兩氣讀，言未及三十而有餘于二十也。

五

男兒何不帶吴鈎？收取關山五十州。請君暫上凌煙閣，若個書生萬户侯？〔一〕

裴度伐吴元濟，蔡、鄆、淮西數十州，至是盡歸朝廷。賀蓋美諸將之功，而復羨其榮寵，故不覺壯志勃生。若個者，猶言幾許也。曾有幾許書生能致萬户侯者乎？

【眉批】

〔一〕蔣云：此貧思投筆也。

六

尋章摘句老雕蟲，曉月當簾挂玉弓。不見年年遼海上，文章何處哭秋風？〔一〕

章句悮人，倏忽衰暮。仰視天頭牙月，動我挽强之思矣。丈夫當立勳紫塞，何用悲秋摇落耶？

【眉批】

〔一〕陳云：纔思挽强立功，忽念遼海之上，不用文章。總見書生無用，與前首同意。

七

宵小盈朝，正人斂跡。文園難免窮愁，東方且憂忌諱。冠裳倒置，筆墨無功，唯有學劍術以自匿矣。○歐冶子取若耶之鋌以鑄劍。越有處女，道逢一翁稱袁公，與之試劍，化爲白猿而去。

八

春水初生乳燕飛，黄蜂小尾撲花歸。窗含遠色通書幌，魚擁香鈎近釣磯。〔一〕

元和間，徵少室山人李渤爲左拾遺，賀譏其不終於隱也。燕以春至，蜂以花歸，猶人之好趨時艷。窗含遠色，那知山人之遠志將爲小草矣！魚本遊於煙波，而爲貪餌，卒罹羅網。惜哉！

【眉批】

〔一〕陳云：物情趁春，往往如此。人獨無乘時之意耶？章法妙于起下。

九

泉沙耎卧，自安高枕也。曲岸回篙，不趨捷徑也。此時唯借酒可以避世。蘭馥椒辛，僻性相類。病起科頭，髮亂如絲，何心更艷簪組？菱絲曰種，是病後對鏡，忽見白髮也。菱即菱花。

十

舍南有竹堪題字，老去谿頭作釣翁。〔一〕

邊讓，賀自喻也。蔡邕，指昌黎也。是時昌黎遠去陽山，雖有新聲，别無知己。歌既無心，書又何用？唯把魚竿，差堪終老。○邊讓，後漢人，辨博能文。蔡邕甚敬之，以讓宜居高位，薦之于朝。

【眉批】

〔一〕陳云：「舍南」二句，指竹爲誓，遂題字于其上也。

十一

長巒谷口倚嵇家。〔一〕

自嘆才高不遇，而托叔夜以相况也。然當叔夜之世，嫌疑易生，去就莫辨，故孫登謂之曰：「君才則高矣，保身之道不足。」賀謂身當此際，宜始終深谷，放懷古今，惟精導氣棲神之術，採藥窮年，安知人世之嶮巇乎？○蓴花，小葵也。

【眉批】

〔一〕錢云：谷口疑即昌谷。嵇康舍傍有嵇家山，借以自比。

十二

前言嵇康放達，且不保矣。彼虞卿羈旅失志，窮愁著書，而欲求顯榮於當世，難也。若今日主上好神仙，凡有自言方士者，皆得驟貴。儻染霞綃作道帔，即可登諸巖廊，何用著書以自苦耶？并所居之地與景物，皆可指爲仙境矣。○武帝穿昆明池，黑水玄阯。阯，止也，謂水止而黑。北夢瑣言：龍生二卵，一名吉了。本草云：馬牙硝，一名英硝。

十三

小樹開朝徑，長茸濕夜煙。柳花驚雪浦，麥雨漲谿田。古刹疎鐘度，遥嵐破月懸。沙頭敲石火，燒竹照漁船。〔一〕

小園草木，日夕可棲。柳花，傷春暮也。雨漲，惡濁流也。疎鐘，欲依禪也。破月，無明鑑也。時世若此，尚安往哉？石火雖微，竹光可燭。用以自照，唯效漁父以藏身矣。

【眉批】

〔一〕陳云：亦只南園春來所得之景。

昌谷集卷二

金銅仙人辭漢歌〔一〕

憲宗將浚龍首池，脩麟德、承暉二殿。賀蓋謂創建甚難，安能保其久而不移易也？孝武英雄蓋世，自謂神仙可期，作仙人以承露，糜費無筭。中流秋風之曲，可稱曠代。今茂陵寂寞，徒有老桂蒼苔；而魏官牽車蹂踐，悲風東來，誰堪拭目？漢月即露盤也。言魏官千里騷驛，别無所補，空將仙人露盤以去。無情之物，亦動故主之思，蒼蒼者自難爲情矣。道遠波遥，永辭故闕，情景亦難言哉！嗟夫！以孝武之求長生，且不免于死，所寶之物，已遷他姓。創造之與方術，有益耶？無益耶？讀此當知辨矣。

【眉批】

〔一〕錢云：首句與末句相應。夜聞馬嘶，想見漢武英靈不平之概，終爲魏官取去。漸出關門，渭城遠而波聲小，從此與漢辭矣。武帝英靈其能留哉！

古悠悠行

易曰：「原始反終，故知死生之説。」又曰：「通乎晝夜之道而知。」則憲宗之妄求長生，由不明始終晝夜之理也。日月遞更，流風不異，古今豈有盡期耶？陵谷之變，是即消長之常。莫高如秦橋，而魚沫可吹；〔一〕莫堅如銅柱，而流浪可消。足知世間未有久而不化之事。誰謂長生真可致乎？白景，日也。碧華，月也。

【眉批】

〔一〕錢云：秦始皇驅石欲造橋渡海，此最誕妄。借使橋成，今亦已毁，爲魚沫所吹矣。

黄頭郎

漢鄧通以濯船爲黄頭郎，有寵於帝。賀蓋譏世之以身事人而忘其家者，故托黄頭郎之婦以致誚也。「撈攏去不歸」，言流蕩忘反也。朱顔臨流，含愁吊影。凌波弄珮，倚竹夜啼。寫怨哀絲，雲流葛濕。花發靡蕪，秋期已及。持此拂拭，以待雙棲，或可邀同夢矣。〔一〕〇靡蕪，本草云：七八月著白花。一云可以爲帚。芙蓉，指美人。青門，曲名。董以鴛鴦作熏籠，謬。

【眉批】

〔一〕周云：雋詞雲委，不減行雨山銘。

馬詩二十三首

貴質奇才，未榮朱紱，與駿馬之不逢時，等一概矣。故雖龍脊銀蹄，而織錦韉無人，鑄金鞭無人，與凡馬何異！○色有淺深，斑駁如鱗，謂之連錢驄。太宗有白蹄烏，純黑，而四蹄俱白。陳沈炯少年行：陳王裝腦勒，晉后鑄金鞭。

二

不知口硬軟，先擬蒺藜銜。〔一〕

時皇甫鎛、程异用事，務專諂佞，招致朋黨。「臘月草根甜」，誚窮途者甘其餌也。「天街雪似鹽」，言陰寒之極，狀小人肆志盈庭也。所用之人，必承順意旨，故先銜其口，以試其可否耳。○蒺藜，嚙勒也。

【眉批】

〔一〕周云：即仗馬一鳴輒斥之意。

三

憲宗好神仙，此蓋借穆天子以諷之也。天子欲尋西王母，至群玉之山，所乘八駿，以赤驥爲首稱，恩寵獨隆，以其能上稱帝旨也。

四

上應天駟，則骨氣自爾不凡。瘦骨寒峭，敲之猶帶銅聲。總以自形其剛堅耳。○地鏡圖曰：銅器之精見爲馬。又馬援于交阯，鑄銅馬以獻。

五

邊氛未靖，奇才未伸。壯士於此，不禁雄心躍躍。○梁劉孝威爲皇太子謝賚馬教有曰：謹當秣以栢葉，飴以丹棗，加之玉鞍，飾之金絡。

六

調饑凋落，皮骨僅存，猶世有吉良而致之衰憊也。〇犬封國有文馬，縞身朱鬣。左傳：宋公子有白馬，取而朱其尾鬣。隋文帝時獅子驄，後不知所在。唐文皇敕訪之，及得於朝邑市麪家挽磑，鬉尾焦禿，皮肉僅存。

七

時方士日說上云：「神仙可即致。」久不見效。賀謂西母、東王宴恐將罷，當不能久待也。君王日欲赴其盛會，果有能爲之拽車以上者乎？〇西母，姓緱，名何，字婉妗。穆王西巡，金母執白圭之璧，謁見于瑤池之上。東王，木公，名倪，字君明。天下未有民物時，鍾化于碧海之上。漢童謡：揖金母，拜木公。

八

憲宗以中官爲監軍使，白居易諫不聽。賀謂强兵健卒，宜付大帥，豈可視爲卑微而受小人之羈策乎？〇三國謡云：「人中有吕布，馬中有赤兔。」西域有馬，高不二尺，能于果下行。

九

元和間，策試賢良方正、直言敢諫。舉人牛僧孺、皇甫湜、李德裕，皆指陳無忌。考官楊於陵、韋貫之署爲上第。李吉甫惡之，泣訴於上。上遂罷於陵、貫之等，僧孺輩俱不調。颸叔，指楊、韋諸君也，此時皆蒙貶去，不復選駿。牛、李、皇甫諸人，俱遭沮排。嚴霜折駿，大可悲已。○左傳：蔡墨曰：昔有飂叔安，有裔子曰董父，實甚好龍，能求其嗜欲。舜賜之曰豢龍氏。

十

君王今解劍，何處逐英雄？〔一〕

此即垓下歌意。「時不利兮」之句，千古英雄，聞之泣落。騅之得遇項羽，可謂伸於知己矣。乃羽伯業不終，致騅又爲知己者死，逢時之難如是乎！

【眉批】

〔一〕錢云：解劍即櫜弓戢矢意，故馬無所用也。○蔣云：上下二意。

十一

唐舊制，以御史二人知驛。憲宗詔以宦者爲館驛使，拾遺裴璘諫不聽。賀謂駿骨已列天閑，而一旦委之刑餘幸嬖，雖被服輝煌，奈不善因任，妄自驅策，其蹭蹬不亦宜乎！○國策云：汗明曰：驥之齒至矣，服鹽車而上太行，外坂遷延，負棘而不能上。

十二

耳係初攢，色尚未遍，馬之驕齒者也。賀自喻年少新進，人未睹其全力，他時致身疆場，馳驅正未可知耳。

十三

楚人有以弱弓微繳，加于鴻雁之上者。襄王召問之，因説襄王以約從之術。其中略曰：「王請繳蘭臺，飲馬西河，定魏大梁，此一發之樂也。」當元和時，蔡、鄆叛逆，兩河跋扈。裴度討之，因于私第招延四方賢才，豪傑景從，而蔡、鄆卒平。此詩良美度歟？蓋以其慨慷仗義，引賢致主，深可嘉矣。

十四

元和四年，以李藩同平章事。藩性忠鯁，常批制敕。給事中裴垍薦之，謂有宰相器，上遂擢爲相。香羅金鐙，道路輝煌。賀蓋羡其遇主之榮寵耳。

十五

馬豈真能伏虎耶？因明王驅策，故威望倍重。如憲宗時劉闢反，詔高崇文討之，諸將皆不服。後上專委以事權，卒平禍亂，震懾東川。是知馬必由桓公以顯名，崇文必由憲宗以著績。故能一朝奮興，勳成蓋世，總在主上有以用之也。○管子曰：桓公乘馬，虎望見而伏。公問管仲，仲曰：君乘駮馬。駮馬食虎豹，虎故伏焉。又説苑晉平公事，師曠對同。

十六

高祖平隋，始終以兵柄屬太宗。飅風，回風也。李密僭號登壇，疾風鼓其衣幾仆。又數有回風發于地。後太宗定鼎，密伏誅。此言高祖爲唐公時，即以兵屬太宗，知其勇鋭精勤，遂成大業。祖宗創業之艱，可念也夫。○恭帝禪位于太宗。①昭陵六馬圖，其一曰拳毛騧。

①蔣按：「恭帝禪位于太宗」，應作「恭帝禪位于高祖」，或作「高祖禪位于太宗」。

十七

時韓愈以論事坐貶陽山令，賀傷之。青禾細莎，言薄禄也。世人盡知其枉，共憐遭斥卑微，而朝權方畏其齒牙之鋭，故貶之于外也。○相馬經云：小頸，一赢也。庾信賦云：選朱汗之馬，校黄金之埒。

十八

士之懷才自匿，不事浮華，猶馬之旋毛在腹，必遇孫陽始知之也。離群初出，騰空有時，今日之掊白草，知何日之驀青山也？○爾雅：旋毛在腹下者，名千里。其旋曰乘鐙旋。白草，塞外城也。白草城中春不入，黄花戍上雁初飛。

十九

憲宗召僧大通入宫禁，以鍊藥石爲名。賀謂佛空知有善相耳，而章臺朝謁之地，豈出世之人所宜游歷耶？走馬章臺，必非馱經之屬矣。○梁武命蕭子雲飛白大書曰「蕭寺」。漢明帝時，西竺僧以白馬馱經，今洛陽白馬寺是也。張敞爲京兆，走馬章臺。

二十①

此追嘆往事也。玄宗自蜀還京，稱上皇。時御長慶樓，又常召將軍郭英乂上樓賜宴。李輔國因言於肅宗，謂上皇將謀不利，遂矯詔逼上皇還西内。甲士露刃遮道，上皇驚，几墜馬。力士怒，叱輔國，共鞚上皇玉勒以行。後竟流力士巫州。賀傷上皇甫離鞍馬，自謂宴樂于綵樓之上，孰知即萌禍端？逼遷之日，近御駭散，以致驚成疾。肅宗竟不之究，而反遠流力士，不得留侍左右。冤哉！○仙人，指上皇。力士，高州茂名人，故云謫高州也。曾云高州出犕馬，不知其奇，而反謫高州非。抱朴子曰：騰黄之馬，吉光之獸，皆壽三千歲。

①蔣按：詩爲「暫繫騰黄馬」一首，王琦本作二十一首。

二十一①

时危器利，斷須出險之才。英爽之資，神明尤重。○馬經云：眼中五彩行千里。

①蔣按：詩爲「重圍如燕尾」一首，王琦本作二十首。

二十二

汗血本王家所宜珍也。自少君去後，人只見有青騾。而主上唯方士是求，則才士不足貴矣。

二十三

武帝愛神仙，燒金得紫煙。〔一〕

武帝燒金，終鮮成效。而憲宗尤津津慕之，必欲以上昇爲愉快。嗟嗟！漢廷之老師宿儒，不減于唐，當時孰有謂愛神仙莫如武帝？究竟神仙安在？舉朝皆庸人，無不知青天之難上也。馬詩二十三首，首首寓意，然未始不是一氣盤旋。分合觀之，無往不可。

【眉批】

〔一〕周云：燒金而僅得紫煙，則當時方士皆凡胎肉骨耳，豈解沖舉之事？然此解較直截。

申胡子觱篥歌

飲酒方醉，既聞蒼頭觱篥，致花娘不睡，出幕平弄。及五字歌成，配聲爲壽，管音清絶，風起雲行。顧念歲華心事，安得不波濤湧也？其心事之所以波濤湧者，亦正以朔客李氏既有申胡子之能觱篥，又有花娘之善平弄，何我之獨不爾乎？然朔客止一武人，馳馬佩劍，健類生猱；顧乃首肯我五字之句，命花娘出拜爲懽，何下珍腐草寒螢若是也！宜賀深知己之感矣。螢，賀自喻也。首即首肯意。

老夫採玉歌

斜山栢風雨如嘯，泉脚挂繩青裊裊。村寒白屋念嬌嬰，古臺石磴懸腸草。〔一〕

去。唐時貴玉，尤尚水碧。德宗朝，遣内給事朱如玉之安西于闐求玉。及還，詐言爲回紇奪去。後事泄，流死。復遣使四出採取。藍田有川三十里，其水北流，産玉。山峽險隘，水窟深杳。此詩言玉不過充後宮之飾，致驅蒼黎于不測之地，少壯殆盡，耄耋不免，死亡相繼，猶眷妻孥。而無益之徵求，竟不知民命之可軫念也。可勝浩嘆！〇步摇，婦人首飾也。

【眉批】

〔一〕錢云：「斜山」以下句，言此老夫見風雨而念稺子之飢寒也。〇蔣云：此言官責採玉之非也。

傷心行

高才不偶，羈紲京華。吞聲擬騷，煢煢在疚。時凋鬢改，聞落葉亦成啼聲。燈青膏歇，槁滅將及也。落照蛾飛，光輝難再也。嘘拂無人，則微塵陳結，欲訴何由？夢中獨語，心之云傷，良已極矣！

湖中曲

長眉越沙採蘭若，桂葉水葓春漠漠。横倚醉眠白晝閑，渡口梅風歌扇薄。燕釵

玉股照青渠，越王嬌郎小字書。蜀紙封巾報雲鬢，晚漏壺中水淋盡。〔一〕

此即追詠范蠡五湖也。長眉，指西子。越沙，即越來溪。言西子自吳破後，春盡晝閑，別無事事。渡口臨流，回憶歌舞舊地，燕釵照耀，猶是吳王所賜。越王嬌郎，指蠡也。西子媚吳，皆越王與蠡指使。小字書，密授以計。「蜀紙封巾」，自吳亡後，蠡意謂無以爲報。漏殘水盡，恐芳時難再，自此遂謀與爲五湖遊矣。○越王嬌郎，曾云：當指貴客。非。

【眉批】

〔一〕陳云：詩中有越王嬌郎，其爲追詠西施無疑矣。細玩首四句，當是西施未入吳之時。後四句，當是西施既入吳，與蠡合謀滅吳之時。「蜀紙封巾報雲鬢」，報越兵之至也。越兵至而宮漏盡，究吳王何負于西施哉？言外味之不盡。

黃家洞

閑驅竹馬緩歸家，官軍自殺容州槎。〔一〕

安南黃洞蠻黃少卿作亂。元和十一年，青容管以兵却之。先是祭酒韓愈上言：「黃賊依山阻險，總由經略非人，將士意在邀功，殺傷疾疫，十室九空。若因改元大赦，自無侵叛。」上不聽。賀詩耑譏行間之妄殺云。雀步挽强，樹幡鳴鼓，高作猿啼，黄洞蠻之據得其險也。惟據得其險，是以幅巾躔跡，簇映葛花，所聞止霧裏白鼉之吟與竹中飛蛇之射。其曰飛射者，則又明黄洞蠻之巧於移禍於青容管耳。黄洞蠻作亂，青容管方圖以兵却賊，①乃將士畏險莫上，至殺良報功，容州槎且不免。賀故爲謔告黄洞蠻之語曰：爾試閑驅竹馬緩緩歸家，官軍之來，自爲殺容州槎，而不爲爾也。情詞特妙。○雀步，狀賊之蹻捷。漢書：挹婁國弓長四尺如弩，以青石爲鏃。黑幡，旗也。夷獠俗尚銅鼓。伏波、武侯征蠻，皆鑄銅鼓以鎮服之。鼉鳴如桴鼓，其數應更，故昔謂之鼉更。含沙射影，狀洞中之毒也。槎，水名。横州有江曰横槎。容州槎，即容管地。曾云：槎作山不茬蘖，猶斜斫木也。又有云：槎或蠻稱民之詞。謬。

【眉批】

〔一〕錢云：極狀洞蠻之狡。閑驅竹馬，令官軍自殺居民，可爲痛憤，足知用人之失矣！

①蔣按：以上三「青」字，當作「邕」，見王琦本。

屏風曲

蝶棲石竹銀交關，水凝緑鴨瑠璃錢。〔一〕

蝶棲石竹，屏上所畫之物也。銀交關，以銀爲軸也。瑠璃碧色，作錢爲飾，如水之凝緑似鴨頭也。燈明粧卸，爐爇觴傳，露下烏啼，湘幃夢熟，又寧知人間苦寒耶？○曾云：蝶與竹俱白，故銀色交關。非。

【眉批】

〔一〕蔣云：首句狀開闔，次句狀顔色。

南山田中行

石脉水流泉滴沙，鬼燈如漆照松花。〔一〕

此秋田月夜時也。桂魄皎然，野風爽朗，水静蛩吟，苔深花濕，芳蕙低垂，流螢歷亂，石泉聲細，燐火光微。隴上行吟，情思清絶。

【眉批】

〔一〕錢云：帝王陵多以漆爲燈。鬼燈如漆，想當然耳。照松花，其光若明若暗，曲盡鬼態。

貴主征行樂

春營騎將如紅玉。〔一〕

元和朝，王承宗反。詔以吐突承璀爲神策河中等道行營兵馬諸軍招討處置等使討之。承璀驕縱侈靡，威令不振。此蓋譏其征行爲樂耳。先承璀使烏重胤誘執盧從史，遂牒昭義留後。李絳諫止。乃以重胤鎮河陽。而重胤之德承璀，故爾留醉河陽也。甲幟鮮艷，徒壯軍容。紫燕蹋花，竟忘進取。紀律弛懈，士馬以奔逐爲戲。曉角初鳴，中軍未發，即濫賞予。卒至玩寇喪師，竭財失律。夫刑餘嬖幸，妄竊兵權。前朝魚朝恩之敗，以及竇、霍之奸，而主上猶然不悟，大可感已！○貴主，即中貴作主帥。曾以爲女主統兵而行者，非。唐宦官有五局：一曰掖庭，二曰宮闈，三曰奚官，四曰内僕，五曰内府。曾以奚爲女官，非。别本注河陽，俱無可據。

【眉批】

〔一〕錢云：騎將如紅玉，是皆紈袴之子，美容貌事馳驅耳。以之隨征，其爲主將可知。

酒罷張大徹索贈詩張初效潞幕

葛衣斷碎趙城秋，吟詩一夜東方白。〔一〕

張垍尚玄宗寧親公主。徹，其裔也。賀謂徹髭美年壯，才冠時流，僅以外戚起家，得列大夫。「水行」二句，言作幕椽舟行野服時，時掌章奏甚多。然以徹之博雅當居館閣，丰采當居臺郎，自是分内之事。從此引汲，旦暮可致。乃賀自顧落落，大非徹比，鬱抑窮愁，唯藉長吟以遣中夜。〇禮記：大夫笏飾以魚須。

【眉批】

〔一〕詩骨雖同而吟况各别。

羅浮山父與葛篇

狀葛之纖細如江雨濛濛，經緯莫辨。暑中服此，如得新雨之凉，即六月亦似游蘭台之宫，有風颯然也。山父時出洞採葛。千歲石牀，言非尋常機杼，不惟人力難致，即奇巧如鬼工，亦爲之驚啼不及也。葛多生於深谷，或垂于江邊，故蛇憑魚依焉。一尺天，即「剪取吴淞半江水」意。此言所乞甚少，而司葛之女工勿致，吝惜靳予也。别本以「箱中」爲「湘中」，鑿。

宫娃歌

元和八年夏大水，上以爲陰盈之象，出後宫人三百車。此托有未出之宫人，當秋夜思遣之意。幽閉寂寞，未得臨幸，猶如甄氏之失寵也。既因大水將遣，則夢魂中無之非水。〔一〕家門宛在沙渚，天河疑是長洲。亦止願君王皜如秋日，使妾得再因大水放歸，猶之乎騎魚撇波去已。○甄氏，魏文帝后，失寵幽閉。宫娃，即吴娃也。别本以爲如魚撇波而濟女，總與旨悖。

【眉批】

〔一〕蔣云：此詠宫人思家也。

堂堂

徘徊白鳳隨君王。〔一〕

陳、隋作玉樹後庭花而歌堂堂，以奢靡致亡。自開元以來，華侈已極，兵戎屢召，是堂堂者殆復見之矣。〔二〕複閣曲房，歲久荒廢，梅灰粉壁，脱落堪傷。而又蠹生梁上，饑蟲不食。蓋蕙老桃長，御光隔絶不至者亦已久矣。因思華清源中，駕幸温泉，傾宮妃嬪，固當徘徊白鳳隨侍君王，而今安在哉？言下正因華清之冷落，而追憶明皇臨幸之盛也。○漢武得丹豹之髓，白鳳之膏，照于神壇，大風不滅。○曾注引曹唐詩云：侍從皆騎白鳳凰。按：元和諸朝皆好神仙，故多引孝武事，則白鳳膏似當。

【眉批】

〔一〕陳云：末句無限凄凉。

〔二〕錢云：復字不虚設。

勉愛行二首送小季之廬山

相送洛郊，愧未設俎豆以餞小季。乃興念廬山，老馬識路，困於敝廐，益用自慚。〔一〕小雁，指小季。言爾過鑪峰，湘、衡在望，故云「影落楚水下」。長舡倚雲，即江船傍廬山而泊。石鏡峰頭，秋空明月，情景最佳。當此自不知有鄉思，差堪吟詠以寄懷已。○曾云：「我弊廐有老馬，斬之以祖別。」未免以訛傳訛矣。從「慚」字是。石鏡峰在金輪峰側。

【眉批】

〔一〕周云：老馬弊厩，是賀自傷不遇。

二

荒溝古水光如刀，庭南拱柳生蠐螬。〔一〕

折柳相送，槐葉尚小。千里饑驅，僅藉我而易薄糈，致令兄弟暌隔。目斷心牽，孤軒月夜，魂夢相憐。愧我爲兄，年已及壯，不惟不能爲弟謀，方自羈愁窮困。溝水月明，柔枝蟲蝕。言念小季，臨風依依。〔二〕○莊子云：「不可内於靈台。」靈台，心也。

【眉批】

〔一〕錢云：溝水如刀，言別斷腸，割□生蟲，□堪扳□矣。此言别之時也。

〔二〕陳云：妙筆竟是六朝。○黄云：前首叙離別之□，次首□兄弟之情。

長歌續短歌

夜峰何離離，明月落石底。徘徊沿石尋，照出高峰外。〔一〕不得與之遊，歌成鬢先改。〔二〕

紫綬未邀，玄絲將變。秦王指憲宗，言騁雄武，好神仙，大率相類也。覲光無從，憂心如沸。饑渴莫慰，榮茂驚心。仰看夜峰，明月自低漸高；遐邇照臨，猶之明王當宁。乃遇合維艱，故不禁浩歌白首耳。

【眉批】

〔一〕錢云：纔見石上明月，尋之又照出峰外矣。衹見其不遇之意。

〔二〕黄云：饑渴聖時，而光照不及。時不再來，故有「歌成鬢改」之嘆。

公莫舞歌

材官小臣公莫舞，座上真人赤龍子。芒碭雲瑞抱天迴，咸陽王氣清如水。〔一〕

花礎，狀宮室之麗。刺豹歃血，申盟軍中。鉦鼓嚴肅，故無桐竹。鷄箏，秦聲。此時侍衛皆仗長刀，方欲割正，故先割秦聲而不用耳。橫楣，以紅錦飾檐楹。麄錦，重錦也。日色方午，王飲未酣。「腰下三看」，范增以目示項王，王默不應；而莊即拔劍奮舞。「材官」句，伯止之也。云漢方天授，符瑞已歸，以堅固之關中先爲漢得；且楚與漢俱奉懷王約，以滅秦先入關者王之。今漢王已佩秦璽，且頒秦印以賜封諸侯王，則秦已爲漢滅，而臣願已足，即因此以受誅僇，原在所不論耳。〔二〕

【眉批】

〔一〕錢云：就項伯翼蔽，探出擁戴之意，代之立言。至「雲抱天迴」，言沛公已去，不可得而殺也。

〔二〕錢云：賀代項伯設心。此注又補賀意所未盡。

昌谷北園新筍詩四首

此賀借竹以自負也。玉質削立，本是龍種。儻一宵變化，自出塵滓於青冥之上矣。

二

砍取青光寫楚辭。〔一〕

良材未逢，將殺青以寫怨。芳姿點染，外無眷愛之情，內多沉鬱之恨。然人亦何得而見之也？深林幽寂，對此愈難爲情。

【眉批】

〔一〕黄云：湘妃啼竹，望徹九嶷。借楚辭以寫怨耳。

三

臨泉傍石，托根本佳。今年材華艷發，留配新聲，自多妙響。

四

鳥重一枝入酒樽。〔一〕

勁節干霄，清貧游倦，淋漓長嘯，枝弱難棲。唯泛竹葉清樽撡自遣，以對宿鳥之影也。

【眉批】

〔一〕蔣云：末言竹影也。

惱公

宋玉愁空斷，自謂以彼美致愁也。嬌嬈粉自紅。美人靦覥也。歌聲春草露，門掩杏花叢。言歌聲之圓如珠，奈雙鐶常閉，自不能時覿芳容，每聞聲而相思也。注口櫻桃小，脣也。添眉桂葉穠。黛也。曉奩粧秀靨，以丹青點額曰靨。唐宮粧有黃星靨。夜帳減香筒。鴛衾夜煖，則香自宜減也。鈿鏡飛孤鵲，欲効雙飛也。江圖畫水葓。屏風圖畫，水淺生葓，可不憂褰涉也。陂陀梳碧鳳，狀雲鬢嵳峩也。腰裊帶金蟲。狀簪飾也。杜若含清露，河蒲聚紫茸。狀其香豔也。月分蛾黛破，花合靨朱融。雙蛾如月破也，言施翠及添脂也。髮重疑盤霧，腰輕乍倚風。鬟之濃，身之輕也。寄書題荳蔻，荳蔻不凋，期久要也。隱語笑芙蓉。語中有芙蓉，當知并蒂期也。莫鎖茱萸匣，恐夜深久待，當加衣以防寒也。休開翡翠籠。恐好鳥驚喚也。弄珠驚漢燕，南都賦云：游女弄珠於漢皋。言曾以游冶相遇，致慕其奇艷也。燒蜜引胡蜂。自以芳穠相感，引之使來也。醉纈拋紅網，簾也。單羅挂綠蒙。幕也。言於簾幕下相流眄也。數錢教姹女，買藥問巴賓。河間姹女工數錢。蜀有三市，一藥市。巴有賓人。言情思欵曲，必擇媒使以通殷勤。猶數錢必教姹女，買藥必問巴賓，非其人則不可使也。匀臉安斜雁，釵也。又雁謂雁婿。移燈想夢熊。熊，即男子也。言向夜則思郎也。腸攢非束竹，腸中相念誠實，非如竹心之空也。弦急是張弓。是待爾以入彀中也。晚樹迷新蝶，樹晚宜蝶棲也。殘蜺憶斷虹。蜺孤，思虹匹也。雌蜺、雄虹。古時填渤澥，今日鑿崆峒。如水之遠，如山之高，何以時阻彼美？恨欲填之鑿之也。借精衛、愚公以自嘲也。繡沓搴長幔，搴幔以待其夜來也。羅裙結短封。結封以待其親開也。心摇如舞鶴，舞鶴賦云：「驚身蓬集，矯翅雪飛。」心之摇摇，如舞鶴之欲奮飛冲舉也。骨出似飛龍。讀曲：「自從郎别後，卧宿頭不舉。飛龍落藥店，骨出只爲汝。」言相念致瘦損也。井檻淋清漆，門鋪綴白銅。入門見其室壯麗也。隈花開兔逕，使自小逕而入也。向壁印狐蹤。心似狐疑，而不敢遽前也。玳瑁釘簾薄，至其簾下也。瑠璃疊扇烘。至其屏内也。象牀緣素柏，見牀之艷也。瑶席卷香葱。席之潔也。細管吟朝幌，期唱酬至晨興也。芳醪落夜楓。歡飲不知葉降也。宜男生楚巷，誌忘憂也。梔子發金墉。盟同心也。龜甲開屏澁，不使屏即開也。鵝毛滲墨濃。裁帛以留題也。黄庭留衛瓘，瓘善書，佳帛上所題之字也。緑樹養韓馮。韓馮夫婦死，兩墓相望，有交梓木生焉。上棲雙鳥，人謂韓夫婦所化。此佳帛所題之詩，比物言情，極爲濃至也。鷄唱星懸柳，鴉啼露滴桐。將曉也。黄娥初出坐，美人睡起，至此時將曉，故初出坐也。寵妹始相從。寵妹即愛婢也，至此方相從美人以送歡也。蠟淚垂蘭燼，將去垂別淚也。秋蕪掃綺櫳。掃去跡也。吹笙翻舊引，再覓良期也。沽酒待新豐。又相待以圖歡醉也。〔一〕短佩愁填粟，臨去解佩珠以贈。填粟，猶填愁也。長弦怨削崧。去後將援琴寫怨，而恨山高也。曲池眠乳鴨，小閣睡娃僮。去時尚早，而池中之乳鴨尚眠，閣中之娃僮猶睡也。褥縫篸雙綫，雙綫待雙棲也。鉤縚辮五總。言縚辮束結以繫身也。蜀煙飛重錦，峽雨濺輕容。回憶衾裯雲雨之樂也。拂鏡羞温嶠，熏衣避賈充。對鏡含嬌，戒衣香勿令泄也。魚生玉藕下，此後當使雙魚生於玉臂之下，寫相思以寄也。人在石蓮中。知人在蓮心，苦境也。徐云：玉藕狀輕逸潔白，石蓮以魚比人。謬。曾云：魚在藕下，深藏愈密；在石蓮中，相惜愈堅。亦覺鑿而迂。含水彎蛾翠，別去相念，故含淚以理容也。曾云：以水刷眉。無味。又有謂含水當屬下臨卭，引文君白頭吟「溝水」、「錦水」等意。相去不幾萬程耶？水作「淚」較是。登樓潠馬鬉。柳毅傳：龍子以銀瓶水注馬鬣即雨。此言別後登樓遠望，不禁淚如雨下。而徐云：馬鬉，豈服飾爲鬃所結耶？董云：以鬃喻髮。曾云：馬鬃用以理飾。又有謂羅敷登秦氏之樓，而潠使君之馬鬃者。更足令人噴飯也。使君居曲陌，園令住臨卭。憶郎所居住之處也。言使君則宜念羅敷，園令則宜思卓氏矣。桂火流蘇煖，望其再至，毋令帳苦寒也。金爐細炬通。金爐細炬，如儂心之誠，可通郎處也。春遲王子態，鶯囀謝娘慵。留春住以待郎來，毋致聞鶯聲，使儂鬱鬱也。玉漏三星曙，銅街五馬逢。言去時三星將曙，正銅街五馬晏罷方歸際也。犀株防膽怯，銀液鎮心忪。囑再來時，毋過于畏怯也。本草：犀株安魄。銀液，水銀。跳脱看年命，琵琶道吉凶。命中當有偶匹，故捐金釵以酬。且向巫求琵琶卜，而驗其休咎也。王時應七夕，言命卜中云：旺時當七夕，與牛、女同佳會矣。夫位在三宫。言夫方貴顯，而我以夫位論之，自居小婦之列，故下言中婦也。無力塗雲母，言别後自慵施粉澤矣。〔二〕多方帶藥翁。囑其善自珍攝也。符因青鳥送，囊用絳紗縫。别後當致書郵以通聲息，囊約以絳紗爲誌也。漢苑尋官柳，河橋閡禁鐘。苑中將别，無柳可折，而河橋遠隔禁鐘，疑其分袂太早也。月明中婦覺，應笑畫堂空。儂自笑畫堂已空，而郎之來去，中婦總未之知也。

即樂府惱懷也。徐云：惱公者，猶亂我心曲。曾引李白詩云：「一面紅粧惱殺人。」猶惱人意。愚按：隋楊素豪侈，後房婦女，錦衣玉食者甚衆。李百藥夜入其室，爲寵妾所召，後被執將斬之。素令百藥作自叙詩。憐其少儁，竟以妾與焉。及唐相張説事亦類此。賀追配之，而托當時之艷情以致誚也。長篇因作逐句解。它本以爲紀夢。非。

【眉批】

〔一〕吴云：見色聞聲，遂切思慕。心懷彼美，仿佛儀容。揣摩情態，始因媒而通芳訊，繼訂約而想佳期。當赴招時，由門而逕，由壁而簾屏，以及牀席。對酒盟心，題詩鳴愛。方成歡於永夜，又惜别於終宵。美人之出坐相送，携手叮嚀，再圖良會。驚喜悲恐，曲盡綢繆。篇中起繳，不爽絲黍。讀者止見其色之濃麗，而忽其法之婉密。細玩此注，情景如畫，直似身入其境，非千古大有情人不能作，非千古大有情人不能解。

〔二〕蔣云：此仙艷也。又喜無脂粉氣，温、李學而不及。

感諷五首〔一〕

越婦拜縣官：「桑牙今尚小。會待春日宴，絲車方擲掉。」越婦通言語，小姑具黄粱。縣官踏飡去，簿吏復登堂。〔二〕

數詩皆感諷往事也。德宗以裴延齡判度支事，延齡務掊克苛斂。染練絲纊，取支用未盡者充羨餘，以爲己功。縣官市物，再給其直，民不堪命。此言珠本出于合浦，橘多生於龍洲，天産地産，總不足以供誅求。且追呼不時，方春蠶桑未出之日，即索女絲。吏胥迭至，饔飡亦覺難具，况機軸乎？應對炊作僅兩媍子，則丁男又苦於力役遠去可知矣。〇孟嘗爲合浦太守，前政貪殘，珠悉去。嘗至悉還。李衡爲丹陽守，欲治家于龍陽洲上，種柑千樹。

【眉批】

〔一〕陳云：五首逼真漢、魏。漢、魏猶遜其奥折。

〔二〕蔣云：此諷横征也。比杜更雅，仁者之言。

二

都門賈生墓，青蠅久斷絶。〔一〕

德宗信任裴延齡，竟以讒貶陸贄、陽城官。此言少年懷才，得志不易，及致青紫，日月又馳，而况加以讒間！賈生既死，譖言雖息，奈白楊風雨，餘恨猶存。信讒妨賢，睿哲如孝文且不免焉，况下此者乎？

【眉批】

〔一〕董云：青蠅爲吊客，今併青蠅亦斷絶矣。

三

漆炬迎新人，幽壙螢擾擾。〔一〕

陸贄貶忠州，陽城貶國子司業，尋以他事貶道州。永貞即位，詔追兩人回京師，俱以未聞詔卒。「南山」者，嗟薈蔚也。「夜半秋」，言時已去也。「風剪」，言已剪折至盡也。「低迷」二句，悲竄死也。「月午」，喻順宗鑒兩人之寃，而形影得表其直，又如幽夜方值白曉也。〔二〕那知漆炬已照而腐草已化，悲夫！

【眉批】

〔一〕陳云：不曰「新鬼」而曰「新人」，妙極。○錢云：舊鬼迎新鬼，漆炬如螢，見死人之多也。

〔二〕周云：如此印合，猶錐畫沙，確不可易。

四

德宗立宮市，白望宦者爲使，白奪民物。沽漿賣餅之家，亦不免其騷騷。五方小兒張捕鳥雀，肆爲暴害。此言賣卜市藥之人如嚴、韓輩，亦且不能安業。東方既白，闤闠譊譊，流弊大抵然矣。〔一〕

【眉批】

〔一〕黄云：非惟注確，如此文字，洵不可及。

五

下有張仲蔚，披書案將朽。〔一〕

此追思李泌也。泌辭上，爲有五不可留。上不得已，聽之歸。言山中水清草瘦，無復輕肥，野服筠光，自知積厚。峰月歸來，即指泌也。明哲保身，清光難及。月露交明，天高下逮。梔子落，謂雖山野散人，亦因同心隕喪，深爲淚零。唯擁鄴架以終老蓬蒿之逕，不復身入風波矣。○皇甫謐高士傳云：張仲蔚，漢人。

【眉批】

〔一〕蔣云：此諷安貧之少也。

三月過行宮

水草逼牆，無人芟薙。柔姿嫵媚，彷彿宮娃。御簾低垂，久無蹕駐。千年永日，何時得再邀駕幸也！意又謂帝京多士，恒苦陸沉，雖欲競效浮華，終亦無用。幽鬱窮年，芳時不遇，又安能得覲龍光乎？

艾如張

艾葉緑花誰剪刻？中藏禍機不可測。〔一〕

元和朝，李吉甫、于頔皆勸上峻刑。後李逢吉拜平章，性本猜刻，勢傾朝野。賀謂羽儀文采，宜自韜晦。勉安粗糲，以給幼穉。若所處稍堪自贍，勿輕爲膻地所餌。宵小羅織，杳無形影，偶中其機，必罹大害。深文峻法，嶮巇難窺，良可懼歟！逢吉，隴西人也。〔二〕

【眉批】

〔一〕蔣云：此傷人世禍機不可測也。

〔二〕錢云：如此看出，詩中一字不落空。

上雲樂

飛香走紅滿天春，花龍盤盤上紫雲。〔一〕

天江碎碎銀沙路。〔二〕

舞女雜沓，春色盈空。花龍，釵也。大曆中，日林國獻龍角釵，上以賜獨孤后。後泛舟，有紫雲自釵上生，遂化爲二龍，騰空而去。又玄宗夢月中仙媛授紫雲曲。此言舞時纖轉婉麗，疑龍盤紫雲欲上也。憲宗好神仙，求長生，又躭聲色。美嬪充斥，弦索喧闐，聲徹海上。君王欲得上昇，而宫娃輩仰視銀河亦思良會。嬴女，比織女也。機中織素，用裁舞衣。八月一日乃君王合仙方之日也。此時當獻舞稱壽，冀得一邀恩光矣。○韋應物歌云：世間綵翠亦作囊，八月一日仙人方。〔三〕

【眉批】

〔一〕周云：筆飛墨舞，心花怒開。

〔二〕錢云：天江即天河。

〔三〕錢云：恰好有韋詩作證。

摩多樓子

玉塞去金人，二萬四千里。風捲沙作雲，一時渡遼水。〔一〕

德宗貞元九年，吐蕃既陷鹽州，又阻絶靈武，侵擾鄜坊。詔發兵城鹽州，使涇原、山南、劍南各發兵深入吐蕃，以分其勢。賀謂軍士調發勿以遠涉爲苦。若燉煌以至休屠，有二萬四千里之遥，古人且深入焉。今吐蕃雖遠，而衆軍齊征，一時可以渡遼水也。鴨緑天險，波濤瀰漫，朔風直貫甲絲。而兼程以進，帶月猶行，及曙而敵騎時在望矣。征人臨水以别，而遠馳塞上，隴水雖隔，東西永分。自是靈武、銀夏、河西賴以安矣。○樂府摩多樓子，即塞下曲。金人，休屠祭天者。

【眉批】

〔一〕錢云：玉塞去遼水，東西不相及。此言風沙渡遼水，見塞外風之狂耶。

夜坐吟

明星爛爛東方陲，紅霞稍出東南涯，陸郎去矣乘斑騅。〔一〕

知己俱遭放斥，同心寂寥，故無見訪之人，遂托思婦以懷彼美也。天河明歷，風激空幃，粉黛慵施，誰知儂怨？起舞霜飛，終宵待旦，猶憶陸郎初去，所乘乃斑騅。及今踏踏馬蹄，孰如陸郎之我顧也？

【眉批】

〔一〕錢云：初猶耐寒久坐，以庶幾其來。至東南霞起，郎真去不來矣。

巫山高

碧叢叢，高插天，大江翻瀾神曳煙。〔一〕

此追吊馬嵬也。蒼翠逼天，波濤迷漫，楚魂尋夢，譏上皇也。上皇覓少君之術，求見玉真，抑知竟成永別耶？苦竹哀猿，荒祠寒月，愁紅自墜，風雨淒其，未審芳魂猶有憑依否？

【眉批】

〔一〕錢云：神曳煙，「曳」字如畫，畫出漸展漸拓之景。

江南弄

此羡江南之景物艷冶也。緑霧在水，紅霞映天；翠篠陰凝，江船晚泛；鱸魚美酒，山影垂尊；洗耳清音，月浮水面。自足令人神往矣！〔一〕○江南弄，即樂府江南曲也。寫盡江南好景，而更於月下清音想見勝槩。所謂「曲終人不見，江上數峰青」也。

【眉批】

〔一〕周云：一幅秋江采蓴圖。

梁臺古意

芙蓉凝紅得秋色，蘭臉别春啼脉脉。蘆洲客雁報春來，寥落野湟秋漫白。〔一〕

此追諷太平公主也。主權震天下，將相皆出其門。作觀池樂游原，瓌瑶山集，侈靡過於天子。乃潛謀大逆，竟至伏誅。後臺沼荒凉，野水瀰漫。賀蓋撫景而托梁孝王以比之，言孝王臺逼霄漢，沼通銀河，琢玉以爲臺飾。緑粉掃天，狀東苑之脩竹也。高會奢靡，時懷覬覦，故愁海翻瀾。初欲長繩繫日，爲樂無涯；詎知艶質芳姿，遽罹肅殺。雁去春來，園荒沼廢，爲問好景今安在哉？

【眉批】

〔一〕錢云：後四句言春秋代謝之速。方得秋色而别春，忽又報春來而秋去矣。

神弦曲

唐俗尚巫。肅宗朝王璵以禱祠見寵，帝用其言，遣女巫乘傳分禱天下名山大川。巫皆美容盛飾，所至横恣賂遺，妄言禍福，海内崇之，而秦風尤甚。賀作三首以嘲之。此言巫迎神時，薄暮陰翳，隱隱有神乘馬而至。絲竹輕颺，女巫罡步，桂樹陰濃，風生哀響。古壁乃巫所懸圖畫，奇神異鬼，光怪驚人。陰氣昏凝，鵂鶹燐見，而女巫以爲神至之候也。

神　弦

巫言神既臨而饗之也。灑酒焚香，衆靈畢集。楮錢風颯，神鬼憑依。巫乃手持畫板，舞

奏哀絲，眉目向空，大招冥漠。受饗日暮，視聽勿遺。人視師顔忻慍，謂神之嗔喜於是見焉。萬騎奔騰，倘乎去已。〔一〕

【眉批】

〔一〕周云：詩與注俱摹寫女巫見神説鬼，隱隱躍躍，皆有令人森寒之意。如觀吴道子地獄變像圖畫，真稱雙絶。

神弦别曲

南山桂樹爲君死，雲衫淺污紅脂花。〔一〕

巫以爲神臨去而作此以别也。巫山神女由山中來，亦自山中去。春風松花，緑蓋白馬，遵此長逝。來時怒濤驚擁，去則風浪恬然，水紋如縠。「南山」二句，言桂寧爲君死，而使緑葉貞幹之不凋；花寧爲君容，而如雲衫紅脂之長艷也。〔二〕神既受享而歸，自當降祥默祐。總以形容巫之荒誕，而崇之者愚昧，深信以望福之自來，大可笑也！

【眉批】

〔一〕錢云：言神去而桂樹爲之不香，所幸有紅脂化以污其雲衫，庶幾神之不忘此地也。

〔二〕陳云：正言不死不污耳，妙、妙。

緑水詞

此懷友之作也。時愈坐貶，湜就椽辟，皆遠去。賀睹風月而深離思。阿侯指美人，因其美而遠别，愈傷虚此良會。蓮葉，喻相憐也。蒲根，喻苦辛也。未敢遽持寄遠，且供我把玩以解幽悶耳。〇阿侯，莫愁之女。

昌谷集卷三

追和何謝銅雀妓

元和朝，魏博節度使田季安卒。季安淫虐，夫人元氏立其子懷諫爲副大使。按：魏博即魏郡。賀即借魏事以譏之也。佳人灑酒，千里悲風。隴上新煙，石馬初卧。哀聲低唱，陵樹凄凄。舞衣雖長，几空人逝。當日雄姿謀略，今安用乎？

送秦光禄北征

時吐蕃入寇，屢侵内地。當秋膠折，驕横不庭。言光禄渡水行營，將雄士鋭，器利幟明。榆稀，言敵壘在望也。甲重，言士馬精强也。提軍深入，陰晴并進；況威望素著，品位特加。肘腰圍帶式，崇新秩也。箭箙鮮明，蒙寵頒也。桃花名馬，綵絮飾鞍；塞外星馳，勇於王事。肘懸金印，口飲玉罍。萬里立勛，傾樽爲别。奇駒寶劒，獵火胡雛。帳前香薰，鷹馴斗静。經過古蹟，自動鄉思。緣以爲國除兇，不顧驪歌悲怨。携子從征，以爲功名階級計。錢塘潮信，來秋便可成功。故夫人分釵，以期早合也。攀枝奏曲，望其凱旋，即圖歡聚耳。〔一〕○蘇林云：秋氣膠可折。

【眉批】

〔一〕黄云：借注了題，以騷翼雅。一以爲光禄贊，一以爲北征賦也。

酬答二首

德宗崩，順宗以風疾即位，一切惟宦官李忠言、昭容牛氏是任，百官奏事，自帷中可其奏。王伾、王叔文輩，得坐翰林中使决事。凡入言於李、牛者，稱詔行下。而柳宗元輩亦推奉奔逐，采聽謀議，汲汲如狂。賀意謂小人趨附求榮，金魚玉帶，冀邀非分，固無論已。而文人才士，亦偏望風承旨，求媚宫嬪。觀柳花内家，不可識其所指邪？

二

此即譏結事李忠言、牛氏者也。西京風物，淑氣融和。因憶開元朝，内庭賞花，龜年捧檀板以歌，而供奉睥睨力士，致脱六縫烏皮，作清平以誚妃子。近日誰有丰采如此者乎？則奔競媚悦惟恐後矣。酒旂即酒星，指太白也。「拗」與「傲」同意。是時以詩才著名者，如韓泰、柳宗元、劉禹錫且不免焉。觀夫李白可以愧矣！

畫角東城

此城頭曉角也。畫角既吹，東城始旦。以下皆詠曉景而不及角，曾益欲以「角」字改作「甬」，大謬矣。銀河方收，旭日將上，城頭角響，宿鳥高飛於女牆之上。帆檣早發，而城守戎器猶懸於壁。淡菜向薄藹而生，鯿魚躍初浪以出。抹額，篙師首所飾也。晨興濯船，如夜迎潮頭，而令抹額濺濕耳。〇抹額，一作「袜」，武士之首服。秦始皇巡海，海神來朝，皆帶袜額。擢船黄頭郎，應以黄飾額也。

謝秀才有妾縞練改從於人秀才引留之不得後生感憶座人製詩嘲誚賀復繼四首

史氏曰：良玉不爁，精金不變。人材如是者，往往而難。元稹初論宦官，致經折挫，不克固守，中道改操，遂與賢人君子爲仇。賀適遇縞練之事，因以寓諷，而作此四首。其意不專爲謝妾詠，而詩無不爲謝妾詠也。雲、泥，不相屬也，嘲妾既高飛遠去，而生猶懷思眷盼，梨花雖春，不我屬矣。衫裾新艶，已著他姓衣裳。空啼向月，知不由中，方即剪燭以圖良會。今日夫壻金魚，非復從前寒士耳。

二

立鏡飾容，强爲悲態，那知此身已非完璧，僅續斷膠。此日知屬貴人，威儀嚴肅，人不敢正看，亦安禁冷眼者之心鄙乎！

三

皆由其心之蕩佚以至此也。雖冷灰復然，而香則已殘矣。濃鬟艶飾，歡樂終宵，自此繡幔流蘇，寧復似舊時操作，月上敲砧耶？亦且恐他處砧聲致驚好夢矣。

四

淚濕紅輪重，棲烏上井梁。〔一〕

向薄文人，今從武士。凶器滿前，衣皆戎飾，非復琴書羅列。裙袖翩翩，端坐胡牀，絶無風韻。當此亦不禁泣下，或未免悔心之萌。棲烏井梁，亦念及故人孤零否？〇文鴦，猛將，魏文欽子。

【眉批】

〔一〕錢云：四首言淚、言啼，似俱屬縞練。豈題之所云，後生感憶，指縞練耶？

昌谷讀書示巴童

長夜抱疴，遭時蹭蹬，而巴童猶然戀戀，深足嘉已。

巴童答

童言陋質，不慕榮華。知君深於吟詠，致感無知之人，亦嫻秋怨。高才如此，忍不相從？

代崔家送客

其亦睹元積會真記而擬此别曲乎？

出城

關水乘驢影，秦風帽帶垂。〔一〕

帝京寒雪，鎩羽空回。策蹇襤縷，凄凉跋踄。感愧交集，恐無顔以對妻孥，當亦見憐于婦人女子矣。

【眉批】

〔一〕錢云：帽帶垂，即在乘驢影上看出。

莫種樹

園中莫種樹，種樹四時愁。獨睡南牕月，今秋似去秋。〔一〕

陶潛云：「眄庭柯以怡顔。」此則對繁枝而愈增牢騷也。卧月南窗，猶似舊秋零落，此景自難爲懷矣。

【眉批】

〔一〕陳云：起雖合四時言之，而詩則自爲秋日作也。四時皆令人愁，秋夜更愁。

將　發

不盡展轉留戀之情。卷席時以爲尚早，或可暫停；而旭日盈途，促我就道，奈何！

追賦畫江潭苑四首

金陵六朝事跡：江潭苑，一名王遊苑，梁大同九年置。德宗好游畋，常宴魚藻池，令宮人張水嬉爲棹歌，時率宮人獵於苑中，又獵於東城。賀意爲六朝侈靡，自難永祚，當觀畫江潭苑而追賦以誌戒也。苑中方曉，宮娃即艷粧馳馬，從事田獵。綺繡馥郁，翩翩似行雲，以邀同夢矣。

二

衣薄露寒，鬢濃帶麗，弱腕豈能盤弓？偶因角暖則似易。纖足本艱上馬，加之靴長則愈難。雖從遊獵，仍復孤眠。長夜暗啼，恐人知覺；又匆匆催促上馬，無從覓鏡，聊就金鞍拭面以掩淚痕耳！○以下皆言早獵。

三

刷羽斜擊，其翅如剪。綃，用以臂鷹。玉鏇花，言小鷹羽毛之豐潔，在綃根下者如玉鏇花也。鍬箙奇麗，所獵之處，林中水上，皆所不免。且旭日未升，獵騎即出，宮官燒蠟，早戒前途，鉛華至爲燼污矣。

四

騎以十爲隊，而紅者艷如芙蓉，宮娃雲集，獵犬亦惹衣香。金陵山川志：鍾山西北爲盧龍山。因出苑而逐射於盧龍之上。早起霜落，旗爲霜所濕而鈴似重，玉着霜不化而鐙似空。樓上鐘聲未動，即起畫眉，蓋知出畋之早也。○曾益云：練香燻犬，使通鼻以知嗅。犬善騰，故龍名之。以箭落處，犬騰而拾之。似乎鑿矣。

潞州張大宅病酒遇江使寄上十四兄

兄客昭關，弟羈趙國。秋至，兄應念弟寒矣。寄書寫恨，情緒縷縷。客病零落，大似秋桐。鵶啼曉吹，旅寓軍幕，秋景岑寂，病肺不勝杯斝。兼值使臨去，灑淚封詩，芳馨貽贈，嚴霜洊至，莎老松乾。身雖在此，夢已南游。兄處椒桂舫艫，江南之風景自樂。豈得竟忘舊路，而久滯江島耶？○兄當是李益。

難忘曲

時襄陽公主下嫁張克禮。主縱恣，有薛渾等皆得私侍。克禮不能禁，竟以上聞。賀吟此曲以誚之。洞門畫戟，府第深嚴。「竹華起」，捲湘簾也。「吹日色」，送斜陽也。良媒密語，以通音問，遂脩眉飾黛以候佳會也。「亂繫丁香梢」，言幽情蕩漾難拘束也。「滿欄花向夕」，約夜來也。

賈公閭貴壻曲

今朝香氣苦，珊瑚澀難枕。〔一〕

此追誚李林甫也。林甫有女數人，乃設選壻窻。每有貴族子弟入謁，女即於窻中擇其美者配之，時多穢聲。當必有始誤因其美而爲貴壻，後不安於壻之無才者而有悔心，致别生思慕也。朝衣取其稱身，袍縫取其花之相合，此貴婿之衣也。嚶嚶白馬，滿腦黄金，此貴婿之乘也。服此衣，乘此馬，貴婿豈不可愛？乃往日所與之香，而今覺其苦；往日所共之枕，而今覺其澀。且又願要弄風人，有如暖浦鴛鴦，同作沙上之飲。亦以婿雖貴而才實不足耳！當此紫燕翻飛，日光内射，有才如潘令，抑又遠在河陽。固無人足當芳色之一死，即不能不爲芳色惜矣！潘令出賈充之門，與謐爲友。賀固連而及之，當是賀之自謂。然余於此，不免鄙賀之輕薄，益信賀之必然早死。蓋充女自嫁韓之後，如賀所稱述無聞焉。而潘令又充女之兒輩，不倫。賀何至以意中所指，污衊從前朽骨，造成文人之業哉？要之婚姻正始如充女者，當亦自怨其始之不正也。

【眉批】

〔一〕錢云：香苦枕澁，曲盡富貴家驕態。

夜飲朝眠曲

山南東道節度使于頔子季友求尚主，憲宗以普寧公主妻之。李絳諫曰：「季友虜族庶孽，不足以辱帝女。」上不聽。山南東道屬襄陽，故末云「楚羅之幃」，蓋傷之矣。〔一〕「斷無事」，寧真保其不跋扈耶？

【眉批】

〔一〕錢云：從楚羅上生解，妙極，確極。

王濬墓下作

晉太康元年，濬受孫皓降，與王渾争平吴功。每進見，即陳攻伐之勞，與見枉之狀。益州護軍范通謂其居美者未善也。元和杜黄裳平蜀，頗自矜伐，當時譏之，史引濬以爲比儗。賀此時亦不無此意。①至寫墓前景况，荒丘殘隴，倍盡凄凉。其亦貶杜之雄心，而進之以曠達耶？〔一〕

【眉批】

〔一〕黄云：此解不獨爲杜君知己，更向修文郎示一進步。○陳云：高識妙筆。

①蔣按：「時」，疑爲「詩」之訛。

客遊

失意浪遊，離家久客，時裂帛繫書以寄鄉信也。○裂帛，江淹賦。

崇義里

落莫誰家子，來感長安秋？〔一〕

家山遠千里，雲脚天東頭。〔二〕

客館悲涼，雨聲滴瀝。幽愁壯志，旅魂時驚。雲蔽宫簾，更籌聲細。家山遥隔天涯，毋亦求遂封侯之願耶？究之憂眠枕劒匣，客帳徒作封侯之夢耳！

【眉批】

〔一〕陳云：二「來」字妙極，本是自悔其來。

〔二〕錢云：「雲脚」句指千里外家之所在。

小憐

德宗朝，朱泚陷長安，朝臣陷賊者甚衆。賀追諷之，而托小憐以爲詞也。灣頭爲所逼小憐之地。小憐既爲所逼，已不免於別抱琵琶矣。然則後主往日所藉小憐以破東風之恨，將謂無錢可買，今朝抑值幾錢耶？是時小憐乘馬而去，裙垂竹帶，鬢濕杏煙，而手中所抱「玉冷紅絲重」者，固居然齊宫駕妾之鞭也，其亦不知有故主之思哉！○北史后妃傳：齊穆后從婢，小字小憐。善琵琶，後主緯大幸之，立爲淑妃。周兵及鄴，小憐出諸井中。

贈陳商

禮節乃相去，顦顇如芻狗。〔一〕

賀現奉禮，官卑不遷。因自叙年少沮廢，皆以不效時趨，爲世所擯。即今道塞，白首可知。乃商學成不仕，孤處寡諧，惟故人如李生在所不棄。苦節自矢，雖春姿亦爲之枯槁也。以商巖巖屹立，骨氣干霄，如太華高峙，故致朝貴不爲獎掖，然亦安能禁我之不言？我竊師其爲人，是以静坐觀空，不事營逐，究竟逢霜爲樸樕之凋，得氣僅春柳之茂。而又禮節不到，憔悴無異芻狗。當此風雪齋壇，墨組銅綬，身奉箕箒，蓋已極俛仰之苦矣。然則天眼何時爲李生而開，古劍亦孰肯爲李生而吼哉？賀蓋欲師陳商，並奉禮而去之也。〇商字述聖，陳宣帝五世孫。登進士，官秘書監。

【眉批】

〔一〕錢云：「禮節」句自述未了，忽接「顛頷」句，以下極言仕宦之醜。此等章法，工部時有之。

釣魚詩

芰絲縈獨繭，菰米蟄雙魚。〔一〕

「待素書」，借云鯉中有尺素也。「斜竹」四句，狀竿絲餌釣之屬。列子：詹何芒刺爲鈎，剖粒爲餌，於百仞之泉，引盈車之魚。魏王嬖奴，有前魚之泣。唐有人得二鯉，烹食之。後有嫗曰：「吾子偶出戲，爲人妄殺。」賀謂當時權貴貪位固寵，獨不思避禍以自全耶？

【眉批】

〔一〕錢云：「芰絲」二句，言魚之潛處。

奉賀二兄罷使遣馬歸延州

空留三尺劍，不用一丸泥。馬向沙場去，人歸故國來。〔一〕

二兄自延州罷使，而以官馬發回也。解職則劍無所施，其實朝廷用之，本可以塞關隘，亦如不用何？馬去人來，不復馳驅王事。然與其曲奏隴頭，又不如新春相聚，得歡飲醇醪也。「錦帶」，春時麗飾。勿令塞雁驚心，動思北去。長安華侈，三春以鬭鷄爲樂，羅衣正可遊觀。思及南歸，尚爾遥遠，幸毋以罷職爲悵。然以兄之令望而遭貶斥，公道自在人間，如桃李不言而下自成蹊耳。故不言慰，而反言賀也。

【眉批】

〔一〕徐云：「一丸泥」，比二兄可當長城，而人不用，故歸也。

答　贈〔一〕

以公子而得蕚緑華，宜乎「沉香薰小像，楊柳伴啼鴉」矣。但蕚緑華而曰曾名者，前此之事也。未幾露重而金泥忽冷，杯闌而玉樹空斜。新買佳麗，其能保寵之不移乎？交道始相慕而中忽棄捐，此答贈之所以作也。○陶隱居真誥云：升平元年，萼緑華降羊權家，自稱我九疑山得道女羅郁也。「琴堂」，當是「琴臺」。

【眉批】

〔一〕錢云：當是贈孌童之作。張公子，名放，爲漢成帝所幸。

題趙生壁

妻妾偕隱，笑傲林泉。趙生樂復不減，自足動才人之艷慕也。

感春

日暖自蕭條，花悲北郭騷。〔一〕

日暖花開，本自和暢；以旅人當之，不覺岑寂。「榆穿」，思省親也。「柳斷」，傷離歌也。燕來雁去，觸目驚心。聊借琵琶寫怨，憂從中來，自促節成哀響耳。○檀槽，琵琶。

【眉批】

〔一〕曾云：庾信詩有「貧同北郭騷」。○陳云：誰人解此？

仙人

元和朝，方士輩競趨輦下。帝召田伏元入禁中。賀言此輩脩飾儀表，自謂仙侶，彈琴揮塵，妄棲禁苑。〔一〕不知夫鹿宜飲于寒澗，魚宜歸于清海。即好神仙如漢武，不過書報桃花，豈有自稱仙人而居内庭耶？

【眉批】

〔一〕錢云：正論，亦確論。

河陽歌

酒從東方轉。〔一〕

此賀再過河陽，與向來所狎官妓而作也。言當日往應制舉，擬奪高第。今羅衣當秋，非復春柳之汁可染藍袍矣。臺、邛，以比河陽，如琴臺、臨邛也。以未嘗忘情，故又來客此中潬，即河陽舊名也。言當春盛，正及花繁，而我僅爲奉禮，如顔駟爲郎之日，不復少矣。因憶昔方少年，兩人互相珍愛，如春草抽心，極其濃至。今日爾尚爲官妓，銀牌值事，今夜當鳴玉侍讌。犧尊雖高，隔座自見爾歌舞之妙。計月上時，酒亦當轉劇，觥籌交錯，銀燭輝煌，亦未得與綢繆也。○唐官妓以銀牌值事。牛頭，犧尊也。

【眉批】

〔一〕錢云：「東方轉」，當是此妓飲過，傳觴及賀，故酒器猶沾妓口之紅也。

花遊曲

上四句以喻諸妓之嬌艷也。郊遊微雨，薄體輕寒，故云「裙香不暖」、「酒色來遲」也。○唐時大食國進紅油錦，可以蔽雨。

安樂宫

未盥邵陵瓜，瓶中弄長翠。〔一〕

此借梁、陳舊宫，以吊安樂公主之故苑也。鵶啼井檻，已就頹敗。情水即胭脂井意也。井泉當春，漪碧如故。蓋在當日未盥邵瓜，瓶中固嘗弄翠，即今能不深黍離之感耶？憶宫初建時，麗瑰奇壯，美人歌舞，中使傳觴。及今野草閑花，徒付頹垣斷岸而已。左悺，漢宦者名。

【眉批】

〔一〕錢云：井久不汲，則成翠色。

蝴蝶飛

春閨麗飾，以待良人。乃走馬狹邪，如蝴蝶翩翻無定。今忽遊罷歸來，喜可知已。

梁公子

元和中，知制誥蕭俛，介潔疾惡，于時最有風彩。當討蔡未克，蕭請罷兵。上不聽，黜之。言方夏時而挂冠去矣。既不典制誥，不得復睹銀沫鳳窠之字。冷，言去其職。斜，非復似當日之嚴肅也。〔一〕罷兵之議不行，而營中植柳愈茂。其啓事僅付館娃，安得復親御座耶？○梁張太后夢吞菖蒲花而生武帝。曾益以鳳窠作髻，且解全詩不暢。

【眉批】

〔一〕陳云：妙解。不然，幾不可解。

牡丹種曲

此移牡丹種也，故後皆不及花。按神隱花經：牡丹，春社前可移。「蓮枝未長秦蘅老」，此時已及春社時。花既開罷，斯種可移。洛陽進花，馹馬一日夜即至京師。許渾詩云：「近來無奈牡丹何，數十千錢買一科。」此遠求花種，故云「走馬馱金斸春草」也。盛以盆盎，時加灌溉，初恐難活，今枝葉茂盛矣。「美人」六句，追悵謝落也。芳姿艷質，今眠何處？樓庭明月，唯聞小燕呢喃，而花容不復見矣。〔一〕○曾益云：秦蘅堪佩之以走馬，且注詠花。似不得題旨矣。作移種似當。

【眉批】

〔一〕結句似言花謝後，賞花之人俱散，祇不過暫時榮華耳。

後園鑿井歌

水聲繁，弦聲淺。〔一〕

此嘆士人沉淪，必賴在上者有以引汲之也。瓶初入井，水多則聲繁；弦從上轉，水深則聲淺。多且深，可知水之不竭也。人情好德，如奉倩之好色，自無竭時。使城頭旭日，光明長旦；一日之知，便作千年之遇。從幽泉深谷而引汲之使上，豈尚令其沉淪乎？○荀粲妻曹氏，冬日病熱，粲遂取冷身以熨之。曰：德不足稱，婦貴在色耳。後亦病死。○陳二如曰：題爲後園鑿井，而詩則代恨於井之多此一鑿，爲閨閤言之也。有井必有轆轤，其實自轉井上。而曰牀上轉者，牀上聞其轉也。既聞其轉，則井上之水聲繁，而牀上之弦聲不得不淺矣。那能不恨？乃恨之情爲何？情蓋必出於少年多情之荀奉倩。情如奉倩，而能保其不爲情死乎？故指城頭日而祝之曰：城頭日，長向城頭住。只此一日作千年，不須流下去可也。甚矣！夫後園之井，其亦可以不鑿也。

【眉批】

〔一〕錢云：水聲弦聲，静中聽出，深于物理。

秦宫

禿襟小袖調鸚䳇，紫繡麻鞵踏哮虎。〔一〕

皇天厄運猶曾裂，秦宮一生花底活。〔二〕

此借以醜武、韋及楊氏輩也。賀謂漢世子都、秦宮之事，相爲對望。不知唐世，如梁、霍事所在接踵，况更有上焉者乎？以監奴而冶粧麗服，更竊朝廷名器。玉麟紅鞓，諸王所服，竟爾侈僭若此。樓頭帳底，肆行淫蕩。「春茫茫」，沉湎至濃極也。「花枝」，喻宮也。「白日長」，不待卜夜也。別館傳觴，夜以繼日。褻衣妖服，倚翠偎紅。巧語柔聲，互相調笑。奇珍異饌，不辨昏朝。「新馬」，乃所賜之馬也。「内屋深屏」，冶容相映也。水衡錢，本人主之私帑，而爲冀所擅，茲冀又爲宮擅矣。妄行權勢，驚濤駭浪，總由己意。夫以皇天猶有厄運，何宮見憐乎美女，而恣行一生乎？驕淫嬉戲，凡壽之左右無不狂縱，故常奪篦不還也。酣極高眠，清輝皎潔，而宮與壽總無所忌，異哉！〇鸞篦，婦人釵飾。

【眉批】

〔一〕錢云：哮虎，指梁冀。以冀之凶悖而幸宮。宮與壽通，可謂伴虎眠矣。冀竟不問，宮卒無恙。

〔二〕錢云：「一生花底活」，非羡宮寔笑冀也。

古鄴城童子謡

效王粲刺曹操。

按：德宗崩時，太子患風疾失音，倉卒未知所立。衆以太子地居冢嫡，遂立焉。王伾、王叔文素爲順宗所狎，至是居學士。庶事先下翰林，使叔文可否，然後宣于中書。使韓泰、柳宗元、劉禹錫輩，采聽謀議，汲汲如狂。叔文以上疾得專大權，挾天子以臨天下，榮辱生死，惟其所欲，其門晝夜如市。人但知有相公，不復知有天子。然當唐之時，天后、中宗之朝，妄竊國柄者先後不乏，幾至玉曆暗移。賀傷本朝往事而作此也。斫文吏，用尹賞事。言鄴城薄暮，亂作塵飛，殺傷横道，讒邪兇殘之輩，皆得效驅馳奔走，分布中外。寶劍良弓，以奉相公，供謀篡逆。若楊奉、韓暹，本欲借奉車駕爲亂，而不知操反挾天子以歸。蓋小人急於邀功，奸雄故爲不測有如此。

房中思

新月如眉，凉颸墮葉。征夫遠别，鸞聲依依。暮雲晨静，不盡凄清。寂守空閨，幽懷獨抱，貞素固難及哉。若當時朝士競趨權貴，謬附羽儀；至於一朝罷斥，又逐逐他屬，貞素難全。賀蓋托此以致誚矣。

春歸昌谷

京國心爛熳，夜夢歸家少。〔一〕

稍長知書，進取未遂。徒懷棄繻，恐凋華髪。天高志迫，擊目驚心。燠熱盈胸，自相顛倒。若旱雲之發岑岫，誰能高秉明鑑？如旭日東升，朗無爽炤。凡物當春，感思榮暢。故功名之士當此，則鶴蓋交馳，官道槐枝，葉如兔目。獨我焦勞憔悴，苦境縈懷。憶初至京國之日，壯志爛漫，方以遠大爲期，自信必登廊廟，即夢中亦不作放歸之想。迄今出自東門，感憤交集，俯仰難舒，覺天地亦皆有浩浩不平之意。歸途花柳，倍覺傷神。宮殿交輝，層巒如繪。柔枝艷蕊，泣露嬌風。高原廣陌，遍地芳芬。而得志之輩，照耀鞍馬。惟我乘敝車，對此愈增蕭瑟。傷心吊影，自顧堪憐。生平矢志，肩荷匪輕，自不能脱此負擔。昔馬援戒子侄書云：「驅「士所謂刻鵠不成當類鶩。」今我刻鵠又何所兆耶？驅車過太華，見山色陰翳，古柏離披。「趨委憔悴」，言奔走勞頓，委身於此，因少憇其下。景色真堪賞悦，遂强變愁容爲笑貌也。花蔓盈車，輕煙漫野。當此之時，獻策無成，抱愧無顔以對親長。用是益奮志詩書，鋭加研究。今未得騁我雄才，必須深藏静息，澤我毛羽，而成其文章焉。韓鳥猶言韓馮也。高才爲時所忌，如好鳥之處繒繳，嘉魚之在籠罩。安能振羽鼓鱗，任我飛躍？舉步窮途，輕躁又安庸乎？

○曾以「刻鵠」爲「刻鶴」，謬。

【眉批】

〔一〕錢云：二語似杜北征詩。

昌谷詩

鳴流走響韻，壠秋拖光穟。〔一〕鶯唱閔女歌。〔二〕

霧衣夜披拂，眠壇夢真粹。〔三〕

縣省司刑官，户乏詬租吏。〔四〕

螢星錦城使。〔五〕

愁月燕帳紅，罥雲香蔓刺。芒麥平百井，閑乘列千肆。〔六〕刺促成幾人，好學鴟夷子。〔七〕

此歸昌谷山居即事而作也。昌谷與神女山相近。蘭香神女上天處，其祠宇在焉。水漾禾青，山穠林緑。淑景和風，中懷容與。翠竿細草，古幹落花，柳葛蒲苔，芳菲盈目。馬跡印沙，彷彿如字。鱗躍羽翔，鳥鳴泉涌。仙祠香逕，花樹錦簇，溪聲鳥韻。飛瀑懸崖，竹色鶴鳴。山幽景静，不復知有炎威矣！高眠，指祠中道士也。静息清脩，閑卧怡顔。燒桂焚香，以事神女也。霧衣，言夜披道帔，而誠可致神女降也。往駕，言道士時時視聽，如冉冉之來臨也。宫已久建而粉將墮，朝鈴聲響，觸我放棄之悲。「陰藤」四句，狀祠之幽寂陰翳。香衾久設，雖就殘敗，猶以爲神物而貴之。歌塵舞綵，多頹廢也。土膏俗厚，家給人足。深林可以讀書，石磯可以垂釣。溪回如衣帶之圍環，蕉多可當蜀紙，以供揮灑。而釣與讀，自無不宜。山明人静，當掃除胸中一切，于以徜徉其際。且宜飲酒携杖，聽遠梵之聲，觀飛鳥之度，面山臨流，坐俟月上，消受此山中之幽致也。薄暮新凉，童子夜漁。鳥歸魚戲，風動螢飛。柳帶篁吹，苔生蘆落。晚波如拭，水鏡炤天。古樹參空，清光掩映。麥穫井平，乘閑肆静。夜來寂然，無喧擾矣。即此景物，差堪自適。何必逐逐，徒自勞苦無益？鴟夷荒遁，不更可則耶？〔八〕

【眉批】

〔一〕以上言昌谷景物可供遊玩也。

〔二〕錢云：「閔」疑作「閩」。

〔三〕以上言昌谷神祠殿宇焚脩之盛也。

〔四〕以上言昌谷風俗淳厚也。以下言昌谷中最宜讀書、垂釣、飲酒、携妓爲樂也。

〔五〕錢云：「錦城使」，用使星入益州事。

〔六〕此言昌谷又可居也。

〔七〕末言昌谷雖美，終不如五湖之樂更□也。

〔八〕陳云：竟是一篇樂志論，而濃至過之。

銅駝悲

洛陽記云：兩銅駝在宮之街南，東西相望，九尺，謂之銅駝街。

橋南多馬客。〔一〕

落魄尋花，無聊情緒，作曲送春。時去不復，致來銅駝之悲也。橋南紫陌，正驊騮驕騁之地；及夫舉首北邙，悉皆前賢陵墓。乃貴客行樂，飲酒高會，而銅駝閲歷已多，不勝變遷之感。日月幾何，當風炬焰，夭桃雖艷，行將委質泥塗。駝見之數，故厭其笑，而夜來反爲之哭也。〔二〕○橋，天津橋。北山，北邙。

【眉批】

〔一〕錢云：樂府有貴客吟，即貴客也。

〔二〕周云：桃株笑春，銅駝哭夜，總是悲涼，不必牽合。厭見，猶言常見也。

沙路曲

斷燼遺香裊翠煙。〔一〕

元和六年，以李絳同平章事。先是李吉甫勸上振刑威，于頔亦勸上竣刑。上舉以問絳，因對曰：「王政尚德，豈可捨成、康而效秦始？」帝然之，用以爲相。上四句，美相儀之盛也。中四句，嘉絳之鯁直，數争論於帝，動笏可移南山，而威望素著，又秉大柄，專掌制敕。末二句，言當沙路歸來，群聞以好語指陳，致刑措不用，令虐焰不興，膏澤隨施，將寰海共戴矣。〔二〕○漢苑有人柳，日三眠三起。辛相騎，以樺燭百炬繞之，謂之火城。金窠篆字，制敕也。

【眉批】

〔一〕錢云：斷燼遺香，皆言樺燭之盛。

〔二〕陳云：每于考核精確處，令詩意不煩句解。其爲李絳無疑矣。

高軒過

賀七歲能詩，韓愈、皇甫湜未信，時過訪之，使賦，因援筆作此。

龐眉書客感秋蓬，誰知死草生華風。〔一〕

按賀父晉肅，亦有才華，未能登顯籍。賀七歲時，晉肅尚在，韓愈、皇甫湜見過，此時當自酬酢。「龐眉」、「死草」，賀謂其父已衰暮零落，一旦得華風嘘拂，榮寵倍常。而我自今日斂其羽毛，附二公於青雲之上，他時變化飛騰，自不敢負二公之盼睞也。

【眉批】

〔一〕錢云：賀七歲而作「龐眉」、「死草」之句，今人定以爲不祥。愈、湜稱之。可見古人不于此處看人。

貝宫夫人

元和十二年秋七月，大水。貝宫夫人，海神也。此言廟貌華麗，儼如生人。牓額輝煌，翠蛾常艷。神其有靈，則秋來大水，玉衣當亦知寒，何波濤瀰浸，竟不之軫念耶？

蘭香神女廟

古春以下，詠廟中花卉竹木、石泉山水之勝。舞珮帶帳，狀其飾也。桂酒蘭漿，新菱雪藕，言所薦之物也。看雨乘舡，言神女遊空，多逢仙侶，逍遥飄蕩，上下往還，一任其意。仙姿穠艷，丰度翩躚。迴視廟中所設之器，依然悄寂，霧静風聲，當是神乎其歸來耶？此時人好言神仙，賀故幻其詞，以見世之炫惑，相與附會以從者，讀此當爲之解嘲矣。

送韋仁實兄弟入關

夜雨叫租吏，春聲暗交關。〔一〕

惜别神慘，縱飲不醉。馬行鐶響，不禁悽悽。秋色荒原，魂驚望斷。官樹迢遥，馬蹄西去。自此兄弟俱鳴珂振羽矣。似我石田窮困，不免追呼。青春兀守，别無知己，唯日對突兀之南山，以當心知而已。

【眉批】

〔一〕錢云：交交關關，皆黄鳥聲。

谿晚凉

秋夜静爽，溪流悄寂，上映銀漢，光明如曉，而流向天東也。鷺眠正熟，聽雁聲嘹嚦，恍如夢中。流泉凈細，遠山層疊，翠竹臨風，如與詩客相唱和耳。

長平箭頭歌

唐室自開元以後，寇盜藩鎮，叛亂殺伐，迄無寧日，天下户口四分減二，死亡略盡。賀過長平，得古箭頭而作此歌，弔國殤也。首句見當日作矢之妙，歷久而漆灰等物猶然未泯。太公六韜云：赤莖以銅爲首。血痕久濺銅上，致斑斕如花。年代累變，幹盡鏃存。我來長平之原，於荒蕪之地，傍睨景物，倍盡陰慘。白骨遍野，鬼尚憑依悲號，苦無所歸。當年家鄉遠隔，此日歲月久淹，誰爲奠以酪漿而薦以羊炙耶？蟲雁啼秋，風生燐起，我方灑淚，收此斷鏃。鋒頭雖折，而腐肉猶封，對此能不爲之寒心？乃馬上健兒毫無狐兔之悲，反勸我買竹爲幹。總之，天運人心，一歸好殺，良可浩嘆也！〔一〕

【眉批】

〔一〕吴云：情事愀然，可與李華同弔。注妙極。○蔣云：此所謂泣鬼神也，嗜殺者省之。看他形容詳盡，不止瑰異。中段得箭鏃之由，布景慘裂。

江樓曲

曉釵催鬢語南風，抽帆歸來一日功。〔一〕

樓前流水，道通江陵。一水盈盈，本無多路。時當深秋，北風颯颯，芳姿就萎。郎居上游，歸帆但得南風，一日便可抵舍。故清晨登樓，占候風信。匆匆理粧，如受曉釵之催。口中殷殷，惟向南風致祝也。然前此梅雨不歇，酒旗頻換，下對蕭騷之浪，上對參差之雲，又嘗以黃粉油衫寄上郎主，愁雨愁風，固思歸必至之情乎！是以新槽待郎之同飲，湖菱待郎之同採，眼前即是千里，亦無如憑欄眺望，只見山色不見郎耳！

【眉批】

〔一〕錢云：抽帆，言估艘齊集，郎見南風抽帆而來。癡想妙甚。

塞下曲

此爲塞下征人作也。風寒月皎，露静星明。當此刁斗精嚴，傳籌不息，亦正惟蕃甲蛇鱗，馬嘶青塚，時時窺伺上國爾。故秋靜見旄頭之星，即不得不坐卧羈愁之席。因念帳北之天，合有盡時，顧乃河流遶塞，邈無涯際。千古此外患内憂，積成征人怨恨，謂之何哉！

染絲上春機

二月桐華，井水清湛。絲沉水底，菁葱如雲。時當早春，閨思正嬌慵無賴，而復事組織于高樓之上。綵綫紛披，原以織錦，故錦背之綫茸重疊也。緣玉郎多情，遠道尚解白袷以寄妾；我用是思以爲報，因挑鸞作腰綬以答之，俾客中隨處皆暖，毋以妾寒縈念也。

月漉漉篇

此賀昌谷山居秋夜泛湖作也。前憶昌谷詩：「不知船上月，誰泛滿湖雲？」而昌谷詩又有「石帆引釣餌，溪灣轉水帶」之句。此言月色皎潔，湖光恬静，秋花開落，夜度飛鴻，景況甚佳，差堪彷彿會稽之石帆鏡湖也。秋白，秋水清也。鮮紅死，蓮房墜也，故水香而蓮子齊也。少婦採菱，歌聲伊邇，而菱刺牽衣，致罥銀泥也。〇水經注：太湖在石帆山下。山陰南湖一名鏡湖。王羲之云：「如在鏡中游。」仙女天衣，有銀泥五暈羅裙。

京城

此賀罷歸時出長安之作。「兩事」，功與名也。至此不堪告人，惟吟詠以自遣耳。

題歸夢

賀將發京城而夢歸也。夢中到家，小弟見兄而喜，採芹藻以餉，醒尚宛然。因思家門厚期於我，冀沾薄禄以慰調飢。誰知勞勞一寸心，燈花照之而淚落如珠也。魚目，狀淚珠也。吴箋謂魚目不眠。似與夢不洽。〔一〕

【眉批】

〔一〕錢云：不眠義似勝。此尋夢回時也。

昌谷集卷四

南園

簪組既謝，野服徜徉。時當夏初，景物盛茂。南山在望，可方其高。藍水匪遥，堪比其潔。小雨歸去，不畏炎威；凉雲自飛，弗愁薰灼。杏熟梨老，無復穠郁之思。弱質筠心，白水自矢。南國不減鄭鄉，惟飲酒讀離騷以終老已。

仁和里雜叙皇甫湜

唐百官志：駕部給馬，七品以下二匹。大人，長者之稱，指湜也。尉職卑微，故所乞之馬自瘠。宗人，賀自稱也。王孫窮困，竟無廬舍，僦居廢室，多穴鼪鼯，果樹寂寥，荒凉籬落。安定美人，指韓愈也。愈初祖茂，有功于魏，封安定王。〔一〕賀與湜、愈俱交厚。時愈亦貶陽山令。昔陳子昂送齊少府賦云：黄綬位輕，而青雲望重。以是脱落縱飲。及至還家，而當日所簪御史之白筆，未得上頭。我方望君輩推轂，頃雖以新聲見長，亦不得彰譽人前。辱兩君垂顧，正將引汲，而一貶一去，如綆之斷絶。令我自洛入關，未覯閶闔，即遇讒噬。本擬效孟堅作兩都之賦，那知草草不能如願。客枕幽單，徒看好景之逝。歸來顔色枯槁，毛髮凋謝。雖欲鏤文飾詞，冀邀銓衡，誰爲哀王孫而手援者？又當來晨遠别，分袂於崆峒之陽，殊杳不可追已！○宗人、宗孫，皆賀自稱。曾以宗人引周禮掌家禮者。非。「堅都」，即班孟堅賦兩都也。

【眉批】

〔一〕錢云：證據安定，僻而確。

致酒行

被放慨慷，對酒浩歌，自謂坎軻。正似偃之久困關西，周之受辱浚儀，然皆以書奏時事，逆龍鱗以邀知遇。乃我則羈魂迷漫，中夜聞鷄，不寐達旦。雖少年有凌雲之志，而岑寂沉滯，誰爲憫惻耶？〔一〕○主父偃西入關，見衛將軍，數言於上，上不省。資用乏，留久，諸侯多厭之。後拜齊相。馬周爲浚儀令崔賢所辱。感激而西，舍新豐逆旅，主人不顧。至長安，舍中郎將何常家。後周代爲何條二十餘事，皆切務。奏之。太宗怪問，何曰：「此家客馬周所爲。」召見，大悦，拜監察御史。

【眉批】

〔一〕陳云：主人進酒於賀。賀告主人，自嘆有主父、馬周之才，而不得如其遇也。

春晝

按：德宗興元元年，帝于奉天，四月未授春衣，軍士猶服裘褐。及元和五年春，王承宗反，詔諸道發兵討之。賀當春晝作此，譏内地之侈靡，而不知遠戍之愁苦也。「朱城」，言紫禁也。「更漏轉」，言方春而夜短晝長也。小殿花香，正當游宴也。芳草垂楊，君王卷衣，而妃子艷飾。帷巒之内，歡樂未央。花塢花城，芬華特盛。吴、越機杼，辛勤女絲，以佐春服。菱荷初發，淑景漸薰。而江南安堵之人，自多蕩佚。那知朔漠征夫，當此不增悲怨耶？〔一〕○樂府有秦王卷衣。趙燕，飛燕也。漢平陽公主治花塢。潘岳栽花滿河陽。

【眉批】

〔一〕錢云：從「塞北無限」句，根尋原委，不負作者深心。

聞怨歌

當秋凋折，芳色易摧。年少覊遲，不禁慷慨悲壯。究竟天高難問，惟逆旅主人來相慰勉耳。○宜陽，屬古弘農郡，今河南府宜陽縣。是賀歸隴西至洛也。

楊生紫石硯歌

數寸秋光無日昏。圓毫促點聲静新。〔一〕

上九句皆詠端溪取石製石之妙，及石色之艷、石質之潤，置之書帷中，筆墨無不相宜。孔硯，孔方平歙硯也。歙硯銘云：「非端溪温潤而漪紋，非銅雀摧殘而色新。」賀謂不足以當此耳。○曾云：孔子廟中石。似謬。

【眉批】

〔一〕錢云：「數寸秋光」二句，言秋窗日暮，點筆吟詩，其聲更静新耳。皆得硯之助也。

石城曉

寒香解夜醉。〔一〕
帳前輕絮鵝毛起，欲説春心無所似。〔二〕

譏江南宴樂沉湎，連宵達旦。月落烏飛，花寒露重，宿酲可解。當牛、女歡會時，而城煙已曙也。客醉娥倦，迷戀春幃。覺來見柳絮之飛，又恐芳辰駘蕩莫禁耳。○魏文帝：江東白綃，白如雪花，輕如蟬翼。

【眉批】

〔一〕陳云：寒香夜醉，連上句來，謂花也。

〔二〕陳云：鵝毛，即是柳絮。「無所似」者，言捨此則無所似，甚見其相似也。

苦晝短

憲宗好神仙，賀作此以諷之。日月遞更，老少代謝，即神君、太乙，亦未見常存人間。雲中仙侣，果丹藥可致乎？英武雄偉如漢武、秦皇，猶且不免，而更妄思上昇。則君王方求長年，我更憂晝短矣！○晉武見長星，惡之，舉酒祝曰：長星勸爾一杯酒，自古安有萬歲天子？漢武封禪，求神君祠之上林。又以太乙立祠長安。灰野之山有樹，青葉赤華，厥名若木。章尾山有神，人面蛇身，其瞑爲晦，其視爲晝，是謂燭龍。任公子釣大魚海上，張果以紙爲白驢。漢武諱徹，葬茂陵。秦始皇死沙丘，載輼車以鮑魚混臭。

章和二年中

章和二年，漢章帝年號。是歲大稔。元和七年，天下有秋，斗米有直二錢者。是歲太子寧卒，繫之以章和二年中，蓋漢章帝于二年中卒也。先是國嗣未立，李絳諫請，上從之，以寧爲太子。六年，册禮用孟夏。雨，不克；改孟秋，亦雨；改冬後，册畢。至七年而薨。賀謂太子方當册立之吉，而以雨災屢更。迄今民和年豐，上下宴樂，乃無禄即世。而帝猶溺於長生之説，人争祈神獻壽以媚天子。七星，即七襄也。頃雖有秋而冢君夭折，即天孫爲之摇落無色，姮娥爲之慘澹不明矣。○星占云：南斗主爵禄，七星主衣裳。天孫七襄，即此星也。唐書天文志：元和六年正月，流星大如斛，墜兖、鄆間。七年正月，月掩熒惑。五月，熒惑犯右執法。六月，月犯南斗魁。陳二如曰：此詩本爲傷太子之卒而作，而詩則却全其爲頌禱之詩。爲言時和年豐，絲桐報賽，人之思得獻壽天子。其獻壽于天子曰：「七星貫斷姮娥死。」謂天子與天同終極也。然則亦何所據，而以爲詩之傷太子？言外之意，是又在解人于言外會之。詩猶云，大稔之歲，人方願天子萬年。而預有太子之變，是可怪也。如此有愈見作者、注者之符合已。

自昌谷到洛後門

始欲南去楚，又將西適秦。襄王與武帝，各自留青春。聞道蘭臺上，宋玉無歸魂。緗縹兩行字，蟄蟲蠹秋芸。爲探秦臺意，豈命余負薪。〔一〕

此賀深秋赴秦作也。賀時入洛，故云「投舊鄰」。辛廖當善卜筮，非爲飲酒而解杖頭以造之，是以西、南之遊，勞占決也。楚襄之于宋玉，蘭臺竟無歸魂；漢武之于相如，封禪僅留遺簡。才人不偶，古今同嘆。今將入秦，誠恐命同叔敖之負薪，以故解杖頭買卜，求示其榮枯爲行止也。史記：孫叔敖子窮困負薪。

【眉批】

〔一〕陳云：秦下接是武帝，云漢本都長安也。「蘭臺」四句，頂楚來。末一句頂秦來。章法正以參差入妙。

七月一日曉入太行山

越禽誰爲熟？〔一〕

七月一日爲孟秋之朔，昨猶夏景，僅隔一夕，而遶山覺有秋色。是月也，白露降，而草蟲皆濡新露。越禽即來禽，果也。諸本即作「布衾」解亦宜。第梅聖俞有詩云：「右軍好佳果，墨客求來禽。」以右軍爲會稽，故名越禽。當是南國有此，而身方在客，不知爲誰熟也。石冷莎殘，儼然秋意之漸至矣。

【眉批】

〔一〕「禽」，一作「衾」。○陳云：斷宜作「來禽」解，不然，「熟」字何用接？注妙。

五粒小松歌 并叙

「鱗蜿蜿」，狀松幹也。「洪崖飯」，喻松子也。「滿濃光」，色之深也。「束龍髯」，葉之齊也。主人壁上所鋪之州圖，即豫州華山也。五粒松産華山，此當讚圖畫之松耳。〔一〕賀言此山舊多仙隱，如漢衞叔卿、張公超，五代鄭遨輩，群脩道于此。乃今堂前則皆世俗之儒，誰能有續仙侣者乎？月夜露重，石鏄如淚，石筍溪雲，惟寄書以招隱耳。

【眉批】

〔一〕錢云：因華松而思仙侣，俱從畫上看出。注誠入神。

將進酒

勸君終日酩酊醉，酒不到劉伶墳上土。〔一〕

此譏當世之沉湎者也。豪貴侈靡，歡宴無極，且謂其宜及時行樂，没則已矣。他日荒塚古丘，固無及耳。

【眉批】

〔一〕陳云：作譏諷妙。若云是勸，此亦何待勸。○蔣云：此勸及時行樂也。

秋涼詩寄正字十二兄

蟲響連夜發。〔一〕

此賀家居寄兄正字之詩也。時序倏遷，百日暌違，冷落何似？猶幸兄弟書郵，互相問存。至于己遭淪落，絶跡京華。白馬青袍，草簡東闕，僅能見之於夢。雖夢中暫得歡集，而覺來則徒有寒光之逼人矣。心焉惄如，正迴轉延蔓，惟環與葛之相類耳。〔二〕

【眉批】

〔一〕錢云：「連夜發」三字，極寫蟲響之急。

〔二〕陳云：神解。

猛虎行〔一〕

于頔、李吉甫勸上峻刑。後頔留長安，不得志，使子敏賂梁正言，求出鎮，不遂。敏誘其奴支解之。時又中使暴横，皆以鍛鍊爲雄。此權德輿所以引秦政之慘刻爲諫也。賀睹時事，故擬此爲諷耳。○晉叔孫得臣敗狄，得長狄僑如。富父終甥摏其喉，以戈殺之。國策：强弩在後。西京雜記：黄公能制虎，後爲虎所殺。淮南子：牛哀，魯人。疾七日化爲虎。孔子過太山，聞婦人哭，問之，婦曰：「吾舅死于虎，夫與子又死焉。」

【眉批】

〔一〕蔣云：譏苛政也。○錢云：虎生三日，母即教以搏噬之法。○陳云：通首皆是縱虎殺人，莫敢誰何之意。

日出行

折折黄河曲，日從中央轉。〔一〕

旭日初升，無微不照，當能鑒我之忠，獨不鑒我之摇落耶？黄河九曲，日轉于中；遊人悲腸，正復相類。暘谷若木，爲聞見之不及，而鑠石銷人，亦無如此日何也！昔十日并出，羿射死九烏，何不將此烏亦射其足，使之不得疾馳而多變易矣？

【眉批】

〔一〕錢云：河流最急，猶九曲以逝。豈如日從中央，取道甚直，更急于河。言去之速也。

苦篁調笙引

德宗朝，昭義節度使王虔休，以帝誕辰未有大樂，乃作繼天誕聖樂，以宮爲調。于頔又獻順聖樂。賀作此譏之，云無德不可作樂。自軒轅以及虞舜三代，聖王且難爲繼。乃今擅作，則樂亦不足稱矣。

拂舞歌辭

憲宗求長生，賀作此誚之。拂舞歌辭，本吴白鳩獻壽曲也，故云吴聲。輻輳之地，有時荅生，可知消長亦有定數。勸君飲樽中荆南之酒，猶愈漢武飲銅盤仙掌之露以求長生。日行循環，十二時中豈能長旦？若採藥以俟丹成，則爲虵、爲土、爲龜，千年屢變，亦止屬荒誕不經之物矣。○晉志碣石篇云：神龜雖壽，猶有竟時；騰蛇乘霧，化爲土灰。賀即本此意也。車頻秦書云：苻堅時，高陸人穿井得龜，大二尺六寸，背負八卦。

箜篌引

此即公無渡河曲也。德宗朝，蔡廷玉爲朱泚幕府，勸泚入朝。而泚内畏弟滔偪己，滔亦勸泚入，乃以兵屬滔，廷玉諫不聽。及入，帝素知廷玉賢，因授大理少卿。會滔以幽州叛，而表言廷玉與朱體微離間，泚亦歸罪二人。因貶廷玉爲柳州司户，以慰滔。滔諜伺諸朝曰：「上若不殺廷玉，當謫去出洛，我縛致支解之。」帝勞廷玉曰：「爾姑行爲國受屈，歲中當還。」廷玉告子少誠、少良曰：「我爲天子不血刃下幽州十一城，乃敗于將成，天助逆耶？今使我出東都，殆滔計。吾不可以辱國。」至靈寶，投河而死。賀蓋作此以挽之歟？〔一〕○鄱陽書云：徐衍負石入海。禮記：君尊瓦甒。

【眉批】

〔一〕錢云：作者未必有此解。正須借題發揮，表揚廷玉一片貞心。

平城下

元和八年振武河溢，毁受降城。李吉甫請徙于天德軍。李絳、盧坦云：「振武美水草，當要衝，欲避河患，退二三里可矣。」上卒用吉甫言。冬十月，振武節度使李進賢不恤士卒，使牙將楊遵憲將五百騎趣東受降城，以備回鶻，軍遂亂。平城即振武，今雲中雁門也。明月海風，白空霧濕，皆狀平城之水爲患，致士馬饑寒也。又當遠徙天德，未知去關幾許，而將帥仍肆苛暴，誰樂爲用？雖效命疆埸，徒死無益，遂不惜倒戈以致亂矣！〔一〕

【眉批】

〔一〕錢云：觀末句，此解正合。

榮華樂 一名東洛梁家謠。

當時飛去逐彩雲，化作今日京華春！〔一〕

大曆中，元載爲相。載先冒曹王明妃元氏姓。載性憸險，初依李輔國，拜平章。復結中人，厚啖以金，使刺取密旨，帝意必先知之。恃寵驕横，貪猥殘暴，凡仕進干請，必結子弟主書。城中開南、北二第，室宇奢廣，名姝異伎，禁中不逮，蓄姬妾爲倡優。子揚州兵曹伯和，祠部郎仲武，授書郎季能，牟賊聚斂，荒淫特甚。又元和朝李翛本寒賤，由莊憲太后姬婿得進，歷坊、絳二州。性纖巧，飾厨傳，結納閹寺，專斂聚以固恩寵。數毀近臣，大納賄賂，一時側目。賀撫今追昔，因引梁家以譏之也。〔二〕鳶肩脣齒，狀其美也。驕昵夜飲，金吾莫禁，出入宮闈，華侈自炫。金樓子乃梁元帝所製。徐妃淫妬，帝賜之死，作此以醜之。言其敢于内苑肆行調笑，而自學倡女之歌舞。柔聲妖飾，思以褻戲媚至尊。既得重賞，更加新秩，朝貴皆望塵趨朝，而下役皆邀厚賜。府第巍峩，直逼禁闥。狎妖娥于鮫帳，羅方物于珍厨。炬焰珮聲，陰晴莫辨。絲竹酣闐，弓矢角技，舞女雜沓，鸚鵡交鳴。刻石而填以紫金，使碑碣不致磨滅。昔冀妻孫壽起兔苑于河南，調發生兔，皆刻其毛以識，犯者立死。而一門之中，男女皆貴，内壼外朝，尊寵赫奕。乃一旦淹滅，如彩雲易散，梁家之榮華盡矣，那知又化作今日之京華春耶？

【眉批】

〔一〕錢云：前事不悟，後事復然。

〔二〕錢云：東雒梁家謡，指東漢梁冀一門而言。

相勸酒

堯、舜至今萬萬歲，數子將爲傾蓋間。〔一〕

李藩嘗諫憲宗，以太宗餌天竺長年藥爲戒，云：「勵志太平，拒絶方士，何憂無堯、舜之壽？」帝不聽。然其時朝貴希寵固恩，迎合上意，屢進方士丹術。賀蓋傷之。謂晨昏遞代，春秋相禪，堯、舜雖久，日月之循環相遇，如在俄頃，雖金玉亦難挽也。大丈夫及時行樂，飲食歌舞，富貴自適，何必更妄求蒼玄，祈延壽算？然媚君以方術，何如導君以令名，永垂奕禩，而使嗣葉昌茂。乃欲左道蠱惑，冀專寵幸，此乃速亡之道，獨不觀梁、石之驕侈遽爲榛莽耶？○崦嵫，日入處也。抶，音叱，楪也。淮南子云：日出虞淵，爰息其馬。蓐收司秋令，青帝司春令也。臛，膾也。蠵，大龜也。昔虞悰善爲滋味，于王嶷處曰：「恨無黄頷臛。」即熊臛也。横波，言異域航海以貢金也。吴箋以横波爲目，引傅毅賦云：目流睇以横波。謬。

【眉批】

〔一〕錢云：「數子」似指羲和及蓐收、青帝諸神言。堯、舜即「萬萬歲」，自數子視之，直一傾蓋間耳。

瑶華樂

八轡玲瓏逐天迴。〔一〕

秦皇、漢武屢見篇章，此又以穆王詠者，總之，嘲求仙服丹之誤也。東京賦云：「五精帥而來摧。」五精，星也。八駿凌空，直駕星辰而上。「高門」三句狀瑤池之麗也。神母，指西母。莊嚴耀日，環珮儼臨，旌旛赫赫，頃刻而能變秋氣爲春和。車駕龍旂，直如雲集，而王母宴帝于瑤池之上。有不止于玄霜絳雪之丹藥者，梅柳爲贈，言能使君長春也。且更濯滌凡軀，相與抱真以游耳。

【眉批】

〔一〕錢云：「玲瓏」，一作「冬瓏」，轡聲。○陳云：極言仙家之樂，實則子虛烏有，以爲諷耳。

北中寒

元和七年冬，吐蕃寇涇州，上患之。時初置神策鎮兵，欲以備禦吐蕃。然皆鮮衣美食，乃值嚴寒，忽聞調發，俱無心奔赴，況乎朔漠陰凝之地耶？「一方黑」，狀北方陰玄之氣也。三方之日，不敵一方之寒，故云「一方黑炤三方紫」也。〔一〕晁錯傳云：胡貉之地，陰積之處，木皮一寸，冰厚六尺。河水凍合，可挽百石之車。霜重嚴威，軍士不願提兵以入。海水波翻，加與冰激而愈喧也。山瀑既凍，則冰如玉虹之懸也。長安市兒，未習征戰，方且北望而不前矣。

【眉批】

〔一〕錢云：首句得此注，生出許多曲折。

公無出門

鮑焦一世披草眠，顔回廿九鬢毛斑。〔一〕

賀與韓愈友善。愈高才，屢坐罪貶官。元和十二年，上命裴度討吴元濟，度表愈爲行軍司馬。愈請乘馹自先入汴。初，愈以陽山、江陵暨職方，皆被謗數黜。及改比部，進中書舍人，而以論兵忤執政，又有人詆愈，復改庶子。賀傷其時晦遭噬，僉壬之毒，真如猛獸。頃帝遣之乘軒，而群口自不能爲害。寶劍金車，從事征討。乃我雖滯京華，時以公此行爲念。歷陽屬和州，亦淮西地。正當波濤洶湧，凶暴横行，宜加珍重爲囑。〔二〕至己命偃蹇，勳名無分，窮愁早凋，數自應爾。當是天不欲致我于危，使卑微可以免禍耶？公當觀屈原之書壁問天，知禍福不足憑矣。莊子云：鮑焦飾行非世，抱木而死。

【眉批】

〔一〕蔣云：顔、鮑二人貧夭，俱天玉成之也。

〔二〕錢云：歷陽一夜陷爲湖，合城人皆葬魚腹。極言可畏。

上之回

元和十二年十月，李愬擒吴元濟，上御門受俘。賀擬此曲以稱慶也。漢武游石闕，望諸。當時月支臣、①匈奴服，因作此歌。元延元年，上幸雍畤，天無雲，有雷聲，光耀耀四燭。

①蔣按：「闕」疑作「關」，「當」疑作「國」，屬上句。宋書記漢鼓吹鐃歌十八曲之上之回曲，有「游石關，望諸國。月支臣，匈奴服」句。

洛陽城外别皇甫湜

湜時爲陸渾尉，賀訪之，當此别去。陸渾屬洛陽，即今嵩縣。有龍門山，東抵天津。賀本傳云：賀常以獨騎往來京、洛間。觀冬樹暮霞，單身疲馬，良信然也。唐制，七品緑衣，正尉服也。

官不來題皇甫湜先輩廳

官庭即陸渾尉廳也。賀詣湜，值尚未至，因寫庭樹之冷落，吏胥之雜沓，而即事以嘲之也。

塘上行

鄴中故事云：魏文帝后甄氏，爲郭后譖，賜死。臨終作塘上行，樂府因之。貞元六年八月辛丑，殺皇太子妃蕭氏。賀蓋作此以吊之也。

呂將軍歌

吳元濟叛，據淮西，恒鎮節度王承宗，鄆鎮節度李師道，皆與元濟互相犄角。而魏博節度田弘正，獨遣其子布將兵助討淮西，以功授御史。賀蓋以布名與呂同，故借呂將軍以詠之也。是時布用兵次第，則先卻承宗、師道，而及元濟。言將軍將兵助討，出秦門而哭陵樹，誓將仗劍掃北方之逆氣。玉關朱城，門闥屹然。北方者，師道當大河北，故云。布兵壓承宗境，師道即畏其襲己，貼然而不敢動。故布猶是銀龜白馬，儼然傅粉之女郎。及以勁旅請承宗戰，而恒山鐵騎金鎗，莫不聞箭箙香，爲之震攝。蓋犄角之勢去而元濟成擒可待矣。所以淮西西郊之寒蓬，直皇天親栽以待將軍之神驥，猶之我泉之謂耳。因念一時高牙大纛，不啻厩中蹇蹄，惟知食芻飲水，天地之大，往往皆然。安得如赤山秀鋌禦時之英，默會天意如將軍者哉！是可美也。〔一〕○金粟、渭南，睿宗、玄宗墓。史云：布以戰功授御史。唐制，御史銀龜。圓蒼，天也。

【眉批】

〔一〕錢云：借呂誦布，想路甚奇甚確。一篇之中，致全史臚列貫串，絶非牽合。使讀此詩者，信爲真詩史，而觀此注信爲真史斷也。非此則詩竟不可解。巨眼細心，所謂古人恨不見我矣。

爲之一字一拜。

休洗紅

征夫遠別，閨中囑其早歸。言顔色易衰，青春易邁，莫如弦筈之一去不歸，致久負芳容也。○昔詩云：「休洗紅，洗多紅色淡。不惜故縫衣，記得初挼茜。人壽能幾何？後來新婦今爲婆。」紅色變爲殷。左傳「左輪朱殷」，是血凝而變黑也。洗紅于水，而橋爲殷，則紅所存者無幾，言色之易落耳。見此益自傷年華矣。

野歌

男兒操强弓疾矢，能射雁飲羽。故雁南來，正遇其醉歌田中，乃有此伎倆，宜其策名當世。然猶日暮尚困隴畝，能令其心皆窮耶？枯榮不等，天公固可嗔矣。但律轉陽回，春柳枝枝皆茂，亦何時之不能待耶？〔一〕○董云：麻衣不應屬雁。當是人葛衣衝風，引大戰勝而肥，①以衝風故黑。未免太鑿。〔二〕

【眉批】

〔一〕蔣云：言士不終窮也。

〔二〕周云：鴻自北而南，麻衣黑肥，自是射雁人。唐時舉子皆着麻衣。

①蔣按：「大」疑作「矢」，屬上句。

美人梳頭歌

一編香絲雲撒地，玉釵落處無聲膩。〔一〕

狀美人之曉粧也。奇藻蒨艷，極盡情形，顧盻芳姿，彷彿可見。

【眉批】

〔一〕錢云：髮長委地，故釵墜無聲。

官街鼓

此譏求仙之非也。日月循環，鼓聲相續，故長安猶是。漢城黄柳，新簾飛燕，已成黄土。使如秦皇、孝武在時，遽言磓碎千年白日，勢必使翠髮變爲蘆花之白，猶與共南山之壽以守此中國也。〔一〕其實秦皇死，孝武復死，漏聲相續之下，亦不知斷送多少萬乘之君矣。○京師晨昏，置鼓警衆。杜詩云：漏鼓還思晝。

【眉批】

〔一〕錢云：秦、漢陵皆在南山。

許公子鄭姬歌〔一〕

桂開客花名鄭袖。〔二〕

長翻蜀紙卷明君。〔三〕

相如墳上生秋栢，三春誰是言情客？蛾鬟醉眼拜諸宗，爲謁皇孫請曹植。〔四〕

此賀見許公子、鄭姬而作此詩。言公子家世如許、史，鄭姬美貌如鄭袖。初時兩兩相得，已而納之後房，曲翻明君，音調商、角，固後房爲懽之事。在此時，公子命姬與賀相見，則又相見時之事。賀本才人，姬素聞名推服。賀遂述姬白賀之言，具云：嬌小東來，雖曲中亦罕見客。而今見王孫者，正以相如既往，三春已無情人。而諸宗之中，有王孫固能賦洛神如子建也。則是賀可以不見姬，而姬反不能不見賀。要之，文君、宓妃，姬亦善自詡哉。○許、史，漢宣帝外戚。鄭袖，楚懷王之幸姬。銅駝，即洛陽街，當開樽于此地也。「桂開客花」，言姬如名花而開自客中，初從他處入洛。鼎門，洛陽東南門。言花初從此入，而香即遍城闕也。公子一見心賞，聞弦興發，並馬載歸，遂成鸞匹。「袷羅當門」，言玉枕歡濃，長垂簾幕，故上云「情如合竹誰能見」也。皇孫、曹植，是鄭舉以譽賀也。曾以銅駝爲酒器，云酒如明膠之瑩徹。袷羅當門，爲當門裁公子之裳。俱謬。他本皆因之。

【眉批】

〔一〕錢云：此爲鄭姬請歌而作。因其交歡許公子，故云許公子鄭姬，從公子引起。

〔二〕錢云：客花，明姬非此地人。
〔三〕錢云：似以明妃圖長在手展玩耳。
〔四〕徐云：末四句似薄公子無文，不足言情而自負也。

新夏歌

三月摇揚入河道，天濃地濃柳梳掃。〔一〕

篤耨香出真蠟國，樹如松形，此狀樹之濃陰翠色也。花莖猶未全落，柔條尚爾半舒，而節候方助其暢遂。壠麥將秋，桑柘紛披，菖蒲劍立。梁間燕子，似惜春歸；而大堤楊柳，竟爾迷濛高下矣。

【眉批】
〔一〕錢云：「天濃」謂樹陰，「地濃」謂草色。柳條映樹言梳，拂地似掃也。

經沙苑

唐制，牧馬四十八監，由京度隴，置八坊。其間沙苑屬同州，亦牧監地也。元和七年，京畿大水，所在百川發溢。賀過沙苑，而見牧馬之地皆野水泛瀾。沙苑南有興德宫，爲高祖趨長安所次。此言草皆濡没，獨此宫之牙門僅長新叢，故云開小蒨也。道無行人，柳以水愈茂。草場成渚，且游水鳥。即天氣晴明，而馬猶乏食，故卧嘶沙上，老馬愈不勝悲啼也。賀本以良馬自許者，至于不遇復不歸，觸此凄涼之狀，不覺哀鳴，如折翅之鴈矣。○别本以「宫牙」爲「官牙」，非，且亦無解。曾以「牙」與「芽」通。亦謬。

出城别張又新酬李漢

漢，韓愈門人。

吾將譟禮樂，聲調摩清新。〔一〕

華實自蒼老，流米長傾盆。没没暗齰舌，涕血不敢論。〔二〕

越布先裁巾。〔三〕

此賀出城歸家而作此以别張、李二子者也。李子别上國，正當崆峒方春之時，歸則不聞今夕之鼓，歸即差慰煎情之人。夫以命薄如趙壹，家貧如馬卿，鄉書所報，不過紫蕨生石雲，未必有事可戀。若以長安言之，長安玉桂之國，侯門戟帶森然。氣雖陰慄，地自光華。寶馬連錢，不論昏曉。又臘春遊戲上苑，車聲轣轆。而所植之名花，施之緑綢，縋以金鈴。地入水湄，繡帳鋪張，不啻霞卷。蚨母用之無算，夏蠅却之不來。是固宜兄弟聚歡，劍客並轡。乃小人心如死灰，而第切家國之秋榛者，何也？正以皇圖跨有四海，百姓願施長紳。光明久之不發，腰間徒甃銀龜。蓋吾所職司者禮樂之事，是豈不當製作清新，千年潤色，以至華實並茂，膏液長流。亦無如柄人用事，諫諍多遭重斥，有齰舌涕血而不敢陳耳，故計惟有一去。今將東下，酒酬祖道之神。雖邊氛未靖，道路多陂，亦快馬逐服轅之不顧也。二子年少學道，客中譏笑不作，家庭踈篠從穿。然當曙風四起，秋日東升，①固思賦詩以投知己，抑曾悲及從來不遇之人乎？別來淚下霑臆，諒亦羨李生越布裁巾之在先矣。○趙壹不遇，作窮鳥賦。蚨母，即青蚨錢。唐官制，三品龜袋，飾金；四品以下龜袋，飾銀。祭酒，賢者稱也，疑云韓愈，而愈爲祭酒，似在賀後。顧榮，村居踈漏，竹筍穿壁。

【眉批】

〔一〕錢云：「譟禮樂」，言欲大聲疾呼以請正禮樂也。下言禮樂之效。

〔二〕錢云：「華實蒼老」，苗而秀，秀而實，無害稼者，故流米傾盆也，終歸齰舌而已。與「噪」字應。

〔三〕錢云：裁巾所以拭淚。

①蔣按：依原詩，「日」當作「月」。

假龍吟歌

唐僧皎然序云：房太尉绾先隱終南山石壁之下，往往聞龍吟。寺僧以銅椀潛戛效之，不能辨。

上六句狀假龍之聲，哀激而飄渺也。「木死」二句，言龍所居之處也。「窞中」二句，知其聲自水中出也。「崖磴」二句，言龍去而苔空竹折也。「蓮花」二句，去久而腥猶在也。詩蓋譏假之亂真也。○王母蒙山白鳳之肺，靈丘蒼鸞之血，此天帝所服之藥。阿母，指龍母也。江君掩帳，言龍將去而風濤驚駭，湘竹皆爲之折。蓮花，即終南所接之太華峰也。

感諷六首①

貞元三年，帝幽郜國公主。主之女太子妃，帝因怒切責太子，太子懼，請與妃離婚。上六句言值芳辰可以行樂，乃忽以疑懼，致當春而隕涕也。王子指太子。言方播遷之後，得從帝還京，而下馬未幾，冀深宫曲沼以自娱，至是腸回如巡九方，誠四顧莫知所措也。

①蔣按：後王琦據別本作「感諷」，疑是。姚氏於第六首注云：「此則撫舊心傷，以成感諷之第

六首也。」可爲佐證。

二

貞元四年，回紇求和親，十一月，以咸安公主歸之。玄宗朝，回紇以兵助討禄山，遂下嫁以寧國公主。是昔以蜀亂，故及今書信斷絶。頃又以吐蕃爲患，而復以女驅異域，黑水之朝波，亦爲之嗚咽不平也。昔寧國公主行，泣曰：國方多事，死不恨。一旦遠去，永無還期。而嬌魂唯隨回風，死地猶懸鄉月，不亦悲乎！〔一〕

【眉批】

〔一〕吴云：讀此注，則詩確不可易，愈知和親之非。舞影鼓聲，嬌魂鄉月，爲國辱身。帝女之悲，自不堪道。

三

貞元十二年，以竇文場、霍仙鳴爲護軍中尉，卒無成功。元和四年，復以吐突承璀爲招討。賀謂宦官典兵，故以婦人比之也。〔一〕方邊氛肅殺，乃借此以竊金印，忝不知耻，驅老弱以試鋒鏑，而妄報戰功。天子方惟言是聽，誰能辨其黑白耶？○諸本俱作婦人解。無據。

【眉批】

〔一〕陳云：謂宦官爲婦人，作者具眼，解者尤具眼。

四

天寶以來，王侯將校皆畜私馬，動以萬計。而藩鎮子弟多處京師，富貴驕横，挾彈馳獵，千金一饌，猶以所獵狢肉，不堪充口腹也。少年何知？不過以而翁佩刀專殺伐以冒軍功，遂致此輩豪縱。若西山茅屋之下，賢俊饑寒，且憂半菽，良足傷矣！

五

此嘲叔文之黨也。元和元年八月，其黨盡貶去；十一月，再貶韓泰等爲諸州司馬，而叔文等賜死。此以婕妤爲詠者，譏此輩皆趨奉牛氏昭容者也。時當隕落，本非如團扇之遭讒，而捐棄之悲却相似也。其心亦本無辭輦之意，尚欲求容；奈順宗已崩，昭容已廢，空宮豈能

復入耶?昭容杳絶,而此輩亦相繼隕喪,僅能化蝴蝶附陰松而已。〔一〕

【眉批】

〔一〕黄云:「空宫」二字如此看出,奇解確不可易。陰松尤妙。

六〔一〕

莘茸梨花滿,春昏弄長嘯。唯愁苦花落,不悟世衰到。撫舊唯銷魂,南山坐悲嘯。〔二〕

此則撫舊心傷,以成感諷之第六首也。爲言從前之蝶香柳色,有如十日並照、秋無衰草,祇以調歌能回肅氣,杯池亦放白魚。又所在水晏,必求佳鱠。菱科之中,皆設梁笱,莘茸梨花,春昏長嘯。唯愁花落,不悟世衰,而抑知有今日者哉?静觀往事,不覺魂銷,唯對南山以浩歌耳。○白魚,船也,依莫愁曲解。

【眉批】

〔一〕錢云:此感盛時行樂之事,不覺世衰事去,徒增悲嘯耳。

〔二〕二「嘯」字韻重。

莫愁曲

開元初，置内教坊于蓬萊宫。而唐時諸伎樂工，常入隸掖廷。京都豪貴，競溺狹邪，華轂錦帆，日夜無極。歸來露静人稀，高樓深閟，綺户漏沉。言當及時行樂，毋似槿花易落，桐樹先秋，致負生平冶艷，虚此芳名也。〇白魚，即船也。古詩云：波摇白鱧舟。

夜來樂

春水滴酒猩猩沽。〔一〕

續客下馬故客去，緑蟬粉黛重拂梳。〔二〕

此言貴遊之夜宿倡樓者也。供帳侈麗，燈月交輝，香醪酬酢，珍玩贈貽，以博麗人之一笑爲貴。乃子夜合歡，平明又事朝謁。故漢轉烏啼，即帶劍馳馬以趨紫禁。而倡樓方嫌此際之孤零，舊去新來，又整新粧以相迓矣。〇猩猩善媚。阿侯，莫愁之女。唐高宗時，漁者得青石，長七尺，扣之有聲。碎之，得二劍。

【眉批】

〔一〕錢云：猩猩能嘗酒，故遣沽。

〔二〕「續客」，繼來者也。

嘲雪

遠人千里言歸，方且笑語春温，而忽然雪至，以致龍沙漢旗皆濕，鳳扇秦素相迎。蓋塞外宫中，寒略相等矣。乃久别之人，雪下沾衣，不異遼城之鶴。詩言嘲雪，實自嘲衣上雪耳。雪何可嘲耶？〇葱嶺在燉煌西八千里。公孫喬云：鵾鷄舞于蘭渚，嘲彤雲之遠布也。

懷春引

阿侯繫錦覓周郎。〔一〕

芳逕懷人，弦月初上，惟有彈琵琶以寫怨。然繡幃夢熟，寶匣香凝，麗人結束以待郎歸，而惟祝風帆之便也。

【眉批】

〔一〕周郎知音，即所懷之人也。

白虎行

天授秦封祚未終，袞龍衣點荆卿血。朱旗卓立白虎死，漢皇知是真天子。〔一〕

此譏暴政之不可恃也。仙方本幻，民命可矜。雖劍士俠客，不能爲害。而仁主一興，遂致隕滅，可不戒歟！○劉須溪云：敘事淺直，殊異長吉。事俱見本紀，不必注。

【眉批】

〔一〕言荆卿雖未成功，已爲赤帝子之倡。

有所思

此客久思歸，因借文君念相如以寄興也。云相如持節往使邛、筰、冉駹，遠入蜀地，當春花發，徒向琴臺前，如湘妃之灑淚以染竹也。琴心妾腸，回憶當年，愈深悲惋。想君乘傳懸弧，自是榮寵。然世間何處無春風，而故遠遊蜀地耶？君心匪石，妾顔恐衰。因念天上銀河牛、女，未嘗七夕之期，不免雙蛾愁蹙，况人間乎？江山迢遞，淚眼看燈，孤館鎖窗，桂華屢度。蓋徹夜不寐，以至白日而往問橋南之卜也。

嘲少年〔一〕

元和五年，金吾將軍伊慎，以錢三萬緡賂中尉第五從直，求鎮河中。先自安州入朝，使其子宥主留事，而一時豪貴子弟競逐貪求。賀蓋傷之，謂禍福正未可知，少壯正未可恃，而作此以代怒駡也。何許少年，亦豪華受享極矣。然少年所恃者黄金，不知黄金可恃，少年却不可恃，轉眄髮白面皺。公其如此，美人何言？下全是一段妬意。

【眉批】

〔一〕錢云：以上三詩不似長吉，豈人擬作耶？

高平縣東私路　高平屬臨淮郡。

世以終南爲捷徑者不乏矣。賀見此路甚蕭槭，當是古人隱處，而胡呼以私路爲耶？

神仙曲〔一〕

元和朝，方士競遊輦下。賀深惡其荒唐怪誕，而作此以嘲之也。

【眉批】

〔一〕錢云：寫神仙淑戲之樂。

龍夜吟

胡兒吹笛，一聲來自天上。正如嫦娥悔奔而爲望鄉之哭，以狀聲之哀切，忽然起自空中也。及細聽其七星藏指，宫徵風調，一以爲蜀國之弦，一以爲湘靈之瑟。亦無怪下界美人，碧牕皓月，難爲愁中之聽矣。〔一〕因念寒砧搗練，已經粉淚凝珠；又何事作隴頭吟，一使人心愁結也！

【眉批】

〔一〕陳云：兩美人看出上界下界之分，疑有鬼神之助。

崑崙使者

漢武好大喜功，遣張騫使異域，方欲爲萬年計。乃使者未還，而陵木已拱。仙掌甘露猶然淋漓，奈元氣已耗，不能得長生矣！墓前刻獸，久而頹敗。中天月滿，一抔徒存。英武神仙，又安在乎？賀蓋深爲元和憂也。

嘆唐姬飲酒歌

不肯郎南陌。〔一〕

姬爲後漢弘農王妃。王即帝位，董卓廢之，置王閣上，使郎中令李儒酖之。王不肯飲，强逼之。不得已，乃與唐姬及宫人飲宴别。酒行，王悲歌，姬亦折袖起舞。王死，姬歸會稽。父欲嫁之，誓不許。賀偶作此以吊之，云：天不助漢，鬼哭何益？使卓仗劍逞兇，一遂噬母之彊梟，不難以天子齒劒。顧乃避弑君之跡，使之相看相淚，借清酒以送之黄泉。既非玉山之頽，且非飲中之色，惟是迫之不得不飲。有勉從帝訴，諒天上沉厄不似人間耳。繐帳難覓，松栢成林。妾身雖存，君魂不返。蛾眉自覺，頸粉誰憐？亦祇矜持昭陽之意，不肯苟爲南陌之遊，守節不更難于死節哉！〇「矜持」二字最妙。漢且有奸臣簒弑，芳年帝后，至臨父皇之尊，終身執節，不改從者，漢平帝之王皇后是也。至性固多，矜持亦自不少。本念皇后無偶之尊，而降體辱身，其肯甘之乎？唐姬事與相類，獨是乃翁不同耳。

【眉批】

〔一〕「郎」當作「即」。

聽穎師彈琴歌

「别浦」，狀其幽忽也；「雙鳳」，狀其和鳴也；「秋鸞」，狀其激楚也。聲之飄渺凌空，如越王夜遊天姥，隱隱欲上也。清臣鳴珮，狀其清肅也。渡海蛾眉，狀珊珊欲仙也。時而猛烈如周處之斬蛟，時而縱横如張顛之屬草。賀言初尚未與穎師覿面，乃遠聞弦聲，惝乎如形容之現于吾前也。古琴本之異材，而病客驚起，遂不安於卧也。穎師觴賀以請歌；賀以官卑，遂謙讓未遑也。

謡俗

唐制常選良家子，隸教坊習樂，時執事内庭。此蓋詠初入教坊者也。試伴漢君，未工媚悦也。誤落石榴，深自愧悔也。身入煙花，尚爾靦覥，故出門以問路爲慚耳。

李長吉詩集

〔清〕方扶南　批注

序

長吉詩但無七律，其五律頗多，而選家諸本未采，大抵視爲齊梁格詩也。以爲格詩，未嘗不是。然唐初尚無律，如陳子昂「深山古木平」一首，亦格也。而李于鱗選入五律，指爲開山初祖，與王績之「東皐薄暮望」一首之格而變律者同列，正見于鱗之識。余今遵其意而以長吉之近律者與律同爲標明，以便尋覽。鄙見似偏，然足以破熟習之大曆、淺近之元和，庶乎生新。猶先宮詹公之以杜五古爲灰〔一〕排，正教人排律開拓縱横之法。由此入悟〔二〕，而震起元、白之徒浩演者也。息翁七十七時手書。〔三〕

李長吉詩集，徐、董注本。〔四〕通集自以七言歌詞爲最，盡人之所知也。五律、五排、五絶亦復妙絶。〔五〕墨筆讀一再過，小訂正注解。舊有曾益注本，京師友人〔六〕取去，行當訪借參考。此本紙版甚粗，小年二十時購自耆舊李石逋先生家雜書之一。其米海岳畫史、煙雲待訪録、曹晃法帖世系，皆王若林借去未歸。杜牧之有句：「重讀小年書。」展此敝垢，未免有情。息翁記。

生而有韓吏部爲賞音，没而有李義山作傳，杜牧之作詩序，亦不負嘔出心肝。獨恨無人作鄭箋，又不獨爲義山嘅。息翁。

杜牧之樊川集，詩固高超，而文亦奇崛。

徐文長有論詩札云：世惟法高、岑、王、孟，固是布帛菽粟。盧仝、孟郊、韓愈、李賀，却是龍肝鳳髓，不得而舍。此論甚足以益人神智。余嘗擬六朝鍾嶸詩品，戲爲評隲：韓愈如出土鼎彝，土花剥落，骨出青紅；孟郊如海外奇楠，外槁中腴，香成緑結；盧仝如靈璧怪石，脱砂而出，秀潤自然；李賀如鐵網珊瑚，初離碧海，映日澄鮮。

此其形體也。以其聲韻言之：韓是古瑟，孟是洞簫，盧是浮磬，李〔七〕撥阮。雖不及李、杜之鐘鏞壯朗，高、岑、王、孟之絲竹清和，却是廣寒宫與武夷幔亭仙樂，一入人耳，洗盡常調。乾隆十六年〔八〕晦日。七十七老方扶南燈下書。

人只言其歌行，而不知其五律。賀之五律與柳州之七律，皆有味外之味。局亦似緊，格亦似平，却洗削無一點塵埃。

李白、李賀皆取法於九歌，賀尤幽緲。學其長句者，義山死，飛卿浮，宋、元人俗。工力之深如義山，學杜五排，學韓七古，學小杜五古，學劉中山七律，皆得其妙；獨學賀不近。賀亦詩傑矣哉！

李賀音節如北調曲子，拗峭中别具婉媚。

案：以上總評。

〔一〕案：當作「仄」。

〔二〕案：疑當作「悟入」。

〔三〕四韻及排共二十五首。

〔四〕案：此行疑出過録者手。過録本所用底本乃姚仙期昌谷集句解定本，故特注出。

〔五〕案：此條原在前條之下，作夾行寫。

〔六〕張得天也。然抄本亦不全。案：此句原作旁注。

〔七〕案：此下疑脱「是」字。

〔八〕案：此下脱去幾月。

卷一

案：卷數及篇目次序，均依昌谷集句解定本。批注皆非青藤，乃妄庸兒贋托。董猶有可取者，小事實也，訓詁則極可嘆。詩中李長吉，文中太玄經，文從字順，無所費解；只不過法用三百五篇之比，而詞仿六十四卦之爻云。

李憑箜篌引

白香山江上琵琶，韓退之穎師琴，李長吉李憑箜篌，皆摹寫聲音至文。韓足以驚天，李足以泣鬼，白足以移人。

空山凝雲頹不流　二句、三句狀其彈時合於悲哉秋之爲氣。何屺瞻嘗言：宋版「凝雲」是「凝白」，〔一〕愚見不足從。案宋版亦時有誤。如「負米夕葵外」，宋版作「力葵」。松江張氏遂以

名堂。殊不思對下「秋樹」，作「夕」正是。且「力葵」無出。方曰：空白，天也。〔二〕

李憑中國彈箜篌　「中國」不可作「中夏」，只作「都中」解，即下「十二門」。

崑山玉碎鳳凰叫　此句高彈。

芙蓉泣露香蘭笑　此句低彈。

十二門前融冷光　此二句言在京城秋月下。「十二門前」二語，謂嘗奏伎宮中也。

二十三絲動紫皇　此句謂動君上賞音。

女媧煉石補天處，石破天驚逗秋雨　此二句嘆異其非人間有。

夢入神山教神嫗　以下四句謂下而淵、上而天，亦皆爲其感格，更不復結一語，有如季札觀止矣。寫盡移情，淵天兩際，猶莊子魚見之深入，鳥見之高飛。

吳質二句　董注云：分明説李憑是月宮霓裳之樂。亦説得有著落，然不必求著落。

〔一〕案：此語有誤，宋本「空山」作「空白」，非「雲」作「白」也。疑方氏誤記。

〔二〕此條墨筆。

殘絲曲

言春光易過也。

榆莢相催不知數二句　不但花落，榆莢亦老而落矣。

還自會稽歌　并序

庾肩吾　此庾子山之父，其事跡略載哀江南賦，梁書本之。

脉脉辭金魚　方曰：此「金魚」恐指禁鑰。〔一〕

〔一〕此條墨筆。

示弟

律

此當是以父名晉肅不得舉進士而歸。

何須問牛馬，抛擲任梟盧　朴詩濃結。牛馬即呼盧中名色。

竹

律

入水文光動二句　竹之全神，作起突妙。

三梁曾入用　「三梁」字，義山孔雀詩亦用之，卒不得其所出。

一節奉王孫　用趙襄以暱己也。

律

同沈駙馬賦得御溝水

入苑白泱泱二句　詠宮怨也。

排

始爲奉禮憶昌谷山居

律詩之通用韻者，唐李賀、元薩都剌。

長鎗江米熟　大氏〔一〕謂稻稭，亦如茶以枝爲鎗耶？

當簾閲角巾　「閲」字可疑，義似不老。一本作「挂」，又不是，與上「懸」字同。

〔一〕案：「氏」恐是「氐」之誤。

律

七夕

別浦今朝暗　此句還渡河正位，以下做七夕人情。飛卿「微雲未接過來遲」之語，〔一〕似從此起得之，而此起更無跡可求。

天上分金鏡二句　此二語獨不可學，學則七子派，作者却好。

錢唐蘇小小，又值一年秋　仙筆也。一年一會者尚可感，終身飄零者奈何？只開手還過七夕本事，以下全寫閨情，立格亦高。義山「金風玉露」之七律，直是笨伯。

徐文長評末二句：忽説至此，信手拈來。　末二句乃千思萬想而得者，何謂信手拈來？一篇之妙，全在此結。然以爲信手拈得，亦道得出天機之妙。

〔一〕案：此義山詩，誤記。

過華清宫

前六句亦直，但音調清響森秀，結句佳。

泉上有芹芽　「泉」一作「井」，佳。用野人獻芹事以慨無由，語意輕俊冷妙。

送沈亞之歌

吳興才人怨春風　此三字生出鄭谷「淚滴東風避杏花」好句。

家住錢唐東復東　前寫出都，下乃追寫初裝。
短策齊裁如梵夾　不古。
雄光寶礦獻春卿　乃謂其文如寶之出礦而有雄光。
吾聞壯夫重心骨四句　時清非所望於長爪生。

詠懷

此二作不得舉進士歸昌谷後，嘆授奉禮郎之微官。前首言去奉禮，後首言在昌谷。
長卿懷茂陵　此句用相如官茂陵令比己官奉禮郎。相如嘗棄茂陵，己亦去奉禮也。
彈琴看文君二句　寫相如無聊本事，却暗用信陵晚節飲酒近婦神理。
金泥泰山頂　此句才説相如身後。後四語感慨生不逢時，惟有死待求書而已。
詎是南山期　此乃心口審度入山歸隱之意。
苦檗已染衣　只言衣被皆苦。

追和柳惲

此亦借以感歸〔一〕之寂寞，但不得追和柳惲者何義。

汀洲白蘋草　「草」字必誤，當是「菲」字乃有意。

沙暖一雙魚　董注云：謝寄書。乃望人寄書也。

〔一〕案：此處疑有脱字。

春坊正字劍子歌

直是荆軻一片心，莫教照見春坊字　此二句乃言劍爲烈士有爲之器，今徒藏於春坊。正字，東宫之閑官，惜春坊冷落耳。此即杜詩「壯士恥爲儒」之意。此正字未著其人，大氐求事功而不得意者，玩通篇神理可知。起用斬蛟，結用白帝。期以服猛，無事筆硯間也。

莫教照見春坊字　徐注云：朋字未正。「莫教照見春坊字」，若言用劍斬朋邪也。通篇不見關涉，古人無此鶻突文氣，亦無此穿鑿思路。此徐注之所以爲僞也。

挼絲團金懸麗䍦　此句挂劍之繩，古所謂緱也。

提出西方白帝驚二句　此二句遥接「荆軻心」、「春坊字」二語而擴而大之，重爲春坊冷官惜也。「鬼母」，史、漢作「神母」，「鬼」字佳。詩文用事，有不必全依元文者。

貴公子夜闌曲

此似不止於此，當大有脱文。此但一起。不然，於公子夜闌之旨安在？既爲此曲，必形容貴公子買醉徵歌，狎邪縱意，乃與題稱。若止此，則一秋聲中之歐陽，赤壁下之蘇矣。公子有是乎？

雁門太守行

黑雲壓城城欲摧二句　王荆公以「黑雲」與「向日」理背，已有辨之者。昌黎因此詩束帶急見。

塞上臙脂凝夜紫　「燕脂」謂燕脂山所産之草。而黑雲映日，有此怪光紫氣。

蜀國弦

蜀國弦，題目與後之神弦題不同。彼乃降神之曲，此則憶遠之詞。宋詞有「撥盡琵琶，總是相思調」，即此意也。

夢天

此變郭景純游仙之格，並變其題，其爲游仙則同。

老兔寒蟾泣天色二句　月之初起。

玉輪軋露濕團光二句　月正當空。

黄塵清水三山下二句　言世易變遷。「黄塵清水」，即滄海桑田意。

遥望齊州九點煙二句　言世界促縮，齊州如齊民之謂。人多用之青齊，非。

唐兒歌

邠公尚主，故名唐兒。詩以己之李氏爲結，謂我所自出也。

杜郎生得真男子　古人子壻稱郎。

骨重神寒天廟器　此句傳出清貴之品。凡「寒」字率薄福相，此偏用得厚重，蓋對腸肥腦滿之庸俗而得其神理。肅雍清廟，自須無一點塵埃氣人。「寒」字所以妙絶。

東家嬌娘求對值二句　即晉人「卿莫近禁臠」之意，言凡女非其偶也。

緑章封事

石榴花發滿溪津二句　「染雲」二語，形容炎夏，即王建「秋河織女夜粧紅」形容秋暑之致，亦是好句。但只作天上風光爲大方，猶之天上仙人種白榆之趣，不必曲解朱夏。

緑章封事諮元父　紛紛祈禱元父，何所憑依？

虛空風氣不清冷　徒令清冷天風，亦復爲下土混濁。

短衣小冠作塵土　人雖醮而終不免於死亡，即代醮之道士，皆非長生。

短衣句　董注：題既爲「吴道士夜醮」，是吴道士死而爲之醮也。短衣小冠指吴也。此説大謬。

金家香衖千輪鳴四句　以下四語，言富貴與孤寒生前不同，而同歸於盡，寒士猶足恨也。金家豈許、史、金、張之金耶？不然即用周易之「金夫」而變之。

河南府試十二月樂詞

皆言宫中，猶古房中樂。

正月　詩亦深思，但非試帖所宜。有唐人試帖行世，可鑒也。〔一〕

二月　薇帳逗煙生緑塵　單一句。

四月　老景沉重無驚飛　律曆志精語，元和人造語。如孟郊、盧仝，往往有不出書卷而實得書卷者。昌黎且未有此。

墜紅殘萼暗參差　單一句。

七月　竹垞翁嘗八分大書此詩於巨幅，余得之於京師，不知偶然書耶，抑深賞之耶？此在昌谷，未爲絶詣，然而安雅老成，亦可取。

十一月　宫城團迴凜嚴光　方曰：「迴」當作「迴」。

十二月　依稀和氣排冬嚴　刻劃冬至以後之陽氣，意是而詞氣不工。

閏月　王母移桃獻天子二句　末二語荒幻而似有實理，故妙。杜牧以爲稍加以理，可以駕騷，不知長吉正自有理。

〔一〕案：此條在正月題下。但按其語氣，似是十三首總評。

天上謡

天河夜轉漂迴星四句　四語泛言天上光景。

秦妃卷簾北窗曉四句　四語略言成仙之人。

粉霞紅綬藕絲裙四句　以上言天上樂事，以下言人生流光之促。

浩歌

此篇又與天上謡不同。彼謂人事無常，不如遺世求仙；此則言仙亦無存，又不如及時行樂。但得一人知己，死復何恨？時不可待，人不相逢，亦姑且自遣耳。

秋來

衰燈絡緯啼寒素　「寒素」，作素秋解。徐注：素絲。未免死在言下，且與下文無關。

雨冷香魂吊書客　徐注：吊書客乃祖價爲文吊商山中佛殿南岡之詩鬼也。出太平廣記，見獨孤穆傳，今采入艷異編。不必援據穿鑿。

帝子歌

似爲公子之爲女道士者，玩末二語褻狎見之。題曰「帝子」，本九歌稱堯女者。

洞庭帝子一千里　此句「帝子」二字必誤，於四句固洩氣，於本句亦無理。自來無疑之者，不解。據愚見，似是「秋色」二字。

湘神彈琴迎帝子　以上四句詠上古二妃之幽貞，以下四句詠後世帝女之宕逸。上是客，下是主。

秦王飲酒

秦王騎虎遊八極四句　寫秦王。

龍頭瀉酒邀酒星　飲酒。　飲非獨酌，細密。

金槽琵琶夜棖棖，洞庭雨脚來吹笙　二句歌吹。

酒酣喝月使倒行　「酒酣」，夜闌矣。「喝月倒行」，恐將曙也。

銀雲櫛櫛瑶殿明　比櫛鱗次，將曉之雲也。

宫門掌事報一更　即鷄人報曉籌也。「一更」爲「六更」之誤。

花樓玉鳳聲嬌獰至末　醉後聲笑〔一〕體態，五句盡之。〔二〕「黄鵝」喻酒也，合下「觥」字爲義，即杜詩「鵝兒黄似酒」，酒色似鵝黄也。

〔一〕案：字疑有誤。

〔二〕案：以上各條墨筆書，另出一手，不悉是否方氏原批，姑録之。

洛姝真珠

真珠，自是洛姝之名。

牽雲曳雪留陸郎　徐注：陸郎即陸賈也。所以知是賈者，以賀他曲有「陸郎去矣乘斑騅」，亦是指賈。陸郎語，事本樂府。

李夫人

此作亦嘔出心肝者耶？一味填景，反不如宋、齊間妃嬪諸哀册。語雖只寫景，而尚有情致。

方曰：此篇與後湘妃，皆以借喻玄宗貴妃也。〔一〕

夫人飛入瓊瑶臺　女子没世之常談。

〔一〕此條墨筆。

湘妃

長伴秦娥蓋湘水　稱秦何也？揆此非詠有虞二妃，似爲秦中人夫死而獨居湘州。

南園十三首

七絶最易柔美之格調，此人亦復挺拔。雖不如開元之深婉，亦不落元和之疲茶。學杜實發，却用風標。

第一首　嫁與春風不用媒　「春」一作「東」，佳。好句，却不可襲。人每於落花，用嫁春風，數見不鮮。此總慨流光易去。

第二首　此嘆春色已老。

第三首　三句設酒。所以勸種瓜者，猶七月〔一〕末章語也。越儂似指園丁越人，猶後卷巴童之稱。

第四首　此以下四首，謂不如從戎。方云：時方用武，故有下二句，下章亦然。〔二〕

白日長飢小甲蔬　方云：言面有菜色耳。〔三〕

第八首　此以下四首，又慨閑寂。方云：此下六章皆言不合當世，有隱處就閑之意。〔四〕

第十首　伯喈薦邊讓者，此言不復望其識柯亭竹以爲笛材矣。

第十二首　此一首又謂不如入道，感之至矣。

第十三首律　上六句語岑寂之境，下二句語岑寂之事。此一首本不在前十二首之内。同爲南園詩，因彙録之爲十三首。老杜集多如此編。結言無所事事，聊復爾爾。

〔一〕案：指豳風七月。

〔二〕此條墨筆。

〔三〕此條墨筆。

〔四〕此條墨筆。

卷二

金銅仙人辭漢歌

序：仙人臨行潸然淚下　此事不記三國志有否？金馬、銅駝與翁仲輩，皆少此一淚。

茂陵劉郎秋風客　楊鐵厓有「大唐天子梨園師」，仿此。然人所能，秋風客人則不能。

衰蘭送客咸陽道　客指魏官。

渭城已遠波聲小　仙筆。

黄頭郎

愁江獨自垂　「愁紅」五字錯□。〔一〕

〔一〕案：末一字蠹損，不可辨。

馬詩二十三首

皆自寓也，人人所知。次第用意，略與南園詩同。　先言好馬須好飾，猶杜詩「驄馬新斲蹄，銀鞍被來好」，以喻有才須稱。此二十三首之開章引子也。以下便如莊子重言、寓言、巵言，曲盡其義。　此二十三首，乃聚精會神，伐毛洗髓而出之。造意撰辭，猶有老杜諸作之未至者。率處皆是鍊處，有一字手滑耶？五絶一體，實做尤難。四唐惟一老杜，此亦摭實似之；而沉著中飄蕭，亦似之。余爲小感舊十首，頗師法兩家精贍約美處，而未能及。

第二首　臘月草根甜　此示人以試馬之法，喻言隨人俯仰，易於銜勒者，必非佳士。猶嚴挺之不悦於張曲江之能爲賢相，而乃喜蕭誠之軟美也。

第三首　忽憶周天子　忽懷上古，深嘅近今。方云：可爲太息在「忽憶」二字，於無何有之鄉，想莫須有之事，姑以自慰也。〔一〕

第四首　此馬非凡馬　自喻王孫本天潢也。下二句，言相馬經但言隅目高匡等相，猶是皮毛。支遁之畜馬，以爲愛其神駿，亦屬外觀。畢竟當得其内美，骨作銅聲，即牝馬之貞之理。

第五首　大漠沙如雪　此言苟能世用，致遠不難。

第六首　饑卧骨查牙　此言不見用者之憔悴可憐，長靡苜蓿，並非青芻，養馬當如是耶？

䮍毛刺破花　董注：即印馬意。大非，此如五花。虬之花乃花紋也，並不是剪鬃三花五花。〔二〕

鬣焦朱色落　「朱鬣」本尚書、左傳。

第七首　西母酒將闌　此日八駿日行三萬里之步驟，正恐非凡馬所能。

第八首　赤兔無人用　大用無人，小才得意。

第九首　飂叔去匆匆　此亦自喻龍種憔悴。

第十首　催榜渡烏江　此亦居今思古。

第十一首　内馬賜宫人　馬不見用，固悲伏櫪；有用之者，又或失倫。賜宫人，亦用也；服鹽車，亦用也。此豈良馬之願用於世者耶？此首是兩半做，非串合。

第十二首　批竹初攢耳　人馬有相得者，待時而已。

第十三首　寶玦誰家子　此齊門之瑟也，其如不好何？妙，妙。意謂時無燕昭王耳。楚襄語，不倫入妙。方云：買駿骨當以送燕昭，而反送楚〔三〕者，所謂北首而南轅也。用意深妙。〔四〕

第十四首　香襆赭羅新　旁寫一首凡馬之得時者，是多篇大襯法。

第十五首　不從桓公獵　用管子告桓公駁馬事，以盡馬之才。虎且可伏，安往而不可逞哉？

第十六首　唐劍斬隋公　因拳毛騧而憶貞觀之時，自天策開府，以至受禪，求才論道，正如得駿成功。

第十七首　白鐵剉青禾　瘦則頸小，老則牙長。世人不自知其養之不至，富貴家又用之不早，此豈馬之過耶？

第十八首　伯樂向前看　相馬者有人，市駿者無主。有知己而無感恩，終苦不遇。

第十九首　蕭寺馱經馬　白馬馱經，佛家善相；章臺走馬，不屑冶游。馬之自負者又如此。

第二十首　暫繫騰黄馬　高州之謫，似謂高力士。上二句似謂明皇入南内時。明皇愛才，故追憶之。嘗有駿馬入蜀，因以言焉。山海經「飛黄騰達」，此變文而「騰黄」。

第二十一首　重圍如燕尾　眼中光直爲相馬經之所未言。百獸惟虎眼有百步光，此殆以馬德兼虎威矣。

第二十二首　汗血到王家　奉禮郎不足爲，將去而方外求仙矣。此即南園七絶「虞卿道帔」之思也。國馬不成，尚爲仙馭；安能以汗血之姿，徒隨鸞鈴而窘步哉！

第二十三首　武帝愛神仙　此言有才不遇，國士之不幸；不得真才，亦國之不幸也。方云：言燒金已得紫煙，近可仙矣。其如肉馬不解上天何！〔五〕

〔一〕此條墨筆。

〔二〕此二條亦朱筆，似出另一人手，意復相反，殊可疑。
〔三〕案：此下疑脱「裹」字。
〔四〕此條墨筆。
〔五〕此條墨筆。

申胡子觱篥歌 并序

方云：序亦勝人。〔一〕

稱善平弄　樂府有清調，有平調；李白清平調，合之也。

〔一〕此條墨筆。

老夫採玉歌

夜雨岡頭食蓁子　方云：按韋左司有采玉行云：「官府徵白丁，言采藍田玉。絶嶺夜無家，深榛雨中宿。」其言與長吉此篇彷彿。則「蓁」當爲「榛」字之訛。〔一〕

藍溪之水厭生人　「厭」作「饜飫」解亦得，作「厭惡」亦得。〔二〕

泉脚挂繩青裊裊　挂繩猶瀑布之謂。

古臺石磴懸腸草　「腸」字下得奇穩。

〔一〕此條墨筆。

〔二〕此條朱筆，不出一手。

傷心行

落熖飛娥舞　言日未暝而月又起矣。娥是嫦娥。

湖中曲

渡口梅風歌扇薄　陳、隋好句。

黄家洞

雀步蹙沙聲促促三句　苗蠻軍容。

高作猿啼摇箭箙　「高作猿啼」，謂其自崇山峻嶺而下，鳥言獸語也。

山潭晚霧吟白鼉，竹蛇飛蠹射金沙　二語即五溪毒淫意。

官軍自殺容州槎　嘗見一本，「槎」字有解，似爲土著之稱，亦如吴人稱儂者。

南山田中行

東坡有語：歲云暮矣，燈火青熒。時於此間，得少佳趣。劉貢父戲之，以爲夜行失路，誤入田螺精家。此詩亦似陸機入王弼墓，然而妙。

貴主征行樂

此諷和番也。

酒罷張大徹索贈詩張初效潞幕

張徹爲昌黎深交，而詩文何無表見？

長鬣張郎三十八　左傳字，却不利事，今不可用。

金門石閣知卿有，豸角鷄香早晚含　俗吻。此等雖少陵不免，而其弘裕之概，足以包之。昌黎大才，亦所必屏也。不脱俗情而風味自不俗者，惟有香山一人。

羅浮山父與葛篇

依依宜織江雨空，雨中六月蘭臺風　起二句先言越葛之妙。「江雨」空言細狀，下句言葛涼。「江雨空」，謂葛工之細，如素潔方空之類，疎爽來風也。下文所以云「鬼工」。

蛇毒濃凝洞堂濕，江魚不食銜沙立　此二句言葛之難得，申上出洞之致。

欲剪湘中一尺天　結二句乃受之將付縫人也。「一尺天」猶然「江雨空」義，但前爲「織」作語，此爲材料語。

吴娥莫道吴刀澀　言易剪裁，以盡〔一〕之輕妙。方云：劉緩敬和湘東王雜詠有云：「箱中剪刀冷」，長吉蓋用其語。〔二〕

〔一〕案：此下疑脱「葛」字。

〔二〕此條墨筆。

堂堂

方云：此長吉之連昌宮詞也。只寫物象，而闃其無人之慘已備見之。〔一〕

徘徊白鳳隨君王　言猶想前事也。〔二〕

〔一〕此條墨筆。

〔二〕此條墨筆。

勉愛行二首送小季之廬山

洛郊無俎豆　起居當是爲東都之奉禮郎耳，但有官而無祀事。

弊廄斬老馬　有作「慚」字甚通。

弄月聊嗚啞　嗚啞櫓聲，承上文「船」。

長歌續短歌

夜峰何離離，明月落石底。徘徊沿石尋，炤出高峰外　方云：明明如月，何時可掇？此魏

武歌行也。此詩亦倣其意。〔二〕

不得與之游，歌成鬢先改　「與之游」，言與月也，猶太白舉杯邀月之流，承上文夜峰明月四句耳。若謂人，則須題有寄某人等字。

〔二〕此條墨筆。

公莫舞歌　并序

小叙見古人得太史姑不具論，論其軼事之妙。〔一〕　方云：形容鴻門之宴，奇壯。

方花古礎排九楹四句　起四語猙獰高會如見，是從史記「與之一生彘肩」一語着想得來，以下平平。

〔一〕案：太史下疑脱「公」字。

排 **惱 公**

歌聲春草露　徐注：歌如珠之圓。　不必如此比擬。以布置言，此處方總領，不暇及之，只作渺茫解可。

曉奩粧秀靨，夜帳減香筒　「曉」、「夜」二字又細領。

鈿鏡飛孤鵲　以下曉。

寄書題豆蔻，隱語笑芙蓉　「豆蔻」，喻女子常語。「芙蓉」，即相如别傳言文君臉際若芙蓉也，不必曲解。

匀臉安斜雁　「斜雁」謂箏。言將眠罷彈，安置之矣。

弦急是張弓　「弦急」，月上弦也。

晚樹迷新緑　以下夜。

琉璃疊扇烘　「扇」，門扇也。

細管吟朝幌，芳醪落夜楓　以下兼曉夜。

緑樹養韓馮　「韓憑」作「韓馮」，猶讀「憑」也。此竟音「逢」，似誤用，然間或宗之，亦可。

寵妹始相從　「寵妹」是用趙合德。

峽雨濺輕容　「輕容」，唐時紗名，王建詩有「白輕容」，一作「褣」。

魚生玉藕下，人在石蓮中　「藕」以喻「偶」，「蓮」以喻「憐」。皆樂府語意。

春遲王子態　王子是王昌。

玉漏三星曙　以下承起「愁空斷」句。

跳脱看年命，琵琶道吉凶　「年命」字是羊權事。「吉凶」字借用大業中樂工之事。元和人爲豔辭，語猶挺拔；晚唐靡靡不堪矣。余性不近豔詩，此姑涉筆。

感諷五首

其一　元和間，正以人人新格擅場。若此之學樂府，有何可取？況以感懷爲言，而爲此田家苦，不切身世。豈王孫亦苦徵輸耶？

其三　此乃本色。

三月過行宫

東都洛陽行宫也。明皇以前，年年巡幸；安、史亂後不行。唐人多有此詩。

堪鎖千年白日長　君亦作此癡語耶？

艾如張

一味本意，無足動人。後半語亦太淺。

江南弄

渚暝蒲帆如一幅　語稚，不得以左傳如布帛之有幅爲解。

神弦曲

神弦三首，皆學九歌山鬼，而微傷於佻；然較之元、明，又老成持重矣。凡神弦詩皆譏淫祀，篇篇皆佳。

西山日没東山昏四句　以上四語寫巫之降神。

挂葉刷風桂墜子二句　此二語寫巫之誷人能降害。

古壁彩虬金帖尾　以下四語寫神祇恍忽難知，而妖妄又作矣。

神弦

大概與前首義同，而未及前之結寫妖妄復作等語。然此所言巫之誷人，與人之爲巫所誷者加甚。

攢蛾一啑重一彈　「啑」當是「嚔」。

神弦别曲

此專言送神也。無一奇語，自見虛無。

南山桂樹爲君死二句　結之君，謂女巫也。桂之死，因女巫也。草木何知？亦爲情死，則女巫之妖妄惑人可知矣。末言其衫透肌膚，汗污淺淺，尤冶。

卷三

送秦光禄北征 排

北虜膠堪折 起調高。

守帳然香暮，看鷹永夜棲 古色新語。「守帳」承狗，「看鷹」承奚。

錢唐 二字疑。

酬答

柳花偏打内家香 内家有故實，記得是官妓，存考。宋時又稱家人。

今朝誰是拗花人 南方謂折花爲拗花，即引賀詩云云。又引古樂府「拗折楊柳枝」，出輟耕録。

律

畫角東城

曾益注引徐廣云：「角」字不解，當作「甬東」。此余未二十時見曾注而書之者，以中四句寫景，自是甬地。今玩起句，作「吹角」乃有神。

律

謝秀才有妾縞練改從於人秀才引留之不得後生感憶座人製詩嘲誚賀復繼四首

後生感憶　玩此則董注妾憶甚是。〔一〕

其一　起二句寫謝之憶妾，此一首是初去。齊、梁格詩體，非唐律。然作律乃妙，適成賀之律體。

月明啼阿姊　阿姊指縞練之母。史册中有稱母姊姊者，南史可考。

其二　此一首是去後初景，末二語本陳公主事文。

其三　此一首是去後穠情。

其四　此一首是感憶。

淚濕紅輪重，棲烏上井梁　紅輪，日也。結句，晚矣。

〔一〕案：董注云：中感憶是妾憶謝。

律 **出城**

律 **追賦畫江潭苑四首**

專詠女獵。亦格詩，然已律矣。

其二　寶袜，徐注：婦脇衣也。猶今主腰，是袜胸。

其三　字字古色新響。

鍬垂粧鈿粟　垂如邊垂之垂。

排 **潞州張大宅病酒遇江使寄上十四兄**

秋至昭關後，當知趙國寒　起筆陡忽。

措語一一清脆。〔一〕

〔一〕案：此條批在書眉，不知確指何處。惟「岸幘褰紗幌」以下四句點，或指此。

難忘曲

寫閨怨也。

王濬墓下作

排　此必爲唐之名將家世不振者發。義亦無奇，詞總清越，歌之自足爲佳。

馮小憐

律

贈陳商

集中最平易調達者，然猶是昌黎之平易調達。

起段八句自謂也。

苦節青陽皺　精語似太玄，亦似曆律志。皺、瘦〔一〕乃去聲之囿韻，以之入上聲之有韻，可耶？俟考。

劈地抽森秀　一作「拔地」，佳。

墨組貫銅綬　綬又囿韻。

〔一〕案：指上一韻「日下榆影瘦」。

排

釣魚詩

爲看煙浦上二句　末語用湘夫人「魚鱗鱗兮媵予」，蓋以孀女喻寒士也。

排

奉賀二兄罷使遣馬歸延州

羅衣向鬬鷄　五代史記有鬬鷄紗。〔一〕

還吴已渺渺，入郢莫淒淒　二句似先爲吴下美官，時又爲楚中謫宦。結二句慰之。

〔一〕此條墨筆。

答贈

律

所贈蓋龍陽君也。

本是張公子，曾名萼緑華　據起則男色也。

題趙生壁

大婦然竹根，中婦春玉屑　嘆貧家也。〔一〕

曝背卧東亭，桃花滿肌骨　邵康節「三十六宮都是春」之句，與此結語義同，而詞人與道學措語各别，一闊大，一風韻。

〔一〕案：此條批在書眉，然似是總批。

感春

律

花悲北郭騷　騷，憂也。

榆穿莢子眼　古有莢子錢，不記所出。

胡琴今日恨，急語向檀槽　末謂新音知希，當求俗調耳。

仙人

全學太白。

河陽歌

亦可解，但不爲好。

安樂宫

首四句言汲水不以灌園瓜，而爲瓶花供養也，作「召陵瓜」乃得。〔一〕

歌迴蠟板鳴，左惛提壺使。　緑蘩悲水曲，茱萸别秋子　既歌且舞，故使中官提壺。　末二句則所歌之曲也。

〔一〕案：第三句集作「未盥邵陵瓜」，故云。此條墨筆。

牡丹種曲

一篇層次了了。起段言初買以及花開；中段言賞會易過，豪家亦衰；末段言歌妓色衰，亦復無味。中段承馱金買花之主人，末段承園中醉語之侍女。乃嘆風流易散，即他家牡丹七律「買栽池館恐無地，看到子孫能幾家」之意。

秦宮詩

此詩人推絶構，非也。長吉高處，往往有得之於天而非人事之所有者。佛家所謂教外别傳，又所謂别峰相見者也。雖不及李、杜大宗，而大宗亦或不得而及之，此天也。玉樓之召雖幻，而作記者自只此人。杜牧之極讚杜詩韓筆，然滿胸人事，即近嗜欲。嗜欲深者天機淺，上清能不選此人耶？此詩雖工，却皆言人事之所可揣，語雖工，弗善也。若只以善寫人事爲工，則杜公麗人行尚矣，此工不及。

序　梁冀傳：壽色美而善爲妖態，作愁眉，啼妝，墮馬髻，折腰步，齲齒笑，以爲媚惑。冀亦改易輿服之制，作平上輧車，埤幘狹冠，折上巾，擁身扇，狐尾單衣。壽性鉗忌，能制御冀，冀亦

寵憚之。〔一〕

以爲子都之事　霍家奴。

又云昔有之詩　言又相傳舊有此題之古詩也。

越羅衫袂迎春風，玉刻麒麟腰帶紅　二語相門大奴之公服。「玉刻麒麟」，言其佩也。

樓頭曲宴仙人語至十夜銅盤膩燭黄　六語大奴之日用飲食。「仙人語」言其歌也。「帳底吹笙」言其吹也。「十夜銅盤」句，傳所謂連繼日夜以騁娱恣也。〔二〕

秃襟小袖調鸚鵡，紫繡麻鞖踏哮虎　二語承起，又寫大奴之妖冶便服。傳云：奇禽馴獸，飛走其間。調之踏之，以取娱樂。〔三〕

斫桂燒金待曉筵，白鹿清酥夜半煮　二語承次六句，言大奴之驕恣口腹。二句言食饌之費，曉言斫桂燒金，夜言白鹿清蘇，互文也。〔四〕

桐英永巷騎新馬　以下入内舍承寵。

鸞篦奪得不還人，醉睡氍毹滿堂月　以上已極寫其寵，然猶泛泛。二句又足其嬌，奪至於篦，睡至於堂，可想見矣。末二語乃略略點明，而終不入於穢惡。

〔一〕此條墨筆。

〔二〕以上三條墨筆。

〔三〕此條墨筆。

〔四〕此條墨筆。

房中思

新桂如蛾眉，秋風吹小緑　自叙閨情。

春歸昌谷

此篇章法，似竊法於杜之北征大端。

青樹驪山頭，花風滿秦道　望華清宫一段作波。

幽幽太華側，老柏如建纛　又望華山柏樹一段作波。

昌谷詩

四十九韻。此篇與韓、孟城南聯句，不知孰爲後先，何造車之合轍也？

遥巒相壓疊　推開叙山水。

嘹嘹濕姑聲　濕姑即呼雨之鵓鴣。

紆緩玉真路　又推開。道觀。

元注：近武后巡幸路　此賀自注。

燒桂祀天几句下元注：谷與女山嶺阪相承，山即蘭香神女上天處也，遺几在焉。　此亦賀自注。

舞綵長雲似　非此中韻脚。

珍壤割綉段　珍壤以下接到昌谷。

薄月眇陰悴　太玄語。

廓盡山中意　非此中語意。

螢星錦城使　非此中料仗，焉有一路生新？插此習用之後漢書事。

銅駝悲

洛陽有銅駝街。

蘭香神女廟

二「門」字當一是「闇」。〔一〕

〔一〕案：指詩中二「門」字，第八句「蛾綠横曉門」，末句「撼玉山上門」。下「門」字，續古逸叢書景宋本及鐵琴銅劍樓覆金本並作「聞」。

送韋仁實兄弟入關

何物最傷心　喚下。滑語極可厭。

長平箭頭歌

漆灰骨末丹水砂　此即下句古血之色也。分明賦古箭鏃，徐以砂言，何也？即此知注非文長。〔一〕

酪瓶倒盡將羊炙至迴風送客吹陰火　上「炙」韻，下「火」韻，不知何叶？二字又必不誤。

南陌城東馬上兒，勸我將金换簝竹　結末二語，非欲從其勸，乃正笑其勸也。長平坑降卒地，偶得箭頭，心情惟吊古耳。

〔一〕案：徐注云：朱砂有箭鏃砂，砂即沙也。

江樓曲

徐注憶夫，是也。以爲當壚婦，則非。殊不顧結尾小玉開屏之景，此豈當壚家所有耶？其誤在酒旗换苧一語，而不知其爲旁景。

鯉魚風起芙蓉老　篇篇〔一〕點景是鯉魚風，南風梅雨等言時久矣。

〔一〕下「篇」字墨筆旁注「中」字。

染絲上春機

美人懶態燕脂愁　「燕脂愁」，言美色之無歡。

願君處處宜春雪　「春」字好。暖時慮寒，慮之至矣。

月漉漉篇

緑刺罥銀泥　梁吴筠餌説：細如華山玉屑，白似梁甫銀泥。〔一〕白居易虎丘寺路宴留别諸妓詩：

銀泥裙映錦障泥，畫舸停橈馬簇蹄。又答元微之詩云：更對雪樓君愛否？紅闌碧甃點銀泥。薛能詩：畫燭燒蘭煖復迷，殿帷深密下銀泥。趙秉文詩：玉堂陰合冷紗窗，雨過銀泥剔篆蝸。〔二〕

〔一〕案：吴筠即吴均，「餌説」當作「餅説」。

〔二〕案：「冷紗窗」，當作「紗窗冷」。

僞　京城

四卷末自此以下誤收，乃學長吉而不得似者。〔一〕

〔一〕案：此詩徐注本在卷四，「四卷末」三字，過録者所加。

題歸夢

不必有昌谷字，自知非僞作，其骨重也。

燈花照魚目　徐注：自謙魚目非明珠，故難售。　繆甚。　魚目，用鰥魚不瞑耳。本淺淺語，徐何曲求？

卷四

南園

此是長吉，但其平平者。

仁和里雜叙皇甫湜

此間當有一字，或「上」或「下」。〔一〕

大人乞馬癯乃寒　當是丈人耶？其不得所屬，與大人同。下之宗人，乃賀之族。大抵二人

贈馬借宅，而以發端，以叙己之困乏，啓下文湜之薦己。

安定美人截黄綬　此下叙湜薦之，而己終不得志。

董注：美人當指湜耶？前宗人豈自謂耶？後之宗孫乃自謂，即王孫變文。此乃謂其族人，只看與大人之乞馬者對舉，則知其非自謂。

還家白筆未上頭，使我清聲落人後　言湜未得簪筆爲郎，以致己之無成。俗吻。　向來誤批，二語不得不俗。

　闒扇未開逢猰犬　此句正是人言其父名晉肅，賀不得舉進士之事。

那知堅都相草草　「堅」字或「賢」字，「都相」二字或顛倒，當是「賢相都草草」。　「堅都」不可解，當從宋刻作「豎都」。國語楚伍舉曰：「使富都那豎贊焉。」韋昭注：「富，富于容也。都，閑也。那，美也。豎，未冠者也。言取美好而不尚德也。此「豎都」二字所本。豎都草草，言當世童昏皆不識德義也。〔二〕

　宗孫不調爲誰憐　宗孫，賀自謂也。

〔一〕「下」字原脱，指皇甫湜上下。

〔二〕此條墨筆。

致酒行

少年心事當拏雲　俗吻冗長，切去結佳，再讀又歇不住。

春晝

塞北無限　「限」字不可解。

開愁歌

華容　山也。

楊生青花紫石硯歌

前四句曲盡石之開坑，中四句曲盡石之發墨，後二句又曲盡其不退筆，品硯至矣。端石之青花，唐時已重之，較老杜平侍御石硯詩，此中曲細爲杜所不屑，亦杜所不能。李長吉之長，真能狀難寫之景如在目前。

乾膩薄重立脚匀　狀下墨之細。

數寸光秋無日昏　狀墨口之亮。

圓毫促點聲静新　硯不燥則筆圓。

石城曉

殘蛾鬭雙緑　「殘蛾」，謂將落之蛾眉月也。「雙緑」，謂眉黛。

苦晝短

學曹操而淺近遜之，學太白而粗直遜之，然亦是一傑作。

嬴政梓棺費鮑魚　「鮑魚」，即醃魚也，是混屍氣。字見周禮注疏，非王莽所好。謝安受餽之鰒魚，鰒爲海味，其鯹鹹亦臭，但非始皇所用者。

章和二年中

章和爲東漢明帝年號，其時號爲時和年豐。以此命題，豈樂府所故有耶？

七星貫斷姮娥死　徐注：七星如珠，故曰貫。「七星貫斷姮娥死」，壽當幾何耶？乃言星月尚不如天子之壽也。此解違背。〔一〕

〔一〕案：徐注與方批之意並無不同，以爲違背，殊不可解。

自昌谷到洛後門

始欲南去楚，又將西適秦　直用老杜兩句，非杜詩意語也。〔一〕

〔一〕案：「意語」當作「語意」。云直用杜詩，指杜奉贈韋左丞丈「今欲東入海，即將西去秦」二語。

五粒小松歌

細束龍髯鉸刀剪　詠松止此，以下不復照應，亦一格。

將進酒

太似鮑照，無可取，結差可人意。

秋涼詩寄正字十二兄

天地曠肅殺　陋儒常談，遠之且不遑，而用之耶？義山「四海秋風闊」與此同陋。

猛虎行

舉頭爲城，掉尾爲旌　二句本呂覽，言鯀也。〔一〕

〔一〕案：呂氏春秋行論：比獸之角，能以爲城；舉其尾，能以爲旌。

日出行

後段學漢、魏，長短參差而未自然。

拂舞歌辭

千年重化玉井土　「土」作「黿」乃豁。徐注得其意，而不疑其文，何耶？況「土」字令中二句無韻，「黿」字與「時」韻叶，乃有韻。〔一〕

〔一〕案：徐注云：似言蛇化作土，土又化作黿。

箜篌引

樂府最不宜襲，如此却好。然長吉可取處總不在此。

榮華樂

借題諷刺，豈真詠梁家？

雲帊絶駟聒旱雷　旱雷謂笑。晉書：客有見人别謝不下泣者，曰：此客密雲。謝公曰：亦且旱雷。此則有響，此所謂箭作辟歷響也。應從弓帊解，乃與上句接。

亂袖交竿管兒舞　伎人名，詳元、白詩。

能教刻石平紫金　「刻」字必誤。「石」是斗石之石。

解送刻毛寄新兔　董注：新兔，筆也，即碑中文字之意。非。兔刻毛是梁冀事，詳後漢書。

瑶華樂

八轡冬瓏逐天迴　「冬瓏」似唐方言。東野有「五色冬瓏」，以色言；此「八轡」又以聲言。

官不來題皇甫湜先輩廳

感皇甫官冷也。

塘上行

亦閨情也。只一「雌」字點眼，絶妙齊、梁，高出唐人。

呂將軍歌

此時人也，非詠呂布，不可以起句誤之。

傅粉女郎大旗下　女郎指孱將，用古呂姥、蕭娘之戲語。

美人梳頭歌

寫幽閨春怨也，結尾「櫻桃花」三字纔點睛。花至櫻桃，好春已盡矣；深閨寂寂，亦復何聊！

不著一字，盡得風流。使温、李爲之，穠豔應十倍加，然爲人羨，不能使人思，不如此畫無盡意也。從來豔體，亦當以此居第一流。

官街鼓

此首是。

僞 許公子鄭姬歌

許、史世家外親貴　俗手所不下之筆。萬無長吉之理。

桂開客花名鄭袖　稚而晦。

先將芍藥獻粧臺，後解黄金大如斗　二語有何關於情致？但有屠沽兒氣。

莫愁簾中許合歡　字字笨。

彈聲咽春弄君骨，骨興牽人馬上鞍　長吉從無此接頭，如不了了人欲作趣語，以爲解事，但有不通。

自從小靨來東道，曲裏長眉少見人　二語小有致，然亦淺滑輕佻。長吉手筆必字字沉重，字字莊重。

爲謁皇孫請曹植　亦據不得此語以爲李賀，當別一李王孫也。

僞　新夏歌

三句一韻，用秦碑體。末有單一句，古人却少。文氣亦似未盡。竊疑有脱。

曉木千籠真蠟綵　字字笨。

落蒂枯香數分在　字字笨。

長畛徘徊桑柘重　五字小有致，〔一〕似長吉。

天濃地濃柳梳掃　俗。

〔一〕原脱。

出城別張又新酬李漢

時宜裂大被　此句似有誤字。

祭酒而別秦　詩中「而」字難用。

假龍吟歌

僞

詭異未有不可以義理通者，此則比時無理，入題語又皆頑鈍，其非長吉無疑。

蒼鷹擺血　生辣不至此。

雲弄車蓋　俗。

隈壖卧水埋金瓜　俗而又俗。

蓮花去國一千年，雨後聞腥猶帶鐵　結句佳。然人之所能，不必長吉。

感諷六首

亦僞

僞耳，却非下下。人所以知其爲僞，易知易能也。步步有陳跡可尋，如何是長吉蹊徑？其中却有好句。

桐竹羅花牀，眼逐春暝醉　二語亦小有意，但淺滑。

似悲團扇風　不老。

不悟世衰到　粗淺。

僞 莫愁曲

僞在轉折末結處見，亦在情景皮相上見。

何人此城裏 滑易字。

羅牀倚瑶瑟，殘月傾簾鈎 二語猶略有曹植、鮑照皮毛。

何名何莫愁 滑易義。

僞 夜來樂

亦僞，未有如此淺露曼衍之長吉。然猶不惡，至結則時俗。

赤金瓜子兼雜麸 碎金曰麸金。

劍崖鞭脊青石珠 劍崖即劍首。

僞 懷春引

庯下之比，避之不暇，猶津津道之耶？方知歐、蘇壽星堂雪詩禁體物語之遠俗。徐文長賞其不犯雪套，而自作雪詩。至以織女挂孝爲比，可嘆之甚。

芳溪密影成花洞　俚。

蟾蜍碾玉作明弓，捍撥裝金打仙鳳　頑穉。

阿侯繫錦覓周郎　淺俗。

憑仗東風好相送　滑率。

白虎行　僞

亦僞。除起句，無一創獲，務襲陳言而已。

玉壇設醮思冲天，一世二世當萬年　非先秦所有，時俗不稱。

誰最苦兮誰最苦　俚滑至此。

有所思　僞

亦僞。長吉肯〔一〕如此滑易章句否？若屬他人，則雖不見好，亦不見醜。

〔一〕疑當作「有」。

嘲少年　僞

僞之至，鄙陋心情，佻達口吻。
貧人喚云天上郎　口吻賤甚。
一生美妾過三百　口吻村甚。
生來不讀半行書，只把黄金買身貴　市井騃儈伶俐語。
少年安得長少年　以下又游方黄冠唱道情，冬烘先生講道學。

高平縣東私路

亦僞，太淺直。
古者定幽尋　扣題稚甚。

神仙曲　僞

亦僞，心手總俗。
上帝揀作仙人居　佻。

龍夜吟　僞

亦僞，但不惡道，亦無一意外語。

一聲似向天上來　滑。

暗合清風調宮徵　死相。

崑崙使者

爲好仙也。　此乃真本，看他何等卓立。

漢唐姬飲酒歌　僞

僞在麄疏。

聽穎師彈琴歌

真本無疑。　與韓孰後先耶？其格調略同。後兩段落僧，則拖沓不如韓。

僞 謠俗

僞在人之所有。

試伴漢家君　稚。

方扶南批昌谷集後記

方世舉，字扶南，號息庵，桐城人。博學工詩。乾隆初，舉博學鴻詞，不就。卒年八十餘。所著有春及堂集、注韓昌黎詩。盧見曾爲他刊行。他也手批過昌谷集。據陳本禮協律鉤玄略例裏説：「余家藏又有義門何氏、扶南方氏手評本。」方評除陳書所引數十條外，没有見過刻本，也不見藏家著録。

這一個批本是寫在清初刻姚佺昌谷集句解定本上的，朱、墨筆小行楷極精，斷出名手。書上除歸安沈鳳韶一印以外，没有别的收藏印記。按：沈鳳韶，字賡虞，清季安徽巡撫沈秉成的侄兒，江蘇候補知府，民國初年還在。王欣夫先生鑑定這是一個過録本，甚確。

丘俊孫序後的空頁上，有一段方氏手記：

墨筆讀一再過，小訂注解。舊有曾益注本，京師友人取去，行當訪借參考。此本紙版甚粗，小年二十時，購自耆舊李石逋先生家雜書之一。……杜牧之有句云：「重讀小年書。」展此敝垢，未免有情。息翁記。

可見方批原本是用墨筆寫的。這一段手記的前面，有李長吉詩集徐、董注本一行，又可見手記中所云「此本」，乃徐、董合注本。今本抄在姚氏句解上，所以過録的人特著此句，以别於姚本也。

再細核書中所批，有專駁徐、董注的，而姚本實未引用。初看似無的放矢，如春坊正字劍子歌中批云：

通篇不見關涉，古人無此鶻突文氣，亦無此穿鑿思路。此徐注之所以爲僞也。

乃駁徐氏「朋字未正，莫教照見春坊字，若言用劍斬朋邪也」一條注。今姚本引董注，不引徐注。又江樓曲題下批云：

徐注憶夫，是也。以爲當壚婦，則非。殊不顧結尾小玉開屏之景，此豈當壚家所有耶？其誤在酒旗换苧一語，而不知其爲旁景。

今姚本全篇未引徐注，皆可證其爲過録本。

而且這一個過録本也不是出于一手。如送沈亞之歌的朱批「前寫出都，下乃追寫初裝」，秋來的朱批「不必援據穿鑿」，石城曉的朱批「殘蛾，謂將落之蛾眉月也。雙緑，謂眉黛」等若干條，都筆力稚弱，和其他的朱書不類。但亦有爲陳書所引的，足見亦是方氏原批。又有墨筆批很多，筆致老健，更過于朱批。除少數外，皆冠以「方云」。初疑是另一方姓者所批，及檢陳氏協律鈎玄所引，屬于墨批的也很多，如：

李夫人篇引方曰：此篇與後湘妃，皆以借喻玄宗貴妃也。

南園第四首引方曰：時方用武，故有下二句，下章亦然。又第八首下引方曰：此下六章，皆言不合當世，有隱處就閑之意。

馬詩第三首下引方曰：可爲太息者在「忽憶」二字，於無何有之鄉，想莫須有之事，姑以自慰也。又十三首下引方曰：買駿骨當以送燕昭，而反送楚襄者，北轍而南轅矣，用意深妙。

都屬于冠以「方云」的墨批，因將所有的墨批都定爲方氏原批，但不審過録者何以特加「方云」二字。

然而也還有可疑的地方。姚本凡例的最後一條温、李西崑句的「西崑」二字旁加墨杠，眉上墨批云：「西崑乃宋楊億、劉筠諸君酬唱集名也，安可混以爲義山？」與其他墨批筆跡相同，明是過録者就姚本加批，尚不足怪。最奇者，將進酒篇後眉端墨批云：「方云：豈可全不作著題語，此語夢夢。」此乃對姚本引蔣玄扈評中樂府有假古題，自發己意，與古詞迥不相侔之語而發，非徐、董本所有，而冠以「方云」，則又决非過録所加，真令人無從索解了。

朱、墨筆不是一時所鈔，墨筆乃後加，又有以墨批正朱批的。如仁和里雜叙皇甫湜篇「那知堅都相草草」句的批語，豈原過録者未曾鈔全，後人又加以補足；還是人間流傳不止一本，互相出入？可惜不得祖本一校。

另有墨筆批十數條，與其他墨批出一手，字極小而草，冠以「程云」。初不知程係何人。後檢協律鈎玄感諷詩第一首下引程午橋曰：「二語如畫，宛然鄉民怖畏悍吏，黽勉周給情景。」即在此本「程曰」的墨批之中。因知諸條都是程夢星的批注，因非方批，所以删去不録。

一九五八年五月，徐聲越鈔畢記

聊齋志異會校會注會評本	[清]蒲松齡著　張友鶴輯校
敬業堂詩集	[清]查慎行著　周劭標點
納蘭詞箋注	[清]納蘭性德著　張草紉箋注
方苞集	[清]方苞著　劉季高校點
樊榭山房集	[清]厲鶚著　[清]董兆熊注　陳九思標校
劉大櫆集	[清]劉大櫆著　吴孟復標點
儒林外史彙校彙評(增訂版)	[清]吴敬梓著　李漢秋輯校
小倉山房詩文集	[清]袁枚著　周本淳標校
忠雅堂集校箋	[清]蔣士銓著　邵海清校　李夢生箋
甌北集	[清]趙翼著　李學穎、曹光甫校點
惜抱軒詩文集	[清]姚鼐著　劉季高標校
兩當軒集	[清]黄景仁著　李國章校點
惲敬集	[清]惲敬著　萬陸、謝珊珊、林振岳標校　林振岳集評
茗柯文編	[清]張惠言著　黄立新校點
瓶水齋詩集	[清]舒位著　曹光甫點校
龔自珍全集	[清]龔自珍著　王佩諍校點
龔自珍詩集編年校注	[清]龔自珍著　劉逸生、周錫䪖校注
水雲樓詩詞箋注	[清]蔣春霖著　劉勇剛箋注
人境廬詩草箋注	[清]黄遵憲著　錢仲聯箋注
嶺雲海日樓詩鈔	[清]丘逢甲著　丘鑄昌標點

隱秀軒集	[明]鍾惺著　李先耕、崔重慶標校
譚元春集	[明]譚元春著　陳杏珍標校
張岱詩文集(增訂本)	[明]張岱著　夏咸淳輯校
陳子龍詩集	[明]陳子龍著 施蟄存、馬祖熙標校
夏完淳集箋校(修訂本)	[明]夏完淳著　白堅箋校
牧齋初學集	[清]錢謙益著　[清]錢曾箋注 錢仲聯標校
牧齋有學集	[清]錢謙益著　[清]錢曾箋注 錢仲聯標校
牧齋雜著	[清]錢謙益著　[清]錢曾箋注 錢仲聯標校
牧齋初學集詩注彙校	[清]錢謙益著　[清]錢曾箋注 卿朝暉輯校
李玉戲曲集	[清]李玉著 陳古虞、陳多、馬聖貴點校
吴梅村全集	[清]吴偉業著　李學穎集評標校
歸莊集	[清]歸莊著
顧亭林詩集彙注	[清]顧炎武著　王蘧常輯注 吴丕績標校
安雅堂全集	[清]宋琬著　馬祖熙標校
吴嘉紀詩箋校	[清]吴嘉紀著　楊積慶箋校
陳維崧集	[清]陳維崧著　陳振鵬標點 李學穎校補
屈大均詩詞編年校箋	[清]屈大均著　陳永正等校箋
秋笳集	[清]吴兆騫撰　麻守中校點
漁洋精華録集釋	[清]王士禛著 李毓芙、牟通、李茂肅整理

渭南文集箋校	[宋]陸游著　朱迎平箋校
范石湖集	[宋]范成大撰　富壽蓀標校
范成大集校箋	[宋]范成大撰　吴企民校箋
于湖居士文集	[宋]張孝祥著　徐鵬校點
稼軒詞編年箋注(定本)	[宋]辛棄疾撰　鄧廣銘箋注
辛棄疾詞校箋	[宋]辛棄疾著　吴企明校箋
姜白石詞編年箋校	[宋]姜夔著　夏承燾箋校
後村詞箋注	[宋]劉克莊著　錢仲聯箋注
瀛奎律髓彙評	[元]方回選評　李慶甲集評校點
雁門集	[元]薩都拉著 殷孟倫、朱廣祁校點
揭傒斯全集	[元]揭傒斯著　李夢生標校
高青丘集	[明]高啓著　[清]金檀注 徐澄宇、沈北宗校點
唐寅集	[明]唐寅著　周道振、張月尊輯校
文徵明集(增訂本)	[明]文徵明著　周道振輯校
震川先生集	[明]歸有光著　周本淳校點
海浮山堂詞稿	[明]馮惟敏著 凌景埏、謝伯陽標校
滄溟先生集	[明]李攀龍著　包敬第標校
梁辰魚集	[明]梁辰魚著　吴書蔭編集校點
沈璟集	[明]沈璟著　徐朔方輯校
湯顯祖詩文集	[明]湯顯祖著　徐朔方箋校
湯顯祖戲曲集	[明]湯顯祖著　錢南揚校點
白蘇齋類集	[明]袁宗道著　錢伯城校點
袁宏道集箋校	[明]袁宏道著　錢伯城箋校
珂雪齋集	[明]袁中道著　錢伯城點校

嘉祐集箋注	[宋]蘇洵著　曾棗莊、金成禮箋注
王荊文公詩箋注(修訂版)	[宋]王安石著　[宋]李壁箋注 高克勤點校
王令集	[宋]王令著　沈文倬校點
蘇軾詩集合注	[宋]蘇軾著　[清]馮應榴注 黄任軻、朱懷春校點
東坡樂府箋	[宋]蘇軾著　[清]朱孝臧編年 龍榆生校箋
東坡詞傅幹注校證	[宋]蘇軾著　[宋]傅幹注 劉尚榮校證
欒城集	[宋]蘇轍著　曾棗莊、馬德富校點
山谷詩集注	[宋]黄庭堅著　[宋]任淵、史容、 史季温注　黄寶華點校
山谷詩注續補	[宋]黄庭堅著　陳永正、何澤棠注
山谷詞校注	[宋]黄庭堅著　馬興榮、祝振玉校注
淮海集箋注	[宋]秦觀撰　徐培均箋注
淮海居士長短句箋注	[宋]秦觀著　徐培均箋注
清真集箋注	[宋]周邦彦著　羅忼烈箋注
石門文字禪校注	[宋]釋惠洪撰　周裕鍇校注
石林詞箋注	[宋]葉夢得著　蔣哲倫箋注
樵歌校注	[宋]朱敦儒著　鄧子勉校注
李清照集箋注(修訂本)	[宋]李清照著　徐培均箋注
吕本中詩集箋注	[宋]吕本中著　祝尚書箋注
陳與義集校箋	[宋]陳與義著　白敦仁校箋
蘆川詞箋注	[宋]張元幹著　曹濟平箋注
劍南詩稿校注	[宋]陸游著　錢仲聯校注
放翁詞編年箋注(增訂本)	[宋]陸游著　夏承燾、吴熊和箋注 陶然訂補

劉禹錫集箋證	[唐]劉禹錫著　瞿蜕園箋證
白居易集箋校	[唐]白居易著　朱金城箋校
柳宗元詩箋釋	[唐]柳宗元著　王國安箋釋
柳河東集	[唐]柳宗元著　[宋]廖瑩中輯注
元稹集校注	[唐]元稹著　周相録校注
長江集新校	[唐]賈島著　李嘉言新校
張祜詩集校注	[唐]張祜著　尹占華校注
三家評注李長吉歌詩	[唐]李賀著　[清]王琦等評注 蔣凡校點
樊川文集	[唐]杜牧著　陳允吉校點
樊川詩集注	[唐]杜牧著　[清]馮集梧注
温飛卿詩集箋注	[唐]温庭筠著　[清]曾益等箋注
玉谿生詩集箋注	[唐]李商隱著　[清]馮浩箋注 蔣凡校點
樊南文集	[唐]李商隱著　[清]馮浩詳注 錢振倫、錢振常箋注
皮子文藪	[唐]皮日休著　蕭滌非、鄭慶篤整理
鄭谷詩集箋注	[唐]鄭谷著 嚴壽澂、黄明、趙昌平箋注
韋莊集箋注	[五代]韋莊著　聶安福箋注
李璟李煜詞校注	[南唐]李璟、李煜著　詹安泰校注
張先集編年校注	[宋]張先著　吴熊和、沈松勤校注
二晏詞箋注	[宋]晏殊、晏幾道著　張草紉箋注
乐章集校箋	[宋]柳永著　陶然、姚逸超校箋
梅堯臣集編年校注	[宋]梅堯臣著　朱東潤編年校注
歐陽修詩文集校箋	[宋]歐陽修著　洪本健校箋
歐陽修詞校注	[宋]歐陽修著　胡可先、徐邁校注
蘇舜欽集	[宋]蘇舜欽著　沈文倬校點

蕭繹集校注	[南朝梁]蕭繹著　陳志平、熊清元校注
玉臺新咏彙校	吴冠文、談蓓芳、章培恒彙校
王梵志詩校注(增訂本)	[唐]王梵志著　項楚校注
盧照鄰集箋注	[唐]盧照鄰著　祝尚書箋注
駱臨海集箋注	[唐]駱賓王著　[清]陳熙晉箋注
王子安集注	[唐]王勃著　[清]蔣清翊注
陳子昂集(修訂本)	[唐]陳子昂撰　徐鵬校點
孟浩然詩集箋注(增訂本)	[唐]孟浩然著　佟培基箋注
王右丞集箋注	[唐]王維著　[清]趙殿成箋注
李白集校注	[唐]李白著　瞿蜕園、朱金城校注
高適集校注(修訂本)	[唐]高適著　孫欽善校注
杜詩趙次公先後解輯校	[唐]杜甫著　[宋]趙次公注　林繼中輯校
新刊校定集注杜詩	[唐]杜甫著　[宋]郭知達輯注　聶巧平點校
新定杜工部草堂詩箋斠證	[唐]杜甫著　[宋]魯訔編　[宋]蔡夢弼會箋　曾祥波新定斠證
杜詩鏡銓	[唐]杜甫著　[清]楊倫箋注
錢注杜詩	[唐]杜甫著　[清]錢謙益箋注
杜甫集校注	[唐]杜甫著　謝思煒校注
岑参集校注	[唐]岑參著　陳鐵民、侯忠義校注
戴叔倫詩集校注	[唐]戴叔倫著　蔣寅校注
韋應物集校注(增訂本)	[唐]韋應物著　陶敏、王友勝校注
權德輿詩文集	[唐]權德輿撰　郭廣偉校點
王建詩集校注	[唐]王建著　尹占華校注
韓昌黎詩繫年集釋	[唐]韓愈著　錢仲聯集釋
韓昌黎文集校注	[唐]韓愈著　馬其昶校注　馬茂元整理

《中國古典文學叢書》已出書目

詩經今注	高亨注
楚辭集注	[宋]朱熹撰　黄靈庚點校
楚辭今注	湯炳正、李大明、李誠、熊良智注
司馬相如集校注	[漢]司馬相如著　金國永校注
揚雄集校注	[漢]揚雄著　張震澤校注
張衡詩文集校注	[漢]張衡著　張震澤校注
阮籍集	[魏]阮籍著　李志鈞等校點
陸機集校箋	[晉]陸機著　楊明校箋
陶淵明集校箋(修訂本)	[晉]陶潛著　龔斌校箋
世説新語箋疏(修訂本)	[南朝宋]劉義慶撰　余嘉錫箋疏　周祖謨等整理
世説新語校釋(增訂本)	[南朝宋]劉義慶撰　[南朝梁]劉孝標注　龔斌校釋
鮑參軍集注	[南朝宋]鮑照著　錢仲聯增補集説校
謝宣城集校注	[南朝齊]謝朓著　曹融南校注集説
江文通集校注	[南朝梁]江淹著　丁福林、楊勝朋校注
文心雕龍義證	[南朝梁]劉勰著　詹鍈義證
詩品集注(增訂本)	[梁]鍾嶸著　曹旭集注
文選	[梁]蕭統編　[唐]李善注